國家社科基金
GUOJIA SHEKE JIJIN HOUQI ZIZHU XIANGMU
後期資助項目

楊維禎全集校箋 （一）

Notes and Commentary on the Complete Works of
Yang Weizhen

【明】楊維禎 著
孫小力 校箋

上海古籍出版社

國家社科後期資助項目（13FZW017）

鐵崖先生小像

《鐵崖先生小像》，原載清光緒十四年諸暨樓氏崇德堂補刻《鐵崖詩集三種》卷首。

皇朝設科取賦以古為名故求今科文於古
者蓋無出於賦矣然賦之古者豈易言哉揚
子雲曰詩人之賦麗以則詞人之賦麗以淫
子雲知古賦矣至其所自為賦又蹈詞人之
淫而乘風雅之則何也豈非賦之古者自景
差唐勒宋玉枚乘司馬相如以來違則為已
遠矧其下者乎余蚤年學賦嘗私擬數十百
題不過應場屋一日之敵爾敢望古詩人之

《新刊麗則遺音古賦程式》書影，元刊補修本，國家圖書館藏。

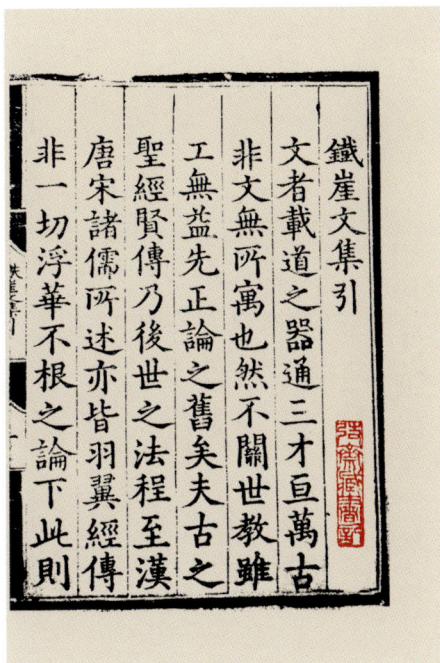

鐵崖文集引

文者載道之器通三才亘萬古
非文無所寓也然不關世教雖
工無益先正論之舊矣夫古之
聖經賢傳乃後世之法程至漢
唐宋諸儒所述亦皆羽翼經傳
非一切浮華不根之論下此則

《鐵崖文集》书影，明弘治十四年馮允中刊本，上海圖書館藏。

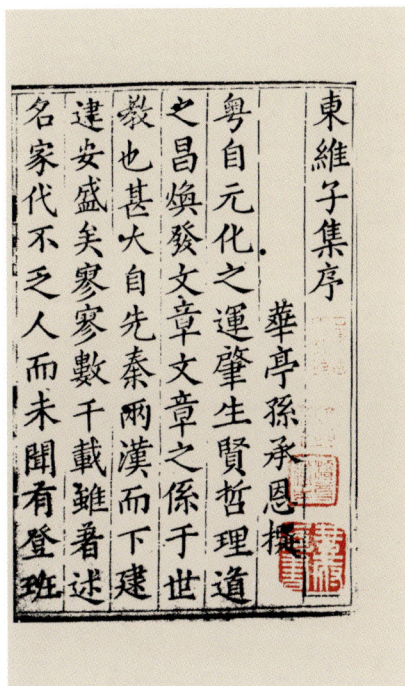

東維子集序

華亭孫承恩撰

粵自元化之運肇生賢哲理道
之昌煥發文章文章之係于世
教也甚大自先秦兩漢而下建
建安盛矣寥寥數千載雖著述
名家代不乏人而未聞有登班

《東維子文集》书影，明萬曆十七年王俞刊本，上海圖書館藏。

楊鐵崖先生文集

華亭陳繼儒仲醇校閱

諸暨陳善學淵止訂正

古樂府
明樂府僅四首豈先生諸作落落辰星未
李濟府輯詩刪而我
及盡見耶余焉
廣搜以俟具眼

皇娲補天謡　牛鬼蛇神酷類長吉

盤皇開天露、天醜、夜半天星墮天狗璇樞缺壞奔星

斗輪鷄環兎愁飛走聖娲巧手煉奇石飛廉鼓鞴虞

淵赤紅絲穿餅補天空太虛一碧玻瓈色輻旋轂轉

楊鐵崖文集　樂府　一

《楊鐵崖先生文集》书影，明萬曆四十三年諸暨陳善學序刊本，華東師範大學圖書館藏。

鐵崖楊先生詩集 二卷　愛日精廬張氏抄本

元楊維楨撰詩分體編集上卷凡七絶一百七十三首七律二百○十八首下卷凡八律
百十晉七言長律五律聯句二首歌行二十五首與律詩二百○十八首七言古詩十六首下卷得
五律五絶諸體疑出前人摘辛文瑞書目載有舊抄本楊鐵崖詩集東維子集均不符而無
一按發者不知其此年名書有愛日精廬藏書秘冊二卷不藏書志中初未列也

鐵崖楊先生詩集卷上

七言絶句

碧桃花丹桂枝

天上碧桃饒雨露月丹將地開婷婷春風一餉相高下
可是同宮尹与邢

海棠小桃折枝

東風吹起未吹粧朝陽宮中春晝長只恐小桃羞顧影
莫燒銀燭照低昂

《鐵崖楊先生詩集》書影，清張金吾愛日精廬鈔本，南京圖書館藏。

張氏通波阡表

張氏出青陽慶湮魏晉唐考

顯宗甲族吉代不乏絕入京為

三葉太常吉曰士遜橫浦

居吉丗日九咸士曰齎

華﹅﹅濱汪斿相子孫遂居

楊維禎行書《張氏通波阡表》局部，今藏日本東京國立博物館。

國家社科基金後期資助項目
出版説明

　　後期資助項目是國家社科基金設立的一類重要項目,旨在鼓勵廣大社科研究者潛心治學,支持基礎研究多出優秀成果。它是經過嚴格評審,從接近完成的科研成果中遴選立項的。爲擴大後期資助項目的影響,更好地推動學術發展,促進成果轉化,全國哲學社會科學工作辦公室按照"統一設計、統一標識、統一版式、形成系列"的總體要求,組織出版國家社科基金後期資助項目成果。

全國哲學社會科學工作辦公室

總　目

前　言

楊維禎(一二九七──一三七○)，其名又作維楨，字廉夫，別號衆多，其中鐵崖、梅花道人、鐵笛、鐵龍道人、東維子、抱遺老人較著名，諸暨(今屬浙江紹興)人。(按：有關其名字籍貫、生卒年歲辨析，詳見本書附錄楊維禎名字籍貫及生年考辨一文。)楊維禎乃元末明初詩文名家，又以通音樂、擅書法、精鑒賞、懂曲藝聞名於世。所倡古樂府、西湖竹枝詞曾風行東南市鎮，其復古寫情之詩文理論影響深遠，當時追隨者甚多，號稱鐵崖派。

一、楊維禎生平經歷概述

有關楊維禎生平事迹記載，主要史料有明初宋濂所撰楊君墓志銘(即宋學士文集卷十六元故奉訓大夫江西等處儒學提舉楊君墓志銘)、鐵崖弟子貝瓊撰鐵崖先生傳(載清江文集卷二)。由於楊維禎生平涉及元、明之際政局變化，頗多敏感問題，宋濂與貝瓊皆未能信筆直書，因此上述二文皆不够詳贍，甚或隱瞞失真。至於明史文苑傳採納後世傳聞，將楊維禎塑造成遺老形象，則距離真相更遠。故此據考察所得，力求客觀全面地叙述楊維禎家世及其生平如下。

(一) 先輩影響、早年苦讀(三十一歲以前)

元成宗元貞二年臘月二十五日(公元一二九七年一月十九日)，楊維禎出生於諸暨楓橋。相傳其生有異徵，出生前夜，母親李氏夢見天上圓月落下金鈎一枚，墜入懷中。次日，維禎呱呱落地。這一年，父親楊宏三十二歲。

維禎於兄弟四人之中，排行第三。天生異稟，又好學不倦，故最受父親楊宏喜愛。母親李氏，南宋理宗時丞相李宗勉四世孫，賢淑聰慧，通曉文史，亦對維禎寄予厚望。不過維禎本人似乎很少提及出生時所謂瑞兆，反而常常抱怨命運不公，其中年所作箕斗歌如此感歎說："計字怯檮杌，紫木背文章。我生之宿直箕斗，不愁斟酌愁簸揚。"(鐵崖先生古樂府卷五)此詩模仿韓愈三星行而作,和韓愈一樣,維禎認爲自己仕途不順、厄運纏身,是由於星命不佳。當然,悲歎自己星命之不順,乃是維禎仕途迭遭挫折之後的感傷。所謂期望越高,失落越大,早年的楊維禎,曾經雄心勃勃,躊躇滿志,不僅父親楊宏寄予厚望,維禎本人也渴求讀書有成,光宗耀祖。

歷史上的楊家是望族,曾經顯赫一時。楊氏原籍大約在平陽楊氏縣(今山西洪洞一帶),相傳始祖晉陽侯獲封於此,遂以其封國作爲姓氏。(參見鐵崖文集卷二先考山陰公實録。)不過楊氏早期之淵源傳承,畢竟遙遠模糊,在維禎家世譜系中明確享有"始祖"地位的,是東漢楊震。

楊震乃"弘農華陰人",華陰屬於陝西。因此維禎談及家世,常稱"祖關西出也"(鐵崖文集卷三鐵笛道人自傳)。楊震早年博覽群書、精通儒典,當時即享有"關西孔子"美稱。五十歲入仕,官至太尉。太尉楊震以廉潔享譽後世,其深夜拒賄之傳説盡人皆知,名言"天知、神知、我知、子知",膾炙人口。楊震屢屢爲民請命,得罪於奸佞與皇帝,以致七十多歲謫歸故里,中途飲鴆而亡。(詳見後漢書楊震列傳。)作爲諸暨楊氏始祖,楊震始終是其後人的驕傲與楷模,楊宏的諸多教誨、維禎的爲官準則及其晚年別號"關西夫子"等等,皆與楊震有千絲萬縷的聯繫。

關西楊震的後代遷徙各地,分爲多支,或顯或隱。而從維禎這一支上溯,儘管傳承脈絡大致可以梳理,但歷代祖先事迹大多湮滅,無從查考。據維禎先考山陰公實録、宋濂楊君墓志銘等所述,楊震十八代裔孫楊虞卿,在唐朝任太師。又傳三代至楊巖,五代時任吳越王丞相,徙家錢塘(今浙江杭州)。巖之孫楊洋,官至都兵馬使,遷至浙東。楊洋第五子楊成,又移家諸暨,遂爲諸暨楊氏始祖。楊成乃維禎八世祖,從楊成起,直至維禎父楊宏,連續七代,多以農耕爲業。其中曾祖父楊文脩,於維禎人生發展有較大影響。

楊文脩字中里,南宋時人。生性淳樸,至誠至孝,人稱"楊佛子"。爲治母病,楊佛子專攻醫學,甚至刲股熬粥喂食。相傳其純孝感動於上天,因此母病頃刻之間痊愈,其自身痼疾亦獲得異人療治,而且每當出行,總有鳥兒伴隨飛翔。有關楊佛子的傳聞不脛而走,達官貴人來到諸暨,必定上門探望,朱熹亦曾慕名求見。南宋淳熙九年(一一八二),朱熹以常平使者身份路過諸暨楓橋鄉,風聞楊佛子博學多聞,遂登門造訪,與楊佛子討論理學,旁涉醫學、天文、地理之書,相見恨晚,促膝長談,通宵達旦。楊佛子享年九十九而終,晚年撰有地理撥沙圖、醫衍二十卷,由其後人收藏。

有關楊佛子的奇聞異説,流傳日久,難免有所誇張,甚至頗具詭譎色彩。

但在維禎看來，所謂"刲股救母"，所謂"異人神術"，并非完全是天方夜譚。維禎晚年爲亡兄楊維翰撰寫墓志銘，就曾述及楊佛子的傳聞。不難想像，這些奇異故事在其幼小心靈裏積累越久，就越具有真實感。維禎晚年以"鐵史"自稱，輯録宣傳古今忠孝節烈之人事，尤其熱衷渲染相關奇異傳聞，并常常加以評點闡揚，與其早年所受家庭影響，不無關係。

曾祖楊佛子與維禎之間，畢竟相隔數代，父親楊宏的爲人與教誨，對於維禎來説，其影響更加直接而持久。維禎父輩兄弟三人，伯父楊實曾任武官，官至會稽三界巡檢；叔父楊賀自幼過繼給母家親戚，故多年來唯有楊宏長居故里，養家奉親。楊宏爲人與楊佛子有不少相似之處，比如悉心照料寡母，對待鄉里謙讓大度等等，因此鄉里稱之爲"善人"。楊宏布衣終身，但飽讀詩書，對於維禎的教誨，總不忘繼承先祖楊震之德行，他的某些秉性特點，在維禎身上也留下深刻烙印。

維禎考中進士，授天台縣令職，臨行之際，楊宏告誡説，成功得益於各方幫助，并非一人之力，因此尤須戒驕戒躁。維禎上任之後，依法懲治天台豪強，楊宏又教導説："服人以德不以威。"希望維禎學"鳳"而不效"鷹"。其後維禎轉官錢清鹽場司令，因爲鹽税徵收而陷於兩難境地：如據額收繳，鹽户不堪承受；若申請減免，必然開罪於長官。楊宏又手書北宋范仲淹名言，教誨説："作官公罪不可無，私罪不可有！"於是維禎據理力爭，終於獲得大額減税，也因此得罪於上司。後來維禎失官十年，與此不無關係。當然，這些都是後話。

維禎天分出衆，嗜好讀書。父親楊宏雖然不以文學擅長，對於古代詩人作品，卻具有相當的鑒賞能力，以及不同尋常的主見。楊宏認爲，杜甫北征、李白蜀道難、盧仝月蝕、李賀金洞仙人辭漢歌、韓愈琴操十首、柳宗元唐鐃歌鼓吹曲十二篇，以及歐陽脩盧山、蘇東坡太白，是三百篇以後天地間難得的好詩，因此經常督促維禎背誦。維禎頗有恒心，每日背誦數千字，從不間斷。其記憶能力超群，又喜好在長輩面前炫耀，於是這些古體長歌和組詩，不僅在不經意間滋潤了幼年的維禎，而且成爲他日後大力提倡古樂府詩的基礎與底氣。

維禎操筆學文之初，就表現出特殊的文采，而且口才了得，辭鋒犀利，同學聚會晤談，年長同窗常常自愧不如。楊宏爲四個兒子分別確定學習方向，詩文辭賦以外，每人專攻一經。維禎與小弟都學習春秋，楊宏卻尤其看好維禎，認爲最終能够出人頭地、爲楊家贏得榮耀的，非維禎莫屬。

出頭機會來自於科舉。維禎十八歲那年,元仁宗 皇慶二年(一三一三)十一月,朝廷下詔恢復科舉考試。考試程式與方法,沿襲金國制度而又有所簡化,主要考經義、古賦、策論。鄉試與會試,皆三年開試一次。鄉試不限報名人數,不過規定必須年滿二十五歲以上。禮部會試則選取鄉試合格者三百人,分左右兩榜考試,蒙古、色目人爲右榜,漢人、南人爲左榜。每次録取進士總人數一般爲一百,其中漢人、南人合計五十人,事實上常常不足此數,平均每年能够考中左榜的漢人與南人的總數,只有十餘人。

儘管種族歧視如此嚴重,録取人數如此之少,但是它畢竟爲普通人士開啟了一扇通往上層的門,即使門縫狹窄,下層文人仍然爲之雀躍。延祐二年(一三一五)三月,元代首次會試在大都舉行,最終録取進士五十六人。其中義烏(今屬浙江)人士黄溍出身民家,考中第三甲進士。黄溍的“好運”,使得江浙一帶的普通讀書人信心倍增。這一年,維禎剛滿二十歲。儘管距離規定報考年齡還有數年,楊宏卻已有具體“育子”規劃:推遲維禎婚期,敦促其外出游學。爲了籌措旅費,還毅然賣掉家中良馬一匹。

於是,維禎獨自一人外出游學。這次早年求學經歷,其具體行程路線以及持續時間,我們并不十分清楚,只知道維禎主要求學之地爲浙東 四明(今浙江 寧波),但也曾落脚浙西 嘉興,與當地大户濮樂閒結識。

維禎游學回家,楊宏見其用賣馬錢購買新書黄氏日鈔、黄氏紀聞,知其愛書,喜不自勝。黄氏日鈔、黄氏紀聞二書,是宋末元初享譽浙東一帶的黄震(一二一三——一二八○)所作。黄震字東發,慈溪(今屬浙江)人。南宋寶祐四年(一二五六)進士。曾任史館檢閲,官至刑獄提點。入元後隱居佛寺,饑餓而亡,門人私謚“文潔先生”。文潔先生爲人清廉,爲學極有主見。黄氏日鈔九十五卷,是其多年讀書隨筆與劄記,其中有關儒家經典之闡説,追隨朱子,常常援引諸家評説證明朱熹義理之正確,然而捨棄朱説而自作主張者,亦不乏一二。所以四庫全書總目如此評價黄震:“蓋震之學朱,一如朱之學程,反復發明,務求其是,非中無所得而徒假借聲價者也。”黄震的學術理念及其方法,對於維禎的影響頗爲深遠:務求中有所得,聖賢不必盲從;貫通諸家學問,抒我一得之見。這也成爲後來維禎史論、文論的顯著特點。

延祐年間(一三一四——一三二○),曾任會稽三界巡檢的伯父楊實告老還鄉。楊實見多識廣,尤其相信“名師出高徒”。還鄉之後,立即聘請當地名儒陳東泉、馮桐西兩位先生前來授教,召集家族中所有適齡青年跟隨學習。維禎與年長二歲的堂兄楊維翰同師受學,受益頗多。

延祐七年（一三二○），維禎年滿二十五歲，已經到達科考規定年齡。鄉里準備推薦，維禎也躍躍欲試，其父親卻不答應。楊宏認爲維禎研習春秋經尚欠火候，仍須埋頭苦讀。楊家屋後有座鐵崖山，人迹罕至，山頂有緑萼梅花數百株，楊宏在梅樹林中建起書樓，購置書籍，令維禎閉門讀書，輕易不許下樓，每日飲食則用轆轤傳送。在此書樓中，維禎研讀春秋五傳，博覽各種詁訓闡釋，多達一百餘家。維禎後來撰有數百卷的歷代史鉞，自稱鐵史，如若追溯其史學素養、史評能力的培養發端，顯然與早年在鐵崖山中的苦讀春秋經傳有關。

如此寒來暑往，一晃五年過去。伴隨緑萼梅花綻放凋謝，嗅吸其沁人芳香，維禎不甘寂寞的文思時常逸出於經書之外。他自取雅號梅花道人，不時作一些文賦，吟幾首詩歌。撰寫文賦固然是準備科考——元代科舉考試，古賦必考；寫詩則主要出於興趣，大多是從史書中找一些題目，有時也記錄周遭人物事件。作於至治年間（一三二一——一三二三）的丁孝子，是其留存至今最早的詩作。丁孝子名祥一，家住諸暨楓橋鄉，乃維禎近鄉。丁祥一竭力侍奉失明老母，使其瞎眼復明，因此受到朝廷表彰。本詩即爲記錄弘揚鄉賢之"孝行"。維禎中年以後，有志於用詩歌記錄社會變遷，彰顯當時忠孝之人、節烈之事。如果追溯其源頭，其實早在二十多歲、蝸居家鄉讀書之時，就已經開始其"詩史"生涯。

泰定三年（一三二六）是鄉試之年，維禎三十一歲。五年苦讀之後，維禎信心滿懷，準備應考。楊宏料定兒子必中，特地買來"上馬石"，置於自家門前，希望帶來好運。維禎果然不負衆望，且出手不凡，初次參加科考，就考中江浙行省鄉試第十二名。成爲鄉貢進士之後，維禎自號"鐵崖"——這是他第二個，也是最爲著名的別號。對此別號的含義及命名緣由，未見維禎本人有過申説，想來應該是以此紀念鐵崖山中五年苦讀，寄寓對於家鄉，對於親人的款款深情。或許也是向衆人昭示：維禎從此將在鐵崖山外大展宏圖。

（二）仕途坎坷、浪迹江浙（三十二歲到五十五歲）

鄉試凱歌高奏，京城會試依然順利，泰定四年三月十二日，大都崇天門傳臚賜進士，中第者共計八十五人，維禎考中第三十二名，爲二甲進士，授予承事郎、天台縣尹兼勸農事之職。維禎爲之欣喜莫名，因爲在此之前，元代進士中第之初，一般不授予縣令之職。正如李祁所説："科目行，士皆蘄一第以行其志，然其初入官，率多得州縣，又往往居佐貳下僚。"（載雲陽李先生文集卷四送陳元善赴海北憲掾序。）然而事實上，維禎并非獲得特別優待，天台縣屬於“中縣”，就實際官階而言，與出任“上縣”縣丞的其他進士沒有多大差別。但是，畢竟不再是“居佐貳下僚”，畢竟元代進士，尤其南人進士，極少在中第之初就能執掌州縣大權，因此不僅維禎，就連其父楊宏亦喜出望外。欣喜之餘，楊宏又告誡説：“一命百里宰，例自汝始，汝慎諸！”希望維禎好好珍惜，把握機遇。

維禎喜好交友，科舉無疑是絕佳社交場合。上年八月在杭州的江浙省試，不僅使維禎金榜題名，而且給予他結交上層官僚以及各路朋友的機會。鄉試主考官吳興倪淵、同考官吳興吳叔巽，以及倪淵之子倪驤，均爲其鄉試期間結識。維禎還到杭州開元宮拜訪住持，當時主領杭州路道教事務的真人王壽衍（一二七三——一三五三）。而與時任諸暨判官的黃溍相識，尤其令維禎高興，從此二人成爲終生朋友。

維禎喜好交友的天性，在京城又獲得充分發揮。寓居大都期間，維禎拜訪過兩位重要人物：一是胡助，二是吳全節。前者時任國史院編修，後者乃“玄教大宗師”。胡助是東陽（今屬浙江）人，“同鄉”晚輩進京，拜謁問候京官鄉賢，屬於慣例。至於拜訪道教宗師吳全節之原委，則不得而知，或許與維禎個人嗜好有關。上一年鄉試期間，維禎在杭州與王真人觴飲；此年會試期間，又於京師造訪大宗師吳全節。儘管其會面細節、談論話題，皆不得而知，但維禎對於道教具有濃厚興趣，則顯而易見。維禎後來與東南城鎮衆多道教人士交游，與杭州道士張雨結爲摯友，其詩歌常常洋溢著浪漫甚或玄怪的氣氛，與此不無關聯。

會試京師期間，維禎還與同年進士、色目詩人薩都剌結交。當時薩都剌還是年輕後生，并無多大聲譽。由於對詩歌有共同嗜好，二人相當投緣。薩都剌以新作宮詞二十首相贈，維禎大爲稱賞，評説其優點有三：第一，避免“村學究語”，不落陳套。第二，不拘泥用典，不澀。第三，不熱衷於“用國語”，不俗。（按：“國語”在此指蒙古語詞。）薩都剌興奮之餘，邀請維禎唱和。維禎所和宮詞，有十二首留存至今。（參見鐵雅先生復古詩集卷四宮詞序）.

維禎既喜交友，亦好爭辯。在京師與福建籍進士有關地域文學地位高下的爭論，導致他後來許多年耿耿於懷。爭論起因，在於評述比較閩、浙兩地新詩成就及其影響。要而言之，就是元朝當代詩人詩作，究竟浙江優秀，還是福建出色，雙方爲此爭執不下。爭辯另一方，是福建籍進士黃清老、俞焯、張志寧。黃、俞、張三人皆擅長寫詩，會試間歇，與維禎談論閩、浙新詩，對浙江詩壇不無鄙夷。尤其黄清老,是南宋滄浪詩話作者嚴羽再傳弟子,又是上一年江浙鄉試第一名,因此頗爲自得,不僅面對楊維禎列舉閩地詩家多人,如數家珍,而且譏諷浙地“無詩”。維禎直斥其語荒誕,反駁道:“詩出情性,豈閩有情性,浙皆木石肺肝乎?”(東維子文集卷七兩浙作者序)話雖如此,維禎還真是心中無數,因爲當代兩浙詩壇究竟何爲名家,何爲名作,他并不知曉。後來維禎尋訪和串聯浙東、浙西詩家,希望振興兩浙詩壇,其原始動力其實就是來自於這番刺激:要與閩人比個高下。後來“鐵崖派”的創建,其淵源所自,也正在此。

泰定四年維禎北上赴考,是其平生首次、也是唯一一次遠距離北游,因此印象深刻。晚年他回憶説:“計偕上京師,得歸游覽,度居庸,陟龍虎臺,下視齊、魯、晉、宋、荆、秦、吴、越之虚,民物熙然。”(東維子文集卷十六春遠軒記)可見考中進士之後,維禎自京回返路上,游覽名勝、觀察民俗,增長不少見識。

就維禎文學事業而言,南歸途中最大收穫,是與李孝光在姑蘇結識,并共同創作古樂府詩。數十年後維禎回憶説:“余在吴下時,與永嘉李孝光論古人意。余曰:‘梅一於酸,鹽一於鹹,飲食鹽梅而味常得於酸鹹之外,此古詩人意也。後之得此意者,惟古樂府而已耳。’孝光以余言爲韙,遂相與唱和古樂府辭。好事者傳於海内,館閣諸老以爲李、楊樂府出而後始補元詩之缺,泰定文風爲之一變。吁,四十年矣!”(東維子文集卷十一瀟湘集序)宋濂所撰楊君墓志銘也説:“元之中世,有文章鉅公,起於浙河之間,曰鐵崖君。聲光殷殷,摩戛霄漢,吴、越諸生多歸之,殆猶山之宗岱,河之走海,如是者四十餘年乃終。”由鐵崖逝世上推四十餘年,其崛起之時,正是所謂“元之中世”,即維禎考中進士之初。儘管上述説法不無誇張,僅憑下層文人李孝光與普通進士楊維禎二人之力,當時不可能撼動京城文人的詩壇霸主地位,此後若干年内,李孝光與楊維禎事實上也無多大影響。但是,至正初年李、楊古樂府風行,其基礎應該是此時奠定。

維禎初入仕途,就喜歡交朋結友,其性格特點似乎與蟄居鄉村數十年的父親楊宏并不相同。但是,那源出於楊氏血脈的、與生俱來的狷直驕傲,仍然時隱時顯地有所呈露,因此注定維禎日後的仕途必然坎坷。與此同時,不合時宜的感慨、悲哀憤怒的情緒,勢必時常伴隨於維禎左右,難免要訴諸筆端。

天曆元年(一三二八),維禎三十三歲,正式就職於天台縣(今屬浙江台州)。任職天台縣令三年期間,興之所至,時或游山逛景,吟詩撰文,其中有數篇流傳至今。不過當時維楨最爲關心的,還是政務,甚至休假日也走訪鄉村,體察民情。對於擾民惡霸,他堅決打擊,決不姑息,也就是因爲懲治當地豪强"八雕",竟被罷官免職。多年以後,維楨上書江浙行省平章時重提往事:"除進士尹百里邑者自某始,是以承命以來,不敢少負於學。而性頗狷直,甘與惡人仇,不幸上官不右余直……"(鐵崖文集卷一上嶸嶸平章書)可見維楨十分明白,當年在天台縣令任上被罷免,禍根在於自己生性"狷直"。但是江山易改,本性難移,維楨後來的諸多"不順",依舊與此有關。

大約在至順元年(一三三〇),維楨免官回家。閑居家鄉幾年中,寓居大桐山讀書。爲培養耐心恒心,維楨自定目標,每日賦詩一首,數年間積累至千餘篇。不過當時作詩,題材較爲狹窄單一,大多取材於史書。至正初年浪迹杭州、湖州等地時,爲彰顯改變詩風、自我作古之決心,維楨將它們付之一炬。因此儘管至正以前維楨所作詩歌成百上千,留存卻極少。

元順帝元統二年(一三三四),臨近不惑之歲,維楨被任命爲錢清(今屬浙江)鹽場司令(即鹽場總管)。閑居數年之後得此官職,按理應該高興,維楨卻仰天長歎,傷心於"右官左調"(麗則遺音卷一乞巧)。因爲當初天台縣令乃正七品官,錢清鹽場司令卻是從七品,此番重新授職,其實屬於貶職。鹽場司令官卑事繁,維楨没有絲毫興趣,但是又不能棄官而去,因爲此時他已再娶,且有子嗣,需要養家糊口。

作爲鹽場最高長官,完成課稅賦額,是楊維楨無法推卸的責任。然而當時的鹽賦問題,已是積重難返。多年來沉重的鹽稅,令鹽工不堪負擔,紛紛逃亡。朝廷賦額却仍然有增無減。爲完成規定賦額,鹽官往往"不得不蛟屭其性,牛羊其民人,苛誅趣辦以爲奇功"(東維子文集卷三送陳仲剛龍頭司丞序),窮兇極惡地榨取。然而在維楨看來,如此擾民榨民,最終受累的還是朝廷,其實得不償失。與此同時,他那"狷直"的性情、行善的爲人準則,也促使他要爲下民鹽工説話。爲了争取鹽户賦稅的減免,他到江浙行省長官處據理力争,甚至以辭職相要脅,終於獲准減免大量鹽稅。當然,這一"勝利",也爲他後來的"失官十年"埋下了伏筆。

在錢清鹽場任職那幾年,是維楨出仕以來元朝政治最爲黑暗的時期。

至順四年(一三三三)二月,權臣燕帖木兒因荒淫過度,溺血而死。六月,元朝末代皇帝妥懽帖睦爾(即元順帝)登基,年僅十四,朝廷大小事情,皆取決於宰相伯顏。伯顏實權在握,立刻剷除異己,變本加厲排斥漢人和南人,并於元統三年(一三三五)十一月下詔廢除科舉。此後數年之内,社會混亂,謠言漫天。以至元三年(一三三七)上半年爲例:二月,河南棒胡造反,江浙等處饑民多達四十萬户。四月,因爲各地造反起義不斷,朝廷下令禁止漢人、南人、高麗人持有兵器,一切馬匹充公。五、六月間,各地盛傳朝廷將要擄掠童男童女進京,一時人心惶惶,爲避此劫難,不論富貧長幼,合適與否,紛紛草率婚配,嫁娶殆盡。六月,黄河、沁河、渾河等氾濫成災,淹没人畜房舍不計其數。

身爲朝廷命官,維禎享有俸禄,衣食無憂。但是作爲正直文人,面對如此荒唐時局,聽聞民間種種苦楚,不可能熟視無睹。他感歎謠言導致社會混亂,同情受難百姓。目睹鹽工艱辛、鹽商奢華,他撰文作詩,抒發感慨。他甚至以鹽户口吻寫下一組海鄉竹枝歌,反映鹽民疾苦,希望朝廷采風使者采納。

任職錢清五年之後,即元順帝後至元五年(一三三九)七月,因父親楊宏病逝,維禎卸去錢清鹽場司令一職,返鄉服喪。此後不久,母親李氏也追隨丈夫而去。按照禮數,孝子服喪三年。所謂“三年”,實際爲二十七個月。服喪期間,維禎開始授學以補貼家用,而且很可能在服闋之前,最遲至正元年(一三四一)九月,維禎已經離開家鄉,游走於紹興、姑蘇等地,以教授生徒爲業。此後一直到至正十年,維禎游寓杭州、湖州、蘇州、松江等地,始終以教學謀生。

以教書爲生的儒師,科舉中斷那幾年乏人問津,此時重新又有市場,是因爲朝廷政局、科舉措施發生了巨大變化。後至元五年(一三三九)十月,即維禎還鄉服喪當年,權臣伯顔升任中書大丞相,更是飛揚跋扈,不可一世。然而凡事物極必反,伯顔的淫威,使得已經成年的皇帝妥懽帖睦爾感受到威脅,於是決心將之剷除。次年二月,脱脱率兵奪權;十二月,朝廷下詔恢復已經中斷六年的科舉。至正元年,脱脱任中書右丞相、録軍國重事,於是徹底改變伯顔舊政,復開經筵,遴選儒臣進講。至正二、三年間,又下詔纂修遼、金、宋三史,并徵召隱士入朝,儼然一派興文重儒景象。朝廷種種措施,使得文士,尤其南方文人欣喜異常,對於新一屆政府寄予莫大希望。至正二年七月,南方發生地震,正當衆人惶惶之時,維禎卻唱讚歌安定人心説:“唐堯天子居上頭,賢相柱天如不周。保國如甌,馭民如舟,吁嗟赤子汝何憂!”(鐵崖先生古樂府卷五地震謠)

重新恢復科舉,不僅使得儒師儒生欣喜,還令許多富貴商賈興奮。由於附庸風雅傳統和“唯有讀書高”思想影響,中國歷史上的權貴富豪,大多渴望子弟讀書中舉,光耀門庭,元代也是如此。至正七年(一三四七),姑蘇鄒奕考中鄉試後北上會試,維禎賦詩送行,得意地説:"閶闔城裏癡兒女,始識千金重聘師。"(鐵崖先生詩集庚集送鄒弘道會試)當時富庶市鎮中儒師之地位,由此可見一斑。尤其維禎這樣既有才學,又有教學經驗的進士"塾師",其受歡迎的程度可以想見。要知道,自延祐二年(一三一五)開始科考,截至至正元年(一三四一)恢復鄉試,二十七年之間,京城會試共計七科,録取進士僅僅五百三十七人,維禎就是那五百多人中的一員。與一般民間塾師相比,當然更具有競爭力。因此重新恢復科舉之初,還在服喪期間的楊維禎就已經開始教授生徒。此前所撰文賦,因爲有助於科舉士子的模仿學習,經由其弟子陳存禮搜集成書,取名新刊古賦程式麗則遺音,於至正元年在杭州刊行。這是維禎公開出版的第一部文集。

楊維禎又一次致力於古樂府創作,則是因爲與李孝光再次會面。

至正元年九月,維禎與李孝光在姑蘇重逢。詩人相聚,難免談論古今詩人詩事。酒飲到酣暢,李孝光吟唱起韓愈羑里操,并且舉杯相邀,約請維禎追和。據説韓愈琴操爲唐代第一,當年柳宗元與韓愈爭鋒,終於也未敢在此詩體上較勁,而是退而求其次,選擇鐃歌。也正因此,李孝光故意用韓愈琴操相激。維禎聞言興起,當即請李孝光出題,隨後於兩天之内連續撰寫十一篇。李孝光爲之拍案叫絶,甚至狂呼:"楊廉夫,鐵龍精也!"(鐵雅先生復古詩集卷一琴操序)繼而又稱讚説:"鐵雅辭行,退之不得稱千古獨步!"(鐵雅先生復古詩集卷一殘形操)意思是説,維禎所作琴操,絶對能與韓愈媲美。當然,上述所謂李孝光的稱譽,出自維禎及其弟子章琬轉述,或許有誇大不實之處。但是維禎擅長此類詩體,卻并非偶然,其幼年聽從父親教誨,熟讀韓愈琴操,如今撰此仿作,應屬駕輕就熟。

李、楊二人有意采用常人不敢問津的古樂府形式,既是爲了獨樹一幟,也是爲了聳動視聽。此外還需注意到,李孝光稱維禎爲"鐵龍精",所謂"鐵龍",是指維禎擅長的鐵笛;李孝光還稱維禎詩爲"鐵雅",這是對楊氏詩歌風格的精煉概括。由此可見,至遲到至正元年,楊維禎已經開始注意顯示自己不同於他人的形象,有心樹立和宣傳自己獨特的詩風。當然,那時的楊維禎,在元代詩壇還缺乏知名度。

吟詩只能滿足一時快感,教書也只是權宜之策,曾經的天台縣令楊維禎進士,終究還是希望回歸官場。大約在至正元年歲末,服喪期滿之後,維禎將家鄉自己名下的田産房舍盡數讓與兄弟,攜妻兒移居江浙行省省會杭州,申請補官。

按照慣例，官吏於服喪期間必須卸任，喪期過後則應給予補官。維禎萬萬没有想到的是，行省官員居然以種種理由阻撓拖延：或謂其當初任錢清鹽場司令之時，没能完成賦税定額；或謂鹽税尚未核算結清，鹽官不得重新定職。總之，維禎的補官，不明不白地被擱置，且遲遲不予解決。萬般無奈之下，繼續抗辯的同時，維禎只能接受嚴峻現實，游走於杭州、湖州、蘇州、崑山、松江等地，暫時教授“市井小兒”維持生計，“以苟免大饑凍之窘”（上㠜㠜平章書）。

事實上，雖然失去官職，至正初年的維禎并未陷入“大饑凍”的窘境，相反，在浙西興旺的商業市鎮中，其所有才學獲得淋漓盡致的發揮，詩文、書法、音樂、鑒賞，通過這些文藝活動，維禎得以結識江浙地區衆多文人士子。鐵崖樂府因此膾炙人口，西湖竹枝詞衆口傳唱，鐵崖派也初具規模。

從至正元年歲末到至正四年十一月，維禎寓居杭州，授徒爲生。這一時期結交或往來的朋友，主要有江浙儒學提舉黄溍、班惟志，杭州張雨、錢惟善，毗陵倪瓚，富春馮士頤兄弟，武夷名士杜本，秘書卿泰不華，史官危素，以及李孝光。爲了回應當年黄清老的質疑，爲了宣傳浙東、浙西的新詩，維禎多年來孜孜求訪兩浙詩人，并於這一時期選擇李孝光、項炯、丁復、陳樵、倪瓚、張雨、釋覺恩七家詩作，結集成書，取名兩浙作者集，并撰寫序文，予以弘揚。不過這一詩歌總集，後世未能流傳。

至正初年在杭州追隨於維禎的鐵門弟子已經不少，其中崑山袁華比較突出，且有詩集流傳至今。從維禎本人、學生袁華以及其他鐵門弟子的記載中我們知曉，早在至正初年，即教授春秋經學同時，維禎也在傳授詩法，已經有意弘揚自己的詩學主張，表現自己“古拗”的詩歌風格。

就文史事業及其影響來説，這一時期維禎做了兩件大事：一是首倡西湖竹枝詞，逐漸聯絡起江浙一帶衆多下層文人，其詩壇盟主地位開始獲得公認；二是撰寫三史正統辨，爲南人張目，一度引起轟動，并且產生全國範圍的影響。關於這兩件事，後面還有專論，此不贅述。

至正四年十一月，湖州蔣克明專程來杭，力邀維禎到其家鄉授學。此時維禎補官無望，本來奢望獲得朝廷高官青睞的三史正統辨，呈送之後也不見回音，不免心灰意冷。遂接受蔣克明邀請，攜妻兒移居湖州長興縣安化鄉陳瀆里，在蔣氏東湖書院教學。

陳瀆里濱臨太湖，風光絶美。棲居於此，既有富家大户盛情款待、青年士子崇拜追隨,又有太湖山水滋養,維楨精神爲之一振,進而詩思迸發,衆多熱情洋溢、抒寫逍遥情懷的詩篇詩句,例如"五十狂夫心尚孩"(列朝詩集甲集前編第七又湖州作四首之二)、"願住吴儂山水國,不入中朝鸞鵠群"(鐵崖先生古樂府卷三莒山水歌)等等,就産生於寄居湖州時期。

這一時期維楨於衆多交游和學生之中,尤其青睞吴復。吴復(一三〇〇?——一三四八),富春(今屬浙江)人。嗜好作詩,至正五年專程赴長興,求教於維楨。獲得點撥之後,詩藝精進,并且致力於輯注鐵崖先生古樂府。

至正六年(一三四六)冬,維楨五十一歲,闔家移居平江路治(今江蘇省蘇州市)。雖然仍舊以教學謀生,不過移居姑蘇之後,維楨更加醉心於交朋結友、游山玩水。他將西湖竹枝詞的唱和方式與交際功能帶到吴中,又聯絡起大批詩友,并且衍生出吴下柳枝詞;他結交吴中富貴,遍游吴中山水,自稱比當年白居易居官蘇州時更加愜意,因爲"無窘於文法",因爲無官一身輕;他廣交各路朋友,尤其與衆多崑山文人名士,諸如顧瑛、吴睿、陸仁、袁華、郭翼等結爲摯友。也正是因爲有顧瑛資助,西湖竹枝詞與鐵崖先生古樂府,皆在這一時期獲得刊板發行。後者即吴復所整理,顧瑛補輯爲十卷本,於至正八年歲末出版,這是楊維楨第一部公開出版的詩集。

至正九年暮春,受松江富户吕良佐邀請,維楨到其璜溪私塾執教,又從蘇州闔家移居松江。此後將近兩年的松江生活,給維楨留下深刻而美好的印象,因此晚年毅然重返松江,直至終老。

如果説以往寓居杭州、湖州、蘇州等地,楊維楨文壇盟主身份還不能被普遍認可,那麼移居松江以後,他儼然已經成爲當地以及周圍地區的文人領袖。松江本地以及寓居文人,如袁凱、錢鼐、楊謙、馬琬、邵亨貞、陸居仁等等,或慕名造訪,或盛情邀約,各種雅集皆以楊維楨爲中心。尤其這一時期維楨主持的兩場文會,更使其聲名遠揚。(參見後文。)

儘管松江生活逍遥愜意,但是長年累月給"鄉里小兒"教書,畢竟不够體面。也正因此,維楨始終没有放棄其"補官"的努力,然而收效甚微。他懇請好友侍講學士黄溍舉薦,不料黄溍極力規避朋黨之嫌。他先後上書江浙參政秦從德、江浙行省平章政事嶧嶧,希望他們施以援手,但是均無結果。直到至正十年(一三五〇)歲末,經由同年友人推薦,才被任命爲杭州四務提舉。杭州四務提舉屬於稅務官,其性質地位與當年錢清鹽場司令相似,官卑事煩,并非維楨理想的官職,但是他又無可奈何。懷著十分矛盾的心情,吟著"那能事煩劇,曉出星猶戴。行當謝冠冕,歸荷山陽末"(鐵崖逸編注卷四芝雲堂分韻得對字)之類的詩句,維楨重又回到杭州官場。這一年,他五十五歲。

(三) 再入仕途、終老松江(五十六歲到七十五歲)

維楨正式就職杭州四務提舉,是在至正十一年(一三五一),此後直到至正十六年秋,五六年間始終在杭州任官。不過在此期間官職稍有變動:至遲於至正十三年正月,維楨改任杭州稅課提舉司副提舉;至正十四年五月前後,還一度代理江浙行省儒學提舉之職。不過維楨始終認爲,行省長官對於自己的處置不僅不當,而且不公,因此就職杭州四務提舉以後,仍然沒有放棄申訴。他先後上書江浙參政樊執敬、江浙左丞黑黑國寶等行省長官,自稱爲流言所害,感歎不遇知己。同時呈送自己的詩文集,希望獲得賞識或引薦。

在杭州任職期間,維楨詩文的關注點發生變化,從至正初年逍遙情懷的抒寫,轉而更多地記述描摹身邊的人和事,尤其是有關忠孝的題材。之所以會出現上述變化,固然有作者身份改變的因素,更爲重要的,則是因爲社會形勢發生劇烈動蕩,元朝統治面臨嚴峻挑戰。就在這一時期,紅巾起義逐漸遍佈全國,江南已經烽烟四起。維楨所處城市杭州,也接連遭遇兩場戰爭:一是至正十二年七月,蘄黄徐壽輝紅巾軍攻佔杭州,歷時十來天,維楨試圖引爲知己的江浙行省參政樊執敬,戰敗而死;二是至正十六年七月,張士誠軍一度攻陷杭州,在此期間,泰不華於黄巖戰歿,李黼在江州被殺,貢師泰徵糧杭州,楊完者爲首之苗軍肆虐於松江,江浙行省左丞達識帖睦邇臨陣逃遁。這些朋友、同僚或上司的人品與行爲,維楨或褒獎,或申斥,皆在詩文中予以反映。維楨晚年自號鐵史,如若追溯其源頭,固然可以上溯至居家讀書期間;然要論所謂"鐵史事業"的發達,則是開始於這一時期。

至正十六年(一三五六)秋,維楨調任建德路總管府理官,去往睦州(今浙江建德)。此番調任亦非升遷,因爲官階仍爲承務郎,和任錢清鹽場司令時一模一樣。調職原因未見維楨本人有過陳述,今據相關材料分析,恐怕與其撰文指斥江浙行省左丞相達識帖睦邇而遭受排擠有關。

維楨在建德路任官時間很短,不過就其文學事業來説,不無收穫。其一,與後來享有盛名的明初開國文臣之首、元史總裁官宋濂結交。當時宋濂在浦江大户鄭氏私塾教書,無官無職,聲名遠不及維楨,但是著述頗豐。維禎慧眼識珠,在爲宋濂文集所撰序文中斷言:地位低下的宋濂,必將享譽後世,因爲其文章遠勝所謂著名館閣文人。後來維禎視宋濂爲知音,臨終再三叮囑弟子,務必請宋濂撰寫墓志,其實并非偶然。其二,這一時期維禎致力於撰寫史論文章,後來弟子章木輯注成書,取名爲史義拾遺,留存至今。史義拾遺兩卷,收録史論共計一百一十九篇,雜論史事,或以古諷今。比如悼高陽狂生文,就是假借西漢 酈食其之事,哀悼至正十七年死於非命的友人潘純。

　　維禎在建德任官時間不足兩年。至正十八年(一三五八)三月,朱元璋屬將胡大海率兵攻陷建德,維禎逃往富春山中,投奔故人馮士頤兄弟。不久馮家亦遭兵燹,房舍化爲焦土,老稚皆被殺戮。維禎隱藏於草棘之中,總算死裏逃生。此後又曾避居富春山中寺廟。在富春山中陪伴追隨楊維禎之弟子,有章木、張憲等人。

　　至正十八年歲末,維禎被授予奉訓大夫、江西等處儒學提舉一職。據元史百官志,奉訓大夫是"從五品"。也就是説,這是維禎平生所獲最高官職。但是對於楊維禎而言,僅僅是虛名而已。因爲當時的江西,已是草莽英雄陳友諒的領地,根本無法履職。

　　至正十九年二月,維禎自富春山重返江浙省會城市杭州。此時的杭州,包括行省政府機構,也已經舊貌不再,或物是人非。原來早在至正十六年七月,張士誠軍攻入杭州城後不久,楊完者爲首的苗軍將之擊潰,江浙行省最高長官達識帖睦邇左丞得以返回杭州。不料楊完者居功自傲,其軍士胡作非爲。達識帖睦邇頗爲嫉恨,而又無可如何。次年八月,受到元軍重挫的張士誠接受招安,納降於元,官拜太尉。一年之後,即至正十八年八月,達識帖睦邇秘密聯絡張士誠,將楊完者圍困於杭州城外,迫其自殺。從此,杭州實際掌控權落入張士誠幼弟江浙平章張士信手中。

　　至正十九年二月到十月初,楊維禎在杭州寓居,與張士信及其衆多屬官,包括杭州太守謝節等等,均有交往。四月,江浙行省舉行歷史上首次夏季鄉試,維禎擔任考官,事後還奉命撰寫鄉闈紀録序。七月,張士信徵派周邊四郡百姓四十萬人修築杭州城墻,一時民怨沸騰,維禎寫杵歌七首記録此事,稱美張士信與杭州守將的同時,寓有規諫。此時恰逢張士信奉其兄張士誠之命前來求言,維禎遂獻馭將、人心、總制、求才、守城五論,并復信一通,呈送張士誠,闡發其王道主張,强調恃城固不如恃人心、恃將才,希望張王行德政、展霸圖。

張士誠兄弟見到楊維禎諫言之後，究竟如何反應，詳情不得而知，估計只能是束之高閣了。至正十九年十月初，維禎決定退隱，松江同知顧逖專門派船到杭州，將維禎全家接往松江，其晚年隱居生涯就此開始。這一年維禎六十四歲，距離通常的官員致仕年齡，其實還有六個年頭。

至今未見維禎正面陳述過其退老松江的緣故，從現有資料推斷，其主動選擇退隱，應當有三方面原因：其一，“懶散情懷”，無心仕進。維禎退隱松江之後，友人張昱有詩戲贈楊維禎儒司常自稱夫子故云曰：“懶散情懷是索居，非關故草絶交書。空謀赤壁一斗酒，不寄雲間雙鯉魚。近日西河疑子夏，幾時漢武問相如。文章固是雕蟲事，請教何人力有餘。”（可閒老人集卷四）此詩起首二句，應該就是維禎當時選擇退隱的主要原因。其二，儘管受職江西等處儒學提舉已近一年，但是江西戰火紛飛，根本無法赴任。其三，對於張士誠兄弟，楊維禎曾經獻策獻言，却未受重視。所以不論是當時杭州實際最高長官江浙平章張士信，還是江浙丞相達識帖睦邇，維禎都不看好，因此離開杭州，另覓他處，也就在情理之中。

至於爲何選擇松江作爲晚年棲居地呢？松江同知顧逖和通判謝伯理的熱情相邀固然重要，而更爲關鍵的，應該還是之前授學松江時留存的美好印象，因爲這塊土地上，具有維禎感覺合適愜意的文化氛圍。

至正二十四年（一三六四）夏，松江超果寺重建落成，維禎應邀撰寫重興超果講寺記。當時維禎六十九歲，第二次寄居松江將滿五年。在碑文中維禎這樣説：松江超果寺的觀音菩薩，其實與普通人一樣，也懂得擇地而居；而且正是因爲選擇了松江這塊寶地，雖然屢經劫難，菩薩像仍然完好如初。維禎巧妙借用超果寺佛像遷徙的事例，説明定居松江的理由：自己之所以再次來到此地，正是因爲迷戀於松江的魅力。

至於松江同知顧逖當時盛情邀迎，其實主要出於“興學”目的，是請楊維禎前來主持松江府學的教學。因爲當時朱元璋忙於應付陳友諒，無暇顧及東南地區。所以儘管烽烟四起，張士誠轄區内今長江三角洲一帶，還算平静。於是張士誠的一些屬官，例如嘉定州的張經、松江府的顧逖，紛紛興修學校，恢復教學，重興文化事業。

由於這些官員的鼎力支助，回歸松江之後，維禎得以安心著史立説，廣收門徒，鐵崖派得以再次形成，并產生影響。至正二十三年（一三六三），在爲崑山袁華詩集撰寫序文時維禎聲稱：“吾鐵門稱能詩者，南北凡百餘人。”（可傳集序）這百餘位鐵門詩人中，不少正是至正末年的學徒。而且這一時期維禎教學的重點,也已經傾向於詩歌寫作。他給當時弟子陳樟、陸樞長詩所作的評點,墨迹留存至今。

至正末期,尤其至正二十三年(一三六三)九月張士誠自立吳王之後,楊維禎因爲對張氏兄弟皆有不滿,又年近七十,於是竭力追求逍遥,唯求太平度日。他經常邀集弟子,徜徉嘯歌於湖光山色之中,自稱"風月福人"。與此同時,又用詩文記録時事,表彰忠節,醉心於"鐵史"事業。他還廣泛接受官府貴富、平民百姓的各種請託,撰寫大量應酬詩文。宋濂楊君墓志銘所謂"名執政與司憲紀者,艷君之文,無不投贄願交,而薦紳大夫與巖穴之士踵門求文者,座無虚席,以致崖鐫野刻布列東南間",描述的正是元末維禎寓居松江時候的境況。鐵崖詩文在當時東南社會所受歡迎的程度,由此不難窺見。

至正二十七年(一三六七)正月,松江知府王立中等主動向朱元璋大將徐達投降,從此松江納入朱元璋統治版圖。三月末,上海縣大户錢鶴皐聚衆造反,并試圖聯絡張士誠起事,但隨即遭到鎮壓。同年九月,徐達攻克平江(今江蘇蘇州),張士誠政權徹底覆滅。次年正月,朱元璋正式登基,建立大明。當年八月,大明以應天爲"南京"、開封爲"北京",徐達率明軍進入大都,元朝滅亡。在此天翻地覆的過程之中,"鐵史"楊維禎記録了不少身邊的人和事,尤其撰於張士誠覆滅前後的詩文較多。

明洪武二年(一三六九)十二月,維禎接受朝廷徵召,赴金陵參與修纂禮樂書。據鐵崖弟子釋守仁所述,維禎此行是應召"總裁"禮樂書。(參見列朝詩集閏集卷二釋守仁寄鐵崖先生二首詩題下注。)不過宋濂所撰楊君墓志銘與貝瓊鐵崖先生傳皆未提及,假若維禎在京城有如此高職,不至於忽略不書。所謂"總裁",當是誤傳。次年四月,維禎因肺病發作而返回松江,五月二十五日(公元一三七〇年六月十九日)病逝,享年七十有五。相傳其臨終時豁達異常,起身撰歸全堂記,頃刻書就,擲筆而逝。六月,松江太守林孟善主持喪事,葬於松江干山。此後其友人錢惟善、陸居仁相繼落葬干山,後人合稱爲三高士墓。

(四)楊維禎的妻妾子嗣

維禎一生經歷之大概如上所述。至於其妻妾子嗣情況,貝瓊鐵崖先生傳忽略不提,宋濂楊君墓志銘雖有涉及,然相當簡略,僅曰其髮妻爲錢氏,繼娶鄭氏、陳氏。一子一孫,一脈單傳。其子名杬,鄭氏所生。至於其孫名字,宋濂未録,僅曰"孫男一某"。據以推測,此孫當爲楊杬所生,明初年幼,故宋濂忽略其名。

　　楊維禎在詩文中很少提及妻妾，僅有數首詩歌正面涉及。一是寄壽内子四絶(載鐵崖楊先生詩集卷上)，大約作於元至正八、九年間，詩中曰“辛勤”，曰“患難”，又有“但願玄成書滿腹，不勞德耀案齊眉”、“范叔身存志必酬，張儀舌在汝何憂”之類的詩句，或因當時失官多年，其妻頗有牢騷，因此維禎予以撫慰，聲稱日後必將轉運。另一首名爲元夕與婦飲，此詩蘊藏頗多信息，值得探討。詩中曰：“右蠻舞裊裊，左瓊歌昔昔。婦起勸我酒，壽我歲千百。”此詩有鐵崖墨迹流傳至今，據詩後維禎自跋引録“老婦曰”數語可以得知，其妻頗通文墨。又據維禎書贈對象之名字官職獲知，此詩作於維禎晚年寓居松江初期，大致爲至正二十二年(一三六二)前後。總而言之，楊維禎妻子至正末年仍在世，至於此“老婦”究竟是髮妻錢氏，抑或續娶之鄭氏、陳氏，則不得而知。其次，詩中所謂“右蠻”“左瓊”，實爲其小妾。維禎晚年自稱有“桃葉、柳枝、瓊花、翠羽爲歌歙伎”(東維子文集卷九風月福人序)，其友人瞿佑則指出所謂“歌歙伎”的另外一重身份，其歸田詩話卷下香奩八題曰：“楊廉夫晚年居松江，有四妾：竹枝、柳枝、桃花、杏花，皆能聲樂。乘大畫舫，恣意所之，豪門巨室，爭相迎致。時人有詩云：‘竹枝柳枝桃杏花，吹彈歌舞撥琵琶。可憐一解楊夫子，變作江南散樂家。’”可見楊維禎於元末，也是家庭戲班的班頭，“能聲樂”的小妾則是戲班成員。維禎擅長今樂府(元曲)創作，且有四游彈詞傳世，當年的主要演員，應該就是竹枝、柳枝等人。又，前引風月福人序原注有“先生八十，精力不衰。瑶、翠尚有弄瓦弄璋之喜”等語，據此推知，至正末年楊維禎在松江，小妾至少還爲他生了一兒一女。

　　明永樂四年(一四〇六)，即維禎逝世三十六年之際，蕭山魏驥赴任松江府學訓導。因爲其先父曾經師從鐵崖，故魏驥來到松江之後，特地尋訪維禎家人。然而四處打聽，終無結果。唯一的收穫是：除了知曉維禎之子名杭，還得知其孫名泰來。人卻不見蹤影，“問諸故老，皆莫知所之”。至於維禎妻妾，包括竹枝、桃花、柳枝、杏花等等小妾及其子女，改朝換代之後，其下落同樣不得而知。曾經喧囂一時的風雲人物，時隔僅僅三十餘年，其後世竟然如此落寞，魏驥十分感慨，“不勝悽然於夕陽衰草間久之”。(參見南齋先生魏文靖公摘稿卷二書鐵崖楊先生墓志銘後。)

二、楊維禎政治立場辨析

　　楊維禎生平經歷如上所述，至於其政治立場，有必要作進一步的辨析。

　　維禎生活於元、明易代之際,早年是元代二甲進士,晚年長期生活於張士誠統治區域,改朝換代以後,又應聘赴京,爲朱元璋的明朝修纂禮樂書籍。經歷如此多變的社會環境,擁有如此複雜的生活經歷,維禎的思想不可能一成不變,其詩文作品内容的包羅萬象和紛繁複雜,在所難免。也正因此,使得後世有關楊鐵崖的“故事”多彩紛呈、真偽摻雜。

　　有關楊維禎政治立場的傳説,其實自始至終褒貶皆存,然而“貶”的一方顯然不佔上風,人們往往稱頌鐵崖既辭張士誠邀請、又拒朱元璋徵聘,是始終如一的貞節之士。所謂賦老客婦謡拒聘的故事,由於載入明史而影響深遠。甚至有傳言説,楊鐵崖爲了拒絕明太祖朱元璋徵聘,最終自縊而死;(參見明人郎瑛七修類稿卷二十一楊鐵崖詩,王昌會詩話類編卷七節義、卷二十九高逸。)至於相反的傳説,即楊維禎受到朱元璋賞識賞賜的故事,人們則不太願意提及。也就是説,後人願意接受并且樂意宣傳的,往往是楊鐵崖忠節剛烈的形象。

　　今天評述楊維禎的生平行爲和思想立場,應當還事實以真相。有關他的政治態度,他對於元朝、明朝,對於紅巾軍、張士誠和朱元璋,究竟持有怎樣的立場等等,這些問題顯然不容回避,需要一一考察説明。

(一) 維護“大元”,針砭時弊

　　對於元朝的統治,楊維禎總體上是希望維護的。暫且不論維禎具體的政治取向,就其心態而言,能够成爲元朝進士,是楊維禎一生最爲驕傲的資本。雖然後來的官職大多不能遂其心願,但他總是以“大元進士”自豪,甚至直到晚年隱居松江以後,仍然不忘將“泰定丁卯榜進士”這樣的頭銜,冠於姓名之前,署於極其普通的應酬文章。此中所透露的,其實是一種强烈的不平衡心態,以及反觀自身政治生涯之後引發的悲哀。儘管如此,支持元朝政權的立場,他始終不肯放棄,即便已到元朝統治即將崩潰的邊緣。例如,至正二十六年(一三六六)初春,弟子倪中赴京參加會試,維禎於送行序文之中,不僅表述對於“明天子”之厚望,而且希望元朝皇帝選得“真材”以救世,希望倪中能在時政急務方面對皇帝有所助益。(參見東維子文集卷三送倪進士中會試京師序。)然而事實上,上述楊維禎的心願與謀劃都是徒勞的,當時淮河以南區域,基本上已由朱元璋控制;松江也早已不屬大元統治,而是張士誠管轄;距離松江守臣最終投靠朱元璋,已經不足一年。

　　既然總體上維護元朝統治,那麽楊維禎對於元代政治的批評,必然主要集中於“吏治腐敗”。在此基點上，對於紅巾軍的評判，維禎有時顯得比較開明。他認爲紅巾起義，是因爲“官逼民反”，因爲“年年苛吏傷王政”，所以“往往紅氓叛教條”（列朝詩集甲集前編第七之上和盧養元書事二首之二）。他甚至撰文褒獎紅巾軍一類的“盜匪”，聲稱官不如盜，認爲“盜匪”剗除“不仁不義”之官吏，是爲天子行仁義之事。（參見鐵崖文集卷二中山盜録。）當然，楊維禎不可能真正站在紅巾軍的立場，也從來沒有試圖參與推翻元朝，對於部分紅巾軍的褒揚，其實是爲其“以盜治盜”策略作鋪墊，歸根結底，還是爲了維護“大元”統治。

（二）對待張王，若即若離

對於元末張士誠爲首的割據政權，楊維禎的態度比較曖昧和複雜，其立場前後并不一致，先是擁護，繼而懷疑，最終又有所譏刺。之所以出現這樣多變的現象，原因大致有三：一是因爲張士誠先是反元，後又降元，最終自立爲王，其政治立場反復多變。二是由於張士誠軍曾抗擊楊完者爲首的苗軍。苗軍雖屬政府軍，但是爲非作歹，禍害百姓，江浙人士對之深惡痛絕。張士誠軍最終將之剿滅，因此受到當地百姓歡迎。爲楊維禎所認可，也就在情理之中。三是因爲張士誠本人“儉於自奉”（楊維禎上張太尉書），其人品與小弟張士信并不一致，導致楊維禎的評説比較矛盾。

此外，張王政權對於士紳文儒比較包容，不少屬官是楊維禎多年的朋友，則是促使其長期“滯留”張王轄區的重要原因。也正因此，張士誠接受朝廷招安之後，遣其小弟士信“求言”，楊維禎欣然獻上“五論”，試圖將其先前提倡的“以盜治盜”策略付諸實踐，并希望張太尉能够輔佐元朝中興。與此同時，對於張士誠兄弟的真正立場，他又有所懷疑，所謂“今一妄男子，釋屬起閭巷，取封侯印如斗大……吾不知果能爲天子剪狂寇，佐中興，爲生民開太平，無愧於汝銕否？”（方寸鐵志），正是這一態度的集中體現。不過，因爲受到張士誠兄弟的禮遇，又有張王屬下衆多好友的資助，楊維禎最終還是選擇留在松江，直至張王政權覆滅。

要而言之，楊維禎對於張士誠及其政權，大體上保持若即若離的立場，但并非沒有好感。至於張士誠最終背叛元朝，自立爲王，楊維禎明顯持反對態度，只不過表現比較隱晦：一方面撰文褒獎某些張王屬下，比如反對張士誠稱王的所謂“骨鯁臣”；另一方面，自稱“風月福人”，高蹈遠引，以逍遥的行爲方式，來表明其疏離政治的立場。然而無論如何，他并沒有，也不可能真正脱離張士誠。張士誠政權覆滅以後，他寫詩譏刺張士信及其親信，還説

"阿弟柱國秉國鈞,僭逼大兄稱孤君"(陳善學序刊楊鐵崖先生文集卷六銅
將軍),認爲張士誠僭稱吳王,是受小弟士信逼迫。儘管所述并不符合事實,
若能從楊維禎當時的心態和情感考慮,也就不難理解。

(三)明初"拒聘",子虛烏有

至於明初楊維禎的政治立場,後人多有誤解。明代"後七子"領袖王
世貞曾多次渲染楊維禎於明初辭召拒聘的逸士形象,他稱楊維禎爲"遺
老","不肯屈節仕宦,其耆德爲昭代之盛"(弇山堂別集卷三國初三遺
老)。他將楊維禎與危素相比較,二人皆爲元臣,明初均被朝廷徵召,楊維
禎賦老客婦謠以"示不屈",結果全身而還;危素雖然受到明太祖重用,一
旦得罪,即"謫佃臨濠死"。因此認爲二人之優劣高下,毋庸細説。還説元
季楊維禎之"豪縱",與陶淵明相比,"可謂異軌同操"。(詳見藝苑卮言卷
六。)王世貞主掌明後期文壇數十年,其評價影響久遠,後來成書的錢謙益
列朝詩集、明史文苑傳,乃至四庫全書總目,都不同程度受到上述王世貞
評説的影響。

列朝詩集與明史文苑傳皆記載楊維禎賦老客婦謠拒絕朱元璋征聘的故
事,以此標榜其忠節剛烈之性格行爲。明史本傳曰:"洪武二年,太祖召諸儒
纂禮樂書,以維禎前朝老文學,遣翰林詹同奉幣詣門。維禎謝曰:'豈有老
婦將就木,而再理嫁者邪?'明年,復遣有司敦促。賦老客婦謠一章進御,曰:
'皇帝竭吾之能,不强吾所不能則可,否則有蹈海死耳!'帝許之……宋濂贈
之詩曰:'不受君王五色詔,白衣宣至白衣還。'蓋高之也。"正史的影響力非
同小可,也正因此,人們往往將楊維禎視爲"元朝遺老"。然而事實上,所謂
賦詩辭召、忠節剛烈等等,純屬子虛烏有。

明初維禎所撰詩文,留存并不少見,其中讚賞大明統一天下、還百姓以
太平等等,非止一二。可見對於大明王朝,維禎并不排斥。如若還有疑問,
認爲一般應酬文字,并不一定真實反映楊維禎内心想法。那麼,當時朱元璋
徵召,楊維禎乃欣然接受,其實也有詩文可以證明。今存其緑筠軒志一文,
就撰於洪武二年(一三六九)十二月,也就是維禎前往金陵,應召動身當日。
當時維禎做客緑筠軒,吹笛賦詩,其樂融融。次年正月,進京不久,恰逢元宵
節,弟子楊基偕游觀燈,兩人賦詩唱和。雖然維禎原唱佚失不存,但是楊基
的次韻詩,已將鐵崖當時的行爲和心態清晰呈現,詩曰:"白髮老仙逢盛事,
綵毫先詠太平詩。"(眉庵集卷八元夕次韻鐵崖先生二首之一)凡此種種,足
以證明維禎此番應聘入京,十分快意,没有絲毫勉强。

其實入朝修書，對於維禎來説，是其渴望多少年卻無緣兑現的奢望。就在朱元璋下詔徵聘之前不久，洪武二年（一三六九）八月，他還在感歎自己所撰文章只是"山經野史"，"無以用之以利天下"（畫沙錐贈陸穎貴筆師序）。也正因此，一旦有機會從事朝廷大製作，維禎絶不可能放棄。

（四）元明代興，平和應對

後人樂意爲楊維禎貼上"元朝遺老"標籤，與其本人經常標榜"倔强""孤傲"性格不無關係。誠然，維禎生性"狷直"，但"狷直"并非偏執，豁達大度、不拘小節，甚至圓滑世故等等，亦是楊維禎標志性的性格與處世特點。否則，在風雲變幻、不無勢利的元代東南市鎮社會，楊鐵崖絶不可能受到如此的推崇。舉例來説，維禎對於張士誠并不十分看好，但又在其領地接受資助，優哉游哉生活多年，長期享受"風月福人"的適意。也正因此，嘉定文人王彝曾經譏刺楊維禎"混迹斯世，與時低昂，爲文場滑稽之雄"（王常宗集卷二聚英圖序）。王彝的評説儘管尖刻，但并非毫無根據。因此我們有理由相信，"混迹斯世，與時低昂"的楊維禎，即使敵視朱元璋，也決不可能衝動冒犯，賦詩惹怒，使自己陷入危險境地，何況他從未與大明王朝爲敵。

有關明初楊維禎的傳聞，曾經是五花八門、多種多樣，其中既有彰顯楊鐵崖清高孤傲、不與新朝合作的故事，也有完全相悖的傳説。明人都穆有記載："楊廉夫洪武初被召入見，太祖曰：'卿在前元時何官？'對曰：'左榜進士。'太祖曰：'卿張氏時亦曾仕乎？'對曰：'非其君不仕。'時廉夫服新製巾，太祖問：'卿服何巾？'對曰：'四方平定巾。'太祖悦，召中書省臣依此製，使天下盡服之。今之'平巾'是也。太祖又令廉夫賦鐘山詩，廉夫援筆立就……太祖曰：'此詩直一千貫，今日庶事方殷，姑賜五百貫。'"（都公譚纂卷上）這一傳聞亦見於郎瑛七修類稿卷十二國事類楊鄧鐘山詩，記載稍有不同而更爲荒誕。其實與前述所謂"賦詩辭召"一樣，獲得朱元璋賞賜的傳聞亦屬杜撰，同樣荒誕。證僞的依據或理由非常簡單：設若當年楊維禎進京獲此殊榮，宋濂所撰墓志、貝瓊所作傳文，絶不可能隻字不提。

有關明初楊維禎的傳聞如此多樣甚或相悖，然而後來人們大多熱衷於傳揚其孤傲倔强、不與新朝合作的故事，其實與江浙人士對於朱元璋的好惡直接有關。朱元璋一系列的經濟文化措施，尤其是移民臨濠和高額賦税，曾經給明初江浙社會造成極其深刻、廣泛甚至劇烈的動蕩，當地人們的喜怒哀樂隨之而生，所以常常借著楊維禎的傳説敷衍開去，其實大多是作者借他人酒杯澆自己塊壘，杜撰故事而已。

　　如前所述,元朝滅亡以前,試圖維護元朝統治,是楊維禎的基本政治立場。雖然對於元朝的滅亡,未見楊維禎有過追憶或感慨,不過某些蛛絲馬迹,還是能夠透露一點信息。例如洪武元年戊申(一三六八),他撰文爲三位受薦進京的浙江學子送行,文中對比評述元朝科舉與明初薦舉兩種選拔方式,褒貶十分明顯。文後落款不署"洪武戊申",僅以"申年"代替,應該也不是出於疏忽(參見東維子文集卷一送陳錢趙三賢良赴京序)。甚至直到洪武二年十月,他仍然自我標榜"李忠愍同榜進士"、"元室遺老"等等(參見印溪草堂鈔本東維子詩集卷七龍灘紀詠)。不過,上述情感的流露,只是偶爾爲之,聊發感慨而已。元末迭遭戰亂、死裏逃生的慘痛經歷,促使楊維禎擁護和平。華亭、上海、嘉定、湖州衆多明初新任地方長官,他都能熱情交往,保持良好關係,也足以證明對於元、明更替這一既定現實,楊維禎是平静而又理性地承認和接受的。

三、楊維禎的文學特點及其文化影響

　　評述楊維禎文學特點及其文化影響,首先應該弄清楚兩個問題:一是"鐵崖"別號究竟產生於何時。二是"鐵雅"、"鐵崖體"等名稱,所指什麽,異同何在。前者的辨析,有助於我們確定楊鐵崖開始發生廣泛影響的真正時間和地域。後者的考察,可以幫助我們理解和認識"鐵崖體"的內涵。

(一)"鐵崖""鐵雅""鐵崖體"辨析

　　關於"鐵崖"別號由來,或謂源自其家鄉鐵崖山,或曰産生於楊維禎在杭州鐵冶嶺讀書期間。明初文人瞿佑採信後一種説法,其歸田詩話卷下詠鐵笛曰:"楊廉夫初居吳山鐵冶嶺,號鐵崖。"瞿佑是錢塘人,其所謂"吳山",位於杭州。清代康熙年間所編杭州府志卷十三山水志對此有所證實:"(鐵冶)嶺脊西下有土阜焉,元楊鐵崖讀書處。"這一説法還被納入元詩選編者清初顧嗣立所撰維禎小傳,因而影響更大。

　　所謂楊維禎在杭州吳山鐵冶嶺讀書,其實是指元至正初年。當時維禎服喪期滿,攜妻兒來到杭州,補官不成,曾一度寓居吳山富子明居所。那麽,此説假若屬實,"鐵崖"這一別號,就應該是維禎四十六歲以後所取;所謂"鐵崖體"、"鐵體"、"鐵雅"之類獨具風格的詩文,也就只能是維禎中年以後的作品。

　　但是事實上,早在移居杭州以前十多年,鐵崖別號已經誕生。維禎弟子貝瓊在至正二十五年(一三六五)撰寫的鐵崖先生大全集序中,就已明確説

過:“(楊先生之父)爲築萬卷樓於鐵崖山中,先生讀書樓上,去梯,轆轤傳食,若是者五年。遂以鐵崖自號。”(清江文集卷七)也就是説,早在中舉之時,剛過而立之年,維禎就已經自號“鐵崖”。

以“鐵崖”自號的楊維禎步入仕途之後,仍然鍾情於詩文寫作,而且試圖創造一種能够表現自己獨特面貌的詩歌風格,他選擇了古樂府。編纂并刊行鐵雅先生復古詩集的鐵門弟子章琬説:“我朝詩體備矣,惟古樂府則置而不爲。天曆(一三二八——一三二九)以來,會稽楊(維禎)先生與五峰李(孝光)先生始相唱和爲古樂府辭。”(輯鐵雅先生復古詩集序)維禎本人亦稱:“館閣諸老以爲李、楊樂府出而後始補元詩之缺,泰定文風爲之一變。”(東維子文集卷十一瀟湘集序)如此説來,所謂“鐵崖體”,應該專指鐵崖風格的古樂府詩。

不過“鐵崖體”這一名稱,今存楊維禎詩文中未見述及。也就是説,維禎未曾自稱其詩文爲“鐵崖體”,出現的類似名詞則是“鐵雅”。維禎曾説:“曩余在錢唐湖上,與句曲外史、五峰老人輩談詩,推余詩爲鐵雅。”(東維子文集卷十冷齋詩集序)“句曲”是著名書家、詩人、道士張雨的別號,“五峰老人”指永嘉儒士李孝光,張、李二人都是至正初年和維禎過從甚密的好友,而至正初年,正是楊維禎以古樂府詩和西湖竹枝詞蜚聲東南、嶄露頭角之時。

“鐵雅”并非僅指古樂府體,它還應該包括律詩等其他體制的詩歌。上海僧人釋安曾經鍾愛“矻硬排奡”之楊氏“放律”,維禎以爲深得其心,進而強調作律詩也應該保持奇崛硬朗之格調。(參見東維子文集卷七蕉囱律選序。)如此説來,凡是不受程式束縛、豪縱氣健的詩歌,都屬於“鐵雅”範疇。釋安曾將維禎此類律詩編成集子,取名鐵雅先生拗律,足以證明“鐵雅”包含的詩歌體裁,并非單一的古樂府。

其實,不僅是“鐵雅”,包括“鐵崖體”,恐怕都不能簡單界定爲一種詩歌體裁,更多的是借指獨特豪放的楊氏風格。至正初年,黃溍在杭州任江浙儒學提舉,求文者絡繹不絶,黃溍窮於應付,常請維禎代筆。而維禎與黃溍文風迥然不同,因此黃溍每每於事後説明:那些氣勢豪放、不受程式束縛的文章,并非出自我的筆下,而是楊廉夫的大作。(參見東維子文集卷二十四故翰林侍講學士金華先生墓志銘。)由此看來,不管是詩是文,只要含有楊維禎奇崛豪縱的風格,都可稱作“鐵崖體”。不過,由於文體的限制,最能體現楊氏文學精神的,應該還是古樂府。古樂府句式不一,可長可短,形式活潑自由,尤其適合展現鐵崖風格。後來人們習慣以“鐵崖體”專指維禎古樂府,并非毫無道理,何況古樂府是楊維禎作爲詩歌革新手段,首先大力提倡的。也正因此,鐵崖樂府被視爲元代後期詩壇的代表性詩體,王士禎的點評"鐵崖樂府氣淋漓"(漁洋山人精華録卷五戲倣元遺山論詩絶句三十二首之十六),後來膾炙人口。

在此需要强調的是:維禎自號"鐵崖",致力於古樂府創作,即與李孝光最初的唱和,早在天曆初年就已開始,但是當時無人注意;十幾年後,當他浪迹錢塘等地,張雨等人贈與"鐵雅"這一美稱之時,才是他真正聲名大噪的開端。換言之,維禎創作古樂府的開始,和鐵雅詩歌的廣泛傳播,并非同時之事。關於這一點,不但後人,就是當時人(如瞿佑),也有誤解。

(二) 促成鐵崖派崛起的天時地利人和

誤解其實是楊維禎自己有意製造的。維禎晚年多次自詡説,其古樂府扭轉了泰定詩風,彌補了元代中期詩壇的某些缺憾。明初宋濂所撰楊君墓志銘更是極力褒揚説:"元之中世,有文章鉅公起於浙河之間,曰鐵崖君。聲光殷殷,摩戛霄漢,吳越諸生多歸之,殆猶山之宗岱、河之走海,如是者四十餘年乃終。"宋濂所謂"元之中世",所謂風靡"四十餘年",顯然也是認爲楊維禎雄踞文壇,是從天曆初年,即他中第任官之初開始的。如此一來,難免給後人造成一種假像:即楊維禎的成功,完全依賴於文學獨創,是其古樂府扭轉了泰定文風。

然而事實上,文學上的成功,更多地依賴於天時、地利、人和。有時同一個人物,同樣的作品,彼時彼地默默無聞,此時此地卻熱鬧非凡。就以鐵崖古樂府爲例,雖然楊維禎早在天曆初年就已開始此類詩歌的寫作,但鐵崖名聲大噪及其詩歌廣泛流傳,則是至正初年以後的事。瞿佑誤將"鐵崖"別號的誕生,推遲到至正初年維禎客居錢塘之時,正是由於這個原因。

鐵崖詩歌的風行,鐵崖派的崛起,歸根結底,取決於至正初年社會政治狀況的變化,以及楊維禎本人境遇、觀念、創作傾向及其行爲方式的改變。

至正以前的楊維禎,無論是政治上,還是在文壇上,都無足輕重。不能設想,沒有重要人物的提攜吹捧,缺乏足夠的社會基礎和經濟支助,一個初登仕途的七品縣令楊維禎,和一個在野文人李孝光,這樣兩個小人物的詩歌酬唱,會有扭轉文風的力量。以下證據頗能説明問題:後至元年間(一三三五——一三四〇),建陽蔣易廣搜當代詩人詩作,輯成皇元風雅一書,書中收録包括倪瓚、張雨、李孝光在内不少江浙布衣文人詩作,對於楊維禎卻隻字未提。維禎當時實際的詩壇地位,由此可見一斑。

　　中年以前的楊維楨，寫作大多取材於書本。元至正六年（一三四六），
鐵崖弟子吳復在輯録鐵崖先生古樂府叙中說：“先生在會稽時，日課詩一首，
出入史傳，積至千餘篇。晚年取而讀之，忽自笑曰：‘此豈有詩哉？’亟呼童
焚之，不遺一篇。”至正六年楊維楨五十一歲，可見吳復所謂“晚年”焚詩之
舉，應該發生於至正初年。

　　據宋濂所撰楊君墓志銘，維楨著書多達數百卷，其中四書一貫録、五經
鈐鍵、春秋透天關、禮經約等等，想必是其讀書心得或文獻輯録，用來幫助士
子應考而編撰的科考輔助讀物。要而言之：楊維楨焚去詩歌舊作，是因爲
通過西湖竹枝詞的酬唱，發現了真正有價值的文學源泉；編撰大量科舉考試
讀物，則是因爲當時重開科舉，爲了滿足社會的實際需求，這一切皆開始於
至正初年。

　　至正元年（一三四一）冬，維楨服喪期滿後，攜妻兒來到錢塘，多方投書
托人，卻無緣補到一官，迫於生活壓力，只能暫時以教學糊口。此後十來年
間，游寓東南城鎮。未曾想憑藉其“泰定進士”身份，以及卓越的文學素養和
音樂才能，卻贏得廣泛聲譽，“吳越諸生多歸之”，事實上由此開始。

　　楊維楨的文學事業，之所以在至正初年獲得成功，與當時恢復中斷六
年的科舉考試有關，更是得益於東南市鎮社會的文化氛圍。元代的江浙
一帶，尤其沿江靠海的中小城鎮，經濟發展迅速。市鎮繁榮之後，勢必吸
引非農業人口往當地集中，其中也包括各類名士。崑山郭翼就曾驕傲地
宣稱：“竊見崑山人物之盛，非他州可及……以至齋館之銘，冢墓之碣，一
言一詠，皆名流朝士聚精會神，極其盛者。”（林外野言補遺與顧仲瑛書）
長洲謝徽也説：“（姑蘇）民俗富而淳，財賦强而盛，故達官貴人、豪雋之士
與夫羈旅逸客無不喜游而僑焉。”（僑吳集卷首謝徽序文）就在這些富庶
的城鎮裏，就在衆多外來和本地的名流中間，仕途上久遭挫折的楊維楨開
始大顯身手。由於游寓市鎮教授生徒，維楨得以多方結交市民商販、道士
僧侶等各階層人士，視野隨之開闊，趣味也有所改變，新穎的西湖竹枝詞
酬唱就此開始。

　　（三）西湖竹枝詞與三史正統辨

　　西湖竹枝詞之酬唱始於至正初年，至正八年（一三四八）結集。結集時
維楨撰序文説：“予閑居西湖者七八年，與茅山外史張貞居、苕溪鄭九成輩
爲唱和交。水光山色浸沉胸次，洗一時尊俎粉黛之習，於是乎有竹枝之聲。
好事者流布南北，名人韻士屬和者無慮百家。”他坦率承認社會生活的魅力

和影響,從中可以窺見維楨思想觀念發生巨變的原因,也就不難理解他何以焚去舊日取材於史書的詩作。以下再舉一例:永嘉僧人釋道元當時參與唱和竹枝詞,所作詩歌清新通俗,比喻奇妙貼切,爲世人所傳唱。但是也有人譏其浮薄,維楨爲之申辯,振振有詞:"金沙灘頭菩薩亦隨世作戲,或者釋焉?"(引自梧溪集卷七次韻信道元長老菱溪草堂見寄之作後序)毫不掩飾其雅俗并舉、詩以寫情的觀點。

西湖竹枝集總共輯録一百二十四位作者的一百九十四首詩。雖然取名"西湖竹枝",其實大多并非寓居錢塘的文人所作,詩作也不一定吟詠西湖風情。序文中鐵崖自稱"閑居西湖者七八年",其實也是大概而言。此詩集中許多作者,正是至正初年維楨游歷東南各地(杭州、湖州、蘇州、崑山)時結交的朋友。書中不但收録未經師授的賈販之歌,還有婦女和無名氏的作品,由此可見維楨交游之廣泛,以及當時西湖竹枝詞影響的深遠。

西湖竹枝詞的酬唱,不僅奠定了楊維楨當時的社會地位,也規定了他今後的歸宿,以及長期相處的朋友:其中有豪爽好客的崑山顧瑛父子和吳興蔣氏,有與他一起終老於松江的杭州文士錢思復,還有他晚年作爲依靠的張士誠屬官王立中和張經等等。不過,參與唱和竹枝詞的詩友,大多并非致力於古樂府創作的同道。在西湖竹枝集中,維楨以簡略文字介紹作者的生平與特長,凡是偏愛古樂府創作的,逐一加以説明,如李孝光、康瑞、邊魯等等。其餘衆多友人之愛好特長,則多與古樂府詩無關,比如淮南潘純、崑山顧瑛以今樂府(散曲)聞名,黄公望、倪瓚、柯九思、張渥則以繪畫著稱。

由此可見,所謂"鐵崖派",或稱鐵門詩派,是楊鐵崖聞名東南期間,其四處結納的友人或弟子自然形成的。鐵崖派實在是一個鬆散的文學團體,不僅没有統一、明確和固定的詩學主張,創作風格亦不盡相同,主要在於趣味相投而已。而楊維楨興趣愛好的廣泛,其詩歌的多樣風格,則爲他結交各路朋友創造了有利條件。

如前所述,至正初年維楨首倡西湖竹枝詞之初,其實并無多大名望,因此邀人唱和,既是文學活動,也是拉幫結派、組織社團、張揚自我、擴大影響的過程。就楊維楨編撰思想以及此書體制分析,西湖竹枝集的特點大致有三:其一,狐假虎威,突出自我。爲了提高聲譽,楊維楨不僅將自己置於全集之首,還把高官虞集、王士熙、馬祖常、揭傒斯等人及其詩作納入合集,緊隨其後。其實虞集等人與維楨并無直接交往,不僅未能參與唱和,所作亦非西湖竹枝。維禎如此處理，其實是有意向衆人昭示自己的進士身份，因爲虞集、王士熙、馬祖常、揭傒斯等人，都是泰定四年京城會試的考官，與之有名義上的師生關係。其二，讚譽友朋。維禎爲西湖竹枝集每位作者各撰一小傳，傳文中不吝讚譽之詞，如此集體展示，勢必産生群體效應。其三，不論身份尊卑，廣收博采。西湖竹枝集的作者中既有僧侣道士，也有婦女商販。宋濂撰楊君墓志銘所謂“平生不藏人善，新進小子，或一文之美，一詩之工，必爲批點”，且大加稱賞的特點，於西湖竹枝集中有充分反映。換言之，就西湖竹枝來説，高官虞集與默默無聞的無名氏詩作，可以説價值等同。（後來維禎爲宋濂文集撰序，更是倡言布衣文人著作水平超越臺閣文人。）西湖竹枝集的刊行和流傳，促使楊維禎獲得萬衆矚目，成爲東南文壇盟主，儘管首先作出上述價值判斷、執掌品評大權的，其實是楊維禎自己。

西湖竹枝詞的唱和乃至結集梓行，意味著鐵崖派的形成，標志著鐵崖派在文壇上的成功。在創作上，維禎改變從書本尋覓題材的傾向，開始更多地面對生活；在生活中，維禎從書齋官衙走入下層社會，逐漸成爲東南在野文人的中心人物。

如果説西湖竹枝詞的傳唱，使得維禎由不甚知名變爲知名，那麼，三史正統辯的撰寫傳播，則使他聲名大噪，真正成爲朝野皆知的名人。

至正二年（一三四二）三月，遼、金、宋三史開始纂修，然而從元世祖忽必烈執政時期就已開始的三史正統之爭，卻始終未有定論。所謂“正統”之爭，具體落實到元人修史，就是蒙元究竟承金、還是繼宋的問題。中國傳統文人歷來認爲“傳天下者必有正統”，當時主宋者力倡“宋朝正統説”，主金者堅持金國是正統。也有人試圖調和矛盾，主張“三段説”：將遼、金歷史作爲北史，宋太祖到靖康年間的北宋歷史爲宋史，而建炎以後爲南宋史。這些爭論在元代延續數朝，愈吵愈烈，居然使得元代皇帝也束手無策。其實，撩開正統之爭的面紗，隱藏於深處的，主要是“漢人”（原居金國所轄之地）與“南人”（南宋屬地居民）之間的矛盾。

蒙元統治者奉行民族差異等級制度，官員授職與提拔，又主要通過薦舉，於是任人唯親現象嚴重，地區之間相互排斥也就不可避免。衆所周知，元代人分四等。而蒙古、色目、漢人、南人之間，爭鬥最爲激烈的，卻是三、四兩個等級。漢人依附蒙元統治較早，相較南人來説，高官較多，舉薦自然也就方便。南人身處優裕的經濟社會，長期得到的卻是卑賤的政治待遇，當然極不甘心。因此當北地漢人斥南宋爲“僞宋”時，南方文人必然奮起反擊。

爲南宋争正統,其實也就是爲自己正名。

面對這樣互不相讓的局面,元朝統治者最終乾脆擱置矛盾,於是在至正二、三年間,詔令宋、遼、金各爲一史,分別編撰。維禎獲此消息之後,極爲憤怒,立即撰寫三史正統辯一文,試圖呈送朝廷。維禎史學功底扎實,筆鋒犀利,洋洋灑灑兩千六百餘言,從宋、元代興,遼、金歷史,論及孔子修春秋的義例,談到朱熹資治通鑑綱目處理三國正統的實例,又從宋朝理學中心的南移,引申到南宋史的不容輕視,條分縷析,酣暢淋漓,具有不容辯駁之氣勢,説出了翰林院中的南人欲吐不能的心聲。後來歐陽玄南歸時大加稱讚説:"百年後公論定於此矣!"(參見宋濂撰楊君墓志銘及鐵崖先生集卷二歷代史要序。)

翰林高官的褒揚,使得此文廣爲人知,楊鐵崖因此名聲大噪。至正七年,維禎客居姑蘇,上門請文者絡繹不絶,飲酒賦詩無虛日;游崑山,顧瑛奉爲上賓,專闢一閣供他居住。至正九年,維禎客居松江時,吴興一個製筆僧人登門求教,居然能全文背誦三史正統辯。(參見東維子文集卷十毛隱上人序。)維禎應邀作松江"應奎文會"主考,一時文人畢至,傾動三吳,當時的維禎,顯然已經成爲衆人仰慕的名士。

(四) 元代東南社會文化環境與鐵崖派的興衰

至正元年(一三四一)到十年之間,是鐵崖派的黄金時代,維禎各種詩文集提及鐵門弟子近百人,多半結識於這一時期。再加上唱和竹枝、柳枝的衆多好友的鼓吹激蕩,其聲勢之盛,足以縱横東南。

和宋代嚴禁"朋黨"的統治策略不同,元代的文化氛圍比較寬鬆。與宋代文人大多走仕進道路相異,元代文人通常在市鎮社會討生活。楊維禎不限門第身份廣收弟子,不拘藝術風格廣交文友,似乎有悖於"謹慎擇友"、"不結朋黨"的古訓。究其原因,這種態度和做法,是時代和社會促成的。

元朝薦舉法的施行,造成地域、集團之間的傾軋和排擠,鐵崖曾深受其苦,却由此意識到"拉幫結派"的作用。在錢塘、東吳市鎮社會的多年游歷,更使他認識到結交"朋黨"的益處。他曾經回應黄溍的質疑,認爲"朋黨"是客觀存在,根本無法也無須回避。不僅正面闡明他糾集朋黨、不畏衆議的決心,還倡言説:"朋者,道德也,風節也,文學議論也。"(鐵崖文集卷三金華先生避黨辯)爲了回擊福建詩人黄清老的傲慢,他窮訪江浙詩人,輯詩撰序,希望從整體上拉升江浙詩壇詩人地位。憑藉進士身份、文學才能、音樂天賦,以及豁達大度的氣質性格,楊鐵崖自然成爲元季東南地區公認的派別領袖,而鐵崖派多樣的文學風格也由此形成。

　　總之，所謂鐵崖派，是一個主要由於社會原因而聚合在一起的文人團體，他們的結合或酬唱，首先在於思想意識上的趣味相投，而不一定是文學觀念、文學風格上的一致。但是，楊維禎并非没有文學主張，追求自然、反對摹擬、以情爲詩，是其中年以後一以貫之的觀點。這樣的思想主張，在言論較爲自由、生活較爲富裕的元季東南城鎮中，尤其能够獲得共鳴，因此類似的文學觀點，我們在黄溍、錢鼐、鄭元祐等鐵崖友人的文章中都不難見到。

　　這種比較隨心所欲的詩歌創作和文人交流，需要一定的財力支援，以及相應的文化環境。我們知道，元代東南地區經濟的富裕和政治地位的低下，形成强烈反差，因此富足的市民常常通過各種方式顯示自己的力量，其中也包括通過文學活動，與執掌文衡的統治者抗衡。據嘉慶松江府志記載，在元代舉行科考的數十年中，松江府僅僅產生進士三人、鄉貢進士十一人，其中大多還不是“南人”。自發聘請名儒擔任主考的民間文會，就誕生於這樣的環境之中。

　　至正九年到十年間寓居松江，維禎受邀參與過兩場文會，分別由嘉興濮允中、松江吕良佐出資創辦，前者曰“聚桂文會”，後者名“應奎文會”，均邀維禎擔任主評。所謂文會，其實就是民間舉辦的作文比賽，通常是爲日後參加科舉考試練兵。但是參與上述兩場文會的士子，卻并非完全出於科舉目的，往往也不是爲了贏取獎金，而是爲了證明自己的能力，爲了贏得楊維禎等名士的讚賞。至正十年七月，楊維禎的東家松江大户吕良佐，在應奎文會自序中這樣寫道：“東南之士以文投者七百餘卷，中程者四十卷。蓋楊公蚤登高科，其文力追西漢、盛唐之作，而山林學者無不欲列名於其門，故視他會爲獨盛。不然，士之懷奇負氣，不可以爵禄誘者，甘於自閟其學，況銖金尺幣所能致哉？”（嘉慶松江府志卷三十一學校志附録於璜溪義塾。）所謂不欲科考中第而惟求楊公青睞，維禎當時的影響力和號召力，由此可見一斑。楊維禎在主裁嘉興聚桂文會時，更是旗幟鮮明地聲稱：“然有司大比之所選者，又不若師儒義試之所爲取爲優也！”（東維子文集卷六聚桂文會序。）以此質疑當時科舉選拔的狹隘與不公，彰顯民間文會的優勢和力量。

　　上述民間文會的主辦者，還曾摹仿科舉程文的輯刊方式，自行梓印入選文章，擴大聲勢和影響。有這樣熱衷文事的富裕大户作後盾，楊維禎及其鐵崖派的文學活動就能方便展開。比如經常采選詩作，由楊維禎評點，不定期地選印發行，類似於今天的活頁詩選，時機成熟之後再結集出版。至於資金,則採取募捐的方式。後來大雅集的編集和發行,也是如此。

東吳一帶有喜好吟詩作歌的習俗,市鎮中又不乏附庸風雅、標新立異的富商大戶。維禎充分利用當地優勢,憑藉其豁達豪爽、引接新人的領袖氣質,終於促成了鐵崖派的誕生和興旺,也使得元代後期真正的文化中心,轉移到了杭州、蘇州、湖州、崑山和松江一帶。清初宋犖所謂"鐵崖、雲林持其亂"(元詩選序),顧嗣立所謂"有元之詩,每變遞進,迨至正之末,而奇材益出焉"(元詩選凡例),其實就是指楊維禎爲首的鐵崖詩派及其在元代詩史上的地位和影響。

至正十年(一三五〇)歲末,維禎重踏仕途,離開松江,來到杭州任稅務官。官務之餘,仍然傾心於結納文友,參與錢塘、嘉興、富春等地的文學活動。然而戰亂迭起,詩酒酬唱之類的"雅事",不能不漸趨沉寂。至正十九年(一三五九)春,維禎從富春山中重返杭州,吟詩道:"若問西湖湖上伴,竹枝零落柳枝疏。"(東維子文集卷二十九寄兩道原詩二首之一)抒寫落寞心情以外,還有對昔日盛況的無盡留戀。這年冬天,應松江同知顧逖之邀,維禎回到松江故地,才又開始了他的交友、授學和玩樂生活。身邊漸漸又集合起一批布衣文人和文學青年,在元末狼烟四起的間歇,在東南這一暫時相對安穩的地區,仍然從事著交游唱和、品詩論畫等風雅活動,鐵崖派再次獲得聚攏發展的機會。

今天我們回顧分析楊維禎的文學活動及其影響,兩部詩歌總集西湖竹枝詞和大雅集,尤其值得關注。如果説西湖竹枝詞的傳唱促使鐵崖派得以崛起風行,那麼大雅集的搜羅編纂,意味著鐵崖派的再次復活。

大雅集的編纂,是在至正末年,楊維禎退隱松江之後。當時楊維禎的崇高文壇地位已經確立。有兩個例子很能説明問題:其一,維禎曾應邀到嘉興選詩,當地文人聞訊之後,紛紛登門拜謁,甚或下跪乞求入選。維禎的文學權威,由此可見一斑。其二,至正二十一年辛丑(一三六一),即維禎退隱松江一年以後,褚奐聲稱:"予自京南歸日,史館諸老嘗令録老鐵奇文章。"(東維子文集卷三十煮茶夢跋)可見至正後期鐵崖的文名,業已聲震京城。此時的楊維禎,當然無須再爲樹立自己的權威勞心費神,而是希望改變"竹枝零落柳枝疏"的局面,希望鐵崖派能够復興。所以當僑居松江的天台人士賴良找上門來,意欲刊行鐵崖詩文時,維禎反而叮囑賴良廣泛搜羅東南布衣文人詩作,輯爲大雅集,刊行時又親自撰評作序,爲之宣傳。鐵崖詩派在至正末年的松江及其周圍城鎮再次流行,與楊維禎、賴良等人的努力,與大雅集的不斷編刊,不無關係。

　　然而隨著戰事的發展,寬鬆的氛圍不復存在,富庶的城鎮千瘡百孔,鐵崖派成員終於只能各奔前程,或者投奔張士誠,或者隱居閑散,不問世事。張士誠政權滅亡之後,朱元璋對於東吳經濟的高壓和打擊,使得東南城鎮富庶安閑的環境被徹底破壞,鐵崖派就此烟消雲散。大雅集在明初的最後結集出版,標志著鐵崖派,或者也可稱作元季東吳布衣文人集團的真正終結。(按:大雅集卷首王逢所撰後序未署撰期,然序文中有"且鋟且傳,會兵變止"等語,卷六載天台林泂送顧謹中赴國學二首,首句曰"洪武初年監學開",由此可知大雅集最終結集於明初。)

　　總而言之,鐵崖詩文開始引起世人的重視,并不在元之中世(泰定、天曆年間),而是在元代末期的至正年間。顧瑛撰楊維禎傳曰:"北南弟子受業者以百數,至正文體爲之一變。"(載十八卷本草堂雅集卷二)説的正是至正初年維禎活躍於杭州、湖州、蘇州時候的情況。而楊維禎及其鐵崖派,於至正年間之所以獲得廣泛關注,在於贏得了天時、地利、人和,在於楊維禎及其同伴順應世俗的觀點及做法,符合當時東南地區文學世俗化的傾向。元末崑山、松江等浙西市鎮,爲楊維禎們提供了一個廣闊的市場,在相當程度上使得文人有了獨立經濟地位。他們不必依附於官府朝廷,僅憑文藝技能,就能换得衣食和無拘無束的生活:儒師以學問獲重金聘請,詩文作品也經常有相應酬金,書畫更是價值不菲。因此,楊維禎們在一定程度上擺脱了千百年來御用文人的尷尬地位,他們的詩作不再是官務之餘抒發閑情逸志的淺斟小唱,也不再是求官不得、盼人垂青的牢騷吟。他們在詩作中經常表現自尊自信甚至狂妄,因爲在浙西市鎮裏,他們不僅贏得尊重,而且能夠體現自身價值。

(五)楊維禎及其鐵崖派的研究價值

　　鐵崖派堪稱中國文學史上首次出現的,比較嚴格意義上的文學派別。何以見得呢?因爲在此之前,類似鐵崖派這樣有公認領袖,有文學主張,有比較固定的團體成員,而且是自覺創立的文學派別,尚未有過。當然,因爲是初創,與明代中葉以後比較成熟的文學派別相比,無論是理論體系,還是團體組織,鐵崖派都相對稚嫩和粗糙,甚至只能説是一個比較鬆散的文人團體。但是,任何新鮮事物的發展,都必將經歷一個從不成熟到成熟的階段。鐵崖派誕生的意義,其實是向衆人昭示,中國傳統文人及其文學,也能夠而且已經深入市鎮社會,可以獲得自由發展,甚至興盛。

　　楊維楨是具有標志性意義的人物,標志著下層文人從此可以左右文壇,可以成爲真正的文壇領袖。楊維楨及其鐵崖派的出現,開創了文學社團首先在民間下層發展,逐漸壯大,進而影響上層乃至全國的範例。明季夏允彝曾經指出明代文壇風氣區別於前代的幾個特點:其一,文壇重心由上層轉移至下層,文壇中心人物已非朝廷高官。其二,下層文人享有比較充分的自主權,能够自重自立。其三,文學派別的集團化傾向明顯,頗具煽動性和號召力。其四,新穎的文學思潮或藝術風格,在下層緩慢地推廣,逐漸流行。(參見陳子龍詩集附録三岳起堂稿序一文。)其實夏允彝發現并總結的上述現象,在元代江浙地區表現已經相當明顯。如果説,元代中期文壇重心在京城,其中心人物是所謂"四大家"虞、楊、范、揭,那麽,元代後期文壇中心無疑已經轉移至江浙地區,其中心人物則是楊維楨、顧瑛,以及下層文人集團鐵崖派。也就是説,由於市鎮社會的崛起,由於市民文化的影響,下層文人進一步貼近社會,導致文壇重心開始在元代發生真正的下移,下層文人開始成爲文壇主角。由此産生的一系列思想觀念、文化風尚等諸多方面的變化,相當深刻和廣泛。明代中葉以後的文學派別或社團,諸如"吴中四才子"、"公安派"、"竟陵派",以及"復社"等等,其發展軌迹無不如此。

　　元代以來,對於楊維楨的評價很多,褒貶不一,甚至截然對立,其主要原因在於楊維楨本身具有比較典型的二重性:一方面,其思想有封建傳統道德的深刻烙印,詩文中不乏宣揚忠君、表彰節烈之作;另一方面,多年來沉浮於下層社會和商業市鎮,瞬息萬變、光怪陸離的生活對他的影響顯而易見,因此其生活、其作品的内容包羅萬象。例如提倡及時行樂,鼓吹勞心與勞力平等,宣揚以情爲詩,讚賞通俗文學,表彰婦女,描摹香閨等等,不一而足。事實上,也正是因爲楊維楨種種順應世俗的觀點,以及"金蓮杯"之類荒唐出格的舉動,才使他在元代後期的東南地區享有如此大的名聲。假如一味以道德先生的標準來要求楊維楨,那就難免要斥之爲"文妖"了。(參見王常宗集卷三文妖。)

　　儘管從節操、人品等標準來衡量,楊維楨并非傳統意義上的純粹"高士",但是其人其詩其文,并不因爲我們揭示了真相而失去光彩,蓋楊維楨真正的魅力所在,本來就不是莫須有的所謂"高尚人格",而是其作品反映的真實情感與現實世界。章培恒先生曾經總結褒賞楊維楨詩歌的三大特點:其一,張揚自我。其二,對於與禮教相對立的愛情的肯定。其三,對於熱烈的、世俗的美的追求。(參見中國文學史新著第五編第六章近世文學萌生期的詩文。)諸如此類的新鮮特征,我們或許還能有所增添:比如詩畫合一,滑稽精神,尊重商人商業,百業平等意識,等等。但是萬變不離其宗,促成上述新穎特點的主因,在於楊維禎真正深入市鎮社會以後,自覺認識到"文化要圖新"(東維子文集卷二十九送謝太守)。

楊維禎詩書皆善,身兼數藝,不拘小節,豁達滑稽,其個人素質和行爲方式,集中體現了元代東南市鎮文人的時代特點;他自謀衣食,隱逸逍遥,爲文人展示另外一種"活法",實乃明代"山人",以及儒林外史所謂"市井奇人"之先驅;他博學多智,提攜青年,以名士身份參與商業活動,堪稱"海派文人"之濫觴……要而言之,楊維禎的當代魅力,首先體現於研究價值:楊維禎具有類似時代先鋒人物的品格,其作品尤其代表了新興市民階層的活力與精神,反映了傳統文人開始走入市鎮社會的興奮和迷茫,所以值得今人探討、分析與借鑒。

四、楊維禎全集整理情況介紹

楊維禎是元末明初著名的高産作家,據宋濂所撰楊君墓志銘,其"所著書有四書一貫録、五經鈐鍵、春秋透天關、禮經約、君子議、歷代史鉞、補正三史綱目、富春人物志、麗則遺音、古樂府、上皇帝書、勸忠辭,及平鳴、瓊臺、洞庭、雲間、祁上諸集,通數百卷"。然而楊維禎生前結集的這"數百卷"詩文,大多未能刊板發行,除了麗則遺音、古樂府兩種,其餘的早已佚失無存。明代以後成書的各種楊維禎詩文别集,無論刻本鈔本,均爲明、清人士搜羅匯集而成,視野所限,規模不大。

(一) 六百餘年,"全集"是夢

早在元代末年,楊維禎弟子章琬、貝瓊等人,就有整理出版鐵崖先生大全集的規劃。明、清時期,有此構想者也不乏一二,例如明代萬曆年間的陳善學,清代乾隆年間的樓卜瀍,嘉慶年間的葛玉書。其中葛玉書用力尤多,他廣搜逸本,甚至求購於著名藏書家黄丕烈,獲得罕見明刊、明鈔鐵崖集子多種,然後結合自家藏本,詳加校勘,最終輯成合集,含十三種八十八卷。可惜老天不遂人願,即將刊板時他染上重病,功虧一簣。其後葛氏所有的藏本與校訂本,盡數毁於戰火,蕩然無存,令人扼腕。

清代嘉慶以後,直至二十世紀九十年代,將近兩百年間,楊維禎作品未曾獲得過有效整理。二十世紀末期開始,情況有所改觀。詩歌方面,首先有鄒志方匯集點校的楊維禎詩集,浙江古籍出版社一九九四年出版。初創實屬不易,然受當時條件限制,缺失較多。二〇一三年,楊鐮主編的全元詩由中華書局出版,其中第三十九册收録有楊維禎詩一千三百四十首(此數字據全元詩作者名下原注記録),搜羅鐵崖詩歌數量之多,史無前例。但是因未能全面搜尋楊維禎存世詩集,失收仍然不少。楊維禎文章的整理,此前最主要的成果是李修生主編的全元文,二〇〇四年由鳳凰出版社出版。其中第四十一、四十二兩册,是楊維禎的文賦集,搜羅較爲完整,且加以輯佚,收穫甚豐,校勘整理也比較細緻。兩册合計,共收録鐵崖文章九百二十四篇。

全元文抑或全元詩,都是大工程,成效卓著。然而就楊維禎全集的編纂來説,還有不小的距離。換言之,從元代末年鐵崖弟子編纂鐵崖先生大全集開始,截至二十一世紀初,時光流逝已有六百餘年,而楊維禎全集的整理,依然沒有結果。

(二) 廣羅衆本,輯成大全

今天的楊維禎全集校箋,是對楊維禎存世作品的全面搜羅與整理。本次整理不僅詩文合一,而且力求在前述他人成果的基礎上更上層樓。校點、輯佚之外,還開展箋注、編年、考辨、索引等多方面的工作。

楊維禎詩文集版本衆多,良莠不齊。本次整理,遵循廣羅衆本、精選底本、擇善而從的原則,收集各種元、明、清刊本或鈔本,以及叢書在内的數十種本子,詳加比勘,致力於提供接近於原貌的、比較完善的版本。也正因此,校本繁多是本書一大特色。其次,在全元文、全元詩之後,匯集更爲完備的楊維禎作品大全,亦是本次整理的一大目標。别集總集以外,方志、游記、書畫著録、大型類書,以及各種館藏和私人收藏的傳世墨迹圖像,皆在搜尋範圍,力求竭澤而漁。凡是有價值的異文都輯録於校勘記,供讀者作進一步的研究。全書共計收録楊維禎詩歌兩千兩百八十七首(包括殘篇、散曲),文章一千零五十八篇(包括節文、點評),再加上西湖竹枝集詩人小傳,楊維禎的存世作品,得以全面展現。

必須説明的是,以上詩文兩項統計,均含"存疑"作品。至於曾經冠名楊鐵崖,如今證明屬於張冠李戴,已被納入"辨僞編"的七十七篇(詩七十五首,文、賦各一篇),則未計在内。

(三) 注釋解析,揭示内涵

輯佚求全以外,爲楊維禎詩文作全面箋注,更爲耗時費力。因爲楊維禎全部文章,以及將近一半的詩歌,此前從未有人作過注釋。本次整理選擇箋注這種方式,是爲了深入揭示寫作背景、作品内涵,反映楊維楨的思想、交游和活動,以及許多更深層次的,諸如詩文淵源、歷史人物、時代社會、經濟文化、區域地理等多方面的内容。

楊維楨之所以成爲當時和歷史的文化名人,既是亂世造就,也是東南人文經濟、社會環境促成的。他生前被奉爲"文章巨公",身後被尊爲"松江三高士"之首,其中既有其個人豁達性格、文史造詣、藝術素養的作用,更是元末明初東南社會,甚至元代、明代整個社會的文化思潮在推波助瀾。楊維楨及其鐵崖派的興衰,與元代中央的文化政策,與當時的地方政府官吏,與張士誠的措施,與朱元璋的部下,都密切相關。而元末明初東南社會的文化思潮,又與楊維楨及其朋友門生的所作所爲有千絲萬縷的關係。因此箋注楊維楨的作品,不僅爲了認識其個人,也并非只是彰顯其文學成就。這些作品既能生動展示維楨本人以及當時的東南文壇,反映楊維楨在政治、歷史、文學、宗教、藝術等多方面的見識和影響,同時也能够展現元末明初東南社會的千姿百態,揭示圍繞於楊維楨身邊的各類事件、各種人物。單純以人物生平事迹的注釋來說,維楨交游之中,既有黄溍、李孝光、張雨、倪瓚、黄公望、顧瑛、危素、陶宗儀、宋濂、劉基等歷史文化名人,也有曾經叱咤風雲的張士誠兄弟,還有朱元璋的許多謀臣屬官,以及衆多名不見經傳的僧人道士、布衣文人、商人工匠、市鎮俗人。解讀其人其事,有助於今天的讀者完整深入地理解楊維楨的作品,認識楊維楨及其所處的社會和時代。

(四) 編年索引,方便研讀

本次整理,楊維楨許多詩文其實已經獲得繫年,然而最終仍然保持所據底本的本來面貌和順序,没有按照寫作時間先後加以重新編排,主要是因爲楊維楨作品之中,有不少難以準確判斷創作時間的詠史詩、題畫詩,以及少量因爲各種原因無法繫年的詩文。假若勉强編年,有失嚴謹客觀。爲彌補這一缺憾,筆者採取了三項措施:一是本書所有詩文作品,凡能予以繫年的,皆在箋釋首條注明寫作時間以及繫年理由;二是附録新訂楊維楨年譜簡編之中,專設"著作"一欄,按年代先後著録獲得繫年的詩文篇名。三是編製全書篇名索引,方便讀者檢索相關詩文。如此一來,從某種程度上也可以說: 本書是没有注明"編年"的編年校箋。

今人整理古籍,書後常綴四項附録:一是傳記資料,二是歷代書目著録情況綜述,三是各種版本序跋,四是歷代相關評論。因爲楊維楨此類資料衆多,筆者擬輯楊維楨研究資料彙編一書予以反映,故本書附録從簡: 生平資料方面,選擇最爲原始和重要的數篇碑傳文;序跋則主要録自本書所據底本。另外,新撰或編纂新訂楊維禎年譜簡編、楊維禎名字籍貫及生年考辨、楊維禎著作版本考述,以及所用底本原書篇目匯録、楊維禎全集校箋人名索引、楊維禎全集校箋篇名索引等等,附於書後,希望有益於讀者對楊維禎其人其書的瞭解,方便讀者進一步地研讀和利用本書。

孫小力

二〇一六年七月十六日

凡　例

一、本書採用底本共計十九種：

（一）鐵崖先生古樂府十六卷，明成化五年（一四六九）劉傚刊，上海圖書館藏本。

（二）楊鐵崖先生文集十一卷，明萬曆四十三年乙卯（一六一五）諸暨陳善學序刊，華東師範大學圖書館藏本。

（三）鐵崖先生詩十集，佚名輯，董康誦芬室叢刊本。

（四）楊維禎詩集不分卷，明佚名鈔本，國家圖書館藏。

（五）鐵崖先生古樂府補六卷，明末汲古閣刊，上海圖書館藏本。

（六）鐵崖楊先生詩集二卷，清張金吾愛日精廬鈔本，南京圖書館藏。

（七）東維子集十六卷，清初印溪草堂鈔本，國家圖書館藏。

（八）列朝詩集甲集前編第七，清初錢謙益輯錄，清順治九年（一六五二）汲古閣刊本，四庫禁毀書叢刊影印。

（九）鐵崖樂府注十卷鐵崖詠史注八卷鐵崖逸編注八卷三種，清樓卜瀍輯注，乾隆三十九年（一七七四）聯桂堂刊本。

（十）楊鐵崖詠史一卷，青照堂叢書本，北京大學圖書館藏。

（十一）玉山草堂雅集卷二，元人顧瑛輯錄，貴池劉世珩民國初年影元刊十八卷本，上海圖書館藏。

（十二）新刊麗則遺音古賦程式四卷，元刊補修本，國家圖書館藏，中華再造善本叢書影印。

（十三）鐵崖賦稿二卷，清人勞格據何元錫重編本影鈔校訂本，續修四庫全書影印。

（十四）東維子文集三十卷附錄一卷，明萬曆十七年（一五八九）王俞刊本，上海圖書館藏。

（十五）鐵崖文集五卷，明弘治十四年（一五〇一）馮允中刊，上海圖書館藏本。

（十六）鐵崖先生集四卷，明佚名鈔本，上海圖書館藏。

（十七）楊鐵崖先生文集全録四卷，清佚名鈔本，國家圖書館藏。

（十八）史義拾遺二卷，元章木輯評，明嘉靖十九年（一五四〇）任輗刊本，四庫存目叢刊影印。

（十九）西湖竹枝詞，明萬曆林有麟刊本，上海圖書館藏。

以上底本相互之間多有重複，互作校本。

主要校本還有：

明崇禎五年蔣世枋可竹居刊史義拾遺二卷。

明末諸暨陳于京輯刊楊鐵崖文集五卷、史義拾遺二卷、西湖竹枝詞一卷、香奩集一卷。

汲古閣刊麗則遺音四卷、鐵崖先生古樂府十卷、鐵崖先生復古詩集六卷。

文淵閣四庫全書本麗則遺音四卷、鐵崖古樂府十卷樂府補六卷、復古詩集六卷、東維子集三十卷。

清康熙年間長洲顧氏秀野草堂刊顧嗣立輯元詩選三集。

清張金吾愛日精廬鈔鐵崖漫稿五卷。

清初佚名鈔玉山草堂雅集十六卷。

武進陶湘涉園民國年間刊顧氏玉山草堂雅集十八卷。

清光緒十年山陰宋澤元輯刊懺華庵叢書本鐵崖詠史八卷。

光緒十四年戊子諸暨樓氏崇德堂補刻鐵崖詩集三種。

武林掌故叢編本西湖竹枝集。

民國十七年商務印書館重印四部叢刊本影清沈氏鳴野山房鈔東維子文集三十卷附録一卷。

部分作品參校相關選集。（有關底本與參校本的詳細情況，請參閱本書附録楊維楨著作版本考述一文。）

底本和參校本的擇選，遵循廣羅衆本、擇善而從的原則，不盲目信從成書較早的本子。楊維楨詩文集版本衆多，各本之間或無明顯傳承關係，故其優劣不能僅僅根據版本刊行先後來定奪。本次校勘，還廣泛搜羅詩文集以外的相關資料，博採異文，然後甄別去取。所用底本、參校本，皆於各書校勘記第一條予以說明。

二、校勘及校勘記撰寫原則，主要有五：

（一）底本文字可改可不改者，一律不改。

（二）改動底本文字，一般有版本依據，并將原文及改動情況寫入校勘記。極少數訛誤明顯，但無版本依據而徑改者，均於校勘記中説明，并記錄原文。

（三）明刊本和明、清鈔本常採用異體字、俗體字，爲便於今人閲讀理解，一律改爲正體；常見避諱字如"玄"改爲"元"等，經常混淆通用字如"己"、"已"、"巳"等，則徑爲改正，一般不作説明。

（四）底本無明顯訛誤，參校本異文亦可通者，異文録入校勘記。需要説明的是：文淵閣四庫全書本以及某些清代刊本，出現不少清人改譯的少數民族人姓名，本書均依原始資料著録，因爲清人改譯姓名而導致的異文，不予出校。

（五）底本不誤而他本有誤者，他本異文不録入校勘記。少數似通而實誤之異文，則予以記録，并指出其錯誤所在。

楊維楨長期混迹於市鎮社會，應酬極多，導致其作品版本情況比較複雜。比如有些篇名相同且内容極其相似的文章，其實贈送對象不同，必須作爲不同的篇章收録；有些作品，可能由於當時較受歡迎，曾書寫多次、書贈多人。而作者本人重複書寫，經常會作進一步加工修改，不同版本可能差别較大，有時不得不視作相異篇章，分别收録箋注。

三、楊維楨全集校箋的編排，基本保持所據底本順序。楊維楨著作版本衆多，各本内容常有交叉重複。本次整理，首先按照詩集、賦集、文集三類編排。（詩文集則視其主要傾向歸類，所幸楊維楨歷代集子中詩文混編的很少，故此問題不難處理。）每一類再按書籍成書之先後順序排列。各書所有篇章目録，照實著録於各卷卷首。其中已在前書出現者，異題而内容相同者，皆不録。各本卷次篇目原貌，詳見本書附録所用底本原書篇目匯録。

四、所據底本原書各卷數量本來參差不齊，再加上各書相互之間多有重複，排列在後的底本删除重複之作以後，各卷數量更不均衡，故根據實際情況予以拆分或合并。例如，鐵崖賦稿原分兩卷，每卷二十五篇；而同屬賦集的麗則遺音每卷僅八篇，故將鐵崖賦稿各卷拆分爲上下兩卷。又如鐵崖逸編注原本八卷，然大多已見於前此各本，故將剩餘詩篇合爲一卷。以上調整之後，標明今本卷數之外，仍注明原書卷數，以便識别。

五、本次整理，囊括已知現存鐵崖詩文别集，還從詩文總集選集、筆記雜著、書畫著録文獻、地方志、碑版石刻、收藏拍賣圖片圖像中尋覓，力求將楊維禎存世作品全數收羅。凡不見於鐵崖各種詩文集的作品，收録於輯佚編。輯佚編又分佚詩、佚文兩編。佚詩編大致按照所據刊本鈔本輯録或編刊時間先後，依次排列，不再細分小類；佚文編依照文體分類，每一類中所有作品，依據寫作時間先後編排，撰期不明者置後。所有作品皆作校箋，并注明出處。

六、楊維禎傳世詩文，真僞摻雜，某些詩文曾經著録於數人名下，其真實作者或無從確考，或難作定論，皆予摘出，收録於存疑編。存疑編按照詩歌、散曲、散文三體分别收録，根據底本順序編排，皆作校箋，同時於校勘記中注明原載何處，説明疑點，以俟再考。

七、楊維禎傳世詩文作品集中，張冠李戴者不少，謝枋得、郝經、釋明本、虞集、薩都剌、李孝光、雅琥、謝宗可、王逢等元代詩人，甚或是唐、宋詩家，皆有詩作摻入。本次整理，凡屬證據確鑿的僞作，作爲附録納入辨僞編。詩文分别收録，按照底本順序編排，同時注明原始出處。僅作考辯，説明"證僞"理由，不作箋注。需要説明的是，楊維禎有少許詩篇沿襲前人，僅作少量更動，甚或原封不動照搬，比如續奩集中五詩。然而是楊維禎出於復古需要，有意爲之。故不視爲僞作，收録於正編，在校勘記與箋注中予以説明。

八、底本收録於詩文作品前後的序文題跋，或非楊維禎手筆，乃作者師友門生所撰。然於作品理解十分有益，故亦照實收録。低兩格排列，以示區别，并作校箋。

九、聯句合作以外，師友門生與楊維禎的唱和之作，一般不予收録。然某些友人詩文原本就收録於楊維禎作品前後，且與作者詩文創作直接有關，故酌情予以收録。僅作校勘，不作箋釋。

十、編刊於元、明時期的楊維禎詩文集中，時或夾雜有作者自注（包括句讀提示），時或有其友人門生之簡注簡評。原本注評大多採用雙行小字，以示與正文區别。本次整理，亦采用小字照録。其中屬於版本校勘的内容，則録入校勘記，加上"原注"二字予以標示。

十一、楊維禎之文、賦，此前無人箋注。詩集則自元代吳復編鐵崖先生古樂府十卷、章琬編鐵雅先生古樂府六卷，直至明萬曆年間陳善學編刊楊鐵崖文集十一卷（其中詩歌八卷）、清代乾隆年間諸暨樓卜瀍輯注鐵崖樂府三種二十六卷，或多或少有過注釋，其中樓卜瀍輯注本最爲詳盡。清人宋澤元認爲樓氏注本"讎刻未精，篇中脱漏之處，不知凡幾"，評價未免苛刻。其實樓注本以前各本，注釋皆簡單隨意，唯有樓氏注釋頗爲全面，且於語詞箋釋用功尤多。儘管其中疏誤不少，然草創之功不可抹殺。本次整理有所借鑒採納，限於篇幅，不能一一指出。無意掠美，在此予以説明。

十二、本書箋釋，要在有助於理解。舉凡詩文主旨、寫作時間、時局政治、本事典故、人物生平、名物制度、地理沿革（側重於楊維禎經游之地）、詩歌溯源，以及不易理解的語詞等等，皆在箋釋範圍，時或加以申講。

十三、本書箋釋人物，有詳有略。簡言之，近者詳，遠者略；無名者詳，有名者略。故凡正史中有傳記者，一般僅注傳記出處。正史無傳者則廣泛搜尋資料，一點一滴，照實記録。凡述人物生平，盡可能引録傳記原文，若資料龐雜，則綜合概括，撰爲小傳，并於傳後注明援引資料名目及出處。需要説明的是，書中某些人物生平無考，凡不作箋釋者皆屬此類，不再一一注明。

十四、爲求客觀反映所注對象，本書箋釋盡可能摘録原始材料予以説明。若事況複雜，必須概括者，則於自擬説明文字後注明出處。隨文注明者以外，所有引用書目附録於書後，包括其作者、版本，可供查證考索。

十五、本次整理，按照原書順序排列。然而楊維禎作品衆多，集子版本繁雜，且不乏同題異詩或同詩異題現象，檢索困難，故特地編製楊維禎全集篇名索引。本書涉及元代和元以前人物衆多，許多元末明初人士没有現成傳記，本次整理多方查詢，頗有收穫，或詳或簡，皆予以反映。然散處各卷，查訪不便。爲方便讀者閱讀和使用本書，又專門編製楊維禎全集人名索引。兩種索引詳列所有詩文名目、人物姓名（包括字號）及其頁碼，按首字音序排列，皆附於書末。

十六、書後附録所用底本原書篇目匯録，乃是因爲本書收録底本將近二十種，其中頗多重複，重複只能删去。然而如此一來，原書原貌就無從體現，故此專設一卷，將原書卷次篇目完整呈現。

十七、本次整理，參考引用書籍衆多，古籍以外，還有不少近人和今人著述，包括相關論文等等。書後所附楊維禎全集校箋引用書目，并未能盡數囊括筆者所用資料。箋注過程中，參考引用前賢或今人成果，皆已隨文注明，於此鄭重表示感謝。

卷一　鐵崖先生古樂府卷一

卷一　鐵崖先生古樂府卷一

履霜操^{①〔一〕}并引

　　琴操有履霜^{〔二〕}，謂尹吉甫子伯奇爲後母譖而見逐，自傷而作也^{〔三〕}。其^②詞曰：“朝履霜兮採晨寒，考不明其心兮信讒言。何辜皇天兮遭斯愆^③，痛殁不同兮恩有偏。誰説碩兮知此冤。”使是詞果出伯奇^④，則伯奇不得希於舜矣。退之辭亦未至^{⑤〔四〕}，余爲之補云^⑥：

　　霜鮮鮮兮草戔戔，兒獨履^⑦兮兒宿野田。衣荷之葉兮葉易穿，採樗花以爲^⑧食兮食不下咽。嗟兒天^⑨父兮天胡有偏，我不父順兮父寧不兒^⑩憐。履晨霜兮泣吾天。

　　吳復曰^{⑪〔五〕}：“先生此詞，與凱風之‘母氏聖善，我無令人’^{〔六〕}、羑里操之‘臣罪當誅，天王聖明’同一意也^{〔七〕}。”

　　太史曰^{〔八〕}：“此辭始可與凱風相并^⑫。”

【校】

① 鐵崖先生古樂府十卷，元吳復、顧瑛輯編。今以明成化五年劉傚刊鐵崖先生古樂府十六卷本爲底本。劉傚以鐵崖先生古樂府十卷與章琬編鐵雅先生復古詩集六卷合刊，然兩書有部分詩篇重合，故鐵雅先生復古詩集六卷本又可作爲校本。此外，主要校本還有萬曆四十三年陳善學序刊楊鐵崖先生文集十一卷本（以下簡稱陳善學刊本）、汲古閣刊鐵崖先生古樂府十卷本（以下簡稱汲古閣刊本）、乾隆三十九年聯桂堂刊樓卜瀍注鐵崖樂府注十卷本（以下簡稱樓氏鐵崖樂府注本）、文淵閣四庫全書本、明佚名鈔楊維禎詩集不分卷本（以下簡稱明鈔楊維禎詩集本）、誦芬室刊鐵崖先生詩集十集本等。

② “琴操有履霜，謂尹吉甫子伯奇爲後母譖而見逐，自傷而作也，其”凡二十五字，鐵雅先生復古詩集本、陳善學刊本、明鈔楊維禎詩集本無。其：鐵雅先生復古詩集本、陳善學刊本、明鈔楊維禎詩集本作“本”。

③ 愆：樓氏鐵崖樂府注本作“譽”。

④ 鐵崖先生詩集丁集本於“使是詞果出伯奇”一句上多“琬曰”二字。按：琬即

章琬，鐵崖晚年弟子。吳復編鐵崖先生古樂府已載此鐵崖自撰引言，且吳復所編鐵崖先生古樂府十卷，其中明確署有時間之詩，最遲爲至正八年十一月所作强氏母，全書結集當在此際或稍後。其時章琬尚未結識鐵崖，“琬曰”二字必屬後人妄添。

⑤ “退之”句：此句原本無，據鐵雅先生復古詩集本、陳善學刊本、明鈔楊維禎詩集本增補。

⑥ 余爲之補云：鐵雅先生復古詩集本、明鈔楊維禎詩集本作“今爲補之曰”。

⑦ 獨履：鐵雅先生復古詩集本、陳善學刊本、明鈔楊維禎詩集本作“有罪”。

⑧ 爲：鐵雅先生復古詩集本、明鈔楊維禎詩集本無。

⑨ 嗟兒天：鐵雅先生復古詩集本、陳善學刊本、明鈔楊維禎詩集本作“天吾”，鐵崖先生詩集丁集本作“嗟兒天吾”。

⑩ 父寧不兒：原本作“寧不兒”，據鐵雅先生復古詩集本增一“父”字。鐵崖先生詩集丁集本作“父寧不我”。

⑪ 按：“吳復曰”三字原本無，爲避免與太史（黃溍）、章琬跋語混淆，徑爲增補。下同。

⑫ “太史”即黃溍。黃溍評語原本無，據鐵雅先生復古詩集本增補。

【箋注】

〔一〕據鐵崖自述，包括本詩在內共計十一首琴操，作於元至正元年（一三四一）九月。其時鐵崖與永嘉李孝光在吳下論古今人詩，“激其挑”而作。參見鐵雅先生復古詩集卷一琴操序。以下十首徑述作年。又，元至正四年七月鐵崖撰崑山郡志序曰“吾曩入吳”云云，所謂“曩”，或即指此時。

〔二〕琴操有履霜：履霜操，樂府入琴曲歌辭。宋郭茂倩樂府詩集卷五十七收尹伯奇此歌，引琴操云：“履霜操，尹吉甫之子伯奇所作也。伯奇無罪，爲後母讒而見逐，乃集芰荷以爲衣，採楟花以爲食。晨朝履霜，自傷見放，於是援琴鼓之而作此操。曲終，投河而死。”

〔三〕“謂尹吉甫”二句：概括琴操語，亦見韓愈所撰履霜操引言，文略有不同。又，唐徐堅撰初學記卷二霜尹逐伯奇：“琴操：履霜操者，伯奇之所作也。伯奇，尹吉甫之子也。甫聽其後妻之言，疑其孝子伯奇，遂逐之。伯奇編水荷而衣之，采蘋花而食之，清朝履霜，而自傷無罪見放逐，乃援琴而鼓之。”

〔四〕退之：韓愈字。

〔五〕吳復：鐵崖弟子。參見東維子文集卷二十五吳君見心墓銘。

〔六〕“母氏聖善”二句：毛詩正義卷二凱風：“凱風，美孝子也。衛之淫風流行，雖有七子之母,猶不能安其室,故美七子能盡其孝道,以慰其母心,而成其志爾。"

〔七〕羑里操:指拘幽操,相傳周文王囚於羑里而作,故又名羑里,詩載樂府詩集卷五十七。又,韓愈揣摩周文王心思所作拘幽操,載韓昌黎詩繫年集釋卷十一,曰:"有知無知兮,爲死爲生?嗚呼!臣罪當誅兮,天王聖明。"

〔八〕太史:指黃溍。黃溍生平見東維子文集卷二十四故翰林侍講學士金華先生墓志銘。

別鵠操〔一〕 并引

琴操有別鵠操,謂商陵穆子娶妻五年無子,父母欲其改娶。其妻聞之,中夜悲嘯。穆子感之而作是操也〔二〕。

雄鵠于于,雌鵠舒舒。兩鵠比翼,其巢同株。五①見樹葉榮而枯,嗟爾比翼而不生雛。比翼將乖,雌雄羈孤。中夜雌嘯,雄將曷如?寧爲不雛,死作兩孤,不願八九子爲秦烏〔三〕。

吳復曰:"崔豹注元詞曰'將乖比翼隔天端,山川悠遠路漫漫,攬衾不寐食忘飡〔四〕',後仍爲夫妻如初。"

【校】

① 五:原本作"三",據樓氏鐵崖樂府注本改。

【箋注】

〔一〕詩效仿韓愈琴操而作,亦撰於元至正元年(一三四一)九月前後。樂府詩集卷五十八琴曲歌辭別鶴操引崔豹古今注曰:"別鶴操,商陵牧子所作也。娶妻五年而無子,父兄將爲之改娶。妻聞之,中夜起,倚户而悲嘯。牧子聞之,愴然而悲,乃援琴而歌。"

〔二〕"謂商陵穆子"五句:出自韓愈撰別鵠操引言。

〔三〕八九子:樂府詩集卷二十八相和歌辭烏生:"一曰烏生八九子。樂府解題曰:'古辭云:烏生八九子,端坐秦氏桂樹間。言烏母生子,本在南山巖石間,而來爲秦氏彈丸所殺。'"

〔四〕崔豹注:指晉崔豹所撰古今注。"將乖比翼隔天端"三句:相傳商陵穆子原作僅此三句。參見古今注卷中音樂。

雉朝飛[一] 并引

　　琴操有雉朝飛，多指牧犢子之作[二]。據揚雄所記[三]，則曰：“雉朝飛者，衛女傅母之所作也。衛女嫁齊太子，中道太子死。問傅母，傅母曰：‘且往，當喪。’喪畢，女不肯歸，終之以死。傅母悔之，取女所自操琴，於冢上①鼓之。忽有雉出墓中，傅母撫雉曰：‘女果爲雉也！’言未畢，雉飛而起。故其操曰雉朝飛[四]。”予以牧犢之歎，不如衛女之善死有關世教也，故賦以補舊樂府之缺云[五]。

　　雉朝飛，一雄挾一雌，雄死雌誓黃泥歸。衛女嫁齊子，未及夫與妻。青縭縮素結，一死與之齊。人言衛女蕩且離，烏得冢中有雉飛？琴聲鼓之聞者悲。

【校】

①上：原本作“止”，據陳善學刊本、樓氏鐵崖樂府注本及揚雄琴清英改。

【箋注】

〔一〕詩效仿韓愈琴操而作，亦撰於元至正元年（一三四一）九月前後。
〔二〕“琴操”二句：韓愈撰有別鵠操，其引言曰：“牧犢子七十無妻，見雉雙飛，有感而作。”又，古今注卷中音樂第三：“雉朝飛者，牧犢子所作也。齊處士，泯宣時人。年五十無妻，出薪於野，見雉雄雌相隨而飛，意動心悲，乃作雉朝飛之操，將以自傷焉。”參樂府詩集卷五十七琴曲歌辭所引，文較詳。
〔三〕揚雄：字子雲，西漢人。漢書有傳。
〔四〕“雉朝飛者”云云：詳見揚子雲集卷六琴清英。
〔五〕明徐伯齡撰蟫精雋卷十三雉朝飛：“鐵崖是作，端可以洗樂府之陋矣。”

精衛操[一] 并引

　　按述異記，昔炎帝女溺死東海中，化爲精衛鳥，日銜西山木石，以填東海，怨溺死也。余悲其志①，爲作精衛詞，入琴操云。

水在海，石在山，海水不縮石不刊。銜石向海安，口血離離海同乾。

吳復曰：“古人賦精衛詩者，稱王建〔二〕，詩意尋常。讀先生此作，則建詞劣矣。時和先生詞者數十家，惟崑山郭翼〔三〕、陸仁二人在先生選列〔四〕。翼詞曰：‘東海水雖大，精衛心不移，銜石填海有滿時。有滿時，海有底，呼嗟人心不如海。’仁詞曰：‘精衛兩翼大，飛向海波去，口銜石子不知數。山高高，海深深，山高海深石自沉。’”

琬曰〔五〕：“古人賦精衛辭者，稱王建。先生此作出，建辭劣矣。”

太史曰②：“只廿五字，辭有盡，味無窮。”

【校】

① 鐵雅先生復古詩集本、鐵崖先生詩集丁集本於此序前加“琬曰”二字，又删去“余悲其志，爲作精衛詞，入琴操云”三句。

② 章琬跋語、太史黃溍評語原本無，據鐵雅先生復古詩集本增補。

【箋注】

〔一〕詩作於元至正元年(一三四一)九月，其時鐵崖與李孝光在吳下論古今人詩，孝光出題，遂作此。精衛：梁任昉述異記卷上：“昔炎帝女溺死東海中，化爲精衛。其名自呼，每銜西山木石填東海。”又山海經第三北山經：“是炎帝之少女名曰女娃，女娃游于東海，溺而不返，故爲精衛。常銜西山之木石，以堙于東海。”

〔二〕王建：唐代詩人，其精衛詞載王司馬集卷二。參見東維子文集卷十一李庸宮詞序。

〔三〕郭翼：參見東維子文集卷七郭羲仲詩集序。

〔四〕陸仁：字良貴，河南人。參見西湖竹枝集小傳。

〔五〕章琬：字孟文，號龍洲生，雲間(今上海松江)人。章琬爲松江大姓子弟，至正末年從學於鐵崖。曾欲輔助貝瓊輯刊鐵崖詩文全集，未果。輯評鐵雅先生復古詩集六卷，今存於世。參見鐵雅先生復古詩集相關序跋，以及清江文集卷七鐵崖先生大全集序。按：全元文第五十九册收錄章琬文一篇，即輯鐵雅先生復古詩序，然誤稱章琬爲“龍洲(今四川江油)人”。蓋因章琬所取別號爲龍洲生。實則鐵雅先生復古詩集卷末章琬跋文之後，鈐有三印，皆爲朱文，分別爲“學古”、“雲間世家”、“章氏孟文”，據此可以證實,章琬爲松江人無誤。

石婦操〔一〕 并引

　　石婦〔二〕,即望夫石也,在處有之〔三〕。詩人悲其志與精衛同,不必問其主名也。予爲詞,補入琴操云①。

　　峩峩孤竹崗〔四〕,上有②石魯魯。山夫折山華,歲歲山頭歌石婦③。行人幾時歸? 東海山頭有時聚。行人歸,啼石柱,石婦岑岑化黄土。

　　太史曰④:"啼字妙。非啼婦也,乃化鶴來歸,語華表意〔五〕。"

【校】

① 鐵雅先生復古詩集本、鐵崖先生詩集丁集本詩題下載章琬序,與此鐵崖自序稍有不同。鐵雅先生復古詩集本作"琬曰:石婦即望夫石也,在處有之。補入琴操,悲其志與精衛同,不必問其主名也。"鐵崖先生詩集丁集本作"琬曰……詩人補入琴操,悲其志與精衛同,不必問其主名也。全操見吴見心所類古樂府集卷内"。

② 上有:鐵崖先生詩集丁集本作"其上"。

③ 歲歲山頭歌石婦:明鈔楊維禎詩集本作"山頭朝石婦"。"峩峩孤竹崗"四句:鐵雅先生復古詩集本作"山夫折山華,山頭朝石婦"兩句。

④ 黄溍太史跋文原本無,據鐵雅先生復古詩集本增補。

【箋注】

〔一〕詩亦爲琴操,亦撰於元至正元年(一三四一)九月前後,鐵崖與李孝光相會於吴中之際。

〔二〕石婦:或稱新婦石。乾隆諸暨縣志卷四山川:"新婦石,在紫薇山神仙洞旁。"并録有此詩。

〔三〕按:地方志等典籍著録"望夫石"甚多,故曰"在處有之"。太平御覽卷四十八望夫山:"輿地記曰,望夫山上有望夫石,層生蕉菁,遂以名山。上有石高三丈,形如女人,謂之'望夫石'。又記曰:武昌郡奉新縣北山上有望夫石,狀如人立者。今古相傳云,昔有貞婦,其夫從役,遠赴國難,攜弱子餞送於此山。既而立望其夫,乃化爲石,因此爲名焉。"

〔四〕孤竹：以孤竹挺生起興，暗喻石婦之節操。

〔五〕"化鶴來歸"二句：寓指丁令威故事。丁令威，本遼東人。學道於靈虚山，後化爲鶴，歸遼東。集城門華表柱，時有少年舉弓欲射之，鶴乃飛，徘徊空中而作人語。詳見題晉陶潛搜神後記卷一。

湘靈操〔一〕并引

博物志："舜陟方死于蒼梧，二妃死於江、湘之間，俗謂之湘君。湘旁有黄陵廟〔二〕。"事雖不經，而楚詞於九歌有湘君、湘夫人之辭，故余亦補入琴操云。

湘之水兮九支，湘之山兮九疑〔三〕。皇一去兮何時歸？攀龍髯兮逐龍飛〔四〕。生同宫，死同穴，招皇衣兮復皇轍。九疑水，九疑山。九疑轍迹在其間，望飛龍兮未來還。湘之淚兮成水，湘之石兮成班①〔五〕。

吴復曰："自古詩人皆用竹班，未有用石班者。先生句律新妙類此。"

【校】

① 班：陳善學刊本作"斑"。

【箋注】

〔一〕詩亦屬琴操，亦撰於元至正元年（一三四一）九月前後，參見本卷履霜操。

〔二〕"舜陟方"四句：當録自博物志。然今傳本博物志無此數句。博物志校證卷六地理考："洞庭君山，帝之二女居之，曰湘夫人。又，荆州圖經曰，湘君所游，故曰君山。"

〔三〕九疑：山海經海内南經："蒼梧之山，帝舜葬於陽。"郭璞注："即九疑山也。禮記（檀弓上）亦曰舜葬蒼梧之野。"又，梁任昉述異記卷下："衡州九疑山有舜廟，郡守至官，常致敬修祀，則空中如有弦歌之聲。一説九疑山隔湘江，跨蒼梧野，連營道縣界，九山相似，行者望之有疑，因名曰九疑山。"

〔四〕攀龍髯：史記封禪書：黄帝鑄鼎於荆山下，鼎成，有龍下迎，黄帝乘之升天，小臣不得上，乃持龍髯，髯落，墮，墮黄帝之弓。後世名其處爲鼎湖，其弓曰烏號。

〔五〕"湘之淚"二句：晉張華博物志卷八史補："堯之二女，舜之二妃，曰湘夫
人。舜崩，二妃啼，以涕揮竹，竹盡斑。"

箕山操[一]

箕之山兮，可耕而樵（叶"囚"）。箕之水兮，可飲而游。牽牛何來
兮，飲吾上流。彼以天下讓兮，我以之逃（叶"投"）[二]。世豈無堯兮，
應堯之求，吾與堯友兮，不與堯憂。

吳復曰："先生擬琴操凡十首，有介山、汨羅城、曹娥弄操，皆逸。箕山
一操，又先生和永嘉李季和之作也[三]。李詞曰：'箕山之陽兮其木翏翏，
箕山之冢兮白雲幽幽。彼世之人兮孰能遺我以憂？雖欲從我兮其路無
由，朝有人兮來飲其牛。'世稱兩操乃敵手棋也，而先生之詞爲婉云。"

琬曰："堯讓天下於巢父。巢父曰：'君之牧天下，猶予之牧犢。吾無
用天下爲。'莊子有樊仲父牽牛飲水[四]，見巢父洗耳，驅牛而還。耻令牛
飲其下流也①。"

太史曰②："季辭欠喫緊語。"

【校】

① "琬曰"一條，原本無，鐵雅先生復古詩集本作爲詩序置於詩前，今據以增補，
　移至詩後。又，鐵崖先生詩集丁集本亦有章琬所撰詩序，出入較大，照録如
　下："琬曰：高士傳：昔巢父，堯時人，年老居樹上，謂之巢父。堯讓天下於許
　由，由告巢父。父曰：'汝不隱汝形，藏汝光，非吾友也。'由乃洗耳於清泠水
　中，拭目曰：'吾負吾友。'樊仲父飲牛，見由洗耳，乃驅牛還。耻令牛飲下
　流也。"
② 太史黄溍跋語據鐵雅先生復古詩集本增補。

【箋注】

〔一〕詩亦作於元至正元年（一三四一）九月。繫年依據參見鐵雅先生復古詩集
　　卷一琴操序。
〔二〕"箕之山兮"八句：概述許由、巢父故事。晉皇甫謐高士傳卷上許由："後
　　隱於沛澤之中。堯讓天下於許由……於是遁耕於中岳潁水之陽、箕山之

下,終身無經天下色。堯又召爲九州長,<u>由</u>不欲聞之,洗耳於<u>潁水</u>濱。時其友<u>巢父</u>牽犢欲飲之,見<u>由</u>洗耳,問其故。對曰:'堯欲召我爲九州長,惡聞其聲,是故洗耳。'<u>巢父</u>曰:'子若處高岸深谷,人道不通,誰能見子?子故浮游欲聞,求其名譽,污吾犢口。'牽犢上流飲之。<u>許由</u>没,葬<u>箕山</u>之巔。亦名<u>許由山</u>,在<u>陽城</u>之南十餘里。"

〔三〕<u>永嘉 李季和</u>:指<u>李孝光</u>。<u>李孝光</u>字<u>季和</u>,<u>永嘉</u>人。其生平參見<u>東維子文集</u>卷七郊韶詩序。

〔四〕<u>莊子</u>有<u>樊仲父</u>牽牛飲水:此説有誤。今傳本<u>莊子</u>并未述及<u>樊仲父</u>,相關記載見<u>高士傳</u>。參見校勘記。

獨禄篇[一] 并引

古樂府<u>獨禄篇</u>,爲父報仇之作也。<u>太白</u>擬之,轉爲雪國耻之詞[二]。予在<u>吴中</u>,見有父仇不報而與之共室處者,人理之滅甚矣!爲賦此詞,以激立孝子之節云。

獨禄獨禄惡水濁(叶"逐"),仇家當族,孝子免污辱。孝子軀幹小,勇氣滿九州,拔刀削中睨父仇。父仇未報,何面上父丘?漆仇頭,爲飲器[三],臠仇肉,爲食嘬,頭上之天纔可戴。

【箋注】

〔一〕詩當作於元<u>至正</u>元年(一三四一)。繫年依據:詩序曰"予在<u>吴中</u>"云云,而<u>至正</u>元年九月,<u>鐵崖</u>與<u>李孝光</u>在<u>吴</u>下論詩,本詩蓋亦撰於此時。參見<u>鐵雅先生復古詩集</u>卷一琴操序。宋<u>郭茂倩 樂府詩集</u>卷五十四舞曲歌辭<u>獨漉篇</u>:"獨漉獨漉,水深泥濁……父寃不報,欲活何爲!猛虎班班,游戲山間。虎欲齧人,不避豪賢。"<u>南齊書</u>作"獨禄"。

〔二〕"<u>太白</u>擬之"二句:指<u>李白</u>所撰<u>獨漉篇</u>。其詞曰:"獨漉水中泥,水濁不見月。不見月尚可,水深行人没。越鳥從南來,胡雁亦北度。我欲彎弓向天射,惜其中道失歸路……國耻未雪,何由成名?神鷹夢澤,不顧鷗鳶。爲君一擊,鵬摶九天。"(<u>李太白全集</u>卷四獨漉篇)

〔三〕"漆仇頭"二句:<u>戰國策 趙策</u>一:"及<u>三晉</u>分<u>知氏</u>,<u>趙襄子</u>最怨<u>知伯</u>,而將其頭以爲飲器。"

公無渡河〔一〕

公無渡河,河水深兮不見泥。公身非水犀,烏風黑浪欲何濟（平聲）？公不能濟,橫帆在河西。青頭少婦泣血啼〔二〕,有年不死將誰齊？公死河①靈伯,妾死河靈妻!

　　　　吳復曰:"先生此作,又率之以同歸之義,旨意正大。不徒尚其詞。"

【校】

① 詩淵亦載此詩,據以校勘。河:原本作"何",據詩淵本改。下同。

【箋注】

〔一〕本詩撰期當不遲於元至正八年（一三四八）七月。繫年依據:鐵崖先生古樂府各卷卷首皆署"門人富春吳復類編",且於多篇詩後及卷末,附有吳復跋語。吳復卒於至正八年十月,此前三月患病,"病三月而逝"。據此推之,吳復所編鐵崖詩集之結集,不得遲於至正八年七月。參見東維子文集卷二十五吳君見心墓銘。又,顧瑛後序（載鐵崖先生古樂府卷末）亦撰於至正八年七月一日,可見鐵崖先生古樂府十卷所錄詩歌,當爲至正八年七月以前作品。至於卷六強氏母,作於至正八年十一月,應是吳復病逝之後,顧瑛於刊行之前所作增補,乃個別現象。又,鄭樵通志卷四十九載王僧虔技錄曰:"公無渡河行,亦曰箜篌行。"

〔二〕"青頭"句:晉崔豹古今注卷中音樂第三:"箜篌引,朝鮮津卒霍里子高妻麗玉所作也。子高晨起,刺船而棹。有一白首狂夫,被髮提壺,亂流而渡。其妻隨呼止之,不及,遂墮河水死。於是援箜篌而鼓之,作公無渡河之歌,聲甚悽愴。曲終,自投河而死。霍里子高還,以其聲語妻麗玉。玉傷之,乃引箜篌而寫其聲,聞者莫不墮淚飲泣焉。麗玉以其聲傳鄰女麗容,名曰箜篌引焉。"

桓山禽〔一〕 并引

古樂府有上留田行〔二〕。上留之地,有父死而兄不字其弟者,鄰人爲其弟作悲歌,以風其兄[三]。南俗,兄違父命而虐其庶弟於父死之後者,往往有焉。故賦桓山鳥,以繼上留樂府云。

桓山鳥,鳴聲一何悲[四]。嚴父戒二子,分財無嫡支。父死未葬命一遺,兩枝荆華摧一枝[五]。嗚呼桓山鳥,鳴聲實堪悲。死隔別,生流離,百鳥聞之爲嗟嗞①。

【校】

① 嗞:陳善學刊本作"咨"。

【箋注】

〔一〕詩撰期當不遲於元至正八年(一三四八),繫年依據參見本卷公無渡河。
按:鐵崖先生古樂府十卷中所有詩作,皆當撰於元至正八年以前,以下未作繫年者同此,不再一一説明。

〔二〕古樂府有上留田行:鄭樵通志卷四十九王僧虔技録記載相和歌瑟調三十八曲,其中有上留田行。

〔三〕"上留之地"四句,源自晉崔豹古今注卷中音樂第三上留田。

〔四〕"桓山鳥"二句:孔子家語卷五顏回第十八:"孔子在衛,昧旦晨興,顏回侍側。聞哭者之聲甚哀,子曰:'回,汝知此何所哭乎?'對曰:'回以此哭聲非但爲死者而已,又有生離別者也。'子曰:'何以知之?'對曰:'回聞桓山之鳥生四子焉,羽翼既成,將分于四海。其母悲鳴而送之,哀聲有似於此,謂其往而不返也。回竊以音類知之。'孔子使人問哭者,果曰:'父死家貧,賣子以葬,與之長決。'"

〔五〕荆華摧:喻兄弟不和。梁吳均續齊諧記:"京兆田真兄弟三人,共議分財。生資皆平均,惟堂前一株紫荆樹,共議欲破三片,明日就截之,其樹即枯死,狀如火然。真往見之,大驚,謂諸弟曰:'樹本同株,聞將分斫,所以憔悴。是人不如木也。'因悲不自勝,不復解樹。樹應聲榮茂。"

烏夜啼 并引

古樂府烏夜啼者,宋王義慶妓妾報赦之詞[一]。予爲補之,而少見規誡之義云。

蘢葱高樹青門西,夜夜棲烏來上啼。報君凶,報君喜,願君高樹成連理。啼烏夜夜^①八九子,莫使君家高樹移,烏生八九烏散飛。

【校】

① 永樂大典卷二三四六、詩淵載此詩,據以校勘。夜夜:原本有小字注"'夜夜'一本作'夜生'"。永樂大典本、詩淵本作"夜生"。

【箋注】

〔一〕宋王義慶:南朝宋臨川王劉義慶。舊唐書音樂志:"烏夜啼,宋臨川王義慶所作也。元嘉十七年,徙彭城王義康於豫章。義慶時爲江州,至鎮,相見而哭,爲帝所怪,徵還宅,大懼。妓妾夜聞烏啼聲,扣齋閣云:'明日應有赦。'其年更爲南兗州刺史,作此歌。故其和云:'籠窗窗不開,烏夜啼,夜夜望郎來。'今所傳歌似非義慶本音。"

野雉詞^{〔一〕}

野雉異兮家雞,雉將雛兮栖栖。嫁劉季兮逐季飛^{〔二〕},不逐季兮季狐疑,羽翼成兮兩口苦無違^{①〔三〕}。

  吳復曰:"漢呂后名雉,字娥姁。漢人避后諱,呼雉爲野雞。詩意譏野雞之不足爲家雞,季疑之是也。兩口,指諸呂也^②。"

【校】

① 本詩又載清初印溪草堂鈔本東維子集卷十,據以校勘。苦無違:印溪草堂鈔本作"若無爲"。
② 詩末跋文"漢呂后名雉"云云,印溪草堂鈔本作爲詩序,置於詩前。

【箋注】

〔一〕野雉:指呂后。漢書高后紀:"高皇后呂氏。"顏師古注引荀悦曰:"諱雉之字曰野雞。"
〔二〕劉季:指漢高祖劉邦。劉邦字季。見漢書本紀。
〔三〕羽翼成:史記留侯世家:高祖欲廢太子,張良引四皓輔太子,高祖云:"我欲易之,彼四人輔之,羽翼已成,難動矣。"

旦春詞①

兒爲王,母爲囚〔一〕,旦②春暮春無時休〔二〕。天高地厚日月流③,母苦不得從兒游。漢家謀臣張留侯〔三〕,老人立致商山頭,君王輕信羽翼愁。十年身後知安劉〔四〕,髡鉗之人何以留!

> 吴復曰:"詩意咎高祖之智能知勃之安劉,而不能知雉之困人彘,遠爲人彘地也;且又輕信張良一時詭計,幾爲滅劉之舉。詩之言簡而志博也如此。"

【校】

① 明鈔楊維楨詩集本題作人彘怨。樓氏鐵崖樂府注本於題下有小字注:"一作人彘怨。"
② 旦: 明鈔楊維楨詩集本作"朝"。
③ 流: 明鈔楊維楨詩集本作"愁"。

【箋注】

〔一〕"兒爲王"二句: 指西漢趙王如意之母戚夫人。漢書外戚傳上:"高祖崩,惠帝立,吕后爲皇太后,乃令永巷囚戚夫人,髡鉗衣赭衣,令春。戚夫人春且歌曰:'子爲王,母爲虜,終日春薄暮,常與死爲伍。相離三千里,當誰使告女?'……趙王死,太后遂斷戚夫人手足,去眼熏耳,飲瘖藥,使居鞠域中,名曰'人彘'。"

〔二〕"旦春"句: 漢書刑法志:"其奴,男子入于罪隸,女子入春稾。"韋昭曰:"春,春人;稾,稾人也。給此二官之役。"又,漢書惠帝紀: 應劭注曰:"城旦者,旦起行治城;春者,婦人不豫外徭,但春作米。皆四歲刑也。"

〔三〕張留侯: 指張良。漢書張良傳:"上欲廢太子,立戚夫人子趙王如意。大臣多爭,未能得堅決也。吕后恐,不知所爲。或謂吕后曰:'留侯善畫計,上信用之。'吕后乃使建成侯吕澤劫良……良曰:'此難以口舌爭也。顧上有所不能致者四人(按:指東園公、綺里季、夏黄公、角里先生,所謂商山四皓。)……'於是吕后令吕澤使人奉太子書,卑辭厚禮迎此四人……及宴,置酒,太子侍。四人者從太子,年皆八十有餘,須眉皓白,衣冠甚偉……四人爲壽已畢,趨去。上目送之,召戚夫人指視曰:'我欲易之,彼四人爲之輔,羽翼已成,難動矣。呂氏真乃主矣。'"

〔四〕十年身後知安劉:意爲劉邦預知自己死後,周勃能保護劉氏政權。即吳復跋語所謂"高祖之智能知勃之安劉"。史記高祖本紀:"呂后問:'陛下百歲後,蕭相國即死,令誰代之?'上曰:'曹參可。'問其次,上曰:'王陵可。然陵少戇,陳平可以助之。陳平智有餘,然難以獨任。周勃重厚少文,然安劉氏者必勃也,可令爲太尉。'"

繫子詞

車驅驅,鄧家孥。長繩繫野樹,小兒泣呱呱。泣呱呱,父一顧,可奈胡? 弟兒在手不可俱〔一〕。父再顧,眼血枯,行人斷繩走匍匐〔二〕。

　　吳復曰:"先生嘗作鄧郭論曰(略①)。觀此則知先生之詩,有感乎逆倫也已。"

【校】

① 鐵崖所撰鄧郭論,已移入本書佚文編。

【箋注】

〔一〕"車驅驅"八句:概述晉人鄧攸捨子保侄故事。晉書鄧攸傳:"鄧攸字伯道……少孤,與弟同居。……石勒過泗水,攸乃斫壞車,以牛馬負妻子而逃。又遇賊,掠其牛馬,步走,擔其兒及其弟綏。度不能兩全,乃謂其妻曰:'吾弟早亡,唯有一息,理不可絕,止應自棄我兒耳。幸而得存,我後當有子。'妻泣而從之,乃棄之。其子朝棄而暮及。明日,攸繫之於樹而去……卒以無嗣。時人義而哀之,爲之語曰:'天道無知,使鄧伯道無兒。'弟子綏服攸喪三年。"

〔二〕陳善學刊本於題下附評語:"説到'行人斷繩'處,鄧將何以爲情!"

眉嫵詞〔一〕

朝畫眉,莫①畫眉,畫眉日日生春姿。長安已傳京兆嫵②,有司直奏君王知。君王毛舉人間事〔二〕,不咎人間夫婦私〔三〕。

      吴復曰:"先生嘗議畫眉事曰(略③)。"

【校】

① 明佚名纂詩淵身體門人事類載此詩,據以校勘。

② 傳:原本作"知",據詩淵本改。憮:陳善學刊本作"嫵"。

③ 鐵崖所撰議畫眉,收入本書佚文編。

【箋注】

〔一〕本篇議張敞爲婦畫眉之事。張敞,西漢人。

〔二〕毛舉:煩瑣地列舉。漢書刑法志:"徒鈎摭微細,毛舉數事,以塞詔耳。"

〔三〕"朝畫眉"七句:漢書張敞傳:"又爲婦畫眉,長安中傳張京兆眉憮。有司
    以奏敞。上問之,對曰:'臣聞閨房之内,夫婦之私,有過於畫眉者。'上愛
    其能,弗備責也。然終不得大位。"

結襪子 并引

    古樂府有結襪子〔一〕,大抵言感恩重而以命相許也,太白擬之
亦然〔二〕。余以結襪子屬張釋之,釋之天下稱賢〔三〕,故予爲是詞,
補入樂府云。

    漢家九陛飛秋霜,公卿會立朝明堂。王生何人談老黃,廷辱廷尉
理不當。廷尉跪結襪,有如壯夫出跨下〔四〕,面無慚色神洋洋。君不見
黃石公進張良〔五〕,夏侯章詆①孟嘗〔六〕,長者之名從此歇。

【校】

① 詆:原本及陳善學刊本皆作"低",據樓氏鐵崖樂府注本改。

【箋注】

〔一〕結襪子:鄭樵通志卷四十九樂略著録游俠二十一曲,結襪子爲其中之一。
    宋郭茂倩樂府詩集卷七十四雜曲歌辭結襪子:"帝王世紀曰:'文王伐崇
    侯虎,至五鳳墟。襪係解,顧左右無可使者,乃俯而結之……'唐李白辭,

　　大抵言感恩之重,而以命相許也。”

〔二〕太白:指李白。李太白全集卷四結襪子:“燕南壯士吳門豪,筑中置鉛魚
　　隱刀。感君恩重許君命,太山一擲輕鴻毛。”

〔三〕張釋之:史記張釋之列傳:“王生者,善爲黃老言,處士也。嘗召居廷
　　中,三公九卿盡會立,王生老人,曰:‘吾襪解。’顧謂張廷尉(釋之):‘爲
　　我結襪。’釋之跪而結之。既已,人或謂王生曰:‘獨奈何廷辱張廷尉,使
　　跪結襪?’王生曰:‘吾老且賤,自度終無益於張廷尉。張廷尉方今天下
　　名臣,吾故聊辱廷尉,使跪結襪,欲以重之。’諸公聞之,賢王生而重張
　　廷尉。”

〔四〕壯夫出跨下:指韓信曾遭淮陰屠夫羞辱,匍匐出其袴下。詳見史記淮陰
　　侯列傳。

〔五〕黃石公進張良:張良曾爲黃石公拾履穿鞋,遂獲贈太公兵法。詳見史記
　　留侯世家。

〔六〕孟嘗:即孟嘗君,戰國四公子之一。戰國策卷十齊策三:“孟嘗君奉夏侯
　　章以四馬百人之食,遇之甚懽。夏侯章每言,未嘗不毀孟嘗君也。或以告
　　孟嘗君,孟嘗君曰:‘文有以事夏侯公矣,勿言。’董之繁菁以問夏侯公,夏
　　侯公曰:‘孟嘗君重非諸侯也,而奉我四馬百人之食。我無分寸之功而得
　　此,然吾毀之以爲之也。君所以得爲長者,以吾毀之者也。吾以身爲孟嘗
　　君,豈得持言也。’”

柏谷詞

　　柏谷險,君勿趨。君一趨,龍爲魚。漿長豈識真龍軀〔一〕,賴爾老
婦能軶夫。論報不賜誅,漿長本無辜。舉之羽林郎,大將軍可奴。

【箋注】

〔一〕漿長:實指柏谷逆旅主人。資治通鑑卷十七漢紀九:“(漢武帝)又嘗夜
　　至柏谷,投逆旅宿,就逆旅主人求漿。主人翁曰:‘無漿,正有溺耳!’且
　　疑上爲姦盜,聚少年欲攻之。主人嫗睹上狀貌而異之,止其翁曰:‘客非
　　常人也,且又有備,不可圖也。’翁不聽。嫗飲翁以酒,醉而縛之。少年
　　皆散走。嫗乃殺雞爲食以謝客。明日,上歸,召嫗,賜金千斤,拜其夫爲
　　羽林郎。”

鴻門會〔一〕

天迷關,地迷户,東龍白日西龍雨。撞鍾飲酒愁海翻,碧火吹巢雙猰①貐〔二〕(暗言范增、項莊。)。照天萬古無二烏,殘星破月開天餘②。(此言沛公當獨王天下〔三〕,羽不得分也。)座中有客天子氣,左股七十二子連明珠〔四〕。軍聲十萬振屋瓦,拔劍當人面如赭。將軍下馬力排山,氣卷黄河酒中瀉。劍光上天寒彗殘,明朝畫地分河山。將軍呼龍將客走,石破青天撞玉斗〔五〕。

　　吴復曰:"先生酒酣時,常自歌是詩。此詩本用賀體〔六〕,而氣則過之。"

【校】

① 猰:原本作"稧",據元音本、元詩體要本改。
② 開天餘:元音本、元詩體要本作"來天隅"。

【箋注】

〔一〕詩撰於元至正六年(一三四六)前後,即鐵崖浪迹湖州、蘇州之時。繫年依據:吴復跋文曰"先生酒酣時,常自歌是詩",據此推之,當爲吴復追隨於鐵崖之時。鴻門:位於今陝西西安臨潼境内,項羽曾在此宴請劉邦。詳見史記項羽本紀。

〔二〕猰貐:山海經校注第三北山經:"又北二百里,曰少咸之山,無草木,多青碧。有獸焉,其狀如牛,而赤身人面馬足,名曰窫窳。其音如嬰兒,是食人。"淮南子本經:"逮至堯之時,十日並出,焦禾稼、殺草木而民無所食,猰貐、鑿齒、九嬰、大風、封豨、修蛇皆爲民害。"

〔三〕沛公:指劉邦。

〔四〕左股七十二子:左腿有七十二黑斑。史記高祖本紀:"高祖爲人隆準而龍顏,美須髯,左股有七十二黑子。"

〔五〕"將軍"二句:史記項羽本紀:"沛公旦日從百餘騎來見項王,至鴻門……坐須臾,沛公起,如厠,因招樊噲出……張良入謝曰:'沛公不勝杯杓,不能辭,謹使臣良奉白璧一雙,再拜獻大王足下;玉斗一雙,再拜奉大將軍足下。'……項王則受璧,置之坐上;亞父受玉斗,置之地,拔劍撞而破之,曰:

‘唉，豎子不足與謀。奪項王天下者，必沛公也，吾屬今爲之虜矣。’”

〔六〕賀體：李賀詩體。鐵崖此詩蓋襲自李賀神弦曲。李賀詩歌集注卷四神弦
　　曲：“西山日没東山昏，旋風吹馬馬踏雲。畫弦素管聲淺繁，花裙綷縩步秋
　　塵。桂葉刷風桂墜子，青狸哭血寒狐死。古壁彩虬金帖尾，雨工騎入秋潭
　　水。百年老鴞成木魅，笑聲碧火巢中起。”

紫芝曲①〔一〕

　　商山巍巍，上有紫芝。採芝可療飢，何獨西山薇〔二〕？西伯養老去
古遠，而獨夫（指始皇②）殺士，吾將疇依？卯金之子海内威，羅絡齮齕
（音“蟻紇”。）將奚爲？平生不識下邳兒，肯隨③漢邸同兒戲〔三〕？禄里
綺里無人知〔四〕。

　　　　吳復曰：“禄里，在洞庭包山〔五〕，蓋四老之舊居。皮日休有禄里詩〔六〕。
　　一作角里④。”

【校】

① 本詩又載顧瑛集録楊鐵崖詠史古樂府本、陳善學刊古樂府卷一、清初印溪草
　　堂鈔本東維子集卷十，據以校勘。顧瑛集録楊鐵崖詠史古樂府本、陳善學刊
　　本題作商山芝，且題下有小字注“并引論”。按：所謂“引論”，實截自吳復跋
　　語所引鐵崖之論四老人，因同於史義拾遺卷上四老人辯，故此不載。又，鐵
　　崖曾題此詩於馬遠畫商山四皓圖卷，劉正成主編中國書法全集第四十六册
　　收録此詩，題作跋馬遠畫商山四皓圖卷。且於詩後有題款：“抱遺老人會稽
　　楊維禎在雲間草玄閣書。”按：草玄閣爲鐵崖晚年齋名，而鐵崖先生古樂府所
　　録皆其至正八年以前詩作，蓋鐵崖晚年以此舊作題畫。
② 小字注“指始皇”三字，原本無，據印溪草堂鈔本增補。
③ 隨：樓注本作“從”。
④ 原本以下又有“先生嘗論四老人者”云云，凡一百四十字。然同於史義拾遺
　　卷上四老人辯，故此删去。

【箋注】

〔一〕紫芝曲：晉皇甫謐高士傳卷中四皓：“四皓者，皆河内軹人也，或在汲。一

曰東園公,二曰角里先生,三曰綺里季,四曰夏黄公,皆修道潔己,非義不動。秦始皇時,見秦政虐,乃退入藍田山,而作歌曰:'莫莫高山,深谷逶迤,曄曄紫芝,可以療飢。唐虞世遠,吾將何歸? 駟馬高蓋,其憂甚大。富貴之畏人,不如貧賤之肆志。'乃共入商雒,隱地肺山,以待天下定。及秦敗,漢高聞而徵之,不至。深自匿終南山,不能屈已。"又,劉邦曾欲廢太子而立趙王,張良爲吕后設計,以所謂"商山四皓"輔佐太子,皇太子地位得以保全。參見本卷旦春詞。

〔二〕伯夷、叔齊不食周粟,隱於首陽山(又名西山),采薇而食。詳見史記伯夷列傳。

〔三〕"平生不識"二句:下邳兒,指張良。意爲所謂商山四皓必屬假冒。石渠實笈卷十四著録元季王逢題宋馬遠四皓圖詩:"五文雲采九莖芝,萬古乾坤一局棋。漢皇自墮張良計,肯下山來進諫詞?"王逢爲鐵崖友人,亦認爲四皓必不肯出山,乃張良獻計假冒。

〔四〕禄里綺里:即角里先生、綺里季二人。此借指"商山四皓"。又,顧亮集録楊鐵崖詠史古樂府本於詩末附評語曰:"評四老論,乃千載燭欺發伏之論,前未有人説到此,此鐵老之卓識也。"按:所謂"評四老論",實指史義拾遺卷上四老人辯。

〔五〕包山:即洞庭西山,在太湖中。又名夫椒山。

〔六〕皮日休:其詩載全唐詩卷六百八,然其禄里詩全唐詩中未見。

金臺篇①〔一〕

高臺起朔方,金色照天光。上有七十二鳳凰,金鼎玉食高頡頏。王不居,志獨苦,拜師禮重心愈下(叶户)②。群賢起,南西東。國恥一洒黄金空,十年燕雌今日雄。君不見姑胥③何用黄金屋,塵鹿穿花豕喞④蓐〔二〕。

> 吴復曰:"越書稱越勾踐以黄金樓楣獻吴夫差〔三〕,夫差因獻楣,遂以黄金盡飾樓,以自敝其國。淮南子載桀亡證云:犬釋淵,豕喞蓐〔四〕。"

【校】

① 樓氏鐵崖樂府注本於題下有小字注:"一作黄金臺辭。"

② 禮重：原本有小字注“‘禮重’一作‘禮土’”。陳善學刊本作“禮土”。叶户：
　　原本無，據陳善學刊本增補。

③ 姑胥之“胥”，樓氏鐵崖樂府注本作“蘇”。

④ 唧：陳善學刊本作“含”。

【箋注】

〔一〕金臺：又稱黃金臺。宋周密齊東野語卷十八：“白氏六帖有燕昭王置千金
　　　於臺上，以延天下士，謂之黃金臺……又，梁任昉述異記：燕昭爲郭隗築
　　　臺，今在幽州燕王故城中，土人呼賢士臺，亦爲招賢臺。”

〔二〕“君不見”二句：明彭大翼山塘肆考卷一百七十二寵西施：“吳王夫差破
　　　越，越乃進西施，請退軍。吳王許之。吳王既得西施，甚寵之，爲築姑蘇
　　　臺。高三百丈，游宴其上。伍子胥諫曰：‘吾恐姑蘇臺不久爲麋之游。’吳
　　　王不聽。按臺在蘇州姑蘇山上，就山起臺。三年聚材，五年乃成。高見三
　　　百里，下有百花洲。”黃金屋，用漢武帝黃金屋貯阿嬌事。參見鐵崖先生古
　　　樂府卷五貧婦謠注。

〔三〕越書：當指越絕書。越絕書卷十二内經九術：“於是作爲策楯，嬰以白璧，
　　　鏤以黃金，類龍蛇而行者，乃使大夫種獻之於吳……〔吳王〕受之，而起姑
　　　胥臺，三年聚材，五年乃成。”

〔四〕“犬釋淵”二句：淮南子覽冥訓原文爲“犬群嗥而入淵，豕銜蓐而席澳”。

吳鈎行

　　吳人殺二子，釁成雙吳鈎。吳王食賞令，不識鈎中愁。臨鈎呼二
子，飛來父心頭[一]。百金何足報，萬户當封侯。佩雙鈎，比明月。爲
君嬖者斬，讒者刖。制諸侯，開伯烈，千秋萬歲光不滅。

【箋注】

〔一〕“吳人”六句：吳越春秋卷四闔閭内傳：“闔閭既寶莫耶，復命於國中作金
　　　鈎。令曰：‘能爲善鈎者，賞之百金。’吳作鈎者甚衆，而有人貪王之重賞
　　　也，殺其二子，以血釁金，遂成二鈎，獻於闔閭，詣宮門而求賞。王曰：‘爲
　　　鈎者衆，而子獨求賞，何以異於衆夫子之鈎乎？’作鈎者曰：‘吾之作鈎也，

貪而殺二子,鑄成二鈞。'王乃舉衆鈞以示之,曰:'何者是也?'王鈞甚多,形體相類,不知其所在。於是鈞師向鈞而呼二子之名,曰:'吳鴻、扈稽,我在於此,王不知汝之神也。'聲未絕於口,兩鈞俱飛著父之胸。吳王大驚,曰:'嗟乎,寡人誠負於子!'乃賞之百金,遂服而不離身。"

胭脂井〔一〕

　　隋兵入陳,後主挾宮人十餘〔二〕,出景陽殿,投井中。軍入,窺井,呼不應,欲下石,乃聞叫聲。以繩引之,與張貴妃、孔貴嬪同束而上。予惜其不能卒死於井,復有檻車之耻,爲賦胭脂井詞①。井無水,荒龍椅。不得如,巴馬子〔三〕。仰天夜見黃姑星〔四〕,水底嘍嘍話紅鬼,長繩卷起天河水②。井中之人不殉死③,宮人斜在雷塘④趾〔五〕。(趾,一作"尾"。斜,宮人冢也⑤。)

【校】

① 此詩序原本無,據陳善學刊本、樓氏鐵崖樂府注本增補。
② "長繩卷起"句:原本無,據陳善學刊本、樓氏鐵崖樂府注本增補。
③ "井中之人"句:陳善學刊本、樓氏鐵崖樂府注本作"井中人,不殉死"。
④ 雷塘之"塘",原本作"唐",據陳善學刊本改。
⑤ 此小字注文原本位於題下,據文淵閣四庫全書本移至此。

【箋注】

〔一〕胭脂井:即景陽井。景定 建康志卷十九:"景陽井,一名胭脂井,又名辱井。在臺城内。陳末,後主與張麗華、孔貴嬪投其中,以避隋兵。其井有石欄,多題字。舊傳云欄有石脈,以帛拭之,作胭脂痕。或云石脉色類胭脂。"

〔二〕後主:指陳後主陳叔寶。按:鐵崖曾撰文抨擊陳後主之荒淫,參見史義拾遺卷下演章華對。

〔三〕巴馬子:南史陳本紀下:"始梁末童謡云:'可憐巴馬子,一日行千里。不見馬上郎,但見黃塵起。黃塵汙人衣,皂莢相料理。'及僧辯滅,群臣以謡言奏聞,曰:'僧辯本乘巴馬以擊侯景;馬上郎,王字也;塵,謂陳也。而不解皂莢之謂。'既而陳滅於隋,説者以爲江東謂殺羊角爲皂莢,隋氏姓楊,楊,羊也,言終滅於隋。然則興亡之兆,蓋有數云。"

〔四〕黄姑星:即牽牛星,與織女相對。參見清人趙翼撰陔餘叢考卷四十二男人女名女人男名。

〔五〕宮人斜:宮人葬地。唐陸龜蒙有宮人斜詩。宋宋敏求春明退朝録卷上:"唐内人墓謂之宮人斜。"雷塘:位於江都縣東北十里。相傳隋煬帝曾恍惚與陳後主相會於此,故後改葬雷塘。東坡有詩曰:"人間俯仰成今古,吳公臺下雷塘路。"參見宋王十朋撰東坡詩集注卷二十七號國夫人夜游圖。

平原君①〔一〕

平原君,起②朱樓,美人盈盈樓上居③(叶"鳩")。槃跚跛汲④彼何叟,美人一笑槃跚愁。門下士,引去不可留。美人高價千金直,千金⑤不惜美人頭。君不見帷中婦女⑥觀跛者,一笑五國生戈矛〔二〕。

【校】

① 明鈔楊維禎詩集本題作平原君斬美人歌。
② 起:明鈔楊維禎詩集本作"有"。
③ 盈盈樓上居:明鈔楊維禎詩集本作"日日樓上頭"。
④ 跛汲:原本小字注"一作'跛者'",明鈔楊維禎詩集本作"跛者"。
⑤ 千金:明鈔楊維禎詩集本作"予豈"。
⑥ 婦女:明鈔楊維禎詩集本作"如兒"。

【箋注】

〔一〕平原君:即趙勝,戰國四公子之一,曾任趙國宰相。史記平原君列傳:"平原君家樓臨民家。民家有躄者,槃散行汲。平原君美人居樓上,臨見,大笑之。明日,躄者至平原君門,請曰:'臣聞君之喜士,士不遠千里而至者,以君能貴士而賤妾也。臣不幸有罷癃之病,而君之後宮臨而笑臣,臣願得笑臣者頭。'平原君笑應曰:'諾。'……終不殺。居歲餘,賓客門下舍人稍稍引去者過半。平原君怪之,曰:'勝所以待諸君者未嘗敢失禮,而去者何多也?'門下一人前對曰:'以君之不殺笑躄者,以君爲愛色而賤士,士即去耳。'於是平原君乃斬笑躄者美人頭,自造門進躄者,因謝焉。其後門下乃復稍稍來。"

〔二〕"君不見"二句:謂春秋時齊頃公婦人恥笑晉使郤克瘸腿,遂引發戰爭。左傳宣公十七年:"春,晉侯使郤克徵會于齊。齊頃公帷婦人,使觀之。郤子登,婦人笑于房。(注:跛而登階,故笑之。)獻子怒,出而誓曰:'所不此報,無能涉河。'"按:郤克諡"獻",故此稱"獻子"。後成公二年,郤克會魯、衛、曹伐齊。

春申君

春申君〔一〕,見利重,見理蒙。保相印,封江東,李家女兒入楚宮。春申滅國并滅嗣,舍人入相遺腹子〔二〕。

　　吳復曰:"先生嘗語,李園之事與吕不韋等耳〔三〕。其女弟遺腹,蓋非春申君之所幸也。"

【箋注】

〔一〕春申君:史記春申君列傳:"(楚)考烈王元年,以黄歇爲相,封爲春申君。"

〔二〕"春申"二句:史記春申君列傳:"楚考烈王無子,春申君患之,求婦人宜子者進之,甚衆,卒無子。趙人李園持其女弟,欲進之楚王,聞其不宜子,恐久毋寵。李園求事春申君爲舍人,已而謁歸,故失期。還謁,春申君問之狀,對曰:'齊王使使求臣之女弟,與其使者飲,故失期。'……於是李園乃進其女弟,即幸於春申君。知其有身,李園乃與其女弟謀……楚王召入幸之,遂生子男,立爲太子,以李園女弟爲王后。楚王貴李園,園用事。李園既入其女弟,立爲王后,子爲太子,恐春申君語泄而益驕,陰養死士,欲殺春申君以滅口。……楚考烈王卒,李園果先入,伏死士於棘門之内。春申君入棘門,園死士俠刺春申君,斬其頭,投之棘門外。於是遂使吏盡滅春申君之家。"

〔三〕李園之事與吕不韋等:秦安國君子子楚爲質於趙,陽翟大賈吕不韋以計使其返國,立爲適嗣,又獻有身孕的趙姬給子楚,姬生子,即後爲始皇之嬴政。政即位,以吕不韋爲相國。故云其事與李園類似,且吕不韋亦終遭貶黜,飲酖而死。詳見史記本傳。

聶政篇^{〔一〕}

齊國壯士儕要離^{〔二〕}，念母與姊生慈悲，既而母死姊同尸。烏乎，丈夫一死泰山重，胡爲輕付市井兒^{〔三〕}！

【箋注】

〔一〕聶政：戰國時著名刺客。史記刺客列傳：“濮陽嚴仲子事韓哀侯，與韓相俠累有郤。嚴仲子恐誅，亡去，游求人可以報俠累者。至齊，齊人或言聶政勇敢士也，避仇隱於屠者之間。嚴仲子至門請，數反，然後具酒自暢聶政母前。酒酣，嚴仲子奉黃金百溢，前爲聶政母壽，聶政驚怪其厚，固謝嚴仲子……久之，聶政母死……杖劍至韓，韓相俠累方坐府上，持兵戟而衛侍者甚衆。聶政直入，上階刺殺俠累，左右大亂。聶政大呼，所擊殺者數十人，因自皮面決眼，自屠出腸，遂以死……政姐榮聞人有刺殺韓相者，賊不得，國不知其名姓，暴其尸而縣之千金……如韓，之市……乃大呼天者三，卒於邑悲哀而死政之旁。”

〔二〕要離：參見鐵崖先生古樂府卷四要離冢。

〔三〕“丈夫一死泰山重”二句：參見史義拾遺卷上聶政刺客論。

易水歌^{〔一〕} 并引^①

儒門五尺童，羞談荆卿^{〔二〕}，以其刺客之靡也。然予觀魏王沈事^{〔三〕}，未嘗不廢卷三太息。沈之忍亡其主也，然後知卿之矢死報知己，較然爲古義俠不可少也。故君子追論燕俗之長，急人之義，本於卿之遺風。古今詞人多拙卿，而予猶以是取卿云。

風瀟瀟，易水波，高冠送客白峨峨。馬嘶燕都夜生角^{〔四〕}，壯士悲歌力拔削（叶“朔”^②）。百金買匕尺八銛，函中目光射匕尖（樊於期首^{〔五〕}）。先生老悖不足與，灰面小兒年十三^{〔六〕}。事大謬，無必取，先機一發中銅柱。後客不來知奈何，狗屠之交誰比數。太傅言議謀中奇^{〔七〕}，奇謀拙速寧工遲。可憐曜目舊時客，擊筑又死高漸離^{〔八〕}。鎬池君，璧在水，龍腥忽逐魚^③風起^{〔九〕}。滄海君猶祖遺筴^{〔十〕}，孰與千金買

方士。烏乎,荊卿荊卿雖俠才,俠節之死心無猜。君不見,文籍先生
賣君者,桐宮一泄曹作馬〔十一〕。

> 吳復曰:"已上凡二十六首。或述古樂府舊事,或補古樂府所缺。上
> 至精衛之古憤,下及刺客之悲歌,而美刺存焉,勸戒彰焉。讀者有所感發,
> 則事父事君,而天倫無不厚矣。"

【校】

① 樓氏鐵崖樂府注本於題下有小字注"一作荊卿失匕歌"。按:陳善學刊本卷
一有失匕歌,樓氏鐵崖樂府注本合二爲一,實則失匕歌與易水歌頗有不同,
故分別録入,可參看。
② 原本小字注僅一"叶"字,據樓氏鐵崖樂府注本增補。
③ 魚:原本作"漁",據樓氏鐵崖樂府注本改。

【箋注】

〔一〕易水:又稱易河,位於今河北保定易縣。因燕太子丹於此送荊軻入秦而
著名。
〔二〕荊卿:史記刺客列傳:"荊軻者,衛人也。其先乃齊人,徙於衛,衛人謂之
慶卿。而之燕,燕人謂之荊卿。"
〔三〕王沈:晉書王沈傳:"時魏高貴鄉公好學有文才,引沈及裴秀數於東堂講
讌屬文,號沈爲'文籍先生',秀爲'儒林丈人'。及高貴鄉公將攻文帝,召
沈及王業告之,沈、業馳白帝,以功封安平侯,邑二千户。沈既不忠於主,
甚爲衆論所非。"
〔四〕"馬嘶"句:史記刺客列傳:"太史公曰:世言荊軻,其稱太子丹之命,'天
雨粟、馬生角'也。"索隱:燕丹子曰:"丹求歸,秦王曰'烏頭白,馬生角,乃
許耳'。丹乃仰天歎,烏頭即白,馬亦生角。"
〔五〕"百金"二句:秦將樊於期自到,太子丹以百金求購徐夫人匕首,皆爲有助
於荊軻刺秦王。詳見史記刺客列傳。
〔六〕灰面小兒:指秦舞陽。按:燕人秦舞陽十三歲殺人,以勇著稱,隨荊軻赴
秦。然登秦王殿,即"色變振恐"。詳見史記刺客列傳。
〔七〕太傅言議:太傅鞠武主張聯合三晉、齊、楚以及匈奴,共同抗秦,太子丹不
採納,曰:"太傅之計,曠日彌久。"詳見史記刺客列傳。
〔八〕高漸離:荊軻好友,擅長擊筑。欲刺秦王,秦王藥瞎其雙眼。高漸離遂置
鉛筑中以擊,不中,被殺。

〔九〕"鎬池君"三句：史記秦始皇本紀："（秦始皇三十六年）秋，使者從關東夜過華陰平舒道，有人持璧遮使者曰：'爲吾遺鎬池君。'因言曰：'今年祖龍死。'使者問其故，因忽不見，置其璧去。使者奉璧具以聞……使御府視璧，乃二十八年行渡江所沈璧也……始皇崩於沙丘平臺。丞相斯爲上崩在外，恐諸公子及天下有變，乃秘之，不發喪。棺載輼涼車中……會暑，上輼車臭，乃詔從官令車載一石鮑魚，以亂其臭。"

〔十〕滄海君：史記留侯世家："良嘗學禮淮陽，東見倉海君。得力士，爲鐵椎重百二十斤。秦皇帝東游，良與客狙擊秦皇帝博浪沙中，誤中副車。"

〔十一〕桐宮：伊尹曾將太甲放逐於此，後多指君王放逐之地，此借指高貴鄉公。參見六臣注文選卷四十九史論上于寶晉紀總論李善注。按：高貴鄉公諱髦，字士彥，曹丕之孫。齊王廢，即皇帝位。後欲討伐司馬昭，被殺。曹作馬：謂曹魏王朝變爲司馬氏之天下。

卷二　鐵崖先生古樂府卷二

杞梁妻〔一〕

極苦復極苦,放聲一長哀。青天爲之雨,長城爲之摧。爲招淄水魂①〔二〕,共上青陵臺〔三〕。

【校】

① 魂:原本作"魄",據樓氏鐵崖樂府注本改。

【箋注】

〔一〕杞梁妻:鄭樵通志卷四十九樂略著録佳麗四十七曲,其中有杞梁妻歌。古今注卷中音樂:"杞梁妻,杞植妻妹朝日之所作也。杞植戰死,妻嘆曰:'上則無父,中則無夫,下則無子。生人之苦至矣。'乃抗聲長哭,杞都城感之而頹,遂投水而死。其妹悲其姐之貞操,乃爲作歌,名曰杞梁妻焉。梁,植字也。"

〔二〕淄水魂:指杞梁妻之魂。按:古列女傳卷四齊杞梁妻記載其事甚詳,且謂杞梁妻"赴淄水而死"。

〔三〕青陵臺:寓韓憑夫婦故事。晉干寶搜神記卷十一:"宋康王舍人韓憑,娶妻何氏,美,康王奪之。憑怨,王囚之,論爲城旦……俄而憑乃自殺。其妻乃陰腐其衣。王與之登臺,妻遂自投臺,左右攬之,衣不中手而死。遺書於帶曰:'王利其生,妾利其死。願以尸骨賜憑合葬。'王怒,弗聽,使里人埋之,冢相望也。王曰:'爾夫婦相愛不已,若能使冢合,則吾弗阻也。'宿昔之間,便有大梓木生於二冢之端,旬日而大盈抱,屈體相就,根交于下,枝錯于上。又有鴛鴦,雌雄各一,恒棲樹上,晨夕不去,交頸悲鳴,音聲感人。宋人哀之,遂號其木曰'相思樹'……今睢陽有韓憑城,其歌謠至今猶存。"又,元周達觀誠齋雜記曰,宋康王捕舍人韓憑築青陵臺,妻何氏作烏鵲歌,歌曰:"烏鵲雙飛,不樂鳳凰。妾是庶人,不樂宋王。"(載説郛卷三十一。)

即墨女^{①〔一〕}

三逐鄉,五逐里,即墨女兒乏容止。齊相取之齊國治,丈夫相國奚異此,丈夫相國奚異此!

【校】

① 樓氏鐵崖樂府注本於題下有小字注:"一作逐女詞。"

【箋注】

〔一〕即墨:按漢書地理志,即墨縣隸屬膠東國。今屬山東省。劉向古列女傳卷六齊孤逐女:"孤逐女者,齊即墨之女、齊相之妻也。初,逐女孤,無父母,狀甚醜。三逐於鄉,五逐於里,過時無所容。齊相婦死,逐女造襄王之門而見謁者,曰:'妾三逐於鄉,五逐於里,孤無父母,擯棄於野,無所容止。願當君王之盛顔,盡其愚辭。'左右復於王,王輟食吐哺而起。左右曰:'三逐於鄉者,不忠也。五逐於里者,少禮也。不忠少禮之人,王何爲遽?'王曰:'子不識也。夫牛鳴而馬不應,非不聞牛聲也,異類故也。此人必有與人異者矣。'遂見,與之語三日……遂尊相,敬而事之,以逐女妻之,齊國以治。"

宿瘤詞^{〔一〕}

采桑女,項如甖(叶"汪")。受教采桑,不受教觀大王。大王聘之居中房,舊衣不換新衣裳。采桑女,項如甖。宮中掩口笑喤喤。堯舜桀紂陳興亡,中宮^①笑口慚且惶。服后服,正後宮(叶"光")。卑宮室,親蠶桑。減弋獵,斥優倡。諸侯玉帛走東方,王上帝號聲煌煌。

【校】

① 中宮:樓氏鐵崖樂府注本作"宮中"。

【箋注】

〔一〕宿瘤:劉向古列女傳卷六齊宿瘤女:"宿瘤女者,齊東郭採桑之女,閔王之后也。項有大瘤,故號曰'宿瘤'。初,閔王出游,至東郭,百姓盡觀,宿瘤採桑如故……閔王歸,見諸夫人,告曰:'今日出游,得一聖女,今至,斥汝屬矣。'諸夫人皆怪之,盛服而衛,遲其至也。宿瘤駭宮中,諸夫人皆掩口而笑,左右失貌,不能自止。王大慚,曰:'且無笑,不餚耳。夫餚與不餚,固相去十百也。'女曰:'夫餚相去千萬,尚不足言,何獨十百也?……昔者堯、舜、桀、紂,俱天子也。堯、舜自飾以仁義,雖爲天子,安於節儉……至今數千歲,天下歸善焉。桀、紂不自飾以仁義……身死國亡,爲天下笑。至今千餘歲,天下歸惡焉。由是觀之,餚與不餚相去千萬尚不足言,何獨十百也!'於是諸夫人皆大慚,閔王大感。瘤女以爲后,出令卑宮室,填池澤,損膳減樂,後宮不得重采。期月之間,化行鄰國,諸侯朝之。侵三晉,懼秦、楚,一立帝號。閔王至於此也,宿瘤女有力焉。"

鍾離春　無鹽女名[一]

鍾離春,臼頭深目凹鼻唇,皮膚若烟面如塵。手有五色之綵線,爲君補袞成天文[二]。漸臺之君荒且忲[三],明朝夷臺作平地。太子擇日正儲位,鍾離在宮齊國治。

【箋注】

〔一〕鍾離春:劉向古列女傳卷六齊鍾離春:"鍾離春者,齊無鹽邑之女,宣王之正后也。其爲人極醜無雙,臼頭深目,長指大節,卬鼻結喉,肥項少髮,折腰出胸,皮膚若漆。行年四十,無所容入,衒嫁不售,流棄莫執。於是乃拂拭短褐,自詣宣王……於是宣王喟然而嘆曰:'痛哉!無鹽君之言,乃今一聞。'於是拆漸臺,罷女樂。退諂諛,去雕琢。選兵馬,實府庫,四闢公門,招進直言,延及側陋。卜擇吉日立太子,進慈母,拜無鹽君爲后,而齊國大安者,醜女之力也。"

〔二〕補袞:指規諫帝王過失。語本詩大雅烝民:"袞職有闕,維仲山甫補之。"

〔三〕漸臺之君:指齊宣王。按:蓋臺在水中,故名漸臺。

荊釵曲

扶風女,行如有蔜[一],貌如鍾離春[二]。三十不肯嫁,獨識五噫君〔三〕。荆釵服終身,井臼操必親。舉案①上食如大賓〔四〕。如何會稽守〔五〕,糟糠告去如市人〔六〕。

　　吳復曰:"讀此詩,則知買臣之爲人不如伯鸞也遠矣。"

【校】

① 案:原本作"按",據陳善學刊本、樓氏鐵崖樂府注本改。

【箋注】

〔一〕有蘷:劉向古列女傳卷一湯妃有蘷:"湯妃有蘷者,有蘷氏之女也。殷湯娶以爲妃……有蘷之妃湯也,統領九嬪,後宮有序,咸無妬媚逆理之人,卒致王功。君子謂妃明而有序。"

〔二〕鍾離春:齊國醜女。參見本卷鍾離春。

〔三〕五噫君:指東漢梁鴻。梁鴻曾作五噫之歌,故名。參見後漢書梁鴻傳。

〔四〕"荆釵"三句:後漢書梁鴻傳:"梁鴻字伯鸞,扶風平陵人也……勢家慕其高節,多欲女之,鴻并絕不娶。同縣孟氏有女,狀肥醜而黑,力舉石臼,擇對不嫁,至年三十。父母問其故,女曰:'欲得賢如梁伯鸞者。'鴻聞而娉之……乃共入霸陵山中,以耕織爲業,詠詩書,彈琴以自娛。仰慕前世高士,而爲四皓以來二十四人作頌。因東出關,過京師……遂至吳,依大家皋伯通,居廡下,爲人賃舂。每歸,妻爲具食,不敢於鴻前仰視,舉案齊眉。"

〔五〕會稽守:指西漢朱買臣。漢書朱買臣傳:"朱買臣字翁子,吳人也。家貧,好讀書,不治產業,常艾薪樵,賣以給食……妻羞之,求去。買臣笑曰:'我年五十當富貴,今已四十餘矣。女苦日久,待我富貴報女功。'妻恚怒曰:'如公等,終餓死溝中耳,何能富貴?'買臣不能留,即聽去。……上拜買臣會稽太守……入吳界,見其故妻、妻夫治道。買臣駐車,呼令後車載其夫妻,到太守舍,置園中,給食之。居一月,妻自經死,買臣乞其夫錢,令葬。"

〔六〕糟糠:此指患難相共之妻。語出後漢書宋弘傳:"貧賤之知不可忘,糟糠之妻不下堂。"

唐姬飲酒歌〔一〕 有引

姬,東漢弘農王之妃也〔二〕。王爲董卓所廢。王死時,與姬飲酒別。王自悲歌,姬起舞,亦抗①袖而歌之,其詞有②曰"死生異③路從此乖"。予猶嫌其不以死殉王,而其言④如此,故補之。

皇天傾,后土頹,王降庶兮漢祚衰。王作黄泉兮誓相隨,王死胡用吾身爲⑤!

【校】

① 汲古閣刊鐵崖先生古樂府補卷三亦載此詩,據以校勘。抗:鐵崖先生古樂府補本作"挽"。

② 有:原本無,據鐵崖先生古樂府補本增補。

③ 異:鐵崖先生古樂府補本作"有"。

④ 言:鐵崖先生古樂府補本作"詞"。

⑤ 爲:鐵崖先生古樂府補本作"隨"。

【箋注】

〔一〕唐姬:漢末弘農王妻。

〔二〕弘農王:即劉辯。東漢靈帝之子,繼靈帝之後登基,年僅十七。不久被董卓廢爲弘農王,并遭酖殺。生平附見後漢書孝靈帝紀。後漢書何皇后紀:"山東義兵大起,討董卓之亂。卓乃置弘農王於閣上,使郎中令李儒進酖,曰:'服此藥,可以辟惡。'王曰:'我無疾,是欲殺我耳!'不肯飲。強飲之,不得已,乃與妻唐姬及宮人飲讌別。酒行,王悲歌曰:'天道易兮我何艱!棄萬乘兮退守蕃。逆臣見迫兮命不延,逝將去汝兮適幽玄!'因令唐姬起舞,姬抗袖而歌曰:'皇天崩兮后土頹,身爲帝兮命夭摧。死生路異兮從此乖,奈我煢獨兮心中哀!'因泣下嗚咽,坐者皆歔欷……唐姬,潁川人也。王薨,歸鄉里。"

馮家女〔一〕 并序

漢司隸馮方之女也。避亂揚州,袁術見而悅之〔二〕,遂納焉,甚愛幸。諸婦思害其寵,語之曰:"將軍,貴人也,有志節。當時時涕泣憂愁,以長見欽重。"馮氏從之。後諸婦因共絞殺,繫之厠,術誠以爲不得志而死也。

馮家女,緑髮盤雙鴉。亂離棄鄉土,聘入將軍家。將軍愛幸諸婦妬,顔色粹美無疵瑕。掩鼻襲餘術,淚眼啼春華〔三〕。馮家女,昨日堂上人,今朝厠中鬼。將軍不爲疑,司隸不爲理。道傍古冢生棘榛,千年古①憤何由伸!烏乎,千年古憤何由伸!

【校】

① 古:樓氏鐵崖樂府注本作"孤"。下同。

【箋注】

〔一〕馮家女:指漢末司隸馮方之女、袁術妾。事見三國志魏書袁術傳注引九州春秋。下序即録九州春秋文。

〔二〕袁術:東漢末年曾割據揚州稱帝。傳載三國志魏書。

〔三〕"掩鼻"二句:指馮氏效仿戰國時楚王美人,見術即垂涕。戰國策卷十七楚四:"魏王遺楚王美人,楚王説之。夫人鄭褎知王之説新人也……因謂新人曰:'王愛子美矣。雖然,惡子之鼻。子爲見王,則必掩子鼻。'新人見王,因掩其鼻。王謂鄭褎曰:'夫新人見寡人,則掩其鼻,何也?'鄭褎曰:'妾知也。'王曰:'雖惡,必言之。'鄭褎曰:'其似惡聞君王之臭也。'王曰:'悍哉!'令劓之,無使逆命。"

梁家守藏奴①〔一〕

將軍椒房②親〔二〕,跋扈闞如虎。嗟嗟孫家兒〔三〕,豈識鳶肩主〔四〕?有司夜捕帑,藏婢及人母。紫金與白珠,没入將軍府。吁嗟乎,梁家婢,何太苦!不知③將軍妻〔五〕、秦宫婦〔六〕,三主六君七貴人〔七〕,明日飛花亂紅雨〔八〕。

【校】

① 樓氏鐵崖樂府注本於"奴"字下注曰"當作'婢'"。

② 房:原本作"芳",據樓氏鐵崖樂府注本改。

③ 原注:"不知,一本作'不如'。"

【箋注】

〔一〕梁家守藏奴：指土孫奮，詩中稱之爲“孫家兒”。

〔二〕將軍：指東漢梁冀。後漢書梁冀傳：“冀字伯卓。爲人鳶肩豺目……少爲貴戚，逸游自恣。性嗜酒，能挽滿、彈棊、格五、六博、蹴鞠、意錢之戲，又好臂鷹走狗、騁馬鬭雞……冀立質帝。帝少而聰慧，知冀驕横，嘗朝羣臣，目冀曰：‘此跋扈將軍也。’冀聞，深惡之，遂令左右進鴆加煮餅，帝即日崩。”

〔三〕孫家兒：指土孫奮。後漢書梁冀傳注引摯虞三輔決録曰：“土孫奮字景卿，少爲郡五官掾起家，得錢資至一億七千萬，富聞京師。”又，梁冀傳曰：“扶風人土孫奮居富而性吝，冀因以馬乘遺之，從貸錢五千萬，奮以三千萬與之，冀大怒，乃告郡縣，認奮母爲其守臧婢，云盜白珠十斛、紫金千斤以叛，遂收考奮兄弟，死於獄中，悉没資財億七千餘萬。”

〔四〕鳶肩主：指梁冀。梁冀“鳶肩豺目”。

〔五〕將軍妻：指梁冀妻孫壽。後漢書梁冀傳：“封冀妻孫壽爲襄城君，兼食陽翟租，歲入五千萬，加賜赤紱，比長公主。”

〔六〕秦宫：梁冀嬖幸之奴。後漢書梁冀傳：“冀愛監奴秦宫，官至太倉令，得出入壽所。壽見宫，輒屏御者，託以言事，因與私焉。宫内外兼寵，威權大震，刺史、二千石皆謁辭之。”

〔七〕“三主”句：後漢書梁冀傳：“冀一門前後七封侯，三皇后，六貴人，二大將軍，夫人、女食邑稱君者七人，尚公主者三人，其餘卿、將、尹、校五十七人。”

〔八〕飛花亂紅雨：典出唐元載故事。唐牛僧孺玄怪録補遺元載：“大曆九年春，中書侍郎、平章事元載早入朝，有獻文章者，令左右收之。此人若欲載讀，載云：‘俟至中書，當爲看。’人言：‘若不能讀，請自誦一首。’誦畢不見，方知非人耳。詩曰：‘城東城西舊居處，城裏飛花亂如絮。海燕啣泥欲下來，屋裏無人却飛去。’載後竟破家，妻子被殺云。”又，後漢書梁冀傳：“冀及妻壽即日皆自殺……諸梁及孫氏中外宗親送詔獄，無長少皆棄市。”

昭君曲〔一〕二首

其一

胡月生西彎，明妃西嫁幾時還〔二〕？不見單于謁金陛，但見邊烽馳玉關〔三〕。漢家將軍築高壇①，身騎烏龍虎豹顔。何時去奪胭脂山〔四〕，嗚呼何時去奪胭脂山！

其二

胡雁向南飛，明妃西嫁幾時歸？胡酥入饌捐②漢食，胡風中人裂漢衣。胡音不通言語譯，分死薄命穹廬域。君不見越中美人嫁姑蘇〔五〕，敵國既破還陶朱〔六〕。嗟嗟孤冢黄草碧〔七〕，祇博呼韓雙白璧③〔八〕。

【校】

① 漢家將軍築高壇：樓氏鐵崖樂府注本作“將軍漢家高築壇”。

② 捐：原本作“損”，據陳善學刊本改。

③ 璧：陳善學刊本作“碧”。

【箋注】

〔一〕昭君曲：又稱王明君。宋郭茂倩樂府詩集卷二十九相和歌辭四吟歎曲：“古今樂録曰：張永元嘉技録有吟歎四曲：一曰大雅吟、二曰王明君、三曰楚妃歎、四曰王子喬。大雅吟、王明君、楚妃歎，并石崇辭；王子喬，古辭。”又，文選卷二十七石崇王明君詞序：“王明君者，本是王昭君，以觸文帝諱改焉。匈奴盛，請婚於漢，元帝以後宮良家子昭君配焉。昔公主嫁烏孫，令琵琶馬上作樂，以慰其道路之思。其送明君，亦必爾也。其造新曲，多哀怨之聲，故叙之於紙云爾。”又，陳善學刊本於題下附小字評語：“情景凄然。”

〔二〕明妃：指王昭君。漢書匈奴傳：“單于自言願婿漢氏以自親，元帝以後宮良家子王嬙字昭君賜單于。單于驩喜，上書願保塞上谷以西至敦煌，傳之無窮，請罷邊備塞吏卒，以休天子人民。”按：匈奴單于呼韓邪於竟寧元年正月來朝，得昭君爲閼氏。閼氏，如漢皇后。參見漢書元帝紀。

〔三〕玉關：即玉門關，漢代通往西域之門户。位於今甘肅敦煌西北。

〔四〕胭脂山：元和郡縣圖志卷四十隴右道下：“删丹縣，本漢舊縣，屬張掖郡。按焉支山，一名删丹山，故以名縣。山在縣南五十里，東西一百餘里，南北二十里，水草茂美，與祁連山同。匈奴失祁連、焉支二山，乃歌曰：‘亡我祁連山，使我六畜不繁息。失我焉支山，使我婦女無顔色。’”又，詩話總龜後集卷四十一歌詠門引藝苑雌黄曰：“蓋北方有焉支山，山多紅藍，北人採其花染緋,取其英鮮者作胭脂,婦人妝時,用此顏色,殊鮮明可愛。匈奴名妻閼氏,言可愛如胭脂也。”

〔五〕越中美人:指西施。世傳西施於吳亡之後,跟隨范蠡隱逸,故唐人杜牧賦杜秋娘詩曰:“西子下姑蘇,一舸逐鴟夷。”

〔六〕陶朱:指范蠡。參見鐵崖賦稿卷上姑蘇臺賦之二。

〔七〕孤冢:太平寰宇記卷三十八關西道:“青冢在(金河)縣西北。漢王昭君葬於此,其上草色常青,故曰青冢。”李白王昭君詩曰:“漢家秦地月,流影照明妃。一上玉關道,天涯去不歸。”

〔八〕呼韓:指昭君夫匈奴單于呼韓邪。

大唐公主嫁匈奴行〔一〕

匈奴聽鏑忘刼勞(射父事〔二〕),外家未必亡飛骷①〔三〕。如何異類待同匹,丹鳳下與梟爲巢?君不見大唐公主親嫁辱,終唐老鵑來相鈔。渡河歸來話涕泣,後人猶以昏爲交。

【校】

① 骷:陳善學刊本作“鵑”。

【箋注】

〔一〕大唐公主:指肅宗幼女寧國公主。新唐書回鶻傳上:“回紇,其先匈奴也。……乾元元年,回紇使者多彥阿波與黑衣大食酋閣之等俱朝,爭長,有司使異門并進。又使請昏,許之。帝以幼女寧國公主下嫁……帝餞公主,因幸咸陽,數慰勉。主泣曰:‘國方多事,死不恨。’……俄而可汗死,國人欲以公主殉,主曰:‘中國人婿死,朝夕臨,喪期三年。此終禮也。回紇萬里結昏,本慕中國,吾不可以殉。’……後以無子,得還。”又,新唐書諸帝公主傳:“(肅宗女)寧國公主,始封寧國。下嫁鄭巽,又嫁薛康衡。乾元元年,降回紇英武威遠可汗,乃置府。二年,還朝。”

〔二〕射父:指冒頓射殺其父單于頭曼。史記匈奴列傳:“單于欲廢冒頓而立少子,乃使冒頓質於月氏。冒頓既質於月氏,而頭曼急擊月氏。月氏欲殺冒頓。冒頓盜其善馬,騎之亡歸。頭曼以爲壯,令將萬騎。冒頓乃作爲鳴鏑,習勒其騎射,令曰:'鳴鏑所射而不悉射者,斬之。'行獵鳥獸,有不射鳴鏑所射者,輒斬之……居頃之,冒頓出獵,以鳴鏑射單于善馬,左右皆射之,於是冒頓知其左右皆可用。從其父單于頭曼獵,以鳴鏑射頭曼,其左右亦皆隨鳴鏑而射殺單于頭曼,遂盡誅其後母與弟及大臣不聽從者。冒頓自立爲單于。"劬勞:指父母。語出詩小雅蓼莪:"哀哀父母,生我劬勞。"

〔三〕髇:鳴鏑。

虞美人行①〔一〕

拔山將軍氣如虎〔二〕,神騅如龍蹋天下(叶"户")〔三〕。將軍戰敗歌楚歌,美人一死能自許〔四〕。蒼②皇伏劍答危主,不爲③墮雉隨仇虜〔五〕。江邊碧血④吹青雨,化作春芳悲漢土⑤。

> 吳復曰:"雉,吕后之名。暗譏漢閨不如項美人之烈。雖然死化青草,終托漢土,此項之遺悲。"

【校】

① 明鈔楊維禎詩集本題作虞美人歌。
② 蒼:樓氏鐵崖樂府注本、列朝詩集本作"倉"。
③ 爲:明鈔楊維禎詩集本作"同"。
④ 血:明鈔楊維禎詩集本作"草"。
⑤ 土:明鈔楊維禎詩集本作"主"。

【箋注】

〔一〕虞美人:指項羽寵姬虞氏。
〔二〕拔山將軍:指項羽。"拔山"乃項羽悲歌中語。
〔三〕神騅:指項羽坐騎。
〔四〕"將軍"二句:史記項羽本紀:"項王軍壁垓下,兵少食盡,漢軍及諸侯兵圍之數重。夜聞漢軍四面皆楚歌,項王乃大驚曰:'漢皆已得楚乎?是何楚人之多也!'項王則夜起,飲帳中。有美人名虞,常幸從;駿馬名騅,常騎之。於是項王乃悲歌忼慨,自爲詩曰:'力拔山兮氣蓋世,時不利兮騅不逝。雖不逝兮可奈何,虞兮虞兮奈若何!'歌數闋,美人和之。項王泣數行下,左右皆泣,莫能仰視。"傳虞姬旋自殺。

〔五〕墊雉:即"野雉",暗指吕后。參見鐵崖先生古樂府卷一野雉詞。

麗人行 題玉山所藏周昉畫卷〔一〕

楊白花飛愁殺人,美人如華不勝春〔二〕。錦韉馱起雙鳳縷〔三〕,黄門挾飛五花雲〔四〕。白日雷霆夾城道,樂游園裏春正好〔五〕。就中小姊最嬌强〔六〕,雌雄雙飛觀者惱〔七〕。瑶池鬥草碧雲移,草青草歇春不知。黄裙有恨隨春水〔八〕,椒房青蠅何處起〔九〕?君不見翠羽颭颭帳一空〔十〕,東方蝃蝀①纏紫宮〔十一〕。

【校】

① 原注:"蝃蝀,一本作'蠕蝀'。"

【箋注】

〔一〕詩撰書於元至正七年(一三四七)或稍後,其時鐵崖寓居姑蘇,授學爲生。繫年依據:至正七、八年間,鐵崖常應邀至顧瑛玉山草堂,爲鑒定書畫,賦詩題字,本詩蓋亦其時所作所書。麗人行:詩題詩意皆源自杜甫同名詩歌。玉山,指崑山顧瑛。周昉:唐代畫家,擅長人物畫,傳見唐張彦遠歷代名畫記卷十唐朝下。

〔二〕"楊白花"二句:寓北魏胡太后故事。清沈德潛選編古詩源卷十四北魏詩著録胡太后詩楊白花,詩題下小字注曰:"梁書:楊華少有勇力,容貌雄偉。魏太后逼通之。華懼及禍,乃率其部曲降梁。太后思之,爲作楊白花歌,使宫人連臂蹋足歌之,聲甚悽惋。"

〔三〕雙鳳:指楊貴妃與虢國夫人。

〔四〕"黄門"句:唐鄭處誨明皇雜録卷下:"虢國每入禁中,常乘驄馬,使小黄門御。紫驄之駿健,黄門之端秀,皆冠絶一時。"又,杜詩詳注卷二高都護驄馬行:"五花散作雲滿身,萬里方看汗流血。"注:"名畫録:開元内廐,有飛黄、照夜、浮雲、五花之乘。"

〔五〕樂游園:位於陝西萬年。又名樂游原、樂游苑。地基最高,四望寬敞。唐長安中,太平公主於此置亭游賞,後成游覽勝地,三月三或九月九,京城士女雲集於此。詳見清人王琦撰李太白集注卷五憶秦娥"樂游原上清秋節"一句注釋。

〔六〕按:虢國夫人爲楊貴妃"小姊"。

〔七〕雌雄雙飛:指虢國夫人與楊國忠。杜詩詳注卷二麗人行題下引鶴注:"天寶十二載,楊國忠與虢國夫人鄰居第,往來無期,或并轡入朝,不施障幕,道路爲之掩目。冬,夫人從車駕幸華清宫,會於國忠第。於是作麗人行。"

〔八〕"黄裙"句:宋曾慥編類説卷一楊妃外傳術士詩:"妃常以假髻爲首飾,好服黄裙。天寶末,謡云:'義髻抛河裏,黄裙逐水流。'"

〔九〕青蠅:毛詩正義卷十四青蠅:"營營青蠅,止于樊。"箋云:"興者,蠅之爲蟲,污白使黑,污黑使白。喻佞人變亂善惡也。"

〔十〕"翠羽"句:蓋指開元初年,武惠妃得唐玄宗寵愛,排斥其餘妃子以及三位王子,王皇后亦被廢。當時王諲作翠羽帳賦,爲王皇后鳴不平。參見新唐書玄宗王皇后傳。又,舊唐書后妃傳上:"玄宗以惠妃之愛,擯斥椒宫,繼以太真,幾喪天下。"

〔十一〕蝃蝀纏紫宫:預示后妃干政欺主。李太白全集卷二古風之二:"蝃蝀入紫微。"清人王琦注:"毛詩正義:蝃蝀,虹也。色青赤,因雲而見。春秋潛潭巴:'虹出日旁,后妃陰脅主。'……晉書:紫宫垣十五星,其西蕃七,東蕃八,在北斗北。一曰紫微,大帝之座也,天子之常居也,主命主度也。"

六宫戲嬰圖〔一〕

黄雲複壁椒塗蘇,銀床水噴金蟾蜍。宜男草生二月初〔二〕,燕燕求偶①烏將雛。夫容花冠金結縷,飄飄盡是瑶臺侣。宫中箇箇承主恩,豈復君王夢神語②。旃檀小殿吹天香,新興髻③子換宫粧。中有一人類虢國〔三〕,净洗脂粉青眉長。百子圖開翠屏底,戲弄䍐䍐未生齒。侍奴兩兩昇錦裯,不是唐家緑衣子〔四〕。蘭湯浴罷春晝長,金盤特④瀉荔枝漿。雕籠翠哥手擎出,爲愛解語通心腸〔五〕。宣州長⑤史就春思〔六〕,工畫傷春欠春⑥意。吴興弟子廣王風〔七〕,六宫猫犬⑦無相忌。君不見玉釵淫亵戕漢孤〔八〕,作歌請獻螽斯圖〔九〕。

　　吴復曰:“已上凡十有四首,所謂比興相侔、哀樂相貫者也。諷其詞義以事其君子,可以補房中之遺音者〔十〕。”

【校】

① 偶: 樓氏鐵崖樂府注本作“友”。
② 語: 樓氏鐵崖樂府注本、鐵崖先生詩集辛集本作“女”。
③ 髻: 鐵崖先生詩集辛集本作“結”。
④ 特: 鐵崖先生詩集辛集本作“時”。
⑤ 長: 鐵崖先生詩集辛集本誤作“刺”。
⑥ 春: 鐵崖先生詩集辛集本作“伸”。
⑦ 犬: 鐵崖先生詩集辛集本作“鼠”。

【箋注】

〔一〕六宫: 本指皇后寝宫,此泛指后妃。
〔二〕宜男草: 宋羅願爾雅翼卷三釋草:“(萱)又名宜男草。周處風土記以爲其花宜懷妊,婦人佩之必生男。”
〔三〕虢國: 即虢國夫人。參見本卷麗人行。
〔四〕“侍奴”二句: 謂侍奴所抬錦褓兒,并非安禄山。宋吴曾能改齋漫録卷七禄山兒:“按禄山事迹云:‘正月二十日,禄山生日,賜物甚多。後三日,召禄山入内。貴妃以錦繡綳縛禄山,令内人以綵輿昇之,宫中歡呼動地。明皇使人問之,報云:貴妃與禄山作三日洗兒。明皇就觀之,大悦。因賜貴妃洗兒金銀錢物,極歡而罷。自是宫中皆呼禄山爲禄兒,不禁其出入。’”又,緑衣子: 本指娼家之子,此借指安禄山。按: 唐朝倡妓服緑衣。參見新唐書卷八十三和政公主傳。
〔五〕“雕籠翠哥”二句: 指白鸚鵡雪衣娘。參見鐵雅先生復古詩集卷四宫詞之四。
〔六〕宣州長史: 指周昉,唐代畫家,擅長仕女畫。唐張彦遠歷代名畫記卷十唐朝下:“周昉字景玄,官至宣州長史。初效張萱畫,後則小異。頗極風姿,全法衣冠,不近閭里。衣裳勁簡,彩色柔麗,菩薩端嚴,妙創水月之體。”
〔七〕吴興弟子: 蓋指元人趙孟頫。
〔八〕淫黿: 指玄黿,即褒姒。玉釵淫黿,借指導致亡國之妖魅女子。史記周本紀:“昔自夏后氏之衰也,有二神龍止於夏帝庭而言曰:‘余,褒之二君。’……龍亡而漦在,櫝而去之……至厲王之末,發而觀之。漦流于庭,不可除。属王使婦人裸而譟之。鼈化爲玄黿,以入王後宫。後宫之童妾既龀而遭之,既笄而孕,無夫而生子,懼而棄之……有夫婦賣是器者,宣王使執而戮之。逃於道,而見鄉者後宫童妾所棄妖子出於路者,聞其夜啼,哀而收之,夫婦遂亡,犇於襃。襃人有罪,請入童妾所棄女子者於王以贖罪。棄女子出於襃,是爲襃姒。"

〔九〕蟊斯: 毛詩正義卷一周南蟊斯序:"蟊斯,后妃子孫衆多也。言若蟊斯不妬忌,則子孫衆多也。"按: 清人厲鶚撰南宋院畫録卷三著録有馬和之所畫蟊斯圖。

〔十〕房中: 房中之樂。儀禮燕禮:"若與四方之賓燕……有房中之樂。"鄭玄注:"謂之房中者,后、夫人之所諷誦,以事其君子。"

日重光行〔一〕

日重光,今日西没,明日上榑桑〔二〕。日重光,日復日,上榑桑。人長往,不返故室堂。日重光,身後面目誰短長。日重光,言果果,神悵悵。

　　吳復曰:" 此篇效古樂府陸機雜言體〔三〕。先生此意,則有戒學者與日争光之事,非機詞'没後無遺'者可與同日語矣〔四〕。"

【箋注】

〔一〕詩撰於元至正六年(一三四六)前後,其時鐵崖游寓湖州、蘇州一帶,授學爲生。繫年依據: 其一,本詩有吳復評語,吳復卒於至正八年,本詩必撰於其謝世之前。其二,吳復輯注鐵崖古樂府,在至正六年前後。而本詩所述思想,與至正四年至八年之間,鐵崖游寓湖州、蘇州時思想能够吻合。按: 王僧虔技録相和歌瑟調三十八曲中有日重光行。

〔二〕榑桑: 又作"扶桑"。神話中樹名,日出處。楚辭九歌東君:"暾將出兮東方,照吾檻兮扶桑。"

〔三〕陸機雜言體: 指西晉陸機樂府詩日重光,載元左克明撰古樂府卷五。

〔四〕按: 陸機日重光詩末曰:"日重光,身没之後無遺名。"

三叟者訣①〔一〕

道逢三叟者，高壽比神仙。問叟何以壽，壽訣倘予傳。上叟前致辭，大道抱天全。中叟前致辭，寒暑順節宣。下叟前致辭，百歲半單眠。是爲三壽訣，所以能長年。

【校】

① 明偶桓編乾坤清氣卷二亦載此詩。

【箋注】

〔一〕按：本詩據魏應璩詩三叟變化而成，應璩詩曰：“古有行道人，陌上見三叟。年各百餘歲，相與鋤禾莠。住車問三叟，何以得此壽。上叟前致辭，內中嫗貌醜。中叟前致辭，量腹節所受。下叟前致辭，夜臥不覆首。要哉三叟言，所以能長久。”

三青鳥

翩翩三青鳥，來自西王母〔一〕。作使東王公〔二〕，請致東王語。白日不有夜，四時長爲春。天上神仙宅，地上羲皇人〔三〕。

【箋注】

〔一〕“翩翩”二句：山海經校注卷二西山經：“又西二百二十里，曰三危之山，三青鳥居之。是山也，廣員百里。”郭璞注：“三青鳥主爲西王母取食者，別自棲息於此山也。”同書卷十六大荒西經：“有三青鳥，赤首黑目，一名曰大鵹，一名少鵹，一名曰青鳥。”郭璞注：“皆西王母所使也。”

〔二〕東王公：又稱木公、東王父。海內十洲記：“扶桑在在碧海之中，地方萬里，上有太帝宮，太真東王父所治處。”又，太平廣記卷一木公：“木公，亦云東王父，亦云東王公。蓋青陽之元氣，百物之先也。冠三維之冠，服九色雲霞之服，亦號玉皇君……故男女得道者，名籍所隸焉。昔漢初，小兒於道歌曰：‘著青裙，入天門，揖金母，拜木公。’……天地劫歷，陰陽代謝，由運興廢,陽九百六,舉善黜惡,靡不由之。"(出仙傳拾遺。)

〔三〕羲皇人:即陶淵明所謂"羲皇上人"。羲皇,指伏羲氏。晉書陶潛傳:"未嘗有喜慍之色,唯遇酒則飲,時或無酒,亦雅詠不輟。嘗言夏月虛閑,高臥北窗之下,清風颯至,自謂羲皇上人。"

大難日〔一〕

來日大難君不知,焦心弊力欲何爲?早知大難學安期〔二〕,煉煮丹石服靈芝。大藥誤死世所嗤,不如美酒千日可辟飢。美酒醉飽,一日以爲老。美酒不暢(叶"昌"),千歲亦爲殤。

吳復曰:"按古樂府來日大難篇,其詞曰:'來日大難,口燥脣乾。'言人命不可保,當學長生。此詩祖其意,又以長生之術誤人爲一轉語云。"

【箋注】

〔一〕詩撰於元至正六年(一三四六)前後,其時鐵崖游寓湖州、蘇州一帶,授學爲生。繫年依據參見本卷日重光行。按:本詩源自古樂府。宋書樂志三善哉行來日:"來日大難,口燥脣乾。今日相樂,皆當喜歡。(一解)經歷名山,芝草翻翻。仙人王喬,奉藥一丸。(二解)……歡日尚少,戚日苦多,以何忘憂,彈箏酒歌。(五解)淮南八公,要道不煩。參駕六龍,游戲雲端。(六解)"

〔二〕安期:又稱安期先生,相傳爲"千歲翁"。太平御覽卷六百七十五舄:"列仙傳曰,安期先生賣藥海邊,時人皆言'千歲翁'。秦始皇召見,與語三日夕,賜金璧數千萬,出於阜鄉亭,皆置去。留書以赤玉舄一量爲報,曰:'後千歲求我蓬萊山下。'始皇即遣使者入海,未至蓬萊山,輒風波而還。"

大數謠〔一〕

梁朝老檜昨夜死〔二〕,海聲已入西門市。草中張伯懷璧子,丹瓶有書誰識此〔三〕。小夫争爵幾時休?二十四考前無儔〔四〕。黄金無方鑄髑髏,樓船夢過西流洲〔五〕。更生靈香那得偷,大樹夜聽①聲如牛〔六〕。

　　吳復曰：“鬼物有數，尚不可偷，況名器乎！神仙乎！人情富極則夢
貴，貴極則夢仙，而仙終不可竊而有也。此先生詩意也。先生書寄鹿皮子
云〔七〕：‘天仙快語爲大李，鬼仙吃語爲小李〔八〕。故襲賀者貴襲勢，不襲其
詞也。襲賀者，雖蹴賀可也；襲詞者，其去賀日遠矣。今詩人襲賀者多矣，
類襲詞耳，惟金華鹿皮子之襲也，與余論合。故予有似賀者凡若干首，輒
書以寄之②。’”

【校】

① 聽：詩淵本作“斫”。

② 陳善學刊古樂府本附跋語作：“人情富極則夢貴，貴極則夢仙，終不可得而有
　　也。先生此詩，足爲世人消夢。”

【箋注】

〔一〕詩撰於元至正五、六年間，其時鐵崖寓居湖州長興，在東湖書院授學。繫
　　　年依據：詩中首句所謂“梁朝老檜”，又稱“陳朝檜”，乃長興古迹。

〔二〕梁朝老檜：參見鐵崖先生古樂府卷四陳朝檜。

〔三〕“草中張伯”二句：傳説孔子遺甕故事。東家雜記卷下杏壇：“先聖殿前有
　　　壇一所，即先聖教授堂之遺址也。昔漢鍾離意爲魯相，出私錢萬三千文，
　　　付户曹孔訢修夫子車，身入廟拭几席劍履。男子張伯除堂下草，土中得玉
　　　璧七枚，伯懷其一，以六枚白意。意令主簿安置几前。孔子教授堂下，牀
　　　首有懸甕，意召訢問，答云：‘夫子甕也。背有丹書，人莫敢發。’意曰：‘夫
　　　子所以遺甕，欲以垂示後人。’因發之，得素書。文曰：‘後世修吾書，董仲
　　　舒。護吾車，拭吾履，發吾笥，會稽鍾離意。璧有七，張伯懷其一。’意即召
　　　問，伯果服焉。”

〔四〕二十四考：指郭子儀。舊唐書郭子儀傳：“天下以其身爲安危者殆二十
　　　年，校中書令考二十有四。權傾天下而朝不忌，功蓋一代而主不疑。”

〔五〕流洲：海内十洲記：“流洲在西海。”

〔六〕“更生”二句：海内十洲記：“聚窟洲在西海中申未之地……洲上有大山，
　　　形似人鳥之象，因名之爲神鳥山。山多大樹，與楓木相類，而花葉香聞數
　　　百里，名爲反魂樹。扣其樹，亦能自作聲，聲如群牛吼，聞之者皆心震神
　　　駭。伐其木根心，於玉釜中煮取汁，更微火煎如黑錫狀，令可丸之，名曰驚
　　　精香，或名之爲震靈丸，或名之爲反生香……一種六名。斯靈物也，香氣
　　　聞數百里，死者在地，聞香氣乃卻活，不復亡也。以香薰死人更加神驗。”

〔七〕鹿皮子：元代金華文人陳樵。參見東維子文集卷六鹿皮子文集序注。

〔八〕“天仙快語”二句：分別指李白、李賀詩風特點。按：後世所謂大、小李，多以大李指李白，以小李指李商隱，然此“小李”指李賀。宋嚴羽滄浪詩話詩評：“人言太白仙才，長吉鬼才。不然。太白天仙之詞，長吉鬼仙之詞耳。”

將進酒〔一〕

　　將進酒，舞趙婦，歌吴娘。糟床嘈嘈落紅雨，鱠刀矗矗飛瓊霜。金頭雞，銀尾羊，主人舉案①勸客嘗。孟公君卿坐滿堂〔二〕，高談大辯洪鍾撞。金千重，玉千扛，不得收拾歸黄腸（棺木②）〔三〕，勸君秉燭飲此觴。君不見東家牙籌③未脱手〔四〕，夜半妻啼不起床，悔不日飲十④千塲。

　　　　吴復曰：“此詩刺富而儉者。蓋亦山有樞‘子有酒食，何不日鼓瑟’、‘宛其死也，它人入室’之意也〔五〕。”

【校】

① 案：原本作“按”，據樓氏鐵崖樂府注本、清鈔鐵崖楊先生詩集本改。

② 木：清鈔鐵崖楊先生詩集本作“也”。

③ 籌：清鈔鐵崖楊先生詩集本作“籤”。

④ 日飲十：詩淵本、清鈔鐵崖楊先生詩集本作“一飲日”。

【箋注】

〔一〕詩撰於元至正六年（一三四六）前後，其時鐵崖游寓湖州、蘇州一帶，授學爲生。繫年依據參見本卷日重光行。按樂府詩集卷十六鼓吹曲辭一漢鐃歌十八首之九將進酒：“古詞曰：‘將進酒，乘大白。’大略以飲酒放歌爲言。”

〔二〕孟公、君卿：指西漢俠士陳遵、樓護。漢書游俠傳：“陳遵字孟公，杜陵人也。……遵耆酒，每大飲，賓客滿堂，輒關門，取客車轄投井中，雖有急，終不得去。……時列侯有與遵同姓字者，每至人門，曰陳孟公，坐中莫不震動。……而遵晝夜呼號，車騎滿門，酒肉相屬。”又，同書同傳：“樓護字君卿,齊人。……爲人短小精辯,論議常依名節,聽之者皆竦。與谷永俱爲五侯上客。長安號曰'谷子雲筆札,樓君卿脣舌',言其見信用也。"

〔三〕黄腸:槨材多用黄心柏木,故稱。

〔四〕牙籌未脱手:喻指王戎一類人。晉書王戎傳:"積實聚錢,不知紀極,每自執牙籌,晝夜算計,恒若不足。而又儉嗇,不自奉養。天下人謂之膏肓之疾……家有好李,常出貨之。恐人得種,恒鑽其核。"

〔五〕山有樞:毛詩正義卷六唐風山有樞:"山有樞,刺晉昭公也。不能修道以正其國,有財不能用,有鐘鼓不能以自樂,有朝廷不能洒埽,政荒民散,將以危亡。四鄰謀取其國家而不知,國人作詩以刺之也。"

君家曲〔一〕

生愛君家錦樹坊,君家易別苦難忘。綵繩舉柳高出屋,金彈流鶯飛過牆〔二〕。舊時春光燕來後,舊時主①人十無九〔三〕。賈家貴婿多春情〔四〕,共醉君家畫雀屏〔五〕。黄金只買五斗黛,爲君添抹蛾眉青。君不見張娘秋面不食粉〔六〕,八字青蛾莫嬌損〔七〕。

【校】

① 主:詩淵本作"來"。

【箋注】

〔一〕詩撰於元至正四年(一三四四)至八年之間,其時鐵崖游寓杭州、湖州、蘇州一帶,授學爲生。繫年依據:其一,鐵崖先生古樂府十卷所有詩作,皆撰於元至正八年結集刊行以前。其二,"舊時春光燕來後,舊時主人十無九"、"黄金只買五斗黛,爲君添抹蛾眉青"等詩句所寓思想,乃至正初年鐵崖游寓市鎮時擁有。

〔二〕"綵繩舉柳"二句:分別描摹貴家小姐之悠閒,公子之奢華。上句指鞦韆女飄蕩於半空,下句指紈絝公子打彈弓。按:所謂"綵繩",元人多指鞦韆繩索。元馬臻詩西湖春日壯游即事:"院落鞦韆誰氏女,綵繩擲起過牆高。"(載元詩選初集。)又,明朱有燉撰元宮詞:"綵繩高掛綠楊烟,人在虛空半是仙。"金彈:原指漢武帝時韓嫣所用金丸。參見鐵崖先生古樂府卷十春俠雜詞之一。

〔三〕“舊時春光”二句：化用劉禹錫烏衣巷“舊時王謝堂前燕，飛入尋常百
　　　姓家”。

〔四〕賈家貴婿：指韓壽。南朝宋劉義慶世説新語卷下惑溺：“韓壽美姿容，賈
　　　充以爲掾。充每聚會，賈女於青璅中看，見壽，悦之，恒懷存想，發於吟咏。
　　　後婢往壽家具述如此，并言女光麗，壽聞之心動，遂請婢潛修音問。及期
　　　往宿，壽蹻捷絶人，逾牆而入，家中莫知。自是，充覺女盛自拂拭，説暢有
　　　異於常……充乃取女左右婢考問，即以狀對。充秘之，以女妻壽。”

〔五〕畫雀屏：寓求夫故事。舊唐書后妃傳：“高祖太穆皇后竇氏，京兆始平人，
　　　隋定州總管、神武公毅之女也。后母，周武帝姊襄陽長公主……（毅）謂
　　　長公主曰：‘此女才貌如此，不可妄以許人，當爲求賢夫。’乃於門屏畫二孔
　　　雀，諸公子有求婚者，輒與兩箭射之，潛約中目者許之。”

〔六〕秋：指杜秋娘，其膚白，“不勞朱粉施”。參見本卷城西美人歌。

〔七〕八字：指八字眉，又稱鴛鴦眉。相傳漢武帝令宮人掃八字眉。參見宋曾
　　　慥編類説卷二十五鬢名。又，明曹學佺撰蜀中廣記卷四：“天寶逸事云：
　　　明皇幸南京，多以宮人自隨，乃令成都畫手畫爲十眉以賜之。一曰鴛鴦
　　　眉，又名八字眉。”

城西美人歌①〔一〕 并序

　　　　丙戌花朝後一日〔二〕，與客游長城〔三〕，之靈山〔四〕，宴於城東老
人所。時偕游者，城中美人靈山秀也〔五〕。酒酣，作城西美人歌。
長城嬉春春半强，杏花滿城散餘香。城西美人戀春陽，引客五馬
青絲韁〔六〕。美人有似真珠漿，和氣解消冰炭腸。前朝丞相靈山堂，雙
雙石郎立道傍。當時門前走犬馬②，今日丘壟登牛羊。美人異代漢靈
秀，論情感舊如秋娘③〔七〕。美人兮美人，舞燕燕，歌鶯鶯〔八〕，蜻蜓蛺蝶
爭飛揚④。城東老人爲我開錦障〔九〕，金盤薦我生檳榔〔十〕。美人兮美
人，吹玉簫，彈空⑤桑，爲我再進黄金觴。舊時美人已黄土，莫惜⑥秉燭
添紅粧〔十一〕。（湖州有長城之地名。前漢郊祀志：“空桑琴瑟結侶成。”注：“空
桑，地名。出善材，可爲琴瑟也⑦。”）

【校】

① 同治長興縣志卷十山載此詩,無詩前小引,題作游靈山作城西美人歌。用作參校本。

② 犬馬: 鐵崖先生詩集辛集本作"鷹犬"。

③ "美人異代"二句: 原本無,據鐵崖先生詩集辛集本增補。

④ 原注:"飛揚,一本作'蜚揚'。"按: 此注原本爲小字,置於詩末。

⑤ 空: 原本作"紅",據鐵崖先生詩集辛集本改。

⑥ 惜: 原本作"借",據鐵崖先生詩集辛集本、列朝詩集本、樓氏鐵崖樂府注本、同治長興縣志本改。

⑦ "湖州有長城"以下至篇末注文凡三十三字,原本無,據鐵崖先生詩集辛集本增補。

【箋注】

〔一〕詩作於元至正六年丙戌(一三四六)二月十六日游宴之時,其時鐵崖寓居湖州長興,授學於東湖書院。按: 至正四年十一月,楊維禎應長興蔣氏之邀,赴其家塾教書。此後兩、三年裏,周游湖州文士與貴富之間,倍受禮遇。

〔二〕丙戌: 指元順帝至正六年。花朝: 又稱花朝節,即農曆二月十五日。俗稱此日爲百花生日。

〔三〕長城: 又名夫概城。嘉慶十年刊長興縣志卷十二古迹:"吳王夫概城,即長興縣郭,吳王闔閭使其弟夫概王居此,築城狹而長,因以爲名。在縣南二里。"

〔四〕靈山: 長興縣志卷八山:"靈山在縣治西五里,高四十丈,周五里。山下有九女冢。"

〔五〕靈山秀: 當爲其時長興名妓。靈山秀蓋寓居長興城西,故題稱"城西美人"。

〔六〕五馬: 用五匹馬拉車,乃舊時太守待遇。按: 鐵崖此番游宴蓋偕太守同行。

〔七〕秋娘: 唐詩紀事卷五十六杜牧:"杜秋娘詩序曰:'杜秋,金陵女也,年十五爲李錡之妾。後錡叛滅,籍之入宫,有寵於景陵。穆宗即位,秋爲皇子傅姆。皇子壯,封漳王……王被罪廢削,秋因賜歸故鄉。予過金陵,感其窮且老,爲之賦詩曰: 京江水清滑,生女白如脂。其間杜秋者,不勞朱

　　粉施。’”

〔八〕燕燕、鶯鶯：宋葉夢得石林詩話卷下：“張先郎中字子野，能爲詩及樂府，
　　　至老不衰。居錢塘。蘇子瞻作倅時，先年已八十餘，視聽尚精强，家猶畜
　　　聲妓。子瞻嘗贈以詩云：‘詩人老去鶯鶯在，公子歸來燕燕忙。’蓋全用張
　　　氏故事戲之。”

〔九〕開錦障：意爲不讓女眷回避。錦障，又稱錦屏，此借指婦女居室、閨閣。

〔十〕按：閩、粤、贛一帶客家人有嚼食檳榔習俗，并用以待客。檳榔切片後沾上
　　　佐料細嚼，嚼出汁水爲橙紅色，民間視爲吉祥。本詩所謂“金盤薦我生檳
　　　榔”，或即此習俗。

〔十一〕秉燭：宋書樂志三古詞西門行：“人生不滿百，常懷千歲憂。晝短而夜
　　　　長，何不秉燭游？”

崔小燕嫁辭〔一〕

　　閶闔城中三月春〔二〕，流鶯水邊啼嚮人。崔家姊妹雙燕子，踏春小
靴紅鶴觜。飛花和雨著衣裳，早裝小娣嫁文央〔三〕。離歌苦惜春光
好〔四〕，去去輕舟隔江島。東人西人相合離，爲君懽樂爲君悲。

【箋注】

〔一〕詩撰於元至正七年（一三四七）或稍後，其時鐵崖寓居姑蘇，授學爲生。繫
　　　年依據：詩中首句曰“閶闔城中”，蓋其時寓居於此。

〔二〕閶闔城：指平江府（今江蘇蘇州）城。

〔三〕文央：即文鴦。李賀詩歌集注卷三謝秀才有姜縞練改從於人秀才引留之
　　　不得後生感憶座人製詩嘲誚賀復繼四首之四：“尋常輕宋玉，今日嫁文
　　　鴦。”注：“宋玉喻謝秀才，文鴦喻其後夫。魏氏春秋：‘文欽中子淑，小名
　　　鴦，年尚幼，勇力絶人。’”

〔四〕春光好：宋王灼碧雞漫志卷五春光好：“羯鼓録云：明皇尤愛羯鼓玉笛，云
　　　八音之領袖。時春雨始晴，景色明麗，帝曰：‘對此豈可不與他判斷！’命取
　　　羯鼓，臨軒縱擊，曲名春光好。回顧柳杏皆已微坼，上曰：‘此一事不唤我
　　　作天工可乎？’今‘夾鍾宮’春光好，唐以來多有此曲。或曰‘夾鍾宮’屬二
　　　月之律，明皇依月用律，故能判斷如神。予曰：‘二月柳杏坼久矣，此必正
　　　月，用二月律催之也。’春光好，近世或易名愁倚闌。”

城東宴^{〔一〕} 擬劍南體①

青驄彎,金牛車,一時賓從高陽徒^{〔二〕}。城東邸②第三四區,天氣淡沲③春三初。主人愛客傾中厨,卜懽不知清夜徂。胃纓絶燭懽有餘^{〔三〕},卷波令格(音"各")兵法誅^{〔四〕}。客狂起舞作旋胡^{〔五〕},主亦擊缶呼嗚嗚^{〔六〕}。人生浮草無根株,齒髮日悴顏日枯。玲④珠烏能潤黃壚^{〔七〕},今日不樂將何如? 君不見,城南相國斲棺殺枯顱^{〔八〕},身名只共菹醢俱,仕宦何用執金吾^{〔九〕}!

【校】

① 原本無題下小字注"擬劍南體",據樓氏鐵崖樂府注本增補。
② 邸:原本作"邱",據陳善學刊本改。
③ 沲:陳善學刊本、樓氏鐵崖樂府注本作"蕩"。
④ 玲:樓氏鐵崖樂府注本作"含"。

【箋注】

〔一〕詩撰於元至正四年(一三四四)至八年之間,其時鐵崖游寓杭州、湖州、蘇州一帶,授學爲生。繫年依據參見本卷君家曲。又據本詩題下注,鐵崖此詩乃效仿陸游詩體而作。按劍南詩稿卷四凌雲醉歸作,詩意與此相似,詩體亦近,曰:"峨嵋月入平羌水,歎息吾行俄至此。謫仙一去五百年,至今醉魂呼不起。玻璨春(眉州酒名)滿琉璃鍾,宦情苦薄酒興濃。飲如長鯨渴赴海,詩成放筆千觴空。十年看盡人間事,更覺麴生偏有味。君不見蒲萄一斗換得西涼州,不如將軍告身供一醉。"

〔二〕高陽徒:漢初酈食其拜見沛公劉邦時,自稱"高陽酒徒"。見史記酈生陸賈列傳。

〔三〕胃纓絶燭:説苑卷六復恩:"楚莊王賜群臣酒,日暮酒酣,燈燭滅。乃有人引美人之衣者,美人援絶其冠纓,告王曰:'今者燭滅,有引妾衣者,妾援得其冠纓持之,趣火來上,視絶纓者。'王曰:'賜人酒,使醉失禮,奈何欲顯婦人之節而辱士乎?'乃命左右曰:'今日與寡人飲,不絶冠纓者不懽。'羣臣百有餘人,皆絶去其冠纓而上火,卒盡懽而罷。"後王與晉戰,"有一臣常在前,五合五獲首,却敵,卒得勝之",王怪問之,乃絶纓者。

〔四〕卷波：即卷白波。宋黄朝英靖康緗素雜記卷三白波："資暇集云：'飲酒之卷白波，蓋起於東漢，既禽白波賊，戮之如卷席然，故酒席傚之，以快人情氣也。疑出於此。'余恐其不然。蓋白者，罰爵之名，飲有不盡者，則以此爵罰之……所謂'卷白波'者，蓋卷白上之酒波耳，言其飲酒之快也。"又，漢書高五王傳："章年二十，有氣力，忿劉氏不得職。嘗入侍燕飲，高后令爲酒吏。章自請曰：'臣，將種也，請得以軍法行酒。'……頃之，諸呂有一人醉，亡酒，章追，拔劍斬之，而還報曰：'有亡酒一人，臣謹行軍法斬之。'太后左右大驚。業已許其軍法，亡以罪也。"

〔五〕旋胡：指胡旋舞。按新唐書五行志，胡旋舞本出康居，以旋轉便捷爲巧，天寶後尚之。

〔六〕漢楊惲報孫會宗書："奴婢歌者數人，酒後耳熱，仰天撫缶，而呼嗚嗚。"

〔七〕琀珠：死者口中所含之珠。吕氏春秋節喪："國彌大，家彌富，葬彌厚。含珠鱗施……不可勝其數。"

〔八〕相國斲棺殺枯顱：指韓侂胄。宋史奸臣傳四。"嘉定元年，金人求函（韓）侂胄首，乃命臨安府斲侂胄棺，取其首遺之。侂胄用事十四年，威行宮省，權震宇内。"

〔九〕仕宦何用執金吾：語出漢光武劉秀，鐵崖反其意而用之。後漢書光烈陰皇后紀："光烈陰皇后諱麗華，南陽新野人。初，光武適新野，聞后美，心悦之。後至長安，見執金吾車騎甚盛，因歎曰：'仕宦當作執金吾，娶妻當得陰麗華。'"

西溪曲〔一〕

西谿谿口東岡道，楊柳陰陰春欲老。花間①繫馬我曾來，紅雨傷春迹如掃。美人勸我金色漿，玉臺贈以盤龍寶〔二〕。願作西谿一水魚，趁爾容顏爲余好。城南將軍同醉倒，殯宫今已生春草。

【校】

① 間：樓氏鐵崖樂府注本作"開"。

【箋注】

〔一〕詩撰於元至正七年（一三四七）或稍後，其時鐵崖寓居姑蘇，授學爲生。繫年依據：西溪距離長洲不遠，其時鐵崖當寓居吴地。參見本卷長洲曲。
又，陳善學刊本於題下附評語："無限感慨。"

〔二〕"玉臺"句：庾子山集注卷五燕歌行："盤龍明鏡餉秦嘉，辟惡生香寄韓
壽。"清人倪璠注："漢秦嘉字士會，隴西人。嘉爲上郡掾。其妻徐淑寢疾，
還，不獲面別。贈詩三章，有'寶釵好耀首，明鑒可鑒形'之句。"又，太平御
覽卷七百十七鏡："鄴中記曰：石虎三人臺及内宫中，鏡有徑二三尺者，純
金蟠龍雕飾。"

湖中女①〔一〕

湖中水，滑如脂②。湖中女，夫容姿③。湖中小④槳蕩蓮葉，唱得吴
王白雪詞〔二〕。鹿頭畫舫高如屋，美人呼來看不足⑤。輕裙利屐踏雁
足⑥，爲客高歌激⑦明目。生年⑧不作人家婦，東人西人換恩⑨主。春花
秋月幾何時，輕薄恩情遇如雨⑩。主家薄倖非三從〔三〕，歸來抱瑟彈孤
鴻⑪。君不見東家女伴粗且醜，嫁得比鄰呼何忪⑫（讀作"鍾"）。

【校】

① 清鈔鐵崖楊先生詩集卷下亦載此詩，據以校勘。湖中女之"女"，清鈔鐵崖楊
　先生詩集本作"曲"。

② "湖中水"二句，清鈔鐵崖楊先生詩集本作"湖中之水滑如脂"。

③ "湖中女"二句，清鈔鐵崖楊先生詩集本作"美人繡出芙蓉姿"。

④ 湖中小：清鈔鐵崖楊先生詩集本作"湖邊水"。

⑤ "鹿頭畫舫"二句：原本無，據鐵崖先生詩集辛集本增補。畫舫：清鈔鐵崖楊
　先生詩集本作"大舫"。看：清鈔鐵崖楊先生詩集本作"歡"。

⑥ 裙：樓氏鐵崖樂府注本作"裾"。足：鐵崖先生詩集辛集本、清鈔鐵崖楊先生
　詩集本作"沙"。

⑦ 爲：清鈔鐵崖楊先生詩集本作"與"。客：鐵崖先生詩集辛集本作"君"。激：
　鐵崖先生詩集辛集本、清鈔鐵崖楊先生詩集本作"射"。

⑧ 生年：鐵崖先生詩集辛集本作"美人"，清鈔鐵崖楊先生詩集本作"平生"。

⑨ 換：清鈔鐵崖楊先生詩集本作"唤"。恩：鐵崖先生詩集辛集本作"明"。

⑩ "春花秋月"二句：原本無，據鐵崖先生詩集辛集本增補。清鈔鐵崖楊先生詩

集本作"春風秋月能幾何,輕薄恩情過如雨"。

⑪ "主家薄倖"二句:鐵崖先生詩集辛集本作"歸來抱琴彈孤鴻,悲來前路非三從",清鈔鐵崖楊先生詩集本作"歸來抱琴彈孤鴻,卻愁末路失三從"。

⑫ 何忪:清鈔鐵崖楊先生詩集本作"阿公"。何:鐵崖先生詩集辛集本作"阿"。

【箋注】

〔一〕詩撰於元至正七年(一三四七)或稍後,其時鐵崖寓居姑蘇,授學爲生。繫年依據:詩中曰湖中女唱"吳王白雪詞",可見鐵崖其時寓居吳地。

〔二〕吳王白雪詞:疑指陽春白雪。宋郭茂倩樂府詩集卷五十清商曲辭七載沈約江南弄四首,其中陽春曲解題曰:"劉向新序宋玉對楚威王問曰:'客有歌於郢中者,其始曰下里巴人,國中屬而和者千人。其爲陽陵採薇,國中屬而和者數百人。其爲陽春白雪,國中屬而和者,數十人而已也。引商刻角,雜以流徵,國中屬而和者,不過數人。是以其曲彌高,其和彌寡。然則陽春所從來亦遠矣。'"

〔三〕三從:孔子家語卷六本命解:"女子者,順男子之教而長其理者也,是故無專制之義而有三從之道,幼從父兄,既嫁從夫,夫死從子。"

長洲曲〔一〕

長洲水引東江潮,潮生暮暮還朝朝。只見潮頭起郎柂,不見潮尾回郎橈。昨夜西溪買雙鯉,恐有郎械寄連理〔二〕。金刀剖腹不忍食,尺素無憑膾還委。西溪之水到長洲,明日啼紅臨上頭〔三〕。

【箋注】

〔一〕詩撰於元至正七年(一三四七)或稍後,其時鐵崖寓居姑蘇,授學爲生。繫年依據:長洲在吳地。宋范成大撰吳郡志卷八古迹:"長洲在姑蘇南,太湖北岸。闔閭所游獵處也。"

〔二〕"昨夜"二句:宋郭茂倩樂府詩集卷三十八相和歌辭十三飲馬長城窟行古辭:"青青河畔草,綿綿思遠道……客從遠方來,遺我雙鯉魚。呼兒烹鯉魚,中有尺素書。長跪讀素書,書中竟何如? 上言加餐飯,下言長相憶。"

〔三〕啼紅:即啼血。傳古蜀望帝失國,化爲杜鵑,啼聲悲哀,流血不止。見華陽

國志蜀志。後因稱悲啼爲啼血。又,晉王嘉拾遺記卷七:"靈芸聞別父母,
欷歔累日,淚下霑衣,至升車就路之時,以玉唾壺承淚,壺則紅色。既發常
山,及至京師,壺中淚凝如血。"

琵琶怨〔一〕

蜀絲鴛鴦織錦綯,邏檀鳳凰斲金槽〔二〕。弦抽甕繭①五色毫,雙成
十指聲嘈嘈〔三〕。冢頭青草天山雪〔四〕,眼中紅冰嵬下血〔五〕。哀弦凄斷
感精烈,池上蕤賓躍方鍥〔六〕。

> 吳復曰:"廉郊師於曹綱〔七〕,指法特妙,律吕相應,物類爲之感動。嘗
> 於池上彈蕤賓調,忽聞芰荷間有物躍出,乃方響一片,是蕤賓鍥也。"

【校】

① 繭:原本作"璽",據樓氏鐵崖樂府注本改。

【箋注】

〔一〕詩撰於元至正六年(一三四六)前後,其時鐵崖游寓湖州、蘇州一帶,授學
　　爲生。繫年依據參見本卷日重光行。
〔二〕"蜀絲鴛鴦"二句:描摹天寶年間自蜀地所得琵琶及其包裝之華麗精緻。
　　按:此琵琶爲楊貴妃專用。明皇雜録校勘記:"(天寶中)有中官白秀貞自
　　蜀使回,得琵琶以獻。其槽以邏沙檀爲之,温潤如玉,光輝可見。有金縷
　　紅文蹙成雙鳳。貴妃每抱是琵琶奏於梨園,音韻凄清,飄如雲外。而諸王
　　貴主泊虢國以下,競爲貴妃琵琶弟子。每奏曲畢,廣有進獻。"
〔三〕雙成:指西王母侍女董雙成。參見本卷周郎玉笙謠注。
〔四〕冢頭青草:指王昭君"青冢"。參見本卷昭君曲。天山:即祁連山。參見
　　舊唐書地理志三。
〔五〕紅冰:王仁裕開元天寶遺事紅冰:"楊貴妃初承恩召,與父母相別,泣涕登
　　車。時天寒,淚結爲紅冰。"嵬下:指馬嵬坡下。按:唐玄宗避難至馬嵬
　　驛,六軍騷亂,玄宗被迫無奈,令高力士縊殺楊貴妃於佛堂梨樹之前。詳
　　見太平廣記卷四百五楊妃譙。
〔六〕"池上蕤賓"句:參見吳復跋文及類説卷十三蕤賓鐵。
〔七〕廉郊:乃唐代樂工。曹綱之"綱"當作"綱"。曹綱爲元和年間琵琶名家。
　　按:吳復跋文乃釋詩末"池上蕤賓躍方鍥"一句。

鳴箏曲

　　斷虹落屏山,斜雁著①行安〔一〕。釘鈴雙啄木,錯落千珠桦。愁龍②啼玉海,夜燕語雕闌。只應桓叔夏〔二〕,重起爲君彈。

【校】

① 著:陳善學刊本作"着"。
② 原本有注:"愁龍,一本作'秋龍'。"

【箋注】

〔一〕"斷虹"二句:喻指古箏形制。斜雁:指箏柱排列猶如雁行。唐李商隱昨日詩:"十三弦柱雁行斜。"路德延小兒詩:"箏推雁柱偏。"

〔二〕桓叔夏:指晉人桓伊,其字叔夏。晉書桓伊傳:"善音樂,盡一時之妙,爲江左第一……時謝安女婿王國寶專利無檢行,安惡其爲人,每抑制之。及孝武末年,嗜酒好内……帝召伊飲讌,安侍坐……伊便撫箏而歌怨詩曰:'爲君既不易,爲臣良獨難。忠信事不顯,乃有見疑患。……'聲節慷慨,俯仰可觀。安泣下沾衿,乃越席而就之,捋其鬚曰:'使君於此不凡!'帝甚有愧色。"

内人琴阮圖　爲顧瑛題趙千里所畫①〔一〕

　　花點吳鹽春欲老,翡翠飛來剪芳草。美人睡起春思深,彈絲拊木寫同心。荔枝五弦調②急緩〔二〕,阮家月琴軸初縋〔三〕。須臾鈞天雙合樂〔四〕,南薰殿中風動幕〔五〕。梨園樂官樂不鳴,宮中之音和且平。

【校】

① 爲顧瑛題趙千里所畫:鐵崖先生詩集辛集本作"爲顧仲瑛題,乃趙千里所畫"。
② 調:鐵崖先生詩集辛集本作"彈"。

【箋注】

〔一〕據本詩題下注,詩乃爲顧瑛藏畫所題詩作,蓋作於元至正七、八年間,鐵崖其時經常作客玉山草堂。能改齋漫録卷六教坊内人:“妓女入宜春院,謂之内人,亦曰前頭人,常在上前頭也。其家在教坊内,謂之内人家,四季給米。”趙千里:即趙伯駒,其字千里。南宋初年畫師。

〔二〕荔枝:指琴曲荔枝香。愛日齋叢鈔卷五:“天寶十四載六月一日,貴妃楊氏生日,幸華清宫,於長生殿奏新曲。會南海進荔枝,因名荔枝香。”

〔三〕阮家月琴:相傳晉人阮咸首創,故稱阮、阮咸,今謂之月琴。初爲銅質,唐人元行沖改以木作。詳見宋趙與旹賓退録卷九。

〔四〕鈞天雙合樂:形容樂聲美妙如天上音樂。史記趙世家:“趙簡子疾,五日不知人……瘳,語大夫曰:‘我之帝所甚樂,與百神游於鈞天,廣樂九奏萬舞,不類三代之樂,其聲動人心。’”

〔五〕南薰殿:唐代京城宫殿之一。宋宋敏求撰長安志卷九唐京城三:“南内興慶宫距外郭城東垣。……宫内正殿曰興慶殿,其後曰文泰殿,前有瀛州門,内有南薰殿,北有龍池。池東有沉香亭。”

内人吹篴詞 爲顧瑛題盛子昭畫〔一〕

天寶年來教春坊〔二〕,紫雲製曲吹寧王〔三〕。美人何處竊九漏①〔四〕,耳譜亦解傳伊涼〔五〕。鷗弦轉斷黄金軸,獨據胡床弄横玉。冶情忽逐野鶯飛,十指紅鼉迷起伏〔六〕。御溝水暖浴鴛鸘,天地久無征戰聲。夫容楊柳自摇落,豈識黄雲邊塞情。西樓今夜月色午,内人思仙望河鼓。白日瀟②條鳳不來,井梧風動神烏語。

【校】

① 漏:鐵崖先生詩集辛集本作“滿”。
② 瀟:鐵崖先生詩集辛集本、樓氏鐵崖樂府注本作“蕭”。

【箋注】

〔一〕詩作於元至正七、八年間。繫年依據參見本卷内人琴阮圖詩注。盛子昭:

名懋,元代畫師。參見東維子文集卷十六松月寮記。

〔二〕天寶年來教春坊:意爲天寶年間教宮女爲梨園弟子。雍録卷九梨園:"梨園在光化門北……開元二年,置教坊於蓬萊宮,上自教法曲,謂之梨園弟子。至天寶中,即東宮置宜春北苑,命宮女數百人爲梨園弟子。即是梨園者,按樂之地;而預教者,名爲弟子耳。"

〔三〕紫雲:樂曲名。寧王:唐睿宗長子,玄宗兄。唐張讀宣室志卷一:"唐玄宗嘗夢仙子十餘輩,御卿雲而下,立於庭,各執樂器而奏之。其度曲清越,真仙府之音也。及樂闋,有一仙人揖而言曰:'陛下知此樂乎? 此神仙紫雲曲也。今願傳授陛下,爲聖唐正始音,與夫咸池、大夏固不同矣。'玄宗喜甚,即傳受焉。俄而寤,其餘響猶若在聽,玄宗遂命玉笛吹而習之,盡得其節奏。"又,楊太真外傳卷上:"上舊置五王帳,長枕大被,與兄弟共處其間。妃子無何,竊寧王紫玉笛吹。故詩人張祜詩云:'梨花静院無人見,閒把寧王玉笛吹。'"

〔四〕九漏:喻指笛子。或謂指篳篥,參見鐵崖先生詩集辛集本小字注。

〔五〕伊涼:指伊州曲和涼州曲。新唐書五行志二:"天寶後,詩人多爲憂苦流寓之思,及寄興于江湖僧寺。而樂曲亦多以邊地爲名,有伊州、甘州、涼州等,至其曲遍繁聲,皆謂之'入破'。"

〔六〕紅蠶:老熟的蠶。揚雄太玄將:"紅蠶緣于枯桑。"此喻指甲。

内人剖瓜詞① 爲顧瑛題盛子昭畫〔一〕

轆轤索褪垂金井,水殿風來晚花静。美人睡起袒蟬紗,照見臂釵紅肉影②。荔子③漿酸搖左車〔二〕,阿母新進朱陵瓜〔三〕。侍奴手浴井花冷,水冰(去聲)金盤④擎掌宆。鸞刀未破團⑤玉斗,斗破紅冰驚⑥落手。玉郎渴甚故⑦相嘲,可忍食殘團月凹?

【校】

① 詞:鐵崖先生詩集辛集本作"圖"。

② 影:鐵崖先生詩集辛集本作"映"。

③ 子:鐵崖先生詩集辛集本作"枝"。

④ 盤:詩淵本作"盆"。

⑤ 團:詩淵本、鐵崖先生詩集辛集本、樓氏鐵崖樂府注本作"圓"。

⑥ 冰驚：鐵崖先生詩集辛集本作“擎冰”。

⑦ 故：詩淵本作“索”。

【箋注】

〔一〕詩爲元至正七、八年間鐵崖作客玉山草堂時，爲顧瑛藏畫所題詩作。繫年依據參見本卷内人琴阮圖詩注。盛子昭：名懋。參見東維子文集卷十六松月寮記。

〔二〕摇左車：指左側牙床損壞牙齒摇動。宋黄庭堅撰跋楊妃病齒圖：“余觀玉環病良苦，豈非坐多食側生，遂動摇其左車乎？”（載山谷別集卷十。）

〔三〕阿母：指西王母。朱陵瓜：指西王母所謂靈瓜。漢武帝内傳：“（西王母謂上元夫人曰：）後造朱火丹陵，食靈瓜，其味甚好。憶此味久，而已七千歲矣。”

屏風謡〔一〕

瑠璃怯寒翡翠熱〔二〕，芍藥夫容四時絶。深堂氣候異冬春，門外酸風箭入骨〔三〕。匡牀髹毸踏香雪，紅姬扶醉醉眼纈〔四〕。金缸焰焰照羅襪，阿瞞嬌娘太①輕劣〔五〕，隙光射人如白月②。

【校】

① 本詩又見於清陳焯輯宋元詩會卷九十一，據以校勘。娘太：宋元詩會本作“郎慎”。

② 月：宋元詩會本作“日”。

【箋注】

〔一〕詩撰於元至正四年（一三四四）至八年之間，其時鐵崖游寓杭州、湖州、蘇州一帶，授學爲生。繫年依據參見本卷君家曲。

〔二〕“瑠璃”句：藝文類聚卷六十一居處部：“漢武故事曰，上起神屋，鑄銅爲柱，黄金塗之……扇屏悉以白琉璃作之，光照洞徹。以白珠爲簾薄，玳瑁壓之。”

〔三〕酸風：刺骨寒風。李賀金銅仙人辭漢歌：“東關酸風射眸子。”

〔四〕醉眼纈：李賀詩歌集注卷三蝴蝶舞：“楊花撲帳春雲熱，龜甲屏風醉眼纈。
　　東家蝴蝶西家飛，白騎少年今日歸。”清王琦注曰，“醉眼纈”乃“當時采色
　　繒帛之名”。

〔五〕阿瞞：唐玄宗小名。宋劉昌詩蘆浦筆記卷一阿字：“曹操小名阿瞞，唐明
　　皇小名亦云阿瞞。”

紅牙板歌〔一〕

　　長吉①於梨園樂件〔二〕，歌之欲盡，而於樂句之作獨缺如
也〔三〕。吳下繆才子遺余以紅牙板一具〔四〕，故爲作歌，補長吉
之遺②。

　　百花樓前倡樂作〔五〕，長鼻彎彎舞金絡。生憐爲齒焚雄軀，枯魄應
節如何虞。良工削出紅冰③片，脱木④生前豈容見。自非紅鸞之舌爲
爾繩，安得三三貫成串〔六〕。三郎耳聰穿月脇，强欲黃番譜關摺〔七〕。十
三紅兒（隱用張紅郎事。）舞鷓鴣〔八〕，輕蓮躎節隨疾徐。爲君重製清平
曲，節奏⑤八風調玉燭〔九〕。

【校】

① 鐵崖先生詩集辛集、清初印溪草堂鈔本東維子詩集卷五亦載此詩，據以校
　勘。長吉：鐵崖先生詩集辛集本作“李長吉”。

② 鐵崖先生詩集辛集本於“遺”字下多“拍板謂之樂句”六字一句，當是注語而
　誤以爲正文。

③ 冰：印溪草堂鈔本作“牙”。

④ 原本有小字注：“脱木，或作脘木。”

⑤ 奏：鐵崖先生詩集辛集本作“取”。

【箋注】

〔一〕詩作於元至正七年（一三四七）前後，其時鐵崖游寓湖州、蘇州等地，授學
　　爲生。繫年依據：紅牙板乃“吳下繆才子”所贈，鐵崖與之交往，當在此一
　　時期。參見東維子文集卷二十一五湖宅記。

〔二〕長吉：唐詩人李賀字。

〔三〕樂句：樂曲的節拍。五代王定保唐摭言卷六公薦："韓始見題而掩卷問之曰：'且以拍板爲什麼？'僧孺曰：'樂句。'二公因大稱賞之。"此即指拍板，用以擊打節奏之器具。

〔四〕繆才子：指繆貞。參見東維子文集卷二十一五湖宅記。紅牙板：用野象之牙製作。唐劉恂嶺表録異記："廣之屬郡潮、循州多野象，牙小而紅，最堪爲笏。"（載説郛卷六十七下）

〔五〕百花樓：唐劉恂撰嶺表録異卷上："蠻王宴漢使於百花樓前，設舞象。曲樂動，倡優引入一象，以金羈絡首，錦襠垂身隨膝。騰踏動頭搖尾，皆合節奏，即舞馬之類。"

〔六〕三三貫成串：意爲連六枚爲一串。宋陳暘撰樂書卷一百二十五胡部鐵拍板："今教坊所用連六枚，蓋古今異制也。"

〔七〕"三郎耳聰"二句：指唐明皇令優伶爲拍板造譜一事。三郎，即唐明皇。黄番，指黄幡綽，唐玄宗時優伶。唐段安節撰樂府雜録拍板："拍板本無譜，明皇遣黄幡綽造譜，乃於紙上畫兩耳以進。上問其故，對曰：'但有耳道則無失節奏也。'韓文公因爲樂句。"

〔八〕十三紅兒：本詩小字注曰"張紅郎"。疑有誤，或當指"解紅兒"。解紅兒，乃五代時人和凝歌童，和凝曾爲製解紅曲。樂書卷一百八十四俗部兒童解紅："兒童解紅舞，衣紫緋繡襦銀帶，花鳳冠綏帶。唐和凝解紅歌曰：'百戲罷，五音清，解紅一曲新教成。兩箇瑶池小仙子，此時奪却柘枝名。'則童兒解紅，柘枝之類也，其始於唐乎。"又，鷓鴣舞爲北方少數族人舞蹈。元蔣子正撰山房隨筆："杜氏婦作北行詩：江淮幼女別鄉間，一似昭君遠嫁胡。默默一身離故國，區區千里逐狂夫。慵拈簫管吹羌曲，懶繫羅裙舞鷓鴣。"

〔九〕八風：春秋左傳正義隱公五年："夫舞所以節八音而行八風。"注："八音，金、石、絲、竹、匏、土、革、木也。八風，八方之風也。以八音之器，播八方之風，手之舞之，足之蹈之，節其制而序其情。"爾雅注疏卷五釋樂："和樂謂之節。"玉燭：爾雅注疏卷六釋天："四氣和謂之玉燭。"邢昺疏曰："言四時和氣，温潤明照，故曰玉燭。"

奔月卮歌① 爲茅山外史張伯雨賦〔一〕

神犀然光射方諸〔二〕，海水拆裂雙明珠。大珠飛上玉兔臼，小珠亦

奔銀蟾蜍。千年太陰鍊成魄,豈識妖蟆吞啖厄。刳胎乃墮歡伯計[三],
玉斧椎開桃扇核[四]。茅山外史海上來,拾得海月稱奇哉。按劍或爲
龍鬼奪,擲手自戲仙人盃。雄雷雌電繞丹屋,顧兔清光吞在腹[五]。醒
來不記墨淋漓[六],塵世隨風散珠玉。銕崖仙客氣如虹,金橋銀橋游月
宮[七]。素娥飲以白玉醴,羽衣起舞千芙蓉。居然月宮化鮫室,坐見月
中清淚滴,我方醉臥玉兔傍,但覓大魁酌天酒[八],不用白兔長
生方②[九]。

【校】

① 本詩自"茅山外史"下又見鐵崖先生詩集辛集,題春草軒詞。

② "但覓"二句:樓氏鐵崖樂府注本作"但覓大魁酌天漿,不用白兔長生藥,不
　　用千年不死方"三句。

【箋注】

〔一〕詩贈予好友張雨,當作於元至正七年(一三四七)前後,其時鐵崖游寓杭
　　州、蘇州等地,與張雨交往頗多。十六卷本玉山草堂雅集卷七:"張雨(一
　　二八三——一三五〇),字伯雨,錢塘人。博覽群書,故其詩清曠俊逸,時
　　輩不能及。始隱茅山,後徙杭之靈石洞。與趙魏公、虞翰林友善。詩名震
　　京師。自號句曲外史云。"按:張雨又字天雨,或謂諱天雨。早年名澤之。
　　號貞居,又號靈璧山人、句曲外叟、茅山外史。弱冠爲道士,道家法名嗣
　　真。延祐初適茅山,元順帝至元二年丙子(一三三六)告歸,返錢塘。至正
　　十年秋逝,卒年六十八。伯雨善詩,尤以書名。與趙孟頫、楊載、虞集、揭
　　傒斯、范梈、黃溍、楊維禎友善。嘗屏居修茅山志,有句曲外史集傳世。至
　　正初年,爲鐵崖竹枝詞社成員。生平詳見明劉基撰句曲外史張伯雨墓志
　　銘(載珊瑚木難卷五)、徐邦達撰張雨生卒年歲考正(載歷代書畫家傳紀
　　考辨),參見南屏雅集詩卷序(載佚文編)。按:張雨有奔月厄歌答鐵雅所
　　作,詩載元詩選初集。

〔二〕方諸:參見麗則遺音卷三承露柈。

〔三〕歡伯:喻指酒。漢焦贛焦氏易林校略卷八兑:"酒爲歡伯,除憂來樂。"

〔四〕玉斧椎開桃扇核:此指以桃核作酒杯,詳見鐵崖桃核杯歌,詩載陳善學序
　　刊楊鐵崖先生文集卷六。

〔五〕顧兔:月中之精。亦代指月。楚辭天問:"厥利維何,而顧菟在腹?"洪興

祖補注："菟,與兔同。靈憲曰:月者陰精之宗,積而成獸,象兔。"

〔六〕醒來不記墨淋漓:唐代草聖張旭故事。新唐書張旭傳:"旭,蘇州吳人。
　　嗜酒,每大醉,呼叫狂走,乃下筆,或以頭濡墨而書,既醒自視,以爲神,不
　　可復得也。世呼張顛。"按:張雨擅長草書,故擬作張旭。

〔七〕游月宮:楊太真外傳:"逸史云,羅公遠天寶初侍玄宗,八月十五日夜,宮
　　中翫月。曰:'陛下能從臣月中游乎?'乃取一枝桂,向空擲之,化爲一橋,
　　其色如銀,請上同登。約行數十里,遂至大城闕。公遠曰:'此月宮也。'有
　　仙女數百,素練寬衣,舞於廣庭。上前問曰:'此何曲也?'曰:'霓裳羽衣
　　也。'上密記其聲調,遂回橋。却顧,隨步而滅。旦諭伶官象其聲調,作霓
　　裳羽衣曲。"

〔八〕大魁:指北斗星。北斗七星,一至四爲魁,五至七爲杓。

〔九〕長生方:指后羿妻竊以奔月之不死藥。

簫杖歌 爲永嘉璣天則道人賦〔一〕

空心勁草琅玕節,瘦如筆枝赤如銕。壺公手中曾擲之〔二〕,黃公石
上飛星裂〔三〕。璣天道人雙眼青,見之不減九節藤〔四〕。神丁未窺混沌
竅,中有萬壑銅龍聲。道人親鑿崆峒玉,九漏玲瓏尺度足〔五〕。黑蛇飛
來膝上橫,道人手中嘯鸑鷟。自言奇音不敢作,寒星墮地風折嶽。去
年臺山解虎鬥〔六〕,今年狼山敲豸角。銕崖相見洞庭東,腰間篋佩蒼精
龍。湘江雨脚吹雌風,相呼道人木上座〔七〕,杖陂水拔鬖眉峰。

　　余寫此詩,天台詩僧賢一愚來讀〔八〕,曰:"先生此詩,虞閣老可作〔九〕,
李著作不可作也〔十〕。"余曰:"予西苕友吳見心、東崑友郭義仲可作
也〔十一〕。"一愚明日亦作和章來,且出紙求予書。此詩遺見心、義仲,相激
發云耳。

【箋注】

〔一〕詩當作於元至正八年(一三四八)夏秋之間,其時鐵崖寓居姑蘇,授學爲
　　生。繫年依據:其一,詩中曰"銕崖相見洞庭東","洞庭東"指蘇州一帶。
　　其二,本詩跋文稱李孝光爲"著作",故當作於李孝光應徵北上之後;又謂
　　欲邀吳復唱和,故必在吳復病逝之前。參見鐵崖先生古樂府卷六芝秀軒

詞。璣天則道人：生平不詳，似又爲禪僧。元詩選二集載樂清布衣朱希
晦詩和韻簡天則上人曰："涼風嫋嫋晚秋天，潮落雙門纜客船……不道分
攜成遠別，幾時林下細談禪。"（永嘉郡城北有二門，郭璞命名雙門。）據此
詩推之，天則似爲僧人，且曾遠離家鄉永嘉，四處雲游。

〔二〕"壺公"句：後漢書方術傳費長房："費長房者，汝南人也。曾爲市掾。市
中有老翁賣藥，懸一壺於肆頭，及市罷，輒跳入壺中。市人莫之見，唯長房
於樓上覩之，異焉……翁乃與俱入壺中，唯見玉堂嚴麗，旨酒甘肴盈衍其
中……於是遂隨從入深山……長房辭歸，翁與一竹杖，曰：'騎此任所之，
則自至矣。既至，可以杖投葛陂中也。'又爲作一符，曰：'以此主地上鬼
神。'長房乘杖，須臾來歸。自謂去家適經旬日，而已十餘年矣。即以杖投
陂，顧視則龍也。"

〔三〕黃公石：張良游下邳所見老人變化而成。詳見史記留侯列傳。

〔四〕九節藤：太平御覽卷七百十服用部杖："劉根別傳曰：孝武皇帝登少室，見
一女子，以九節杖仰指日，閉左目，開右目，氣且絕，久乃蘇息。武帝使問
之所行何事，女子不答。東方朔曰：'婦人食日精者。'"參見真誥卷十七。
又，神仙傳載王遙有九節杖，雨天携之，衣皆不濕。

〔五〕九漏：喻指簫。

〔六〕解虎門：相傳北齊稠禪師曾途經王屋山，於柏巖寺見兩虎相爭，遂以禪法
化解。參見元釋念常撰佛祖歷代通載卷十。又，元王惲秋澗先生大全文
集卷十二番禺杖："蓋節空筇竹，神鋒黯太阿。笑揮堪解虎，静倚可降魔。"

〔七〕木上座：手杖。景德傳燈録杭州佛日和尚："佛日禪師見夾山，夾山問：
'什麼人同行？'師舉拄杖曰：'唯有木上座同行耳。'"

〔八〕一愚：元詩選三集一愚禪師子賢："子賢字一愚，天台人。幼聰悟絕人，住
天台山寺。禪定之外，肆志作詩，最爲楊鐵崖所稱賞。詩見玉山雅集。"

〔九〕虞閣老：指虞集。虞集曾任奎章閣侍書學士。

〔十〕李著作：指李孝光。李孝光於元至正八年春應徵赴京，同年授予著作郎
一職。參見孫小力撰楊維禎年譜"至正八年二月"譜文。

〔十一〕吳見心：即鐵崖弟子吳復。參見東維子文集卷二十五吳君見心墓銘。
　　　郭義仲：郭翼字義仲，參見東維子文集卷七郭義仲詩集序。

篳篥吟　贈朔客杜寬用趙季文韻〔一〕

春風吹船下揚州，夜聽篳聲江月流。故宮搖落楊柳秋〔二〕，客子於

邑山陽愁[三],明朝此聲不可求。乃知朔客杜寬者,手持悲①篥尋南游[四]。胡笳拍中愁未休,龜兹角管親編收。王門歷盡及五侯,翩然鴻飛不可留。篋材既訪柯橾鍱[五],更協鳴鳳崑崙丘[六]。卷蘆易地鳴隴頭[七],城南思婦②歌牽牛[八]。紅兒耳熱相咿啞[九],豈識九滿嫠情憂③。欲絶未絶一縷抽,劃然石裂千丈湫。叫噪鵝鸛飛蛟蚪,洞庭之水天東浮。杜寬杜寬藝絶優,藝隱豈比關張④儔[十]。爲君賷美酒,不惜千金裘。和我君山鎮邪篴[十一],與爾同登黃鶴樓[十二]。

【校】

① 悲:鐵崖先生詩集辛集本作"篳"。

② 婦:鐵崖先生詩集辛集本作"歸"。

③ "紅兒耳熱相咿啞,豈識九滿嫠情憂"二句:原本無,據鐵崖先生詩集辛集本補。"九滿"之"滿",疑有誤,當作"漏"。

④ 關:原本作"閔",據鐵崖先生詩集辛集本改。原本於"張"字下有小字注"作推、淳",當爲"一本作推、淳"。

【箋注】

〔一〕詩作於元至正七年(一三四七)前後,其時鐵崖寓居蘇州。繫年依據:趙季文名渙,當時居蘇州,鐵崖與之交往頗多,本詩當作於此際。參見東維子文集卷二十九送趙季文都水書吏考滿詩。杜寬:北方人,曾爲宫廷樂師,以善奏篳篥著稱。至正初年,杜寬從揚州來到姑蘇,趙渙賦詩稱賞,朱德潤、陳基、鐵崖等皆有唱和。參見朱德潤和趙季文觱栗吟(載元詩選初集卷四十六)、陳基次韻趙君季文贈杜寬吹觱篥吟(載元詩選初集卷五十三)。

〔二〕楊柳:指笛曲折楊柳。清胡彦昇樂律表微卷七考器上:"梁胡吹歌云:快馬不須鞭,拗折楊柳枝。下馬吹胡笛,愁殺路旁兒。此歌元出於北國,知橫笛是此名也……按羌笛有折楊柳、落梅花諸曲。"

〔三〕山陽愁:晉書向秀傳:"(嵇)康善鍛,秀爲之佐,相對欣然,傍若無人。又共呂安灌園於山陽。康既被誅,秀應本郡計入洛。文帝問曰:'聞有箕山之志,何以在此?'秀曰:'以爲巢許狷介之士,未達堯心,豈足多慕。'帝甚悦。秀乃自此役,作思舊賦云:'……鄰人有吹笛者,發聲寥亮。追想曩昔游宴之好,感音而歎,故作賦。'"又,庾子山集注卷四傷王司徒褒:"惟有山陽笛,悽余思舊篇。”

〔四〕悲篥：即篳篥,類似胡笳。原爲龜兹樂器,其聲悲,故又名悲篥。

〔五〕柯椽：宋陳暘樂書卷一百四十九柯亭笛：“昔蔡邕嘗經會稽柯亭,見屋東十六椽竹,取以爲笛,果有異聲。晉桓伊善音樂,爲江左第一,有蔡邕柯亭笛,常自寶而吹之。”

〔六〕“更協”句：太平御覽卷五百八十樂部十八笛：“史記曰：黃帝使伶倫伐竹於崑谿,斬而作笛,吹之作鳳鳴。”

〔七〕“卷蘆”句：胡人卷蘆葉爲笳,吹之以作樂。參見宋陳暘樂書卷一百三十蘆笳。又,隴角頭吟亦曰隴頭水,邊角十曲之一。參見鄭樵通志卷四十九樂略。

〔八〕城南思婦：語出杜甫詩。杜甫洗兵馬：“淇上健兒歸莫懶,城南思婦愁多夢。”

〔九〕紅兒：蓋指解紅兒。參見本卷紅牙板歌。

〔十〕關、張：指本朝樂師關推、張淳。鐵崖先生詩集辛集本於詩末有小字注曰：“關推、張淳,善樂器者。”按：張淳,清州人。其父始入樂籍。早孤,學軋箏,精巧,名震京師。仁宗時官至儀鳳司少卿。元人元明善撰有張淳傳(載清河集卷七)。

〔十一〕君山鎮邪篆：湖州緱長弓鑄造,參見鐵崖文集卷三鐵笛道人自傳。

〔十二〕登黃鶴樓：寓李白詩意。李白與史郎中欽聽黃鶴樓上吹笛：“一爲遷客去長沙,西望長安不見家。黃鶴樓中吹玉笛,江城五月落梅花。”

李卿琵琶引〔一〕 有序

朔人李卿①以弦鼗遺器鳴於京師〔二〕,嘗爲溉之②學士賞識〔三〕,賜以清平樂章。今年予逢卿吳下,凡貴豪觴予者,座無卿不樂。夜與客宴散吕保相舊榭③〔四〕,卿④且出溉之詩,求續遺⑤音。興酣,遂呼侍姬江南春⑥奉硯,爲賦琵琶引⑦。

李卿李卿樂中仙,玉京侍宴三十年。自言弦聲絶人世,樂譜親向鈞天傳〔五〕。今年東游到吳下,三尺檀龍爲予把。胸中自有天際意〔六〕,眼中⑧獨恨知音寡。初疑廣樂下天閶,又疑漢曲送烏孫〔七〕。鏗鏦豈讓賀懷智〔八〕,絶妙不數康崑崙⑨〔九〕。一聲⑩如裂帛,再撥清冰拆。蠻娃作歌語突兀⑪,李卿之音更明白。玉連瑣,鬱輪袍〔十〕,吕家池榭彈清宵。花前快倒長生瓢,坐看青天移⑫斗杓。銕笛⑬道人酒未釅,煩君展銕撥,再軋鵾雞筋〔十一〕。我聞仁廟⑭十年春〔十二〕,駕前樂師張老淳〔十三〕。賜箏岳柱金龍齦,儀鳳少卿三品恩〔十四〕。張後復有李,國工須致身。酒酣奉硯呼南春⑮,爲卿⑯作歌驚鬼神。

【校】

① 本詩又載詩淵、鐵崖先生詩集辛集、清初印溪草堂鈔本東維子集卷十一,據以校勘。李卿:鐵崖先生詩集辛集本作“李震卿”。

② 溉之:鐵崖先生詩集辛集本、印溪草堂鈔本、樓氏鐵崖樂府注本作“李溉之”。

③ 舊榭:原本作“橅”,據鐵崖先生詩集辛集本、印溪草堂鈔本改。

④ 卿:原本無,據鐵崖先生詩集辛集本、印溪草堂鈔本增補。

⑤ 遺:鐵崖先生詩集辛集本作“餘”。

⑥ 江南春:鐵崖先生詩集辛集本作“梅南春”。

⑦ 琵琶引:鐵崖先生詩集辛集本作“李卿行一首”。

⑧ 中:詩淵本作“前”。

⑨ “初疑”以下四句,原本無,據鐵崖先生詩集辛集本、印溪草堂鈔本增補。其中“漢曲”之“漢”,鐵崖先生詩集辛集本作“漠”;賀懷智之“懷”,鐵崖先生詩集本作“惟”,據印溪草堂鈔本改。

⑩ 一聲:原本作“一聲一聲”,據詩淵本、鐵崖先生詩集辛集本、印溪草堂鈔本、樓氏鐵崖樂府注本删。

⑪ 突兀:詩淵本作“兀突”。

⑫ 移:鐵崖先生詩集辛集本作“回”。

⑬ 笛:詩淵本無。

⑭ 印溪草堂鈔本有注曰:“仁廟,延祐年中。”

⑮ 印溪草堂鈔本有注曰:“南春,一作吳嬪。”

⑯ 卿:鐵崖先生詩集辛集本作“君”。

【箋注】

〔一〕詩作於元至正七年(一三四七)前後,其時鐵崖浪迹吳中,授學爲生。繫年理由:據詩中“我聞仁廟十年春,駕前樂師張老淳”、“張後復有李”、“玉京侍宴三十年”、“今年東游到吳下”等句推之,李卿乃仁宗以後著名宮廷樂

師,在京城三十年。而英宗至治元年(一三二一)至順帝至正七年,時隔
　　二十七年,與詩中所述能够吻合,且其時鐵崖寓居姑蘇。
〔二〕李卿:或作李震卿,以善奏琵琶聞名,曾在宮廷任樂師三十年。至正七、八
　　年間,東游吳中。參見校勘記。宋陳暘樂書卷一百二十九秦漢琵琶:"秦
　　漢琵琶,本出于胡人弦鼗之制,圓體修頸,如琵琶而小,柱十有二。"
〔三〕溉之:李泂,字溉之,元文宗時官至翰林直學士,特授奎章閣承制學士。元
　　史有傳。
〔四〕吕保相:蓋指吕文德。吕文德於南宋末年授少師,封衛國公。生平事迹略
　　見其弟吕文煥傳(載新元史卷一百七十七)。
〔五〕鈞天:鈞天廣樂。見本卷内人琴阮圖注。
〔六〕天際意:世說新語卷下容止:"或以方謝仁祖不乃重者,桓大司馬曰:'諸
　　君莫輕道,仁祖企脚北窗下彈琵琶,故自有天際真人想。'"
〔七〕"又疑"句:清胡彦昇樂律表微卷七攷器上:"樂府雜録云:琵琶,漢烏孫
　　公主造。按傅玄琵琶賦序云:故老云漢送烏孫公主,念其行道思慕,使知
　　音者作馬上之樂,以方語目之,故名琵琶。"
〔八〕賀懷智:唐段安節撰樂府雜録琵琶:"開元中有賀懷智,其樂器以石爲槽,
　　鵾雞筋作弦,用鐵撥彈之。"
〔九〕康崑崙:樂府雜録琵琶:"貞元中有康崑崙,第一手。"又,新唐書禮樂志:
　　"涼州曲,本西涼所獻也,其聲本宮調,有大遍、小遍。貞元初,樂工康崑崙
　　寓其聲於琵琶,奏於玉宸殿,因號玉宸宮調。"
〔十〕玉連瑣、鬱輪袍:蘇軾詩集卷六宋叔達家聽琵琶:"新曲從翻玉連瑣,舊聲
　　終愛鬱輪袍。"注:"玉連瑣,今曲名。廣林記:王維微時,爲岐王所知,將
　　應舉,王令作琵琶新曲。引至公主家,維自彈,主問何曲,曰:'鬱輪袍也。'
　　主大愛之。是年遂爲舉首。"
〔十一〕鵾雞筋:以鵾雞筋做的琵琶弦。此二句用蘇軾古纏頭曲:"鵾弦鐵撥世
　　無有,樂府舊工惟尚叟。"
〔十二〕仁廟十年春:指元仁宗在位十年。
〔十三〕張老淳:即張淳,參見本卷篳篥吟。
〔十四〕按元史仁宗本紀,至大四年,復玉宸樂院爲儀鳳司。延祐元年,降儀鳳
　　卿爲儀鳳大使。又,張淳官至儀鳳少卿。參見本卷篳篥吟。

張猩猩胡琴引①〔一〕 有序

　　胡琴在南爲第二弦子,在北爲今名,亦古月琴之遺製也。教

坊弟子工之者衆矣，而稱絕者尟②。獨③胡人張猩猩者，絕妙於
是。時過余，索金剛瘦（胡琴名。）作南北弄〔二〕。故爲製胡琴引。

張猩猩，嗜酒復嗜音。春雲小宮鸚鵡唅，猩猩帳底軋胡琴。一雙
銀絲紫龍口，瀉下驪珠三百斗。劃焉④火豆爆絕弦，尚覺鶯聲在楊柳。
神弦夢入鬼工秋，湘⑤山搖江江倒流。玉兔爲爾停月曰，飛魚爲爾躍
神舟⑥。西來天官坐栲栳〔三〕，羌絲啁啁聽者惱。張猩一曲獨當筵，乞
與五花金線襖。春風殘絲二十年〔四〕，江南相見落花天〔五〕。道人春⑦
夢飛胡蝶，手弄金瓢（即金剛瘦也。）合簧⑧葉。張猩猩，手如雨，面如霞，
勸爾更盡雙叵羅。白頭吳娥年少歌，金剛（即金瓢也。⑨）悲啼奈樂何。

【校】

① 本詩又載陳善學刊本卷六、清初印溪草堂鈔本東維子集卷十一，據以校勘。
   印溪草堂鈔本載詩兩首，題作張猩猩胡琴引二首，本詩爲第一首。
② 稱絕者尟：印溪草堂鈔本作“稱絕妙者甚少”。
③ 獨：原本無，據陳善學刊本增補。
④ 焉：印溪草堂鈔本作“然”。
⑤ 湘：印溪草堂鈔本作“湖”。
⑥ 舟：原本作“丹”，據陳善學刊本、印溪草堂鈔本、樓氏鐵崖樂府注本改。
⑦ 春：陳善學刊本作“夜”。
⑧ 簧：印溪草堂鈔本作“黃”。
⑨ 小字注“即金瓢也”四字，原本無，據印溪草堂鈔本增補。

【箋注】

〔一〕詩作於元至正七年（一三四七）前後，其時鐵崖寓居姑蘇，授學爲生。繫年
   依據：鐵崖友人于立亦有胡琴謠贈張猩猩詩（載元詩選三集），題下注曰：
   “時西夏高起文同賦。”高起文即昂吉。至正七、八年間，于立、昂吉皆爲鐵
   崖詩友，酬唱頗多，本詩當亦作於此時。又據“江南相見落花天”一句，當
   時爲晚春。張猩猩：胡人。工於胡琴演奏。原爲京城樂師，至正年間東游
   吳中。
〔二〕金剛瘦：胡琴名。按：或曰鐵崖有琵琶亦名金剛瘦（見鐵崖先生詩集辛集
   贈胡琴師董雙清注），實誤。
〔三〕栲栳：扶手及靠背作笆斗形的椅子。

〔四〕"春風殘絲"句：蓋指張猩猩演奏胡琴已有二十年。

〔五〕"江南"句：用杜甫江南逢李龜年詩："正是江南好風景，落花時節又
　　　逢君。"

周郎玉笙謡①〔一〕　并序

　　　絲竹之器，貫古今而聲不可以變者，惟笙也。潘安仁謂"笙
總衆清之林，衛無所措其邪、鄭無所容其淫"者是已〔二〕。樂記曰：
"竹聲濫，濫以立會。"若笙又立會之要者〔三〕。故夔以儀鳳鳴②和
神人〔四〕，王子晉以引鳴鳳接浮丘之仙也〔五〕。烏乎，下俚哇沸，笙
師之教幾歇矣。金華周郎琦〔六〕，獨聰於此。予嘗於靈岩、虎阜間
聞其奇弄〔七〕，令人飄飄然有伊、洛間意。時坐客句曲張貞居〔八〕、
東海倪元鎮〔九〕、崑山顧仲瑛〔十〕、雲丘張仲簡〔十一〕、吴興郯九
成〔十二〕，咸名能詩者也。予爲賦玉笙謡一首，且率諸君子同賦，而
予又爲引之如此。

　　　周郎學仙吹玉笙，玉笙吹得丹山七十二鳳之和鳴③〔十三〕。曾侍瑶
池阿母宴，座中調笑董雙成〔十四〕。謫向人間赤松④洞，洞口桃花苦⑤迎
送〔十五〕。南尋二女⑥湘水頭〔十六〕，十三哀弦不成弄〔十七〕。西洞庭⑦，東洞
庭，相逢鐵篴銅龍精。從此⑧吹春玉臺上，薄霄不許謝玄卿〔十八〕。

【校】

① 陳善學刊本卷六、鐵崖先生詩集辛集載此詩，據以校勘。鐵崖先生詩集辛集
　本題作玉笙謡。

② 鳳鳴：陳善學刊本作"鳳凰"。

③ "玉笙"句：鐵崖先生詩集辛集本作"吹得緱山雙鳳鳴"。

④ 赤松：鐵崖先生詩集辛集本作"丹霞"。

⑤ 苦：鐵崖先生詩集辛集本作"若"。

⑥ 女：鐵崖先生詩集辛集本作"妃"。

⑦ 西洞庭：鐵崖先生詩集辛集本作"七十二峰"。

⑧ 此：詩淵本、鐵崖先生詩集辛集本作"我"。

【箋注】

〔一〕詩撰於元至正七年(一三四七),或稍後,其時鐵崖寓居姑蘇,授學爲生。繫年依據:其一,至正七年三月,鐵崖曾與周琦等同游橫澤。其二,本詩序所謂座客張貞居、倪元鎮、顧仲瑛、張仲簡、郊九成,皆爲至正七、八年間鐵崖游伴。參見鐵崖撰游橫澤記(載本書佚文編)。

〔二〕安仁:西晉潘岳字。所引"笙總衆清之林"三句,出自潘安仁笙賦。

〔三〕"樂記"二句:禮記注疏樂記:"竹聲濫,濫以立會,會以聚衆。君子聽竽、笙、簫、管之聲,則思畜聚之臣。"注:"濫之意,猶攣聚也。會,猶聚也。"

〔四〕夔:舜時樂官。書益稷:"下管鼗鼓,合止柷敔,笙鏞以間。鳥獸蹌蹌,簫韶九成,鳳凰來儀。"

〔五〕王子晉:列仙傳卷上王子喬:"王子喬者,周靈王太子晉也。好吹笙,作鳳凰鳴。游伊、洛之間,道士浮丘公接以上嵩高山。"

〔六〕周琦:字子奇,金華人。參見鐵崖游橫澤記注。

〔七〕靈岩:即靈岩山;虎阜,即虎丘,皆在蘇州。

〔八〕張貞居:即張雨。參見本卷奔月叵歌。

〔九〕倪元鎮:名瓚。參見東維子文集卷七兩浙作者序注。

〔十〕顧仲瑛:參見東維子文集卷七玉山草堂雅集序注。

〔十一〕張簡:明張昶撰吳中人物志卷九云:"張簡字仲簡,少爲黃冠師,號白羊山樵。元末兵起,以養母歸,遂返初服。有集,金華王禕序之,稱其類韋、柳。或謂其有盛唐氣象。其知言哉!"又,元詩選三集卷十五張簡:"吳人。初師張伯雨爲黃冠,自稱雲丘道人,隱居鴻山。元季兵亂,以母老歸養,遂返巾服,又號白羊山樵。洪武二年,召修元史。玉山主人謂仲簡作詩淡雅,有陶、韋風。楊鐵崖謂仲簡詩工韋、柳。翰墨無俗氣,而暗合書法。自詩名益著,而字畫因之而并行。"按:張簡與鐵崖、顧瑛友善,常寫詩由鐵崖寄顧瑛。參見草堂雅集卷十一、西湖竹枝詞、列朝詩集甲前集白羊山樵張簡。

〔十二〕郊九成:名韶。參見東維子文集卷七郊韶詩序注。

〔十三〕丹山:產鳳之山。呂氏春秋本味:"流沙之西,丹山之南,有鳳之丸,沃民所食。"亦作丹穴,詳山海經南山經。

〔十四〕"曾侍"二句:漢班固撰漢武帝内傳:"王母乃命侍女王子登彈八琅之璈,又命侍女董雙成吹雲和之笙。"

〔十五〕洞口桃花:用劉晨阮肇入天台採藥,望見桃樹,後遇仙女事。見劉義慶幽明録。按古常將此事與陶淵明桃花源記事混用,故云"洞口桃花"。

〔十六〕二女: 參見上卷湘靈操注。

〔十七〕十三哀弦: 古箏共十三弦。宋張先菩薩蠻詠箏:"哀箏一弄湘江曲,聲聲寫盡湘波緑。纖指十三弦,細將幽恨傳。"

〔十八〕謝玄卿: 唐沈汾續仙傳琅玕樹:"謝玄卿遇神仙,見丹柯碧葉,微風時叩,五音相節,云此琅玕樹也……又彈八琅之璬,叢霄之笙,擊洞陰之磬,奏元鈞之歌,作迴鸞轉鳳之舞。"(録自宋朱勝非紺珠集卷二。)

蹋踘篇　爲劉娘賦也〔一〕

其一

江南女兒花娟娟,五花繡出葵花圓〔二〕,蹋花上下雙文鴛。雙文鴛,玉連瑣①〔三〕。鬢斜斜,馬初墮〔四〕。

其二

金鞭齊停馬上郎,落花旋風打毬場,綉輪擲過東家牆〔五〕。東家牆,噪雙燕。平頭奴,搖便面〔六〕。

【校】

① 瑣: 陳善學刊本作"鎖"。

【箋注】

〔一〕詩撰於元至正四年(一三四四)至八年之間,其時鐵崖游寓杭州、湖州、蘇州一帶,授學爲生。繫年依據參見本卷君家曲。蹋踘: 即蹴鞠。荊楚歲時記:"按劉向別録曰: 寒食蹴鞠,黄帝所造,本兵勢也。或云起於戰國。案鞠與毬同,古人蹋蹴以爲戲也。"劉娘: 疑指劉叔芳。鐵崖有蹋踘歌贈劉叔芳詩(載鐵崖先生詩集十集辛集),詩中亦稱之爲"劉娘"。

〔二〕五花繡出葵花圓: 蹋踘所用彩毬,常繡有五花。

〔三〕玉連瑣: 指縫合精美。

〔四〕"鬢斜斜"二句: 指墮馬鬢。袁華曾和此詩曰:"冶家女兒鬢偏梳。"蓋當時女子髮式流行斜鬢。又,崔豹古今注卷下雜注:"長安婦人好爲盤桓鬢,到於今其法不絶。墮馬鬢,今無復作者。倭墮鬢,一云墮馬之餘形也。"

〔五〕繡毬：指蹴踘所用彩毬。

〔六〕便面：一種扇子。<u>李白</u>梁園吟："平頭奴子搖大扇，五月不熱疑清秋。"又，<u>漢書</u><u>張敞</u>傳："然<u>敞</u>無威儀，時罷朝會，過走馬<u>章臺街</u>，使御吏驅，自以便面拊馬。"<u>顏師古</u>注："便面，所以障面，蓋扇之類也。不欲見人，以此自障面則得其便，故曰便面，亦曰屏面。今之沙門所持竹扇，上衺平而下圜，即古之便面也。"

邯鄲美①〔一〕 爲趙娘賦也

其一

<u>邯鄲</u>市上美人家，美人小襪青月牙，繡靴對着平頭鴉〔二〕。平頭鴉，蹋塲下。包銀壺〔三〕，馱細馬〔四〕。

其二

裙翻柳脚垂青空，水花吹亂秋夫容，須臾氣喘如渴虹。如渴虹，索銀甖〔五〕。轉轆轤，飲金井。

> <u>吳復</u>曰："今人作今樂府，其句有三急搶之難〔六〕，古樂府亦然。先生賦蹴踘篇四首〔七〕，稱一時寡和者，以詠物之詞爲難，而末三搶之句爲尤難也。時和篇惟<u>汝昜</u><u>袁華</u>爲先生所取②〔八〕。"

> "已上凡三十首。<u>重光</u>、<u>三訣</u>，使之生有所保，死有所遺。餘則雜以宴樂之作，而知神仙貴富之有不足恃者也。然其宴樂之中，則又有戒者存焉。"

【校】

① 邯鄲美之"美"，<u>陳善學</u>刊本、<u>明鈔楊維禎詩集</u>本皆作"弄"。

② 原本附錄<u>袁華</u>和詩四首，此處不載，見本書附錄。

【箋注】

〔一〕本組詩兩首讚美蹴鞠女子<u>趙娘</u>，蓋與本卷蹴踘篇兩首作於同時，即撰於<u>元</u><u>至正</u>四年（一三四四）至八年之間，其時<u>鐵崖</u>游寓<u>杭州</u>、<u>湖州</u>、<u>蘇州</u>一帶，授學爲生。繫年依據參見詩後<u>吳復</u>跋語，以及本卷君家曲。

〔二〕平頭鴉：蓋指鴉頭襪。<u>李太白全集</u>卷二十五越女詞五首之一："屐上足如霜,不着鴉頭襪。"元張憲撰玉笥集卷三子夜吴聲四時歌之三:"白苧鴉頭襪,紅綾錦鞠靴。"

〔三〕包銀壺:疑指趙娘所穿錦靴。袁華和此詩曰:"女郎娟娟柳腰肢,錦靴鞠束青夫蘲。"

〔四〕細馬:即良馬。舊唐書職官志三:"凡馬,有左右監,以別其粗良,以數紀名,著之簿籍。細馬稱左,粗馬稱右。"

〔五〕銀瘦:蓋指打水或飲水所用器皿。

〔六〕三急搶:指曲中急三槍,爲仙吕入雙調,中有句韻密短促。

〔七〕蹋踘篇四首:指本卷蹋踘篇兩首、邯鄲美兩首。

〔八〕袁華:崑山州人。鐵崖弟子。參見鐵崖撰可傳集序注。

卷三　鐵崖先生古樂府卷三

卷三　鐵崖先生古樂府卷三

皇娲補天謡〔一〕

盤皇開天露天醜〔二〕,夜半天星墮天狗〔三〕。璇樞缺壞奔星斗〔四〕,輪雞環兔愁飛走〔五〕。聖娲巧手煉奇石〔六〕,飛廉鼓鞲虞淵赤〔七〕。紅絲穿餅補天穿①〔八〕,太虛一碧玻璨色。輻旋轂轉②四極正,高蓋九重縣水鏡。三光不凋河不洩,天上神仙宅金闕。當時坤母亦在傍〔九〕,下拾殘灰補地裂。

【校】

① 穿:陳善學刊本、樓氏鐵崖樂府注本作"空"。

② 樓氏鐵崖樂府注本注曰:"轂轉,一本作'轂莫'。"

【箋注】

〔一〕皇娲:即女娲。按:陳善學刊本將本詩置於卷一之首,詩題下有小字注曰:"牛鬼蛇神,酷類長吉。"

〔二〕盤皇開天:藝文類聚卷一天部:"徐整三五曆紀曰:天地混沌如雞子,盤古生其中,萬八千歲。天地開闢,陽清爲天,陰濁爲地,盤古在其中,一日九變,神於天,聖於地,天日高一丈,地日厚一丈,盤古日長一丈,如此萬八千歲。天數極高,地數極深,盤古極長。"

〔三〕天狗:晉書天文志二流星:"天狗,狀如大奔星,色黃,有聲。其止地,類狗所墜,望之如火光,炎炎衝天。其上銳,其下員,如數頃田處。"

〔四〕璇樞:史記天官書:"北斗七星,所謂'旋、璣、玉衡以齊七政',杓攜龍角,衡殷南斗。"孟康注曰:"杓,北斗杓也。龍角,東方宿也。"

〔五〕雞:喻指太陽。兔:喻指月亮。

〔六〕聖娲:即女娲。淮南子覽冥訓:"往古之時,四極廢,九州裂,天不兼覆,地不周載,火爁炎而不滅,水浩洋而不息,猛獸食顓民,鷙鳥攫老弱。於是女娲鍊五色石以補蒼天,斷鼇足以立四極,殺黑龍以濟冀州,積蘆灰以止淫水。蒼天補,四極正,淫水涸,冀州平,狡蟲死,顓民生。"

〔七〕飛廉：或曰風神，見藝文類聚卷一天部引風俗通。或謂“能致風氣”之神禽，參見漢書武帝紀應劭注。虞淵：相傳爲日入之處。參見漢書揚雄傳應劭注。

〔八〕紅絲穿餅：歲時廣記卷一繫煎餅：“江東俗號正月二十日爲‘天穿日’，以紅縷繫煎餅餌置屋上，謂之補天穿。”

〔九〕坤母：蓋指土地神。

上元夫人 爲玉山題張渥畫〔一〕

仙人在世間，招之還可來。何用三韓外〔二〕，樓船訪蓬萊〔三〕？颯然精爽合，偕入東華臺〔四〕。怖我以蛇虎，令我心死灰〔五〕。叔卿忽見鄙〔六〕，瑤池仍復回。已遺滈①池璧〔七〕，尚獻新垣盃〔八〕。金棺不煉骨，空令後人猜〔九〕。君不見易招天上三天母〔十〕，難脱人間五性胎〔十一〕。

【校】

① 滈：原本作“鎬”，據樓氏鐵崖樂府注本改。

【箋注】

〔一〕詩作於元至正八年(一三四八)春。繫年依據：本詩題下小字注曰：“爲玉山題張渥畫。”玉山即顧瑛，張渥乃元末文人畫師，二人皆鐵崖好友。至正八年二、三月間，鐵崖、張渥等應邀赴顧瑛玉山草堂雅集，張渥還爲作畫。且當時鐵崖爲顧瑛玉山草堂座上賓，經常應邀爲之鑒畫題詩，本詩蓋亦作於此際。參見鐵崖撰桃源雅集圖志(載佚文編)。上元夫人：據漢武帝内傳，其名阿環，統領十方玉女名錄。參見鐵崖文集卷五夢鶴幻仙像贊。

〔二〕三韓：大約指朝鮮半島。後漢書東夷傳：“韓有三種：一曰馬韓，二曰辰韓，三曰弁辰。馬韓在西，有五十四國，其北與樂浪、南與倭接。辰韓在東，十有二國，其北與濊貊接。弁辰在辰韓之南，亦十有二國，其南亦與倭接。”

〔三〕“樓船”句：史記秦始皇本紀：“齊人徐市等上書，言海中有三神山，名曰蓬萊、方丈、瀛洲，僊人居之。請得齋戒，與童男女求之。於是遣徐市發童男女數千人，入海求僊人。”

〔四〕東華臺：相傳在東海方諸山上，青童君常於丁卯日登臺。參見真誥卷九。

〔五〕“怖我”二句：後漢書費長房傳：“（費長房）遂隨從（壺公）入深山，踐荆棘於群虎之中。留使獨處，長房不恐。又卧於空室，以朽索懸萬斤石於心上，衆蛇競來齧索，且斷，長房亦不移。翁還，撫之曰：‘子可教也。’復使食糞，糞中有三蟲，臭穢特甚，長房意惡之。翁曰：‘子幾得道，恨於此不成，如何！’長房辭歸。”

〔六〕叔卿：神仙傳卷八衛叔卿：“衛叔卿者，中山人也，服雲母得仙。漢元封二年八月壬辰，孝武皇帝閒居殿上，忽有一人乘雲車、駕白鹿，從天而下，來集殿前……帝乃驚問曰：‘爲誰？’答曰：‘吾中山衛叔卿也’帝曰：‘子若是中山人，乃朕臣也，可前共語。’叔卿本意謁帝，謂帝好道，見之必加優禮……於是大失望，默然不應，忽焉不知所在。帝甚悔恨。”

〔七〕滈池璧：史記秦始皇本紀：“（三十六年）秋，使者從關東夜過華陰平舒道，有人持璧遮使者，曰：‘爲吾遺滈池君。’因言曰：‘今年祖龍死。’使者問其故，因忽不見，置其璧去。”

〔八〕新垣盃：史記封禪書：“新垣平使人持玉杯，上書闕下獻之。平言上曰：‘闕下有寶玉氣來者。’已視之，果有獻玉杯者，刻曰‘人主延壽’……人有上書告新垣平所言氣神事皆詐也。下平吏治，誅夷新垣平。自是之後，文帝怠於改正朔服色神明之事。”

〔九〕“金棺”二句：李太白全集卷二古風之三：“徐市載秦女，樓船幾時回。但見三泉下，金棺葬寒灰。”王琦注：“史記：葬始皇驪山。始皇初即位，穿治驪山。及并天下，天下徒送詣七十餘萬人，穿三泉，下銅而致棺。韓非子：死者始死而血，已血而衂，已衂而灰，已灰而土。”按：煉骨，道士學仙養生法。

〔十〕三天母：據漢武帝內傳，上元夫人乃三天真皇之母。

〔十一〕五性胎：漢武帝內傳：“上元夫人謂帝曰：‘女好道乎？聞數招方士祭山嶽，祠靈神，禱河川，亦爲勤矣，而不獲者，實有由也。女胎性暴，胎性奢，胎性淫，胎性酷，胎性賊，五者恒舍於榮衛之中、五藏之内。’”

毛女①〔一〕

沙丘腥風吹腐龍②〔二〕，華陰毛女③藏雙魚〔三〕（叶“農”）。宮中雨露不可食，湌④松唊柏留春容。桃花流水迷紅霧⑤，十二峰頭度朝莫⑥〔四〕。自是嬋娟有仙骨,入海徐郎豈知故〔五〕?衣沐雨,鬟櫛風,槲葉楚楚山花紅。秦樓⑦舊鏡掩明月,咸陽目送雙飛鴻。

【校】

① 鐵崖先生詩集辛集本題作題毛女,明鈔楊維楨詩集本題作毛女祠。

② "沙丘"句:明鈔楊維楨詩集本作"海風醒,吹腐龍"。

③ 女:鐵崖先生詩集辛集本、明鈔楊維楨詩集本作"竹"。

④ 飡:明鈔楊維楨詩集本作"啖"。

⑤ "桃花流水"句:明鈔楊維楨詩集本作"乘彤雲,挾紅霧"。

⑥ 度:鐵崖先生詩集辛集本作"變"。

⑦ 樓:明鈔楊維楨詩集本作"宮"。

【箋注】

〔一〕鐵崖先生詩集辛集本題下有小字注曰:"列仙傳:毛女字玉姜,秦宮人。入華陰山中,形生毛。"又,陳善學刊本於題下附評語:"置之二李中,誰復能辨!"

〔二〕"沙丘"句:史記秦始皇本紀:"始皇崩於沙丘平臺。……會暑,上輼車臭。乃詔從官令車載一石鮑魚,以亂其臭。"腐龍,因始皇稱"祖龍",故云。

〔三〕毛女:列仙傳卷下毛女:"毛女者,字玉姜,在華陰山中,獵師世世見之,形體生毛。自言秦始皇宮人也,秦壞,流亡入山避難。遇道士谷春,教食松葉,遂不飢寒,身輕如飛。百七十餘年,所止巖中有鼓琴聲云。"雙魚:歷世真仙體道通鑑後集卷二毛女:"一云有魚道超、魚道遠者,皆秦時之女真,入武夷山隐焉。後人常常見之。其地四圍皆生毛竹,故人因毛竹而亦呼此二魚爲毛女。"

〔四〕十二峰:宋祝穆撰方輿勝覽卷五十七夔州路:"十二峰,在巫山。曰望霞、翠屏、朝雲、松巒、集仙、聚鶴、浄壇、上昇、起雲、飛鳳、登龍、聖泉。其下即巫山神女廟。"

〔五〕徐郎:指徐市,"市"或作"福"。參見東維子文集卷二十小蓬萊記。

鏗鏘詞〔一〕

殷有賢大夫,黃髮眉雙白。男女欲不絶〔二〕,飲食穀不辟。四十九室家,五十二嗣息[三]。豈是山澤癯[四],嚥漱煉精魄。廣成至道本自然[五],有人得之同壽域。君不見孔子竊比我老彭[六],老彭之壽稱以德。

【箋注】

〔一〕詩撰於元至正四年(一三四四)至八年之間,其時鐵崖游寓杭州、湖州、蘇州一帶,授學爲生。繫年依據參見鐵崖先生古樂府卷二君家曲。籛鏗:即彭祖。神仙傳卷一彭祖:"彭祖者,姓籛名鏗,帝顓頊之玄孫。至殷末世,年七百六十歲而不衰老。少好恬静,不恤世務,不營名譽,不飾車服,唯以養生治身爲事。殷王聞之,拜爲大夫。"

〔二〕"男女"句:神仙傳卷一彭祖:"又有采女者,亦少得道,知養形之方,年二百七十歲,視之年如十五六……采女再拜,請問延年益壽之法。彭祖曰:'……所傷人者甚衆,而獨責於房室,不亦惑哉!男女相成,猶天地相生也。所以導養神氣,使人不失其和。天地得交接之道,故無終竟之限。人失交接之道,故有殘折之期。能避衆傷之事,得陰陽之術,則不死之道也。'"

〔三〕"四十九室家"二句:彭祖自稱"喪四十九妻,失五十四子",詳見神仙傳卷一彭祖。

〔四〕山澤癯:喻指有道術者。漢書司馬相如傳下:"列僊之儒居山澤間,形容甚臞。"

〔五〕廣成至道:莊子闡釋較詳。莊子在宥:"黃帝立爲天子十九年,令行天下。聞廣成子在於空同之上,故往見之……再拜稽首而問曰:'聞吾子達於至道,敢問治身奈何而可以長久?'廣成子蹶然而起,曰:'善哉問乎!來,吾語女至道。至道之精,窈窈冥冥。至道之極,昏昏默默。無視無聽,抱神以静,形將自正。必静必清,無勞女形,無摇女精,乃可以長生。'"

〔六〕"君不見"句:論語述而:"子曰:'述而不作,信而好古,竊比於我老彭。'"

大唐鍾山進士歌[一]

睛如猫,鬚如茅,烏靴白簡鴨色①袍。元是鍾山老馗唐進士,感君之賜何以酬君勞。雖生不得②禄,誓死爲鬼豪。老馗血食豈敢饕,宮中飽食有袄③耗,擘而啖之如啖螯[二]。烏乎若人使立朝,殿前秉笏山動搖。銜花有大耗〔三〕,竊笛有大祅〔四〕,肯使白晝見之而不梟? 爾祅爾耗,根深蒂牢。君王養之,既奢且驕。跳河蹴隴,翻天之杓。烏乎老馗胡④可招,烏乎老馗胡可招!

【校】

① 色: 陳善學刊本作"綠"。

② 得: 詩淵本無。

③ 祅: 陳善學刊本作"妖"。下同。

④ 胡: 詩淵本作"不"。下同。

【箋注】

〔一〕大唐鍾山進士: 指鍾馗。雅尚齋遵生八牋卷三春時逸事畫鍾馗:"唐有虛耗小鬼,空中竊取人物,鍾南山進士鍾馗能捉之,以剜其目,劈而啗之。故當正月圖之以厭鬼。"

〔二〕"宮中"二句: 唐逸史:"明皇開元講武驪山,翠華還宮,上不悦,因痁疾作,晝夢一小鬼,衣絳犢鼻,跣一足,履一足,腰懸一履,搢一筠扇,盜太真繡香囊及上玉笛,繞殿奔戲上前……俄見一大鬼,頂破帽,衣藍袍,繫角帶,靸朝靴,徑捉小鬼。先剜其目,然後擘而啖之。上問大者:'爾何人也?'奏云:'臣終南山進士鍾馗也。因武德中應舉不捷,羞歸故里,觸殿階而死。是時奉旨賜綠袍以葬之。感恩發誓,與我王除天下虛耗妖孽之事。'言訖,夢覺,痁疾頓瘳。乃詔畫工吳道子曰:'試與朕如夢圖之。'道子奉旨,恍若有睹,立筆成圖進呈。"(天中記卷四春)

〔三〕銜花大耗: 指安禄山。宋劉斧青瑣高議前集卷六驪山記:"近侍又貢一尺黃,乃山下民王文仲所接也,花面幾一尺,高數寸,祇開一朵,鮮豔清香,絳幃籠日,最愛護之。一日,宮妃奏帝云:'花已爲鹿銜去,逐出宮牆不見。'……當時有佞人奏云:'釋氏有鹿銜花以獻金仙。帝園有此花,佛土未有耳。'……殊不知禄山游深宮,此其應也。"

〔四〕竊笛大祅: 指楊貴妃。參見上卷内人吹篴詞注。

大人詞〔一〕

有大人,曰鐵牛。絳人甲子不能記〔二〕,曾識庖犧獸尾而蓬頭〔三〕。

見煉石之女補天漏,涿鹿之帝殺蚩尤[四]。上與伊周相幼主[五],下與孔孟游列侯。衣不異,糧不休。男女欲不絶,黄白術不修。其身備萬物[六],成春秋。故能後天身①不老,揮斥八極隘九州[七]。太上君,西化人[八],自謂出於②無始劫[九],蕩乎宇宙如虚舟,其生爲浮死爲休。安知大人自消息,天子③不能子,王公不能儔,下顧二子真蜉蝣[十]。

　　　　吳復曰:"馬相如有大人賦[十一],侈神仙事;劉伶有大人頌[十二],侈麯蘗事。先生此詞則效陸象山④之作也[十三],而隱然排斥二教於言意之表,大人之得道者可知已。先生詩兼衆體,此體又當於李、杜之外求之。"

【校】

① 身:原本無,據樓氏鐵崖樂府注本增補。

② 於:原本無,據樓氏鐵崖樂府注本增補。

③ 原本有小字注於題下曰:"天子,或作'天地'。"

④ 山:原本作"仙",據樓氏鐵崖樂府注本改。

【箋注】

〔一〕詩撰於元至正六年(一三四六)前後,其時鐵崖游寓湖州、蘇州一帶,授學爲生。繫年依據參見鐵崖先生古樂府卷二曰重光行。

〔二〕絳人:指春秋所述絳縣人。左傳魯襄公三十年:"二月癸未,晉悼夫人食輿人之城杞者。絳縣人或年長矣,無子,而往與於食。有與疑年,使之年。曰:'臣,小人也,不知紀年。臣生之歲,正月甲子朔,四百有四十五甲子矣。其季於今,三之一也。'"

〔三〕庖犧:即伏羲。

〔四〕"涿鹿"句:蚩尤作亂,黄帝率諸侯軍征伐,戰於涿鹿之野,遂擒殺之。詳見史記五帝本紀。

〔五〕伊、周:即伊尹、周公。

〔六〕身備萬物:孟子盡心:"孟子曰:'萬物皆備於我矣。反身而誠,樂莫大焉。'"

〔七〕"揮斥"句:莊子田子方:"伯昏無人曰:'夫至人者,上窺青天,下潛黄泉,揮斥八極,神氣不變。'"

〔八〕西化人:當指佛教傳説人物。翻譯名義集寺塔壇幢:"周穆王時,文殊、目連來化,穆王從之,即列子所謂化人者是也。"

〔九〕無始:太古。陳子昂感遇詩之七:"茫茫吾何思?林臥觀無始。"

〔十〕二子：指佛、道二教之“西化人、太上君”。

〔十一〕馬相如：即司馬相如。司馬相如大人賦載史記司馬相如列傳。

〔十二〕大人頌：指魏晉時人劉伶所撰酒德頌（載文選卷四十七）。按：因酒德頌開篇曰“有大人先生”，故又稱大人頌。

〔十三〕陸象山：南宋陸九淵。陸九淵字子靜，自號象山翁。陸九淵集卷三十六年譜引陸氏語：“宇宙便是吾心，吾心即是宇宙。東海有聖人出焉，此心同也，此理同也。西海有聖人出焉，此心同也，此理同也。南海、北海有聖人出焉，此心同也，此理同也。千百世之上至千百世之下，有聖人出焉，此心此理，亦莫不同也。”

道人歌〔一〕

　　道人飛來朗風岑〔二〕，玄都上下①三青禽〔三〕。榑桑已作青海②斷，黿丘又逐羅浮沉〔四〕。初見蜍精生月腹〔五〕，前身③搗藥婆娑陰〔六〕。還仙服食終恍惚，天上仙骸成積林。手持女媧百煉笛〔七〕，笛中吹破天地心。天地心，何高深。八千歲，無知音。

【校】

① 原本有小字注於題下，曰：“上下，或作‘上有’。”

② 原本有小字注於題下，曰：“青海，或作‘東海’。”

③ 原本有小字注於題下，曰：“前身，或作‘前來’。”

【箋注】

〔一〕詩撰於元至正四年（一三四四）至八年之間，其時鐵崖游寓杭州、湖州、蘇州一帶，授學爲生。繫年依據參見鐵崖先生古樂府卷二君家曲。

〔二〕朗風：即閬風，在崑崙山頂，神仙所居。見海內十洲記崑崙。李白擬古詩之十：“仙人騎彩鳳，昨下閬風岑。”

〔三〕三青禽：指西王母之三青鳥。參見上卷三青鳥注。

〔四〕羅浮：明韓晃羅浮野乘卷一全圖説：“羅、浮二山合體，謂之羅浮，在（廣東）博羅、增城二縣之界。高三千六百丈，七十石室，七十長溪，周回三百三十七里。浮山本蓬萊一峰，堯時洪水，泛海來傅羅山，崖巘巧湊，故合名之。”又，溫州北亦有羅浮山。太平寰宇記卷九十九江南東道十一溫州：“羅浮山，在州北八里。高三十丈。永嘉記云，此山秦時從海中浮來。”

〔五〕“初見”句：唐段成式酉陽雜俎卷一天咫：“舊言月中有桂，有蟾蜍，故異書言月桂高五百丈，下有一人常斫之，樹創隨合。人姓吳名剛，西河人，學仙有過，謫令伐樹。”

〔六〕“前身”句：韓愈月蝕詩效玉川子作：“依前使兔操杵臼，玉階桂樹閒婆娑。”又，藝文類聚卷一天部月：“張衡靈憲曰：‘月者，陰精之宗，積而成獸，象蟾兔。’又曰：‘姮娥奔月，是爲蟾蜍。’……傅咸擬天問曰：‘月中何有？白兔擣藥。’”

〔七〕女媧：參見本卷皇媧補天謠注。

龍王嫁女辭[一]

海濱①有大小龍，拔水而飛、雷車挾之以行者，海老謂之龍王嫁女。故賦此辭，補龍姑樂府②。率匡山人同賦[二]。

小龍啼春大龍惱，海田雨落成沙砲。天吳擘山成海道[三]，鱗車魚馬③紛來到。鳴鞘聲隱佩鏘琅，璚姬玉女桃花妝。貝宮美④人笄十八，新嫁南山白石郎[四]。西來態盈慶春婿[五]，結子蟠桃不論歲。秋深寄字湖龍姑，蘭香廟下一雙魚[六]。

吳復曰：“匡山人者，于立彥成也。立和先生之辭曰：東方龍君嫁龍女，雷車彭彭載風雨。神奸夜邀髑髏語，碧草無光愁露渚。鮫宮綃寒珠淚泣，鸞裙行烟翠痕濕。阿環嬌小不成妝，帝子霜田⑤作湯邑。胭脂紫⑥土吹海腥，陽侯擘浪玻璿聲。湖邊地皮薄如紙，長堤卷作長江水。”

【校】

① 濱：明鈔楊維楨詩集本作“中”。
② 補龍姑樂府：原本無，據明鈔楊維楨詩集本增補。又，以下“率匡山人同賦”一句，明鈔楊維楨詩集本無。
③ 馬：明鈔楊維楨詩集本作“鳥”。
④ 美：明鈔楊維楨詩集本作“夫”。
⑤ 原本有注：“霜田，或作‘桑田’。”

⑥ 紫：列朝詩集本作“蒙”。

【箋注】

〔一〕詩作於元至正七年(一三四七)前後,其時鐵崖寓居姑蘇,授學爲生。繫年
　　依據：本詩引言曰“率匡山人同賦”,匡山人即于立。至正七、八年間,鐵
　　崖常應邀赴崑山,做客玉山草堂,與于立等交往唱酬頗多。本詩當亦作於
　　此時。

〔二〕匡山人：十六卷本玉山草堂雅集卷十三：“于立字彦成,南康之廬山人。
　　故宋名將家。幼明敏,博學,善談笑。學道會稽山中。得石室藏書,遂以
　　詩酒放浪江湖間。長吟短咏,有二李風。多游吳中,與予特交善,故於玉
　　山草堂有行窩焉。法書名畫題品居多,楊鐵崖先生以爲如行雲流水,無所
　　凝滯,游方之外者也。”按：鐵崖編西湖竹枝集載于立竹枝詞二首,參見西
　　湖竹枝集。

〔三〕天吳：山海經卷九海外東經：“朝陽之谷,神曰天吳,是爲水伯。在蚩蚩北
　　兩水間。其爲獸也,八首人面,八足八尾,皆青黃。”

〔四〕白石郎：神仙傳卷一白石生：“白石生者,中黃丈人弟子也。至彭祖之時,
　　已年二千餘歲矣。不肯修昇仙之道,但取於不死而已,不失人間之樂。其
　　所據行者,正以交接之道爲主,而金液之藥爲上也。初患家貧身賤,不能
　　得藥,乃養猪牧羊十數年,約衣節用,致貨萬金,乃買藥服之。常煮白石爲
　　糧,因就白石山居,時人號曰白石生。亦時食脯飲酒,亦時食穀。日能行
　　三四百里。視之色如三十許人。”元左克明古樂府卷六白石郎曲：“白石
　　郎,臨江居,前導江伯後從魚。積石如玉,列松如翠。郎豔獨絶,世無
　　其二。”

〔五〕態盈：相傳爲西王母女兒。參見唐牛僧孺撰玄怪錄卷三巴邛人。

〔六〕蘭香：前蜀杜光庭墉城集仙錄卷五杜蘭香：“杜蘭香者,不知何許人也。
　　有漁父者,於湘江洞庭投綸自給,一旦,於洞庭之岸聞兒啼哭聲,四顧無
　　人,惟三歲女子在於岸側,漁父憐而舉之還家。養育十餘歲,天姿奇
　　偉……忽有青童靈人自空玄而下,來集其家,攜女而去。臨升天,謂其父
　　曰：‘我仙女杜蘭香也,有過謫于人間,玄期有限,今將去矣。’於是凌空而
　　去,自後時亦還家。其後於洞庭包山降張碩家。碩蓋修道者也,蘭香降之
　　三年,授以舉形飛化之道,碩亦得仙。”一雙魚：漢魏六朝百三家集卷十九
　　飲馬長城窟行：“客從遠方來,遺我雙鯉魚。呼童烹鯉魚,中有尺素書。”

修月匠①〔一〕 并序

按酉陽雜俎〔二〕，太和初，有王秀才游嵩山，迷道。見一人枕幞而坐，曰：“君知月乃七寶合成乎？月勢如丸，其影，則日爍其凹處也。常有八萬三千户修之，予即一數。”因作修月匠歌。

天公弄丸七寶鈿，脆如②琉璃拆如綫。月中斤人八萬户，敕賜仙厨璃屑飯。什什伍伍入杳冥，妙手持天輕欲旋。千斤寶斧運化鈎，混沌皮開精魄見。羿家奔娥太輕脱〔三〕，須臾蹴破蓮花瓣。十二山河影碎中，輪郭重完冰一片。縹緲長懸玉臼飛〔四〕，堅牢永結③妖蟆患。封辭何用蠍虱臣〔五〕，功成萬古蒙天眷。一歸蘭路④不知年，兔子花開三萬遍。

【校】

① 列朝詩集甲集前編第七之下亦載此詩，據以校勘。修月匠：陳善學刊本題作修月斧，列朝詩集本、樓氏鐵崖樂府注本題作修月匠歌。

② 如：陳善學刊本作“其”。

③ 結：陳善學刊本作“絶”。

④ 蘭路：原本及列朝詩集本、樓氏鐵崖樂府注本皆有小字注：“一作‘蘭詔’。”

【箋注】

〔一〕詩撰於元至正四年（一三四四）至八年之間，其時鐵崖游寓杭州、湖州、蘇州一帶，授學爲生。繫年依據參見鐵崖先生古樂府卷二君家曲。

〔二〕酉陽雜俎：筆記小説集，唐段成式撰。按：本詩序言摘自酉陽雜俎前集卷一天咫，然文字有出入。

〔三〕羿：后羿。娥：嫦娥。晉干寶搜神記卷十四：“羿請無死之藥於西王母，嫦娥竊之以奔月。”

〔四〕玉臼：玉兔擣藥所用。參見本卷道人歌。

〔五〕蠍虱臣：唐代詩人盧仝自稱。盧仝月蝕詩：“嗚呼，人養虎，被虎嚙。天媚蟆，被蟆瞎。乃知恩非類，一一自作孽……玉川子又涕泗下，心禱再拜額榻沙土中，地上蠍虱臣仝告訴帝天皇。臣心有鐵一寸，可剜妖蟆癥腸。”

夢游滄海歌[一]

東海之東去國十萬里,其洲名滄洲。地方五百里,上有璚濤玉浪出没九岫如羅浮[二]。風光長如二三月,琪花玉樹不識人間秋。人鳥戲天鹿,昆吾鳴天球。橘子如斗[三],蓮葉如舟[四]。白鳳如雞,紅鱗如牛。青瞳緑髮紫綺裘①,日夕洲上相嬉游。鐵崖道人隘九州,凌風一舸來東漚。始青天開月如雪,錦袍著以黄金樓。樓中仙人睨物表,瑶笙引鶴緱山頭[五]。戲弄玉如意,擊碎珊瑚鈎[六]。相招元處士,浩歌海西流[七]。長梯上摘七十二朵之青菡萏,玉龍呼耕三萬六千頃之崑崙丘[八]。黄河青淺眼中見[九],海屋老人爲我添新籌[十]。

【校】

① 列朝詩集甲集前編第七之下亦載此詩,據以校勘。裘:原本作“聚”,據列朝詩集本、樓氏鐵崖樂府注本改。

【箋注】

〔一〕詩撰於元至正四年(一三四四)至八年之間,其時鐵崖游寓杭州、湖州、蘇州一帶,授學爲生。繫年依據參見鐵崖先生古樂府卷二君家曲。

〔二〕羅浮:山名。參見本卷道人歌。

〔三〕橘子如斗:唐牛僧孺玄怪録卷三巴邛人:“有巴邛人,不知姓名,家有橘園。因霜後,諸橘盡收,餘有兩大橘,如三斗盎。巴人異之……剖開,每橘有二老叟,鬚眉皤然,肌體紅明,皆相對象戲。”

〔四〕蓮葉如舟:相傳太乙真人所乘乃蓮葉舟。參見鐵崖先生古樂府卷十小游仙之六注。

〔五〕引鶴緱山:王子喬故事。列仙傳卷上王子喬:“王子喬者,周靈王太子晉也。好吹笙,作鳳凰鳴。游伊、洛之間,道士浮丘公接以上嵩高山。三十餘年後,求之於山上,見栢良曰:‘告我家七月七日待我於緱氏山巔。’至時,果乘白鶴駐山頭,望之不得到。舉手謝時人,數日而去。”

〔六〕擊碎珊瑚鈎:寓豪富石崇故事。南朝宋劉義慶世説新語汰侈:“石崇與王愷爭豪,并窮綺麗,以飾輿服。武帝,愷之甥也,每助愷,嘗以一珊瑚樹高二尺許賜愷,枝柯扶疏,世罕其比。愷以示崇,崇視訖,以鐵如意擊之,應手而碎。”

〔七〕“相招元處士”二句：疑針對元好問詩而發。元好問鎮州與文舉百一飲曰：“日月盡隨天北轉，古今誰見海西流？”

〔八〕“長梯上摘”二句：分别喻指太湖七十二峰、三萬六千頃之太湖。

〔九〕黄河青淺：神仙傳卷三王遠：“王遠字方平，東海人也……因遣人召麻姑相問，亦莫知麻姑是何神也。……麻姑自説：‘接待以來，已見東海三爲桑田。向到蓬萊，水又淺於往者，會時略半也，豈將復還爲陵陸乎？’”

〔十〕海屋老人：宋蘇軾東坡志林卷二：“嘗有三老人相遇，或問之年。一人曰：‘吾年不可記，但憶少年時與盤古有舊。’一人曰：‘海水變桑田時，吾輒下一籌，爾來吾籌已滿十間屋。’一人曰：‘吾所食蟠桃，棄其核於崑崙山下，今已與崑崙齊矣。’”

璚臺曲〔一〕

璚臺之山三萬八千丈〔二〕，上有①璚臺十二高崚嶒。草有三秀之英可藥②疾〔三〕，樹有千歲之實能③長生。神人白面長眉青④，玉笙吹春⑤雙鳳鳴〔四〕。恍⑥然見我驚呼名，授我以靈虚之簧和飛瓊〔五〕，約我一雙玉杵臼〔六〕，重見西熊盈⑦〔七〕。剛風吹墮白雪精，一念老作河⑧姑星〔八〕。赤城老人在何處〔九〕？何以遺我九節藤〔十〕，拄到璚臺十二層！

【校】

① 天台勝迹録卷三亦載此詩，據以校勘。上有：天台勝迹録本無。

② 英：天台勝迹録本作“芝”。藥：原本作“樂”，據陳善學刊本、天台勝迹録本、樓氏鐵崖樂府注本改。

③ 能：天台勝迹録本作“可”。

④ 青：天台勝迹録本無。

⑤ 春：天台勝迹録本無。

⑥ 恍：原本作“曉”，據陳善學刊本改正。

⑦ 熊：題下小字注曰“熊，作熊”。陳善學刊本作“熊”。

⑧ 河：天台勝迹録本作“阿”。

【箋注】

〔一〕詩當作於元至正八年（一三四八）夏秋之間，其時鐵崖寓居姑蘇，授學爲
　　生。繫年依據：疑詩中所謂“赤城老人”即永嘉璣天則道人，本詩當與簫
　　杖歌爲一時之作。參見鐵崖先生古樂府卷二簫杖歌。璚臺：在天台。嘉
　　定赤城志卷二十一山水門三：“自崇道觀西北行二里，至元應真人祠。由
　　真人祠取道仙人迹，經龍潭側，凡五里至瓊臺，轉南三里至雙闕，皆翠壁萬
　　仞，森倚相向，孫綽賦所謂‘雙闕雲竦以夾道，瓊臺中天而危君’是也。”

〔二〕三萬八千丈：李白夢游天姥吟留別：“天台四萬八千丈，對此欲倒東南傾。”

〔三〕草有三秀：指靈芝草。晉嵇康幽憤詩：“煌煌靈芝，一年三秀。”

〔四〕“玉笙”句：指王子喬。參見本卷夢游滄海歌注。按：嘉定赤城志卷三十
　　唐人崔尚碑文載王子喬主天台金庭宮。

〔五〕飛瓊：指許飛瓊。元辛文房唐才子傳卷七許渾：“後晝夢登山，有宮闕凌
　　虛，問，曰：‘此崑崙也。’少頃，遠見數人方飲，招渾就坐。暮而罷，一佳人
　　出箋求詩，未成，夢破。後吟曰：‘曉入瑤臺露氣清，庭中惟見許飛瓊。塵
　　心未斷俗緣在，十里下山空月明。’他日復夢至山中，佳人曰：‘子何題余姓
　　名於人間？’遂改爲‘天風吹下步虛聲’。曰：‘善矣。’渾才思翩翩，仙子所
　　愛，夢寐求之，一至於此。”

〔六〕玉杵臼：唐裴鉶傳奇：唐長慶中，下第秀才裴航路遇樊夫人，慕其美色而
　　賦詩，夫人回贈一首，云：“一飲瓊漿百感生，玄霜搗盡見雲英。藍橋便是
　　神仙窟，何必崎嶇上玉清。”後途經藍橋驛，遇美女雲英，方悟樊夫人詩意。
　　願納厚禮求娶，老嫗曰：“金帛無用，若得玉杵臼，當與之。”後裴航得杵臼，
　　爲搗藥，乃得迎娶雲英而成仙。

〔七〕態盈：見本卷龍王嫁女辭。

〔八〕河姑星：疑即河鼓星。又名牽牛星。

〔九〕赤城老人：疑指璣天則道人，天則爲永嘉人。參見鐵崖先生古樂府卷二
　　簫杖歌。

〔十〕九節藤：喻指仙人九節杖。宋吳曾能改齋漫錄卷七仙人九節杖：“神仙
　　傳：‘王遙有竹篋，長數寸。有一弟子，姓錢，隨遙十數年，未嘗見開之。一
　　夜，天雨晦冥，遙使錢以九節杖負此篋，將錢出行，而遙及弟子衣皆不濕。’
　　故杜子美望嶽詩云：‘安得仙人九節杖，拄到玉女洗頭盆。’”按：王遙傳載
　　神仙傳卷八。

羅浮美人①〔一〕

海南②天空月皜皜,三山如拳海如沼〔二〕。緑衣歌舞不動塵〔三〕,海仙騎魚波嫋嫋〔四〕。翩然而③來坐芳草,皎如白月射林杪。洗粧不受瘴烟昏,縞袂初逢鴻欲矯。手持崑山④老人篴〔五〕,黄鶴新腔知音少〔六〕。江南吹⑤斷桃葉腸〔七〕,雨聲夜坐⑥巫山曉〔八〕。

【校】

① 樓氏鐵崖樂府注本詩題下有小字注"一作羅浮曲"。

② 南:鐵崖先生詩集辛集本作"上"。

③ 而:鐵崖先生詩集辛集本作"西"。

④ 原本題下小字注曰:"崑山,一作'君山'。"手持崑山:鐵崖先生詩集辛集本作"吹徹君山"。

⑤ 吹:鐵崖先生詩集辛集本作"春"。

⑥ 坐:鐵崖先生詩集辛集本作"落"。

【箋注】

〔一〕詩撰於元至正四年(一三四四)至八年之間,其時鐵崖游寓杭州、湖州、蘇州一帶,授學爲生。繫年依據參見鐵崖先生古樂府卷二君家曲。羅浮:山名,位於廣東增城、博羅二縣之界。參見本卷道人歌。

〔二〕三山:相傳東海神仙之島蓬萊、方丈、瀛洲。

〔三〕緑衣歌舞:指趙師雄游羅浮故事。宋吳曾能改齋漫録卷六梅詩用月落參橫事:"秦少游和黄法曹梅花詩:'月落參橫畫角哀,暗香銷盡令人老。'世謂少游用古善哉行……按異人録載:'隋開皇中,趙師雄游羅浮。一日,天寒日暮,於松林間酒肆旁舍見美人,淡妝素服出迎。時已昏黑,殘雪未消,月色微明。師雄與語,言極清麗,芳香襲人。因與之叩酒家門共飲,少頃,一緑衣童來,笑歌戲舞。師雄醉寢,但覺風寒相襲。久之,東方已白,起視乃在大梅花樹下,上有翠羽啾嘈,相顧月落參橫,但惆悵而已。'乃知少游實用此事。"事亦見題柳宗元龍城録。

〔四〕海仙騎魚:指琴高。列仙傳卷上琴高:"琴高,趙人也。以鼓琴爲宋康王舍人。行涓、彭之術,浮游冀州、涿郡之間二百餘年。後辭入涿水中取龍

子,與諸弟子期曰:'皆潔齋,待於水傍設祠。'果乘赤鯉來,出坐祠中。且
有萬人觀之。留一月餘,復入水去。"

〔五〕崑山老人篴:實指君山老父笛。參見校勘記及東維子文集卷二十八跋君
山吹笛圖。

〔六〕黃鶴新腔:蓋指李白於黃鶴樓上所聞笛曲。參見鐵崖先生古樂府卷二篳
篥吟注。

〔七〕桃葉:王獻之愛妾名。桃葉渡一名南浦渡,在秦淮口,相傳王獻之在此歌
桃葉曲爲之送行。文獻通考卷一百四十二樂考十五:"桃葉歌,晉王子敬
妾名,緣於篤愛,所以作歌……陳之世,盛歌王獻之桃葉曲,曰:'桃葉復桃
葉,渡江不用楫。但渡無所苦,我自迎接汝。'"又,古樂苑載佳麗四十七
曲,中有情人桃葉歌,即王獻之桃葉曲。或謂童謠。

〔八〕巫山:寓"巫山雲雨"故事,參見鐵崖先生古樂府卷九陽臺曲注。

李夫人〔一〕

絕代一佳人〔二〕,美色如洛妃(叶"呼")〔三〕。春月爲作眉上縠,秋水
爲作眼中波(叶"逋")。歌①瓊蕤〔四〕,舞玉枝,君王有情不自持。玉枝
一夜摧,瓊蕤一朝落,君王之心何以樂? 若有人兮有若無,來遲遲兮
去促促(叶"乎")。夫容葉上清露結,晴光倒射金虹滅。山爲雨②,海爲
雨,何得③分明夢中語? 落蛾影滅百子池〔五〕,靈風一陣綵雲飛。

【校】

① 歌:原本作"哥",據樓氏鐵崖樂府注本改。
② 原本小字注於題下:"山爲雨,或作'爲雲'。"
③ 原本小字注於題下:"何得,或作'何時'。"

【箋注】

〔一〕李夫人:李延年妹,漢武帝妃,後追封皇后。李夫人妙麗善舞。早卒,武帝
思念不已,方士爲設帳招魂,武帝爲作詩曰:"是邪非邪? 立而望之,偏何
姍姍其來遲。"詳見漢書外戚列傳。又,古樂苑載佳麗四十七曲中有李夫
人,注曰:"漢武帝喪李夫人,令寫真甘泉殿。又令方士合靈藥,曰反魂香,

以降夫人之魂。仿佛其狀,背燈隔帳不得語。"

〔二〕絕代一佳人:漢書外戚傳孝武李夫人載李延年歌:"北方有佳人,絕世而
　　　獨立。"

〔三〕洛妃:又稱宓妃。乃宓羲氏之女,溺死洛水爲神。詳見曹植洛神賦。

〔四〕瓊蕤:玉花。喻指美女。陸機擬東城一何高詩:"京洛多妖麗,玉顏侔
　　　瓊蕤。"

〔五〕落蛾影:指影娥池。三輔黃圖卷四影娥池:"武帝鑿池以翫月,其旁起望
　　　鵠臺,以眺月影入池中。使宮人乘舟弄月影,名影娥池。亦曰眺蟾臺。"
　　　又,百子池在在上林苑中,參見三輔黃圖卷四百子池。

望洞庭〔一〕

　　乙酉除夕,予雪中望洞庭,認縹緲七十二峰〔二〕。時釣臺槎客
載雪適至〔三〕,相值一笑,遂相率賦詩如此。

　　瓊田三萬六千頃〔四〕,七十二朵青蓮開〔五〕。道人鐵精持在手〔六〕,
嘯引紫鳳朝蓬萊。龍子臥抱明月胎,須臾化作桃花腮。嗟爾雲槎子,
何處忽飛來? 蓬萊之淺今幾尺〔七〕? 黃河之清今幾回〔八〕? 雲槎子,云
是江上來。但知東方生,賣藥五湖上〔九〕;不知張使者,北犯七斗魁〔十〕。
雲槎子,吾與爾何哉? 任公釣竿在東海〔十一〕,潮壓桐江江上臺〔十二〕。

【箋注】

〔一〕詩作於元至正五年乙酉(一三四五)十二月三十日除夕,其時鐵崖寓居湖
　　　州長興縣安化鄉陳潰里,授學東湖書院已一年有餘。

〔二〕洞庭:即太湖。太湖中有洞庭山,故亦以洞庭名湖。明王鏊五湖記:"吳
　　　郡之西南有巨浸焉,廣三萬六千頃,中有山七十二。襟帶三州:蘇、湖、常
　　　也。東南諸水皆歸焉。"

〔三〕釣臺槎客:指富春吳復。詩中又稱雲槎子。參見東維子文集卷二十五吳
　　　君見心墓銘。

〔四〕"瓊田"句:宋張孝祥念奴嬌洞庭詞:"玉鑑瓊田三萬頃,著我扁舟一葉。"

〔五〕"七十二朵"句:喻指太湖中與沿岸七十二山。

〔六〕鐵精:指其鐵笛。

〔七〕蓬萊之淺：神仙麻姑自稱曾三見東海變桑田，又見蓬萊之水深淺變化。參見本卷夢游滄海歌注。

〔八〕“黄河”句：黄河難得變清，能見幾回，喻指壽命極長。春秋左傳正義卷三十：“子駟曰：‘周詩有之曰：俟河之清，人壽幾何？’”

〔九〕“但知”二句：指東方朔。列仙傳卷下東方朔：“東方朔者，平原厭次人也。久在吳中，爲書師數十年。武帝時上書説便宜，拜爲郎。至昭帝時，時人或謂聖人，或謂凡人。作深淺顯默之行。或忠言，或虧語，莫知其旨。至宣帝初，棄郎以避亂世，置幘官舍，風飄之而去。後見於會稽，賣藥五湖。智者疑其歲星精也。”

〔十〕“不知”二句：指西漢張騫。宋周密癸辛雜識前集乘槎：“乘槎之事，自唐諸詩人以來，皆以爲張騫，雖老杜用事不苟，亦不免有‘乘槎消息近，無處問張騫’之句。按騫本傳，止曰‘漢使窮河源’而已。張華博物志云，舊説天河與海通，有人賷糧乘槎而去，十餘月至一處，有織女及丈夫飲牛於渚，因問：‘此是何處？’答曰：‘君還至蜀，問嚴君平則知之。’還問君平，曰：‘某年月日有客星犯牽牛宿。’然亦未嘗指爲張騫也。及梁宗懷作荆楚歲時記，乃言武帝使張騫使大夏，尋河源，乘槎見所謂織女牽牛。”按：今傳本荆楚歲時記有關記載未言及張騫。

〔十一〕任公：即莊子所謂“任公子”。莊子外物：“任公子爲大鈎巨緇，五十犗以爲餌，蹲乎會稽，投竿東海，旦旦而釣，期年不得魚。已而大魚食之，牽巨鈎銘，没而下騖，揚而奮鬐，白波若山，海水震蕩，聲侔鬼神，憚赫千里。任公子得若魚，離而腊之，自淛河以東，蒼梧以北，莫不厭若魚者已。”

〔十二〕桐江：或指富春江之上游，或爲富春江別稱。此蓋指後者，江邊有嚴子陵釣臺。

五湖游〔一〕

鴟夷湖上水仙舟〔二〕，舟中仙人十二樓。桃花春水連天浮，七十二黛吹落天外如青漚〔三〕。道人謫世三千秋，手把一枝青玉蚪。東扶海日紅桑樛，海風約住吳王洲。吳王洲前校水戰，水犀十萬如浮漚①〔四〕。水聲一夜入臺沼，麋鹿已無臺上游〔五〕。歌吳歈，舞吳劍②，招鴟夷兮狎陽侯〔六〕。樓船不須到蓬丘〔七〕，西施鄭旦坐兩頭〔八〕。道人卧舟吹鐵篆,仰看青天天倒流。商老人,橘幾奕③〔九〕。東方生,桃幾偷〔十〕。精衛塞海成甌窶〔十一〕,海蕩邛山漂髑髏〔十二〕,胡爲不飲成春愁!

　　吳復曰:"先生此詩雄偉奇麗,逸氣飄飄然在萬物之表,真天仙之語也。如'海蕩邛山漂髑髏'之句,使長吉復生〔十三〕,不能過也。"

【校】

① 甌:列朝詩集本、樓氏鐵崖樂府注本作"鷗"。

② 劍:陳善學刊本、列朝詩集本作"鈎"。原本有注"吳劍,一作吳鈎",列朝詩集本亦有注曰"吳鈎,一作吳劍"。

③ 奕:似當作"弈"。

【箋注】

〔一〕詩作於元至正五、六年間。其時鐵崖寓居湖州長興,授學爲生。繫年依據:鐵崖授學長興東湖書院期間,時常出游,且有紀游詩,本詩當爲游太湖時所作。陳善學刊本於詩題下附有評語:"九天之奏,百尺之湍,清絕亦雄絕。"五湖,指太湖。光緒長興縣志卷十一水:"太湖,尚書曰震澤,周禮曰五湖……國語虞翻注:'湖有五道,故曰五湖。'韋昭注:'五湖,今太湖也。'"

〔二〕鷗夷湖:太湖別名。鷗夷指范蠡。

〔三〕七十二黛:指太湖七十二座山峰。

〔四〕水犀十萬:吳越春秋卷十勾踐伐吳外傳:"夫差衣水犀甲者,十有三萬人。"注:"吳以水犀皮飾甲也。"

〔五〕"麋鹿"句:史記淮南衡山列傳:"子胥諫吳王,吳王不用,乃曰:'臣今見麋鹿游姑蘇之臺也。'"

〔六〕鷗夷:即鷗夷子皮,乃范蠡化名。史記越王勾踐世家:"范蠡浮海出齊,變姓名,自謂鷗夷子皮,耕于海畔,苦身戮力,父子治産。"又,吳越春秋卷十勾踐伐吳外傳:"(范蠡)乃乘扁舟,出三江,入五湖,人莫知其所適。"陽侯:指波神。

〔七〕"樓船"句:意爲無需效仿秦始皇出海尋找蓬萊仙山。蓬丘:指蓬萊仙島。

〔八〕西施、鄭旦:皆春秋時越國美女。越王勾踐設計弱吳興越,將二女獻於吳王夫差。按:"樓船不須到蓬丘"二句,意爲當時人視西施、鄭旦爲"神女"。明陳霆撰兩山墨談卷十四:"越納西施、鄭旦於吳,皆天下絕色,吳易其名,曰夷光、修明。越既入吳,二人方止苑中樹下,兵士望見,以爲神女,不敢前犯。楊鐵崖咏范蠡事,所謂'西施鄭旦坐兩頭'者是也。"

〔九〕"商老人"二句：寓巴邛人故事。參見本卷夢游滄海歌注。

〔十〕"東方生"二句：東方朔偷西王母桃故事。晉張華博物志卷八史補："漢武帝好仙道……王母索七桃，大如彈丸，以五枚與帝，母食二枚。帝食桃輒以核著膝前，母曰：'取此核將何爲？'帝曰：'此桃甘美，欲種之。'母笑曰：'此桃三千年一生實。'唯帝與母對坐，其從者皆不得進。時東方朔竊從殿南廂朱鳥牖中窺母，母顧之謂帝曰：'此窺牖小兒，嘗三來盜吾此桃。'帝乃大怪之。由此世人謂方朔神仙也。"

〔十一〕精衛塞海：參見鐵崖先生古樂府卷一精衛操注。

〔十二〕邙山：又稱北邙山，或稱太平山。位于河南洛陽，綿亘四百餘里。東漢諸陵及唐、宋名臣墳多在此。

〔十三〕長吉：唐詩人李賀。

苕山水歌①〔一〕

苕山如畫雲〔二〕，苕水如篆文。使君畫船山水裏〔三〕，蕩漾朝暉與夕曛。中流棹歌驚水鴨，捷如競渡千人軍。渡頭劉阮郎〔四〕，清唱烟中聞。爲設胡麻飯，招手越羅帉②。使君脫宮袍，製黃巾③。既到車山口〔五〕，還過虆水濆〔六〕。東盛兜前折楊柳〔七〕，西莊漾④下紉香芹〔八〕。東村⑤擊鼓送將醉，西村吹笛迎餘醺。三日新婦拜使君，野花山葉班斕裙。使君本是龍門客，宮衫脫錦披黃斤⑥〔九〕。願住吳儂山水國，不入中朝鸞鵠群〔十〕。酒酣更呼酒，輓衣勸使君。游絲蜻蜓日款款，野⑦花蛺蝶春紛紛〔十一〕。燕歌起舞歡易極，春愁又上湘枝紋⑧。君不見城南風起寒食近⑨，老農火耕陳帝墳〔十二〕。

吳復曰："湖洲長城有陳天子墓，在平田中。"

【校】

① 嘉慶十年刊長興縣志卷九水錄有此詩，用作校本。長興縣志本題作山水歌。列朝詩集本、樓氏鐵崖樂府注本詩題下有小字注："一作火耕陳帝墳。"

② 帉：原本作"蚡"，據長興縣志本改。

③ 使君脫宮袍，製黃巾：此兩句原本無，據鐵崖先生詩集辛集本增補。

④ 漾：鐵崖先生詩集辛集本作"灘"。

⑤ 村：鐵崖先生詩集辛集本作"林"。

⑥ "宮衫"句：鐵崖先生詩集辛集本作"勸農官爵知農勤。揭來歇官落吳土，吳兒吳女同感欣"。

⑦ 野：鐵崖先生詩集辛集本作"落"。

⑧ "燕歌起舞"二句：原本無，據鐵崖先生詩集辛集本增補。

⑨ 近：鐵崖先生詩集辛集本作"節"。

【箋注】

〔一〕詩作於元至正五年或六年一、二月間（寒食以前）。其時鐵崖寓居湖州長興，授徒謀生。繫年依據參見本卷五湖游注。

〔二〕苕山：即廣苕山，位於天目山北，今屬浙江湖州。苕水于此發源。按：此詩首句頗得鐵崖同道詩友賞識，郯韶有題唐子華山水末句用楊廉夫五字詩："我愛會稽楊使君，洞庭秋月約平分。時時吹笛中流去，臥看苕山如畫雲。"（載玉山草堂雅集卷十二。）

〔三〕使君：鐵崖自稱。

〔四〕劉阮：指漢人劉晨、阮肇。據宋劉義慶幽明録，漢明帝永平五年，剡縣劉晨、阮肇共入天台山采藥，遇女仙，得食胡麻飯、山羊脯，甚美。半年後還鄉，家人一無所識，詢之方知已是七世孫。

〔五〕車山：即車蓋山，位于烏程縣南。形如車蓋，故名。參見乾隆烏程縣志卷二山川。

〔六〕䪡水：即罨畫溪。嘉慶長興縣志卷九水："罨畫溪在縣西八里，花時游人競集。溪半有罨畫亭……一名西溪。"

〔七〕盛圩：嘉慶長興縣志卷九水："盛家圩漾在縣北二十里，周圍三十七頃，分包洋湖水，出夾浦，入太湖。"

〔八〕西莊漾：嘉慶長興縣志卷九水："西莊漾在縣東北十五里，蔣泊之南，受箬溪下流諸水，由楊瀆北行入太湖。"

〔九〕黄斤：葛之別名。

〔十〕鷥鵠群：指朝中衆官。唐鮑君徽奉和麟德殿宴百僚應制："玉筵鷥鵠集，仙管鳳凰調。"

〔十一〕"野花"句：清薛雪一瓢詩話："楊鐵崖春日佳句'游絲蜻蜓日款款，野花蛺蝶春紛紛'，似祖杜少陵'落花游絲白日静，鳴鳩乳燕青春深'。"

〔十二〕陳帝墳：即吳復跋語中所謂"陳天子墓"。詳見鐵崖先生古樂府卷四陳朝檜注。

石橋篇[一]　天台道中①

飛精石爲室,萬歲藏不得。忽然混沌破,石鯨横百尺。山頭方廣開,金策凌空來[二]。白猒雙眼穴,長跪不能越。癡兒唾落飢蛟涎,新鬼舊鬼悲人②天。蹋石梁,拜石餅[三]。五百凌霄在心影③[四],過去過來彈指頃。烏乎,石梁折,石餅崩,人間方見方廣影④。

　　　　吳復曰:"先生此詩,蓋欲翻石橋凡衲之案。信非道高釋部者不能也。"

【校】

① 嘉靖刊天台勝迹録卷二録此詩,據以校勘。題下小字注文"天台道中"原本無,據樓氏鐵崖樂府注本增補。

② 人:天台勝迹録本作"神"。

③ 影:天台勝迹録本作"省"。

④ 原本有小字注:"廣影,或作'廣形'。"

【箋注】

[一] 詩當作於元天曆元年(一三二八)至至順元年(一三三〇)之間,其時鐵崖任天台縣令。繫年依據:詩題下小字注曰"天台道中",蓋爲鐵崖任天台縣令期間,游天台山而作。石橋:位於天台縣北。嘉定赤城志卷二十一山:"石橋在(天台)縣北五十里,即五百應真之境,相傳爲方廣寺。有石梁架兩崖間,龍形龜背,廣不盈咫。其上雙澗合流,洩爲瀑布,西流出剡中。梁既峭危,且多莓苔,甚滑。下臨絶澗,過者目眩心悸。昔僧曇猷欲度梁訪方廣,忽有石如屏梗之,舊號蒸餅峰。孫綽賦所謂'踐莓苔之滑石,搏壁立之翠屏'是也。"

[二] 金策:文選孫綽游天台山賦:"被毛褐之森森,振金策之鈴鈴。"李善注:"金策,錫杖也。"

[三] 石餅:當指蒸餅峰。參見前注。

[四] 五百:指五百羅漢,又稱五百應真。相傳天台山石橋爲五百應真之境,東晉孫綽游天台山賦:"王喬控鶴以沖天,應真飛錫以躡虛。"

張公洞①〔一〕

正月八日記游仙〔二〕,三十六天洞靈洞②〔三〕。輕身欻已薄天壇,濁骨居然蜕神夢③。洞中窗户夜不扃④,地底風雷日相哄(胡貢切,唱也)〔四〕。巉巉靈骨⑤誰手鑿,納納虚谺(許加切,空谷)曷時漷(洪,去聲)。龍巔虎卧絡薛蘿,委蓋垂斿⑥掛鸞鳳。莖高玉屑陳金柸⑦,窪(烏瓜切)陷瓊漿流碼甕。元田鴉色白於鷗⑧〔五〕,丹室蛇光紅似蝀。石涵⑨綠字紫泥封,玄圃瓊華青子種〔六〕。白⑩騾有迹蹦石田〔七〕,金虎無聲飲銀汞。樵柯已爛商四朋〔八〕,蒔蘿初過第⑪二仲〔九〕。牛車望氣待著書〔十〕,螺女行厨時進供〔十一〕。胡麻流飯阮郎來〔十二〕,林屋刺船毛父通⑫〔十三〕。王⑬生石髓隨手堅〔十四〕,吴客求珠空耳縫〔十五〕。九靈太妙苞氣母〔十六〕,五岳真圖特兒弄〔十七〕。書傳丹篆亦⑭何須,石化黄金本無用。玉盆濯髮天雞鳴,鐵笛穿空神馬鞚。符行律令鬼承呵〔十八〕,聲出腦宮龍聽頌⑮。未應片石隔仙凡,溪上桃花自迎送。

吴復曰:"此篇乃先生與同游之客十人分韻,韻用李白詩'洞門開石扇,地底興⑯雲雷〔十九〕'。先生首得'洞'字,用俳諧體爲之⑰。體雖未古,而奇語層出,一時賓客爲之奪氣云。"

【校】

① 清初印溪草堂抄本東維子詩集卷二、列朝詩集甲集前編第七下、劉世珩影元刊十八卷本玉山草堂雅集卷二載此詩,據以校勘。玉山草堂雅集本題作游張公洞,題下有小字注"序見文集"。

② 清初印溪草堂抄本於"洞靈洞"下有小字注"婺源縣"。按:本詩以下小字注皆據印溪草堂抄本增補,然此洞靈洞似非位於婺源縣,疑有誤,故不補。參見注釋。

③ "輕身"二句,原本無,據玉山草堂雅集本增補。

④ 扃:玉山草堂雅集本作"關"。

⑤ 骨:玉山草堂雅集本作"狀"。

⑥ 原本有小字注:"垂斿,或作'垂旌'。"清初印溪草堂抄本、玉山草堂雅集本作"垂旌"。

⑦ 陳:清初印溪草堂抄本、玉山草堂雅集本作"凍"。柸:原本作"拌",據清初

印溪草堂抄本、玉山草堂雅集本改。

⑧ 元田：清初印溪草堂抄本作"玄田"。鷗：清初印溪草堂抄本、玉山草堂雅集本作"鵝"。

⑨ 涵：玉山草堂雅集本作"函"。

⑩ 白：玉山草堂雅集本作"紙"。

⑪ 莥藋：玉山草堂雅集本作"漆炬"。第：清初印溪草堂抄本、列朝詩集本、玉山草堂雅集本皆作"茅"，樓氏鐵崖樂府注本有小字注"當作'茅'"。疑皆誤，似當作"蔣"，參見注釋。

⑫ 原本小字注於題下："毛父通，或作'毛父迵。音洞，過也'。"按：清初印溪草堂抄本即作"毛父迵"，并有小字注"音洞，過也"。

⑬ 王：原本作"玉"，據清初印溪草堂抄本、列朝詩集本、玉山草堂雅集本改。

⑭ 亦：原本作"尔"，據列朝詩集本、玉山草堂雅集本改。

⑮ 頌：玉山草堂雅集本作"誦"。

⑯ 興：原本誤作"具"，據清初印溪草堂抄本改。又，"洞門開石扇"二句，今傳本多作"洞門閉石扇，地底興雲雷"，參見李白集校注卷二十游太山六首之一。

⑰ 俳諧體爲之：原本作"誹諧爲之體"，據清初印溪草堂抄本改。又，此跋語清初印溪草堂抄本作引文，置於詩前。

【箋注】

〔一〕詩撰於元至正六年（一三四六）正月八日，其時鐵崖在長興蔣氏東湖書院授學。此日鐵崖攜友六人，與當地道士三人，十人同游張公洞。并據杜甫詩（或李白詩）句分韻賦詩，鐵崖得"洞"字，本詩即當時分韻所賦。參見鐵崖撰游張公洞詩序（載本書佚文編）。張公洞：據嘉慶增修宜興縣舊志卷九古迹志名勝，曰"在（宜興）縣東南五十五里，湖㳇之上"。又，清人孫原湘天真閣集卷十三張公洞詩題下附注曰："南唐李氏時碑云：（張公洞）以張道陵得名。"

〔二〕正月八日記游仙：鐵崖等人此行詳情，參見鐵崖撰游張公洞詩序。

〔三〕洞靈洞：玉山草堂雅集本於句末有小字注曰"洞名"，蓋洞靈洞爲張公洞別名。按：道書云世界有三十六洞天、七十二福地。雲笈七籤卷二十七録有七十二福地之名，中曰："第五十九張公洞，在常州宜興縣。真人康桑治之。"康桑之"康"，或作"庚"。相傳庚桑楚於此隱居，故又稱庚桑洞。

〔四〕"洞中"二句：嘉慶增修宜興縣舊志卷九古迹志張公洞："相傳孫吳二年，

一夕大風雨,洞忽自開。高六十仞,籠周五里,三面皆飛崖絕壁,北向一竇,廣逾四尋,嵌空可入……風土記云,漢天師張道陵得道之地。”

〔五〕“元田”句:元辛文房唐才子傳卷六韓湘:“湘字清夫,愈之姪孫也。長慶三年禮部侍郎王起下進士。落魄不羈,見趣高遠,尤耽苦吟。公勉以經學,曰:‘湘所學,公不知耶!’因賦詩以述志,云:‘青山雲水窟,此地是吾家。後夜流瓊液,凌晨咀絳霞。琴彈碧玉調,爐煉白朱砂。寶鼎存金虎,元田養白鴉。一瓢藏世界,三尺斬妖邪。解造逡巡酒,能開頃刻花。有人能學我,同去看仙葩。’……湘聚土,以盆覆之,噀水,良久,開碧花二朵。”

〔六〕玄圃:文選張衡東京賦:“左瞰陽谷,右睨玄圃。”李善注引淮南子:“懸圃在崑崙閶闔之中。”

〔七〕白驢有迹:張果老故事。唐鄭處誨明皇雜録卷下:“果乘一白驢,日行數萬里。休則摺疊之,其厚如紙,置於巾箱中。乘則以水噀之,還成驢矣。”

〔八〕樵柯已爛:有關王質傳説。梁任昉述異記卷上:“信安郡石室山,晉時王質伐木至,見童子數人,棋而歌。質因聽之。童子以一物與質,如棗核,質含之,不覺饑。俄頃,童子謂曰:‘何不去?’質起,視斧柯盡爛。既歸,無復時人。”又,山堂肆考卷十八:“爛柯山在衢州府南,道書謂此山爲青霞第八洞天。”商四朋:未詳。或指商山四皓,詳見皇甫謐高士傳。

〔九〕第二仲:疑誤。蓋當作“蔣二仲”。蔣家二仲本指西漢蔣詡友人求仲、羊仲,此借指當時鐵崖東家蔣克明、克勤兄弟。鐵崖曾與蔣氏兄弟游太湖,詩中有句曰“蔣家二仲素奇士”。參見列朝詩集甲集前編第七之上乙酉四月二日與蔣桂軒伯仲諸友同泛震澤大小雷,望洞庭之峰,吹笛飲酒,乘月而歸,蓋不異老杜坡仙游渼陂赤壁也。舟中各賦詩,余賦二十韻爲首唱。

〔十〕“牛車”句:老子出關時著書故事。晉皇甫謐高士傳卷上老子李耳:“後周德衰,乃乘青牛車去。入大秦,過西關。關令尹喜望氣先知焉,乃物色遮候之。已而老子果至,乃强使著書,作道德經五千餘言,爲道家之宗。”

〔十一〕螺女:晉陶潛搜神後記卷五:“晉安帝時,侯官人謝端少喪父母……後於邑下得一大螺,如三升壺。以爲異物,取以歸,貯甕中。畜之十數日……見一少女,從甕中出,至竈下燃火。端便入門,徑至甕所視螺,但見女。乃到竈下問之……答曰:‘我天漢中白水素女也。天帝哀卿少孤,恭慎自守,故使我權爲守舍炊烹。’”

〔十二〕胡麻、阮郎:參見本卷苔山水歌。

〔十三〕毛父:指毛公劉根。宋朱長文撰吳郡圖經續記卷中宮觀:“按神仙傳云,劉根字君安,漢成帝時人。舉孝廉,除郎中,後棄世學道,入嵩山石室中……冬夏不衣,身毛長一二尺,狀如五十許人。……根自説入山精思,無所不到。蓋嘗至此也。聚石爲壇,廣不盈畝。"又,林屋洞天在洞庭西山,幽邃奇絶。相傳人間三十六洞天,林屋爲第九洞天,毛公壇爲其中一景。詳見唐陸廣微撰吳地記後集。

〔十四〕王生:指王烈。神仙傳卷六王烈:"王烈字長休,邯鄲人。常服黄精并鍊鉛,年二百三十八歲,有少容,登山如飛。少爲書生,嵇叔夜與之游。烈嘗入太行山,聞山裂聲,往視之,山斷數百丈,有青泥出如髓。取搏之,須臾成石,如熱蠟之狀。食之味如粳米。仙經云:神山五百歲輒一開,其中有髓,得服之者,與天地齊畢。"

〔十五〕吳客:指朱仲。列仙傳卷上朱仲:"朱仲者,會稽人也。常於會稽市上販珠。漢高后時,下書募三寸珠……齎三寸珠,詣闕上書。珠好過度,即賜五百金。魯元公主復私以七百金,從仲求珠。仲獻四寸珠,送置於闕即去。下書會稽徵聘,不知所在。景帝時復來獻三寸珠數十枚,輒去,不知所之云。"按:朱仲爲會稽人,而秦時會稽郡治在吳縣,故此稱"吳客"。

〔十六〕九靈太妙:西王母別號。前蜀杜光庭墉城集仙録卷一金母元君:"金母元君者,九靈太妙龜山金母也。一號太靈九光龜臺金母,一號曰西王母。乃西華之至妙,洞陰之極尊……與王東木公共理二氣,而養育天地、陶鈞萬物矣。"

〔十七〕五岳真圖:又稱五岳真形圖。別國洞冥記卷二:"李克,馮翊人也。自言三百歲。荷草畚,負五嶽真圖而至。帝禮待之,亦號負圖先生也。"又,抱朴子内篇校釋卷十九遐覽:"抱朴子曰:'余聞鄭君言,道書之重者,莫過於三皇内文五岳真形圖也。古者仙官至人,尊秘此道,非有仙名者,不可授也。'"

〔十八〕"符行"句:宋趙彦衛雲麓漫鈔卷七:"急急如律令,漢之公移常語,猶今云'符到奉行'。張天師漢人,故承用之,而道家遂得祖述。"

〔十九〕按:吳復跋文謂同游十人皆參與分韻賦詩,據李白詩二句"洞門開石扇,地底具雲雷"分韻;鐵崖所撰游張公洞詩序(載本書佚文編)則謂七人參與賦詩,用杜甫詩一句"洞口經春長薜蘿"分韻。分韻賦詩人數與所據詩句,二説皆不一致。未詳何故,俟考。

登華頂峰〔一〕 并引

華頂峰在赤城〔二〕,去地萬八千丈,其高與岱宗日觀齊〔三〕。

雞初鳴,見日出。予在天台時[四],登絕頂賦詩,今逸其藁。在洞庭笠澤上命吳復補之①[五]。

鐵崖仙人來自西崆峒[六],瓊林宴罷隨天風[七]。天風散珠玉,乃在華頂峰。拔地一萬八千丈,但見瓊臺瑤闕巀嶪撐青空。長松倚天不盈尺,桃花水與銀河通[八]。老仙獨睨萬物表,燗如秋水開夫容。火烏夜半吐東海,石橋飛渡天門龍。九重啓金鑰,千楹立綵虹,列仙夾仗冰雪容。中有晨肇雙郎之窈窕,珊瑚雜佩搖玲瓏。胡麻飯初熟,上案雙玉童。翩然迎老仙,笑語風雲從。冰桃琥珀碗,霞液玻璨鍾。陶然一醉三千霜(叶"春"),酡顔相暎扶桑紅。歸來笠澤成小隱,林屋洞訪浮丘翁[九]。下視東蒙②塵土濛[十],蓬科萬冢眠英雄。

吳復曰:"讀先生滄洲、瓊臺等曲,餘子不可措辭矣。此篇復承先生命,且經先生繡黻,識者謂可亂真於集中。先生點鐵之功,及復多矣。"

【校】

① 清初印溪草堂抄本東維子詩集卷二亦錄此詩,據以校勘。"見日出"以下五句:清初印溪草堂抄本作"見日出海。予在天台時,登絕頂賦此",與此本所謂"在洞庭笠澤上命吳復補之"等語不合。按:鐵崖登天台絕頂所賦原詩確已佚失,據詩中"歸來笠澤成小隱"等語,本詩實爲吳復、鐵崖二人合作,見下吳復評語。

② 原本小字注於篇末:"東蒙,或作'東華'。"清初印溪草堂抄本作"東華"。

【箋注】

〔一〕詩作於元至正五、六年間,其時鐵崖授學湖州長興東湖書院。繫年理由:據詩前小引和詩後吳復跋文,本詩乃吳復遵鐵崖之命,爲之補遺而作。此詩又經鐵崖潤色,故實爲二人合作之詩。按:鐵崖原詩作於任天台縣令之時,即天曆元年至至順元年之間;吳復補作,則在鐵崖授學湖州長興之際。

〔二〕華頂峰:宋陳耆卿赤城志卷二十一山:"華頂峰在縣東北六十里,蓋天台第八重最高處,舊傳高一萬丈。少晴多晦,夏有積雪,可觀日之出入,中有黃金洞。絕頂東望滄海,彌漫無際,俗號望海尖。"赤城:指天台山(今屬浙江)。

〔三〕岱宗:泰山別名。日觀:山峰名,位於泰山東隅。

〔四〕在天台時：指其任天台縣令之時，即天曆年間。

〔五〕洞庭笠澤：指洞庭山、太湖。按：其時鐵崖在長興縣安化鄉陳瀆里東湖書院授徒，陳瀆里位於太湖之濱。

〔六〕崆峒：山名。位於今甘肅平涼。相傳黃帝問道於崆峒山（見莊子在宥），故爲道教聖地。

〔七〕瓊林宴罷：指中進士後。

〔八〕桃花水：劉義慶幽明録：劉晨、阮肇入天台採藥，望見桃花，遂攀援上，見水中一杯流出，有胡麻飯糝，逆溪行，遇二仙女。

〔九〕林屋洞：即林屋洞天，在洞庭西山。浮丘翁：指道士浮丘公。參見鐵崖先生古樂府卷二周郎玉笙謠注。

〔十〕東蒙：雲笈七籤卷十二："駕歘接生宴東蒙。"張君房注："東蒙，東海仙境之山也。"

廬山瀑布謡①〔一〕 并序

　　甲申秋八月十六夜，予夢與酸齋仙客游廬山〔二〕，各賦詩。酸齋賦彭郎詞，余賦瀑布謡。

　　銀河忽如瓠②子决〔三〕，瀉諸五老之峰前〔四〕。我疑天仙③織素練，素練脱軸垂青天。便欲手把④并州剪〔五〕，剪取一幅玻瓈烟。相逢雲石子，有似捉月仙〔六〕。酒喉無耐⑤夜渴甚，騎鯨吸海枯桑田〔七〕。居然化作十⑥萬丈，玉虹倒掛清冷淵⑦。

【校】

① 清鈔十六卷本玉山草堂雅集卷一、劉世珩影元刊十八卷本玉山草堂雅集卷二，汪氏珊瑚網名畫題跋卷九、清陳揆輯虞邑遺文録補録卷四亦載此詩，據以校勘。玉山草堂雅集十六卷本題作題顧周道瀑布圖，十八卷本題作顧周道瀑布圖，兩本題下皆附小字注曰："此詩先生夢與酸齋所題者。事見全集。"汪氏珊瑚網名畫題跋本題作謝伯誠焦墨山水，題下小字注曰："下有高士，紅衣素裳，立雙松間。"又有鐵崖引言曰："任易謝伯誠畫法絶軼，得董北苑風致。今觀瀑布圖，飄飄然有凌雲氣，余爲題詩其上云。"虞邑遺文録補録本題作題謝伯誠瀑布圖，詩前引言曰："任陽謝伯誠畫法超軼，得董北苑風

致。今觀瀑布圖,飄飄然有凌雲氣,余爲題詩其上云。鐵笛在快雪樓試葉茂
實墨。時奉熙春閣硯,小凌波也。”按:蓋鐵崖曾於多幅畫作題寫此詩。

② 瓠:原本作“刳”,據玉山草堂雅集本、汪氏珊瑚網名畫題跋本、樓氏鐵崖樂
府注本改。

③ 我疑天仙:玉山草堂雅集本作“我疑天孫”,汪氏珊瑚網名畫題跋本、虞邑遺
文錄補錄本作“象疑天孫”。原本小字注於題下:“天仙,或作‘天孫’。”

④ 把:玉山草堂雅集本、汪氏珊瑚網名畫題跋本、虞邑遺文錄補錄本作“借”。
原本小字注於題下:“手把,或作‘手借’。”

⑤ 耐:玉山草堂雅集十八卷本、虞邑遺文錄補錄本作“奈”。

⑥ 十:玉山草堂雅集十六卷本作“千”。

⑦ 冷:玉山草堂雅集十八卷本、虞邑遺文錄補錄本作“泠”。又,汪氏珊瑚網名
畫題跋本詩後附鐵崖跋語:“鐵笛在快雪樓試葉茂實墨。時奉熙春閣硯,小
凌波也。”

【箋注】

〔一〕詩作於元至正四年甲申(一三四四)八月十六日,其時鐵崖寓居杭州,等候
補官不果,授學爲生。按:據本詩小序,廬山瀑布謠及以下所謂酸齋彭郎
詞,實皆鐵崖至正四年八月十六日夜夢得句而成。又據玉山草堂雅集卷
一、汪氏珊瑚網名畫題跋卷九所載,鐵崖曾多次以此詩題畫,故詩題多變。
參見校勘記。

〔二〕酸齋仙客:指元曲家貫雲石。貫雲石本名小雲石海涯,號酸齋。詩書皆
善。元史有傳。

〔三〕瓠子:古河名,自今河南濮陽南分黃河水東北流。西漢年間,黃河決入瓠
子河,水患肆虐。詳見史記河渠書。

〔四〕五老之峰:李太白全集卷二十一望廬山五老峰:“廬山東南五老峰,青天
削出金芙蓉。”清王琦注:“太平御覽:潯陽記云,廬山北有五老峰,於廬山
最爲峻極,橫隱蒼穹,積石巉巖,迥壓彭蠡,其形勢如河中虞鄉縣前五老之
形,故名。”

〔五〕并州剪:杜甫戲題王宰畫山水圖歌:“焉得并州快剪刀,剪取吳松半
江水?”

〔六〕捉月仙:指李白。李太白全集卷三十五李太白年譜:“寶應元年壬寅,時
李陽冰爲當塗令,太白往依之,十一月以疾卒,年六十二。摭言曰:李白著
宮錦袍,游采石江中,傲然自得,旁若無人,因醉入水中捉月而死。容齋隨

筆曰：世俗多言李太白在當塗采石，因醉泛舟於江，見月影俯而取之，遂溺死。故其地有捉月臺。”

〔七〕騎鯨：李白自號“海上騎鯨客”。

彭郎詞①〔一〕

番之湖兮雲水杳②，萬頃③晴波净如掃。相逢漁子問二姑，大姑不如小姑好〔二〕。小姑昨夜巧粧束，新月半痕玉梳小。彭郎欲娶無良媒〔三〕，飛向廬山④尋五老〔四〕。五老頹然不肯起⑤，彭郎怒踢⑥香爐倒〔五〕。彭郎彭郎歸去來，陶令門前烟樹曉〔六〕。

　　吳復曰：“予嘗評酸齋之詞，滑稽謔浪，真風流才仙也。而先生之謠，雄偉俊逸，真天仙也。各以其才相勝。”

【校】

① 明佚名鈔楊維禎詩集、清鈔鐵崖楊先生詩集卷下、元詩體要卷四亦載此詩，據以校勘。原本題作酸齋彭郎詞，明鈔楊維禎詩集本題作彭郎祠，清鈔鐵崖楊先生詩集本題作過鄱陽湖，今題據元詩體要本著録。

② “番之湖”句：清鈔鐵崖楊先生詩集本作“鄱之湖兮江水渺”。

③ 頃：清鈔鐵崖楊先生詩集本作“里”。

④ 廬山：清鈔鐵崖楊先生詩集本作“廬峰”。

⑤ 起：明鈔楊維禎詩集本題作“趨”。

⑥ 怒踢：清鈔鐵崖楊先生詩集本作“忽提”。

【箋注】

〔一〕詩乃鐵崖借用貫雲石之名而作，賦於元至正四年（一三四四）八月十六日夜。繫年依據參見本卷廬山瀑布謠。

〔二〕大姑、小姑：即大、小孤山。宋歐陽修歸田録卷二：“江南有大、小孤山，在江水中，嶷然獨立，而世俗轉‘孤’爲‘姑’。江側有一石磯，謂之‘澎浪磯’，遂轉爲‘彭郎磯’。云彭郎者，小姑婿也。”又，江西通志卷十二九江府：“小孤山在彭澤縣北，壁立大江中。一名髻山，取其形似髻也。江側有彭浪磯，與山對峙，俗譌云彭郎，爲小姑婿。廟像遂婦飾，而勅額爲聖母。”

〔三〕彭郎：以澎浪磯擬人。按，此句從蘇軾李思訓畫長江絶島圖“舟中賈客莫
　　　漫狂，小姑前年嫁彭郎”引出。

〔四〕五老：盧山五老峰，參見本卷盧山瀑布謡。

〔五〕香爐：香爐峰，在盧山之北，峰形圓聳，雲氣如烟。

〔六〕陶令：指陶淵明，陶淵明曾任彭澤縣令。

花游曲〔一〕

　　至正戊子三月十日，偕茅山貞居老仙〔二〕、玉山才子烟雨中游
石湖諸山〔三〕。老仙爲妓者璚英賦點絳唇詞〔四〕。已而午霽，登湖
上山，歇寶積寺行禪師西軒〔五〕。老仙題名軒之壁。璚英折碧桃
花下山，予爲璚英賦花游曲，而玉山和之①。

　　三月十日春濛濛，滿江花雨濕東風。美人盈盈烟雨裏，唱徹湖烟
與湖水。水天虹女忽當門，午光穿漏海霞裙。美人淩空躡飛步，步上
山頭小真墓〔六〕。華陽老仙海上來〔七〕，五湖吐納掌中杯。寶山②枯禪
開茗椀，木鯨吼罷催花板〔八〕。老仙醉筆石闌西，一片飛花落粉題〔九〕。
蓬萊宫中花報使，花信明朝二十四〔十〕。老仙更試蜀麻箋〔十一〕，寫盡春
愁子夜篇〔十二〕。

　　　吳復曰：“玉山才子者，顧瑛仲英也。其和云（略）。時崑丘郭翼〔十三〕、
　　袁華〔十四〕、陸仁〔十五〕、馬麐〔十六〕、秦約〔十七〕，匡盧于立屬和此詞〔十八〕，皆爲
　　先生所取。翼詞曰（略），華詞曰（略），仁詞曰（略），麐詞曰（略），約詞曰（略），
　　立詞曰（略）。”

　　　“已上凡二十有一首。高情遠致，見於方外仙怪，及名山勝水之記游。
　　而大人、道人二歌，則先生聞大道之所自託也。讀之使人神游八表，而人
　　間貴富爲不足道矣。”

【校】

① 吳都文粹續集卷二十三載此詩，據以校勘。吳都文粹續集本題作至正戊子
　　春季雨中張伯玉顧仲瑛同游石湖諸山宿寶積寺賦花游曲，無此引文。

② 寶山：吳都文粹續集本作“石山”。

【箋注】

〔一〕元至正八年戊子(一三四八)二、三月間,鐵崖應邀於顧瑛玉山草堂小住。三月十日,與顧瑛、張雨結伴游姑蘇石湖諸山,遂有此作。按:鐵崖花游曲,或效仿李賀所爲。李賀詩歌集注卷三花游曲序:"寒食,諸王妓游,賀入座,因採梁簡文詩調賦花游曲,與妓彈唱。"

〔二〕茅山貞居老仙:指道士張雨。參見鐵崖先生古樂府卷二奔月卮歌。

〔三〕石湖:明王鏊撰姑蘇志卷十水:"白洋灣折北,滙於楞伽山之下,曰石湖。湖界吳縣、吳江之間,有茶磨諸峰映帶,頗爲勝絶。"又,宋本方輿勝覽卷二平江府:"石湖在盤門西南十里,蓋太湖之派,范蠡所從入五湖者。本朝范至能所居,孝宗御書'石湖'二字賜之。"

〔四〕璚英:或作瓊花,妓女名。自揚州來到姑蘇,至正八年前後顧瑛、張雨、鐵崖等游宴,多邀作陪。參見鐵崖先生詩集乙集吳詠十章用韻復正宗架閣之十,鐵崖先生詩集癸集璚花宴、璚花珠月二名姬等。

〔五〕寶積寺:姑蘇志卷二十九寺觀上:"楞伽講寺在楞伽山上,俗云上方寺。寺有浮圖七級,隋大業四年,司户嚴德盛撰銘,司倉魏瑗書。按治平寺舊亦名楞伽,而吳郡志云:'寶積寺在橫山下,亦名楞伽寺,山頂有塔,隋人書碑。'今此寺自在楞伽山上,而寶積歸并治平,蓋不可考,豈皆一寺所分邪?今以塔觀之,則此當爲是,但碑中亦云橫山,蓋當時未有楞伽之名,此山固橫山也。"行禪師:蓋爲當時寶積寺住持。

〔六〕小真:據顧瑛和詩,指唐代名妓真娘。宋范成大撰吳郡志卷三十九冢墓:"真娘墓,在虎丘寺側。雲溪友議云:吳門女郎真娘,死葬虎丘山,時人比之蘇小小,行客題墓甚多。"按:傳聞中真娘墓當不止一處。

〔七〕華陽老仙:指道士張雨。張雨曾在茅山學道,茅山有華陽洞,相傳漢代茅盈、茅衷、茅固兄弟三人自咸陽來此,在此洞得道。故華陽洞亦爲道教發祥地。

〔八〕木鯨:指木魚,佛教法器。佛家謂魚晝夜不閉眼,故用木雕魚形,擊打以警戒僧衆,務必日夜用心學佛。花板:戲曲音樂演奏時用於擊打節拍。

〔九〕"老仙醉筆"二句:形容張雨醉筆草書,題寫同游諸人姓名於寶積寺壁。參見本詩序文。

〔十〕花信二十四:春有二十四番花信風,梅花風打頭,楝花風打末。詳見明楊慎撰升庵集卷八十二二十四番花信風。

〔十一〕蜀麻箋:自唐以來,蜀地所造箋紙即負盛名。

〔十二〕子夜篇：晉書樂志下：“子夜歌者，女子名子夜，造此聲。孝武太元中，琅邪王軻之家有鬼歌子夜，則子夜是此時以前人也。”又，王鏊姑蘇志卷十三風俗：“吳音清柔，歌則窈窕洞徹，沉沉綿綿，切于感慕……又有子夜歌、子夜四時歌，晉人賦之最衆，以女子名子夜，故作此詞，調與白紵同，其拂舞、白符舞皆有歌，蓋爲時政所激，多怨詞……大凡五音惟商最清，故子夜、江南皆入商調。”

〔十三〕郭翼：參見東維子文集卷七郭義仲詩集序注。

〔十四〕袁華：參見鐵崖撰可傳集序注。

〔十五〕陸仁：元詩選三集陸河南仁：“仁字良貴，河南人，寓居崑山。爲人沈静簡默，明經好古，文詩不苟作。自號樵雪生，所居曰乾乾之齋，因自號乾乾居士。與郭翼義仲、呂誠敬夫相唱和。其翰墨法歐楷章草，皆灑然可觀，館閣諸公推重之，稱爲陸河南。楊鐵崖謂良貴詩學有祖法，清俊奇偉，如佛朗國進天馬頌、水仙廟迎送神辭、渡黃河、望神京諸篇，尤極稱之。”

〔十六〕馬麐：字公振，一字國瑞，東滄（今江蘇太倉）人。幼酷志讀書，好文尚雅。與顧瑛有姻婭之親。元季避兵松江之南，園池亭樹，幽閑自娱，屏絕世慮，日誦經史。歌詩爲鐵崖推重，稱爲忘年友。有醉漁、草堂二集。其小傳載草堂雅集卷十一、弘治太倉州志卷七人物、列朝詩集甲集、元詩選三集。

〔十七〕秦約：參見東維子文集卷二十五孝友先生秦公墓志銘。

〔十八〕于立：參見本卷龍王嫁女辭注。

卷四　鐵崖先生古樂府卷四

古憤〔一〕

陰陰璞玉抱〔二〕，幽幽雌劍鳴〔三〕。玉屈有時白，劍孤有時并〔四〕。如何妾玉身，長抱碈石名〔五〕？如何妾劍身①，指爲妖鐵精？天乎如有情，蝕月爲妾明。地乎如有情，河水爲妾清。

　　　　吳復曰：“先生此詩，感慨悲憤，永爲一代奇作。孤臣孽子，志有未伸者讀之，可爲涕下。”

【校】

① 原本小字注於題下：“劍身，或作‘劍聲’。”

【箋注】

〔一〕詩撰於元至正六年（一三四六）前後，其時鐵崖游寓湖州、蘇州一帶，授學爲生。繫年依據參見鐵崖先生古樂府卷二曰重光行。

〔二〕璞玉：韓非子和氏：“楚人和氏得玉璞楚山中，奉而獻之厲王……王以和爲誑，而刖其左足。及厲王薨，武王即位，和又奉其璞而獻之武王……王又以和爲誑，而刖其右足。武王薨，文王即位。和乃抱其璞而哭於楚山之下，三日三夜，泣盡而繼之以血。王聞之，使人問其故……和曰：‘吾非悲刖也，悲夫寶玉而題之以石，貞士而名之以誑，此吾所以悲也。’王乃使玉人理其璞而得寶焉，遂命曰和氏之璧。”

〔三〕雌劍：唐陸廣微吳地記：“匠門，又名干將門……闔閭使干將於此鑄劍。材五山之精，合五金之英，使童女一百人祭爐神鼓橐，金銀不銷，鐵汁不下……干將夫妻因斷髮剪指入爐中，遂成二劍。雄號干將，作龜文；雌號莫耶，鰻文……干將進雄劍於吳王而藏雌劍，時時悲鳴，憶其雄也。”

〔四〕“劍孤”句：晉書張華傳：華見斗牛間有紫氣，雷煥言爲劍氣，“即補煥爲豐城令。煥到縣，掘獄屋基，入地四丈餘，得一石函，光氣非常，中有雙劍，并刻題，一曰龍泉，一曰太阿。其夕，斗、牛間氣不復見焉。煥以南昌西山北巖下土以拭劍，光芒豔發……遣使送一劍并土與華，留一自佩……華以南昌土不如華陰赤土，報煥書曰：‘詳觀劍文，乃干將也，莫邪何復不至？雖然，天生神物，終當合耳。’……華誅，失劍所在。煥卒，子華爲州從事，持劍行經延平津，劍忽於腰間躍出墮水。使人沒水取之，不見劍，但見兩龍各長數丈，蟠縈有文章。”

〔五〕碔石：禮記聘義：“敢問君子貴玉而賤碔者，何也？”鄭玄注：“碔石似玉。”

貿絲①詞

鳴鳩毋止棘，止棘爲摧薪。女子毋貿絲，貿絲爲棄人〔一〕。相逢誓作同穴親，大禮如②一失〔二〕，結髮不終身。外爲狂夫暴，内爲兄弟哂〔三〕（叶“平”）。寄語貿絲女，卜語不可信〔四〕，況乃卜非真。

　　吳復曰：“此詞蓋祖氓之詩意，以戒淫奔之失其身者。先生又有淇寡婦詩〔五〕，則又取於氓之終身自反者也。”

【校】

① 絲：原本作“易”，據詩淵本、樓氏鐵崖樂府注本改。
② 大：詩淵本作“六”。原本有小字注於題下：“大禮，或作‘六禮’”。如：詩淵本無。

【箋注】

〔一〕“女子”二句：詩衛風氓：“氓之蚩蚩，抱布貿絲。匪來貿絲，來即我謀……淇水湯湯，漸車帷裳。女也不爽，士貳其行。士也罔極，二三其德。”

〔二〕大禮：指六禮，即夫婦結爲婚姻過程中的六種禮儀（納采、問名、納吉、納徵、請期、親迎）。參見禮記正義卷六十一昏義。

〔三〕“外爲”二句：詩衛風氓：“三歲爲婦，靡室勞矣。夙興夜寐，靡有朝矣。言既遂矣，至于暴矣。兄弟不知，咥其笑矣。”

〔四〕卜語：詩衛風氓：“爾卜爾筮，體無咎言。以爾車來，以我賄遷。”

〔五〕淇寡婦：載本卷。

赤堇篇〔一〕

吴鈞父悖子〔二〕,楚耶臣逆君〔三〕。曷比赤堇精,新鑄雙龍文。作世無價寶,三鄉^①無足論〔四〕。倚天落旄頭〔五〕,仰日裂飛雲。一怒安天下,持以奉至尊。

【校】

① 鄉:原本作“卿”,據樓氏鐵崖樂府注本改。

【箋注】

〔一〕赤堇:越絶書卷十一越絶外傳記寶劍:“昔者,越王句踐有寶劍五,聞於天下。客有能相劍者,名薛燭,王召而問之……王取純鈞,薛燭聞之……‘此所謂純鈞耶?’王曰:‘是也。客有直之者,有市之鄉二、駿馬千匹、千户之都二,可乎?’薛燭對曰:‘不可。當造此劍之時,赤堇之山破而出錫,若耶之溪涸而出銅,雨師掃灑,雷公擊橐,蛟龍捧鑪,天帝裝炭,太一下觀,天精下之。歐冶乃因天之精神,悉其伎巧,造爲大刑三、小刑二:一曰湛盧,二曰純鈞,三曰勝邪,四曰魚腸,五曰巨闕。’”

〔二〕吴鈞父悖子:參見鐵崖先生古樂府卷一吴鈎行。

〔三〕耶:即莫邪。晉干寶搜神記卷十一:“楚干將、莫邪爲楚王作劍,三年乃成。王怒,欲殺之。劍有雌雄。其妻重身當産,夫語妻曰:‘吾爲王作劍,三年乃成。王怒,往必殺我。汝若生子是男,大,告之曰:出户望南山,松生石上,劍在其背。’於是即將雌劍,往見楚王。王大怒,使相之:‘劍有二,一雄一雌,雌來,雄不來。’王怒,即殺之。莫邪子名赤比,後壯……得劍。日夜思欲報楚王。”

〔四〕“作世”二句:源自越絶書,以及西晉張協七命:“楚之陽劍,歐冶所營……形震薛蜀,光駭風胡。價兼三鄉,聲貴二都。”

〔五〕倚天:宋玉大言賦:“方地爲車,圓天爲蓋,長劍耿耿倚天外。”旄頭:即昴星,爲兵象。

吴城怨

吴兵夜入郢,小弟驕父兄〔一〕。彎弓射天日,輂土築長城〔二〕。長城築未竟,客主老蠻荆〔三〕。

【箋注】

〔一〕“吳兵”二句:指夫概攻佔楚都。史記吳太伯世家:“(闔廬)悉興師,與唐、蔡西伐楚,至於漢水。楚亦發兵拒吳,夾水陳。吳王闔廬弟夫概欲戰,闔廬弗許。夫概曰:‘王已屬臣兵,兵以利爲上,尚何待焉?’遂以其部五千人襲冒楚,楚兵大敗,走。於是吳王遂縱兵追之,比至郢,五戰,楚五敗。楚昭王亡出郢……而吳兵遂入郢。”

〔二〕築長城:指修築吳都城牆。吳越春秋卷四闔閭內傳:“子胥曰:‘凡欲安君治民、興霸成王、從近制遠者,必先立城郭,設守備,實倉廩,治兵庫,斯則其術也。’闔閭曰:‘善。夫築城郭,立倉庫,因地制宜,豈有天氣之數,以威鄰國者乎?’子胥曰:‘有。’闔閭曰:‘寡人委計於子。’子胥乃使相土嘗水,象天法地,造築大城,周迴四十七里。陸門八,以象天八風。水門八,以法地八聰。築小城,周十里,陸門三,不開東面者,欲以絶越明也。”

〔三〕客主老蠻荆:指夫概敗走楚地。史記吳太伯世家:“越聞吳王之在郢,國空,乃伐吳。吳使別兵擊越。楚告急秦,秦遣兵救楚擊吳,吳師敗。闔廬弟夫概見秦越交敗吳,吳王留楚不去,夫概亡歸吳而自立爲吳王。闔廬聞之,乃引兵歸,攻夫概。夫概敗,奔楚。楚昭王乃得以九月復入郢,而封夫概於堂谿,爲堂谿氏。”

陳帝宅〔一〕

荒城陳帝宅,故殿吳王居。曲池無錮石,老樹有遺株。高堂易梵宇,白足走鐘魚〔二〕。未知萬代①後,興廢又何如。

【校】

① 原本小字注於題下:“萬代,或作‘百世’。”

【箋注】

〔一〕詩當作於元至正五、六年間,其時鐵崖在湖州長興蔣氏東湖書院授徒。繫年依據:陳帝宅乃長興古迹,本詩蓋鐵崖當時游覽之作。陳帝宅:嘉慶長興縣志卷十二古迹:"陳武帝故宅,在縣東九里,即今廣惠寺。"又:"陳文帝故宅長城宮,在縣西二里,陳文帝所居,天嘉二年置於大寧寺後。顏真卿碑及汪藻、劉一止詩序皆言報德寺陳武帝故宅,李宗諤志云陳天嘉中置,在寺後;又云大雄寺即長城宮。"

〔二〕白足:指僧人。題宋王十朋撰東坡詩集注卷十九贈上天竺辯才師:"坐令一都會,男女禮白足。"注援高僧傳:"釋曇如者,晉武時人,足白於面,時稱爲'白足和尚'。謂僧爲'白足',蓋始乎此。"

雉城曲〔一〕

蕩舟橫塘去〔二〕,塘上野鴛鴦。鴛鴦忽飛去,相見雙女郎〔三〕。齊唱雉城曲,共製夫容裳〔四〕。手洗①藕花露,勸君荷葉囊。何以報永好,解佩雙明璫。妾住雉城裏,不是雉城倡。

【校】

① 原本小字注於題下:"手洗,一作'手挹'。"

【箋注】

〔一〕詩當作於元至正五、六年間,其時鐵崖在湖州長興蔣氏東湖書院授徒。繫年依據參見本卷陳帝宅。雉城:指長興縣城。元和郡縣圖志卷二十五江南道一湖州:"長城縣,本漢烏程縣地,晉武帝太康三年,分其地置長城縣。昔闔閭使弟夫概居此,築城狹而長,因以爲名。"又,嘉慶長興縣志卷十二古迹:"故綏州。唐武德四年置綏州,因古綏安縣以爲名。又更名雉州……吳王夫概城,即長興縣郭。"按:或謂雉城以當地有雉山而得名,參見湖州府志。

〔二〕橫塘:嘉慶長興縣志卷九水:"橫塘在縣東北十五里,聚若溪、呂山塘、大蕩漾諸水,注新塘港,入太湖。"

〔三〕"鴛鴦"二句:異聞志:"晉永嘉中,有士人薄暮游池上。有二女顏色絶麗,各解所佩玉玦相遺。士人迫與語,忽化鴛鴦一雙飛去。視玉玦,乃白荷花瓣。"(清華希閔撰廣事類賦卷三十四飛禽部鴛鴦碎玉佩而雙翔注引録。)

〔四〕夫容裳：離騷："製芰荷以爲衣兮，集芙蓉以爲裳。"

采桑詞〔一〕

吳蠶孕金蛾，吳娘中夜起。明朝南陌頭，采桑鬢不理。使君從何來？調妾桑中意。不識秋胡妻〔二〕，誤認金樓子〔三〕。

  吳復曰："南史：徐妃淫妬，私通左右。帝疾之，賜死。又製金樓子以述其淫行。李賀詩云：'玉堂調笑金樓子，臺下戲學邯鄲倡〔四〕。'"

【箋注】

〔一〕采桑詞：源出採桑曲。採桑曲又名陌上桑、豔歌羅敷行、日出東南隅行、日出行等。

〔二〕秋胡妻：借指節婦烈女。鄭樵通志卷四十九樂略 相和歌三十曲："秋胡行，亦曰陌上桑，亦曰採桑，亦曰在昔。魯有秋胡子，納妻五日而官於陳，五年乃歸。未至家，於路傍見婦人採桑，色美，説之。下車曰：'力田不如逢豐年，力耕不如見公卿。吾有金，願以與汝。'婦人曰：'婦人當採桑力作，以養舅姑，不願人之金。'秋胡歸，奉金以遺母。母使呼婦，婦至，乃向採桑者。婦惡其行，因東投河而死。後人哀之而作秋胡行。故亦曰陌上桑，亦曰採桑。後人多與羅敷行無別。"

〔三〕金樓子：借指淫婦。南史后妃傳下："元帝 徐妃諱昭佩，東海 郯人也……與荆州後堂瑤光寺 智遠道人私通……帝左右暨季江有姿容，又與淫通。季江每嘆曰：'柏直狗雖老猶能獵，蕭溧陽馬雖老猶駿，徐娘雖老猶尚多情。'時有賀徽者美色，妃要之於普賢尼寺，書白角枕爲詩相贈答。既而貞惠世子方諸母王氏寵愛，未幾而終，元帝歸咎於妃。及方等死，愈見疾。太清三年，遂逼令自殺。妃知不免，乃透井死。帝以尸還徐氏，謂之出妻。葬江陵 瓦官寺。帝制金樓子述其淫行。"

〔四〕"玉堂調笑"二句：出李賀詩榮華樂，又名東洛梁家謡。

采菱曲〔一〕

若下清塘好〔二〕，清塘勝若耶〔三〕。鴛鴦飛鏡浦，鸂鶒睡銀沙。兩槳夾螳臂,雙榔交犬牙。照波還自惜,艷色似荷花。袖惹紅萍濕,裙牽翠蔓斜。大堤東過①客,背面在蒹葭。日落江風起,清歌雜笑哇。

【校】

① 原本小字注於題下:"東過,一作'未過'。"

【箋注】

〔一〕詩當撰於元至正五、六年間,其時鐵崖在湖州長興東湖書院授學。繫年依據:詩中所述"若下清塘"乃長興景致。宋郭茂倩樂府詩集卷五十清商曲辭梁武帝江南弄七首題注:"古今樂録曰:梁天監十一年冬,武帝改西曲,製江南上雲樂十四曲,江南弄七曲:一曰江南弄,二曰龍笛曲,三曰採蓮曲,四曰鳳笛曲,五曰採菱曲,六曰游女曲,七曰朝雲曲。"又,王鏊姑蘇志卷十三風俗:"如鳧鳩,亦江鄉水國之物,吳人每見之,形於詞。其餘若江南曲、黃竹子歌、江南弄、採蓮曲、採菱曲,皆樂府所定。按諸曲之音,可以驗風氣之清嘉矣。"

〔二〕若下:太平寰宇記卷九十四湖州長興縣:"箬溪,在縣南五十步。一名顧渚口,一名趙瀆,注於太湖。"按:若下,即下箬。參見鐵崖先生古樂府卷十吳下竹枝歌之一注。

〔三〕若耶:在紹興城南,與鏡湖合。相傳西施於此採蓮,歐冶於此鑄劍。參見明一統志卷四十五紹興府。

海客行〔一〕

海客朱雀航〔二〕,下有五鳳房。三月發長干〔三〕,六月下淮陽〔四〕。青絲牽白日,羅幕西風涼。大姬勸金露,小姬彈空桑〔五〕。中姬執藥饌,調冰①浣肝腸。海客睡不起,明晏②賽神羊。

【校】

① 冰:原本作"水",據樓氏鐵崖樂府注本改。
② 晏:樓氏鐵崖樂府注本作"宴"。

【箋注】

〔一〕詩撰於元至正五年(一三四五)至八年之間,其時鐵崖游寓湖州、蘇州一帶,授學爲生。繫年依據參見鐵崖先生古樂府卷二君家曲。

〔二〕朱雀航：唐許嵩建康實錄卷七顯宗成皇帝："（東晉咸康二年）冬十月,更作朱雀門,新立朱雀浮航。航在縣城東南四里,對朱雀門,南度淮水,亦名朱雀橋。"

〔三〕長干：宋周應合撰景定建康志卷十六坊里："長干里在秦淮南……實錄云：長干是里巷名,江東謂山隴之間曰干。建康南五里有山崗,其間平地,民庶雜居,有大長干、小長干、東長干,并是地里名。小長干在瓦棺南,巷西頭出江。"

〔四〕淮陽：蓋指淮水之北。

〔五〕空桑：漢書禮樂志："（郊祀歌第十二章景星：）空桑琴瑟結信成。"張晏曰："傳曰：空桑爲瑟,一彈三歎。祭天質故也。"師古曰："空桑,地名也,出善木,可爲琴瑟也。"

主家詞〔一〕

主家晏①新客,内屋深羅幃。貴戚金與史〔二〕,長者陶與猗〔三〕。美人間中坐,玉質縷金衣。歌聲上碧落,不放青雲飛。杯行白蓮掌,酒飲黄桐脂。門下有書客,彈鋏歌朝飢〔四〕。

【校】

① 原本小字注於題下："晏,或'宴'。"

【箋注】

〔一〕詩撰於元至正四年（一三四四）至八年之間,其時鐵崖游寓杭州、湖州、蘇州一帶,授學爲生。繫年依據參見鐵崖先生古樂府卷二君家曲。

〔二〕金與史：漢書蓋寬饒傳："上無許、史之屬,下無金、張之託。"應劭注曰："許伯,宣帝皇后父。史高,宣帝外家也。金,金日磾也。張,張安世也。"顏師古注曰："許氏、史氏有外屬之恩,金氏、張氏自託在於近狎也。"

〔三〕陶：指陶朱公范蠡；猗：指猗頓。二人皆以經商致富,富甲一方。詳見史記貨殖列傳。

〔四〕彈鋏歌朝飢：戰國時馮驩故事。史記孟嘗君列傳："馮驩聞孟嘗君好客,蹝屬而見之……彈其劍而歌曰：‘長鋏歸來乎，食無魚。’”

道旁騎①〔一〕

春風扇官道②，官柳黄金條。道旁百金③騎，俠氣争春驕。竹間小桃花〔二〕，嫣如董嬌嬈〔三〕。下馬隔④花語，疑是花中妖〔四〕。

【校】

① 劉世珩影元刊十八卷本玉山草堂雅集卷二亦載此詩，據以校勘。玉山草堂雅集本題作春俠。樓氏鐵崖樂府注本小字注於題下：“一作春俠。”
② 官道：玉山草堂雅集本作“微和”。
③ 道旁百金：玉山草堂雅集本作“東郊一走”。
④ 隔：玉山草堂雅集本作“與”。

【箋注】

〔一〕詩撰於元至正四年（一三四四）至八年之間，其時鐵崖游寓杭州、湖州、蘇州一帶，授學爲生。繫年依據參見鐵崖先生古樂府卷二君家曲。
〔二〕“竹間”句：唐孟棨本事詩情感：“（崔護）舉進士下第，清明日，獨游都城南，得居人莊……有女子自門隙窺之……獨倚小桃斜柯佇立，而意屬殊厚，妖姿媚態，綽有餘妍……及來歲清明日，忽思之，情不可抑，徑往尋之。門墻如故，而已鎖扃之。因題詩於左扉云：‘去年今日此門中，人面桃花相映紅。人面祇今何處去，桃花仍舊笑春風。’”
〔三〕“嫣如”句：東漢宋子侯有董嬌嬈詩，後人多以董嬌嬈借指美女。
〔四〕花中妖：宋陳淳北溪字義卷下鬼神：“武三思置一妾，絶色，士夫皆訪觀，狄梁公亦往焉，妾遁不見。武三思搜之，在壁隙中語曰：‘我乃花月之妖，天遣我奉君談笑。梁公，時之正人，我不可以見。’”

風日好 寄馮來青①〔一〕

春來風雨顛，未見風日好。今朝風日好，美人在遠道。美人招未來,相思把瑶草〔二〕。長鳥舞春風,爲我一傾②倒。

【校】

① 寄馮來青:此小字注原本無,據樓氏鐵崖樂府注本增補。
② 傾:樓氏鐵崖樂府注本作"顚"。

【箋注】

〔一〕詩當作於元至正四年(一三四四)前後。繫年依據:其一,鐵崖先生古樂
　　府所收詩歌之撰期,不遲於至正九年,本詩當不例外。其二,至正初年鐵
　　崖寓居杭州時,與馮來青交往頗多。馮來青:指馮士頤。士頤,富春人。
　　家有讀書樓名來青。參見鐵崖先生詩集丙集醉歌行寄馮正卿、顧瑛詩富
　　春馮正卿其伯父古山父仁山結樓讀書名曰來青(載玉山璞稿)、東維子文
　　集卷七富春八景詩序。
〔二〕瑶草:明彭大翼山堂肆考卷一百五十瑶草:"山海經:姑射之山,帝女死
　　焉,化爲瑶草。又,高唐賦序:帝之季女名瑶姬,未行而亡,封于巫山,精神
　　化爲草,故名瑶草。"

春芳曲〔一〕

春容不再芳,春華不再揚。我欲倩游絲,花前繫春陽。春陽不可
繫,游絲徒爾長。飛來雙蛺蝶,綴我羅衣裳。頓足起與舞,上下隨
春狂。

【箋注】

〔一〕詩撰於元至正四年(一三四四)至八年之間,其時鐵崖游寓杭州、湖州、蘇
　　州一帶,授學爲生。繫年依據參見鐵崖先生古樂府卷二君家曲。

太師宅〔一〕

前朝太師宅,基撤萬民廬。太師一去宅,問宅今何如?赤地無所

有,庭樹八九株。緬懷炙手日,門前卿大夫。肥馬在東厩,脂羊出中厨。光妓列秦趙,佐酒吹笙竽[二]。歷年未五十,一壞不枝梧。可笑①不于此,悔不桑爲樞[三]。道旁甲第子[四],過馬一踟躕。

【校】

① 樓氏鐵崖樂府注本小字注於題下:"可笑,或作'歌笑'。"

【箋注】

〔一〕詩撰於元至正五年(一三四五)至八年之間,其時鐵崖游寓湖州、蘇州一帶,授學爲生。繫年依據參見鐵崖先生古樂府卷二君家曲。太師宅:待考。
〔二〕吹笙竽:文選左思詠史之四:"朝集金張館,暮宿許史廬。南鄰擊鐘磬,北里吹笙竽。"
〔三〕桑爲樞:喻指陋室。莊子讓王:"原憲居魯,環堵之室,茨以生草;蓬户不完,桑以爲樞;而甕牖二室,褐以爲塞;上漏下濕,匡坐而弦。"
〔四〕甲第:漢書高帝紀下:"爲列侯食邑者,皆佩之印,賜大第室。吏二千石,徙之長安,受小第室。"孟康注:"有甲乙次第,故曰第也。"

招農篇[一]

京城五都會[二],卓錐争比閭。朱樓矗隒址,繡甍①夾通衢。洒削饗列鼎,販脂來駟②車[三]。東家見妖麗,西舍聞笙竽。劬劬農家子,住在三家墟。一日出京市,歸不把犁鋤。千金賣恒産,買屋京城居。京城豈不美,咄嗟異榮枯。貨殖非吾法,守望非吾徒。仰屋視門傅,壁立甂無儲。卻歸卜丘首,鄰里相揶揄③。嗟嗟食田子,食技汝不如。食田可久業,聖主方捐租[四]。

【校】

① 甍:原誤作"薨",據文意改。
② 原本小字注於題下:"來駟,或作'乘駟'。"
③ 揶揄:原本作"椰榆",據樓氏鐵崖樂府注本改。

【箋注】

〔一〕詩撰於元至正六年(一三四六)冬,其時鐵崖游寓湖州、杭州,授學爲生。繫年依據:詩中稱皇帝爲"聖主",又曰"方捐租",蓋指至正初年元順帝施行仁政,惠及南人。又據元史順帝本紀,至正六年閏十月,有詔減免差税。

〔二〕五都會:五方都會。指繁華之地。文選宋玉登徒子好色賦:"臣少曾遠游,周覽九土,足歷五都。"李善注:"五都,五方之都。"

〔三〕"洒削"二句:史記貨殖列傳:"販脂,辱處也,而雍伯千金。賣漿,小業也,而張氏千萬。洒削,薄技也,而郅氏鼎食。"索隱:"洒削,謂摩刀以水洒之。"

〔四〕"聖主"句:元史順帝本紀四:"(至正六年)閏月乙亥朔,詔赦天下,免差税三分,水旱之地全免。"

南婦還〔一〕　并序

南婦有轉徙北州者,越二十年復還。訪死問生,人非境换,有足悲者。爲賦之①。

今日是何日?慟返南州岐。汩汩東逝水,一日有西歸。長别二十年,休戚不相知。去時藚髮②青〔二〕,歸來面眉黧。昔人今則是,故家今則非。脱胎有父母,結髮有夫妻。驚呼問鄰③里,共指冢纍纍。訪死欲穿隧,泣血還④復疑。白骨滿丘山,我逝其從誰!

【校】

① 明偶桓編乾坤清氣卷二載此詩,據以校勘。乾坤清氣本無詩題下小字注,亦無詩引。

② 原本有小字注:"藚髮,或作'鬒髮'。"乾坤清氣本作"鬒髮"。

③ 鄰:乾坤清氣本作"間"。

④ 還:乾坤清氣本作"不"。

【箋注】

〔一〕詩撰於元至正四年(一三四四)至八年之間,其時鐵崖游寓杭州、湖州、蘇州一帶,授學爲生。繫年依據參見鐵崖先生古樂府卷二君家曲。
〔二〕蠆髮:詩小雅都人士:“彼君子女,卷髮如蠆。”

淇寡婦

淇上有寡婦[一],始慕宋共姬[二]。食貧以自守,笑誚懷猜疑①。忽爲盜所汙,放僻靡不爲。昔爲淇婦宗,今爲淇婦嗤。可憐困思反,不如貿絲兒[三]。

　　　　吴復曰:“氓之詩,淫奔之惡也。君子猶取之者,以其困而知自反也。若漢原涉②[四],則不知反矣。涉之言曰:‘家人寡婦始自約敕時,慕宋伯姬、陳孝婦[五]。不幸失身,遂行淫泆,不能自還。吾猶此矣。’淇之婦,其即涉流歟!此詩人之所悼也。”

【校】

① 原本小字注於題下:“猜疑,或作‘清癡’。”
② 涉:原本作“陟”,據漢書原涉傳改。下同。

【箋注】

〔一〕淇上:禮記正義卷三十九樂記:“鄭音好濫淫志,宋音燕女溺志,衛音趨數煩志,齊音敖辟喬志。”正義曰:“……按詩有‘桑中’、‘淇上’,是淫泆可知,則淫泆之外,更有促速敖辟。推此而言,齊詩有哀公荒淫怠慢,襄公淫於妹,亦女色之外,加以敖辟驕志也,故總謂之溺音也。”

〔二〕共姬:指伯姬。劉向古列女傳卷四宋恭伯姬:“既嫁於恭公十年,恭公卒,伯姬寡。至景公時,伯姬嘗遇夜失火,左右曰:‘夫人少避火。’伯姬曰:‘婦人之義,保傅不俱,夜不下堂。待保傅來也。’保母至矣,傅母未至也,左右又曰:‘夫人少避火。’伯姬曰:‘婦人之義,傅母不至,夜不可下堂。越義而生,不如守義而死。’遂逮於火而死。春秋詳録其事,爲賢伯姬,以爲婦人以貞爲行者也。伯姬之婦道盡矣。”

〔三〕貿絲兒:即詩經中所謂“氓”。詩衛風氓:“氓之蚩蚩,抱布貿絲……信誓旦旦,不思其反。反是不思,亦已焉哉。”

〔四〕原涉:其事迹詳見漢書游俠傳。

〔五〕宋伯姬：即前述宋共姬。陳孝婦：陳之少寡婦，年十六嫁，未有子，而夫遠戍，遂守寡終身，漢文帝獎賞。詳見劉向古列女傳卷四陳寡孝婦。

七哀詩〔一〕

貧者欲無壽，富嬰願期頤。慘慘里門道，哭聲一何悲。白頭灑慈淚，紅顏服縗衰。借問送車人，共惜紈袴兒。問齒未逾壯，問家素不貲。黄金不貸死，華屋中道辭〔二〕。南鄰九十老，帶索如榮期〔三〕。

【箋注】

〔一〕七哀：鄭樵通志卷四十九樂略著録怨思二十五曲，其中有七哀。又，元李治敬齋古今黈卷七：“子建之七哀，主哀思婦；仲宣之七哀，主哀亂離；孟陽之七哀，主哀丘墓……大抵人之七情，有喜怒哀樂愛惡欲之殊，今而哀戚太甚，喜怒愛惡等悉皆無有，情之所繫，惟有一哀而已，故謂之‘七哀’也。不然，何不云‘六’云‘八’，而必曰‘七哀’乎！”

〔二〕華屋：化用曹植箜篌引：“生在華屋處，零落歸山丘。”

〔三〕榮期：即榮啟期，又作榮聲期。孔子家語卷四六本：“孔子游於泰山，見榮聲期行乎郕之野，鹿裘帶索，瑟瑟而歌。孔子問曰：‘先生所以爲樂者，何也？’期對曰：‘吾樂甚多，而至者三：天生萬物，唯人爲貴，吾既得爲人，是一樂也；男女之别，男尊女卑，故人以男爲貴，吾既得爲男，是二樂也；人生有不見日月、不免襁褓者，吾既以行年九十五矣，是三樂也。貧者，士之常；死者，人之終。處常得終，當何憂哉！’”

伐木篇

伐木入空谷，有木大蔽牛。大廈孰傾棟，一日蒙見收。迺知匠石棄，故非文木儔。土腐不中櫑，水沉不中舟。拳不受矲揉①，櫺不受丹髹〔一〕。今兹忽解后②，陶我山之湫。斧斤放薪木，輿輓充吾樞。我聞漆園旨〔二〕，壽或逃商丘〔三〕。幸有大不幸，焉知桑栢楸〔四〕？

【校】

① 揉：樓氏鐵崖樂府注本作“括”。
② 解后：樓氏鐵崖樂府注本作“邂逅”。

【箋注】

〔一〕“伐木”十句：莊子人間世：“匠石之齊，至乎曲轅，見櫟社樹其大蔽牛，絜之百圍……觀者如市，匠伯不顧，遂行不輟。弟子厭觀之，走及匠石，曰：‘自吾執斧斤以隨夫子，未嘗見材如此其美也。先生不肯視，行不輟，何邪？’曰：‘已矣，勿言之矣，散木也。以爲舟則沈，以爲棺槨則速腐，以爲器則速毁，以爲門户則液樠，以爲柱則蠹，是不材之木也。無所可用，故能若是之壽。’匠石歸，櫟社見夢曰：‘女將惡乎比予哉？若將比予於文木邪？’”
〔二〕漆園：指莊子。莊子曾爲漆園吏，故稱。
〔三〕逃商丘：莊子人間世：“南伯子綦游乎商之丘，見大木焉有異……仰而視其細枝，則拳曲而不可以爲棟梁；俯而視其大根，則軸解而不可以爲棺槨；咶其葉，則口爛而爲傷；嗅之，則使人狂酲三日而不已。子綦曰：‘此果不材之木也，以至於此其大也。嗟乎，神人以此不材！’”
〔四〕“幸有”二句：意爲福禍相依。莊子人間世：“宋有荆氏者，宜楸、柏、桑。其拱把而上者，求狙猴之杙者斬之；三圍四圍，求高名之麗者斬之；七圍八圍，貴人富商之家求樿傍者斬之。故未終其天年而中道之夭於斧斤，此材之患也。”

瘦馬行

瘦馬青海種〔一〕，新自流沙至〔二〕。市門顧①不售，千金價無二。肉駘大項領，疋帛可收致。天寒道里愁，伏櫪消遠志。瘦馬雖伶仃，毅有千里氣。世無牙與青〔三〕，瘦馬與②誰試？

【校】

① 原本小字注於題下：“顧，或作‘願’。”

② 原本小字注於題下:"與,或作'爲'。"

【箋注】

〔一〕青海種: 宋葉廷珪海録碎事卷二十二龍種:"甘松之南,吐谷渾之地,有青海,周回千里。海中有小山,每冬來合後以良牡牝馬置此山,至來冬收之。馬有孕,所生得駒,號曰'龍種'。"

〔二〕流沙: 位於敦煌西。參見漢書地理志。又,漢書禮樂志載武帝太初四年誅宛王獲宛馬而作天馬歌曰:"天馬徠,從西極,涉流沙,九夷服。"

〔三〕牙與青: 指秦牙、管青。吕氏春秋卷二十觀表:"古之善相馬者: 寒風是相口齒,麻朝相頰,子女厲相目,衛忌相髭,許鄙相胸脋,投伐褐相胸脅,管青相膹肳,陳悲相股脚,秦牙相前,贊君相後。凡此十人者,皆天下之良工也。"

金山孤鳳辭

蕭蕭金山鳳,鳳兮同阿房〔一〕。鳳兮不凰老,孤鳴在高岡〔二〕。幸生一鷽雛,毛羽蔚成章。鷽雛實不惡,反哺天性良。坐革①鴞鏡暴〔三〕,不受雀角傷〔四〕。教之六律音,因之汨②朝陽。來儀實有本,鳳聲益鏘鏘。於乎金山鳳,永爲百鳥祥。

　　吳復曰:"此詩蓋爲金壇宋亮母張氏作也〔五〕。廿又四,失夫君,克③保抱其遺孤,訖於有成,而益大其門閭。一節之矢④,八秩而終。故作此。"

【校】

① 原本小字注於題下:"坐革,或作'坐草'。"

② 汨: 樓氏鐵崖樂府注本作"鳴"。

③ 克: 原本作"充",據樓氏鐵崖樂府注本序文改。按: 樓氏鐵崖樂府注本詩題下有小序,且有注曰"序從别本增入",實略改吳復此跋而成,故據以參校。

④ 矢: 原本作"死",據樓氏鐵崖樂府注本序文改。

【箋注】

〔一〕阿房: 即阿閣。文選古詩西北有高樓:"阿閣三重階。"李善注:"尚書中候曰:'昔黄帝軒轅,鳳凰巢阿閣。'"

〔二〕“鳳兮”二句: 論衡校釋卷十六講瑞篇:“按禮記瑞命篇云:‘雄曰鳳,雌曰皇。雄鳴曰即即,雌鳴曰足足。’詩云:‘梧桐生矣,于彼高岡。鳳皇鳴矣,于彼朝陽。’”

〔三〕梟鏡: 史記孝武本紀:“後人復有上書,言:‘古者天子常以春秋解祠,祠黄帝用一梟破鏡。’”孟康注曰:“梟,鳥名,食母。破鏡,獸名,食父。黄帝欲絶其類,使百物祠皆用之。破鏡如貙而虎眼。或云直用破鏡。”

〔四〕雀角: 宋范處義詩補傳卷二行露:“誰謂雀無角,何以穿我屋? 誰謂女無家,何以速我獄?”注:“此言貞女既不肯嫁,而强暴之男遂妄興獄訟,侵陵貞女。如雀之穿屋、鼠之穿墉,欲據以爲巢穴。詩人道貞女之辭,曰誰謂雀無角,以何物穿我之屋? 誰謂女本無室家之道,何故召我之獄?”

〔五〕宋亮: 金壇(今屬江蘇)人。生平不詳,蓋至正年間在世。元王寔亦曾撰文表彰宋亮母張氏,曰節婦銘:“若個謂何,宋母張氏……良人蚤没,凜乎不改。悍悍寡居,逾五十載。天之相之,壽幾八載。”(載全元文第四十九册。)

焦尾辭〔一〕

焦尾器猶在,焦尾音無遺。睠茲古人器,緪以今人絲。纖手弄掩抑,類作箜篌悲〔二〕。赤城有佳士〔三〕,今人古人師。獨作古先操,頎然①如見之〔四〕。飲以化人酒,此味從誰知?

> 吳復曰:“此詩爲天台琴師潘師古作也。先生自注云:‘師古以琴名東州,嘗挾之游京,道遇余吳下,爲余作古聲數弄。時坐客皆宗新聲,心鄙其淡鈍。余謂②師古不爲王門伶人,新聲不必宗也。爲作焦尾辭。’”

【校】

① 原本小字注於題下:“頎然,一作‘傾然’。”

② 謂: 原本作“請”,據樓氏鐵崖樂府注本序文改。按:樓氏鐵崖樂府注本詩題下有小序,且有注曰“序從别本增入”。按:樓氏鐵崖樂府注本詩題下小序,實即吳復此跋所引鐵崖語,故據以參校。

【箋注】

〔一〕詩作於元至正七年(一三四七)前後,其時鐵崖寓居姑蘇,授學爲生。繫年依據：吳復題跋曰天台琴師潘師古與鐵崖相遇吳中，當爲至正初年鐵崖游寓姑蘇之際。焦尾：搜神記卷十三：“（蔡邕）至吳，吳人有燒桐以爨者，邕聞火烈聲，曰：‘此良材也。’因請之，削以爲琴，果有美音。而其尾焦，因名‘焦尾琴’。”

〔二〕箜篌悲：蓋指箜篌行，又名公無渡河行。參見鐵崖先生古樂府卷一公無渡河注。

〔三〕赤城佳士：潘師古。師古當爲其字或號，天台（今屬浙江）人。琴師，曾游京城。元季以擅長古琴彈奏聞名東南城鎮。

〔四〕“獨作”二句：孔子家語辨樂：孔子習琴，聞文王操，曰：“丘迨得其爲人矣。近黮而黑，頎然長，曠如望羊，奄有四方，非文王其孰能爲此？”

紈扇辭〔一〕

團圓①合歡扇，比似月嬋娟。嬋娟有時缺，我扇豈長圓？秋風落梧②葉，我扇同棄捐〔二〕。不得如秋葉，吹墮在③君前。

【校】

① 團圓：詩淵本作“團團”。
② 梧：詩淵本作“桐”。
③ 在：詩淵本作“有”。

【箋注】

〔一〕詩撰於元至正二年（一三四二）至八年之間，其時鐵崖服喪期滿，然補官不果，游寓杭州、湖州、蘇州一帶，授學爲生。繫年依據：其一，詩中“我扇同棄捐”“吹墮在君前”等句，寓失望怨憤、盼人垂青之意。其二，參見鐵崖先生古樂府卷二君家曲。

〔二〕“秋風”二句：文選班婕妤怨歌行：“新裂齊紈素，皎潔如霜雪。裁爲合歡扇，團團似明月。出入君懷袖，動搖微風發。常恐秋節至，涼風奪炎熱。棄捐篋笥中，恩情中道絶。”

白門柳

步出<u>白門</u>柳〔一〕，聞歌<u>金縷衣</u>〔二〕。事生不事死，曩誓今已遺①。空負地下心，百年以爲期。向來媒佻鳩〔三〕，寧爲今日思？

【校】

① 誓：原本作"擔"，據<u>樓氏鐵崖樂府注</u>本改。已遺：原本小字注於題下："或作'已違'。"

【箋注】

〔一〕<u>白門</u>：此指建康（今<u>江蘇</u><u>南京</u>）城南門。<u>明</u><u>楊慎</u>撰<u>丹鉛總録</u>卷十二<u>太白楊叛兒曲</u>："<u>古樂府楊叛兒曲</u>云：'暫出<u>白門</u>前，楊柳可藏烏。歡作沉水香。儂作博山鑪。'<u>李太白</u>擬之，其詞曰：'君歌<u>楊叛兒</u>，妾勸<u>新豐</u>酒。何許最關人？烏啼<u>白門</u>柳。'"

〔二〕<u>金縷衣</u>：<u>全唐詩</u>卷二十八載佚名<u>金縷衣</u>："勸君莫惜金縷衣，勸君惜取少年時。花開堪折直須折，莫待無花空折枝。"

〔三〕"向來"句：<u>楚辭</u><u>離騷</u>："吾令鴆爲媒兮，鴆告余以不好。雄鳩之鳴逝兮，余猶惡其佻巧。"

丹山鳳〔一〕

<u>吳山</u>①五色鳳〔二〕，千歲或一鳴。來見君子國，見則時文明。自從鳴岐後〔三〕，野鳥襲爲名。鳳兮德久衰〔四〕，短歌空復情。

【校】

① <u>吳山</u>：<u>詩淵</u>本、<u>明潘是仁編宋元詩六十一種</u>本、<u>樓氏鐵崖樂府注</u>本皆作"<u>丹山</u>"。

【箋注】

〔一〕<u>丹山鳳</u>：<u>山海經校注</u>卷一<u>南山經</u>："又東五百里，曰<u>丹穴之山</u>，其上多金玉。丹水出焉，而南流注于<u>渤海</u>。有鳥焉，其狀如雞，五采而文，名曰鳳凰……見則天下安寧。"金趙秉文送麻徵君知幾:"丹山五色鳳,一舉眇天隅。文采瑞聖世,不爲竹與梧。"

〔二〕吳山:傳說中東方有區吳之山、鹿吳之山、漆吳之山,蓋即此所謂"吳山"。參見山海經校注卷一南山經。

〔三〕鳴岐:指鳳鳴岐山。清朱鶴齡禹貢長箋卷九:"岐山在扶風美陽縣(今鳳翔府岐山縣)西北。説文:'山有兩岐,故名。'文王時鳳鳴岐山,即此。俗呼鳳凰堆。"

〔四〕"鳳兮"句:論語微子:"楚狂接輿歌而過孔子曰:'鳳兮鳳兮! 何德之衰? 往者不可諫,來者猶可追。已而,已而,今之從政者殆而!'"

梁父吟〔一〕

步出齊城門,上陟獨樂峰〔二〕。梁父昂雉堞,蕩陰夷鬃封〔三〕。齊國①殺三士〔四〕,杵臼②不能雄〔五〕。所以梁父吟,感嘆長笑③翁。吁嗟長笑翁,相漢起伏龍〔六〕。關張比疆冶〔七〕,將相俱和同。上帝棄炎祚〔八〕,將星墮營中〔九〕。抱膝和梁父〔十〕,梁父生悲風。

【校】

① 國:詩淵本作"相"。
② 臼:原本作"舊",據列朝詩集本、樓氏鐵崖樂府注本改。
③ 笑:詩淵本作"嘯"。

【箋注】

〔一〕梁父吟:宋郭茂倩樂府詩集卷四十一諸葛亮梁甫吟:"步出齊城門,遥望蕩陰里。里中有三墓,累累正相似。問是誰家墓,田疆古冶子。力能排南山,文能絶地紀。一朝被讒言,二桃殺三士。誰能爲此謀? 國相齊晏子。"又,詩題下有注曰:"按梁甫,山名,在泰山下。梁甫吟,蓋言人死葬此山,亦葬歌也。"

〔二〕獨樂峰:方輿勝覽卷三十二襄陽府:"獨樂山,在鄧城西七里。諸葛亮嘗登,於此作梁父吟。"

〔三〕"蕩陰"句:太平寰宇記卷十八青州臨淄縣:"陰陽里(四庫本作蕩陰里)。

郡國志云：縣東有陰陽里，即諸葛亮梁父吟云。”元陳澔禮記集説卷二檀弓：“昔者夫子言之曰：‘吾見封之若堂者矣，見若坊者矣，見若覆夏屋者矣，見若斧者矣，從若斧者焉，馬鬣封之謂也。’此言封土有此四者之形……若斧者，上狹如刃，較之上三者皆用功力多而難成，此則儉而易就，故俗謂之‘馬鬣封’，馬鬣鬣之上，其肉薄，封形似之也。”

〔四〕三士：指公孫接、田開疆、古冶子，皆春秋時齊景公之臣，勇而無禮。晏子設計，餽之二桃，遂因争勝而先後自刎。詳見晏子春秋卷二諫下。

〔五〕杵臼：齊景公名。

〔六〕伏龍：指諸葛亮。參見三國志諸葛亮傳注引襄陽記。

〔七〕關張：指關羽、張飛。疆冶：指田開疆、古冶子。

〔八〕炎祚：指漢朝政權。

〔九〕“將星”句：晉書天文志三：“蜀後主建興十三年，諸葛亮帥大衆伐魏，屯于渭南。有長星赤而芒角，自東北西南流，投亮營，三投再還，往大還小。占曰：‘兩軍相當，有大流星來走軍上及墜軍中者，皆破敗之徵也。’九月，亮卒于軍，焚營而退，群帥交怨，多相誅殘。”

〔十〕“抱膝”句：三國志蜀書諸葛亮傳注：“魏略曰：亮在荆州，以建安初與潁川石廣元、徐元直、汝南孟公威等俱游學，三人務於精熟，而亮獨觀其大略。每晨夜從容，常抱膝而嘯，而謂三人曰：‘卿三人仕進可至刺史郡守也。’三人問其所至，亮但笑而不言。”

塗山篇①〔一〕

朝發一錢渡〔二〕，暮宿三江潮〔三〕。塗山②有禪伯，飲我松間瓢。遂登福勛廟（福勛，俗指爲禹婦翁。），還憩汪罔橋③〔四〕（防風氏）。塗翁④不可詰，夜附山鬼妖。載吊漆姓人〔五〕，負惡忍兜苗〔六〕。既懷彎弓逆，可徒坐不朝。逆名不可訓，姑以後至梟。澗硎洗遺骨，白日連山椒。

【校】

① 樓氏鐵崖樂府注本有小字注於題下：“一作金山。”

② 塗山：原本作“金山”，據詩淵本、樓氏鐵崖樂府注本改。按：疑“金山”之“金”，實爲“金”之誤寫。參見注釋引録釋守仁詩題鐵崖先生金山詩後。

③ 汪罔橋：詩淵本作“汪岡嶠”。

④ 塗翁：原本作"金翁"，據詩淵本、樓氏鐵崖樂府注本作改。

【箋注】

〔一〕按：鐵崖友人釋守仁有五言詩題鐵崖先生衾山詩後（載夢觀集卷二），詩中曰："先生列仙儒，翩然騎箕尾……世無楊子雲，千載徒爲爾。"蓋作於鐵崖逝世之後不久。據以推之，塗山篇蓋屬鐵崖得意之作，曾書贈友人。塗山：浙江通志卷十三山川："（紹興府）塗山，嘉泰會稽志：在縣西北四十五里。舊經云禹會萬國之所。"

〔二〕一錢渡：指錢清鎮，以漢劉寵去職時止受百姓一錢而名。大清一統志紹興府："錢清鎮，在山陰縣西五十里。"

〔三〕三江：三江口。讀史方輿紀要卷九十二紹興府："三江閘，府北二十八里……其外即三江口也。"

〔四〕汪罔：蓋即汪芒氏。清毛奇齡撰春秋毛氏傳卷十九："魯語：吳伐越，墮會稽，獲骨節專車，以問仲尼。曰：'此防風氏之骨也。'禹會諸侯，惡防風後至，戮之。在昔爲汪芒氏，在周爲長狄氏。漆姓則長狄種系。"

〔五〕漆姓人：指長狄氏，即汪罔。參見前注。

〔六〕兜苗：驩兜、三苗。書舜典："流共工于幽州，放驩兜于崇山，竄三苗于三危。"

驪山曲〔一〕

驪山鬱崔嵬，宮闕金銀開。月生鵁鶄觀〔二〕，雲遶鳳凰臺〔三〕。宮中紅粉子，調笑春風媒。青鳥銜巾去〔四〕，乳鹿巡花來〔五〕。天王太白次〔六〕，倉皇①金粟堆〔七〕。石馬動秋色〔八〕，羗枝連暮哀〔九〕。只今瑤池水，八駿渴生埃〔十〕。

【校】

① 倉皇：樓氏鐵崖樂府注本誤作"蒼玉"。

【箋注】

〔一〕驪山：太平寰宇記卷二十七關西道三："驪山，在（昭應）縣東南二里，即藍田山也。温湯出山下,其陽多寶玉,其陰多黄金。”按:驪山又稱酈山,乃秦嶺北側支脈,唐代以前爲帝王貴族游樂勝地。位於今陝西 西安 臨潼東南。

〔二〕鳷鵲觀:三輔黄圖卷四苑囿:“甘泉苑,武帝置。緣山谷行,至雲陽三百八十一里,西入扶風,凡周回五百四十里。苑中起宫殿臺閣百餘所,有仙人觀、石闕觀、封巒觀、鳷鵲觀。”

〔三〕鳳凰臺:或謂即秦穆公爲女所建之鳳臺。駱賓王 帝京篇:“複道斜通鳷鵲觀,交衢直指鳳凰臺。”

〔四〕“青鳥”句:杜詩詳注卷二麗人行:“楊花雪落覆白蘋,青鳥飛去銜紅巾。”注:“趙曰:青鳥應如鸚鵡之類,豢養馴熟,飛銜紅巾,此借西王母青鳥也。薛道衡詩:願作王母三青鳥,飛來飛去傳消息。漢武故事:七月七日,上於承華殿齋坐中,忽有青鳥從西方來集殿前,有頃,王母至,有二青鳥如烏,夾侍王母旁。”

〔五〕乳鹿巡花:即鹿銜花,預示安禄山之亂。參見鐵崖先生古樂府卷三大唐鍾山進士歌。

〔六〕“天王”句:杜詩詳注卷五九成宫:“天王狩太白,駐馬更搔首。”注:“時肅宗在鳳翔,故曰天王守……唐書:鳳翔 郿縣有太白山。”

〔七〕金粟堆:指金粟山崗。舊唐書玄宗本紀下:“高力士、陳玄禮等遷謫,上皇寖不自懌。上元二年四月甲寅,崩于神龍殿,時年七十八……初,上皇親拜五陵,至橋陵,見金粟山崗有龍盤鳳翥之勢,復近先塋,謂侍臣曰:‘吾千秋後宜葬此地,得奉先陵,不忘孝敬矣。’至是,追奉先旨以創寢園,以廣德元年三月辛酉葬于泰陵。”

〔八〕石馬:杜詩詳注卷五玉華宫:“當時侍金輿,故物獨石馬。”注:“趙曰:當時必有隨輦美人,殁葬宫旁,故及之。”

〔九〕羌枝:指横笛。相傳横笛始於羌,與豎笛爲雙笛。參見樂律表微卷七。

〔十〕八駿:相傳周穆王有良馬八匹,日馳三萬里,稱八駿。

弁峰七十二①〔一〕

弁峰七十二,菡萏開青冥。窮探最絶頂,龍舌呀巖扃。高源下絶壁,海眼涵明星。毒龍戲珠玉,殘唾吹餘腥。胡僧洗神②鉢,密咒收風霆〔二〕。洞庭水如畝③,溟涬連滄溟。下觀人間世,九點烟中青〔三〕。

【校】

① 吳興藝文補卷五十四載此詩,據以校勘。吳興藝文補本題作弁山。

② 神:吳興藝文補本作"石"。

③ 畞:樓氏鐵崖樂府注本作"藍"。

【箋注】

〔一〕詩當作於元至正五、六年間,其時鐵崖在湖州長興蔣氏東湖書院授徒。繫
年依據參見本卷陳帝宅。弁峰:嘉慶長興縣志卷八山:"弁山在縣東南四
十里,高三百丈,周一百四十里……弁山西北之半隷長興。山陰多奇石,
又産諸藥品。每土中掘得前代殘碑斷石。"

〔二〕"胡僧洗神鉢"二句:述釋涉異事。晉書藝術傳:"僧涉者,西域人也,不知
何姓。少爲沙門,苻堅時入長安。虛静服氣,不食五穀,日能行五百里,言
未然之事,驗若指掌。能以秘祝下神龍,每旱,堅常使之呪龍請雨。俄而
龍下鉢中,天輒大雨。"

〔三〕九點烟:李賀詩歌集注卷一夢天:"遥望齊州九點烟,一泓海水杯中瀉。"
注:"九州遼闊,四海廣大,而自天上視之,不過點烟杯水。"

送客洞庭西[一]

送客洞庭西[二],雷堆青兩兩[三]。陳殿出空明[四],吳城連蒼莽。
春隨湖色深,風將潮聲長。楊柳讀書堂,夫容採菱槳。懷人故未休,
望望欲成往。

【箋注】

〔一〕詩當作於元至正五、六年間,其時鐵崖在湖州長興蔣氏東湖書院授徒。繫
年依據參見本卷陳帝宅。

〔二〕洞庭西:即太湖西岸。蓋指當時鐵崖寓居地湖州長興。

〔三〕雷堆:指大雷山、小雷山。嘉慶長興縣志卷八山:"大雷山在縣東北六十
里,高一百二十丈。周處風土記:太湖中有大雷、小雷,二山相距六十里,
其間即靁澤所漁處也……與江南吳縣分界,去岸二十里。"

〔四〕陳殿：南朝陳遺留宮殿。

堯市山〔一〕

在太湖西，屬長興州。

湖山七十二，西峰鬱相繆。抔①飲有堯井，象畊餘舜丘〔二〕。相傳十日出，大浸稽天流〔三〕。生民竊生理，托市兹山頭〔四〕。只今東震水，雙雷没如漚〔五〕。仁人感地脉，望望終南愁〔六〕。

【校】

① 抔：原本作“杯”，據樓氏鐵崖樂府注本改。

【箋注】

〔一〕詩當作於元至正五、六年間，其時鐵崖在湖州長興蔣氏東湖書院授徒。繫年依據參見本卷陳帝宅。嘉慶長興縣志卷八山：“堯市山在縣西北四十一里，高一百四十丈，周十里，一名石門山。”

〔二〕象畊：文選左思吳都賦：“象耕鳥耘，此之自與。”李善注引越絕書：“舜葬蒼梧，象爲之耕；禹葬會稽，鳥爲之耘。”

〔三〕“相傳”二句：淮南子本經訓：“逮至堯之時，十日并出，焦禾稼，殺草木，而民無所食……（羿）上射十日而下殺猰貐，斷修蛇於洞庭，禽封豨於桑林……舜之時，共工振滔洪水，以薄空桑。龍門未開，吕梁未發，江淮遍流，四海溟涬。民皆上丘陵，赴樹木。”大浸稽天：莊子逍遥游：“大浸稽天而不溺。”

〔四〕“生民”二句：嘉慶長興縣志卷八山：“（堯市）山上有堯市，堯時洪水，居民於此作市，因名。”

〔五〕“只今”二句：東震：太湖東部。按：震澤乃太湖古名。雙雷，指大雷山、小雷山。

〔六〕“仁人”二句：意爲洞庭地脉四通八達，遂生終南隱居之思。明錢穀編吳都文粹續集卷二十二載王鵬太湖賦：“其山則有東洞庭，巋然如立；其上則有神人之府，真仙之宅。乃左神幽虛之天，南接羅浮，北通岱岳，王屋東連，蛾眉西達，故謂之洞庭地脉。”

夏駕石鼓辭①〔一〕

　　在夏駕山，高一丈，徑三尺。下有盤石爲足。諺云："石鼓鳴，三吳兵。"

　　周家十圍鼓②〔二〕，散落③陳倉野〔三〕。猶有④夏駕石，盤盤鼓⑤之下。秦鞭血山骨〔四〕，吳獵焦野火。夏鼓建不拔，鰲跌堅四踝。我欲扣之鳴⑥，石鳴知者寡。持之過雷門，布鼓可容假⑦〔五〕。父老懼讖言，三吳蹙戎馬。再拜夏駕王⑧，山空石長⑨啞。

【校】

① 吳興藝文補卷五十四、吳都文粹續集卷十一公廨古迹驛遞載此詩，據以校勘。吳都文粹續集本題作石射堋。

② 圍：吳都文粹續集本作"圍"。鼓：吳興藝文補本作"碣"。

③ 散落：吳興藝文補本作"已散"。

④ 猶有：吳興藝文補本作"不知"。

⑤ 盤盤：吳興藝文補本作"長鎮"。鼓：原本作"駕"，據吳都文粹續集本改。

⑥ "鰲跌"二句，原本無，據吳興藝文補本增補。

⑦ "持之"二句，原本無，據吳興藝文補本增補。

⑧ "三吳"二句，原本無，據吳興藝文補本增補。

⑨ 山空石長：吳興藝文補本作"年年效暗"。

【箋注】

〔一〕詩當作於元至正五、六年間，其時鐵崖在湖州長興蔣氏東湖書院授徒。繫年依據參見本卷陳帝宅。夏駕：太平寰宇記卷九十四湖州："夏駕山，一名石鼓山，在(長興)縣東南三十六里。高九百尺。張玄之山墟名云：'昔帝杼南巡至於此山，因而名之。山上有石鼓，高一丈，下有磐石爲足。諺曰：石鼓鳴，則三吳有兵。'"

〔二〕圍鼓：指石鼓。因石鼓文記述秦國君王游獵之事，又名獵碣。元和郡縣圖志卷二關内道二鳳翔府天興縣："石鼓文，在縣南二十里許，石形如鼓，其數有十，蓋紀周宣王畋獵之事，其文即史籀之迹也。"按：石鼓文之流傳保藏，參見帝京景物略卷一太學石鼓。

〔三〕陳倉：縣名，秦朝設置，北周廢除。故城位於今陝西寶雞。

〔四〕"秦鞭"句：南朝梁任昉述異記卷上："秦始皇作石橋於海上，欲過海觀日出處。有神人驅石去，不速，神人鞭之，皆流血。今石橋其色猶赤。"參見太平寰宇記卷二十河南道二十登州有關召石山之記載。

〔五〕"持之"二句：漢書王尊傳："毋持布鼓過雷門。"顏師古注："雷門，會稽城門也。有大鼓，越擊此鼓，聲聞洛陽……布鼓謂以布爲鼓，故無聲。"

虎丘篇〔一〕

路出女瀆①湖〔二〕，警蹕霸王驅。霿池飛霹靂，枯冢走於菟〔三〕。老禪猶點石〔四〕，仙鬼只疑狐。祖龍來發閟〔五〕，銀河②又飛鼻〔六〕。

【校】

① 瀆：樓氏鐵崖樂府注本作"墳"。
② 原本小字注於題下："銀河，一作'銀海'。"

【箋注】

〔一〕詩當作於元至正七年（一三四七）前後，其時鐵崖寓居蘇州，授徒爲生。虎丘：位於蘇州。越絕書卷二吳地傳："闔閭冢，在閶門外，名虎丘。下池廣六十步，水深丈五尺。銅槨三重。墳池六尺，玉鳬之流。扁諸之劍三千，方圓之口三千，時耗、魚腸之劍在焉。千萬人築治之，取土臨湖口，筑三日而白虎居上，故號爲虎丘。"

〔二〕女瀆湖：即女墳湖。太平寰宇記卷九十一蘇州："女墳湖。吳地記云：'吳王葬女，取土成湖。'又郡國志云：'三女墳在郭西。云闔廬食蒸魚，嘗半而與女，女怒，自殺。闔閭痛之，葬於國西閶門外。'……又云：'以水繞墳，因名女墳湖。'"

〔三〕"枯冢"句：題唐陸廣微吳地記："秦始皇東巡至虎丘，求吳王寶劍。其虎當墳而踞，始皇以劍擊之，不及，誤中于石。（遺迹尚存。）……劍無復獲，乃陷成池，古號劍池。"按：楚人稱虎爲"於菟"。

〔四〕老禪：指東晉僧人竺道生。宋龔明之中吳紀聞卷二石點頭："今虎丘千人坐旁，有石點頭。十道四蕃志云：'生公，異僧竺道生也。講經於此，無信之者，乃聚石爲徒，與譚至理，石皆爲點頭。'"

〔五〕祖龍：指秦始皇。

〔六〕“銀河”句：漢書楚元王傳：“秦始皇帝葬於驪山之阿，下錮三泉，上崇山墳，其高五十餘丈，周回五里有餘。石槨爲游館，人膏爲燈燭，水銀爲江海，黄金爲鳧雁。”

要離冢①〔一〕

金昌②亭下路〔二〕，春草没荒丘③。云是要離冢，令人生古愁。侏兒三尺榦，不佩雙吴鈎。中包猛士膽，白日照高秋。忍死屠骨肉，視身若蜉蝣。荆軻不了恨〔三〕，慶忌成身謀〔四〕。如何五噫客，死與爾同仇④〔五〕。

【校】

① 吴都文粹續集卷三十七墳墓録有此詩，據以校勘。吴都文粹續集本題作要離墓。

② 昌：吴都文粹續集本作“閶”。

③ 丘：原本作“土”，據樓氏鐵崖樂府注本、吴都文粹續集本改。

④ 仇：吴都文粹續集本作“儔”。

【箋注】

〔一〕本詩當作於元至正七年（一三四七）前後，其時鐵崖寓居蘇州授徒，時常結伴游覽山水名勝。要離冢：吴都文粹續集卷三十七墳墓：“要離墓在吴縣西四里閶門南城内，相傳在今梵門橋西城下馬婆墩，舊有砲座基。宋嘉定十六年，提刑司修城，此地多得古冢，莫詳姓氏。”按：要離事迹詳見吕氏春秋忠廉。

〔二〕金昌亭：位於姑蘇城閶闔門内。元高德基撰平江紀事：“閶門，舊名閶闔門，閶闔時所名也。……夫差從此門出兵伐楚，改爲破楚門。吴屬楚，遂名閶門。至元修，曰金昌門。作亭門内，名金昌亭。”

〔三〕“荆軻”句：史記刺客列傳：“魯句踐已聞荆軻之刺秦王，私曰：‘嗟乎，惜哉其不講於刺劍之術也！’”

〔四〕“慶忌”句：吕氏春秋忠廉：“吴王欲殺王子慶忌而莫之能殺，吴王患之。

要離曰：'臣能之。'……吴王曰：'諾！'明旦加要離罪焉，挈執妻子，焚之
而揚其灰。要離走，往見王子慶忌於衛。……乃與要離俱涉於江。中江，
拔劍以刺王子慶忌。王子慶忌捽之，投之於江，浮則又取而投之，如此者
三。其卒曰：'汝天下之國士也，幸汝以成而名。'要離得不死，歸於吴。吴
王大説，請與分國。要離曰：'不可。臣請必死。'……吴王不能止。果伏
劍而死。"

〔五〕五噫客：指東漢梁鴻。梁鴻字伯鸞，扶風平陵人。曾作五噫之歌，故名。
後漢書逸民列傳："（梁鴻）與妻子居齊、魯之間。有頃，又去適吴。……
鴻潛閉著書十餘篇。疾且困，告主人曰：'昔延陵季子葬子於嬴、博之間，
不歸鄉里。慎勿令我子持喪歸去。'及卒，伯通等爲求葬地於吴要離冢傍。
咸曰：'要離烈士，而伯鸞清高，可令相近。'"

香山篇①〔一〕

在太湖西濱，西施種香之所。

　　放舟脂②塘曲，盤游湖上雷〔二〕。雷鳴湖雨作③，還作④香山隈。美
人鬮香草〔三〕，上有九畹栽⑤〔四〕。君王亦有意，拓地鬮草萊。可憐屬鏤
劍，斬艾及楚材⑥。美人在何所？搴芳招⑦歸來〔五〕。露下⑧荆棘草，鹿
上⑨姑蘇臺〔六〕。

【校】

① 吴興藝文補卷五十四、同治長興縣志卷十山載此詩，據以校勘。吴興藝文補
本、同治長興縣志本題作藝香山。
② 脂：同治長興縣志本作"詣"。
③ 湖雨作：吴興藝文補本、同治長興縣志本作"作巨浪"。
④ 還作：吴興藝文補本作"夜泊"，同治長興縣志本作"應泊"，樓氏鐵崖樂府注
本作"還泊"。
⑤ "美人"二句，吴興藝文補本、同治長興縣志本作"美人厭蘭麝，登山尋鹿胎。
擬鬥衆香草，親作九畹栽"四句。其中"衆香草"之"衆"，同治長興縣志本
作"種"。
⑥ "君王"四句，原本無，據吴興藝文補本、同治長興縣志本增補。其中"君王"

之"君",同治長興縣志本作"吴"。

⑦ 招:吴興藝文補本作"些",同治長興縣志本作"須"。

⑧ 露下:吴興藝文補本、同治長興縣志本作"忍見"。

⑨ 鹿上:吴興藝文補本、同治長興縣志本作"露滿"。

【箋注】

〔一〕詩作於元至正五、六年間,即鐵崖授學湖州長興東湖書院期間。繫年依據參見本卷陳帝宅。姑蘇志卷九山:"香山與穹窿連屬,南址近太湖,爲胥口,而氣脈接胥山。"按:本詩題下有注,謂此香山"在太湖西濱",故當在太湖西畔長興一帶。同治長興縣志卷十山:"藝香山,一名湖陵山,在縣北十五里。(一統志同勞府志作"十八里",張志作"二十里"。)高四百五十尺。(張志作"三十一丈"。)山墟名云:昔西施種香之所。括地志有'湖陵',無'藝香'。"

〔二〕湖上雷:太湖中有大、小雷山,參見本卷送客洞庭西注。

〔三〕鬭香草:宋龔明之中吴紀聞卷一鬭百草:"吴王與西施嘗作鬭百草之戲,故劉禹錫詩云:'若共吴王鬭百草,不如應是欠西施。'"

〔四〕九畹:楚辭離騷:"余既滋蘭之九畹兮,又樹蕙之百畝。"

〔五〕"美人"二句:宋范成大撰吴郡志卷十五山:"香山、胥口相直,吴王種香於此山,遣美人採香焉。傍有山溪,名採香逕。"搴芳:謝靈運山居賦:"愚假駒以表谷,湢隱巖以搴芳。"

〔六〕"鹿上"句:參見鐵崖先生古樂府卷一金臺篇注。

陳朝檜[一]

　　在長興大雄寺,檜中裂爲四枝,垂蔭半庭,堅如金石。故老相傳,陳高祖於梁天監中手植於此[二]。寺即高祖故宅也。

　　陳皇①有遺宅,廼在鳥山中[三]。當時手所植,花木羅青紅。獨有左紐樹[四],閱世如龜龍。懷哉②手植人,不見三閣崇[五]。後庭種玉樹[六],金井凋③秋風。尚類故國檜,世號傳無窮。老僧嘿持咒,冀爲神意通。可應聖子廟[七],乞與空王宫④[八]。

【校】

① 吴興藝文補卷五十四載此詩,據以校勘。皇:吴興藝文補本作"王"。

② 懷哉:吴興藝文補本作"可憐"。

③ 凋:吴興藝文補本作"生"。

④ "尚類"六句,原本無,據吴興藝文補本增補。

【箋注】

〔一〕詩當作於元至正五、六年間,即鐵崖授學湖州長興東湖書院期間。繫年依據參見本卷陳帝宅。嘉慶長興縣志卷十二古迹:"陳朝檜,在大雄寺,相傳陳高祖手植。大雄寺,陳霸先故宅,天嘉中所植檜,柯葉蒼然,其中空洞,皮脈僅存而已。在縣治北。蟠折古怪,四面各異,蒼翠可掬。"參見本卷陳帝宅。

〔二〕天監:梁武帝蕭衍年號,公元五〇二至五一九年。

〔三〕鳥山:即雉山。同治湖州府志卷十九輿地略長興縣:"雉山在縣北,與城相接,高五百尺,周二里。山墟名:'以山形類雉。'梁陳故事:'梁武帝時,有童謠曰"鳥山出天子",江表以鳥名山者,悉鑿。按陳高祖則雉山人也,其山有追贈,惟此山不鑿。'唐置雉州,因山名也。"

〔四〕左紐樹:指檜。明彭大翼山堂肆考卷二百九太清左紐:"太清記:'亳州太清宮有八檜,老子手植,根株枝幹皆左紐。'石曼卿集:'此檜不知年代,李唐之盛,一枝再生,至聖朝復有此異。'"

〔五〕三閣:陳書張貴妃傳:"至德二年,乃於光照殿前起臨春、結綺、望仙三閣。閣高數丈,并數十間,其窗牖壁帶、懸楣欄檻之類,并以沈檀香木為之,又飾以金玉,間以珠翠,外施珠簾,内有寶牀寶帳,其服玩之屬,瓌奇珍麗,近古所未有。每微風暫至,香聞數里,朝日初照,光暎後庭。"

〔六〕玉樹:即槐。三輔黃圖漢宫:"甘泉谷北岸有槐樹,今謂玉樹。"

〔七〕聖子廟:嘉慶長興縣志卷十壇廟:"聖子廟,在縣東九里。陳武帝微時,息楓樹下。忽有一人云:'子當富有天下。'及踐帝位,不知其人,乃於楓樹邊立廟,名曰聖子。"

〔八〕空王宫:指佛寺。

放^①龜池〔一〕

在會稽馬鞍山〔二〕,毛寶故宅也〔三〕。

我聞玄緒靈〔四〕,無逃豫且厄〔五〕。毛公贖金錢〔六〕,放汝黿鼉宅。何期報復義,背負將軍溺。至今山中池,洞玄露純白。我歸放揩床,揩床猶翕息〔七〕。

【校】

① 放: 詩淵本作"方",誤。

【箋注】

〔一〕詩當作於元至正元年(一三四一)以前。繫年依據: 詩中所述放龜池在會稽,蓋作於家鄉。而至正元年鐵崖服喪期滿離家之後,未曾還鄉。

〔二〕會稽: 今浙江紹興。

〔三〕毛寶: 晋陶潛搜神後記卷十: "晋咸康中,豫州刺史毛寶戍邾城。有一軍人於武昌市見人賣一白龜子,長四五寸,潔白可愛,便買取持歸,著甕中養之。七日漸大,近欲尺許。其人憐之,持至江邊,放江水中,視其去。後邾城遭石季龍攻陷,毛寶棄豫州,赴江者莫不沉溺。於時所養龜人,被鎧持刀,亦同自投。既入水中,覺如墮一石上,水裁至腰。須臾游出,中流視之,乃是先所放白龜,甲六七尺。既抵東岸,出頭視此人,徐游而去。中江,猶回首視此人而没。"

〔四〕玄緒: 龜之俗稱。參見水經注卷四十引録劉敬叔異苑。

〔五〕豫且: 或作余且。莊子外物: "宋元君夜半而夢人被髮闚阿門,曰: '予自宰路之淵,予爲清江使河伯之所,漁者余且得予。'……明日,余且朝。君曰: '漁何得?' 對曰: '且之網得白龜焉,其圓五尺。' 君曰: '獻若之龜。' 龜至,君再欲殺之,再欲活之,心疑,卜之,曰: '殺龜以卜吉。' 乃剔龜,七十二鑽而無遺筴。仲尼曰: '神龜能見夢於元君,而不能避余且之網; 知能七十二鑽而無遺筴,不能避剔腸之患。如是,則知有所困,神有所不及也。'"

按: 余且,史記龜策傳作豫且。

〔六〕毛公: 當指豫州刺史毛寶。然據搜神後記,贖龜人并非毛寶,而是其屬下軍士。參見前注。

〔七〕搘床：指用龜墊床脚。史記龜策傳："南方老人用龜支牀足，行二十餘歲，老人死，移牀，龜尚生不死。龜能行氣導引。"

東林社〔一〕

陶公八十日，解組①歸山阿〔二〕。覺今若不早，我日十倍過。開塗剗荆棘，斧缺且無柯。賴爾東林社〔三〕，招我南山歌〔四〕。回視有漏因，已悟影與魔〔五〕。有求不補失，無虧所成多。坐斷前後際，不須辯維摩〔六〕。

【校】

① 組：原本作"阻"，據樓氏鐵崖樂府注本改。

【箋注】

〔一〕詩撰於元順帝至元三年（一三三七），其時鐵崖任錢清鹽場司令。繫年依據：其一，詩中曰"陶公八十日，解組歸山阿。覺今若不早，我日十倍過"，可見當時鐵崖任官在八百天以上，故不得早於至元二年。其二，鐵崖於至元三年生日所撰杖賦（載麗則遺音卷四），亦述退隱之思。

〔二〕"陶公八十日"二句：陶淵明在官八十餘日，解印辭官，歸隱田舍，或至廬山，游觀而已。詳見晉書陶潛傳。

〔三〕東林社：廬山僧人慧遠所結社團。高僧傳卷六晉廬山釋慧遠："見廬峰清靜，足以息心，始住龍泉精舍……（刺史）桓乃爲遠復於山東更立房殿，即東林是也。遠創造精舍，洞盡山美……彭城劉遺民、豫章雷次宗、雁門周續之、新蔡畢穎之、南陽宗炳、張萊民、張季碩等，并棄世遺榮，依遠游止。"

〔四〕南山歌：蓋指陶淵明所作飲酒組詩，以其中名句"采菊東籬下，悠然見南山"而得名。

〔五〕"已悟"句：陶淵明有形影神詩。

〔六〕辯維摩：五燈會元卷二維摩大士："維摩會上，三十二菩薩各説不二法門。文殊曰：'我於一切法，無言無説，無示無識，離諸問答，是爲菩薩，入不二法門。'於是文殊又問維摩：'仁者當説何等是菩薩，入不二法門？'維摩默然。文殊讚曰：'乃至無有語言文字，是菩薩真入不二法門。'"

隱君宅〔一〕

隱君宅中區,心游入天境。酌空引宨石〔二〕,汲深出寒井。簷花度吹香,池葉漏天影。隱几鳴虛琴〔三〕,悠然有真省。

【箋注】

〔一〕隱君宅:此詩仍詠陶淵明事,此隱君宅應指陶故居,在柴桑。

〔二〕宨石:唐元結宨樽詩:"巉巉小山石,數峰對宨亭。宨石堪爲樽,狀類不可名。巡回數尺間,如見小蓬瀛。樽中酒初漲,始有島嶼生……此樽可常滿,誰是陶淵明?"

〔三〕虛琴:無弦琴。蕭統陶靖節傳:"淵明素不解音律,而蓄無弦琴一張,每酒適,輒撫弄以寄其意。"

道人一畝宅〔一〕

道人一畝宅,乃在清江潯。山童解迎客,開户花木①深。幽草有遠②意,仙禽無俗音。劍氣或成虎,丹光欲流金。丸中探日月,畫前見天心。

吳復曰:"已上凡四十首,多古樂府之續題。或寫風情,或述風土,或弔古憫時及游方外之作也。以古風人之興象,帶太史氏之評裁,詩家自老杜以來之所稀有也〔二〕。"

【校】

① 木:詩淵本作"未"。

② 遠:詩淵本作"道"。

【箋注】

〔一〕一畝宅:猶"一畝宮"。禮記儒行:"儒有一畝之宮,環堵之室,篳門圭窬,蓬户甕牖。"

〔二〕老杜:杜甫。

卷五　鐵崖先生古樂府卷五

沙堤行[一] 并序①

　　職林故事：拜相禮，府縣載沙填路，自其私第至子城，名"沙堤"。張籍、李賀皆有沙路曲[二]。至正丁亥，新拜兩相②，天下皆曰賢[三]。故作沙堤行。

　　神州和羹連五城[四]，沙堤新築泰階平[五]。正月一日太陽明，殿前兩相水金星[六]。天上垂衣珠箔捲，太史新書五雲見[七]。火城千枝花外轉，道逢吳牛問牛喘[八]。左謀右斷天子前[九]，手持五色補青天。南人不敢吹巢火[十]，中國堂堂相司馬[十一]。

【校】

① 樓氏鐵崖樂府注本有小字注於題下："一作兩相沙堤行。"
② 樓氏鐵崖樂府注本、文淵閣四庫全書本於"新拜兩相"之下，又有"曰雪雪，曰太平"六字。按：此說有誤，新拜兩相實爲朵兒只與太平。雪雪則未嘗任職丞相。參見本文注釋。

【箋注】

〔一〕詩當撰於元至正八年(一三四八)正月。其時鐵崖浪迹姑蘇、崑山等地，交朋結友，授學爲生。繫年依據：本詩序曰"至正丁亥新拜兩相"，詩中又曰"正月一日"，故當撰於新丞相上任不久，即丁亥次年(至正八年)歲初。

〔二〕按：張籍沙堤行呈裴相公，載張司業集卷二；李賀沙路曲，載昌谷集卷四。

〔三〕"至正"三句：元史順帝本記："(至正七年)十二月庚午，以中書左丞相朵兒只爲右丞相，平章政事太平爲左丞相，詔天下。丙子，以連年水旱，民多失業，選臺閣名臣二十六人出爲郡守縣令，仍許民間利害實封呈省。壬午，晉寧、東昌、東平、恩州、高唐等處民饑，賑鈔十四萬錠、米六萬石。"

〔四〕"神州"句：王褧古今通論："崑崙東南方五千里，謂之神州，中有和羹鄉，方三千里。五岳之城，帝王之宅，聖人所生也。"（錄自宋祝穆撰古今事文類聚續集卷一居處部國都。）

〔五〕泰階平：參見鐵崖賦稿卷下渾天儀賦。

〔六〕“正月一日”二句：朝廷新拜丞相，鐵崖表示欣喜。正月初一例朝賀，故
　　　云。太陽，喻皇帝。

〔七〕太史：史官。五雲：五色祥雲。南齊書樂志：“聖祖降，五雲集。”

〔八〕“道逢”句：漢書丙吉傳：“及居相位，上寬大，好禮讓……吉又嘗出，逢清
　　　道群鬥者，死傷橫道，吉過之不問，掾史獨怪之。吉前行，逢人逐牛，牛喘
　　　吐舌。吉止駐，使騎吏問……掾史獨謂丞相前後失問，或以譏吉，吉
　　　曰：‘……宰相不親小事，非所當於道路問也。方春少陽用事，未可大熱，
　　　恐牛近行用暑故喘，此時氣失節，恐有所傷害也。三公典調和陰陽，職當
　　　憂，是以問之。’掾史乃服，以吉知大體。”

〔九〕左謀右斷：唐太宗時，房玄齡善謀，杜如晦善斷，彼此相資爲賢相。

〔十〕巢火：李賀神弦曲：“百年老鴞成木魅，笑聲碧火巢中起。”

〔十一〕司馬：指司馬光。宋史司馬光傳：“（司馬光）拜尚書左僕射兼門下侍
　　　　郎……遼、夏使至，必問光起居，敕其邊吏曰：‘中國相司馬矣，毋輕生
　　　　事，開邊隙。’”

地震謠〔一〕

　　　至正①壬午七月朔，地震如雷，民屋杌陧，土出毛如白絲。紀
詩一章，章十三句。

　　四月一日南省火〔二〕，七月一日南地震（叶“平”）。地積大塊作方
載，豈有壞崩如杞②人〔三〕。如何一震白毛苗，泰山動搖海水洩。便恐
崑崙八柱折〔四〕，赤子啾啾憂地裂。唐堯天子居上頭〔五〕，賢相柱天如不
周〔六〕。保國如甌〔七〕，馭民如舟〔八〕，吁嗟赤子汝何憂！

【校】

① 至正：原本無，據樓氏鐵崖樂府注本增補。
② 原本有小字注於題下：“如杞，或作‘憂杞’。”

【箋注】

〔一〕詩當作於元至正二年壬午（一三四二）七月一日地震之後。其時鐵崖攜妻

兒寓居杭州,補官未果,授學爲生。

〔二〕南省: 即江浙行省,此指江浙行省政府所在地杭州。陶宗儀南村輟耕録
卷九火災:“至正辛巳莫春之初,江浙行省平章政事只理瓦台入城之任之
日,衣紅,兒童謡曰:‘火殃來矣!’至四月十九日,杭州災,毀官民房屋公廨
寺觀一萬五千七百五十五間,燒死七十四人。明年壬午四月一日,又災,
尤甚於先,自昔所未有也。數百年浩繁之地,日就凋弊,實基於此。”

〔三〕“豈有”句: 杞人憂天故事,詳見列子天瑞。

〔四〕崑崙八柱: 明孫穀編古微書卷三十二河圖緯:“崑崙山爲柱,氣上通天。
崑崙者,地之中也。地下有八柱,柱廣十萬里,有三千六百軸,互相牽制。
名山大川,孔穴相通。”

〔五〕唐堯天子: 此借指元順帝。

〔六〕賢相: 其時右丞相爲阿魯,左丞相許有壬。參見元史順帝本紀。不周: 山
名。淮南子天文訓:“昔者,共工與顓頊爭爲帝,怒而觸不周之山,天柱折,
地維絶。天傾西北,故日月星辰移焉。”

〔七〕甌: 金甌。南史朱异傳:“〔武帝〕嘗夙興至武德閤口,獨言:‘我國家猶若
金甌,無一傷缺。”

〔八〕“馭民”句: 荀子集解卷五王制篇:“庶人安政,然後君子安位。傳曰:‘君
者,舟也;庶人者,水也。水則載舟,水則覆舟。’”

苦雨謡〔一〕

去年雨,坍鹺土。今年雨,没竈釜。竈釜三①月青無烟,官家火程
不問雨。胥靡移來坐監主,旬申②虧官走插戸〔二〕。

【校】

① 三: 樓氏鐵崖樂府注本作“二”。
② 樓氏鐵崖樂府注本有小字注:“旬申,一作‘旬中’。”

【箋注】

〔一〕詩當作於元順帝元統二年(一三三四)至至元五年(一三三九)七月之間,
其時鐵崖任錢清鹽場司令。

〔二〕虧官走插戸: 謂鹽戸迫於賦税,往往躲避。按: 元代鹽工苦情及鹽官之無

奈,參見東維子文集卷三送陳仲剛龍頭司丞序。

大風謠

　　大風起,不終朝[一]。如何三日夜,日日夜夜旋扶搖。捲水覆我舟,卷土覆我窑。烏乎太平玉瑄將誰調[二],五日一風不鳴條[三]。

【箋注】

〔一〕“大風”二句:老子校釋二十三章:“飄風不終朝,驟雨不終日。”
〔二〕太平玉瑄:即所謂“節奏八風調玉燭”。參見鐵崖先生古樂府卷二紅牙板歌。
〔三〕“五日”句:論衡是應篇:“儒者論太平瑞應,皆言氣物卓異……風不鳴條,雨不破塊,可也。言其五日一風,十日一雨,褒之也。”

白雪辭①

　　癡雲篤②日日爲黃,白光半夜漏東方。廣寒兔老玉髮蜕,一箭剛風落人世。錦宮肉屏香汗溶[一],酒如春江飲如虹。彩鸞簾額不受捲,酒面洗作梨花風。堦前獅子積不壞,十日璚田換塵界。金鉦取掛扶桑曉[二],照見璚田出寒荸。

【校】

① 元詩選初集辛集載此詩,據以校勘。元詩選本、樓氏鐵崖樂府注本於題下有小字注:“一作積雪。”
② 篤:樓氏鐵崖樂府注本作“駕”。

【箋注】

〔一〕肉屏:即所謂“肉陣”。蜀王仁裕開元天寶遺事卷下肉陣:“楊國忠於冬月常選婢妾肥大者,行列於前,令遮風,蓋藉人之氣相暖,故謂之‘肉陣’。”
〔二〕金鉦:太陽。宋蘇轍黃樓賦:“金鉦湧於青嶂,陰氛爲之辟易。”

箕斗歌

計字怯檮杌[一]，紫木①背文章[二]。我生之宿直箕斗，不愁斠酌愁簸揚[三]。斗之柄，實司天；箕之風，由犯月。箕胡爲張口吻，斗胡爲閟喉②舌[四]。騎箕尾[五]，愬閶闔。屏讒邪，正出納。文昌開[六]，箕斗合。

【校】

① 紫木：原本作“柴木”，然又有小字注：“柴木，一作‘紫木’。”陳善學刊本作“觜木”，據樓氏鐵崖樂府注本改。

② 喉：原本作“唯”，據陳善學刊本、樓氏鐵崖樂府注本改。

【箋注】

〔一〕“計字”句：星命溯源卷二後天口訣：“巳酉丑生人，安命寅宮限，逢計字必主虎咬。”按：相傳檮杌其狀如虎，詳見史記五帝本紀集解引神異經。又，古微書卷十九：“考之丹鉛録，有曰：日、月、木、火、土、金、水，謂之七政，亦曰七曜。今術家增入月孛、紫炁、羅睺、計都四餘星，爲十一曜。計生于天尾，羅生于天首，孛生于月，炁生于閏。蓋日月行道如兩環，兩環相交，一處曰天首，一處曰天尾，天尾爲計，天首爲羅。月之行，遲速有常度，遲之處即孛也。炁生于閏，二十八年十閏，而炁行一周天。炁、孛皆有度數，無光象，故與羅、計同謂之四餘。”

〔二〕紫木：遼耶律純星命總括卷下洞元經：“紫木爲人之華蓋，金孛乃天之咸池。”注：“命遇紫木，乃人之華蓋，遇凶不凶。”又曰：“紫木入限，最利鄉胥；孛計并來，多招外撓。”

〔三〕“我生”二句：宋魏仲舉編五百家注昌黎文集卷四三星行：“我生之辰，月宿南斗。牛奮其角，箕張其口。牛不見服箱，斗不挹酒漿。箕獨有神靈，無時停簸揚。”注引蘇内翰云：“吾平生遭口語無數，蓋生時與退之相似，吾命在斗、牛間，而身宮亦在焉。”按：蘇内翰，即蘇軾。蘇軾贈虔州術士謝晉臣：“前生恐是盧行者，後學過呼韓退之。死後人傳戒定慧，生時宿直斗牛箕。”又，鐵崖有甲申臘月廿五日初度詩（載列朝詩集甲前集），據以推知鐵崖生日爲元成宗元貞二年丙申十二月二十五日。

〔四〕“箕胡”二句：毛詩正義小雅大東：“維南有箕，不可以簸揚。維北有斗，不可以挹酒漿。維南有箕,載翕其舌。維北有斗,西柄之揭。”正義曰:“言維此天上,其南則有箕星,不可以簸揚米粟;維此天上,其北則有斗星,不可以挹斟其酒漿。所以不可以簸、挹者,維南有箕,則徒翕置其舌而已;維北有斗,亦徒西其柄之揭然耳,何嘗而有可用乎? 亦猶王之官司,虛列而無所用也。”

〔五〕騎箕尾: 莊子大宗師:“傅説得之,以相武丁,奄有天下,乘東維,騎箕尾,而比於列星。”

〔六〕文昌: 史記天官書:“斗魁戴匡六星曰文昌宮。”

鹽車重〔一〕

鹽車重,鹽車重,官驥牽不動。官鉈私秤秤不平,秤秤①束縛添畸令〔二〕。鹽車重,重奈何? 畸令帶多私轉多。大商甍不盡,私醯夾公引〔三〕。烏乎江南轉運澀如膠,漕吏議法方呶呶〔四〕。

【校】

① 樓氏鐵崖樂府注本有小字注:“秤秤,一作‘秤下’。”

【箋注】

〔一〕詩作於元順帝至元五年(一三三九)春夏之間,其時鐵崖任錢清鹽場司令。繫年依據: 其一,本詩述及鹽稅鹽法,當作於鐵崖任職錢清鹽場司令期間,而至元五年七月,鐵崖因老父病逝,還鄉服喪,故本詩必作於此前。其二,詩末曰“漕吏議法方呶呶”,蓋指元順帝至元五年兩浙運司申訴修改鹽法。

〔二〕畸令: 即畸零,整數之外零餘之數。宋史高宗紀五:“以諸路稅賦畸零增收錢專充上供。”

〔三〕“私醯”句: 元史食貨志五鹽法兩浙之鹽:“每季拘收退引,凡遇客人運鹽到所賣之地,先須住報水程及所止店肆,繳納退引。豈期各處提調之官,不能用心檢舉,縱令吏胥坊里正等,需求分例錢,不滿所欲,則多端留難。客人或因發賣遲滯,轉往他所,水程雖住,引不拘納,遂有埋没,致容奸民藏匿在家,影射私鹽,所司亦不檢勘拘收。其懦善者,賣過官鹽之後,即將引目投之鄉胥。又有狡猾之徒,不行納官,通同鹽徒,執以爲憑,興販私鹽。"

〔四〕漕吏議法：蓋指元順帝至元五年，兩浙運司因鹽法諸多弊端而上書中書
省。中書省批復曰："從長講究。"詳見元史食貨志五。

鹽商行〔一〕

人生不願萬户侯，但願鹽利淮西①頭。人生不願萬金宅，但願鹽
商千料舶。大農課鹽析秋毫〔二〕，凡民不敢爭錐刀。鹽商本是賤家子，
獨與王家埒富豪。亭丁焦頭燒海榷，鹽商洗手籌運握。大席一囊三
百斤，漕津牛馬千蹄角〔三〕。司綱改法開新河，鹽商添力莫誰何。大艘
鉦鼓順流下，檢制孰敢懸官鉈。吁嗟海王不愛寶，夷吾筴之成伯
道〔四〕。如何後世嚴立法，祇與鹽商成富媼。魯中綺，蜀中羅，以鹽起
家數不多。只今誰補貨殖傳？綺羅往往甲州縣。

【校】

① 原本有小字注於題下："淮西，或作'兩淮'。"

【箋注】

〔一〕詩當作於元順帝元統二年（一三三四）至至元五年（一三三九）七月之間，
　　其時鐵崖任錢清鹽場司令。
〔二〕大農：即大司農，指户部。此指鹽官。
〔三〕牛馬千蹄角：喻指富商。史記貨殖列傳："故曰陸地牧馬二百蹄，牛蹄角
　　千，千足羊，澤中千足彘，水居千石魚陂，山居千章之材……此其人皆與千
　　户侯等。"
〔四〕夷吾：管仲字。管仲爲春秋時齊國丞相，輔佐桓公稱霸。管子海王："桓
　　公曰：'然則吾何以爲國？'管子對曰：'唯官山海爲可耳。'桓公曰：'何謂
　　官山海？'管子對曰：'海王之國，謹正鹽筴。'"

牛商行

黄牛商，水牛商，驅牛渡淮道路長。淮天喘熱淮月黄〔一〕，老商愛

牛視如傷〔二〕。淮民耕稼禾上塲，皮角有令恐牛殀。君不見昨夜官軍大索馬〔三〕，牝牡千匹如驅羊。

【箋注】

〔一〕“淮天”句：太平御覽卷四天部四月：“風俗通曰：吳牛望見月則喘，使之苦於日，見月怖喘矣。”

〔二〕視如傷：“視民如傷”之借用。左傳哀公元年：“臣聞國之興也，視民如傷，是其福也。”

〔三〕官軍大索馬：元史順帝本紀二：“（至元三年夏四月壬申）禁漢人、南人、高麗人不得執持軍器，凡有馬者，拘入官。”

食糠謡〔一〕

朝食糠，暮食糠，食糠不如粃與庬。君王雁鶩令，以粟甘易糧。吁嗟今茫茫，吁嗟何遑遑。

【箋注】

〔一〕詩作於元順帝至元二年（一三三六）秋後，其時鐵崖任錢清鹽場司令。繫年依據參見本卷下一篇周急謡。

周急謡〔一〕

江南凶①，周最急。漢家使者識經權，矯制開倉輸玉粒〔二〕。君不見曩歲溝魂悔不及，至今冤作枯魚泣〔三〕。

【校】

① 原本有小字注：“江南凶，或作‘歲之凶’。”

【箋注】

〔一〕詩作於元順帝至元二年（一三三六）秋後，其時鐵崖任錢清鹽場司令。繫年依據：詩中曰"江南凶，周最急"，蓋指至元二年江浙大旱導致饑荒。元史順帝本紀二："（至元二年）江浙旱，自春至于八月不雨，民大饑……（三年二月）發鈔四十萬錠，賑江浙等處饑民四十萬户。"

〔二〕"漢家"二句：漢書汲黯傳："河内失火，燒千餘家，上使黯往視之。還報曰：'家人失火，屋比延燒，不足憂。臣過河内，河内貧人傷水旱萬餘家，或父子相食，臣謹以便宜，持節發河内倉粟以振貧民。請歸節，伏矯制辜。'上賢而釋之。"

〔三〕枯魚泣：莊子外物："莊周家貧，故往貸粟於監河侯。監河侯曰：'諾。我將得邑金，將貸子三百金，可乎？'莊周忿然作色曰：'周昨來，有中道而呼者。周顧視車轍中，有鮒魚焉。周問之曰："鮒魚來！子何爲者邪？"對曰："我東海之波臣也。君豈有斗升之水而活我哉？"周曰："諾。我且南游吳、越之王，激西江之水而迎子，可乎？"鮒魚忿然作色曰："吾失我常與，我無所處。吾得斗升之水然活耳，君乃言此，曾不如早索我於枯魚之肆！"'"

勸糶辭〔一〕

水旱阻堯湯，生民無罪歲。後代倉廩虚，時和亦爲沴。孰云富而哿，甚矣貧不繼。借富以貸貧，窮哉已非計。況乃指廩間〔二〕，夏（夏，音"賈"〔①〕）楚劫以勢。

【校】

① 原本小字注於篇末，徑移於此。

【箋注】

〔一〕詩作於元順帝至元二年（一三三六）秋冬時節，其時鐵崖任錢清鹽場司令。繫年依據：詩中曰"水旱阻堯湯，生民無罪歲……借富以貸貧"等等，當指後至元二年江浙旱災，饑荒嚴重，官府勸富人賑災。元史順帝本紀二："（至元二年九月）台州路饑，發義倉，募富人出粟賑之……（十一月）松江府上海縣饑，發義倉糧，及募富人出粟賑之……（十二月）江州諸縣饑，總管王大中貸富人粟以賑貧民，而免富人雜徭以爲息，約年豐還之。民不病饑。"

〔二〕指囷：三國志吳書魯肅傳："（魯肅）家富於財,性好施與……周瑜爲居巢長,將數百人故過候肅,并求資糧。肅家有兩囷米,各三千斛,肅乃指一囷與周瑜,瑜益知其奇也。"按："指囷"本指主動捐糧,本詩末句曰"夏楚劫以勢",則謂被迫繳糧。

吳農謠

吳農竭力耕王田,王賦已供常餓眠。鄧通董賢①何爲者〔一〕,一生長用水衡錢〔二〕。

【校】

① 原本小字注於題下："董賢,或作'偃賢'。"按：董賢,似當作"董偃"。參見注釋。

【箋注】

〔一〕鄧通、董賢：漢書佞幸傳："鄧通,蜀郡南安人也,以濯舩爲黃頭郎……（文帝）賜通蜀嚴道銅山,得自鑄錢。鄧氏錢布天下。其富如此。"董賢,漢哀帝寵臣,頗得賞賜,事迹載漢書佞幸傳。按：西漢又有董偃,後世亦與鄧通并舉。漢書東方朔傳："初,帝姑館陶公主號竇太主,堂邑侯陳午尚之。午死,主寡居,年五十餘矣,近幸董偃……以主故,諸公接之,名稱城中,號曰董君。主因推令散財交士,令中府曰:'董君所發,一日金滿百斤、錢滿百萬、帛滿千匹,乃白之。'"

〔二〕"一生"句：指董偃。箋注評點李長吉歌詩卷三秦宮詩："開門爛用水衡錢,卷起黃河向身瀉。"宋吳正子注："水衡錢,人主私錢也。按秦宮止得幸於冀家,非得幸於大内,今長吉'永巷騎新馬'、'爛用水衡錢'等説,如鄧通、董偃之流矣。"

三男詞①

金②山鐵冶家張氏婦,一産三男,人以爲奇事〔一〕。予獨稽諸史傳,而有唐檀③子之隱憂焉〔二〕。

君不見羌胡之妻産龍鷲,駱家之婦生虎狸〔三〕。造物好或④怪,痴兒以爲奇。金村鐵婦不畫眉,健手能運千斤椎。懷姙弗⑤知十月期,一誕三子如母豨。隣舍來賀子,公相⑥出茅茨。親戚來賀子,車蓋生光輝。里胥馳走聞有司,三豎内有麒麟兒。陰陽者流來與⑦推,張家瑞鳳三聯枝。我聞其言信且疑,歷扣古牒如元龜。硤石三生未聞瑞〔四〕,南昌四孕徒招非〔五〕。有條給乳本勾踐〔六〕,五羊十帛胡⑧多儀。他日唐檀驗後事,不獨⑨介葛聞三犧〔七〕。

【校】

① 明鈔楊維禎詩集本題作題金山銕工張氏一産三男以詠紀事。
② 金:鐵崖先生詩集壬集本作"奎"。下同。
③ 檀:原本作"擅",據鐵崖先生詩集壬集本改。下同。樓氏鐵崖樂府注本曰:"擅,疑當作'檀'。"
④ 好或:鐵崖先生詩集壬集本作"成好",明鈔楊維禎詩集本作"好惑"。
⑤ 弗:鐵崖先生詩集壬集本作"不"。
⑥ 公相:鐵崖先生詩集壬集本作"相公"。
⑦ 與:鐵崖先生詩集壬集本作"步"。
⑧ 胡:明鈔楊維禎詩集本作"何"。
⑨ 獨:原本作"如"。據明鈔楊維禎詩集本改。

【箋注】

〔一〕"一産"二句:新五代史卷五唐本紀:"(同光二年)冬十月癸未,左熊威軍將趙暉妻一産三男子。"注:"此亦變異而書者,重人事,故謹之。後世以此爲善祥,故於亂世書,以見不然。"

〔二〕唐檀:後漢書方術列傳:"唐檀字子産,豫章南昌人也。少游太學,習京氏易、韓詩、顏氏春秋,尤好災異星占。後還鄉里,教授常百餘人……永寧元年,南昌有婦人生四子,(太守劉祇)復問檀變異之應。檀以爲京師當有兵氣,其禍發於蕭牆。至延光四年,中黃門孫程揚兵殿省,誅皇后兄車騎將軍閻顯等,立濟陰王爲天子,果如所占。"

〔三〕"君不見"二句:宋史五行志一下:"紹興三年,建康府桐林灣婦産子,肉角有齒。是歲,人多産鱗毛。二十年八月,真符縣民家一産三男。隆興元

年,建康民流寓行都而婦産子二首,具羽毛之形。乾道五年,衡、湘間人有
化爲虎者。"

〔四〕硤石: 新五代史卷六唐本紀:"(天成元年)八月乙酉朔,陜州 硤石縣民高
存妻一産三男子。丁酉,以象笏三十二賜百官之無笏者。"注:"是時朝廷
衰弱之甚,故書。"

〔五〕南昌四孕: 見後漢書唐檀傳。類似記載與闡説,亦見於新唐書。新唐書
五行志三人痾:"永徽六年,淄州 高苑民吳威妻、嘉州民辛道護妻皆一産四
男。凡物反常則爲妖,亦陰氣盛則母道壯也。"

〔六〕"有條"句: 國語卷二十越語上:"生三人,公與之母;生二人,公與之餼。
(韋昭注:)母,乳母也。人生三者亦希耳。"

〔七〕介葛: 指春秋時人介葛盧。左傳 僖公二十九年:"冬,介葛盧來。以未見
公,故復來朝。禮之,加燕好。介葛盧聞牛鳴,曰:'是生三犧,皆用之矣,
其音云。'問之而信。"又,鐵崖先生詩集壬集本詩末有注:"類編云:'後三
男不逾月皆死。'"

乞墦詞〔一〕

獮豸不擊邪〔二〕,化作獸中狐。屈軼不指佞〔三〕,化作蒿中蒭。黄金
軀,高蓋車,千夫百喏在一呼。歸來牛馬①驚里閭,低眉仰面承妻孥。
奉溲(宋之問)嘗惡(魏元忠)卑自奴〔四〕,墦間比來奴不如。君不見衡陽
有客方詫②婦,須髯似戟稱人夫〔五〕。

　　　　吳復曰:"李令詫婦師叔事,見詩話。"

【校】

① 原本有小字注於題下:"牛馬,一本作'牛酒'。"
② 詫: 原本作"託",據吳復跋文及樓氏 鐵崖樂府注本改。樓氏 鐵崖樂府注本
　　有注曰:"詫,一本作'託'。"

【箋注】

〔一〕本詩旨在嘲弄抨擊外强中乾、奴顏諂媚之官員。孟子離婁下:"齊人有一
　　妻一妾而處室者。其良人出,則必饜酒肉而後反。其妻問所與飲食者,則

盡富貴也……蚤起，施從良人之所之，遍國中無與立談者。卒之東郭墦間之祭者，乞其餘；不足，又顧而之他。此其爲饜足之道也。”

〔二〕獬豸：相傳爲神羊，能觸邪佞。參見麗則遺音卷四神羊。

〔三〕屈軼：又名指佞草。參見麗則遺音卷四神羊。

〔四〕奉溲：指宋之問捧尿壺。新唐書宋之問傳：“于時張易之等烝昵寵甚，之問與閻朝隱、沈佺期、劉允濟傾心媚附，易之所賦諸篇，盡之問、朝隱所爲，至爲易之奉溺器。”嘗惡：指郭霸嘗魏元忠糞便。資治通鑑卷二百五唐紀二十一：“寧陵丞廬江郭霸以諂諛干太后，拜監察御史。中丞魏元忠病，霸往問之，因嘗其糞，喜曰：‘大夫糞甘則可憂。今苦，無傷也。’元忠大惡之，遇人輒告之。”

〔五〕“君不見”二句：即吳復跋文所謂“李令詫婦師叔事”，不詳。鬚髯似戟，事見南史褚彥回傳：“公主謂曰：‘君鬚髯如戟，何無丈夫意！’”

家仕歎

小仕時爲養，古有當會稽〔一〕。豈能食其官，以官養旄倪〔二〕。千金買作郡，萬金收滿車。三年遞郵傳，誰以民爲家！

【箋注】

〔一〕會稽：指東漢會稽太守第五倫。後漢書第五倫傳：“追拜會稽太守，雖爲二千石，躬自斬芻養馬，妻執炊爨。受俸裁留一月糧，餘皆賤貿與民之貧羸者。”

〔二〕旄倪：指老人與幼兒。參見孟子梁惠王下。

侯庶歎

昔日王侯家，厮庶躬皂櫪。後來事升降，小兒家蕩析。俯首厮庶門，王孫有憂色。

秦刑篇

秦刑悖聖教，其律毒如兵。大漢解倒懸[一]，文網①舒急繩。朝儀取雜用[二]，千載罵鄙生。燕石覓玉質[三]，鄭調求韶聲[四]。如何良有司，尚欲復秦刑！

【校】

① 網：原本作“綱”，據樓氏鐵崖樂府注本改。

【箋注】

〔一〕解倒懸：孟子公孫丑上：“當今之時，萬乘之國行仁政，民之悦之，猶解倒懸也。”此指漢廢秦苛法。史記高祖本紀：“召諸縣父老豪桀曰：‘父老苦秦苛法久矣，誹謗者族，偶語者棄市……與父老約，法三章耳：殺人者死，傷人及盜抵罪。餘悉除去秦法。’”

〔二〕朝儀取雜用：意爲漢代儀法乃擇取古禮與秦法雜糅而成。史記叔孫通傳：“漢五年，已并天下，諸侯共尊漢王爲皇帝於定陶，叔孫通就其儀號。高帝悉去秦苛儀法，爲簡易。群臣飲酒爭功，醉或妄呼，拔劍擊柱，高帝患之。叔孫通知上益厭之也，説上曰：‘夫儒者難與進取，可與守成。臣願徵魯諸生，與臣弟子共起朝儀。’高帝曰：‘得無難乎？’叔孫通曰：‘五帝異樂，三王不同禮。禮者，因時世人情爲之節文者也。故夏、殷、周之禮所因損益可知者，謂不相復也。臣願頗采古禮與秦儀雜就之。’上曰：‘可試爲之，令易知，度吾所能行爲之。’”

〔三〕燕石：藝文類聚卷六地部石：“闞子曰：宋之愚人，得燕石於梧臺之東，歸而藏之以爲寶。周客聞而觀焉，主人齋七日，端冕玄服以發寶，革匱十重，緹巾十襲。客見之，掩口而笑曰：‘此特燕石也，其與瓦甓不殊。’”

〔四〕鄭調：即鄭聲。韶：指雅樂。論語衛靈公：“顏淵問爲邦，子曰：‘行夏之時，乘殷之輅，服周之冕。樂則韶舞，放鄭聲，遠佞人。鄭聲淫，佞人殆。’”

匠人篇[一]

匠人久失職，秦人已開阡[二]。誰望雲陽氣[三]，木土鑿由拳[四]？

後來興利者，開渠引淮船〔五〕。吳牛拖輦石，喘月不能前〔六〕。老翁乏丁壯，捕女在河邊。投水作河婦，天子罷庸田〔七〕。

　　　　吳復曰：“成周匠人，掌溝洫畎澮之制。秦商鞅開阡陌。地理志：始皇東巡，望氣者云‘江東有天子氣’，遂令囚徒十萬汙鑿其地①，表以惡名由拳，即後之丹陽也〔八〕。丹陽，古之雲陽也。此詩蓋閔時庸田新司之擾民。時奉使觀風者有採此詩以進，先生之詩得諷刺之要矣。”

【校】

① 汙：原本作“汗”，按汙，掘地也，因改。

【箋注】

〔一〕詩當作於元順帝 至元二年（一三三六），其時鐵崖任錢清鹽場司令。繫年依據：吳復注文“此詩蓋閔時庸田新司之擾民”，以及本詩末句“天子罷庸田”，當指元順帝 至元二年正月於平江設都水庸田使司，不久復罷。參見元史百官志八及後注。匠人：周禮注疏卷四十二：“匠人爲溝洫。”注：“主通利田間之水道。”

〔二〕“秦人”句：史記 商君列傳：“於是以鞅爲大良造……爲田開阡陌封疆，而賦税平。”

〔三〕“誰望”句：元和郡縣圖志卷二十五江南道一潤州：“丹陽縣，本舊雲陽縣地，秦時望氣者云有王氣，故鑿之以敗其勢，截其直道，使之阿曲，故曰曲阿。……天寶元年，改爲丹陽縣。”

〔四〕“木土”句：太平寰宇記卷九十五江南東道七嘉興縣：“故由拳縣，在今縣南五里。秦始皇見其山上出王氣，使諸囚合死者來鑿此山，其囚倦，并逃走，因號爲囚倦山，因置囚倦縣，後人語訛，便名爲由拳山。”

〔五〕“後來”二句：新唐書杜亞傳：“興元初，入遷刑部侍郎，又拜淮南節度使。至則治漕渠，引湖陂，築防庸，入之渠中，以通大舟，夾隄高卬，田因得溉灌。疏啟道衢，徹壅通堙，人皆悦賴。”

〔六〕“吳牛”二句：即吳牛喘月，參見本卷牛商行。

〔七〕天子罷庸田：元泰定二年正月，罷松江都水庸田使司，命州縣正官領之，仍加兼知渠堰事。六月，立都水庸田使司，浚吳松三江。元順帝 至元二年正月，置都水庸田使司于平江，旋即罷之。至元五年十二月復立。參見元史百官志八、資治通鑑後編。

〔八〕按：吳復所謂“表以惡名由拳，即後之丹陽也”，有誤。由拳與丹陽并非一地。

花門行〔一〕

大唐宇宙非金甌①，黃頭奚兒蟆作虬②〔二〕。跳梁河隴翻九土③，驚呼④夜半呼延秋〔三〕。朔方健兒袖雙手，戰馬傷春⑤舞楊柳。當時天驕⑥不借兵〔四〕，渭闕黃旗仆來久。快哉健鶻隨手招〔五〕，渡河萬匹疾如猋⑦。白羽若月筋幹⑧驕〔六〕，彎弓仰天落胡旄⑨。吁嗟⑩健鶻有如許，邀我⑪索花固其所。明年西下崆峒兵〔七〕，壯士重憂折天柱〔八〕。折天柱，唐無人，引狼殣虎狼非麟。空令漢女嫁非匹〔九〕，窮廬夜夜愁寒雲⑫。

【校】

① “大唐”句：陳善學刊本無此句。

② “黃頭”句：陳善學刊本作“黃毛頭，蟆作虬”兩句。

③ “跳梁”句：陳善學刊本作“跳河蹴隴翻九州”，青照堂刊楊鐵崖詠史本作“跳河蹴隴翻九土”。

④ 驚呼：原本小字注“一作驚烏”。陳善學刊本、青照堂刊楊鐵崖詠史本作“驚烏”。

⑤ 傷春：陳善學刊本作“嘶來”，青照堂刊楊鐵崖詠史本作“嘶春”。

⑥ 天驕：原本作“天嬌”，陳善學刊本作“健鶻”，據樓氏鐵崖樂府注本改。

⑦ 猋：原本作“焱”，陳善學刊本作“飆”，據樓氏鐵崖樂府注本改。

⑧ 筋幹：陳善學刊本作“弓幹”。

⑨ 仰天落胡旄：陳善學刊本作“射天落天妖”。

⑩ 吁嗟：陳善學刊本作“於呼”。

⑪ 邀我：原本小字注“一作邀功”。陳善學刊本、青照堂刊楊鐵崖詠史本作“邀功”。

⑫ 窮廬：似當作“穹廬”。

【箋注】

〔一〕花門：指回鶻。詳見清沈自南撰藝林彙考稱號篇卷七。

〔二〕黃頭奚兒：指安禄山屬下各部。集千家注杜工部詩集卷三悲青坂：“黃頭奚兒日向西，數騎彎弓敢馳突。”注：“奚兒，謂禄山所發同羅、奚、契丹、室韋之衆。黃頭，謂以黃蒙其頭也。”按：奚國為匈奴之別種，室韋乃契丹之別類,詳見舊唐書北狄傳。

〔三〕延秋:長安城門。宋郭知達編九家集注杜詩卷二哀王孫:"長安城頭頭白烏,夜飛延秋門上呼。"注:"頭白烏號,不祥也。天寶十五載六月辛未,禄山陷潼關,京師大駭。甲午,詔親征。明皇幸蜀,從延秋門出。門在禁苑之西面左邊,而禁苑在宮城之北,烏飛號于延秋門上,暗言乘輿既出矣,公卿寧不逃避耶。"又,楊慎丹鉛餘録卷八:"三國典略曰,侯景篡位,令飾朱雀門。其日有白頭烏萬計,集于門樓。童謡曰:'白頭烏,拂朱雀,還與吳。'杜工部詩'長安城頭頭白烏,夜上延秋門上呼',蓋用其事,以侯景比禄山也。"

〔四〕天驕:指匈奴、北胡。漢書匈奴傳稱之爲"天之驕子"。又,杜甫留花門:"花門天驕子,飽肉氣勇決。"

〔五〕健鶻:指回鶻兵。新唐書回鶻傳:"裴羅死,子磨延啜立,號葛勒可汗。剽悍善用兵,歲遣使者入朝。肅宗即位,使者來請助討禄山,帝詔燉煌郡王承寀與約,而令僕固懷恩送王,因召其兵。可汗喜。以可敦妹爲女,妻承寀,遣渠領來請和親,帝欲固其心,即封虜女爲毗伽公主。於是可汗自將,與朔方節度使郭子儀合討同羅諸蕃……進收長安。"

〔六〕白羽若月:喻指回鶻兵盛。仇兆鰲撰杜詩詳注卷七留花門:"連雲屯左輔,百里見積雪。"樓鑰注曰:"讀者謂'積雪'止言其多,上句言'雲屯'足矣,何必復贅此語? 惟知回紇之俗,衣冠皆白,然後少陵之意涣然。"

〔七〕崆峒兵:指史思明部。乾元二年,史思明西陷洛陽,破汝、鄭、滑三州圍,京師震恐。

〔八〕折天柱:蓋指大將郭子儀去世。

〔九〕"空令"句:舊唐書僕固懷恩列傳:"先是,肅宗以寧國公主下嫁於毗伽闕可汗,毗伽闕可汗又以少子請婚,肅宗以懷恩女妻之。"新唐書回鶻傳:"乾元元年,回紇使者多彦阿波與黑衣大食酋閣之等俱朝,爭長,有司使異門并進。又使請昏,許之,帝以幼女寧國公主下嫁。"

征南謡〔一〕

錢塘江頭點行軍,大艘金鼓聲殷殷。千里萬里雞犬絶,杳杳南國深蠻雲。蠻邦父母苦不仁,九重天子深無聞。艸間弄兵本鋤挺,聚力四萬稱孤君。皇華遣使宣主恩,橫草未立終童勛〔二〕。閩南總戎賜斧鉞,紫髯一拂清妖氛①〔三〕。六駮生來食虎尊〔四〕,猛虎雖猛寧同群? 於乎,猛虎雖猛寧同群,城狐社鼠何足云〔五〕。

【校】

① 棼:樓氏鐵崖樂府注本作"氛"。

【箋注】

〔一〕詩作於元至正六年(一三四六)八月,即江浙發兵征討福建羅天麟之際,其時鐵崖游寓湖州、杭州,授學爲生。繫年理由:據元史順帝本紀:"(至正六年)六月己酉,汀州連城縣民羅天麟、陳積萬叛,陷長汀縣……八月丙午,命江浙行省右丞忽都不花、江西行省右丞禿魯統軍合討羅天麟……(閏十月)癸未,汀州賊徒羅德用殺首賊羅天麟、陳積萬,以首級送官,餘黨悉平。"又,本詩曰"錢塘江頭點行軍",又曰"閩南總戎賜斧鉞",當指此番征剿。

〔二〕"橫草"句:漢書終軍傳:"當發使使匈奴,軍自請曰:'軍無橫草之功,得列宿衛,食禄五年。邊境時有風塵之警,臣宜被堅執鋭,當矢石,啓前行……'詔問畫吉凶之狀,上奇軍對,擢爲諫大夫。南越與漢和親,乃遣軍使南越,説其王,欲令入朝,比内諸侯。軍自請:'願受長纓,必羈南越王而致之闕下。'軍遂往説越王。越王聽許,請舉國内屬。……軍死時年二十餘,故世謂之終童。"

〔三〕紫髯:指三國孫權,孫權人稱"紫髯將軍"。黄庭堅題徐氏書院:"紫髯將軍不復見,空餘嚴桂綠婆娑。"此美稱閩南總戎。

〔四〕"六駁"句:北史張華原傳:"後爲兗州刺史……先是,州境數有猛獸爲暴,自華原臨政,州東北七十里甑山中,忽有六駁食猛獸,咸以爲化感所致。"

〔五〕城狐社鼠:宋洪邁容齋四筆卷二城狐社鼠:"城狐不灌,社鼠不燻。謂其所棲穴者得所憑依,此古語也,故議論者率指人君左右近習爲城狐社鼠。"

憶昔一首〔一〕

憶昔開元全盛時〔二〕,海陵官漕米流脂〔三〕。丁男老不識兵器,九牧長途不拾遺。宮中君明臣告老,天下夫和婦循道。蠻夷玉帛涉海來,海平遠接三山島〔四〕。仁人爲邦未百年,民間斗米七千錢。海陵官漕忽中沮,大舶滅没魚龍淵。潢池弄兵本赤子,<u>渤海</u>老臣能料理^{〔五〕}。如何嫉作豺虎叢,島國稱孤姦萬死。<u>花卿</u>猛將亂國章^{〔六〕},太阿倒持不可當^{〔七〕}。君不見<u>木蘭</u>殺賊謝天子^{〔八〕},賞功豈願尚書郎。

【箋注】

〔一〕按:本詩效仿<u>杜甫</u><u>憶昔</u>之二而作。

〔二〕<u>開元</u>:<u>唐玄宗</u><u>李隆基</u>年號,此蓋借指<u>元朝</u>鼎盛時期。

〔三〕<u>海陵</u>:<u>泰州</u>古名。相傳<u>西漢</u><u>吳王</u><u>劉濞</u>開<u>邗溝</u>,置<u>太倉</u>於<u>泰州</u>東,首創漕運。參見<u>江南通志</u>卷八十一食貨志。

〔四〕<u>三山島</u>:指<u>東海</u>神山<u>蓬萊</u>、<u>方壺</u>、<u>瀛洲</u>三島。

〔五〕<u>渤海</u>老臣:指<u>西漢</u><u>龔遂</u>。<u>漢書</u><u>龔遂傳</u>:“<u>渤海</u>左右郡歲饑,盜賊并起,二千石不能禽制。上選能治者,丞相御史舉<u>遂</u>可用,上以爲<u>渤海</u>太守。時<u>遂</u>年七十餘,召見……<u>遂</u>對曰:‘海瀕遐遠,不霑聖化,其民困於饑寒而吏不恤,故使陛下赤子盜弄陛下之兵於潢池中耳。’”

〔六〕<u>花卿</u>:指<u>唐</u>代<u>西川</u>牙將<u>花驚定</u>。<u>杜詩詳注</u>卷十戲作花卿歌:“成都猛將有<u>花卿</u>,學語小兒知姓名。”注:“<u>舊唐書</u><u>肅宗紀</u>:‘上元二年四月,<u>梓州</u>刺使<u>段子璋</u>反,襲<u>東川</u>節度使<u>李奐</u>於<u>綿州</u>,自稱<u>梁王</u>,改元<u>黃龍</u>,以<u>綿州</u>爲<u>黃龍府</u>,置百官。五月,<u>成都</u>尹<u>崔光遠</u>率將<u>花驚定</u>攻拔<u>綿州</u>,斬<u>子璋</u>。’<u>高適傳</u>:‘<u>西川</u>牙將<u>花驚定</u>,恃勇,既誅<u>子璋</u>,大掠<u>東蜀</u>。天子怒<u>光遠</u>不能戢軍,乃罷之。’”

〔七〕<u>太阿</u>倒持:<u>漢書</u><u>梅福傳</u>:“至<u>秦</u>則不然,張誹謗之罔,以爲<u>漢</u>毆除,倒持太阿,授<u>楚</u>其柄。”

〔八〕<u>木蘭</u>:即<u>花木蘭</u>。<u>樂府詩集</u>卷二十五木蘭詩古辭:“將軍百戰死,壯士十年歸。歸來見天子,天子坐明堂。策勳十二轉,賞賜百千强。可汗問所欲,‘<u>木蘭</u>不用尚書郎,願馳千里足,送兒還故鄉’。”

唐刺史^{①〔一〕}

普^②天海國皆王土,萬里明珠貢天^③府。一從官守失仁人,牛馬驅除化豺虎^{〔二〕}。蠻衣有習^④黃巾帽^{〔三〕},蠻旗無字題^⑤王號。九重天子矜蠻情,黃勑加官非賞盜。君不見溪蠻改過歸<u>大唐</u>,世授刺史以爲常^{〔四〕}。於乎^⑥,坐令白雉修職貢,可是于今無<u>越裳</u>^{〔五〕}。

【校】

① 清鈔鐵崖楊先生詩集卷下載此詩，據以校勘。清鈔鐵崖楊先生詩集本題作大唐刺史行。

② 普：原本作"冒"，據清鈔鐵崖楊先生詩集本改。

③ 天：清鈔鐵崖楊先生詩集本作"大"。

④ 習：清鈔鐵崖楊先生詩集本作"色"。

⑤ 題：清鈔鐵崖楊先生詩集本作"隨"。

⑥ 於乎：清鈔鐵崖楊先生詩集本作"嗚呼"。

【箋注】

〔一〕唐刺史：指唐代南蠻首領歸順朝廷而受刺史之職。

〔二〕牛馬驅除化豺虎：意爲官逼民反。

〔三〕黄巾帽：後漢書孝靈帝紀："中平元年春二月，鉅鹿人張角自稱'黄天'，其部帥有三十六方，皆著黄巾，同日反叛。"後因指反叛者。杜甫遣憂詩："紛紛乘白馬，攘攘著黄巾。"

〔四〕"君不見"二句：杜詩詳注卷二十自平："近供生犀翡翠稀，復恐征戌干戈密。蠻溪豪族小動摇，世封刺史非時朝。"注："唐書：太宗時，溪洞蠻酋歸順者，皆世授刺史。"

〔五〕"坐令"二句：西周時周公故事。越裳，指南方部落民族。位於交趾以南，今緬甸、越南、老撾一帶。韓詩外傳卷五："成王之時，有三苗貫桑而生，同爲一秀，大幾滿車，長幾充箱。成王問周公曰：'此何物也？'周公曰：'三苗同一秀，意者天下殆同一也。'比期三年，果有越裳氏重九譯而至，獻白雉於周公。道路悠遠，山川幽深，恐使人之未達也，故重譯而來。周公曰：'吾何以見賜也？'譯曰：'吾受命國之黄髮曰："久矣，天之不迅風疾雨也，海不波溢也，三年於兹矣。意者中國殆有聖人，盍往朝之？"於是來也。'"

法吏二首

其一

法吏本止虐，非以虐爲屠。仁君除肉刑[一]，仁吏泣丹書[二]。況以私怒逞，鍛鍊及非辜。冥理絶好還，天網元弗疏。懷哉沈姆誠，可但懼焚如〔三〕。(沈姆①,齊沈沖母也。)

其二

民有殺長吏,於理大悖之。仁人根所自,吏德久已離。擊之柱後法〔四〕,釜火捄焚輠〔五〕。彼哉漢儒論,殘賊憂軟罷〔六〕。願言敷國惠,以膏(去聲)殘民瘝。

> 吳復曰:"酷吏傳:尹賞戒其子曰〔七〕,爲吏坐殘賊免,追思其功效則復②進用;坐軟弱不勝任免,終身廢棄矣。此論止務於進用,不計酷吏之禍也。"

【校】

① 姆:原本及樓氏鐵崖樂府注本皆誤作"甥",據文淵閣四庫全書本改。
② 復:原本作"後",據漢書酷吏傳改。參見本詩注釋。

【箋注】

〔一〕仁君除肉刑:漢文帝下詔廢除肉刑,詳見史記孝文本紀。
〔二〕仁吏泣丹書:藝文類聚卷四十九職官部五廷尉:"會稽典録曰:盛吉拜廷尉,吉性多仁恩,務在哀矜,每至冬月,罪囚當斷,其妻執燭,吉手丹筆,夫妻相向垂泣。"
〔三〕"懷哉"二句:南齊書沈沖傳:"沖與兄淡、淵名譽有優劣,世號爲'腰鼓兄弟'。淡、淵并歷御史中丞,兄弟三人皆爲司直,晉、宋未有也。中丞案裁之職,被憲者多結怨……沖母孔氏在東,鄰家失火,疑爲人所焚爇,大呼曰:'我三兒皆作御史中丞,與人豈有善者!'"
〔四〕柱後法:指法律、刑法。參見鐵崖賦稿卷上柱後惠文冠賦。
〔五〕"釜火"句:語本鄧析子無厚:"令煩則民詐,政擾則民不定,不治其本而務其末,譬若拯溺錘之以石,救火投之以薪。"
〔六〕"彼哉漢儒論"二句:參見吳復跋文所引漢書酷吏傳。
〔七〕尹賞戒其子:漢書酷吏傳:"(尹賞)疾病且死,戒其諸子曰:'丈夫爲吏,正坐殘賊免,追思其功效,則復進用矣;一坐軟弱不勝任免,終身廢弃無有赦時,其羞辱甚於貪汙坐臧。慎毋然!'"

勛農篇〔一〕

今日當假我,縣守初出郭。出郭到誰家? 田父有新約。桑陰抽㕙㕙,石碕度略彴。田父喜我來,釃酒出杯杓。招徠道上㟃,賣刀買黃犢[二]。水南架魚梁,水北築稻屋。十分麥上塲,兩番蠶上箔。永願吏不妖,重願歲不惡。呼婦殺黃雞,重話田間樂。

【箋注】

〔一〕詩當作於元文宗天曆元年(一三二八)夏,其時鐵崖就職天台縣尹兼勸農事,上任不久。繫年依據:據詩中"縣守初出郭"、"十分麥上塲"等句推之。

〔二〕"賣刀"句:漢書龔遂傳:"遂見齊俗奢侈,好末技,不田作,乃躬率以儉約,勸民務農桑……民有帶持刀劍者,使賣劍買牛,賣刀買犢,曰:'何爲帶牛佩犢!'"

存與篇[一]

東家萬金產,西家百屋錢。錮以鐵門限,自比長城堅。須臾一轉首,後人不能傳。却觀存與者,非帑非聯阡。巍然一高閣,閱世而弗遷。問君何能爾,但指方寸田[二]。

【箋注】

〔一〕詩撰於元至正四年(一三四四)至八年之間,其時鐵崖游寓杭州、湖州、蘇州一帶,授學爲生。繫年依據參見鐵崖先生古樂府卷二君家曲。

〔二〕方寸田:即心田。宋羅大經鶴林玉露卷六:"俗語云:'但存方寸地,留與子孫耕。'指心而言也。"又,蘇軾孔毅甫以詩戒飲酒問買田且乞墨竹次其韻:"君家長松十畝陰,借我一庵聊洗心。我田方寸耕不盡,何用百頃麋千金。"

樗蒲行[一]　并序

聖如孔子,勇如飛將軍[二],而難遇於世;片譚封侯[三]、斗酒涼州者[四],何易易耶? 人曰命也,遂以官爵等樗蒲。然余觀乖崖博勝事〔五〕,則樗蒲可以智力參,而命若未底於定也。疑而成詩,書寄鄭有道先生〔六〕、達克莊繡使〔七〕,相發一笑。

七十説不合,片談立封侯〔八〕。百戰失飛臂〔九〕,斗酒得涼州。人言遇不遇,不係人劣優。亡羊與得鹿〔十〕,等付盧雉投〔十一〕。獨不見張公座上三大户,胡爲百萬一擲成私骰!

【箋注】

〔一〕詩撰於元至正七年(一三四七)前後,其時鐵崖游寓姑蘇、崑山一帶。繫年依據:本詩序曰"書寄鄭有道先生、達克莊繡使",而至正七、八年間,鐵崖與鄭元祐、達克莊等交往頗多。參見鐵崖楊先生詩集卷上李季和召著作後賦此贈鄭明德先生先生今年赴濟南經師之聘因寄克莊使君蓋爲天子求賢舉逸者也。樗蒲:一種多用於賭博的游戲。

〔二〕飛將軍:指西漢李廣。李廣爲邊將,勇猛異常,匈奴號曰"漢飛將軍"。參見漢書李廣傳。

〔三〕片譚封侯:指虞卿。

〔四〕斗酒涼州:宋王十朋撰東坡詩集注卷十二次韻秦觀秀才見贈秦與孫莘老李公擇甚熟將入京應舉:"將軍百戰竟不侯,伯郎一斗得涼州。"注:"孟佗字伯郎。中常侍張讓專權用事,佗以蒲萄酒一斗遺讓,爲涼州刺史。"

〔五〕乖崖:指宋人張詠,其自號乖崖。宋陳師道撰後山談叢卷四:"乖崖在陳,一日方食,進奏報至,且食且讀,既而抵案慟哭久之,哭止,復彈指久之,彈止,罵詈久之,乃丁晉公逐萊公也。乖崖知禍必及己,乃延三大户於便坐,與之博。袖間出彩骰子,勝其一坐,乃買田宅爲歸計以自汙。晉公聞之,亦不害也。"按:容齋隨筆卷八談叢失實一章,於此事有所考辨,謂此説失實。

〔六〕鄭有道:指鄭元祐。草堂雅集卷三載鄭元祐和玉山見寄詩,後附顧瑛原詩曰:"我愛廛居鄭有道,屢辭徵幣卧松雲。"參見東維子文集卷二十四白雲漫士陶君墓碣銘。

〔七〕達克莊:斡玉倫都。書史會要卷七大元:"斡玉倫都,字克莊,西夏人。官至山南廉訪使。文章事業復出人表,書迹亦佳。"又,斡克莊與虞集、顧瑛、達兼善諸人皆有交往唱和。參見玉山璞稿卷上、道園學古録相關詩篇與祐宋樓書目。

〔八〕"七十説不合"二句:源自揚雄語。揚雄集校注解嘲:"夫上世之士,或解縛而相,或釋褐而傅;或倚夷門而笑,或横江潭而漁;或七十説而不遇,或

立談間而封侯。"注:"立談間而封侯,謂虞卿。史記虞卿傳:'虞卿者,游
説之士也,躡蹻擔簦,説趙孝成王,一見賜黃金百鎰、白璧一雙,再見爲趙
上卿,故號爲虞卿。'"又,論衡儒增篇:"書説:孔子不能容於世,周流游説
七十餘國,未嘗得安。"

〔九〕"百戰"句:意爲李廣身經百戰,亦不免失敗喪身。漢書李廣傳:"爲人長,
爰臂,其善射亦天性。"如淳注曰:"臂如猨臂通肩也。"

〔十〕亡羊:莊子駢拇:"臧與穀二人相與牧羊而俱亡其羊,問臧奚事,則挾筴讀
書;問穀奚事,則博塞以游。"得鹿:列子周穆王篇:"鄭人有薪於野者,遇
駭鹿,御而擊之,斃之。恐人見之也,遽而藏諸隍中,覆之以蕉。不勝其
喜。俄而遺其所藏之處,遂以爲夢焉,順塗而詠其事。傍人有聞者,用其
言而取之……薪者之歸,不厭失鹿。其夜真夢藏之之處,又夢得之之主。
爽旦,案所夢而尋得之,遂訟而争之,歸之士師。士師曰:'若初真得鹿,妄
謂之夢;真夢得鹿,妄謂之實。彼真取若鹿,而與若争鹿,室人又謂夢認人
鹿,無人得鹿。今據有此鹿,請二分之。'"

〔十一〕盧雉:擲骰子博采所用術語,全黑爲盧,二白三黑爲雉。參見演繁露卷
六盧雉。

貧婦謡

　　西家婦,貧失身。東家婦,貧①無親。紅顔一代難再得,皦皦南國
稱佳人。夫君求昏多禮度,三日昏成戍邊去。龍盤有髻不復梳②〔一〕,
寶瑟無弦爲誰御? 朝來採桑南陌周,道旁過客黃金求〔二〕。黃金可棄
不可售,望夫自上西山頭。夫君生死未知所,門有官家賦租苦。姑嫜
繼殁骨肉孤③,夜夜青燈泣④寒杼。西家婦作傾城姝,黃金步搖繡羅
襦。東家婦貧徒自苦,明珠不博⑤青州奴〔三〕。爲君貧操彈修竹,不惜
紅顔在空谷〔四〕。君不見人間寵辱多反覆,阿嬌老貯黃金屋⑥〔五〕!

　　　吳復曰:"已上凡二十有九首,蓋傷世教之陵替,時事之間關。大而天
　　變,細而民情,微幾沉慮,寓於譏諷之中。聞之者可以戒,採之者可以
　　觀矣。"

【校】

① 貧:原本誤作"貪",據鐵崖先生詩集壬集本、樓氏鐵崖樂府注本改。

② 龍盤: 鐵崖先生詩集壬集本作"盤龍",樓氏 鐵崖樂府注本作"龍蟠"。樓氏
　　 鐵崖樂府注本又有注曰:"龍盤有髻不復梳,一作'閉門花落春不知',又作
　　 '閉門花落青春深'。"

③ 姑嫜: 鐵崖先生詩集壬集本作"嫜姑"。

④ 泣: 鐵崖先生詩集壬集本作"促"。

⑤ 博: 原本作"傳",據鐵崖先生詩集壬集本改。

⑥ 鐵崖先生詩集壬集本詩末注曰:"紅顏一代,作'禮容一代'。求婚多禮度,作
　　 '當日親迎取'。盤龍有髻不復梳,作'閉門落花青春深'。東家婦貧,作'東
　　 家刀貧'。寵辱多翻覆,作'寵辱那可知'。此見山唐鈔本。當以類編爲正。"

【箋注】

〔一〕龍盤: 一種髮髻樣式,又稱九龍盤。

〔二〕"朝來"二句: 指秋胡戲妻。參見鐵崖先生古樂府卷四采桑詞。

〔三〕青州奴: 指石崇。石崇字季倫,生於青州,故小名齊奴,又稱青州奴。唐劉
　　　恂 嶺表録異卷上:"白州有一派水,出自雙水山,合容州江,呼爲緑珠井,在
　　　雙角山下。昔梁氏之女有容貌,石季倫爲交趾採訪使,以真珠三斛買之。"
　　　按: 梁氏之女即緑珠。

〔四〕"爲君"二句: 杜甫 佳人:"絶代有佳人,幽居在空谷。自云良家子,零落依
　　　草木。"

〔五〕阿嬌: 漢武帝皇后。漢武故事:"帝以乙酉年七月七日旦生於猗蘭殿,年
　　　四歲,立爲膠東王。……膠東王數歲,公主抱置膝上,問曰:'兒欲得婦
　　　否?'長主指左右長御百餘人,皆云:'不用。'指其女阿嬌:'好否?'笑對
　　　曰:'好。若得阿嬌作婦,當作金屋貯之。'長主大悦,乃苦要上,遂成婚
　　　焉。"按: 阿嬌爲皇后十餘年,無子。元光五年,坐巫蠱廢居長門宮。後十
　　　餘年薨。

卷六　鐵崖先生古樂府卷六

金溪孝女歌〔一〕

　　唐敬宗時〔二〕，撫之金溪有金銀塲户葛佑①者〔三〕，輸銀不足，監官黃慄榜佑。垂死，佑二女投銀冶中，化銀二錠。事聞，遂罷銀塲。金溪爲二女立廟〔四〕，至今血食。危太樸有卷求余詩〔五〕，爲賦孝女歌云。

　　金溪石，石生銀。鑿石石有盡，銀令無時磷。昨夜銀官下（叶“户”），山頭點銀户。葛家父，無丁惟二女。葛家父楚苦②，苦楚與死隣。二女痛父關一身，騈首跳冶裂熖闉（叶“音”）。裂熖焚身③，不焚二女心。天慘慘，神森森，化作雙白金。雙白金，盛龍錦。願作萬壽巵，以奉天子飲。一飲銀鬼泣，再飲銀令寢。

【校】

① 金銀塲户：樓氏鐵崖樂府注本作“金銀塲銀户”。葛佑之“佑”，陳善學刊本作“祐”，下同。

② 楚苦：陳善學刊本作“苦楚”。

③ 樓氏鐵崖樂府注本小字注：“身，一作‘二女’。”

【箋注】

〔一〕詩撰於元至正四年（一三四四）四月前後，其時鐵崖寓居杭州，等候補官。繫年依據：因修纂宋史之需，當時危素赴兩浙訪書，遂與鐵崖有交往。本詩即應危素之邀而作。參見鐵崖先生詩集甲集四月十六日偕句曲先生過彩真飲趙伯容所句曲出石室銘因賦是詩并簡太樸檢討先生。

〔二〕唐敬宗：李湛，穆宗長子。公元八二四至八二六年在位，遭宦官謀殺。

〔三〕撫：指撫州路。按元史地理志，撫州路隸屬於江西行省，下轄五縣，金溪縣爲其中之一。葛佑：“佑”或作“祐”。

〔四〕金溪爲二女立廟：在元至正二年。元吳師道禮部集卷十三載其至正二年十二月所作金溪孝女廟記，曰：“撫州金溪二孝女者，葛氏之女也，父祐。

唐寶曆時，官以其地産錫，作冶場。祐家頗有貲，迫使涖其事。鑿山烹土石，無得，傾貲以充且不足，日繫縶榜笞之。祐無子，二女痛不能救，俱自投冶中死。監吏黄慄聞于州，州刺史奏於朝，遂爲罷冶。鄉人即咸通僧寺祠之。國朝大德四年，縣丞吴瑾始别爲廟於石鍾山下……鄉之士危素猶惜其事之未白於世，請其友番陽李存記之，又求奎章閣學士虞公集贊之，名卿顯人又詩歌之，由是孝女之名不獨撫之人聞之矣。”

〔五〕危太樸：名素。參見東維子文集卷二十四改危素桂先生碑。

金處士歌〔一〕

　　吴人金可父①〔二〕，賢智有才藝，而自埋於民，衆嘖然以處士稱之。權貴人以丘園科起處士〔三〕，處士絶之曰：“予幸有廬一區在市關②，可以避風雨；田一廛在郭③外，可以給衣食；學聖人之道，可以自樂，不願仕也。且仕榮利禄，隱樂真素，苟以相易，彼此兩乖；乖而強合，吾不能已！”吁，處士如可父，信其逸而貞者歟！故集賢舊老相與署牒錫號曰“貞逸”。會稽楊維禎爲之賦詩曰：

蘇州古隱君，實始虞仲〔四〕，隱居④放言，中乎清與權〔五〕。次曰澹臺氏〔六〕，言不枝，行不逕，未嘗匐走諸侯前。五噫之夫〔七〕，將其匹聯，耕織爲業，不廢誦與弦。亦有天隨仙配鴟夷子〔八〕，理釣船。去之五百年，求繼者孰賢？閶闔古城陰〔九〕，曰有處士氏曰金。長身而美髯（叶“壬”），風局孤以古⑤，古貌疏且沉。家不失箴，里不失任，有餘推與人，矧肯爵禄入吾心⑥。心闕下，足終南（叶“吟”）〔十〕。貧賤易屈，貴富⑦易淫〔十一〕。故大隱在關市〔十二〕，不在壑與林。鳳凰不能引高，神龍不能引⑧深（叶“沁”）。人⑨呼爲處士，更加貞與逸號⑩，焉知古不如來今！吾嗟今之士科，隱丘復事王侯⑪，行無補闕，言無裨謀，惟禄食是謀⑫（叶“牟”）。詭貞而隱，詭逸而休，以爲吾人憂。放而返，潤恚岳隴羞〔十三〕。聞處士風，其不泚然在顙〔十四〕，豈吾人儔⑬！

【校】

① 金可父：原本作“今可父”，樓氏鐵崖樂府注本作“金可文”，據陳善學刊

本改。

② 區：陳善學刊本作“廛”。關：陳善學刊本作“間”。

③ 廛：陳善學刊本作“區”。郭：樓氏鐵崖樂府注本作“都”。

④ 隱居：原本作“隱君”，據陳善學刊本、樓氏鐵崖樂府注本改。

⑤ 孤以古：原本作“孤古”，據陳善學刊本、樓氏鐵崖樂府注本改補。

⑥ 爵禄入吾心：原本作“壽禄入心”，據陳善學刊本改補。

⑦ 貴富：陳善學刊本作“富貴”。

⑧ 引：原本脱，據樓氏鐵崖樂府注本補。

⑨ 人：原本作“深人”，據陳善學刊本、樓氏鐵崖樂府注本删改。

⑩ 更加貞與逸號：陳善學刊本、樓氏鐵崖樂府注本作“更加逸與貞之號”。

⑪ “吾嗟”二句：陳善學刊本、樓氏鐵崖樂府注本作“吾嗟今之士，既隱丘園，復事王侯”三句。

⑫ 謀：原本作“媒”，據陳善學刊本改。

⑬ 樓氏鐵崖樂府注本於詩末注：“詩從別本。吳編疑多錯簡。”

【箋注】

〔一〕詩撰於元至正七年（一三四七）前後，其時鐵崖寓居姑蘇，授學爲生。繫年依據：其一，金處士乃吳中人士，蓋鐵崖移居吳地之後結識。其二，詩中提及“以丘園科”徵召隱士。

〔二〕金可父：蘇州（今屬江蘇）人。元至正年間在世。長身美髯，“賢智有才藝”。隱居不仕，人稱貞逸處士。按：明張昶撰吳中人物志卷九元載金可文傳，實源自本詩引文。

〔三〕以丘園科起處士：指元順帝於至正初年徵召隱士。參見元史順帝本紀。按：北宋仁宗曾增設高蹈丘園科、沉淪草澤科、茂材異等科等，以招攬選拔平民布衣人才。

〔四〕虞仲：即仲雍。吳泰伯弟，與兄適荆，以避弟季歷，後繼泰伯之後爲吳王。生平參見史記周本紀、吳太伯世家。

〔五〕“隱居放言”二句：出自論語。論語注疏卷十八微子：“謂虞仲、夷逸，隱居放言。身中清，廢中權。”正義：“放，置也。清，純潔也。權，反常合道也。孔子又論此二人隱遁退居，放置言語，不復言其世務，其身不仕濁世，應於純潔；遭世亂，自廢棄以免患，應於權也。”按：仲雍墓在今江蘇常熟虞山。

〔六〕澹臺氏：指澹臺滅明。論語注疏卷六雍也：“子游爲武城宰，子曰：‘女得人焉爾乎？’曰：‘有澹臺滅明者，行不由徑，非公事，未嘗至於偃之室

也。’”正義曰：“史記弟子傳云：‘澹臺滅明，武城人，字子羽，少孔子三十

九歲。狀貌甚惡。欲事孔子，孔子以爲材薄。既已受業，退而修行，名施

乎諸侯。”按：澹臺滅明乃武城人，并非“蘇州古隱君”。於此當指賞識澹

臺滅明之長官，即武城宰言偃。言偃是吳人。

〔七〕五噫之夫：指東漢梁鴻。梁鴻偕其妻孟光隱居於吳。參見鐵崖先生古樂

　　府卷二荊釵曲。

〔八〕天隨仙：指晚唐陸龜蒙。鴟夷子：指春秋范蠡，參見鐵崖先生古樂府卷三

　　五湖游注。

〔九〕闔閭古城：指蘇州城。

〔十〕“心闕下”二句：指唐人盧藏用。新唐書盧藏用傳：“始隱山中時，有意當

　　世，人目爲‘隨駕隱士’。晚乃徇權利，務爲驕縱，素節盡矣。司馬承禎嘗

　　召至闕下，將還山，藏用指終南曰：‘此中大有嘉處。’承禎徐曰：‘以僕視

　　之，仕宦之捷徑爾！’藏用慚。”

〔十一〕“貧賤”二句：反用孟子滕文公下：“富貴不能淫，貧賤不能移，威武不能

　　屈，此之謂大丈夫。”

〔十二〕大隱：晉王康琚反招隱詩：“小隱隱陵藪，大隱隱朝士。”

〔十三〕澗恧岳隴羞：傳周顒隱南京北山，後應齊徵出仕，孔稚圭作北山移文，

　　中有句云：“於是南岳獻嘲，北隴騰笑，列壑爭譏，攢峰竦誚……故其林

　　慚無盡，磵愧不歇，秋桂遣風，春蘿罷月。”

〔十四〕泚然在顙：羞愧出汗。孟子滕文公上：“其顙有泚，睨而不視。”

彭義士歌　義士元履旴江人[一]

　　八十長者新城彭[二]，一生好義不好名。天曆饑告江南氓，官家鬻
爵令新行[三]。嗟哉我彭粟有盈，內粟不與官爵爭。豈惟內粟爵不爭，
民有乏逋①我代庚。乏力我又代民耕，民流過門給炊烹。吁嗟爾民曷
報彭，期以八百之長生[四]。

【校】

① 乏逋：陳善學刊本作“逋乏”。

【箋注】

〔一〕詩當作於元文宗天曆二年(一三二九)彭元履賑災之際。太平寰宇記卷一百一十江南西道八建昌軍南城縣:"旴水在縣東二百一十步,源出南當山,西北沿流至臨川縣石門,改爲汝水。漢書地理志云:'旴水西北至南昌入湖漢也。'"彭義士:名元履,新城人。元天曆年間已爲八十老人,賑災不爲名爵。元黃鎮成秋聲集卷一題新城彭元履賑米卷:"何如旴水彭徵君,發粟盡活飢年民。相逢相語無德色,況受朝省酬官勳。陰隲冥冥天福善,八十童顏身更健。只今生子又生孫,舉義除殘保鄉縣。"

〔二〕新城:縣名。新城縣隸屬於江西行省建昌路。參見元史地理志。

〔三〕"天曆"二句:元史文宗本紀:"(天曆二年四月)河南廉訪司言:'河南府路以兵、旱民饑,食人肉事覺者五十一人,餓死者千九百五十人,饑者二萬七千四百餘人。乞弛山林川澤之禁,聽民採食;行入粟補官之令,及括江淮僧道餘糧以賑。'從之。"

〔四〕八百之長生:指彭祖。相傳彭祖八百歲。

盧孤①女〔一〕

盧孤女,年十五。官家新條括童年②〔二〕,東家媒娘傳巧語③。盧家郎,選東牀。奈郎自有婦,妾使余不當④。蚤知急婚事如此⑤,悔不官家作驅使。上堂拜姑身未知⑥,下堂失身惟有死。歸來抱琴⑦彈高樓,苦調不作⑧離鸞愁〔三〕。東家聘,西家求,明珠火貝爭委投⑨。河可乾,石可泐,盧家女節不可勒⑩。生作隻影蛾⑪,死作獨根栢。烏乎,丈夫腐節隨草莽,阿盧之風齊⑫砥柱。若道錢唐女淫苦,安得有此盧家⑬女!

【校】

① 陳善學刊本卷六、鐵崖先生詩集壬集、清初印溪草堂鈔本東維子詩集卷二亦載此詩,據以校勘。盧孤:印溪草堂鈔本作"盧節"。下同。

② 年:鐵崖先生詩集壬集本作"子",印溪草堂鈔本作"女"。

③ 語:陳善學刊本作"言"。

④ "東家媒娘"五句：鐵崖先生詩集壬集本、印溪草堂鈔本作"東家媒語巧如
簧，乘時爲選千金郎。奈何爾郎自有婦，妾使良家余不當"四句。

⑤ 如此：鐵崖先生詩集壬集本作"此女"。

⑥ 知：鐵崖先生詩集壬集本、印溪草堂鈔本作"明"。

⑦ 琴：鐵崖先生詩集壬集本、印溪草堂鈔本作"瑟"。

⑧ 苦調不作：印溪草堂鈔本作"過客誤聽"。

⑨ 火貝：鐵崖先生詩集壬集本、印溪草堂鈔本作"大貝"。又，"東家聘"三句，
印溪草堂鈔本作"明珠大貝争委聘，東家不允西家求"兩句。

⑩ "河可乾"三句：印溪草堂鈔本作"黄河可馮虎可搤，斷頭有誓不可奪"。

⑪ "隻影蛾"：印溪草堂鈔本作"隻頭鵝"。

⑫ "阿盧之風齊"：印溪草堂鈔本作"女子孤風當"。

⑬ 家：鐵崖先生詩集壬集本作"孤"，印溪草堂鈔本作"節"。

【箋注】

〔一〕詩作於元順帝至元三年（一三三七）或稍後。繫年依據參見後注。盧孤
女：名字生平不詳。據本詩末二句，當爲錢塘人。

〔二〕括童年：即所謂"拘刷童男童女"。元史順帝本紀二："（至元三年丁丑）五
月辛丑朔，民間訛言朝廷拘刷童男童女，一時嫁娶殆盡。"又，陶宗儀南村
輟耕録卷九謠言："後至元丁丑夏六月，民間謠言，朝廷將采童男女，以授
韃靼爲奴婢，且俾父母護送，抵直北交割。故自中原至於江之南，府縣村
落，凡品官庶人家，但有男女年十二三以上，便爲婚嫁。六禮既無，片言即
合，至於巨室有不待車輿親迎，輒徒步以往者。蓋惴惴焉惟恐使命戾止，
不可逃也。雖守土官吏與夫韃靼色目之人，亦如之，竟莫能曉。經十餘日
纔息。自後有貴賤貧富、長幼妍醜匹配之不齊者，各生悔怨，或夫棄其妻，
或妻憎其夫，或訟於官，或死於夭。此亦天下之大變，從古未之聞也。"同
書卷二十四十二生子："至元丁丑，民間謠言拘刷童男女，以故婚嫁不問長
幼，而亂倫者多矣。平江蘇達卿，時爲上海吏，有女年十二，贅里人浦仲明
之子爲婿，明年，生一子。"

〔三〕離鸞：琴曲。宋郭茂倩樂府詩集卷五十九蔡琰胡笳十八拍題注："唐劉商
胡笳曲序曰：'蔡文姬善琴，能爲離鸞別鶴之操。'"

孔節婦〔一〕

有美丈夫子,玉質長髭鬚①。自言五十五代孔子之孫儒〔二〕,其母曰陶大家。大家生兒六月餘,丈夫子,即稱孤。零丁未保麒麟雛〔三〕,大家一節誓不渝。身有死,不二夫,與孤爲命相噫嗚②,保抱不啻琉璃珠。但願孤長壽,豎我門户扶我輿,天祚孔胤③孤無虞。五歲解讀書,十歲能當閭,二十作賦喧三吳。朅④來大家八十逾,孤三釜〔四〕,心何如?紫微⑤相君新下車〔五〕,上推先聖恩及孥⑥,薦書⑦上達天王都。承恩歸來拜起居,堂上鶴髮霜顏都。烹羊擊鮮婦當厨,里中姆,讙相呼,孔家生兒天與渠。康之阜〔六〕,曲阜俱〔七〕。康之水,流泗洙〔八〕。曰貞曰孝表一廬⑧。楊子作歌歌不誣,他日太史春秋書。

【校】

① 髭鬚:鐵崖先生詩集壬集本作"髭鬚"。陳善學刊本、樓氏鐵崖樂府注本作"髯鬚"。

② 嗚:鐵崖先生詩集壬集本作"呼"。

③ 天祚孔胤:樓氏鐵崖樂府注本作"天助孔嗣"。

④ 朅:原本作"竭",據鐵崖先生詩集壬集本、樓氏鐵崖樂府注本改。

⑤ 微:原本作"薇",據鐵崖先生詩集壬集本、樓氏鐵崖樂府注本改。

⑥ 上:原本作"止";孥:原本作"拏",據鐵崖先生詩集壬集本、樓氏鐵崖樂府注本改。

⑦ 書:鐵崖先生詩集壬集本作"章"。

⑧ 廬:陳善學刊本作"間"。

【箋注】

〔一〕詩當作於元至正七年(一三四七)秋季以前。繫年依據:孔節婦乃孔克表之母陶氏。孔克表爲至正八年進士,本詩卻未言及。故必當作於孔克表考中江浙行省鄉試以前,即不遲於至正七年秋季。

〔二〕"有美丈夫子"三句:稱譽孔克表。明廖道南殿閣詞林記卷八修撰孔克表:"孔克表,字正夫,浙江平陽人。孔子五十五代孫也。至正戊子進士。洪武六年正月,徵爲修撰。克表長身美髯,學篤而不窳,尤精於諸史,所著有通鑑綱目附釋。宋濂稱其書世不可無,視穿鑿性命、簸弄詞章者不侔。故一時士林稱爲巨擘云。"又,民國平陽縣志卷三十七人物志述孔克表元代履歷較詳,曰:"(克表乃)克烈之從兄弟也,父士璧,不仕。克表登至正八年進士第,授建德路録事,乞養歸里。服除,改鎮江路録事,轉瑞安州判,遷永嘉縣尹。時群盜蜂起,溫州與方國珍爲鄰,數被寇擾。克表陳安邊數十策,不報,遂棄官。"

〔三〕麒麟雛:陳書徐陵傳:"母臧氏,嘗夢五色雲化而爲鳳,集左肩上,已而誕陵焉。時寶志上人者,世稱其有道,陵年數歲,家人攜之以候之。寶志手摩其頂,曰:'天上石麒麟也。'光宅惠雲法師每嗟陵早成就,謂之顏回。"此譽指孔克表。

〔四〕莊子寓言:"曾子再仕而心再化,曰:'吾及親仕,三釜而心樂;後仕,三千鍾而不洎,吾心悲。'"

〔五〕紫微相君:當指江浙行中書省丞相。參見鐵崖賦稿卷上紫微垣賦。

〔六〕康:不詳。當指孔克表家所在地。

〔七〕曲阜:孔子故里。今屬山東。

〔八〕泗洙:孔子授徒講學於洙水、泗水之間。

陳孝童[一]

　　孝童名福,越之錢清人[二]。年十歲,侍母葉①病,衣不解帶。母病甚,水漿粒食不進口。中夜,潛出後庭,泣于天曰:"我母病將死,吾何依? 刲股代藥,天其從我乎?"股刲而母已死。人謂:"刲股多救母,童不能,不亦妄譽乎?"予謂童知愛親,天之無僞者也,刲股救母而②知有其親,而不知有其身也,又豈知有名哉! 季世奸民,有刃股乳規免賦徭者,若童又豈有賦徭而爲是哉! 刲股,童之天也;母之救不救,亦天也。予居與童鄰,親睹其事,可以弘獎風教,遂爲賦詩。

　　錢清陳孝童,十歲知孝母。母病日以革,藥餌空咬咀。夜庭人不知,磨刀去剔股。凡兒血肉軀,軀小痛擾楚。孰識身在親,慘毒至刀斧。隣里聞孝童,涕泗下如雨。道路聞孝童,過車式其户。堂堂士大夫,結髮在庠序。母背忍絶裾[三],母喪亡捧土。我作孝童詩,豈惟風童孺。

【校】

① 茱：樓氏鐵崖樂府注本作"藥"。
② 而：樓氏鐵崖樂府注本無。

【箋注】

〔一〕詩當作於元順帝元統二年(一三三四)至至元五年(一三三九)七月之間，其時鐵崖任錢清鹽場司令。繫年依據：孝童陳福爲錢清人，本詩序曰"予居與童鄰，親睹其事"，知鐵崖當時居於錢清。

〔二〕錢清：鎮名，隸屬於蕭山縣(今屬浙江)，即錢清鹽場所在之地。參見宋施宿等撰會稽志卷十二。

〔三〕絕裾：晉書溫嶠傳：溫嶠受命去江南勸司馬睿即位，其母止之，嶠絕裾而去。

强氏母〔一〕

　　毘陵强可〔二〕，事母以孝聞。母年逾八衰，可方以鄉校官調轉湖州從事，感事母之日短，遂以侍親致事，得陞承事郎、浙東帥府從事，由是并得封母夫人縣君。今年至正戊子十一月二十三日長至，適爲夫人初度日也，母子恩命皆以是日至，故爲賦燕喜詩一首，俾伶①官歌之。

　　强氏母，毘陵人，年已八十又一春。强家郎，未七旬，五十入官教邑民〔三〕，六十轉官在鄰郡〔四〕。大府婉畫方咨詢，守將急移檄，候吏持在門。强家郎，捧檄告母母欣欣，母②一笑，還一嚬。庭前大樹風不停，孝子惜陰寸寸勤〔五〕。强家郎，養母素不貧。食有祝鯁〔六〕，寢有五色裀，其肯貪天之禄一日離其親？年未及致事，辭檄奉晨暄。中書重爾天性真，馳文篆天天不嗔。賜爾孝子七品秩，緋衣姶妠青絲綸。强氏母，隨牒封邑君。一陽復〔七〕，爲生辰，邑官里老走伖伖。上堂與③母千百壽，烹羊炮豕羅鮭珍。强家母，抱牒謝天恩。强家郎，百拜百舞稱觴尊。日日起居太夫人，項間壽帶日見雙條文，眼前羅立五世之兒孫④。強家母，壽無匹，榮無倫。

【校】

① 清初印溪草堂抄本東維子詩集卷二亦載此詩，據以校勘。伶：原本作“令”，據清初印溪草堂抄本改。

② 母：原本無，據清初印溪草堂抄本增補。

③ 與：清初印溪草堂抄本作“爲”。

④ 兒孫：清初印溪草堂抄本作“諸孫”。樓氏鐵崖樂府注本於篇末注曰：“兒孫，一作諸孫。”

【箋注】

〔一〕詩作於元順帝至正八年（一三四八）十一月二十三日。其時鐵崖寓居蘇州城内，授學爲生。

〔二〕毗陵：今江蘇常州、無錫一帶。強可：強可仕之略稱。強可仕，字行之，無錫（今屬江蘇）人。元順帝至元末年任嘉興路儒學教授，至正初年任常州路儒學教授。至正八年十一月二十三日，以承事郎、浙東帥府從事致仕。與倪瓚、顧瑛、張雨等皆有交往。家有溪山第一樓，頗著名。參見元陳旅安雅堂集卷八嘉興路儒學教授題名記、清閟閣全集卷一懷常州學博強行之、草堂雅集卷五張雨詩強行之常州教授、光緒無錫金匱縣志卷十四古迹樓隱園。

〔三〕“五十”句：強可仕任本鄉學官，蓋在元文宗至順初年。

〔四〕六十轉官在鄰郡：指元順帝至元末年強可仕轉任嘉興路儒學教授。元陳旅嘉興路儒學教授題名記：“無錫強可仕行之之教授嘉興也，以書來言曰：‘江南被國家聲教六十四年矣。’”按：公元一二七六年南宋臨安政權滅亡，下推六十四年，則強可仕從本鄉學校轉任嘉興路儒學教授，實爲元順帝至元五年（一三三九）。此年強可仕約六十歲，則當生於元世祖至元十七年（一二八〇）前後。

〔五〕“庭前”二句：參本卷萱壽堂詞注。

〔六〕祝鯁：祝願老人進食時不要饐鯁。漢書賈山傳：“祝饐在前，祝鯁在後。”師古曰：“以老人好饐鯁，故爲備祝以祝之。”

〔七〕一陽復：指十一月。宋朱震漢上易傳卦圖卷下：“乾有六陽，坤有六陰。一陰自五月而生，屬坤，陰道始進，陽道漸消。九月，一陽在上，衆陰剥物，至十月則六陰數極。十一月,一陽復生。"

蔡君俊五世家慶圖詩〔一〕

蔡家肉譜①繇司徒〔二〕,西蜀蔓衍雲間居〔三〕。胡笳一洗怨女孤,世世解讀中郎書〔四〕。傳家五葉忠孝俱,鬱葱佳氣無時無。有母有母徐卿徐〔五〕,生兒衮衮②麒麟駒。檜岩(君俊父)老仙老不枯〔六〕,岩前雙桂雲敷腴。繡輿從以斑爛裙③,或拜或立或步趨。登堂好弄如群魚,中有一人美且都。柏垣成陰返慈烏,平反一笑堂上娛〔七〕。春衫初試如舞④雩,樵青漁童侍兩隅〔八〕。坐中有客皆鴻儒,晴簾花吹引香篆,午窗竹雨鳴茶爐。不知人間有金屋,弱海之外爲蓬壺〔九〕。只今諸孫稅⑤襯襦,文采箇箇成於菟。玉階清夢追爾祖,種德政與槐陰符〔十〕。太夫人在錫冠帔,曾玄滿眼紆青朱。紆青朱,賸⑥買丹青添畫圖。

【校】

① 原注"肉譜,或作'内譜'"。
② 衮衮:樓氏鐵崖樂府注本作"滾滾"。
③ 輿:陳善學刊本作"衣"。裙:陳善學刊本、樓氏鐵崖樂府注本作"裾"。
④ 舞:陳善學刊本作"飛"。
⑤ 只今:樓氏鐵崖樂府注本作"至今"。稅:原注"或作'脱'"。
⑥ 賸:陳善學刊本、樓氏鐵崖樂府注本作"勝"。

【箋注】

〔一〕詩撰於元至正七年(一三四七)前後,其時鐵崖寓居蘇州,授學爲生。繫年依據:據柳貫撰蔡氏五慶圖詩序,蔡氏五世家慶圖爲吳郡朱德潤畫,柳貫曾爲作詩序。而至正七年鐵崖與朱德潤交往頗多,且多同題文。參見東維子文集卷三送譚知事赴河南省掾序。蔡君俊,或作蔡君美。參見元柳貫待制集卷十七蔡氏五慶圖詩序。

〔二〕司徒:指蔡謨。元陸文圭牆東類稿卷九跋蔡檜巖詩後:"南史載濟陽考城之蔡廓,年移四代,不殞家聲。信矣。蓋司徒謨生綎,綎生緋,緋生廓,廓生興宗,其後有順有約有摶,至凝,殆八九世,高風素節,不乏於時。江左名族如王如謝，皆莫加焉。今君俊豈其苗裔耶！君俊爲僕言，世居吳中，徙秀之華亭，家傳儒素。”按：蔡謨字道明，陳留考城人，東晉康帝時任司徒。晉書有傳。

〔三〕“西蜀”句：元柳貫蔡氏五慶圖詩序：“蓋君美世家緜竹，而僑居雲間。”按：緜竹今屬四川，故此曰“西蜀蔓衍”。

〔四〕“胡笳”二句：指漢末蔡文姬及其父親蔡邕。中郎：即蔡邕。

〔五〕徐卿：源自杜詩。唐杜甫徐卿二子歌：“君不見徐卿二子生絶奇，感應吉夢相追隨。孔子釋氏親抱送，并是天上麒麟兒……吾知徐公百不憂，積善衮衮生公侯。”按：蔡君俊祖母姓徐。

〔六〕檜岩：當爲蔡君俊父親別號。元柳貫蔡氏五慶圖詩序：“大母徐九十，猶在養；父檜嚴翁亦且逾乎楚萊兒戲娛親之歲矣。”

〔七〕“柏垣”二句：用西漢雋不疑故事。漢書雋不疑傳：“每行縣録囚徒還，其母輒問不疑：‘有所平反，活幾何人？’即不疑多有所平反，母喜笑，爲飲食語言異於他時；或亡所出，母怒，爲之不食。故不疑爲吏，嚴而不殘。”

〔八〕樵青、漁童：新唐書張志和傳：“帝嘗賜奴婢各一，志和配爲夫婦，號漁童、樵青。”

〔九〕蓬、壺：即蓬萊、方壺。相傳爲東海仙島。

〔十〕“種德”句：宋邵伯温聞見録卷六載：宋初王祐斷事公正，“手植三槐於庭曰：‘吾子孫必有爲三公者。’已而果然，天下謂之三槐王氏。”

鐵面郎 美趙御史也①〔一〕

鐵面郎，不願白玉堂〔二〕，願著錦衣裳〔三〕。上明天耳目，下見人肝腸。江南使者欺天隱，黃金車馱實虛牝〔四〕。忽焉青天近，天目峰前見秋隼〔五〕。父老出郭門，焚香拜使君。使君天上斗，斟酌元氣成冬春。成冬春，立皇紀，董狐已修三國史〔六〕，柱下惠文須出理〔七〕。江南驄〔八〕，行且止，萬一讒邪塞天耳，手持堯時屈軼枝〔九〕，獨立殿前言國是。鐵面郎，真御史。

【校】

① 美趙御史也：原本爲大字，據陳善學刊本改爲小字注文。

【箋注】

〔一〕詩當作於元至正五年(一三四五)秋。其時鐵崖在湖州長興授學,不時折返杭州。繫年依據:趙御史於至正五年分巡中吳,詩中又曰"天目峰前見秋隼"。趙御史:即趙承禧。至大金陵新志卷六監察御史:"趙承僖,晉寧人。儒林。至元四年上。"又,南溪書院志卷四載林興祖重修南溪書院記:"至正四年夏,閩僉憲趙公宣明教化,至縣謁南溪書院祠。"文後附按語曰:"僉憲趙承僖,字宗吉,至順庚午同進士出身。"又,元鄭元祐僑吳集卷九文正書院記:"至正五年龍集乙酉夏六月吉,廉訪僉事趙公承僖分巡中吳,至則首謁范文正公祠。"又,元李祁撰雲陽集卷七范文正公書院記:"至正丙戌,郡守吳公秉彝建議請以書院易祠。僉憲趙公承禧按行吳中,是其議,遂得請於行省。"綜上所述,趙御史即趙承禧,字宗吉,晉寧人。元文宗至順元年進士。元順帝至元年間任監察御史,至正初年先後任閩僉憲、浙西道肅政廉訪僉事。又,錢大昕元史藝文志卷二著録趙承僖憲臺通紀一卷。

〔二〕白玉堂:指翰林院。

〔三〕錦衣裳:指御史服裝。漢書百官公卿表:"侍御史有繡衣直指,出討姦猾,治大獄。"注:"服虔曰:'指事而行,無阿私也。'師古曰:'衣以繡者,尊寵之也。'"

〔四〕黃金車駄實虛牝:語出韓愈詩。能改齋漫録卷七虛牝:"韓退之贈崔立之詩云:'可憐無補費精神,有似黃金擲虛牝。'洪慶善曰:'牝,谿谷也。'"

〔五〕天目峰前:借指杭州。按元史卷六十二地理志,江南浙西道肅政廉訪司設於杭州。

〔六〕董狐:春秋晉國太史,以秉筆直書著稱,後世多用以借指良史。已修三國史:指其時遼、金、宋三史已經正式修纂。

〔七〕柱下:柱下史,即御史,秦置。惠文:惠文冠,執法官所戴,代指御史。

〔八〕江南驄:後漢書桓典傳:"舉高第,拜侍御史。是時宦官秉權,典執政無所回避。常乘驄馬。京師畏憚,爲之語曰:'行行且止,避驄馬御史。'"

〔九〕屈軼:又名指佞草。明孫瑴編古微書卷十九:"屈軼者,太平之代生於庭前,有佞人,則草指之。"

奉使歌^① 美荅理麻氏也〔一〕

至正乙酉,天子遣天下奉使,凡十二道三十有六人。偉兀氏荅理麻在選中〔二〕。巡察西川〔三〕,司臬吏舞法,首擊治之。方面貴臣有驕而弗讋者,亦紏詰之。時政梗民,必思痛豁去,如鯁在咽,必吐乃已。彼不荅理如者,如工尹商陽之兵殺三人〔四〕,以爲不如是不足以反命。事不幸類此,而況生殺者皆不當法乎?此西川使者之可歌也。

皇帝五年秋,皇華遣使行九州。皇明明見萬里外,猶恐陰曀生蜉蝣。奉使代天明四目,達九幽。假天喜怒私恩讐,欺皇明,是非一逆海倒流。其中荅理子,西邊托週游。西邊有鳥,其名爲休留〔五〕,復有老狐九尾而九頭,扇妖作怪呼匹儔。朘我赤子血,上蔽十二旒〔六〕。力大泰山不可拔,荅理子,一觸泰山折^②之如不周〔七〕。烏乎^③,漢有張綱〔八〕,衛有史鰌〔九〕。元有荅理,足追前猷。太史筆,不貶褒,我作歌詩繼春秋。

【校】

① 陳善學刊本題作奉使歌。美荅理麻氏也:原本爲大字,徑改成小字注文。

② 折:原本作“拆”,據陳善學刊本、樓氏鐵崖樂府注本改。

③ 烏乎:樓氏鐵崖樂府注本作“嗚呼”。

【箋注】

〔一〕詩作於元順帝至正五年乙酉(一三四五)秋,或稍後。其時鐵崖於湖州長興授學,時或游寓錢塘。

〔二〕荅里麻:高昌人。官至陝西行臺中丞,年六十九致仕。按:元史有荅里麻傳,然至正以後事迹頗略。

〔三〕西川:今四川一帶。按:元代設西川行樞密院,管四川軍民。參見元史百官志二。

〔四〕工尹商陽:禮記檀弓下:“工尹商陽與陳弃疾追吳師,及之。陳弃疾謂工尹商陽曰:‘王事也,子手弓,而可手弓。子射諸。’射之,斃一人,韔弓。又及,謂之,又斃二人。每斃一人,揜其目。止其御,曰:‘朝不坐,燕不與,殺三人,亦足以反命矣。'孔子曰:'殺人之中,又有禮焉。'"

〔五〕休留:即鴟鵂。鴟鵂又名鵂鶹,俗作休留。鴟鵂又名禍鳥,"每至人家,多不祥"。詳見清毛奇齡續詩傳鳥名卷卷二。

〔六〕十二旒:天子冠冕之制。此借指皇帝。

〔七〕不周:山名。共工怒極而頭觸不周山,山崩。參見鐵崖先生古樂府卷五地震謠注。

〔八〕張綱:東漢光禄大夫,持節按察,不畏權貴,其"豺狼當路,安問狐狸"之説,震驚草野。參見鐵崖賦稿卷上柱後惠文冠賦。

〔九〕史鰌:論語衛靈公:"子曰:'直哉,史魚! 邦有道,如矢。邦無道,如矢。'"按:史魚,即衛大夫史鰌。

春草軒辭〔一〕

　　毘陵華孝子幼武〔二〕,六①歲而孤。善②事其母,以純孝聞。嘗自取孟郊游子詞〔三〕,名其所居軒曰春草。予爲體游子意,賦春草詞。
　　春暉庭下春雲暖,春草軒前草長短。中有百歲宜男花〔四〕,一色青蚨綴枝滿。青蚨子母生死恩〔五〕,草有靈芝生孝門。春暉照人春不老,芝草闌干芝有孫。當時夢生芝草緑,瑶草③琅玕栖別鵠。孤兒日長草忘憂,錦裯護兒如護玉。春菲菲,草油油,千金俊馬五花裘。吁嗟兒兮毋好游,銅駝陌上春風愁〔六〕。草萋萋,春杳杳,游子歸來在遠道。堂前何以報春暉? 身上春④袍照春草。

【校】

① 六:陳善學刊本作"十"。
② 善:樓氏鐵崖樂府注本作"上"。
③ 原本小字注於題下"瑶草,一作'瑶圃'"。陳善學刊本作"瑶圃"。
④ 春:樓氏鐵崖樂府注本作"青"。

【箋注】

〔一〕詩當作於元至正七年(一三四七)。其時鐵崖游寓姑蘇,授學爲生,與吳中文人交往頗多。繫年依據：按明趙琦美編趙氏鐵網珊瑚卷九，載河東張翥春草軒記、吳郡陳謙春草軒詩序，以及鄭元祐、胡助、陳基、張雨、段天祐、李孝光等多人春草軒詩，本詩亦在其中。張翥春草軒記、陳謙春草軒詩序，以及詩篇中注明年月者，皆作於至正七年，本詩應不例外。

〔二〕華孝子：江南通志卷一百五十八人物志孝義二："（元）華幼武，字彥清。父鉉，早夭。母陳，詔旌貞節。幼武幼與羣兒戲于庭，聞母語生平事，輟戲而慟。母益具言所聞，母子相持慟哭，哀動閭里。事其祖父及叔父極恭順，羣從未嘗析產異居。母老喪明，日召諸姑姊與歡譺。又構貞節堂、春草軒以居母。黃溍、宋濂記傳之。"又，明凌迪知撰萬姓統譜卷一百五："華幼武，字彥清，無錫人。當元末國初，挾重貲以自隱，藉微吟而近名者也。其詩善占綴模擬，尤長詠物。相傳上徐相國武寧王一首，得免於難。"按：華幼武家世生平，詳見趙氏鐵網珊瑚卷九張翥撰春草軒記。

〔三〕孟郊游子詞：即孟郊游子吟中語。游子吟有"誰言寸草心，報得三春暉"二句。

〔四〕宜男花：指萱草之花。明張介賓景岳全書卷四十八山草部："萱草者，詩作諼草。凡樹此玩此者，可解憂思，故名'忘憂'。烹食其苗，氣味如葱，而鹿喜食之，故名'鹿葱'。婦人佩其花，則生男，故名'宜男花'。"

〔五〕青蚨：晉于寶搜神記卷十三："南方有蟲……又名青蚨。形似蟬而稍大。味辛美，可食。生子必依草葉，大如蠶子。取其子，母即飛來，不以遠近。雖潛取其子，母必知處。以母血塗錢八十一文，以子血塗錢八十一文，每市物，或先用母錢，或先用子錢，皆復飛歸，輪轉無已。"

〔六〕銅駝陌：晉書索靖傳："靖有先識遠量，知天下將亂，指洛陽宮門銅駝，歎曰：'會見汝在荊棘中耳！'"

萱壽堂詞　爲海漕府經歷孫仲遠作①〔一〕

孫家高堂風日好，堂前祇樹宜男草。孫家阿嬰昔宜家，今日宜男復宜老。香霧濛濛吹繡輿，花雨斑斑上文褦。阿嬰之年八十深②，五鸞恩誥封泥金。孫家郎，惜寸陰。把萱酒，爲萱吟。易搖千歲風前木〔二〕，難報春暉寸草心〔三〕。

【校】

① 詩淵、陳善學刊本卷六、劉世珩影元刊十八卷本玉山草堂雅集卷二亦載此

詩,據以校勘。玉山草堂雅集本題作萱壽堂爲孫仲遠經歷賦。

② 深:玉山草堂雅集本作"令"。又,原本"深"字下有注:"一作'令'。"

【箋注】

〔一〕詩作於元至正八年(一三四八),當時鐵崖寓居蘇州,授學爲生。繫年依據:本詩題下小字注曰"爲海漕府經歷孫仲遠作",而孫仲遠任海漕府經歷,大約始於至正八年。萱壽堂:孫仲遠爲其母修建。孫仲遠:孫震。孫震字仲遠,金陵人。始任行御史臺典書,轉任江西省掾,歷憲廷帥閫,至行垣屬掾,多有策謀建議。約於至正八年擢爲海漕府經歷司經歷,至正十一年秩滿告歸。參見東維子文集卷十二海漕府經歷司記、朱德潤送孫仲遠經歷序(載存復齋續集)。

〔二〕風前木:寓孝子見風吹樹木而思親故事。韓詩外傳卷九:"孔子行,聞哭聲甚悲……皋魚曰:'……樹欲静而風不止,子欲養而親不待也。往而不可得見者,親也。吾請從此辭矣。'立槁而死。孔子曰:'弟子誡之,足以識矣。'於是門人辭歸而養親者十有三人。"

〔三〕寸草心:唐孟郊游子吟:"誰言寸草心,報得三春暉。"

傅道人歌①〔一〕 并序

　　御史斡勒允常爲余道傅道人事〔二〕:"道人字隱陽,朔人也。性勇獷,壯②年無所用其勇,遂執砆質之役於刑部〔三〕。會河南有以詿誤繫請室者若干人,道人獨明其非辜,不忍陷死地,且加存恤。未幾,赦出之。皆詣道人所,謝再生之年。其殺人之中又有仁義類此。積勞當得九品官,一旦棄去,遇異師於關、陝間。與之語,有悟。素不識書,即能賦五字詩,道其所腕③然者。後遂入嵩山,不還者十年,父兄妻子莫知其所如往。今隱居洛陽三井洞〔四〕,株坐不出,好事者往候,見之訖無一語。吾子爲古詩文,喜錄奇事,若道人者,亦一奇也。且道人約余,三年後當見予洛城之東〔五〕。事果,當以吾子之作遺之。"余讀宋史,知④李芾忠烈之助,亦一劊手耳〔六〕,其可以五百例賤其人乎〔七〕!若隱陽者,既勇於敢而殺,又勇於不敢而無殺。晚⑤退其役而進道於黄冠者師,

非其以執術爲不是,而訖善復其性者歟!故爲作歌一首,復御
史云。

祈連山人天骨奇[八],十五能運朱屠鎚⑥[九]。二十報仇許人死,殺
人不數舞陽兒[十]。鄉里不能⑦容,官府不能治。猛氣奚所托,仗劍歸
京師。京師殺柄司秋官,假爾爪牙⑧虎豹關。今日尸一逆,明日誅一
姦。朝食悖臣膽,莫食凶人肝。龍蛇見血性忽⑨改,鳩隼化質身無難。
尋師度關陝,棄家入嵩山。只今啖松久辟穀,劍埋三井飛精服。能聯
彌明石鼎句[十一],能和商顏紫芝曲[十二]。客來啓關不一語,但聞鼻息
聲滿屋[十三]。烏臺御⑩史卯金公[十四],群邪膽落稱人雄,囊封事畢志即
東。穀城丈人有前約[十五],三井洞前尋赤松[十六]。

【校】

① 樓氏鐵崖樂府注本於詩題下注:"一作傅劍子歌。"
② 壯:陳善學刊本作"少"。
③ 脘:陳善學刊本、樓氏鐵崖樂府注本作"脱"。
④ 知:樓氏鐵崖樂府注本作"如"。
⑤ 晚:原本作"脘",據陳善學刊本、樓氏鐵崖樂府注本改。
⑥ 鎚:樓氏鐵崖樂府注本作"椎"。
⑦ 不能:樓氏鐵崖樂府注本作"不見"。下同。
⑧ 爪牙:陳善學刊本、樓氏鐵崖樂府注本作"牙爪"。
⑨ 忽:樓氏鐵崖樂府注本作"思"。
⑩ 御:原本作"卿",據陳善學刊本、樓氏鐵崖樂府注本改。

【箋注】

〔一〕詩當撰於元至正六年(一三四六)至八年之間。詩序曰"余讀宋史",可見
爲至正五年十一月宋史成書之後。又,繫年依據:至正八年鐵崖先生古
樂府已結集。傅道人:元陳基傅道人傳:"傅道人者,名道清,字隱陽,燕
人也。嘗以皂隸給事中書刑部……乃去,入嵩山,受陰符、道德、南華諸書
於陳鍊師。居八年,不與父兄妻子音問相接,父兄妻子亦莫知其所在也。"
〔二〕斡勒允常:名海壽,允常爲其字。先世肅慎望族,徙家洛陽。曾任秘書典
簿。參見元陳旅斡勒允常字説(載安雅堂集卷十三)。
〔三〕執砧質之役:指於刑部任劊子手。

〔四〕三井洞：在洛陽東北雲溪觀内，洞在半崖上，有三眼如井。參見河南通志卷七山川。

〔五〕按：陳基嘗爲斡勒允常門客，其傳道人傳述及道人與御史之約，曰："洛陽之三井洞，實故劉尊師鍊丹處，道人輒因故址築環堵，坐其中，率百餘日不出。好事者或往候之，亦不與之語，獨見御史斡勒公允常瓌偉特達，器識絕人，心竊慕焉，而公亦喜其不務爲詭異之行、誕幻之言以驚世駭俗，因折節與之交。公嘗語之曰：'吾非好爲是驅馳也，以君親之恩未報耳。他日倘遂吾初心，則葛巾杖屨，相從於山巔水澨不難矣。'道人方闢真館於洛城之東，則欣然曰：'大夫進足以爲邦家之光，退不失於泉石之榮，故曰：功成名遂身退，天之道。後三十年，當候公於此矣。'"

〔六〕劊手：指李芾部下沈忠。宋史忠義傳五："芾坐熊湘閣，召帳下沈忠，遺之金曰：'吾力竭，分當死，吾家人亦不可辱於俘，汝盡殺之，而後殺我。'忠伏地扣頭，辭以不能，芾固命之，忠泣而諾。取酒飲其家人盡醉，乃遍刃之。芾亦引頸受刃。忠縱火焚其居，還家，殺其妻子，復至火所，大慟，舉身投地，乃自剄。"

〔七〕五百例：泛指所有導致執法用刑之罪名。周禮注疏卷三十六："司刑掌五刑之灋，以麗萬民之罪。墨罪五百，劓罪五百，宮罪五百，刖罪五百，殺罪五百。"

〔八〕祈連山：即祁連山，又名天山。參見舊唐書地理志三。

〔九〕朱屠：指戰國時猛士朱亥。朱亥曾爲屠户，袖藏四十斤鐵椎，椎殺大將晉鄙。參見史記信陵君列傳。

〔十〕舞陽兒：指秦舞陽。秦舞陽年十三即殺人，後偕荆軻行刺秦始皇。參見史記刺客列傳。

〔十一〕彌明：指軒轅彌明。唐韓愈石鼎聯句詩序："元和七年十二月四日，衡山道士軒轅彌明自衡下來。舊與劉師服進士衡、湘中相識，將過太白，知師服在京，夜抵其居宿。有校書郎侯喜，新有能詩聲，夜與劉説詩。彌明在其側，貌極醜，白鬚黑面，長頸而高結，喉中又作楚語。喜視之若無人。彌明忽軒衣張眉，指爐中石鼎謂喜曰：'子云能詩，能與我賦此乎？'"

〔十二〕紫芝曲：商山四皓所歌。參見鐵崖先生古樂府卷一紫芝曲注。

〔十三〕"但聞"句：韓愈石鼎聯句詩序："道士倚牆，鼻息如雷鳴。二子但然失色，不敢喘。"

〔十四〕"烏臺"五句：描述"卯金公"之威猛，并謂其欲赴縠城丈人之約。蓋所謂“御史卯金公”,實指斡勒允常,斡勒允常之漢姓當爲“劉”。

〔十五〕穀城丈人:即黃石老人,漢初張良之師。此借指傅道人。詳見史記留
　　　　侯世家。

〔十六〕赤松:晉干寶搜神記卷一:“赤松子者,神農時雨師也。服冰玉散,以教
　　　　神農。能入火不燒。至崑崙山,常入西王母石室中,隨風雨上下。炎帝
　　　　少女追之,亦得仙,俱去。至高辛時,復爲雨師,游人間。”又,黃初平亦
　　　　稱“赤松子”,參見神仙傳卷二黃初平傳。

留肅子歌①〔一〕

　　留肅子,草衣儒②,居無室屋③出無驢。十年落魄走吳下,一日奮
迅④游天都。自言袖有黃帝書〔二〕,淮荒海盜⑤及吳租〔三〕。大臣不諱省
中木〔四〕,法官交譏臺上烏〔五〕。草衣⑥言事不畏死,請劍欲斬崔
司徒〔六〕。

【校】

① 鐵崖楊先生詩集卷上載此詩,據以校勘。鐵崖楊先生詩集本題作送人游
　京師。

② “留肅子”二句:鐵崖楊先生詩集本作“劉郎一生布衣儒”一句。

③ 室屋:鐵崖楊先生詩集本作“屋室”。

④ 迅:鐵崖楊先生詩集本作“迹”。

⑤ 盜:鐵崖楊先生詩集本作“鹽”。

⑥ 草衣:鐵崖楊先生詩集本作“丈夫”。

【箋注】

〔一〕詩撰於元至正八年(一三四八)。繫年依據:鐵崖與留睿結識於至正初
　　　年,且詩中言及“淮荒海盜”。留肅子:指留睿,參見東維子文集卷六留養
　　　愚文集序。

〔二〕黃帝書:指黃帝内經,醫書。此代指救時活人之策。

〔三〕淮荒海盜:據東維子文集卷四送徐州路總管雷侯序,至正八年六月,陞徐
　　　州爲總管府,蓋因沿江及江淮等地“以饑饉多寇盜”;又據元史順帝本紀,

台州方國珍於至正八年起兵海上。

〔四〕省中木：又稱“三木”，指分別用於束縛頸、手、足之枷鎖。

〔五〕臺上烏：借指御史臺之御史。西漢御史府房舍百餘區，府中植栢樹，常有野烏數千棲止，朝去夕來。故謂御史臺爲“烏臺”，又稱“柏臺”。

〔六〕崔司徒：指東漢崔烈。資治通鑑卷五十八漢紀五十：“（東漢靈帝中平二年）三月，以廷尉崔烈爲司徒……是時，三公往往因常侍、阿保入錢西園而得之……皆先輸貨財，乃登公位。烈因傅母入錢五百萬，故得爲司徒。”

洪州矮張歌〔一〕

洪州矮張①〔二〕，許負術中②奇士也〔三〕。其術出國初李國用〔四〕，國用又出於德長老〔五〕。不苟干貴人，即見貴人，不苟佞③。見不仁者，規言之無隱。推其人以占其家，及其子孫之凶慶，皆奇驗若神。輕財解難，有古義士風。余客西湖大禹觀〔六〕，而道人來寓，與余鄰④，時過予談天下事，非今之豪傑所能及也。且欲授術於予，予謝未暇，歌以送之。

洪州矮張如矮瓠，大帛深衣没⑤雙屨。自言矮瓠不食酒，惟貯先天九宫⑥數。番年俠氣慕朱、郭〔七〕，輕財屢倒千金橐。得道人疑李士寧〔八〕，滑稽待⑦效東方朔〔九〕。雙瞳注射金蟆睛，口如急雨傾建瓴。卒焉一語中⑧人隱，王公錯愕面發頳。烏乎王謝誤蒼生，天下烏用爾寧馨〔十〕？居中可乏汲長孺〔十一〕？使邊須用蘇子卿〔十二〕。我本先皇賜進士，十年不調錢塘市。宦程那敢問雄飛，國法新蒙脱胥靡〔十三〕。西湖西，南山南，水華落日清而醰。畫船載酒遁名姓，三尺長喙金人械⑨。嗟乎五鬼賊〔十四〕，三尸讒〔十五〕，矮瓠矮瓠無多譚。

【校】

① 洪州矮張：樓氏鐵崖樂府注本作“洪州矮張道人”。

② 許負術中：樓氏鐵崖樂府注本作“術流之”。

③ “即見”二句：原本無，據樓氏鐵崖樂府注本增補。

④ “余客”三句，原本作“余客西湖”四字，據樓氏鐵崖樂府注本增補。

⑤ 没：原本作“史”，陳善學刊本作“更”，據樓氏鐵崖樂府注本改。

⑥ 宮：原本作“官”，據樓氏鐵崖樂府注本改。

⑦ 待：樓氏鐵崖樂府注本作“時”。

⑧ 卒焉：樓氏鐵崖樂府注本作“卒然”。中：原本作“衆”，據樓氏鐵崖樂府注本改。

⑨ 械：樓氏鐵崖樂府注本作“緘”。

【箋注】

〔一〕詩當撰於元至正六年（一三四六）歲末。繫年依據：其一，詩中曰“我本先皇賜進士，十年不調錢塘市”，故知爲鐵崖丁憂去官十年左右。其二，本詩序自稱“客西湖大禹觀”，知其時寓居杭州。而至正六年冬，鐵崖自湖州返回杭州，與張雨、董自損等道士頗有詩文往來，不久離杭赴吳。本詩應作於此年歲末離杭之前。參見張雨撰鐵崖先生古樂府序、東維子文集卷十抹撚氏注道德經序。

〔二〕矮張：名字生平不詳。蓋姓張，洪州（今江西南昌）人。道士。滑稽多智，精於相術。綽號“矮瓠”，至正年間周游江浙一帶。

〔三〕許負：一老嫗，西漢初年河内溫人，以精於相術著稱於世。參見史記絳侯周勃世家。

〔四〕李國用：元陶宗儀南村輟耕録卷四相術：“國初有李國用者，自北來杭。能望氣占休咎，能相人。其人崖岸倨傲，而時貴咸敬之……方襄陽未破時，世皇命其即軍中望氣。行逾三兩舍，遄還，奏曰：‘臣見卒伍中往往有台輔器，襄陽不破，江南不平，置此人於何地！’噫，李之術亦神矣。國用，登州人。嘗爲卒，遇神仙，教以觀日之法，能洞見肺腑，世稱神相。”按：相傳李國用曾爲趙孟頫、虞集等名人卜命，皆靈驗。參見蔣易贈相士程心鑑序（載全元文第四十八册卷一四六六）。

〔五〕德長老：姓名生平不詳。本詩序既稱之爲“國初李國用”之師，則當爲南宋人。

〔六〕大禹觀：道觀，當位於杭州西湖之濱、南山之南。按：鐵崖曾撰有大禹觀銘，參見東維子文集卷二十七與吳宗師書。

〔七〕朱、郭：即朱家、郭解，皆西漢俠客。詳見史記游俠列傳。

〔八〕李士寧：北宋狂士。歐陽修贈李士寧：“蜀狂士寧者，不邪亦不正。混世使人疑，詭譎非一行。平生不把筆，對酒時高詠。初如不著意，語出多奇勁。傾財解人難，去不道名姓。金錢買酒醉高樓，明月空床眠不醒。一身四海即爲家，獨行萬里聊乘興。”

〔九〕東方朔：西漢武帝時人。以滑稽能言著稱。漢書有傳。

〔十〕“烏乎王謝”二句：王、謝：六朝世家大姓。晉書王衍傳：“衍字夷甫，神情明秀，風姿詳雅。總角嘗造山濤，濤嗟歎良久，既去，目而送之曰：‘何物老嫗，生寧馨兒！然誤天下蒼生者，未必非此人也。’”

〔十一〕汲長孺：西漢名臣汲黯，其字長孺。史記汲黯列傳：“遷爲東海太守。黯學黃老之言，治官理民，好清静，擇丞史而任之。其治，責大指而已，不苛小。黯多病，卧閨閣內不出。歲餘，東海大治。稱之。上聞，召以爲主爵都尉，列於九卿。治務在無爲而已，弘大體，不拘文法。黯爲人性倨，少禮，面折，不能容人之過。合己者善待之，不合己者不能忍見，士亦以此不附焉。”

〔十二〕蘇子卿：西漢蘇武，曾持節出使匈奴。

〔十三〕新蒙脱胥靡：蓋所謂鐵崖任錢清鹽場司令時虧欠課税之罪，得以豁免。東維子文集卷二十七投秦運使書：“某以父憂去司令之職，而司令之課曾無一二虧欠，而吏持文深者，猶枝蔓其罪，不使其文符而去。”

〔十四〕五鬼：五行之鬼。按：相士術語有所謂四煞、五鬼、六害、七傷等。

〔十五〕三尸：巢氏諸病源候總論卷二十三諸尸候：“人身內自有三尸諸蟲，與人俱生，而此蟲忌血惡能，與鬼靈相通，常接引外邪，爲人患害。”

秀州相士歌〔一〕

秀州相士薛氏見心者〔二〕，拜余笠湖上〔三〕，首出句曲外史自贊一首及標册一帖〔四〕，且傳①其言云：“持此以見梅花道人〔五〕，道人技癢，當爲汝歌。歌訖，然後乞其奇文章。”予爲嘻然大笑。既爲賦歌詩一解，又如其志，書梅花道人傳一通，俾東歸以復外史。

秀州相士薛見心，重湖風雨來相見。手把茅山道人詩〔六〕，亦有胡僧寫東②絹〔七〕。自云膝不拜公卿，海内名人初入卷。縹綾方册錦盤囊，首③録梅花道人傳。道人不讀姑布書〔八〕，兩目看天走青電。梅花忽露太極心，南枝北枝開一遍。秀州相士亦識道，一笑求心符鐵券。章生不相一隻④眼〔九〕，桑生不相一尺面〔十〕。貌如削瓜帝治開，背如植鰭王業建〔十一〕。君不見漢家將軍如牯腰，午夜臍燈照悲喑〔十二〕。

【校】

① 傳：原本作“禪”，據陳善學刊本、樓氏鐵崖樂府注本改。

② 東：陳善學刊本、樓氏鐵崖樂府注本作“束”。

③ 首：陳善學刊本、樓氏鐵崖樂府注本作“手”。

④ 原注“一隻，或作‘一雙’”。

【箋注】

〔一〕詩當作於元至正五、六年間，其時鐵崖授學於湖州長興東湖書院。繫年依據：詩序中曰薛見心“拜余笠湖上”，并爲張雨傳口信。知其時張雨存活於世，鐵崖則寓居太湖之濱，必爲其授學東湖書院期間。

〔二〕秀州：今浙江嘉興。薛見心：又名如鑑。檇李詩繫卷五薛相士如鑑：“如鑑，嘉興永安鄉（後析嘉善）人。挾相術游江湖，一時名士多與交往。楊廉夫有詩贈之……子月鑑、孫鑑心、白雲、秋蟾，皆能世其術。”參見鐵崖先生詩集辛集贈相士薛如鑑、東維子文集卷二七神鑒説贈薛生。

〔三〕笠湖：指太湖。宋范成大撰吳郡志卷四十八考證：“揚州記曰：太湖一名震澤，一名笠澤，一名洞庭。”

〔四〕句曲外史：指張雨。參見鐵崖先生古樂府卷二奔月戹歌。

〔五〕梅花道人：鐵崖別號之一。

〔六〕茅山道人：指句曲外史張雨。

〔七〕東絹：即鵝溪絹。清王士禎池北偶談卷十八東絹：“蜀鹽亭縣有鵝溪，出絹，謂之鵝溪絹，亦名東絹。子美詩‘我有一匹好東絹’是也。”

〔八〕姑布：指姑布子卿。荀子非相篇：“古者有姑布子卿……相人之形狀顔色而知其吉凶妖祥，世俗稱之。古之人無有也，學者不道也。”注：“姑布姓，子卿名，相趙襄子者。”

〔九〕章生：指章昭達。陳書章昭達傳：“少時，嘗遇相者，謂昭達曰：‘卿容貌甚善，須小虧損，則當富貴。’梁大同中，昭達爲東宮直後，因醉墜馬，鬢角小傷，昭達喜之，相者曰：‘未也。’及侯景之亂，昭達率募鄉人援臺城，爲流矢所中，眇其一目，相者見之，曰：‘卿相善矣，不久當貴。’”

〔十〕桑生：指桑維翰。新五代史晉臣傳第十七：“桑維翰字國僑，河南人也。爲人醜怪，身短而面長，常臨鑑以自奇，曰：‘七尺之身，不如一尺之面。’慨然有志於公輔。”

〔十一〕“貌如削瓜”二句：荀子非相篇：“皋陶之狀，色如削瓜；閎夭之狀，面無見膚;傅説之狀,身如植鰭;伊尹之狀,面無須麋。"

〔十二〕"君不見漢家將軍"二句:指漢末董卓之死。後漢書董卓傳:"乃尸卓於
　　　　市。天時始熱,卓素充肥,脂流於地。守尸吏然火置卓臍中,光明達曙,
　　　　如是積日。"

禽演贈丁道人〔一〕

　　令威仙人歸故林〔二〕,白晝飛下天門深。一千年人忽作鶴,二十八
宿皆爲禽〔三〕。俛頭垂翅聽驅使,走報禍福不敢喑①。南方朱鳥獻奇
狀〔四〕,部領其屬來駃駃。毛鱗羸分②各異態,肖像妙合天地心。翩然
謝客欲高舉,便恐滅迹丹霞岑。東州名山指華頂,碧天倒墜青瑶簪。
人間華表或可擬,馭風時復來相尋。

【校】

① 喑:原本作"諳",據陳善學刊本改。
② 原本小字注於題下"羸分,一作'龜介'"。陳善學刊本作"龜介",樓氏鐵崖
　樂府注本作"羸介"。

【箋注】

〔一〕禽演:以星、禽爲人算命卜卦。丁道人:名字生平不詳。蓋精於演禽卜
　　　卦。元末在世,周游於東南城鎮。又據"令威仙人歸故林"、"東州名山指
　　　華頂"等句推之,其故里蓋在江浙一帶。
〔二〕令威:指丁令威。參見鐵崖先生古樂府卷一石婦操注。
〔三〕二十八宿皆爲禽:二十八星宿均有以動物命名,如角木蛟、亢金龍、氐土
　　　狢、房日兔、心月狐、尾火虎等等。參見佚名撰演禽通纂卷上二十八宿
　　　名例。
〔四〕朱鳥:二十八宿南方七宿總稱。

冶師行〔一〕

　　贈緱氏子。名長弓,太湖中人〔二〕,與余鑄鐵笛者也〔三〕。通文

史，又善鑄鐵冠、如意。自云將鑄湖心鏡。求余詩，歌之云：

湖中冶師縱長弓，有如漢代陶安公〔四〕。七月七日與天通，朱雀飛來化青童，且莫隨仙踏飛鴻〔五〕。道人鐵笛已在手，鐵冠八柱凌喬嵩。皇帝一統誅群兇，猛士干將無所庸〔六〕。還徵上青子，天上裨重瞳〔七〕。江心火雹①流赤虹，雲凝霧結愁蟠龍。

【校】

① 雹：陳善學刊本、樓氏鐵崖樂府注本作“電”。

【箋注】

〔一〕本詩當作於元至正四年（一三四四）春，或稍前。繫年依據：楊鐵崖先生文集全錄卷二載鐵崖於至正四年三月所撰五湖賓友志，文中自稱“鐵篴道人”。可見楊維禎有鐵笛，不遲於至正四年三月。本詩當作於鐵笛鑄成之後不久。按：臺北故宮博物院藏有鐵崖自畫鐵笛圖（故宮書畫圖錄四影印），款署：“至正二年仲秋，鐵崖生。”鈐有“維禎”一印。欽定石渠寶笈續編懋勤殿三列朝名人書畫予以著録。據此似可推斷，楊維禎鐵笛在手，不遲於至正二年八月。然此畫頗有可疑：其一，迄今所見其餘文獻，未見楊維禎自署“鐵崖生”。其二，鐵崖生之別號，與當時楊維禎身份年齡不能吻合。其三，至正四年三月以前楊維禎所作詩文，未曾言及鐵笛。故此頗疑此畫爲後人僞造。

〔二〕縱長弓：家居太湖之濱。打鐵爲業，精於鑄造。

〔三〕鐵笛：鐵崖文集卷三鐵笛道人自傳：“鐵笛得洞庭湖中，冶人縱氏子嘗掘地得古莫邪，無所用，鎔爲鐵葉。筒之長二尺有九寸，又輒竅其九，進於道人。”按：縱氏所鑄鐵笛，明末尚存。陳繼儒妮古録卷三：“楊廉夫自號鐵笛道人。鐵笛在張仲仁處。聞其色有羽綠，損而多坎，吹之不能成聲矣。”

〔四〕陶安公：列仙傳卷下陶安公：“陶安公者，六安鑄冶師也。數行火，火一旦散上行，紫色衝天。安公伏冶下求哀，須臾，朱雀止冶上，曰：‘安公安公，冶與天通，七月七日，迎汝以赤龍。’至期，赤龍到，大雨，而安公騎之，東南上，一城邑數萬人衆共送視之，皆與辭決云。”

〔五〕“七月七日”三句：見前注。又，九國志卷六前蜀王宗壽：“嘗於許、汝間得一鐵鏡……著巾箇中有日矣，至是忽覽之，光采煥發，因見市舍中一小兒，青衣丱角，獨坐。宗壽異而使人召之，小兒曰：‘何以知我至此？’宗壽以言恒之，不懼。因曰：‘我與鐵鏡來耳，公不見還，神物終當化去。君以還我，

他年當有報也。'宗壽出鏡與之,乃長揖謝去。後宗壽得辟穀行氣之術,或
謂小兒傳之。"

〔六〕干將:寶劍名。參見鐵崖先生古樂府卷四赤菫篇。

〔七〕重瞳:傳舜重瞳子,後因以之稱天子。此代指天帝。

艾師行①贈黃中子〔一〕

　　艾師艾師古中黃〔二〕,肘有補注明堂方〔三〕,籠有岐伯神針之海
草〔四〕,(岐伯遺針於海島岸,生艾草。他艾十不及一。)篋有軒轅洪爐之燧
光〔五〕。(灼艾,禁木火。火鏡火珠取火佳。)針窠數穴能起死,一百七十銅
人孔竅徒紛厖〔六〕。(華陀針灸〔七〕,不過數處。)三椎之下穴一雙,二豎據
穴名②膏肓〔八〕。百醫精兵攻不得,火攻一策立受降。金湯之固正擣
穴,快矢急落如飛鷂。梅花道人鐵石腸〔九〕,昨日二豎猶强梁。明朝道
人步食强,風雨晦明知陰陽。老師藥券不受償〔十〕,何以報之心空藏。
施藥勝施羊③公漿,會有仙人報汝玉子成斗量〔十一〕。

【校】

① 行:原本無,據樓氏鐵崖樂府注本增補。

② 二豎據穴名:陳善學刊本作"二師據穴石"。

③ 羊:或當作"楊",參見注釋。

【箋注】

〔一〕黃中子:醫師。生平不詳。按元人李存俟庵集卷二十一中説贈黃中子,
　　謂黃中字中子,盱江人。或與本詩所述艾師黃中子爲同一人。

〔二〕中黃:黃帝。雲笈七籤卷三:"(黃帝)於鼎湖山白日昇天,上登太極宫,號
　　曰中黃真人。"

〔三〕"肘有"句:抱朴子葛洪所著醫藥書,有金匱藥方一百卷、肘後要急方四卷
　　等。詳見晉書葛洪傳。明堂,傳雷公問人的經絡穴位,黃帝坐明堂以授
　　之,後因稱穴位爲明堂。

〔四〕岐伯:相傳爲黃帝太醫,主方藥。參見史記司馬相如列傳集解。

〔五〕軒轅:即黃帝。燧:銅鏡,用以取火。

〔六〕按：宋人王惟一鑄造針灸銅人，并撰有銅人腧穴針灸圖經。

〔七〕華陀：“陀”或作“佗”，東漢神醫。傳載後漢書。

〔八〕二豎據穴名膏肓：詳見春秋左傳正義卷二十六。

〔九〕梅花道人：鐵崖別號之一。

〔十〕“老師”句：唐宋清售藥債券堆積如山，歲終，度不能報，皆焚之。見柳宗元宋清傳。

〔十一〕“施藥”二句：蓋指楊伯雍故事，羊公似當作“楊公”。晉干寶搜神記卷十一：“楊公伯雍，雒陽縣人也。本以儈賣爲業。性篤孝。父母亡，葬無終山，遂家焉。山高八十里，上無水，公汲水作義漿於坂頭，行者皆飲之。三年，有一人就飲，以一斗石子與之，使至高平好地有石處種之，云：‘玉當生其中。’楊公未娶，又語云：‘汝後當得好婦。’語畢不見。乃種其石。數歲，時時往視，見玉子生石上。”

醫師行①贈袁煉師〔一〕

大茅先生上天司死生〔二〕，每歲考校月之二日爲嘉平〔三〕。至今華陽有仙會〔四〕，會則鬼獸叫嘯②丹光明。上帝又閔其人之枉死，必生仙醫有如貞白者〔五〕，代居山中捄愚氓。自從貞白上仙去，杏林翦③伐橘井夷溝坑〔六〕。越七百歲乃有袖雲氏〔七〕，弱冠學道朝天京。天子問道賜爵秩，師拂衣去還④山自吹鸞鵾笙。不燒丹，不辟穀，不飡日月精，不役罡⑤訣甲與丁〔八〕。人有奇疾弗能名，鬱如病草無勾萌。師一視，攣者伸，瞽者覷，跛者行。問之無㕮咀⑥之劑、針石之兵，惟有日兩⑦炊餂折足鐺。乃云太上親傳一筊筆、三軸經，無憂祖師傳至我〔九〕，我奉行之無足驚。吾聞上古俞跗⑧善療疾〔十〕，不施湯液，尚須皮毛解剝净洗五藏腥，如何三經一筆迺爾霛！人報以金，擲之如瓦礫；以廉售欲，豈比長安清〔十一〕，亦何必隱居辛苦注草經。嗚呼，人生喜怒悲樂⑨病易成，鬚髮日槁爲星星。便從煉師乞漿啖火棗〔十二〕，青華定録⑩共見茅君盈。

【校】

① 行：原本無，據樓氏鐵崖樂府注本增補。

② 嘯：原本作“蕭”，據詩淵本、樓氏鐵崖樂府注本改。

③ 翦：原本作“前”，樓氏鐵崖樂府注本作“剪”，據詩淵本改。

④ 還：原本作“選”，據詩淵本、樓氏鐵崖樂府注本改。

⑤ 罡：原本作“岡”，據詩淵本、樓氏鐵崖樂府注本改。

⑥ 吆咀：詩淵本作“咀吆”。

⑦ 原本小字注於題下“日兩，或作‘日月’”。

⑧ 俞跗，原本作“俞附”，據樓氏鐵崖樂府注本改。

⑨ 喜怒悲樂：詩淵本作“悲樂喜怒”。

⑩ 録：詩淵本作“錄”。

【箋注】

〔一〕袁煉師：名字籍貫不詳，別號袖雲。道士。弱冠北赴京師學道，曾師從金末道士劉德仁。元末至正初年在世。

〔二〕大茅先生：指茅盈。元張鉉至大金陵新志卷十三人物志仙釋：“三茅君兄弟三人，長諱盈，字叔申，咸陽南關人……盈天漢四年道成。至元帝初元五年，來江左句曲之山。哀帝元壽二年，乘雲而去。是爲大司命君。”

〔三〕“每歲”句：晉葛洪神仙傳卷五茅君：“（茅盈）學道於華山，丹成，乘赤龍而升天，即秦始皇時也。有童謠曰：‘神仙得者茅初成，駕龍上天升太清。時下玄洲戲赤城，繼世而往在我盈，帝若學之臘嘉平。’其事載史記詳矣。秦始皇方求神仙長生之道，聞謠言，以爲己姓符合謠讖，當得升天，遂詔改臘爲嘉平。”

〔四〕華陽：指茅山，茅山又稱華陽洞天。

〔五〕貞白：指陶弘景。參見東維子文集卷十八怡雲山房記。

〔六〕杏林、橘井：分別爲董奉、蘇耽故事。晉葛洪神仙傳卷十董奉：“董奉者，字君異，侯官縣人也……又君異居山間，爲人治病，不取錢物，使人重病愈者，使栽杏五株，輕者一株，如此數年，計得十萬餘株，鬱然成林。”明董斯張廣博物志卷四十四鳥獸一引神仙傳：“蘇耽，桂陽人。少以至孝著稱。一日白母，道果已圓，升舉有日。母曰：‘我獨恃爾，爾去，我何依？’耽乃留一櫃，封鑰甚固，若有所需，告之如所願也。預爲植橘鑿井，及郡人大疫，但食一橘葉，飲一匙水，即愈。”又，相傳蘇耽於漢文帝時得道升仙。參見太平廣記卷十三蘇仙公。

〔七〕袖雲：當爲袁煉師別號。

〔八〕罡訣：指道士布罡念訣。甲與丁：漢武帝內傳：“（上元夫人曰：）昔曾扶廣山見青真小童，有此金書秘字，云：‘求道益命，千端萬緒，皆須五帝六甲靈飛之術、六丁六壬名字之號，得以請命延算，長生久視，驅策衆靈，役使百神者也。’”

〔九〕無憂祖師：指金末道士、真大道教創始人劉德仁。又稱東岳先生、普濟真人。生平事迹參見元史釋老傳、柳貫撰真大道教祖師無憂普濟真人劉德仁加封真君制（載待制集卷七）。

〔十〕俞跗：上古名醫。史記扁鵲列傳：“（中庶子曰：）臣聞上古之時，醫有俞跗，治病不以湯液醴灑，鑱石撟引，案杬毒熨，一撥見病之應，因五藏之輸，乃割皮解肌，訣脈結筋，搦髓腦，揲荒爪幕，湔浣腸胃，漱滌五藏，練精易形。”

〔十一〕長安清：即宋清。見上首注與東維子文集卷十一杏林序。

〔十二〕“便從”句：梁陶弘景真誥卷二：“玉醴金漿、交梨火棗，此則騰飛之藥，不比於金丹也……火棗交梨之樹，已生君心中也，心中猶有荆棘相雜，是以二樹不見。”又，明楊慎撰升庵集卷八十如何隨刀而改味：“酉陽雜俎曰：‘祁連山上有仙樹，一名四味木，其實如棗，以竹刀剖則苦，以木刀剖則酸，以蘆刀剖則辛，以金刀剖則甘。’即此物也。或曰此即仙經所謂火棗。”

芝秀軒詞〔一〕

東倉馬君瑞以芝秀名軒〔二〕，虞學士集爲書其扁〔三〕，李著作孝光爲之紀〔四〕。復求歌詩於余。故爲賦騷詞四章。

其一

芝秀兮煌煌，羅生兮滿堂。紫雲困兮如蓋，露湛湛兮沐芳。美夫人兮賢婼，集靈瑞兮未央。

其二

芝何爲兮爲秀，匪植以生兮，匪培以茂。協沖和以華滋兮，食之而壽。

其三

山嵯峨兮谷逶迤，歌紫芝兮吹參差〔五〕，懷美人兮不可以追。

其四

鐵之涇兮鳳之沼〔六〕，思公子兮善窈窕。善窈窕兮樂康，聊逍遙兮歲年老。

【箋注】

〔一〕本組詩當作於元至正八年(一三四八)夏秋之間。繫年依據：其一，鐵崖先生古樂府十卷所録，大多作於至正八年七月以前。其二，本詩序言稱李孝光爲"著作"，必爲李孝光應徵之後，故不得早於至正八年三月。

〔二〕東倉：今江蘇太倉。馬廷玉：字君瑞，太倉人。家有芝秀軒，元季與當時名人多有往來。宣統太倉州志卷二封域下："芝秀軒，元馬廷玉居。虞集書、楊維禎詞、李孝光記，時稱三絶。"又，元郭翼與顧仲瑛書曰："馬廷玉君瑞之好文雅。"(載林外野言卷下。)

〔三〕虞學士：虞集，元史有傳。

〔四〕李孝光：元史儒林傳載其生平，然記載頗簡，且有訛誤，故稍作辯證。傳曰："至正七年，詔徵隱士，以秘書監著作郎召……見帝於宣文閣，進孝經圖説，帝大悦，賜上尊。明年，升文林郎、秘書監丞。卒於官，年五十三。"據此，李孝光於至正七年召至京師，次年卒，終年五十三，推之當生於元成宗元貞二年(一二九六)，與鐵崖同歲。然李孝光自述與此多有不合。如五峰集卷二白翎雀詩有句曰："嗟予行年五十六，此豈有意凡骨仙？"則李孝光五十六歲尚爲布衣。又，李孝光長婿陳德永所作李五峰行狀(五峰集附録)，謂至正三年李孝光五十九歲時召至京師，授著作郎，七年升秘監丞。至正十年以老病謝事，卒於歸途，享年六十有六。又與元史本傳所謂李孝光卒於至正八年不合。又按鐵崖弟子章琬輯鐵雅先生復古詩集序："季和死，和者寡矣。(鐵崖)且命吴復録季和死後凡若干首，至其墓焚白之。"吴復於至正八年十月二十六日謝世(東維子文集卷二十五吴君見心墓銘)，可見李孝光去世，必在至正八年十月以前。陳德永於至正二十五年之後撰孝光行狀，述至正初年孝光行蹤頗與事實不合，蓋因李孝光獨自在外，浪迹江湖多年，且元季戰亂，傳聞失實。然文中言李孝光妻徐氏至正二十五年尚健在，故所述李孝光年歲應屬可信。以至正三年五十九歲推之，李孝光當生於元世祖至元二十二年。今據孝光詩文以及相關史料，略述其生平事迹如下：

李孝光(一二八五——一三四八)，初名同祖，字季和，號五峰。温州樂清人。年十二，作鸚鵡賦，長者驚歎。嘗築室讀書於五峰山下，號曰白雲舍。泰定年間於樂清縣學任教職。迷戀雁蕩風光，歲率三四至山中，有雁山十記。天曆初年入吴，至順年間抵金陵，先後於昇州學宫、積慶學宫教授諸生,直至元統初年。同時任教者,有河東張翥、天台丁復等。元統年間,爲魯國公趙世延門下客,與薩都剌、茅山道士張雨、江浙儒學副提舉陳旅等交往,唱和詩頗多。至遲於後至元五年返歸錢塘。至正初年,浪迹錢塘、東吳諸地。與鐵崖唱和古樂府,聲名藉甚。至正七年,朝廷以隱士徵,次年春赴召,官至秘書監丞。抵京不數月即病卒,享年六十有四。李孝光好著述,詩文享譽當世。有孝經圖説、詩文集二十卷,今存五峰集十卷補遺一卷(永嘉詩人祠堂叢刻本)。

按:李孝光所撰芝秀軒記已佚,鄭元祐亦曾作芝秀軒記,載其僑吳集卷十,曰:"吳人馬君瑞家婁江之上,有取乎晉人'煌煌靈芝,一年三秀'之章也,名其燕寝之西曰芝秀。謁予記之。"

〔五〕紫芝:歌曲名,商山四皓所歌。參見鐵崖先生古樂府卷一紫芝曲注。參差:即笙。楚辭九歌湘君:"望夫君兮未來,吹參差兮誰思?"

〔六〕鐵之涇:當指鹽鐵塘。弘治太倉州志卷一山川:"鹽鐵塘繚繞數百里,經今州城中。其南入嘉定界,出吳淞江。其北入常熟界,至江陰,入揚子江。分支入海之處不一。"鳳沼:待考。

壽岩老人歌〔一〕

壽岩老人者,吳興欽先生德載也〔二〕。老人仕宋,爲都督計議官。宋革,老人奮義兵,不肯送降款。天兵募生致其人,義其言議而官之。老人裂其板授書①,即遁隱長山之石岩〔三〕。石生冬青萬年之枝,老人遂號壽岩,又自志以文。去老人之死四十年,其孫驥出其手澤〔四〕,求余歌之。

壽岩老人宋都督,不肯新朝食周粟〔五〕。水晶國裏七寶山〔六〕,別有天地非人間〔七〕。山中黄石眠怒虎,圯上傳書曾有語〔八〕。歸來牧羊尋赤松〔九〕,萬年枝上盤冬龍。冬龍萬年與石鬭,老人一盃持自壽。煉石②未補天南孔(叶"空"),坐見瀛州生軟紅〔十〕。嗚呼,壽岩之人兮元不死,南斗化石齊崆峒〔十一〕。

吳復曰:"已上凡二十有六首,皆歌詠一時忠臣烈士、貞女孝童、仁人隱士之遺事,於太史氏之所未録者。蓋可爲一代之詩史矣。其激揚世教,豈小補哉!"

【校】

① 裂其板授書：原本誤作“列其板授言”，據尚友録改。

② 石：原本作“色”，據樓氏鐵崖樂府注本改。

【箋注】

〔一〕詩當作於元至正五、六年間，其時鐵崖授學於湖州長興東湖書院。繫年理
　　由：據本詩序，壽岩老人乃湖州人士，其孫欽驥“出其手澤”請鐵崖作詩，
　　當在鐵崖寓居湖州期間。

〔二〕欽德載：尚友録卷十三欽：“欽德載，宋吳縣人。仕爲都督計議官，宋亡，
　　德載不肯送降款，元兵帥募生致其人，議欲官之，德載裂其板授書，即遁隱
　　碧巘山中，自號壽巖老人。楊維楨嘗作詩歌以吊之。”按：宋黃震撰欽德
　　載閑道集序稱德載爲“若溪”人（文載黃氏日抄卷九十），與鐵崖所謂“吳
　　興”合，疑尚友録所謂“吳縣人”有誤。

〔三〕長山：疑指巖山。嘉慶長興縣志卷八山：“巖山，在縣西二十五里，高三十
　　丈，周五里。統紀云：‘唐武德中，張碩立巖州於長城巖山下。’又傳吳王
　　闔閭時有白鹿見於此，亦名白鹿山。”

〔四〕欽驥：欽德載孫。元末在世。

〔五〕“不肯”句：史記伯夷列傳：“天下宗周，而伯夷、叔齊耻之，義不食周粟，隱
　　於首陽山，采薇而食之。”

〔六〕水晶國：指湖州。宋姜夔惜紅衣詞序：“吳興號水晶宮，荷花盛麗。”

〔七〕“別有”句：李白山中問答：“桃花流水窅然去，別有天地非人間。”

〔八〕圯上傳書：指漢初黃石老人授張良兵書事。

〔九〕赤松：指皇初平。神仙傳卷二皇初平：“皇初平者，丹谿人也。年十五而
　　家使牧羊，有道士見其良謹，使將至金華山石室中。四十餘年，忽然不復
　　念家。其兄初起入山索初平，歷年不能得見。後在市中有道士善卜，乃問
　　之……即隨道士去尋求，果得相見，兄弟悲喜。因問弟曰：‘羊皆何在？’初
　　平曰：‘羊近在山東。’初起往視，了不見羊，但見白石無數……初平便乃俱
　　往看之，乃叱曰：‘羊起。’於是白石皆變爲羊數萬頭……易姓爲赤，初平改
　　字爲赤松子，初起改字爲魯班。”

〔十〕瀛州：傳說爲東海中仙島。

〔十一〕崆峒：道教名山。相傳黃帝於此山問道。

卷七　鐵崖先生古樂府卷七

卷七　鐵崖先生古樂府卷七

堠子辭

堠子箇箇復箇箇,十里五里官道課。行人捷徑行,不從官道過[一]。吁嗟堠傍岐轉多,堠子荆棘如銅駝[二]。

【箋注】

〔一〕“行人”二句:隱射官場投機者。宋司馬光撰温公續詩話:“劉子儀與夏英公同在翰林,子儀素爲先達。章獻臨朝時,子儀主文,在貢院,聞英公爲樞密副使,意頗不平,作堠子詩云:‘空呈厚貌臨官道,大有人從捷徑過。’”

〔二〕荆棘如銅駝:晉書索靖傳:“靖有先識遠量,知天下將亂,指洛陽宮門銅駝,歎曰:‘會見汝在荆棘中耳!’”

鍾藤辭

南有美木,鍾藤束(叶“朔”)只①。鍾藤日肥,美木削只[一]。於乎孤剛,柔惡斃之[二]。孰操斧斤,爲我理之。

【校】

① 只:詩淵本作“之”,下同。

【箋注】

〔一〕“鍾藤”二句:出自臨海異物志。藝文類聚卷八十二草部下藤:“臨海異物志曰:鍾藤,附樹作根,軟弱,須緣樹而作。藤既纏裹,樹便死,且有惡汗,尤令速朽也。藤盛成樹,若木自然,大者或至十圍。”

〔二〕“於乎”二句:白居易 紫藤:“下如蛇屈盤,上若繩繁紆。可憐中間樹,束縛成枯株。柔蔓不自勝,嫋嫋挂空虚。豈知纏樹木,千夫力不如。先柔後爲害,有似諛佞徒。”

醴泉辭

醴泉兮無源，靈芝兮無根[一]。如何求俟①兮，而欲求乎人門。

【校】

① 原本小字注於題下：“俟，一作‘俊’。”陳善學刊本、樓氏鐵崖樂府注本皆作“俊”。

【箋注】

〔一〕“醴泉”二句：太平御覽卷五百四十一禮儀部二十婚姻：“虞翻與弟書曰：‘長子容當爲求婦，其父如此，誰肯嫁之者？造求小姓，足使生子。天其富人，不在舊族，揚雄之才，非出孔氏，芝草無根，醴泉無源。家聖受禪，父囂母頑。’”唐段成式酉陽雜俎續集卷四貶誤：“世人言‘靈芝無根，醴泉無源’，張曲江著詞也。蓋取虞翻與弟求婚書，徒以芝草爲靈芝耳。”

泳水辭

泳水可以尋珠[一]（商丘開），射石可以飲羽[二]（李廣事）。乃知一心之人兮，遇物而無迕。

【箋注】

〔一〕“泳水”句：列子黃帝篇：“子華之門徒皆世族也，縞衣乘軒，緩步闊視。顧見商丘開年老力弱，面目黎黑，衣冠不檢，莫不眄之……商丘開常無怵容，而諸客之技單，憊於戲笑，遂與商丘開俱乘高臺，於眾中漫言曰：‘有能自投下者，賞百金。’眾皆競應。商丘開以爲信然，遂先投下，形若飛鳥，揚於地，骩骨無碾。范氏之黨以爲偶然，未詎怪也。因復指河曲之淫隈曰：‘彼中有寶珠，泳可得也。’商丘開復從而泳之。既出，果得珠焉……商丘開曰：‘吾亡道。雖吾之心，亦不知所以……心一而已。物亡迕者，如斯而已。’”

〔二〕“射石”句：西京雜記卷五：“李廣與兄弟共獵於冥山之北，見臥虎焉。射之,一矢即斃。斷其髑髏以爲枕,示服猛也。鑄銅象其形爲溲器,示厭辱之也。他日,復獵於冥山之陽,又見卧虎,射之,没矢飲羽。進而視之,乃石也,其形類虎。退而更射,鏃破幹折而石不傷。余嘗以問揚子雲,子雲曰:'至誠則金石爲開。'"

梟蘆辭①

梟徙而不成鳳兮[一],蘆種而成荻[二]。此智者之操心兮,受降同乎受敵[三]。

【校】

① 本詩又載詩淵、陳善學刊本卷五、清初印溪草堂鈔本東維子集卷十一,據以校勘。蘆:陳善學刊本作"盧"。辭:印溪草堂鈔本作"詞"。

【箋注】

〔一〕 "梟徙"句:説苑談叢:"梟逢鳩,鳩曰:'子將安之?'梟曰:'我將東徙。'鳩曰:'何故?'梟曰:'鄉人皆惡我鳴,以故東徙。'鳩曰:'子能更鳴可矣。不能更鳴,東徙,猶惡子之聲。'"

〔二〕 "蘆種"句:晉書五行志中:"安帝義熙初,童謠曰:'官家養蘆化成荻,蘆生不止自成積。'其時官養盧龍,寵以金紫,奉以名州,養之極也。而龍不能懷我好音,舉兵内伐,遂成讐敵也。'蘆生不止自成積',及盧龍之敗,斬伐其黨,猶如草木以成積也。"

〔三〕 受降同受敵:蓋源自古代兵法。語出後漢書耿秉傳。

龍虎①辭

檻足兮虎成狗,燒尾兮魚作龍[一]。得勢失勢兮,而以分乎雌雄[二]。

【校】

① 龍虎:詩淵本作"虎龍"。

【箋注】

〔一〕“燒尾”句：太平廣記卷四百六十六水族三龍門引三秦記：“林登云：龍門之下，每歲季春有黃鯉魚，自海及諸川爭來赴之。一歲中，登龍門者不過七十二。初登龍門，即有雲雨隨之，天火自後燒其尾，乃化爲龍矣。”

〔二〕“得勢”二句：漢揚雄解嘲：“旦握權則爲卿相，夕失勢則爲匹夫。”

狗馬辭

狗有烏龍兮〔一〕，馬有的盧〔二〕。的盧徇主兮，烏龍食奴。於乎，交之借兮無解〔三〕，孤之託兮無嬰〔四〕。吁嗟烏龍兮狗之解，吁嗟的盧兮馬之嬰。

【箋注】

〔一〕烏龍：晉陶潛搜神後記卷九：“會稽句章民張然，滯役在都，經年不得歸。家有少婦，無子，惟與一奴守舍，婦遂與奴私通。然在都養一狗，甚快，名曰‘烏龍’，常以自隨。後假歸，婦與奴謀，欲得殺然。然及婦作飯食，共坐下食。婦語然：‘與君當大別離，君可强笑。’然未得唉，奴已張弓拔矢當户……然決計，拍膝大呼曰：‘烏龍與手！’狗應聲傷奴。奴失刀仗倒地，狗咋其陰，然因取刀殺奴。”

〔二〕的盧：劉備坐騎，曾救劉備於襄陽城西檀溪水中。

〔三〕解：指郭解。史記游俠列傳：“郭解，軹人也，字翁伯……解爲人短小精悍，不飲酒。少時陰賊，慨不快意，身所殺甚衆。以軀借交報仇，藏命作姦剽攻。”

〔四〕嬰：指戰國程嬰。程嬰將友人趙朔遺孤撫養成人，且爲報仇，然後自殺。詳見史記趙世家。

鷹馬辭

鷹使司漏①，馬使警偷。臧②者守杼，獲者運牛。彼此職廢，空抱主^③憂^{〔一〕}。君不見薛恭、尹賞各有所^{〔二〕}，兩地一易俱稱優。

【校】

① 司漏：原本作“漏司”，據詩淵本、陳善學刊本、樓氏鐵崖樂府注本改。

② 臧：原本作“成”，據詩淵本、陳善學刊本、樓氏鐵崖樂府注本改。

③ 主：陳善學刊本作“至”。

【箋注】

〔一〕“鷹使司漏”六句：三國志蜀書卷十五注引襄陽記曰：“楊顒字子昭，楊儀宗人也。入蜀，爲巴郡太守，丞相諸葛亮主簿。亮嘗自校簿書，顒直入諫曰：‘爲治有體，上下不可相侵，請爲明公以作家譬之。今有人使奴執耕稼，婢典炊爨，雞主司晨，犬主吠盜，牛負重載，馬涉遠路，私業無曠，所求皆足，雍容高枕，飲食而已。忽一旦盡欲以身親其役，不復付任，勞其體力，爲此碎務，形疲神困，終無一成。豈其智之不如奴婢雞狗哉？失爲家主之法也。是故古人稱坐而論道謂之三公，作而行之謂之士大夫。’”此用其意。

〔二〕薛恭、尹賞：皆西漢人。漢書薛宣傳：“頻陽縣北當上郡、西河，爲數郡湊，多盜賊。其令平陵薛恭本縣孝者，功次稍遷，未嘗治民，職不辦。而粟邑縣小，辟在山中，民謹樸易治，令鉅鹿尹賞久郡用事吏，爲樓煩長，舉茂材，遷在粟。宣即以令奏賞與恭換縣。二人視事數月，而兩縣皆治。”

鳳鏘鏘^{〔一〕}

鳳鏘鏘，求其凰^{〔二〕}。凰既得，不復念母將。不如城頭烏，日日夜夜哺母與母翔^{〔三〕}。

【箋注】

〔一〕陳善學刊本於題下附評語：“有感。”

〔二〕“鳳鏘鏘”二句：本指司馬相如與卓文君故事。樂府詩集卷六十載司馬相如琴歌二首之解題：“琴集曰：‘司馬相如客臨邛，富人卓王孫有女文君新寡，竊於壁間見之。相如以琴心挑之，爲琴歌二章。’按漢書，相如飲卓氏，弄琴，<u>文君</u>竊從户窺，心悅而好之，乃夜亡奔<u>相如</u>，<u>相如</u>與馳歸<u>成都</u>，後俱如<u>臨邛</u>是也。"詩曰："鳳兮鳳兮歸故鄉，遨游四海求其凰。"

〔三〕哺母：爾雅翼卷十三烏："烏，孝鳥也。始生，母哺之六十日。至子稍長，則母處而子反哺，其日如母哺子之數。故烏一名哺公。"

鶴躍躍

鶴躍躍，乘君軒〔一〕。肉翅重，不復戾九天〔二〕。不如地上雞，乃得竊藥隨飛仙〔三〕。

【箋注】

〔一〕"鶴躍躍"二句：春秋時<u>衛懿公</u>故事。<u>左傳閔公二年</u>："冬，十二月，<u>狄人伐衛</u>。<u>衛懿公</u>好鶴，鶴有乘軒者。將戰，國人受甲者皆曰：'使鶴，鶴實有禄位，余焉能戰？'……<u>衛</u>師敗績，遂滅<u>衛</u>。"

〔二〕"不復"句：本詩<u>小雅</u>鶴鳴："鶴鳴于九皋，聲聞于天。"戾，當作"唳"，鶴鳴。

〔三〕"不如"二句：<u>神仙傳</u>卷六<u>淮南王</u>："<u>淮南王安</u>，好神仙之道，海内方士從其游者多矣。一旦，有八公詣之。……乃取鼎煮藥，使王服之，骨肉近三百餘人，同日升天。雞犬舐藥器者，亦同飛去。"

五禽言〔一〕 并序

禽言，無出<u>梅都官</u>之作〔二〕。予猶惜其句律佳而無風勸之意，故予製<u>五禽言</u>〔三〕，言若拙而意頗關風勸焉。

其一①

喚起〔四〕、喚起，東方明，門前已如市。上林有鳥殺司晨，苦殺蕭娘睡方美。

其二

提胡盧〔五〕、提胡盧，沽酒何處沽？<u>烏程</u>與<u>若下</u>，美酒高無價〔六〕。小姑典金釵，勸郎醉即罷。君不見城中官長壺盧提〔七〕，十日九日醉如泥。

其三②

姑惡[八]、姑惡,姑不惡,妾命苦。姑有孝女,姑爲慈母,妾亦甘爲東海婦[九]。

其四③

子歸[十]、子歸,子不歸,白頭阿嬰慈且悲。子弗歸,待何時?君不見西江處士章九華[十一],十年去赴丘園科[十二],母死妻啼未還家。

其五④

行不得哥哥[十三],我不行,奈我何?西山有豺虎,西江有風波。風波尚可壺,豺虎尚可羅。努兒關[十四],平地多。行不得哥哥。

【校】

① 詩淵載姑惡兩首,此詩爲第二首。

② 詩淵載姑惡兩首,此詩爲第一首。

③ 詩淵載此第四首詩,題作杜鵑言。

④ 詩淵載此第五首詩,題作泥滑滑。

【箋注】

〔一〕本組詩五首,撰於元至正五、六年間,其時鐵崖寓居湖州長興,授學於蔣氏東湖書院。繫年依據:組詩之二曰“烏程與若下,美酒高無價”,烏程、若下,皆爲湖州地名。

〔二〕梅都官:指北宋梅堯臣。梅堯臣宛陵集卷四載禽言四首,題爲子規、提壺、山鳥和竹雞;卷二十七和歐陽永叔啼鳥十八韻曰:“我昔曾有禽言詩,粗究一二啼號情。”

〔三〕按:鐵崖謂梅堯臣詩“無風勸之意”,故其五禽言效仿蘇軾。蘇軾詩集卷二十五禽言五首叙:“梅聖俞嘗作四禽言。余謫黄州,寓居定惠院。遶舍皆茂林修竹,荒池蒲葦。春夏之交,鳴鳥百族,土人多以其聲之似者名之,遂用聖俞體作五禽言。”

〔四〕喚起:鳥名。清潘永因宋稗類鈔卷五詩話:“退之有詩贈同游者:‘喚起牕全曙,催歸日未西。無心花裏鳥,更與盡情啼。’魯直曰:‘余兒時便哦此詩,而了不解其意。自出陝右,吾年五十八矣,時春晚,偶憶此詩,方悟喚起、催歸,二禽名也。古人於小詩,用意精深如此,況其大者乎。蓋其學問淵源,有五石六鷁之旨。催歸,子規也。喚起,聲如絡緯,圓轉清亮,偏於春晚鳴,<u>江南</u>謂之春喚。'"

〔五〕提胡蘆:鳥名。<u>宋 王質 紹陶録</u>卷下提葫蘆:"身麻斑,如鷗而小,嘴彎,聲清重,初稍緩,已廼大激烈。"

〔六〕"<u>烏程與若下</u>"二句:述湖州名酒。<u>同治 湖州府志</u>卷三十三<u>輿地略 物産</u>:"<u>張景陽 七命</u>:酒則荆南、烏程。荆南者,荆溪之南也。又<u>元和志</u>:<u>長城若溪</u>水釀酒最釅,俗稱若下酒。"

〔七〕壺盧提:即胡盧提,糊塗。<u>吳曾 能改齋漫録 辨誤三</u>:"<u>張右史 明道雜志</u>云:<u>錢內翰 穆父</u>知<u>開封府</u>,斷一大事,或語之曰:'可謂霹靂手。'<u>錢</u>答曰:'僅免胡盧提。'"

〔八〕姑惡:<u>蘇軾 五禽言</u>之五:"姑惡,姑惡。姑不惡,妾命薄。君不見<u>東海</u>孝婦死作三年乾,不如<u>廣漢 龐姑</u>去却還。"<u>東坡</u>自注曰:"姑惡,水鳥也。俗云婦以姑虐死,故其聲云。"

〔九〕東海婦:<u>東海</u>孝婦,年輕守寡,後被冤殺。詳見<u>漢書 于定國傳</u>。

〔十〕子歸:即杜鵑,鳴聲如"不如歸去"。

〔十一〕<u>西江</u>:略同於<u>江西</u>。章九華:不詳。據本詩,當爲布衣,曾執著於科舉仕進。

〔十二〕丘園科:北宋<u>仁宗</u>時設高蹈丘園科,專門用以選招布衣人才。按:<u>元代</u>未曾設置丘園科,此處蓋泛指科舉。

〔十三〕"行不"句:<u>宋 王質 紹陶録</u>卷下山鷓鴣:"身青翅赤,嘴黑足青,如雞而小。臆前有白團點,背間有紫赤毛。多鳴,即有雨稍緩,則如云'行不得哥哥'。"又,或擬其鳴音名之爲"泥滑滑"。參見<u>山堂肆考</u>卷二百十三鷓鴣竹雞兄。

〔十四〕<u>努兒關</u>:當爲地名,不詳。

歸雁吟[一]

　　<u>江南</u>荷葉黄,見爾來江鄉。<u>江南</u>春水暖,歸路同天遠。春復秋,秋復春,南來北往多苦辛。漚爲友[二],鷺爲鄰。他山鷓鴣好結婚,只往<u>江南</u>生子孫。

【箋注】

〔一〕歸雁:<u>韓昌黎詩繫年集釋</u>卷一鳴雁:"嗷嗷鳴雁鳴且飛,窮秋南去春北歸。"廖瑩中注:"公蓋託雁以自喻也。"

〔二〕漚:清陳大章詩傳名物集覽卷二鳧鷖在涇:"鷗好浮,故一名'漚'。列子:海上之人好漚者,每旦從漚鳥游。其父欲取之,明日之海上,漚鳥舞而不下。今字從'鳥',後人加之也。"

兩鵓鵠 爲顔氏婦賦①

兩鵓鵠,朝朝莫莫啼不休。天陰婦棄②去,雨止還相求〔一〕。天公陰晴變不測,嗟爾夫婦難爲述。勃勃③水西頭,啼過東家樓。東家樓前琅玕樹,枝枝連理森相繆。無風無雨春正好,願爾長作夗央儔〔二〕,莫效前身鷹隼仇〔三〕。

【校】

① 詩題下"爲顔氏婦賦"五字注,原本無,據樓氏鐵崖樂府注本增補。
② 棄:原本作"矣",據陳善學刊本、樓氏鐵崖樂府注本改。
③ 勃勃:陳善學刊本作"鵓鵠"。

【箋注】

〔一〕"天陰"二句:陸璣陸氏詩疏廣要卷下之上:"鶻鳩,一名斑鳩,似鵓鳩而大。鵓鳩灰色,無繡項,陰則屏逐其匹,晴則呼之。語曰:'天將雨,鳩逐婦。'是也。"明張次仲待軒詩記卷四小雅:"鳴鳩,斑鳩也。灰色,繡頸,俗呼鵓鴣。"

〔二〕長作夗央儔:明田汝成西湖游覽志餘卷十一才情雅致:"廉夫西湖竹枝詞……于彦成和詞:'楊柳樹頭雙鵓鵠,雨來逐婦晴來呼。鴛鴦到死不相背,雙飛日日在西湖。'"

〔三〕"莫效"句:陸璣陸氏詩疏廣要卷下之上鳷彼飛隼:"按月令,仲春之節,鷹化爲鳩;仲秋之節,鳩復化爲鷹。"

匹鳥曲〔一〕

建章宫中匹瓦飛〔二〕,太液浮起雙紅衣〔三〕。文塘小徑迎春歸,春紅蓮葉春猗猗。金丸嬌郎故驚起〔四〕，白頭雙飛誓①雙死〔五〕。上林雁婦②忍流離〔六〕？九疑倀倀天萬里〔七〕。長干沙頭人望夫〔八〕，願託錦領③西江書〔九〕。結生不作白頭伴，結死須作青陵烏〔十〕。

【校】

① 誓：陳善學刊本作"似"。

② 婦：樓氏鐵崖樂府注本作"歸"。

③ 領：陳善學刊本、樓氏鐵崖樂府注本作"鱗"。

【箋注】

〔一〕匹鳥：即鴛鴦。中華古今注卷下："鴛鴦，水鳥，鳧類也。雌雄未嘗相離，人得其一，則其一思而死，故謂之'匹鳥'也。"

〔二〕建章宮：漢武帝建，"在雍州長安縣西二十里，長安故城西"。參見史記孝武本紀注引括地志。匹瓦飛三國志魏書二十九周宣傳："文帝問宣曰：'吾夢殿屋兩瓦墮地，化爲雙鴛鴦，此何謂也？'宣對曰：'後宮當有暴死者。'"

〔三〕太液：水池名。位於長安古城，建章宮北。參見三輔黃圖卷四池沼。

〔四〕金丸：參見鐵崖先生古樂府卷十春俠雜詞之一。

〔五〕"白頭"句：李商隱代贈："鴛鴦可羨頭俱白，飛去飛來烟雨秋。"

〔六〕上林：苑囿名，秦、漢宮苑。

〔七〕九疑：山名，相傳舜葬此地。此當指湘妃哀怨之地。

〔八〕"長干"句：李白長干行之二："憶妾深閨裏，烟塵不曾識。嫁與長干人，沙頭候風色。"參見鐵崖先生古樂府卷四海客行注。

〔九〕錦領西江書：指從西江傳來之魚書。古詩飲馬長城窟行："客從遠方來，遺我雙鯉魚。呼兒烹鯉魚，中有尺素書。長跪讀素書，書中竟何如。上言加餐飯，下言長相憶。"

〔十〕"結生不作"二句：韓憑夫婦故事。參見鐵崖先生古樂府卷二杞梁妻注。

鮫人曲〔一〕

鮫人居〔二〕，錢塘湖〔三〕。自從劍客過湖去，世人不識真仙儒。靈丹擲湖水，湖水清如酥。江妃惜不得，貯在明月壺。鮫人夜飲明月腴，夜光化作眼中珠。手擎蓮葉盤一株，盤中走珠汞不如。世人無仙意，波心蕩漾青頭鳧[四]。烹龍炰①鳳日日千金厨[五]，何以灑君心②熱寧君軀[六]。灑君熱，寧君軀，須飲鮫人明月珠。

【校】

① 炰：樓氏鐵崖樂府注本作"炮"。
② 心：陳善學刊本無。

【箋注】

〔一〕詩撰於元至正三年（一三四三）前後，其時鐵崖寓居杭州，等候補官，時常結伴遨游山水。繫年依據：詩中述及"錢塘湖"，當爲鐵崖寓居杭州時期。

〔二〕鮫人：晉張華博物志卷二異人："南海外有鮫人，水居如魚，不廢織績，其眼能泣珠。"

〔三〕錢塘湖：當指杭州西湖。

〔四〕青頭鳧：指小船。明徐應秋玉芝堂談薈卷二十八須慮餘皇："楚飛鳧舟，又曰青鳧，一名鳧車。"

〔五〕烹龍炰鳳：李賀將進酒："烹龍炮鳳玉脂泣，羅屏繡幕圍香風。"

〔六〕"何以"句：杜甫入奏行贈西山檢察使竇侍郎："蔗漿歸厨金碗凍，洗滌煩熱足以寧君軀。"

義鴿三章[一] 并序

予讀康里相家義鴿志[二]，爲之唶曰："嗟乎，通文史如衛仲道妻[三]，而有不鴿如者。彼忍於不義，不忍於死爾。蕞爾鴿，非有倫理之教詔也，又豈識有一醮終身之義乎[四]，而托以死答所配，非其所惡有甚於死者乎[五]！於乎，人之所以異於禽獸者，義爾！而義反滅之，則物性反優於人乎？嘻，吾不知之矣。抑予聞鴿之不止義也：養其①子也，鳲鳩之仁[六]；其託書也，鴻雁之信。"爰賦三章，以補前人之缺云。

其一

肅肅兮飛奴[七]，好爾匹兮哺爾雛。吁嗟爾德兮，均慈愛於鳲鳩。

其二

蕭蕭兮飛奴,離爾儔兮別爾家(叶"姑")。吁嗟爾勞兮,比鴻^②雁兮將書^{〔八〕}。

其三

蕭蕭兮飛奴,歘相失兮婦夫。死者兮已矣,生誰適兮與娛。朝不粧兮無與呼,莫不室兮無與居。豈無他儷^③兮,我儷不如。閟七日以死兮,矢一節而弗渝。吁嗟爾烈兮,繼比興乎關雎^{〔九〕}。

【校】

① 養其:樓氏鐵崖樂府注本作"其養"。

② 鴻:陳善學刊本作"鳴"。

③ 儷:陳善學刊本作"仙"。下同。

【箋注】

〔一〕本組詩當撰於元至正四年(一三四四),或稍後。繫年理由:詩序所謂"康里相",指康里巎巎。據元史巎巎傳,至正四年,翰林學士承旨巎巎出拜江浙行省平章政事。次年,復以翰林學士承旨召還,當年五月,抵京師七日即病逝。本詩序既稱之爲"康里相",知其時巎巎在江浙行省平章政事任上。

〔二〕康里相:即康里巎巎,元史有傳。按:所謂"相",在此實指行省平章政事。又,康里巎巎所撰義鴿志今不得見,謝應芳義鴿詩述及此事,詩題曰:"江浙平章巎巎公家養二鴿,其雄斃於狸,奴人以他雄配之,遂鬥死。"詩曰:"翩翩兩飛奴,其羽白如雪。鳥獸忽相殘,雄死雌蹢躑。絶食累數日,悲鳴聲不歇。蒼頭配他偶,捍鬥項流血。血流氣猶憤,血盡氣力絶。"

〔三〕衛仲道妻:指蔡文姬。蔡文姬再嫁,鐵崖嘲之曰"不如義鴿"。後漢書列女傳:"陳留董祀妻者,同郡蔡邕之女也,名琰,字文姬。博學有才辯,又妙於音律。適河東衛仲道。夫亡無子,歸寧于家。興平中,天下喪亂,文姬爲胡騎所獲,没於南匈奴左賢王,在胡中十二年,生二子。曹操素與邕善,痛其無嗣,乃遣使者以金璧贖之,而重嫁於祀。"

〔四〕一醮終身:借指鴿不雜交,猶如節婦不再嫁。明彭大翼山塘肆考卷二百十四鴿:"鴿亦鳩類,其頸若瘿,其色有二十餘種……皆兩兩相匹,不雜交。”

〔五〕“非其”句：孟子告子上：“生亦我所欲，所欲有甚於生者，故不爲苟得也；死亦我所惡，所惡有甚於死者，故患有所不辟也。”

〔六〕鳲鳩之仁：宋范處義詩補傳卷十六正小雅：“傳曰：尸鳩性壹而慈，祝鳩性壹而孝。”

〔七〕飛奴：指鴿。五代王仁裕開元天寶遺事卷上傳書鴿：“張九齡少年時，家養群鴿，每與親知書信往來，只以書繫鴿足上，依所教之處飛往投之，九齡目之爲‘飛奴’。時人無不愛訝。”

〔八〕“比鴻雁”句：新刻古杭雜記詩集卷二養鴿：“高宗紹興間，宮中養飛鴿，每日群飛於外。太學士人作詩以諷，其詩流入大内，高宗惻然，自是宮中不復畜鴿。其詩曰：‘萬鴿飛翔繞帝都，朝昏收放費工夫。何如養取雲邊雁，沙漠能傳二聖書。’”此用鴻雁傳書典，見漢書蘇武傳。

〔九〕關雎：詩經首篇。

警鵰三章〔一〕

其一

吁嗟乎，鵰來兮，汝趾不爪兮臂不翎，横口堅①齒長眉目兮，曾不鉤吻而金睛。胡爲肆攫搏兮勇憑陵，稱人類兮負鳥名〔二〕。吁嗟鵰兮反已靈，庠序汝鄉兮衣冠汝朋。

其二

横翔傍舞兮，群笑以囂。陰窺狙伺兮，風草動摇。嗟爾醜兮不可以招，讐一稱②兮將汝梟，上或牾兮下或憍。隔截③鳶鴿兮愁青霄。吁嗟鵰兮逞爾豪，擊剛者怠兮與爾乎同遨。

其三

貞柏蒼蒼兮烏府初霜〔三〕，寒氣襲襲兮皂鵰在旁。匪汝朋比兮伏陰紆陽，扶豎正直兮不茹吐其柔剛〔四〕。鸞鳳遠舉兮梟獍云亡，吁嗟鵰兮不改行，收汝族兮磔以禳。

吴復曰：“此先生在天台喻其豪民未率化之作也。今其人有更名改過，求自列於善氓，以一洗舊日赤書其門之醜〔五〕。故曰詩可諷也。”

【校】

① 堅：樓氏鐵崖樂府注本作“豎”。

② 稱：樓氏鐵崖樂府注本作“獼”。

③ 截：樓氏鐵崖樂府注本作“絶”。

【箋注】

〔一〕本組詩三首,當作於元文宗至順元年(一三三〇),其時鐵崖在天台縣令任上。繫年依據：吳復跋文曰“此先生在天台喻其豪民未率化之作”,即指鐵崖任天台縣令時,曾作此組詩訓誡當地豪民“八鵰”。按：鐵崖懲治天台豪民而被免職,參見鐵崖文集卷二先考山陰公實録。

〔二〕稱人類兮負鳥名：指“天台八雕”。明宋濂鐵崖墓志：“天台多黠吏,憑陵氣勢,執官中短長,先以餌鈎其欲,然後扼吭,使不得吐一語,世號爲‘八雕’。”按：宋濂所述有誤,據本詩吳復跋文,“八雕”并非“黠吏”,而是“豪民”。

〔三〕烏府：指御史府、御史臺。錦繡萬花谷前集卷十一御史：“漢朱博爲御史大夫,府中列柏樹,常有野烏數十棲其上,朝去暮集。因名‘烏臺’,又名‘烏府’,又名‘柏臺’。”

〔四〕茹吐其柔剛：語出詩大雅烝民：“柔則茹之,剛則吐之。”謂欺軟怕硬,凌弱逼强。

〔五〕赤書：即丹書。左傳襄公二十三年：“斐豹,隸也,著於丹書。”杜預注：“蓋犯罪没爲官奴,以丹書其罪。”古罪犯家常以丹書門。

射罷行

草枯燎發原野赤,老罷憤起千軍敵。將軍名號巴而思(虎名)〔一〕,白羽慣數黃狼肋。老罷決石如怒猊,將軍立馬攢霜蹄。滿弓一射正貫脾,馬前突立人而啼。南山白額當道卧〔二〕,東西之人不敢過。少年匹馬隨譟呼,從渠生拔白額須。刲白額,作飲器〔三〕,坐令泰山之婦歌好世〔四〕。

【箋注】

〔一〕巴而思: 古今事物原始全書卷二十七虎豹:“楚人名虎曰‘於菟’,爲山獸之君,故名‘山君’。曰‘金波羅’,曰‘白額將軍’,曰‘嘯風子’,皆虎之別名。胡人謂之‘巴而思’。”

〔二〕南山白額: 晉書周處傳:“未弱冠,膂力絶人,好馳騁田獵,不修細行……自知爲人所惡,乃慨然有改勵之志,謂父老曰:‘今時和歲豐,何苦而不樂耶?’父老歎曰:‘三害未除,何樂之有!’處曰:‘何謂也?’答曰:‘南山白額猛獸,長橋下蛟,并子爲三矣。’處曰:‘若此爲患,吾能除之。’……處乃入山射殺猛獸,因投水搏蛟。”

〔三〕作飲器: 西京雜記卷五:“李廣與兄弟共獵於冥山之北,見臥虎焉。射之,一矢即斃。斷其髑髏以爲枕,示服猛也。鑄銅象其形爲溲器,示厭辱之也。”

〔四〕泰山之婦: 禮記檀弓下:“孔子過泰山側,有婦人哭於墓者而哀……使子路問之,曰:‘子之哭也,壹似重有憂者。’而曰:‘然。昔者吾舅死於虎,吾夫又死焉,今吾子又死焉。’夫子曰:‘何爲不去也?’曰:‘無苛政。’夫子曰:‘小子識之,苛政猛於虎也。’”

鬥雞行

　　兩雄勇鋭誇①匹敵,老距當塲利如戟〔一〕。羝毳毰毸蜩刺張,怒咽魂碨嗔睛②碧。劍心一動碎花冠,口血相污膠綵翼。何當罷鬥作啼聲,埭上梨花春露滴。

【校】

① 誇: 陳善學刊本作“争”。
② 嗔: 陳善學刊本作“真”。睛: 樓氏鐵崖樂府注本作“眼”。

【箋注】

〔一〕“兩雄”二句: 韓愈鬥雞聯句:“大雞昂然來,小雞竦而待。崢嶸顛盛氣,洗刷凝鮮彩。高行若矜豪,側睨如伺殆。精光目相射,劍戟心獨在。既取冠

爲胄,復以距爲鏃。天時得清寒,地利挾爽塏。磔毛各嚓瘁,怒瘦争
碨磊。"

殺虎行①〔一〕

　　劉平妻胡氏,從平戍零②陽。平爲虎禽,胡殺虎争夫。千載
義烈,有足歌者。猶恨時之士大夫其作未雄〔二〕,故爲賦是章。
　　夫從軍③,妾從主④,夢魂猶痛刀箭瘢⑤,況乃全軀飼豺虎。拔刀誓
天天爲怒,眼中於菟小於⑥鼠〔三〕。血號⑦虎鬼冤魂語,精光夜貫新阡
土。可怜三世不復仇,泰山之婦何足數〔四〕。

【校】

① 明鈔楊維禎詩集、元詩體要卷五載此詩,據以校勘。明鈔楊維禎詩集本題作
　劉生妻殺虎行,元詩體要本題作劉平妻殺虎行。
② 零:明鈔楊維禎詩集本、元詩體要本作"棗"。
③ 軍:明鈔楊維禎詩集本作"君"。
④ 主:樓氏鐵崖樂府注本作"夫"。
⑤ 瘢:明鈔楊維禎詩集本、元詩體要本、樓氏鐵崖樂府注本作"瘢"。
⑥ 於:明鈔楊維禎詩集本、元詩體要本作"如"。
⑦ 血號:明鈔楊維禎詩集本、元詩體要本作"百年"。

【箋注】

〔一〕按:或謂趙孟頫等多撰詩文詠劉平妻胡氏,鐵崖深致不滿,認爲"其作未
　　雄",故作此詩。參見蟫精雋卷十二烈婦行。元任士林松鄉集卷四烈婦胡
　　氏傳:"劉平妻胡氏,濱州渤海縣秦臺鄉人也。既笄,適平,生子男三人。
　　平從軍,有材名。至元七年,戍棗陽,平在行中。既戍,乃閏月六日,平以
　　小車載婦子往……夜半,虎來噬平臂,負之去。平號,胡徒手從之,力掣虎
　　足。中男拔刀室中,走以授母。胡得刀,刺虎,肝腸盡出。虎始脫平,平尚
　　能言……爲召醫者視平,藥之三日而死……八年十月,胡以二子至自棗
　　陽,濱州長吏訊之,圖其狀以聞,復其家。"
〔二〕按:元人任士林、劉將孫、王惲、張翥等,或撰文記此奇事,或作題畫詩讚美

胡氏,詩文多存世。

〔三〕於菟:虎之別名。

〔四〕泰山之婦:參見本卷射罷行注。

白翎鵲辭〔一〕二章

按國史脱必襌曰〔二〕:世皇畋於柳林〔三〕,聞婦哭甚哀。明日,白翎鵲飛集斡朵上〔四〕,其聲類哭婦。上感之,因令侍臣製白翎鵲辭。鵲能制猛獸,尤善禽駕鵝者也〔五〕。舊辭未古,爲作白翎鵲辭二章,以補我朝樂府。①

其一

白翎鵲〔六〕,西極來(叶"黎"②)。金爲冠,玉爲衣。百鳥見之不敢飛,雄狐猛虎愁神機。先帝親手韝,重爾西方奇。海東之青汝何爲〔七〕?下攫草間雉兔肥,奈爾③猛虎雄狐狸。

其二

白翎鵲,來西極,地從翼旋山目側。邊風勁④氣勁折膠,材官猛箭與之敵。黄狼紫兔不餘力,須臾白雪輕,一舉千仞直,駕鵝灑血當空擲〔八〕,金頭玉頸高十⑤尺,千秋萬歲逢⑥玉食。

【校】

① 元詩選初集辛集載此詩,據以校勘。此詩序原本作:"朔客彈四弦,有白翎鵲調。鵲蓋能制猛獸,尤善禽駕鵝也。爲作翎鵲詞。"今據文淵閣四庫全書本、元詩選本改。柳林:文淵閣四庫全書本、元詩選本作"林柳",據樓氏鐵崖樂府注本改。

② 叶黎:此二小字注原本無,據文淵閣四庫全書本、元詩選本、樓氏鐵崖樂府注本增補。

③ 爾:樓氏鐵崖樂府注本作"何"。

④ 勁:陳善學刊本、樓氏鐵崖樂府注本作"朔"。

⑤ 十:樓氏鐵崖樂府注本作"千"。

⑥ 逢:印溪草堂鈔本作"奉"。

【箋注】

〔一〕白翎鵲：元朝宫廷流行之樂曲名。“鵲”或作“雀”。陶宗儀南村輟耕録卷二十白翎雀：“白翎雀者，國朝教坊大曲也。始甚雍容和緩，終則急躁繁促，殊無有餘不盡之意，竊嘗病焉。後見陳雲嶠先生云：白翎雀生於烏桓朔漠之地，雌雄和鳴，自得其樂。世皇因命伶人碩德閭製曲以名之。曲成，上曰：‘何其末有怨怒衰褻之音乎？’時譜已傳矣，故至今卒莫能改。”

〔二〕國史脱必禪：當爲忙豁侖紐察脱察安之簡稱。忙豁侖紐察脱察安，即“蒙古帝王歷史”之蒙古語，今傳元朝秘史爲其中一種。又，脱必禪或作“脱察安”、“脱卜赤顔”、“脱必赤顔”。元史察罕傳：“嘗譯貞觀政要以獻，帝（指元仁宗）大悦，詔繕寫遍賜左右。且詔譯帝範。又命譯脱必赤顔，名曰聖武開天紀，及紀年纂要、太宗平金始末等書，俱付史館。”王國維據此認爲：“疑元時自有兩種脱卜赤顔，其譯爲聖武開天記者，殆即今之元聖武親征録，而虞道園所請以修經世大典者，則今之元朝秘史也。”（詳見王國維蒙文元朝秘史跋。）按：今觀鐵崖詩序，此國史脱必禪已述及元世祖事迹，則元時脱卜赤顔不止兩種。又，東維子文集卷十八李氏全歸庵記謂蒙齊公創“託試弦之史譯”，蒙齊公所譯蓋亦爲蒙古秘史。

〔三〕世皇：指元世祖忽必烈。柳林：位於今北京通縣南。忽必烈晚年以柳林爲游畋地，在此建有行宫。

〔四〕斡朵：即斡魯朵。指宫帳。

〔五〕駕鵝：漢書司馬相如傳：“弋白鵠，連駕鵝。”顏師古注：“駕鵝，野鵝也。”

〔六〕白翎鵲：彙苑詳注卷三十三白翎雀：“朔漠之地，無他禽鳥，惟鴻雁與白翎雀。鴻雁畏寒，秋南春北；白翎雀雖窮冬沍寒亦不易處，故元世祖作樂，名曰白翎雀。”

〔七〕海東之青：鷹之一種。宋陳均九朝編年備要卷二十八徽宗皇帝：“五國之東，接大海，出名鷹，自海東來者，謂之‘海東青’，小而狡健，能擒鵝鶩，爪白者尤以爲異。遼人酷愛之，歲終求之女真，女真至五國，戰鬥而後得。”

〔八〕灑血當空擲：南朝宋劉義慶幽明録：“楚文王少時好獵，有一人獻一鷹，文王見之，爪距神爽，殊絶常鷹。故爲獵於雲夢……俄而，雲際有一物凝翔，鮮白不辯其形，鷹便竦翮而升，矗若飛電。須臾，羽墮如雪，血下如雨，有大鳥墮地，度其兩翅，廣數十里，兩口邊有黄，人莫能識。時有博物君子曰：‘此大鵬雛也。’”

佛郎國進天馬歌[一]

　　天馬歌，本古樂府車馬六曲之一也，漢郊祀樂歌亦有之。然漢之得天馬，或出於漢貳師將軍之伐宛，非德徠之。維我有元至正聖人，德被西裔而佛郎馬來。宜作歌章，光贊樂府，故作此歌。

　　龍德中[二]，元氣昌，天王一統開八荒。十又一葉治久長[三]，前年白雉來越裳[四]。中國聖明日重光[五]，仁聲馺昏動嘉祥。烏桓部族號佛郎[六]，實生天馬龍文章。玉臺啓，閶闔張[七]，願爲蒼龍載①東皇。瑤池八駿若有②亡[八]，白雲謠曲成荒唐[九]。有元皇帝不下堂，瑤母萬壽來稱觴。屬車九九和鸞將③[十]，大駕或駐和林鄉[十一]。後車獵俟非陳倉[十二]，帝乘白馬撫八方[十三]。調風雨，和陰陽。泰階砥平玉燭明[十四]，太平有典郊樂揚。尚見滎河出圖像[十五]，麒麟鳳鳥紛來翔。

　　吳復曰：“已上凡三十首[十六]，皆先生涉歷世故，有概于衷，多託於鳥獸草木以起興者。諷者得其旨，則勸善懲惡，蓋亦不無補云。”

【校】

① 載：樓氏鐵崖樂府注本作“駕”。
② 若有：樓氏鐵崖樂府注本作“有若”。
③ 將：樓氏鐵崖樂府注本作“鏘”。

【箋注】

〔一〕詩撰於元至正二年（一三四二）七月，即佛郎國獻天馬之時，或稍後。其時鐵崖寓居錢塘。元周伯琦近光集卷二天馬行應制作序：“至正二年歲壬午七月十有八日，西域佛郎國遣使獻馬一匹，高八尺三寸，修如其數而加半。色漆黑，後二蹄白，曲項昂首，神俊超越，視他西域馬可稱者皆在髃下。金轡重勒，馭者其國人，黃鬚碧眼，服二色窄衣。言語不可通，以意諭之，凡七渡海洋始達中國。是日天朗氣清，相臣奏進。上御慈仁殿，臨觀稱歡，遂命育于天閑，飼以肉粟酒湩。仍敕翰林學士承旨臣巎巎命工畫者圖之，而直學士臣揭傒斯贊之。蓋自有國以來未嘗見也，殆古所謂天馬者邪。”天馬：史記大宛列傳：“大宛在匈奴西南，在漢正西，去漢可萬里。其俗土著，耕田，田稻麥。有蒲陶酒，多善馬，馬汗血，其先天馬子也……初，天子發書易,云'神馬當從西北來'。得烏孫馬好,名曰'天馬'。及得大宛汗血馬,益壯,更名烏孫馬曰'西極',名大宛馬曰'天馬'云。"

〔二〕龍德: 天子之德。易乾:"潛龍勿用,何謂也? 子曰: 龍德而隱者也,不易乎世。"

〔三〕十又一葉: 自元太祖至元順帝,凡十一傳。

〔四〕白雉來越裳: 參見鐵崖先生古樂府卷五唐刺史注。

〔五〕日重光: 漢書兒寬傳:"癸亥宗祀,日宣重光。"顏師古注引李奇曰:"太平之世,日抱重光,謂日有重日也。"

〔六〕烏桓: 後漢書烏桓列傳:"烏桓者,本東胡也。漢初,匈奴冒頓滅其國,餘類保烏桓山,因以爲號焉。俗善騎射,弋獵禽獸爲事。隨水草放牧。居無常處,以穹廬爲舍……氏姓無常,以大人健者名字爲姓。"

〔七〕閶闔: 相傳爲天門。漢書禮樂志:"(郊祀歌十九章之十天馬:)'天馬徠,從西極。涉流沙,九夷服……天馬徠,龍之媒。游閶闔,觀玉臺。'太初四年誅宛王獲宛馬作。"應劭注曰:"言天馬者乃神龍之類,今天馬已來,此龍必至之效也。閶闔,天門。玉臺,上帝之所居。"

〔八〕瑤池八駿: 晉郭璞注穆天子傳卷一古文:"天子之駿: 赤驥、盜驪、白義、逾輪、山子、渠黃、華騮、綠耳。"

〔九〕白雲謠曲: 相傳爲西王母所歌。穆天子傳卷三古文:"天子觴西王母于瑤池之上,西王母爲天子謠曰:'白雲在天,山陵自出。道里悠遠,山川間之。將子無死,尚能復來。'"

〔十〕屬車九九: 古時諸侯屬車九乘,秦滅九國,兼其車服,於是屬車有八十一乘。參見宋章如愚群書考索卷四十儀衛門。

〔十一〕和林: 成吉思汗於此建都。元史地理志一嶺北等處行中書省:"和寧路,始名和林,以西有哈剌和林河,因以名城。太祖十五年,定河北諸郡,建都於此……前後五朝都焉。"

〔十二〕"後車"句: 史記封禪書索隱:"列異傳云: 陳倉人得異物以獻之,道遇二童子,云:'此名爲媦,在地下食死人腦。'媦乃言云:'彼二童子名陳寶,得雄者王,得雌者伯。'乃逐童子,化爲雉。秦穆公大獵,果獲其雌,爲立祠。祭,有光、雷電之聲。雄止南陽,有赤光長十餘丈,來入陳倉祠中。所以代俗謂之寶夫人祠,抑有由也。"

〔十三〕白馬: 史記五帝本紀:"(堯)富而不驕,貴而不舒。黃收純衣,彤車乘白馬。能明馴德,以親九族。"

〔十四〕泰階砥平: 參見鐵崖賦稿卷下渾天儀賦。玉燭: 參見鐵崖先生古樂府卷二紅牙板歌。

〔十五〕榮河出圖：伏羲時有龍馬負圖，出于榮河。又，相傳周成王舉堯、舜之禮，沉璧于河，於是"白雲起而青雲浮，乃有蒼龍負圖臨河"。參見清胡煦周易函書約存卷一原圖。

〔十六〕凡三十首：實爲三十一首。

卷八　鐵崖先生古樂府卷八

覽古四十二首

其一

晉師納天王[一]，大義白日披。尹固附孽子，奉籍奔蠻夷。道逢周①郊婦，三歲爾大②期。三年尹固死，婦言如蓍龜[二]。

【校】

① 周：原本作“秋”，據樓氏鐵崖樂府注本改。
② 大：陳善學刊本、列朝詩集本作“爲”。

【箋注】

〔一〕晉師納天王：魯昭公二十六年冬，晉師納周敬王，入于成周。王子朝奔楚。詳見春秋左傳卷五十一至卷五十二。

〔二〕“尹固附孽子”六句：劉向古列女傳卷八周郊婦人：“周郊婦人者，周大夫尹固所遇於郊之婦人也。周敬王（當作敬王）之時，王子朝怙寵爲亂，與敬王争立，敬王不得入。尹固與召伯盈、原伯魯附於子朝。春秋魯昭二年六月（當作二十六年），晉師納王，尹固與子朝奉周之典籍出奔之數日，道還周郊。婦人遇郊，尤之曰：‘處則勸人爲禍，行則數日而反。是其過三歲乎？’至昭公二十九年，京師果殺尹固。君子謂周郊婦人惡尹氏之助亂，知天道之不祐，示以大期，終如其言。”

其二

出姜哭過市[一]，呼天天實聞。市人皆涕下，魯賊當誰分。出姜不歸①魯，麟筆②誅其君[二]。

【校】

① 歸：原本爲墨丁，據陳善學刊本、列朝詩集本、樓氏鐵崖樂府注本補。
② 筆：樓氏鐵崖樂府注本作“書”。

【箋注】

〔一〕出姜：左傳文公十八年：“冬，十月，仲殺惡及視，而立宣公……夫人姜氏歸于齊，大歸也。將行，哭而過市，曰：‘天乎！仲爲不道，殺適立庶。’市人皆哭。魯人謂之‘哀姜’。”注：“惡，大子。視，其母弟。惡、視之母，出姜也……所謂出姜，不允於魯。”

〔二〕麟筆：春秋之筆。春秋穀梁傳注疏卷十一：“夫人姜氏歸于齊。惡宣公也。有不待貶絶而罪惡見者。”疏：泰曰：“直書姜氏之歸，則宣公罪惡不貶而自見。”

其三

秦穆飲盜馬[一]，楚莊忘絶纓[二]。齊景恩一木，觸槐有淫刑。婧女告齊相，稱説辯且正。明朝拔槐令，婧婦①脱囚名[三]。

【校】

① 樓氏鐵崖樂府注本於“婦”字下注曰：“疑當作‘父’。”

【箋注】

〔一〕飲盜馬：資治通鑑卷一百九十五唐紀十一：“魏徵諫曰：‘臣聞君使臣以禮，臣事君以忠……昔秦穆飲盜馬之士，楚莊赦絶纓之罪。’”注：“秦穆公亡馬，岐下野人得而共食之者三百人。吏逐得，欲法之。公曰：‘君子不以畜害人。吾聞食馬肉不飲酒者，傷人。’乃飲之酒。其後穆公伐晉，三百人者聞穆公爲晉所圍，椎鋒爭死，以報食馬之德，於是穆公獲晉侯以歸。”按：參見史記秦本紀。

〔二〕絶纓：參見鐵崖先生古樂府卷二城東宴注。

〔三〕“齊景恩一木”六句：晏子春秋卷二内篇諫下：“（齊）景公有所愛槐……下令曰：‘犯槐者刑，傷之者死。’有不聞令醉而犯之者。公聞之，曰：‘是先犯我令。’使吏拘之，且加罪焉。其子往辭晏子之家，託曰：‘……妾聞之，明君蒞國立政，不損禄，不益刑，又不以私恚害公法，不爲禽獸傷人民，不爲草木傷禽獸，不爲野草傷禾苗……今之令不然，以樹木之故罪法妾父，妾恐其傷察吏之法，而害明君之義也。隣國聞之，皆謂吾君愛樹而賤人，其可乎？願相國察妾言以裁犯禁者。’晏子曰：‘甚矣，吾將爲子言之于君。’……趣罷守槐之役，拔置縣之木，廢傷槐之法，出犯槐之囚。”按：“其

子",即傷槐者之女。劉向古列女傳卷六齊傷槐女曰:"齊傷槐女者,傷槐
衍之女也,名倩。"

其四

單父七弦琴[一],爲治務感興。十金南門木,立令務必行[二]。單父
有成效①,夜漁若嚴刑[三]。南門能徙木,不能徙民情。以此知巧信,不
如拙而誠。

【校】

① 效:原本爲墨丁,陳善學刊本、列朝詩集本作"言",據樓氏鐵崖樂府注本補。

【箋注】

〔一〕單父:地名。春秋時屬魯國,今山東單縣。此指單父令宓子賤。韓詩外傳
　　卷二:"子賤治單父,彈鳴琴,身不下堂而單父治。"
〔二〕"十金南門木"二句:史記商君列傳:"(商鞅)恐民之不信已,乃立三丈之
　　木於國都市南門,募民有能徙置北門者,予十金。"
〔三〕夜漁:孔子家語卷八屈節解:"孔子弟子有宓子賤者,仕於魯,爲單父
　　宰……三年,孔子使巫馬期遠觀政焉。巫馬期陰免衣,衣弊裘,入單父界。
　　見夜漁者得魚輒舍之,巫馬期問焉,曰:'凡漁者爲得,何以得魚即舍之?'
　　漁者曰:'魚之大者名爲䲡,吾大夫愛之;其小者名爲鱦,吾大夫欲長之。
　　是以得二者輒舍之。'巫馬期返,以告孔子,曰:'宓子之德,至使民闇行若
　　有嚴刑於旁,敢問宓子何行而得於是?'孔子曰:'吾嘗與之言曰:誠於此
　　者刑乎彼。宓子行此術於單父也。'"

其五

韓厥戮趙僕[一],不以私害公。後人援此義,往往爲逢蒙[二]。曲逆
不背本[三],事主可移忠。偉哉劉公論,呂布真難容[四]。

【箋注】

〔一〕韓厥:即春秋時晉國大夫韓獻子。國語卷十一晉語五:"趙宣子言韓獻子
　　於靈公,以爲司馬。河曲之役,趙孟使人以其乘車干行,獻子執而戮之。
　　衆咸曰:'韓厥必不没矣。其主朝升之,而莫戮其車,其誰安之!'宣子召而

禮之，曰：‘吾聞事君者比而不黨。夫周以舉義，比也；舉以其私，黨也。夫軍事無犯，犯而不隱，義也。吾言女於君，懼女不能也。舉而不能，黨孰大焉！事君而黨，吾何以從政？吾故以是觀女。女勉之。苟從是行也，臨長晉國者，非女其誰！’”

〔二〕逢蒙：上古善射之人。孟子注疏卷八離婁下：“逢蒙學射於羿，盡羿之道，思天下惟羿爲愈己，於是殺羿。孟子曰：‘是亦羿有罪焉。’”注：“罪羿不擇人也。”

〔三〕曲逆：指漢初曲逆侯陳平。史記陳丞相世家：“於是與平剖符，世世勿絶，爲户牖侯。平辭曰：‘此非臣之功也。’上曰：‘吾用先生謀計，戰勝剋敵，非功而何？’平曰：‘非魏無知臣安得進？’上曰：‘若子可謂不背本矣。’乃復賞魏無知……更以陳平爲曲逆侯，盡食之。”

〔四〕“偉哉劉公論”二句：劉公指劉備。後漢書吕布傳：“（吕布）顧謂劉備曰：‘玄德，卿爲坐上客，我爲降虜，繩縛我急，獨不可一言邪？’操笑曰：‘縛虎不得不急。’乃命緩布縛，劉備曰：‘不可！明公不見吕布事丁建陽、董太師乎？’操頷之。”

其六

應侯刻薄人，須賈得無死〔一〕。飛將殺霸陵〔二〕，狼狠不足齒。如何畫眉郎〔三〕，五日殺掾史。

【箋注】

〔一〕“應侯”二句：應侯，指戰國時魏人范雎。史記范雎傳：“（范雎）先事魏中大夫須賈。須賈爲魏昭王使於齊，范雎從。留數月，未得報。齊襄王聞雎辯口，乃使人賜雎金十斤及牛酒，雎辭謝不敢受。須賈知之，大怒，以爲雎持魏國陰事告齊……既歸，心怒雎，以告魏相。魏相，魏之諸公子，曰魏齊。魏齊大怒，使舍人笞擊雎，折脅摺齒。雎佯死，即卷以簀，置厠中……秦封范雎以應，號爲應侯。當是時，秦昭王四十一年也。范雎既相秦，秦號曰張禄，而魏不知，以爲范雎已死久矣。魏聞秦且東伐韓、魏，魏使須賈於秦。范雎聞之，爲微行，敝衣閒步之邸，見須賈……須賈曰：‘今叔何事？’范雎曰：‘臣爲人庸賃。’須賈意哀之，留與坐飲食，曰：‘范叔一寒如此哉！’乃取其一綈袍以賜之……范雎曰：‘汝罪有三耳……然公之所以得無死者，以綈袍戀戀，有故人之意，故釋公。’”

〔二〕飛將：指西漢李廣。霸陵：指霸陵尉。史記李將軍列傳：“嘗夜從一騎出，從人田間飲。還至霸陵亭,霸陵尉醉,呵止廣。廣騎曰:'故李將軍。'尉曰:'今將軍尚不得夜行,何乃故也!'止廣宿亭下。居無何,匈奴入殺遼西太守,敗韓將軍,後韓將軍徙右北平。於是天子乃召拜廣爲右北平太守。廣即請霸陵尉與俱,至軍而斬之。"

〔三〕畫眉郎:指西漢張敞,敞曾爲婦畫眉。漢書張敞傳:"敞使賊捕掾絜舜有所案驗,舜以敞劾奏當免,不肯爲敞竟事,私歸其家。人或諫舜,舜曰:'吾爲是公盡力多矣,今五日京兆耳,安能復案事?'敞聞舜語,即部吏收舜繫獄。是時冬月未盡數日,案事吏晝夜驗治舜,竟致其死事。舜當出死。敞使主簿持教告舜曰:'五日京兆竟何如? 冬月已盡,延命乎?'乃棄舜市。"

其七

齊相善求治〔一〕,議論人人殊。蓋翁①本黃老,一語蓋有餘。諸儒不足聽,醉吏自足呼。醉吏獄不擾,諸儒多詐狙②〔二〕。

【校】

① 翁:樓氏鐵崖樂府注本作"公"。
② 詐狙:原本作"訴狙",陳善學刊本作"訴且",據列朝詩集本改。樓氏鐵崖樂府注本亦作"訴",然有注曰:"疑當作'詐'。"

【箋注】

〔一〕齊相:指曹參。史記曹相國世家:"孝惠帝元年,除諸侯相國法,更以參爲齊丞相。……參盡召長老諸生,問所以安集百姓,如齊故俗。諸儒以百數,言人人殊,參未知所定。聞膠西有蓋公,善治黃老言,使人厚幣請之。既見蓋公,蓋公爲言治道貴清净而民自定,推此類具言之。參於是避正堂,舍蓋公焉。其治要用黃老術,故相齊九年,齊國安集,大稱賢相。"又:"惠帝二年,蕭何卒……參代何爲漢相國,舉事無所變更,一遵蕭何約束。擇郡國吏木詘於文辭,重厚長者,即召除爲丞相史。吏之言文刻深,欲務聲名者,輒斥去之。日夜飲醇酒。卿大夫已下吏及賓客見參不事事,來者皆欲有言,至者,參輒飲以醇酒,間之,欲有所言,復飲之,醉而後去,終莫得開説,以爲常……百姓歌之曰:'蕭何爲法,顜若畫一;曹參代之,守而勿失。載其清净,民以寧一。'"
〔二〕詐狙:後漢書黨錮列傳:"霸德既衰,狙詐萌起。"

其八

恭儉漢天子〔一〕,取士忌少年。未應絳灌徒,廷中肯妨①賢〔二〕。徒爲宣室召,復有長沙遷〔三〕。不見馮都尉(唐),龐眉竟誰憐〔四〕。

【校】

① 妨: 樓氏鐵崖樂府注本作"訪"。

【箋注】

〔一〕漢天子: 指漢文帝。

〔二〕"未應"二句: 謂賈誼遭老臣排擠。史記賈生列傳:"賈生名誼,雒陽人也。年十八,以能誦詩屬書聞於郡中……文帝召以爲博士。是時賈生年二十餘,最爲少……於是天子議以爲賈生任公卿之位。絳、灌、東陽侯、馮敬之屬盡害之,乃短賈生曰:'雒陽之人,年少初學,專欲擅權,紛亂諸事。'於是天子後亦疏之,不用其議,乃以賈生爲長沙王太傅。"正義:"絳、灌: 周勃、灌嬰也。東陽侯: 張相如。馮敬時爲御史大夫。"

〔三〕"徒爲"二句: 述賈誼經歷。然次序有誤。賈誼遷長沙王太傅在先,後有宣室之召。史記賈生列傳"後歲餘,賈生徵見。孝文帝方受釐,坐宣室。上因感鬼神事,而問鬼神之本。賈生因具道所以然之狀。至夜半,文帝前席。既罷,曰:'吾久不見賈生,自以爲過之,今不及也。'居頃之,拜賈生爲梁懷王太傅。梁懷王,文帝之少子,愛而好書,故令賈生傅之。"

〔四〕馮都尉: 史記馮唐傳:"(文帝)拜唐爲車騎都尉,主中尉及郡國車士。七年,景帝立,以唐爲楚相,免。武帝立,求賢良,舉馮唐。唐時年九十餘,不能復爲官,乃以唐子馮遂爲郎。"

其九

田叔作魯相,王不敢游田〔一〕。痛愧取民物,償以中府錢〔二〕。漢人重長者,長者豈非賢!

【箋注】

〔一〕"田叔"二句: 史記田叔列傳:"孝文帝既立,召田叔問之曰:'公知天下長者乎?'對曰:'臣何足以知之?'上曰:'公,長者也,宜知之。'……景帝大賢之,以爲魯相……魯王好獵,相常從入苑中,王輒休相就館舍,相出,常

暴坐待王苑外。王數使人請相休,終不休,曰:‘我王暴露苑中,我獨何爲
就舍!’魯王以故不大出游。”

〔二〕“痛愧”二句:史記田叔列傳:“魯相初到,民自言相,訟王取其財物百餘
人。田叔取其渠率二十人,各笞五十,餘各搏二十,怒之曰:‘王非若主邪?
何自敢言若主!’魯王聞之大慚,發中府錢,使相償之。”

其十

任安與田仁〔一〕,同仕將軍門。厮養惡齧①馬,實坐貧失身。發忿
騎奴席,拔刃②徒自分。不會趙少府,何時別奴群。乃知聖賢仕,端不
與賤貧。

【校】

① 齧:原本作“齒”,據樓氏鐵崖樂府注本改。
② 刃:樓氏鐵崖樂府注本作“刀”。

【箋注】

〔一〕任安:字少卿。田仁:田叔少子。史記田叔列傳附褚先生補傳:“(任安)
爲衛將軍舍人,與田仁會,俱爲舍人,居門下,同心相愛。此二人家貧,無
錢用以事將軍家監,家監使養惡齧馬。兩人同牀卧,仁竊言曰:‘不知人哉
家監也!’任安曰:‘將軍尚不知人,何乃家監也!’衛將軍從此兩人過平陽
主,主家令兩人與騎奴同席而食,此二子拔刀列斷席別坐,主家皆怪而惡
之,莫敢呵。其後有詔募擇衛將軍舍人以爲郎,將軍取舍人中富給者,令
具鞍馬絳衣玉具劍,欲入奏之。會賢大夫少府趙禹來過衛將軍,將軍呼所
舉舍人以示趙禹,趙禹以次問之,十餘人無一人習事有智略者。趙禹曰:
‘吾聞之,將門之下必有將類。傳曰:不知其君,視其所使;不知其子,視
其所友。今有詔舉將軍舍人者,欲以觀將軍而能得賢者文武之士也。今
徒取富人子上之,又無智略,如木偶人衣之綺繡耳,將奈之何?’於是趙禹
悉召衛將軍舍人百餘人,以次問之,得田仁、任安,曰:‘獨此兩人可耳,餘
無可用者。’”

其十一

郭解本大俠〔一〕,睚眦殺人威。當其出邑屋,獨不殺倨夷。屬吏脫

踐更，卒感肉袒來。此事實近道，可以俠少之！

【箋注】

〔一〕郭解：史記游俠列傳："（郭）解出入，人皆避之。有一人獨箕倨視之，解遣
　　人問其名姓。客欲殺之，解曰：'居邑屋至不見敬，是吾德不修也，彼何
　　罪！'乃陰屬尉史曰：'是人，吾所急也，至踐更時脫之。'每至踐更，數過，
　　吏弗求。怪之，問其故，乃解使脫之。箕倨者乃肉袒謝罪。少年聞之，愈
　　益慕解之行。"

其十二

漢廷古遺直〔一〕，免官歸田園。已聞御史奏，嚴李有飛言（嚴助、李
文〔二〕）。矯制獨無罪，加冠禮終存〔三〕。誰謂淮陽召，淮陽爲寡恩〔四〕。

【箋注】

〔一〕漢廷古遺直：指汲黯。史記汲黯列傳："黯學黃老之言，治官理民，好清静，
　　擇丞史而任之……上方向儒術，尊公孫弘。及事益多，吏民巧弄。上分別文
　　法，（張）湯等數奏決讞以幸。而黯常毀儒，面觸弘等徒懷詐飾智以阿人主取
　　容，而刀筆吏專深文巧詆，陷人於罪，使不得反其真，以勝爲功……始黯列爲
　　九卿，而公孫弘、張湯爲小吏。及弘、湯稍益貴，與黯同位，黯又非毀弘、湯
　　等……後數月，黯坐小法，會赦免官，於是黯隱於田園。"
〔二〕"已聞御史奏"二句：指御史大夫張湯上奏窮治嚴助、李文。史記張湯列
　　傳："及治淮南、衡山、江都反獄，皆窮根本。嚴助及伍被，上欲釋之，湯争
　　曰：'伍被本畫反謀，而助親幸出入禁闥爪牙臣，乃交私諸侯如此，弗誅，後
　　不可治。'於是上可論之……河東人李文嘗與湯有郤，已而爲御史中丞，
　　恚，數從中文書事有可以傷湯者，不能爲地。湯有所愛史魯謁居，知湯不
　　平，使人上蜚變告文姦事，事下湯，湯治論殺文，而湯心知謁居爲之。上問
　　曰：'言變事縱迹安起？'湯詳驚曰：'此殆文故人怨之。'"按：鐵崖於此以
　　張湯之嚴苛冷酷，喻示汲黯有鑒人之明。汲黯曾説"刀筆吏不可爲公卿"，
　　預言張湯必敗。
〔三〕"矯制"二句：史記汲黯列傳："河内失火，延燒千餘家。上使黯往視之，還
　　報曰：'家人失火，屋比延燒，不足憂也。臣過河南，河南貧人傷水旱萬餘
　　家，或父子相食，臣謹以便宜，持節發河南倉粟以振貧民。臣請歸節，伏矯
　　制之罪。'上賢而釋之……大將軍青侍中，上踞厠而視之。丞相弘燕見，上

或時不冠。至如黯見,上不冠不見也。上嘗坐武帳中,黯前奏事,上不冠,望見黯,避帳中,使人可其奏。其見敬禮如此。"

〔四〕"誰謂"二句:史記汲黯列傳:"會更五銖錢,民多盜鑄錢,楚地尤甚。上以爲淮陽,楚地之郊,乃召拜黯爲淮陽太守。黯伏謝不受印,詔數彊予,然後奉詔。詔召見黯,黯爲上泣曰:'臣自以爲填溝壑,不復見陛下,不意陛下復收用之。臣常有狗馬病,力不能任郡事,臣願爲中郎,出入禁闥,補過拾遺,臣之願也。'上曰:'君薄淮陽邪? 吾今召君矣。顧淮陽吏民不相得,吾徒得君之重,臥而治之。'"

其十三

出關棄繻子[一],南征笑狂生。左右無黄髮,淫夫挾之行。戮殺漢使者,君臣起大兵[二]。尉佗①羈漢綬[三],何曾請長纓!

【校】

① 尉佗:原本作"尉他",據陳善學刊本、列朝詩集本、樓氏鐵崖樂府注本改。

【箋注】

〔一〕繻:出入關卡之憑證,以繒帛製成。漢書終軍傳:"初,軍從濟南當詣博士,步入關,關吏予軍繻。軍問:'以此何爲?'吏曰:'爲復傳,還當以合符。'軍曰:'大丈夫西游,終不復傳還。'棄繻而去。軍爲謁者,使行郡國,建節東出關,關吏識之,曰:'此使者乃前棄繻生也。'"

〔二〕"戮殺"二句:漢書終軍傳:"南越與漢和親,乃遣軍使南越,説其王,欲令入朝,比内諸侯。軍自請:'願受長纓,必羈南越王而致之闕下。'軍遂往説越王,越王聽許,請舉國内屬。天子大説,賜南越大臣印綬,壹用漢法,以新改其俗,令使者留填撫之。越相吕嘉不欲内屬,發兵攻殺其王,及漢使者皆死。"

〔三〕尉佗:指南粤王趙佗,西漢文帝所立。

其十四

成都賣卜士[一],大易先天心。弟子一區宅,桑榆有餘陰[二]。何爲天禄閣,忘身幾陸沉[三]? 門前載酒者,奇字時相尋。爲謝門前客,從今傳酒箴[四]。

【箋注】

〔一〕成都賣卜士：指嚴遵。高士傳卷中嚴遵：“嚴遵字君平，蜀人也。隱居不
　　仕，常賣卜於成都市。日得百錢以自給。卜訖，則閉肆下簾，以著書爲事。
　　揚雄少從之游，屢稱其德。”

〔二〕“弟子”二句：漢書揚雄傳上：“揚雄字子雲，蜀郡成都人也……揚季官至
　　廬江太守，漢元鼎間，避仇復遡江上，處岷山之陽曰郫，有田一廛，有宅一
　　區，世世以農桑爲業。自季至雄，五世而傳一子。”

〔三〕“何爲”二句：漢書揚雄傳下：“時雄校書天禄閣上，治獄使者來，欲收雄，
　　雄恐不能自免，乃從閣上自投下，幾死。莽聞之曰：‘雄素不與事，何故在
　　此？’間請問其故，乃劉棻嘗從雄學作奇字，雄不知情。有詔勿問。然京師
　　爲之語曰：‘惟寂寞，自投閣。爰清静，作符命。’”

〔四〕“門前”四句：漢書揚雄傳下：“雄以病免，復召爲大夫。家素貧，耆酒，人
　　希至其門。時有好事者載酒肴從游學。”又，漢書陳遵傳：“先是黄門郎揚
　　雄作酒箴以諷諫成帝，其文爲酒客難法度士，譬之於物，曰：‘子猶瓶矣。
　　觀瓶之居，居井之眉，處高臨深，動常近危。’”

其十五

子陵江海客^{〔一〕}，本非沮溺倫^{〔二〕}。仁義立奇論^{〔三〕}，豈果忘吾民？
狂奴作故態，飄然歸富春^{〔四〕}。客星犯帝座，太史奏①天文^{〔五〕}。故人信
符讖^{〔六〕}，三公等浮雲。

【校】

① 奏：原本闕，據陳善學刊本、列朝詩集本、樓氏鐵崖樂府注本補。

【箋注】

〔一〕子陵：指東漢嚴光。江海客：後漢書逸民傳序：“然觀其甘心畎畝之中憔
　　悴江海之上，豈必親魚鳥樂林草哉。”

〔二〕沮溺：即長沮、桀溺，春秋時隱士。參見論語微子章。

〔三〕“仁義”句：後漢書嚴光傳：“司徒侯霸與光素舊，遣使奉書。使人因謂光
　　曰：‘公聞先生至，區區欲即詣造，迫於典司，是以不獲。願因日暮，自屈語
　　言。’光不答，乃投札與之，口授曰：‘君房足下：位至鼎足，甚善。懷仁輔

義天下悦,阿諛順旨要領絶。'霸得書,封奏之,帝笑曰:'狂奴故態也。'"

〔四〕富春:位於今浙江富陽。

〔五〕"客星"二句:後漢書嚴光傳:"嚴光字子陵,一名遵,會稽餘姚人也。少有高名,與光武同游學。及光武即位,乃變名姓,隱身不見。帝思其賢,乃令以物色訪之。後齊國上言:'有一男子,披羊裘釣澤中。'帝疑其光,乃備安車玄纁,遣使聘之,三反而後至……因共偃卧,光以足加帝腹上。明日,太史奏客星犯御座甚急。帝笑曰:'朕故人嚴子陵共卧耳。'除爲諫議大夫,不屈,乃耕於富春山。後人名其釣處爲嚴陵瀨焉。"

〔六〕故人:指光武帝。帝好圖讖。

其十六

武丁夢良弼〔一〕,審象極冥搜。光武思故人,物色在羊裘〔二〕。彭城有處士〔三〕,君恩貢林丘。股肱不爲用,顔色徒相求。

【箋注】

〔一〕武丁:商高宗。尚書正義卷十説命上:"高宗夢得説,使百工營求諸野,得諸傅巖。作説命三篇。"傳:"盤庚弟小乙子,名武丁,德高可尊,故號高宗。夢得賢相,其名曰説。使百官以所夢之形象經求之於野,得之於傅巖之谿。命説爲相,使攝政。"

〔二〕"光武"二句:謂光武帝思訪故人嚴光,參見上一篇。

〔三〕彭城處士:指東漢姜肱。後漢書姜肱傳:"姜肱字伯淮,彭城廣戚人也。家世名族。肱與二弟仲海、季江俱以孝行著聞……後與徐穉俱徵,不至。桓帝乃下彭城使畫工圖其形狀。肱卧於幽闇,以被韜面,言患眩疾,不欲出風。工竟不得見之。"

其十七

董卓劫慈明(荀爽〔一〕),次以及伯喈①(蔡邕〔二〕)。子龍獨何人(申屠蟠),談②笑却唯唯。高視梁碭上,片雲卷而懷〔三〕。古來高世士,塵埃豈能埋。

【校】

① 喈:原本作"皆",據列朝詩集本、樓氏鐵崖樂府注本改。

② 談：原本作"啖"，據樓氏鐵崖樂府注本改。

【箋注】

〔一〕慈明：東漢荀爽字。荀爽乃東漢獻帝時人，董卓徵之，被迫就職，官至司
　　空。後漢書有傳。董卓：後漢書有傳，參見陳善學序刊楊鐵崖先生文集
　　卷二千里草注。

〔二〕伯喈：蔡邕字。靈帝崩，董卓爲司空，聞伯喈名而徵之。伯喈稱疾不就，卓
　　大怒，蔡邕不得已而就職。詳見後漢書蔡邕傳。

〔三〕"子龍"四句：概述東漢申屠蟠事迹。後漢書申屠蟠傳："申屠蟠字子龍，
　　陳留外黃人也……再舉有道，不就。先是京師游士汝南范滂等非訐朝政，
　　自公卿以下皆折節下之。太學生爭慕其風，以爲文學將興，處士復用。蟠
　　獨歎曰：'昔戰國之世，處士橫議，列國之王，至爲擁篲先驅，卒有阬儒燒書
　　之禍。今之謂矣。'乃絶迹於梁、碭之間，因樹爲屋，自同傭人。居二年，滂
　　等果罷黨錮，或死或刑者數百人，蟠確然免於疑論……董卓廢立，蟠及
　　（荀）爽、（韓）融、（陳）紀等復俱公車徵，唯蟠不到。衆人咸勸之，蟠笑而
　　不應。居無幾，爽等爲卓所脅迫，西都長安，京師擾亂。及大駕西遷，公卿
　　多遇兵飢，室家流散，融等僅以身脱。唯蟠處亂末，終全高志。"喕喕：狗
　　吠，喻指蠱惑煩擾之聲，參見管子卷十戒。

其十八

襄陽有高士，生産不曾治。何以遺妻子，鹿門有深期〔一〕。籍籍齒
牙論，龍鳳名諸兒〔二〕。諸葛拜床下〔三〕，可是圯橋師〔四〕？

【箋注】

〔一〕"襄陽"四句：述東漢隱士龐公夫婦。後漢書逸民傳："龐公者，南郡襄陽
　　人也。居峴山之南，未嘗入城府。夫妻相敬如賓。荆州刺史劉表數延請，
　　不能屈，乃就候之，謂曰：'夫保全一身，孰若保全天下乎？'龐公笑曰：'鴻
　　鵠巢於高林之上，暮而得所棲；黿鼉穴於深淵之下，夕而得所宿。夫趣舍
　　行止，亦人之巢穴也，且各得其棲宿而已，天下非所保也。'因釋耕於壟上，
　　而妻子耘於前。表指而問曰：'先生苦居畎畝而不肯官禄，後世何以遺子
　　孫乎？'龐公曰：'世人皆遺之以危，今獨遺之以安，雖所遺不同，未爲無所
　　遺也。'表歎息而去。後遂携其妻子登鹿門山，因采藥不反。"

〔二〕"龍鳳"句：資治通鑑卷六十五漢紀五十七："劉備在荆州，訪士於襄陽司

馬徽。徽曰：‘儒生俗士，豈識時務？識時務者在乎俊傑。此間自有伏龍、
鳳雛。’備問爲誰，曰：‘諸葛孔明、龐士元也。’”

〔三〕“諸葛”句：資治通鑒卷六十五漢紀五十七：“司馬徽，清雅有知人之鑒。
同縣龐德公素有重名，徽兄事之。諸葛亮每至德公家，獨拜牀下，德公初
不令止。”

〔四〕圯橋師：指黃石公。漢初張良取履於下邳圯橋之上，得以師事黃石公。詳
見史記留侯世家。

其十九

孔公薦一鶚[一]，義烈爭秋霜。矢心報知己，討賊尊天王。漁陽操
英憤，夫豈病悖狂？營門三尺梲（音“脱”），殺氣披攙槍[二]。

【箋注】

〔一〕孔公：指孔融。一鶚：漢書鄒陽傳：“臣聞鷙鳥累百，不如一鶚。”此指禰
衡。後漢書禰衡傳：“禰衡字正平，平原般人也。少有才辯，而氣尚剛傲，
好矯時慢物……（孔）融既愛衡才，數稱述於曹操。操欲見之，而衡素相輕
疾，自稱狂病，不肯往，而數有恣言。操懷忿，而以其才名不欲殺之。”

〔二〕“漁陽操英憤”四句：後漢書禰衡傳：“（曹操）聞衡善擊鼓，乃召爲鼓史，因大
會賓客，閱試音節。諸史過者，皆令脱其故衣，更著岑牟單絞之服。次至衡，
衡方爲漁陽參撾，蹀躞而前，容態有異，聲節悲壯，聽者莫不慷慨。衡進至操
前而止，吏訶之曰：‘鼓史何不改裝，而輕敢進乎？’衡曰：‘諾。’於是先解袒
衣，次釋餘服，裸身而立，徐取岑牟、單絞而著之，畢，復參撾而去，顏色不怍。
操笑曰：‘本欲辱衡，衡反辱孤。’孔融退而數之曰：‘正平大雅，固當爾邪！’
因宣操區區之意。衡許往。融復見操，説衡狂疾，今求得自謝。操喜，敕門
者有客便通，待之極晏。衡乃著布單衣、疏巾，手持三尺梲杖，坐大營門，以
杖捶地大罵。”攙槍：指欃槍星，即彗星。參見爾雅注疏卷五風雨疏。

其二十

會稽嵇叔夜[一]，才氣浩不群。平生癖於鍛，餘好在琴尊[二]。不
知①一長嘯，携琴學蘇門[三]。可憐廣陵散[四]，奇弄今無聞。

【校】

① 知：陳善學刊本、列朝詩集本作“如”。

【箋注】

〔一〕稽叔夜：晉書稽康傳：“稽康字叔夜，譙國銍人也。……康早孤，有奇才，遠邁不群。身長七尺八寸，美詞氣，有風儀，而土木形骸，不自藻飾，人以爲龍章鳳姿，天質自然。”

〔二〕“平生”二句：晉書稽康傳：“常修養性服食之事，彈琴詠詩，自足於懷……性絕巧而好鍛。宅中有一柳樹甚茂，乃激水圜之，每夏月，居其下以鍛。”

〔三〕“不知”二句：晉書阮籍傳：“籍嘗於蘇門山遇孫登，與商略終古及栖神道氣之術，登皆不應，籍因長嘯而退。至半嶺，聞有聲若鸞鳳之音，響乎巖谷，乃登之嘯也。”又，晉書稽康傳：“至汲郡山中見孫登，康遂從之游。登沈默自守，無所言說。康臨去，登曰：‘君性烈而才㑺，其能免乎！’”

〔四〕廣陵散：晉書稽康傳：“（鍾會）言於文帝曰：‘稽康，臥龍也，不可起。公無憂天下，顧以康爲慮耳。’……帝既昵聽信會，遂并害之。康將刑東市，太學生三千人請以爲師，弗許。康顧視日影，索琴彈之，曰：‘昔袁孝尼嘗從吾學廣陵散，吾每靳固之。廣陵散於今絕矣！’時年四十。”

其二十一

汝南許文休[一]，喪亂一駑士。敢當諸葛拜[二]，合受玄德鄙[三]。士論推指南，無乃失臧否。乃知郡功①曹[四]，排擯有公是。

【校】

① 功：原本及校本皆作“公”，樓氏鐵崖樂府注本於“公”字下注曰“疑當作‘功’”。按：樓注所言有理，據以改正。參見注釋。

【箋注】

〔一〕許文休：名靖，汝南平輿人。蘇轍管幼安畫贊：“汝南許文休，以人物臧否聞於世，晚入蜀，依劉璋。先主將克成都，文休逾城出降，雖卒以爲司徒，而蜀人鄙之。”

〔二〕諸葛：即諸葛亮。三國志蜀書許靖傳：“後劉璋遂使使招靖，靖來入蜀。璋以靖爲巴郡廣漢太守。南陽宋仲子於荆州，與蜀郡太守王商書曰：‘文休倜儻瑰瑋，有當世之具，足下當以爲指南。’建安十六年，轉在蜀郡。十九年，先主克蜀，以靖爲左將軍長史。先主爲漢中王，靖爲太傅……靖雖年逾七十，愛樂人物，誘納後進，清談不倦。丞相諸葛亮皆爲之拜。”

〔三〕玄德：劉備字。三國志蜀書法正傳："（建安）十九年，進圍成都，璋蜀郡太守許靖將逾城降，事覺，不果。璋以危亡在近，故不誅靖。璋既稽服，先主以此薄靖不用也。正説曰：'天下有獲虚譽而無其實者，許靖是也。然今主公始創大業，天下之人不可户説，靖之浮稱，播流四海，若其不禮，天下之人以是謂主公爲賤賢也。宜加敬重，以眩遠近，追昔燕王之待郭隗。'先主於是乃厚待靖。"

〔四〕郡功曹：指許靖弟許劭。宋蕭常續後漢書卷十一許靖傳："少與弟劭俱有人倫之鑒，而不相能。劭爲郡功曹，排擯靖，靖以馬磨自給。楚國蔣濟常論劭襃貶不平，故拔樊子昭而抑許文休。"

其二十二

知子石司徒[一]，分材靳齊奴[二]。諸仲財不如，財窮東市誅[三]。吁嗟石司徒，知子良不愚。

【箋注】

〔一〕石司徒：石苞，官至西晉司徒。

〔二〕齊奴：石崇小名。晉書石苞傳："有六子：越、喬、統、浚、儁、崇。以統爲嗣……崇字季倫，生於青州，故小名齊奴。少敏惠，勇而有謀。苞臨終，分財物與諸子，獨不及崇。其母以爲言，苞曰：'此兒雖小，後自能得。'"

〔三〕"財窮"句：晉書石苞傳："及車載詣東市，（石）崇乃歎曰：'奴輩利吾家財。'收者答曰：'知財致害，何不早散之？'崇不能答。"

其二十三

洛陽輕薄子，挾彈走春嬉[一]。結交金谷友[二]，諂事賈午兒[三]。蔑棄慈母訓，乾没不知幾[四]。感已賦閒居，猶以拙自悲[五]。

【箋注】

〔一〕"洛陽"二句：指潘岳。晉書潘岳傳："岳美姿儀，辭藻絶麗，尤善爲哀誄之文。少時常挾彈出洛陽道，婦人遇之者，皆連手縈繞，投之以果，遂滿車而歸。"

〔二〕金谷：指金谷園主人晉豪富石崇。晉書潘岳傳："岳性輕躁，趨世利，與石崇等諂事賈謐，每候其出，與崇輒望塵而拜。搆愍懷之文，岳之辭也。謐二十四友，岳爲其首。”

〔三〕賈午兒：指賈謐。晉書賈謐傳：“謐字長深，母賈午，充少女也……謐好
學，有才思。既爲充嗣，繼佐命之後，又賈后專恣，謐權過人主……貴游豪
戚及浮競之徒，莫不盡禮事之。或著文章稱美謐，以方賈誼。渤海石崇、
歐陽建、滎陽潘岳……皆傅會於謐，號曰‘二十四友’。”

〔四〕“蔑棄”二句：晉書潘岳傳：“其母數誚之曰：‘爾當知足，而乾没不已乎？’
而岳終不能改。”

〔五〕“感己”句：晉書潘岳傳：“既仕宦不達，乃作閑居賦。”

其二十四

彈琴戴安道[一]，焦桐破奇聲[二]。蔚宗與文季[三]，俱以琴自鳴。
天子不得屈，王公不能聆。獨憐褚司徒，銀柱老齊伶[四]。

【箋注】

〔一〕戴安道：晉書戴逵傳：“戴逵字安道，譙國人也。少博學，好談論，善屬文，
能鼓琴，工書畫，其餘巧藝靡不畢綜……太宰武陵王晞聞其善鼓琴，使人
召之，逵對使者破琴曰：‘戴安道不爲王門伶人！’”

〔二〕焦桐：本指蔡邕之焦尾琴，此借指琴。參見鐵崖先生古樂府卷四焦尾
辭注。

〔三〕蔚宗：指范曄，南朝宋人。文季：指沈文季，南朝齊人。宋書范曄傳：“范
曄字蔚宗，順陽人，車騎將軍泰少子也。……善彈琵琶，能爲新聲，上欲聞
之，屢諷以微旨，曄僞若不曉，終不肯爲上彈。上嘗宴飲歡適，謂曄曰：‘我
欲歌，卿可彈。’曄乃奉旨。上歌既畢，曄亦止弦。”又，南齊書沈文季傳：
“沈文季字仲達，吳興武康人……文季風采稜岸，善於進止。司徒褚淵當
世貴望，頗以門户裁之，文季不爲之屈……後豫章王北宅後堂集會，文季
與淵并善琵琶，酒闌，淵取樂器，爲明君曲；文季便下席大唱曰：‘沈文季不
能作伎兒。’”

〔四〕褚司徒：指褚彦回，南朝齊大臣。南史褚彦回傳：“彦回善彈琵琶，齊武帝
在東宫宴集，賜以金鏤柄銀柱琵琶……然世頗以名節譏之，于時百姓語
曰：‘可憐石頭城，寧爲袁粲死，不作彦回生。’”

其二十五

我愛王懷祖[一]，面壁售人罵。不比少掾時，瞋目答米價。褊中頓

有容,<u>坦之</u>詎能過〔二〕。桓桓大將軍,<u>漢</u>業在出跨〔三〕。

【箋注】

〔一〕<u>王懷祖</u>:<u>晉</u>人<u>王述</u>。<u>晉書</u><u>王述傳</u>:"<u>述</u>字<u>懷祖</u>……性沈静,每坐客馳辨,異
　　端競起,而<u>述</u>處之恬如也。少襲父爵。年三十,尚未知名,人或謂之癡。
　　司徒<u>王導</u>以門地辟爲中兵屬,既見,無他言,惟問以<u>江東</u>米價,<u>述</u>但張目不
　　答。<u>導</u>曰:'<u>王掾</u>不癡,人何言癡也?'嘗見<u>導</u>每發言,一坐莫不贊美,<u>述</u>正
　　色曰:'人非<u>堯</u>、<u>舜</u>,何得每事盡善!'<u>導</u>改容謝之。"

〔二〕<u>坦之</u>:<u>王述</u>之子。<u>晉書</u><u>王述傳</u>:"<u>述</u>每受職,不爲虚讓,其有所辭,必於不
　　受。至是,子<u>坦之</u>諫,以爲故事應讓。<u>述</u>曰:'汝謂我不堪邪?'<u>坦之</u>曰:'非
　　也。但克讓自美事耳!'<u>述</u>曰:'既云堪,何爲復讓! 人言汝勝我,定不
　　及也。'"

〔三〕"桓桓"二句:指<u>韓信</u>曾匍匐於惡少胯下,詳見<u>史記</u><u>淮陰侯列傳</u>。

其二十六

　　青青五柳宅,貧無三徑資〔一〕。去①參建威幕,爲貧良亦非。<u>彭澤</u>
八十日,胡爲遽來歸〔二〕! 乃知決然逝,非爲鄉里兒。首惡<u>王休元</u>,酒
亦無所辭。華軒欲載我,我心詎能違〔三〕。

【校】

① 去:原本作"玄",據<u>列朝詩集</u>本改。

【箋注】

〔一〕五柳:<u>陶潛</u><u>五柳先生傳</u>:"宅邊有五柳樹,因以爲號焉。"三徑:<u>東漢</u><u>趙岐</u>
　　<u>三輔決録</u>卷一:"<u>蔣詡</u>歸鄉里,荆棘塞門,舍中有三徑,不出。"<u>陶潛</u><u>歸去來</u>
　　<u>兮辭</u>:"三徑就荒,松菊猶存。"

〔二〕"<u>彭澤</u>"二句:<u>晉書</u><u>陶潛傳</u>:"<u>潛</u>少懷高尚,博學善屬文,穎脱不羈,任真自
　　得,爲鄉鄰之所貴。嘗著<u>五柳先生傳</u>以自況……復爲鎮軍、建威參軍,謂
　　親朋曰:'聊欲弦歌,以爲三徑之資可乎?'執事者聞之,以爲<u>彭澤</u>令……郡
　　遣督郵至縣,吏白應束帶見之,<u>潛</u>歎曰:'吾不能爲五斗米折腰,拳拳事鄉
　　里小人邪!'<u>義熙</u>二年,解印去縣,乃賦歸去來。"<u>陶潛</u><u>歸去來兮辭</u>:"仲秋
　　至冬,在官八十餘日。"

〔三〕"首惡"四句：意爲陶淵明不拒刺史王弘之酒，然不與結交。宋書王弘傳：
　　"王弘字休元，琅邪臨沂人也。……少帝景平二年，徐羨之等謀廢立，召弘
　　入朝。太祖即位，以定策安社稷，進位司空。"又，晉書陶潛傳："刺史王弘
　　以元熙中臨州，甚欽遲之，後自造焉。潛稱疾不見……弘每令人候之，密
　　知當往廬山，乃遣其故人龐通之等齎酒，先於半道要之。潛既遇酒，便引
　　酌野亭，欣然忘進。弘乃出與相見，遂歡宴窮日。"又續晉陽秋恭帝："陶潛
　　九月九日無酒，於宅邊東籬下菊叢中摘盈把，坐其側。未幾，望見一白衣
　　人至，乃刺史王弘送酒也。"

其二十七

王湛蓄深器①〔一〕，世人不能窺。大慧實若愚，人遂以爲癡。可憐
濟父子，同門不識之。何況隔千里，而欲求人知。

【校】

① 深器：樓氏鐵崖樂府注本作"器深"。

【箋注】

〔一〕王湛：晉書王湛傳："王湛字處沖，司徒渾之弟也……少言語。初有隱德，
　　人莫能知，兄弟宗族皆以爲癡……兄子濟輕之，所食方丈盈前，不以及湛。
　　湛命取菜蔬，對而食之。濟嘗詣湛，見牀頭有周易，問曰：'叔父何用此
　　爲?'湛曰：'體中不佳時，脱復看耳。'濟請言之，湛因剖析玄理，微妙有奇
　　趣，皆濟所未聞也。濟才氣抗邁，於湛略無子侄之敬，既聞其言，不覺慄
　　然，心形俱肅。遂留連彌日累夜，自視缺然，乃歎曰：'家有名士，三十年而
　　不知，濟之罪也。'"

其二十八

羲之在東床，風操夙所稱〔一〕。藍田譽轉重〔二〕，胡乃意不平。出吊
曲①在我，反惡固其情。以此悻悻死，無異匹婦輕。

【校】

① 曲：樓氏鐵崖樂府注本作"屈"。

【箋注】

〔一〕“羲之”二句：太傅郗鑒於丞相王導家擇婿，王家少年皆矜持期待，唯有王羲之東廂坦腹而卧，故獲青睞。詳見世説新語雅量。

〔二〕藍田：指王述。按：王氏在晉朝爲盛門，然有兩系，一爲“瑯琊 臨沂 王氏”，一爲“晉陽 太原王氏”，王羲之屬前者，王述則屬後者。因王述世封爲藍田縣侯，故當時稱之爲王藍田。參見明 彭大翼撰山堂肆考卷一百王氏兩派。晉書 王羲之傳：“時驃騎將軍王述少有名譽，與羲之齊名，而羲之甚輕之，由是情好不協。述先爲會稽，以母喪居郡境，羲之代述，止一吊，遂不重詣。述每聞角聲，謂羲之當候己，輒灑掃而待之。如此者累年，而羲之竟不顧，述深以爲恨……及述蒙顯授，羲之恥爲之下，遣使詣朝廷，求分會稽爲越州，行人失辭，大爲時賢所笑……述後檢察會稽郡，辯其刑政，主者疲於簡對。羲之深恥之，遂稱病去郡……羲之既去官，與東土人士盡山水之游，弋釣爲娛。又與道士許邁共修服食，採藥石不遠千里，遍游東中諸郡，窮諸名山，泛滄海，歎曰：‘我卒當以樂死。’”

其二十九

韓信卜母地，旁置萬人廬〔一〕。郭公卜鄰水〔二〕，長洲偶成墟。千秋楊子宅，投棄同江魚〔三〕。裸髮何爲者〔四〕，厭魅開籧篨①。孰借神丁火，焚卻青囊書〔五〕？

【校】

① 籧篨：原本爲墨丁，陳善學刊本、列朝詩集本作“群愚”，據樓氏 鐵崖樂府注本補。

【箋注】

〔一〕“韓信”二句：史記 淮陰侯列傳：“太史公曰：‘吾如淮陰，淮陰人爲余言，韓信雖爲布衣時，其志與衆異。其母死，貧無以葬，然乃行營高敞地，令其旁可置萬家。余視其母冢，良然。’”

〔二〕郭公：此指晉人郭璞。晉書 郭璞傳：“郭璞字景純，河東 聞喜人也……有郭公者，客居河東，精於卜筮，璞從之受業。公以青囊中書九卷與之，由是遂洞五行、天文、卜筮之術，攘災轉禍，通致無方，雖京房、管輅不能過

也……璞以母憂去職,卜葬地於暨陽,去水百步許。人以近水爲言,璞曰:
'當即爲陸矣。'其後沙漲,去墓數十里皆爲桑田。"

〔三〕"千秋"二句:太平廣記卷十三神仙郭璞:"敦曰:'吾昨夜夢在石頭城外江
中,扶犁而耕。占之。'璞曰:'大江扶犁耕,亦自不成反,反亦無所成。'敦
怒謂璞曰:'卿命盡幾何?'璞曰:'下官命盡今日。'敦誅璞,江水暴上市,
璞尸出城南坑……殯後三日,南州市人見璞貨其平生服飾,與相識共語,
非但一人。敦不信,開棺無尸。璞得兵解之道,今爲'水仙伯'。"

〔四〕"裸髮"二句:晉書郭璞傳:"璞素與桓彝友善,彝每造之,或值璞在婦間,
便入。璞曰:'卿來,他處自可徑前,但不可廁上相尋耳。必客主有殃。'彝
後因醉詣璞,正逢在廁,掩而觀之,見璞裸身被髮,銜刀設醊。璞見彝,撫
心大驚曰:'吾每屬卿勿來,反更如是! 非但禍吾,卿亦不免矣。天實爲
之,將以誰咎!'璞終嬰王敦之禍,彝亦死蘇峻之難。"

〔五〕"執借"二句:晉書郭璞傳:"璞門人趙載嘗竊青囊書,未及讀,而爲火
所焚。"

其三十

郭黁精術數,知晉必亡秦。逃秦遠歸晉,追兵殺亡臣〔一〕。洛陽牛
背叟,讀書孝其親。涼州未經破,先歸忽如神〔二〕。術人不靈己,哲士
固全身。

【箋注】

〔一〕郭黁:晉書藝術傳:"郭黁,西平人也。少明老易,仕郡主簿……黁性褊
酷,不爲士庶所附。戰敗,奔乞伏乾歸。乾歸敗,入姚興。黁以滅姚者晉,
遂將妻子南奔,爲追兵所殺也。"按:姚興父姚萇,於長安稱帝,國號大秦。
參見晉書姚萇載記。

〔二〕"洛陽"四句:指李密。隋書、兩唐書皆有李密傳,參見陳善學序刊楊鐵崖
先生文集卷三蒲山公。按:鐵崖於此稱李密爲"哲士",蓋因其早年之"先
歸如神"。明人劉儲秀有五言古詩李密,亦述及此事,且又論其結局,詩
曰:"昔聞牛背叟,常讀項羽書。涼州猶未破,先已歸吾廬。一時明且哲,
末路復何疎。嗟彼稠桑禍,垓下定焉如。"(載劉西陂集卷一。)

其三十一

騷雅去已久,宮體爭哇淫〔一〕。洛陽風一變,枳性隨人心。鄉關思

蕭瑟,作賦哀江南(叶"任")〔二〕。調入金釵臂〔三〕,亡國有餘音。

【箋注】

〔一〕"騷雅"二句: 北史 文苑傳:"梁自大同之後,雅道淪缺,漸乖典則,争馳新巧。簡文、湘東啓其淫放,徐陵、庾信分路揚鑣。其意淺而繁,其文匿而彩,詞尚輕險,情多哀思,格以延陵之聽,蓋亦亡國之音也。"又,宋沈樞撰通鑑總類卷十下梁徐摛謂之宫體:"中大通三年,太子以侍讀徐摛爲家令,兼管記。摛文體輕麗,春坊盡學之。時人謂之宫體。"

〔二〕哀江南: 北史庾信傳:"父肩吾,爲梁太子中庶子,掌管記。東海徐摛爲右衛率。摛子陵及信并爲抄撰學士。父子在東宫,出入禁闥,恩禮莫與比隆。既文并綺豔,故世號爲'徐、庾體'焉……周孝閔帝踐阼,封臨清縣子。除司水下大夫。出爲弘農郡守。遷驃騎大將軍、開府儀同三司、司憲中大夫……信雖位望通顯,常作鄉關之思,乃作哀江南賦以致其意。"

〔三〕金釵臂: 金釵兩臂垂曲之簡稱。隋書音樂志上:"及(陳)後主嗣位,耽荒於酒,視朝之外,多在宴筵。尤重聲樂,遣宫女習北方簫鼓,謂之代北,酒酣則奏之。又於清樂中造黄鸝留及玉樹後庭花、金釵兩臂垂等曲,與幸臣等製其歌詞,綺豔相高,極於輕薄。男女唱和,其音甚哀。"按: 通志卷四十九樂略載陳後主四曲之名,其中金釵兩臂垂有注曰:"或言隋煬帝作。"

其三十二

嘗疑王孝子〔一〕,素履樸且莊。門生服縣役,徑行想不揚。孝子躬鹺具,馨折在道傍①。門生役已脱,詭道由此行(叶"杭")。

【校】

① 傍: 陳善學刊本、樓氏 鐵崖樂府注本作"旁"。

【箋注】

〔一〕王孝子: 指王裒。晉書孝友傳:"王裒字偉元,城陽 營陵人也……痛父非命,未嘗西向而坐,示不臣朝廷也。於是隱居教授,三徵七辟皆不就。廬于墓側,旦夕常至墓所拜跪……門人爲本縣所役,告裒求屬令,裒曰:'卿學不足以庇身,吾德薄不足以蔭卿,屬之何益! 且吾不執筆已四十年矣。'乃步擔乾飯,兒負鹽豉草屬,送所役生到縣,門徒隨從者千餘人。安丘令以爲詣己,整衣出迎之。衰乃下道至土牛傍,磬折而立,云:'門生爲縣所役,故來送別。'因執手涕泣而去。令即放之。一縣以爲恥。"

其三十三

鄭州跂男子(婁師德)〔一〕,識者惟客師(袁客師)〔二〕。深沉有容①量,不爲同列知。唾面②戒其弟〔三〕,俛世一何卑。君看白水澗,抹③額宣駕資〔四〕。

【校】

① 容:原本作"客",據陳善學刊本、列朝詩集本、樓氏鐵崖樂府注本改。

② 面:原本作"而",據樓氏鐵崖樂府注本改。

③ 抹:原本作"沫",據樓氏鐵崖樂府注本改。

【箋注】

〔一〕 婁師德:新唐書婁師德傳:"婁師德字宗仁,鄭州原武人……師德長八尺,方口博脣,深沈有度量,人有忤己,輒遜以自免,不見容色。嘗與李昭德偕行,師德素豐碩,不能遽步,昭德遲之,恚曰:'爲田舍子所留。'師德笑曰:'吾不田舍,復在何人?'"

〔二〕 袁客師:新唐書方技傳:"(袁天綱)子客師,亦傳其術……嘗度江,叩舟而還,左右請故,曰:'舟中人鼻下氣皆墨,不可以濟。'俄有一男子,跂而負,直就舟,客師曰:'貴人在,吾可以濟。'江中風忽起,幾覆而免。跂男子乃婁師德也。"

〔三〕 唾面:新唐書婁師德傳:"其弟守代州,辭之官,教之耐事。弟曰:'人有唾面,絜之乃已。'師德曰:'未也。絜之,是違其怒,正使自乾耳。'"

〔四〕 "君看"二句:新唐書婁師德傳:"上元初,爲監察御史。會吐蕃盜邊,劉審禮戰没,師德奉使收敗亡於洮河,因使吐蕃。其首領論贊婆等自赤嶺操牛酒迎勞,師德喻國威信,開陳利害,虜爲畏悦。後募猛士討吐蕃,乃自奮,戴紅抹額來應詔,高宗假朝散大夫,使從軍。有功,遷殿中侍御史,兼河源軍司馬,并知營田事。與虜戰白水澗,八遇八克。"

其三十四

世疑狄文惠〔一〕,不知婁師德〔二〕。婁公吾不賢,此意人未①識。古來嫌忌間,吾道憂比迹。

【校】

① 未:陳善學刊本作"不"。

【箋注】

〔一〕文惠:狄仁傑謚號。狄仁傑,新、舊唐書皆有傳。
〔二〕"不知"句:新唐書婁師德傳:"狄仁傑未輔政,師德薦之。及同列,數擠令外使。武后覺,問仁傑曰:'師德賢乎?'對曰:'爲將謹守,賢則不知也。'又問:'知人乎?'對曰:'臣嘗同僚,未聞其知人也。'后曰:'朕用卿,師德薦也。誠知人矣。'出其奏,仁傑慚,已而歎曰:'婁公盛德,我爲所容乃不知,吾不逮遠矣!'"

其三十五

開元劉神童〔一〕,名字瑞一時。文學不濟世,鞭算①競刀錐〔二〕。招權啖士口,使不得有訾〔三〕。任數不任道,興利固如斯。

【校】

① 鞭算:陳善學刊本作"鞭策"。

【箋注】

〔一〕開元劉神童:指劉晏。新唐書劉晏傳:"劉晏字士安,曹州南華人。玄宗封泰山,晏始八歲,獻頌行在,帝奇其幼,命宰相張說試之,說曰:'國瑞也。'即授太子正字。公卿邀請旁午,號'神童',名震一時。"
〔二〕"文學"二句:舊唐書劉晏傳:"寶應二年,遷吏部尚書、平章事,領度支鹽鐵轉運租庸使……又至德初,爲國用不足,令第五琦於諸道榷鹽以助軍用,及晏代其任,法益精密,官無遺利……凡所任使,多收後進有幹能者。其所總領,務乎急促,趨利者化之,遂以成風。"
〔三〕"招權"二句:新唐書劉晏傳:"嘗言:'士有爵禄,則名重於利;吏無榮進,則利重於名。'故檢劾出納,一委士人,吏惟奉行文書而已。所任者,雖數千里外,奉教令如目前,頻伸諧戲不敢隱。惟晏能行之,它人不能也……饋謝四方有名士無不至,其有口舌者,率以利啖之,使不得有所訾短。故議者頗言晏任數固恩。"

其三十六

小兒賀季真〔一〕，棄官亦棄宅。遠謁王道者，去問術黄白。何物袖中藏，去道萬里隔〔二〕。

【箋注】

〔一〕賀季真：名知章。陸游乙巳秋莫獨酌之四："湖中有隱士，或謂千歲人。大兒嚴子陵，小兒賀季真。"新唐書隱逸傳："賀知章字季真，越州永興人。性曠夷，善談説……知章晚節尤誕放，遨嬉里巷，自號'四明狂客'及'秘書外監'……天寶初，病，夢游帝居，數日寤，乃請爲道士，還鄉里，詔許之。以宅爲千秋觀而居。又求周宫湖數頃爲放生池，有詔賜鏡湖剡川一曲。"

〔二〕"遠謁王道者"四句：述賀知章詢煉丹事。白孔六帖卷十六以珠易餅："賀知章嘗謁賣藥王老，問黄白術，持一大珠遺之。老人得珠，即令易餅與賀食。賀心念寶珠何以市餅，口不敢言。老叟乃曰：'慳吝未除，術何由成？'"（出自原化記。）

其三十七

嚴家兒〔一〕，八歲殺父姬，嚴家父稱奇。養成虎豺惡，腐儒弄虎髭〔二〕。嗟吁豺虎天早斃，七十慈母①免官婢〔三〕。

【校】

① 母：原本作"父"，據陳善學刊本、樓氏鐵崖樂府注本改。

【箋注】

〔一〕嚴家兒：指唐人嚴武。新唐書嚴武傳："（嚴挺之子）武，字季鷹。幼豪爽。母裴不爲挺之所答，獨厚其妾英。武始八歲，怪問其母，母語之故。武奮然以鐵鎚就英寝，碎其首。左右驚白挺之曰：'郎戲殺英。'武辭曰：'安有大臣厚妾而薄妻者，兒故殺之，非戲也。'父奇之，曰：'真嚴挺之子。'"

〔二〕"腐儒"句：舊唐書文苑傳杜甫："甫性褊躁，無器度，恃恩放恣，嘗憑醉登武之牀，瞪視武曰：'嚴挺之乃有此兒！'"

〔三〕"嗟吁"二句：新唐書嚴武傳："武在蜀頗放肆，用度無藝，或一言之悦，賞至百萬。蜀雖號富饒，而峻掊亟歛，閭里爲空，然虜亦不敢近境。梓州刺史章彝始爲武判官，因小忿殺之。琯以故宰相爲巡内刺史，武慢倨不爲禮。最厚杜甫，然欲殺甫數矣。李白爲蜀道難者，乃爲房與杜危之也。永泰初卒，母哭且曰：‘而今而後，吾知免爲官婢矣。’”

其三十八

姚家有禆將[一]，腰佩雙青萍[二]。青萍夜脱匣，忽殺程務盈。爲書報殺狀，伏劍隨自刑。吁嗟古義士，豈復數荆卿[三]。

【箋注】

[一] 姚家禆將：指唐人姚南仲禆將曹文洽。新唐書姚南仲傳：“姚南仲，華州下邽人……四遷爲御史中丞，改給事中、陜虢觀察使。拜義成節度使。監軍薛盈珍恃權撓政，不能逞，因毁南仲於朝，德宗惑之。俄遣小使程務盈誣表以罪。會南仲禆將曹文洽入奏，知其語，則晨夜追至長樂驛，及之，與同舍，夜殺務盈，投其誣於厠。爲二書，一抵南仲，一治南仲冤，且自言殺務盈狀，乃自殺。”

[二] 青萍：劍名。

[三] 荆卿：指荆軻。

其三十九

厚施而薄望，郭解愧朱家[一]。大唐郭氏子（元振），手劍寒奸邪。賕金四十萬，主名不知誇[二]。結客豪俠場，此客實無加。

【箋注】

[一] “厚施”二句：史記游俠列傳：“（太史公曰：）余悲世俗不察其意，而猥以朱家、郭解等令與暴豪之徒同類而共笑之也。魯朱家者，與高祖同時。魯人皆以儒教，而朱家用俠聞。所藏活豪士以百數，其餘庸人不可勝言。然終不伐其能、歆其德，諸所嘗施，唯恐見之……及（郭）解年長，更折節爲儉，以德報怨，厚施而薄望。然其自喜爲俠益甚。既已振人之命，不矜其功，其陰賊著於心，卒發於睚眦如故云。”

[二] “大唐”四句：稱頌豪俠郭震。新唐書郭元振傳：“郭震字元振，魏州貴鄉人，以字顯。長七尺，美須髯。少有大志。十六，與薛稷、趙彦昭同爲太學

生,家嘗送資錢四十萬,會有縗服者叩門,自言:‘五世未葬,願假以治喪。’
元振舉與之,無少吝,一不質名氏。稷等嘆駭。十八,舉進士,爲通泉尉。
任俠使氣,撥去小節。嘗盜鑄及掠賣部中口千餘,以餉遺賓客,百姓厭苦。
武后知所爲,召欲詰,既與語,奇之,索所爲文章,上寶劍篇,后覽嘉歎。”

其四十

昨日滿頭花,堂上爭春妍。今朝大風起,花落玉津園〔一〕。舊地易
淮陝,取諴諧①戎門〔二〕。可憐於期首〔三〕,不謝永州魂〔四〕。

【校】

① 諧:疑當作“詣”。

【箋注】

〔一〕花落玉津園:喻指韓侂胄被誅。南宋開禧三年十一月,禮部侍郎史彌遠
　　伏兵三百,殺韓侂胄于玉津園側,寧宗遂下詔暴揚韓侂胄罪惡於中外。詳
　　見宋史紀事本末卷八十三北伐更盟。又,西湖游覽志卷六南山勝迹:“玉
　　津園在嘉會門外,紹興十七年建。孝宗數臨幸,命群臣燕射於此。自後翠
　　華罕駐,景物漸衰。”
〔二〕“舊地”二句:謂將韓侂胄首級送至金軍,交換失地。宋史紀事本末卷八
　　十三北伐更盟:“(嘉定元年三月)命臨安府斲棺取首,梟之兩淮,仍諭諸
　　路以函首界金之事。遂以侂胄及蘇師旦首付王柟送金師,以易淮、陝
　　侵地。”
〔三〕於期:指戰國時人樊於期。樊於期自刎獻首,助荆軻刺秦王。
〔四〕永州魂:指宋代宰相趙汝愚。宋史紀事本末卷八十二韓侂胄專政:
　　“(寧宗慶元元年)十一月丙午,竄故相趙汝愚於永州。初,韓侂胄忌
　　汝愚,必欲置之死,以息人言……二年春正月壬午,趙汝愚卒於衡州。
　　初,汝愚之貶,謂諸子曰:‘觀侂胄之意,必欲殺我。我死,汝曹尚可免
　　也。’行至衡州,病作。衡守錢鑒承侂胄風旨,窘辱備至,汝愚暴卒,天
　　下聞而冤之。”

其四十一

東人送降款,西人納降城〔一〕。長沙李太守〔二〕,誓死城不盟。高

樓一舉火,老穉同焦冥。

【箋注】

〔一〕"東人"二句：謂南宋末年,忽必烈帥軍南下,南宋將領、地方官紛紛投降。
按：西人,此處實指北方蒙古人。

〔二〕"長沙"四句：述南宋李芾之忠烈。宋史忠義傳五："李芾字叔章……
(賈)似道兵潰蕪湖,乃復芾官,知潭州兼湖南安撫使……芾坐熊湘閣,召
帳下沈忠,遺之金,曰：'吾力竭,分當死,吾家人亦不可辱於俘,汝盡殺之,
而後殺我。'忠伏地扣頭,辭以不能,芾固命之,忠泣而諾。取酒飲其家人
盡醉,乃遍刃之。芾亦引頸受刃。忠縱火焚其居,還家殺其妻子,復至火
所,大慟,舉身投地,乃自刎。"

其四十二

要離爇妻子〔一〕,大盜空古名。峨峨南文山①,光焰日月青〔二〕。婦
義終一醮,臣道無改更。寧戴一天死,不載二地生。尚憐廣西弟〔三〕,
有愧顏家兄〔四〕。

　　　　吳復曰："已上凡四十有二首,蓋迹太白之覽古〔五〕、少陵之遺興而作
也〔六〕。雖事關史斷,而中有詩法存焉。作古詩者,其可無學乎?"

【校】

① 南文山：陳善學刊本作"南山墳"。

【箋注】

〔一〕要離：春秋時勇士。參見鐵崖先生古樂府卷四要離冢。
〔二〕南文山：指文天祥。文天祥自號文山,宋史有傳。
〔三〕廣西弟：指文天祥弟文璧。南宋末德祐二年丙子(一二七六)十二月,元
軍至惠州,文璧降。參見宋季三朝政要卷六廣王本末。
〔四〕顏家兄：指唐代顏真卿從兄杲卿。新唐書忠義傳："顏杲卿字昕,與真卿
同五世祖……(安禄山反),杲卿晝夜戰,并竭,糧矢盡,六日而陷,與(袁)
履謙同執……杲卿至洛陽,禄山怒曰：'吾擢爾太守,何所負而反?'杲卿瞋
目罵曰：'汝營州牧羊羯奴耳,竊荷恩寵,天子負汝何事,而乃反乎? 我世
唐臣,守忠義,恨不斬汝以謝上,乃從爾反耶?'禄山不勝忿,縛之天津橋

柱,節解以肉啖之,罵不絶,賊鈎斷其舌,曰:'復能罵否?'杲卿含胡而絶,年六十五。"

〔五〕太白之覽古: 李白有蘇臺覽古、越中覽古等詩。

〔六〕少陵之遣興: 杜甫有遣興詩二十餘首。

卷九　鐵崖先生古樂府卷九

卷九　鐵崖先生古樂府卷九

城門曲

諜報越王兵，城門夜不扃。孤臣睛不死[一]，門月照人青。
　　黄溍評云[1]：“事慘景慘，世間稚語如何可到！”

【校】

① 黄溍評語原本無，據鐵雅先生復古詩集本增補。下同。

【箋注】

〔一〕孤臣：指伍子胥。史記吳太伯世家：“越王句踐率其衆以朝吳，厚獻遺之，吳王喜。唯（伍）子胥懼，曰：‘是棄吳也。’諫曰……吳王聞之大怒，賜子胥屬鏤之劍以死。將死，曰：‘樹吾墓上以梓，令可爲器。抉吾眼置之吳東門，以觀越之滅吳也。’”

烽燧曲[1]

聞道[2]驪山下[一]，西戎已結兵。美人方一笑，烽火不須驚[3][二]！
　　黄溍評云：“用事不費餘力。”

【校】

① 本詩亦載章琬編鐵雅先生復古詩集卷二、鐵崖詩集十集戊集、元詩選初集辛集，以及樓氏鐵崖樂府注本注文，據以校勘。元詩選本題作烽火辭。又，鐵雅先生復古詩集本、鐵崖詩集十集戊集本、樓氏鐵崖樂府注本上二句與下二句次序顛倒，樓氏鐵崖樂府注本曰：“顛倒轉換，各有意義可味。”
② 聞道：鐵雅先生復古詩集作“昨夜”。

【箋注】

〔一〕驪山：位於今陝西臨潼東南。

〔二〕“美人”二句：史記 周本紀：“褒姒不好笑，幽王欲其笑萬方，故不笑。幽王
　　爲烽燧大鼓，有寇至則舉烽火。諸侯悉至，至而無寇，褒姒乃大笑。幽王
　　說之，爲數舉烽火。其後不信，諸侯益亦不至。”

關山月〔一〕

月出關山頂，將軍鼓角悲。漢皇今夜宴，影落素娥池〔二〕。

【箋注】

〔一〕關山月：宋 郭茂倩 樂府詩集卷二十三載梁元帝 關山月，題解曰：“樂府解題曰：
　　‘關山月，傷離別也。’”又，同書卷二十一橫吹曲辭一：“晉書 樂志曰：‘橫吹有
　　鼓角，又有胡角……橫吹有雙角，即胡樂也。漢 博望侯 張騫入西域，傳其法於
　　西京，唯得摩訶兜勒一曲。李延年因胡曲更造新聲二十八解，乘輿以爲武樂。
　　後漢以給邊將。和帝時萬人將軍得用之。魏、晉以來，二十八解不復具存，而
　　世所用者有黃鵠等十曲。’其辭後亡。又有關山月等八曲，後世之所加也。”

〔二〕素娥池：即影娥池。三輔黃圖卷四池沼：“影娥池，武帝鑿池以翫月，其旁
　　起望鵠臺以眺，月影入池中，使宮人乘舟弄月影，名影娥池，亦曰眺蟾臺。”

飲馬窟〔一〕

長城飲馬窟，飲馬馬還驚。寧知鳴咽水〔二〕，猶作寶刀鳴〔三〕。
　　黃溍評云：“無中生出興象之妙。”

【箋注】

〔一〕飲馬窟：文選卷二十七樂府上飲馬長城窟行解題：“酈善長 水經曰：‘余至
　　長城，其下往往有泉窟，可飲馬。’古詩飲馬長城窟行，信不虛也。然長城
　　蒙恬所築也，言征戍之客，至於長城而飲其馬，婦思之，故爲長城窟行。”
　　又，山塘肆考卷一百六十一飲馬長城窟行：“樂府詞言征戍之客至于長城
　　而飲其馬，婦人思念之，故作是曲也。一曰傷良人游蕩不歸。一曰言秦人
　　苦長城之役也。”參見鐵崖先生古樂府卷二長洲曲注釋。

〔二〕嗚咽水：指隴水。杜詩詳注卷二前出塞九首之三：“磨刀嗚咽水，水赤刀
　　傷手。欲輕腸斷聲，心緒亂已久。丈夫誓許國，憤惋復何有。功名圖麒
　　麟，戰骨當速朽。”注：“蔡琰胡笳曲：‘夜聞隴水兮聲嗚咽。’辛氏三秦記：
　　隴山頂有泉，清水四注，東望秦川如四五里。俗歌：隴頭流水，嗚聲幽咽。
　　遥望秦川，肝腸欲絶。”

〔三〕寶刀鳴：喻指思婦懷念征夫。參見鐵崖先生古樂府卷四古憤“幽幽雌劍
　　鳴”一句注。

劍客篇[一]

昨夜征西去，西兵盡倒戈。丈夫學劍術，何用效荆軻[二]。

【箋注】

〔一〕劍客篇：明梅鼎祚編古樂苑衍録卷一游俠二十一曲中有劍客。
〔二〕“丈夫”二句：參看鐵雅先生復古詩集卷二劍客辭注。

俠客詞[一]

未許同交死，全身報國仇。太阿飛出匣[二]，欲取賈充頭[三]。
　　黃溍評云：“此俠客自是義俠。”

【箋注】

〔一〕俠客詞：明梅鼎祚編古樂苑衍録卷一游俠二十一曲中有俠客行。
〔二〕太阿：寶劍名。參見鐵崖先生古樂府卷四古憤注。
〔三〕賈充：西晉權臣，晉書有傳。參見陳善學序刊楊鐵崖先生文集卷二夕陽
　　亭注。

放麑詞

母麑急麑子，獵父①視如傷[一]。太子奔城父，千秋憶②奮揚[二]。

黄溍評云：“託物悟人，亦由天理。”

【校】

① 父：明鈔楊維楨詩集本作“人”。

② 千秋憶：鐵雅先生復古詩集本、鐵崖詩集十集戊集本、明鈔楊維楨詩集本作“君王赦”。

【箋注】

〔一〕“母麑”二句：韓非子説林：“孟孫獵得麑，使秦西巴持之歸，其母隨之而啼，秦西巴弗忍而與之。孟孫適至而求麑，答曰：‘余弗忍而與其母。’孟孫大怒，逐之。居三月，復召以爲其子傅。其御曰：‘曩將罪之，今召以爲子傅，何也？’孟孫曰：‘夫不忍麑，又且忍吾子乎？’故曰：‘巧詐不如拙誠。’”

〔二〕“太子”二句：史記伍子胥列傳：“楚平王有太子名曰建，使伍奢爲太傅，費無忌爲少傅……建母，蔡女也，無寵於平王。平王稍益疏建，使建守城父，備邊兵。頃之，無忌又日夜言太子短於王……於是平王怒，囚伍奢，而使城父司馬奮揚往殺太子。行未至，奮揚使人先告太子：‘太子急去，不然將誅。’太子建亡奔宋。”

牧羝曲

老羝何日乳，歸雁忽能言〔一〕。不逐虞常死〔二〕，丁零尚有恩〔三〕。

【箋注】

〔一〕“老羝”二句：漢書蘇武傳：“幽武置大窖中，絕不飲食。天雨雪，武卧齧雪與旃毛并咽之，數日不死，匈奴以爲神。乃徙武北海上無人處，使牧羝，羝乳乃得歸……匈奴與漢和親。漢求武等，匈奴詭言武死。後漢使復至匈奴，常惠請其守者與俱，得夜見漢使，具自陳道。教使者謂單于，言天子射上林中，得雁，足有係帛書，言武等在某澤中。使者大喜，如惠語以讓單于。”

〔二〕虞常：匈奴將領。中郎將蘇武出使匈奴時，虞常與蘇武副手、副中郎將張勝等密謀，欲劫單于母歸漢。事情敗露，虞常遭擒後招供。單于大怒，蘇武欲自刎，被勸阻。詳見漢書蘇武傳。

〔三〕丁零：指丁靈王衛律。漢書李陵傳：“衛律爲丁靈王……衛律者，父本長
　　水胡人。律生長漢，善協律都尉李延年。延年薦言律使匈奴。使還。會
　　延年家收，律懼并誅，亡還降匈奴。匈奴愛之，常在單于左右。”顏師古注
　　曰：“丁靈，胡之別種也。立爲王而主其人也。”按：蘇武自殺，引佩刀自
　　刺，衛律抱持阻止，并爲召醫療傷。詳見漢書蘇武傳。

摘瓜詞

黃臺八瓜熟，瓜熟瓞緜緜。惟有大瓜好〔一〕，狐來瓜已穿〔二〕。
　　　黃溍評云：“又向本題外發意。”

【箋注】

〔一〕大瓜：喻指章懷太子李賢。李賢字明允，唐高宗第六子。武則天廢之爲
　　庶人，遷於巴州，逼令自殺。生平詳見舊唐書本傳。

〔二〕狐：指武則天。新唐書十一宗諸子承天皇帝倓傳：“（李）泌曰：‘陛下嘗聞
　　黃臺瓜乎？高宗有八子，天后所生者四人，自爲行，而睿宗最幼。長曰弘，
　　爲太子，仁明孝友，后方圖臨朝，鴆殺之，而立次子賢。賢日憂惕，每侍上，
　　不敢有言，乃作樂章，使工歌之，欲以感悟上及后。其言曰：“種瓜黃臺下，
　　瓜熟子離離。一摘使瓜好，再摘令瓜稀。三摘尚云可，四摘抱蔓歸。”而賢
　　終爲后所斥，死黔中。陛下今一摘矣，慎無再！’”

桑陰曲①

妾自夫君戍，桑陰路不通〔一〕。將軍哮似虎〔二〕，少婦竊秦宮〔三〕。
　　　黃溍評云：“必有鉗制於虎者，不然是不可曉。”

【校】

① 本詩亦載章琬編鐵雅先生復古詩集卷二、鐵崖詩集十集戊集，據以校勘。鐵
　雅先生復古詩集本、鐵崖詩集十集本皆題作秦宮曲，後者於題下注曰：“一名

桑蔭曲。"

【箋注】

〔一〕"妾自"二句：指秋胡妻拒絶誘惑。參見鐵崖先生古樂府卷四采桑詞注。

〔二〕將軍：指東漢梁冀。梁冀大權獨攬，飛横跋扈，質帝謂之"跋扈將軍"，遂遭鴆殺。詳見後漢書梁冀傳。

〔三〕少婦：指梁冀妻孫壽。後漢書梁冀傳："冀愛監奴秦宫，官至太倉令，得出入壽所。壽見宫，輒屏御者，託以言事，因與私焉。"

貞婦詞①

皎日常持信，倉皇不改真②。君王符不到，水長漸臺傾〔一〕。
　　黄溍評云："春秋直筆句律。"

【校】

① 本詩亦載章琬編鐵雅先生復古詩集卷二、鐵崖詩集十集戊集、明佚名鈔楊維禎詩集，據以校勘。鐵雅先生復古詩集本、鐵崖詩集十集本題作漸臺曲。樓氏鐵崖樂府注本題下注曰："又作漸臺曲。"明佚名鈔楊維禎詩集本題作湘妃臺曲。

② 真：鐵雅先生復古詩集本、鐵崖詩集十集戊集本、明鈔楊維禎詩集本與樓氏鐵崖樂府注本皆作"貞"。

【箋注】

〔一〕"君王"二句：劉向古列女傳卷四楚昭貞姜："貞姜者，齊侯之女，楚昭王之夫人也。王出游，留夫人漸臺之上而去。王聞江水大至，使使者迎夫人，忘持其符。使者至，請夫人出，夫人曰：'王與宫人約，令召宫人必以符。今使者不持符，妾不敢從使者行……妾知從使者必生，留必死。然棄約越義而求生，不若留而死耳。'於是使者取符，則水大至，臺崩，夫人流而死。"

朱厓令女〔一〕

關朱①爭兩死，兩死獨誰當。關吏不垂泣，青天應雨霜〔二〕。

黄溍評云：“十字見天理人心。”

【校】

① 朱：<u>鐵雅先生復古詩集</u>本、<u>明鈔楊維禎詩集</u>本、<u>鐵崖詩集十集戊集</u>本作“珠”。

【箋注】

〔一〕<u>朱厓令女</u>：<u>劉向</u><u>古列女傳</u>卷五<u>珠崖二義</u>：“‘二義’者，<u>珠崖令</u>之後妻及前妻之女也。女名<u>初</u>，年十三。<u>珠崖</u>多珠，繼母連大珠以爲繫臂。及令死，當送喪。法內珠入於關者死，繼母棄其繫臂珠。其子男年九歲，好而取之，置之母鏡奩中，皆莫之知。遂奉喪歸，至海關，關侯士吏搜索，得珠十枚于繼母鏡奩中，吏曰：‘嘻，此值法，無可奈何，誰當坐者？’<u>初</u>在左右，顧心恐母云置鏡奩中，乃曰：‘<u>初</u>當坐之。’……母意亦以<u>初</u>爲實，然憐之，乃因謂吏曰：‘願且待，幸無劾兒，兒誠不知也……妾當坐之。’……送葬者盡哭哀慟，傍人莫不爲酸鼻揮涕，關吏執筆書劾，不能就一字。關侯垂泣終日，不能忍決，乃曰：‘母子有義如此，吾寧坐之，不忍加文。且又相讓，安知孰是？’遂棄珠而遣之。”

〔二〕雨霜：<u>論衡</u><u>感虛篇</u>：“<u>鄒衍</u>無罪，見拘於<u>燕</u>，當夏五月，仰天而歎，天爲隕霜。”

妲己圖

小①白竿頭血〔一〕，新圖入<u>漢</u>廷〔二〕。宮中雙燕子〔三〕，齊作牝雞鳴。

【校】

① 小：<u>鐵崖詩集十集戊集</u>本作“太”。

【箋注】

〔一〕“小白”句：<u>劉向</u><u>古列女傳</u>卷七<u>殷紂妲己</u>：“<u>妲己</u>者，<u>殷紂</u>之妃也，嬖幸於<u>紂</u>……<u>妲己</u>之所譽，貴之；<u>妲己</u>之所憎，誅之……<u>武王</u>遂受命興師伐<u>紂</u>，戰於<u>牧野</u>，<u>紂</u>師倒戈，<u>紂</u>乃登廩臺（<u>文淵閣四庫全書</u>本作“鹿臺”），衣寶玉衣而自殺。於是<u>武王</u>遂致天之罰，斬<u>妲己</u>頭，懸於小白旗。以爲亡<u>紂</u>者，是女也。"

〔二〕"新圖"句：漢書卷一百叙傳上："會許皇后廢，班倢伃供養東宫，進侍者李平爲倢伃，而趙飛燕爲皇后，(班)伯遂稱篤……時乘輿幄坐張畫屏風，畫紂醉踞妲己作長夜之樂。上以伯新起，數目禮之，因顧指畫而問伯：'紂爲無道，至於是虖？'伯對曰：'書云"乃用婦人之言"，何有踞肆於朝？所謂衆惡歸之，不如是之甚者也。'上曰：'苟不如此，此圖何戒？'伯曰：'沈湎於酒。'"

〔三〕雙燕子：喻指趙飛燕、趙合德姐妹。漢書五行志中之上："成帝時童謡曰：'燕燕尾涎涎，張公子，時相見。木門倉琅根，燕飛來，啄皇孫，皇孫死，燕啄矢。'其後帝爲微行出游，常與富平侯張放俱稱富平侯家人，過陽阿主作樂，見舞者趙飛燕而幸之。故曰'燕燕尾涎涎'，美好貌也；張公子謂富平侯也；'木門倉琅根'，謂宫門銅鍰，言將尊貴也。後遂立爲皇后。弟昭儀賊害後宫皇子，卒皆伏辜，所謂'燕飛來，啄皇孫，皇孫死，燕啄矢'者也。"按：趙飛燕爲漢成帝皇后，趙合德封爲昭儀，地位僅次於皇后。

三閣詞四首[一]

其一①
江南龍虎氣[二]，樓閣照金銀。望見長安道，不知塵污人[三]。

其二
璧月幾時缺？玉枝幾時枯？閣中連理伴[四]，夜笑素娥孤。

其三②
昨夜韓擒虎[五]，將軍③奏凱迴。井中人不死，重帶美人來[六]。
　　黄澄④評云："尤物之溺人如此。"

其四
脂塘乾辱水，璧月破清秋。五佞誅新國[七]，江郎尚黑頭[八]。
　　吴復曰："梁末童謡云：'黄塵污人衣，皂角相料理。'塵，指陳也；角，指隋楊也。隋誅'五佞'，獨詔江總爲儀同三司，'俠客'之能惑人也如此[九]。先生四章，語意精工，劉禹錫不得專美於唐[十]。"

【校】

① 鐵雅先生復古詩集卷二、明鈔楊維禎詩集本所載三閣辭，僅收録第一首。

② 鐵雅先生復古詩集卷二、明鈔楊維禎詩集本收録此首，題作臙脂井。元詩選
　　初集辛集三閣詞僅録此首，且有注曰“一作臙脂井”。

③ 將軍：鐵雅先生復古詩集本、明鈔楊維禎詩集本作“金陵”，元詩選本注曰：
　　“一作金陵。”

④ 黄溍評語原本無，據鐵雅先生復古詩集本增補。黄溍二字徑添。

【箋注】

〔一〕三閣：指臨春閣、結綺閣、望仙閣，南朝陳後主所建。參見鐵崖先生古樂
　　　府卷四陳朝檜注。

〔二〕江南龍虎氣：諸葛亮曾讚美金陵之地曰：“鍾阜龍蟠，石城虎踞，真帝王之
　　　宅。”參見宋周應合景定建康志卷三十八形勢。

〔三〕塵污人：喻指陳後主。南史陳本紀：“始梁末童謡云：‘可憐巴馬子，一日
　　　行千里。不見馬上郎，但見黄塵起。黄塵污人衣，皂莢相料理。’及僧辯
　　　滅，群臣以謡言奏聞，曰：僧辯本乘巴馬以擊侯景，‘馬上郎’，王字也；
　　　‘塵’，謂陳也；而不解‘皂莢’之謂。既而陳滅於隋。説者以爲江東謂殺
　　　羊角爲皂莢，隋氏姓楊，楊，羊也，言終滅於隋。然則興亡之兆，蓋有
　　　數云。”

〔四〕“閣中”句：南史陳後主本紀：“後主愈驕，不虞外難，荒於酒色，不恤政事。
　　　左右嬖佞珥貂者五十人，婦人美貌麗服巧態以從者千餘人。常使張貴妃、
　　　孔貴人等八人夾坐，江總、孔範等十人預宴，號曰‘狎客’。先令八婦人襞
　　　采箋，製五言詩，十客一時繼和，遲則罰酒。君臣酣飲，從夕達旦，以此
　　　爲常。”

〔五〕韓擒虎：隋書作韓擒，蓋因唐人避諱而略去“虎”字。韓擒虎率隋軍攻入
　　　金陵，擒獲陳後主及張貴妃等，詳見隋書韓擒傳。

〔六〕“井中人不死”二句：指陳後主與張麗華、孔貴嬪遭擒獲。按：隋軍攻入金
　　　陵，陳後主等曾避兵於城内臙脂井（又名燕支井、景陽井）中。參見景定建
　　　康志卷十九井泉。又，南史陳後主本紀：“軍人窺井而呼之，後主不應。欲
　　　下石，乃聞叫聲。以繩引之，驚其太重，及出，乃與張貴妃、孔貴人三人同
　　　乘而上。”

〔七〕五佞：宋馬永易實賓録卷四五佞人：“隋晉王廣伐陳，入建康。以施文慶
　　　受委不忠，曲爲謡佞以蔽耳目；沈客卿重賦厚斂以悦其上，與太常丞陽惠
　　　朗刑法濫，徐哲尚書、都令史暨惠景皆爲民害，斬於石闕，以謝三吳，謂之
　　　‘陳五佞人’。”

〔八〕江郎：梁江總。清顧炎武日知錄集釋卷二十七杜子美詩注：“晚行口號：
　　　‘遠愧梁江總，還家尚黑頭。’劉辰翁評曰：‘人知江令自陳入隋，不知其自
　　　梁時已達官矣。自梁入陳，自陳入隋，歸尚黑頭，其人物心事可知。著一
　　　“梁”字，而不勝其愧矣。詩之妙如此，豈待罵哉？’”
〔九〕俠客：實指江總、孔範等“狎客”。參見前注。
〔十〕按：劉禹錫有三閣辭四首，載劉賓客文集卷二十六，注曰“吳聲”。

雌雄曲

妾夫曉出塞，妾夜馳孤忠。誓作干將劍，一死雙雌雄〔一〕。
　　　黃溍評云：“二十字法語。”

【箋注】

〔一〕“誓作”二句：楚干將、莫邪爲楚王鑄雌雄二劍，干將獻雌劍而被殺，其子
　　　復仇。參見鐵崖先生古樂府卷四赤菫篇注。

連理枝

主家連理木，昨夜①一枝零。野藤沿別②樹，相託萬年青。
　　　吳復曰：“莊子曰：以人屬者，迫窮禍患害則相棄；以天屬者，迫窮禍患
　　害則相救〔一〕。世之兄弟夫婦皆本於天屬，而可以相棄乎？今連理枝至於
　　一榮一枯而不相屬，野藤沿別樹則反相親相久，世變可知矣。此亦中谷有
　　蓷之詩意也〔二〕。”
　　　黃溍評云：“人情不可曉。”

【校】

① 夜：鐵雅先生復古詩集、鐵崖詩集十集戊集本作“家”。
② 別：明鈔楊維楨詩集本作“外”。

【箋注】

〔一〕“以人屬者”四句：莊子山木：“夫以利合者，迫窮禍患害相棄也；以天屬

者,迫窮禍患害相收也。"

〔二〕中谷有蓷: 毛詩正義卷四王風中谷有蓷正義曰:"作中谷有蓷詩者,言閔
　　周也。平王之時,民人夫婦之恩日日益以衰薄,雖薄,未至棄絶。遭遇凶
　　年饑饉,遂室家相離棄耳。夫婦之重逢,遇凶年薄而相棄,是其風俗衰敗,
　　故作此詩以閔之。"

朱邸曲

朱邸連雲起,高甍蔭大逵。要賢能置驛,獨覓鄭當時[一]。

【箋注】

〔一〕"要賢"二句: 漢書鄭當時傳:"當時以任俠自喜……聲聞梁、楚間。孝景
　　時,爲太子舍人。每五日洗沐,常置驛馬長安諸郊,請謝賓客,夜以繼日,
　　至明旦,常恐不遍。當時好黄老言,其慕長者,如恐不稱。"

高樓曲①

高樓有獨婦,白晝彈空桑[一]。門前誰下馬? 不是五樓倡。

【校】

① 章琬編鐵雅先生復古詩集卷三、鐵崖詩集十集戊集本載此詩,題作空桑曲。
　　樓氏鐵崖樂府注本於題下注曰:"一作空桑曲。"

【箋注】

〔一〕空桑: 借指琴瑟。參見鐵崖先生古樂府卷四海客行注。

玉蹄①騧

銀腦玉蹄騧,金鞭問妾家。窗開桃葉②渡[一],小艇在荷花。

黃溍評云:"情與景融,不必僻求。"

【校】

① 蹄:鐵雅先生復古詩集本作"啼"。下同。

② 葉:明鈔楊維禎詩集本作"花"。

【箋注】

〔一〕桃葉渡:天啟刊金陵圖詠桃渡臨流:"(桃葉渡)在秦淮口。晉王獻之愛妾名桃葉,其妹曰桃根。獻之臨此作詩,歌以送之,曰:'桃葉復桃葉,渡江不用楫。但渡無所苦,我自迎接汝。'後人因以名渡……迄今游舫鱗集,想見風流。"

珊瑚鞭[一]

儂出青桑下,郎來淥①水邊[二]。相看成自語,馬脱珊瑚鞭[三]。

【校】

① 淥:原本作"逯",據鐵崖詩集十集戊集本、樓氏鐵崖樂府注本改。

【箋注】

〔一〕珊瑚鞭:宋郭茂倩樂府詩集卷二十四梁元帝紫騮馬:"長安美少年,金絡錦連錢。宛轉青絲鞚,照耀珊瑚鞭。"

〔二〕"儂出"二句:李白子夜吳歌四首之一:"秦地羅敷女,採桑綠水邊。"儂,指"我"。

浣女詞

處女溪邊浣,使君溪上游。使君來乞飲,瓢棄在沙頭[一]。

吳復曰:"列女傳:孔子南游,見阿谷之處女佩瑱而浣者,使子貢乞飲。處女授子貢觴,置沙上,曰:'禮不可親授。'孔子謂之'達於人情而知

'禮'云。"

【箋注】

〔一〕"處女"四句：指孔子南游見阿谷女故事。參見吳復跋語，詳見劉向古列
　　女傳卷六阿谷處女。

績婦詞

蟋蟀入秋堂，青缸夜未央。李吾今夜惡，東壁滅餘光〔一〕。
　　吳復曰："此篇暗用戰國策'二吾會燭'事〔二〕，富女爲李吾，貧女爲徐
　　吾云。"

【箋注】

〔一〕"李吾"二句：劉向古列女傳卷六齊女徐吾："齊女徐吾者，齊東海上貧婦
　　人也，與鄰婦李吾之屬會燭，相從夜績。徐吾最貧，而燭數不屬。李吾謂
　　其屬曰：'徐吾燭數不屬，請無與夜也。'徐吾曰：'是何言與？妾以貧燭不
　　屬之故，起常先，息常後，灑掃陳席以待來者。自與蔽薄，坐常處下，凡爲
　　貧燭不屬故也。夫一室之中，益一人，燭不爲暗；損一人，燭不爲明，何愛
　　東壁之餘光，不使貧妾得蒙見哀之恩，長爲妾役之事，使諸君常有惠施於
　　妾，不亦可乎？'李吾莫能應，遂復與夜，終無後言。"
〔二〕按：戰國策卷四秦策載此故事，稱之爲"江上之處女"，實未言其姓名。

織婦曲　此曲暗用晉謝幼輿折齒事〔一〕

盈盈白面娥，新絲織扇羅。當機不應客，擲地碎金梭。

【箋注】

〔一〕謝幼輿：名鯤。晉書謝鯤傳："鄰家高氏女有美色，鯤嘗挑之，女投梭，折
　　其兩齒。時人爲之語曰：'任達不已，幼輿折齒。'"

商婦詞二首①

其一

蕩蕩②發航船,千里復萬里。願持金剪刀,去剪西流③水〔一〕。

　　黄溍評云:"二李未説〔二〕,奇特奇特。"

其二

郎去愁風水,郎歸惜歲華。吳船如屋裏,南北共浮家。

【校】

① 章琬編鐵雅先生復古詩集卷三商婦詞僅録第一首。

② 蕩蕩:鐵雅先生復古詩集本、鐵崖詩集十集戊集本、列朝詩集本作"蕩子"。

③ 流:鐵雅先生復古詩集本、鐵崖詩集十集戊集本、列朝詩集本作"江"。

【箋注】

〔一〕"願持"二句:杜甫戲題王宰畫山水圖歌:"焉得并州快剪刀,剪取吳松半
　　江水。"

〔二〕二李:當指李白、李商隱。按:黄溍所謂"二李未説",蓋指李白等人詩歌
　　僅訴商婦怨恨,未能有阻止商人遠行之構想。李白長干行之二:"自憐十
　　五餘,顔色桃花紅。那作商人婦,愁水復愁風。"又江夏行:"眼看帆去遠,
　　心逐江水流。只言期一載,誰謂歷三秋……不如輕薄兒,旦暮長追隨。悔
　　作商人婦,青春長別離。"

清塘曲

相值清塘道,儂家似沫鄉〔一〕。清塘無限好,相約采芳唐。

　　吳復曰:"沫鄉,古朝哥也〔二〕。芳唐,女蘿也。摽有梅〔三〕,雖傷時之
過,必待士之求也。清塘未然,蓋刺之。"

【箋注】

〔一〕沫鄉:毛詩正義卷三鄘風桑中:"爰采唐矣? 沫之鄉矣。"傳:"唐蒙,菜名。

沬,衞邑。"箋云:"於何采唐,必沬之鄉,猶言欲爲淫亂者,必之衞之都。惡衞爲
淫亂之主。"又,明張次仲待軒詩記卷首學詩小箋總論:"大抵衞之沬鄉,歲有游
觀,一若鄭之溱洧,皆士女咸集,車馬駢填。流風相習,以爲樂事而不覺其非。"

〔二〕朝哥:即朝歌。位於今河南淇縣。商朝在此建都,周滅商後,爲衞國之都。

〔三〕摽有梅:毛詩正義卷一召南摽有梅序:"摽有梅,男女及時也。召南之國,
被文王之化,男女得以及時也。"

春波曲

家住春波上,春深未得歸。桃花新水長〔一〕,應没浣花①磯。

　　吳復曰:"竹竿之詩〔二〕,以不見答而思歸,然未嘗斥言夫過,此其忠厚
之情也。春波之旨亦然。"

　　黄溍評云:"十字能言,不減寇準〔三〕。"

【校】

① 花:鐵雅先生復古詩集本、鐵崖詩集十集戊集本與樓氏鐵崖樂府注本皆作"紗"。

【箋注】

〔一〕桃花新水:漢書溝洫志:"來春桃華水盛,必羨溢。"顏師古注:"月令:仲
春之月,始雨水,桃始華。"

〔二〕竹竿:毛詩正義卷三衞風竹竿序:"竹竿,衞女思歸也。適異國而不見答,
思而能以禮者也。"

〔三〕"十字"二句:宋釋文瑩湘山野録卷上:"寇萊公詩若'野水無人渡,孤舟盡
日横'之句,深入唐人風格。初授歸州巴東令,人皆以'寇巴東'呼之,以
比前趙渭南、韋蘇州之類。"

采蓮曲二首〔一〕

其一

東湖采蓮葉,西①湖采蓮花。一花與一葉,持寄阿侯家〔二〕。

黄溍評云:"古樂府未有此語。"

其二

同生願同死,死葬清泠②洼。下作鎖子藕,上作雙頭華③。

黄溍評云:"眼前奇語,只道不得。"

【校】

① 西:鐵雅先生復古詩集本、鐵崖詩集十集戊集本、列朝詩集本作"南"。

② 泠:鐵雅先生復古詩集本、鐵崖詩集十集戊集本、列朝詩集本作"泠"。

③ 華:列朝詩集本作"花"。

【箋注】

〔一〕采蓮曲:宋郭茂倩樂府詩集卷五十清商曲辭七,載梁武帝江南弄七首,解
題曰:"古今樂録曰:'梁天監十一年冬,武帝改西曲,製江南上雲樂十四
曲、江南弄七曲:一曰江南弄,二曰龍笛曲,三曰採蓮曲,四曰鳳笛曲,五曰
採菱曲,六曰游女曲,七曰朝雲曲。'"

〔二〕阿侯:借指青年男子。宋郭茂倩樂府詩集卷八十五梁武帝河中之水歌:
"河中之水向東流,洛陽女兒名莫愁。莫愁十三能織綺,十四採桑南陌頭。
十五嫁爲盧郎婦,十六生兒字阿侯。"

楊柳詞二首〔一〕

其一

楊柳董家橋〔二〕,鵝黄萬萬①條。行人莫到此,春色易相撩。

其二

長條一丈長,長似②紫絲韁〔三〕。長條輓③易斷,五馬過橫塘〔四〕。

【校】

① 萬萬:鐵雅先生復古詩集本、鐵崖詩集十集戊集本、明鈔楊維楨詩集本、列朝
詩集本作"幾萬"。

② 似:明鈔楊維楨詩集本作"是"。

③ 長條輓:鐵崖詩集十集戊集本作"條長挽"。

【箋注】

〔一〕本組詩當作於元至正七年(一三四七)前後,其時鐵崖寓居姑蘇,授學爲生。繫年依據:此組詩蓋屬鐵崖所謂"吳中柳枝",作於至正初年鐵崖首倡西湖竹枝詞之後,游寓吳中期間。

〔二〕董家橋:位於姑蘇葑門。參見宋范成大撰吳郡志卷十七橋梁。按:第二首所謂"橫塘"亦在姑蘇,故此楊柳詞當屬鐵崖所謂吳中柳枝詞。參見列朝詩集甲集前編第七之下羲仲以吳之柳枝詞答爲賦詩。

〔三〕紫絲韁:宋郭茂倩樂府詩集清商曲辭青驄白馬一:"青驄白馬紫絲韁,可憐石橋根柏梁。"

〔四〕五馬:玉臺新詠日出東南隅行:"使君從南來,五馬立踟躕。"後以之代指太守。橫塘:位於蘇州盤門之南十餘里。

寄春曲

春從天上來,幾日到章臺? 憑語青青柳,飛花莫浪催[一]。

【箋注】

〔一〕"春從"四句:述韓翃、柳氏故事。唐孟棨本事詩情感第一:"韓翃少負才名,天寶末,舉進士。孤貞静默,所與游皆當時名士。然而蓽門圭竇,室唯四壁。隣有李將妓柳氏,李每至,必邀韓同飲。韓以李豁落大丈夫,故常不逆。既久愈狎……俄就柳居。來歲成名。後數年,淄青節度侯希逸奏爲從事。以世方擾,不敢以柳自隨,置之都下,期至而迓之。連三歲,不果迓,因以良金買練囊中寄之,題詩曰:'章臺柳,章臺柳,往日青青今在否? 縱使長條似舊垂,亦應攀折他人手。'柳復書,答詩曰:'楊柳枝,芳菲節,可恨年年贈離別。一葉隨風忽報秋,縱使君來豈堪折?'"章臺,漢代長安街名,當時妓院多設於此。

賭春曲

鬥草歸來後[一],開筵又賭春。墀前撒珠戲,獨①是得雙人?

　　吳復曰:"粧樓記:洛陽有樂姓者[二],撒真珠爲戲,厚盈數寸。以班螺令妓女酌之,仍各具數,以得雙者爲勝,得雙妓乃作雙珠宴以勞主人。"

　　　　黄溍評云:"語好不費力,方是好。"

【校】

① 獨:鐵崖詩集十集戊集本、列朝詩集本、樓氏鐵崖樂府注本作"誰"。

【箋注】

〔一〕鬥草:據本詩,當爲春日游戲。然亦見於端午日。梁宗懍撰荆楚歲時記:"五月五日謂之浴蘭節,四民并踏百草……踏百草,即今人有鬥百草之戲。"

〔二〕按:妝樓記爲唐張泌編纂,本詩所述故事見其中錢龍宴一則。然今傳本未言此洛陽人爲"樂姓"。

玉鏡臺

郎贈玉鏡臺[一],妾挂菱花盤[二]。安得咸陽鏡,照郎心肺肝?

　　　　吳復曰:"西京雜記:高祖入咸陽,得方鏡,廣四尺九寸,表裏有明,照人腸胃五臟,皆歷歷無礙[三]。"

【箋注】

〔一〕玉鏡臺:南朝宋劉義慶世説新語假譎:"温公(温嶠)喪婦,從姑劉氏家值亂離散,唯有一女,甚有姿慧,姑以屬公覓婚。公密有自婚意,答云:'佳壻難得,但如嶠比云何?'姑云:'喪敗之餘,乞粗存活,便足慰吾餘年,何敢希汝比?'卻後少日,公報姑云:'已覓得婚處,門地粗可,壻身名宦盡不減嶠。'因下玉鏡臺一枚。姑大喜。既婚,交禮,女以手披紗扇,撫掌大笑曰:'我固疑是老奴,果如所卜。'"

〔二〕菱花盤:據趙飛燕外傳,趙飛燕加號婕妤,即奏書於后,獻二十六物以示慶賀,其中有七出菱花鏡一奩。

〔三〕按:事見西京雜記卷三:"高祖初入咸陽宮,周行庫府,金玉珍寶,不可稱言。其尤驚異者……有方鏡,廣四尺,高五尺九寸,表裏有明,人直來照之，影則倒見。以手捫心而來，則見腸胃五臟，歷然無硋。人有疾病在内，則掩心而照之，則知病之所在。又女子有邪心，則膽張心動。秦始皇常以照宫人，膽張心動者則殺之。”

回文字〔一〕

芳題工織素，遠意重鮫綃。應織辭家久，回文字半消。

【箋注】

〔一〕唐武則天撰蘇氏織錦廻文記：“前秦苻堅時，秦州刺史扶風竇滔妻蘇氏，陳留令武功蘇道質第三女也，名蕙，字若蘭……初，滔有寵姬趙陽臺，歌舞之妙，無出其右，滔置之别所，蘇氏知之……及滔將鎮襄陽，邀蘇氏之同往，蘇氏忿之，不與偕行。滔遂携陽臺之任，斷蘇氏音問。蘇氏悔恨自傷，因織錦廻文，五采相宜，瑩心耀目。其錦縱廣八寸，題詩二百餘首，計八百餘言，縱橫反覆，皆成章句。其文點畫無缺，才情之妙，超古邁今，名曰璇璣圖。然讀者不能盡通。蘇氏笑而謂人曰：‘徘徊宛轉，自成文章，非我佳人，莫之能解。’遂令蒼頭賷至襄陽焉。滔省覽錦字，感其妙絶，因送陽臺之關中，而具車徒盛禮邀迎蘇氏，歸於漢南，恩好愈重。”（載文苑英華卷八百三十四雜記）

生合歡①

朝作生合歡，莫作生離泣〔一〕。安得并蒂堅，堅似七姑汁〔二〕。
　　吴復曰：“物類相感志云〔三〕：蜂窠大長圍一丈，其綴根者七姑汁，猶漆之類也。”

【校】

① 鐵雅先生復古詩集卷三、鐵崖詩集十集戊集載此詩，據以校勘。鐵雅先生復古詩集本、鐵崖詩集十集戊集本題作合歡辭。樓氏鐵崖樂府注本於詩題下注：“一作合歡詞。”

【箋注】

〔一〕生合歡：宋郭茂倩樂府詩集卷七十六合歡詩五首題下引録樂府解題曰：
“合歡詩，晉楊方所作也。言婦人謂虎嘯風起，龍躍雲浮，磁石引針，陽燧
取火，皆以同聲相應，同氣相求，我與君情，亦猶形影宮商之不離也。常願
食共并根穗，飲共連理杯，衣共雙絲絹，寢共無縫褥；坐必接膝，行必攜手。
如鳥同翼，如魚比目，利斷金石，密逾膠漆也。”

〔二〕“安得”二句：鐵雅先生復古詩集本有小字注曰：“七姑汁，蜂以綴窠者。”

〔三〕物類相感志：又名東坡先生物類相感志，有十八卷本傳世。

纜船①石〔一〕

江邊纜舟石，纜解不留痕。長恨蕪②萍草，難同結縷根〔二〕。

【校】

① 鐵雅先生復古詩集卷三、明鈔楊維楨詩集、鐵崖詩集十集戊集載此詩，據以
校勘。船：鐵雅先生復古詩集本、明鈔楊維楨詩集本、鐵崖詩集十集戊集本
皆作“舟”。

② 蕪：鐵雅先生復古詩集本、明鈔楊維楨詩集本、鐵崖詩集十集戊集本皆作
“浮”。樓氏鐵崖樂府注本注曰：“蕪：一作‘浮’。”

【箋注】

〔一〕纜船石：在杭州寶石山東南，一名大佛頭，傳秦始皇巡游至此，曾繫船石
上。詳咸淳臨安志卷三十。又，明張岱西湖夢尋卷一云賈似道亦於此
纜舟。

〔二〕結縷：漢書司馬相如傳：“（子虛賦：）‘布結縷。’師古曰：‘結縷蔓生，著地
之處皆生細根，如綖相結，故名結縷。今俗呼鼓箏草，兩幼童對銜之，手鼓
中央，則聲如箏也，因以名云。’”

望鄉臺

望鄉臺上客〔一〕，秋至望鄉關。中原遮望眼，可奈燕支①山〔二〕？

【校】

① 鐵雅先生復古詩集卷二、明鈔楊維禎詩集、鐵崖詩集十集戊集載此詩,據以
校勘。燕支:鐵雅先生復古詩集本、鐵崖詩集十集戊集本作"咽支",明鈔楊
維禎詩集本作"臙脂"。

【箋注】

〔一〕望鄉臺:方輿勝覽卷五十一成都府樓臺:"望鄉臺。隋蜀王秀所築。杜甫
　　　詩:'神交作賦客,力盡望鄉臺。'"
〔二〕燕支山:即焉支山,又名胭脂山。參見鐵崖先生古樂府卷一昭君曲注。

乞巧詞〔一〕

天上星重會,征西客未歸①。殷勤乞方便,靈鵲度人飛〔二〕。

【校】

① 歸:鐵崖詩集十集戊集本作"回"。

【箋注】

〔一〕乞巧:梁宗懍荊楚歲時記:"七月七日爲牽牛織女聚會之夜。是夕,人家
　　　婦女結綵縷,穿七孔針,或以金銀鍮石爲針,陳几筵酒脯瓜菓於庭中以乞
　　　巧,有喜子網於瓜上,則以爲符應。"
〔二〕"靈鵲"句:宋羅願爾雅翼卷十三鵲:"秋七日,首無故皆髡。相傳以爲是
　　　日河鼓與織女會於漢東,役烏鵲爲梁以渡,故毛皆脫去。"

聞雁篇①

樓頭聞過雁,隻影不成雙。一夜狂夫夢,相隨到九江〔一〕。

【校】

① 明鈔楊維禎詩集本題作聞過雁。

【箋注】

〔一〕九江：今屬江西省。

繫馬辭

誰繫西枝馬，馬嘶花亂飛。亂飛渾①自可，莫遣折花枝。
　　黃溍評云：“獨漉語律〔一〕。”

【校】

① 亂飛渾：鐵雅先生復古詩集本、鐵崖詩集十集戊集本、明鈔楊維禎詩集本作
　　“花飛猶”。

【箋注】

〔一〕獨漉語律：指李白詩之格調。李太白全集卷四獨漉篇之一：“獨漉水中
　　泥，水濁不見月。不見月尚可，水深行人没。”

買妾言①

買妾千黃金，許身不許心。使君聞有婦，夜夜白頭吟〔一〕。
　　黃溍評云：“與白頭吟正相發。”

【校】

① 明鈔楊維禎詩集本題作買妾吟。

【箋注】

〔一〕白頭吟：西京雜記卷三：“相如將聘茂陵人女爲妾，卓文君作白頭吟以自
　　絕，相如乃止。”又，樂府詩集卷四十一相合歌辭十六古辭白頭吟二首題解
　　引樂府解題曰：“古辭云：‘皚如山上雪，皎若雲間月。’又云：‘願得一心
　　人，白頭不相離。’”

續弦言

麇^①角煮爲膠,續弦弦在弓〔一〕。誓將^②弦上箭,不^③射孤飛鴻。

    黄澄評云:"推己及物,詩人之仁。"

【校】

① 鐵雅先生復古詩集卷三、鐵崖詩集十集戊集載此詩,據以校勘。麇:鐵雅先生復古詩集本、鐵崖詩集十集戊集本作"麟"。

② 誓將:鐵雅先生復古詩集本、鐵崖詩集十集戊集本作"丁寧"。

③ 不:鐵雅先生復古詩集本、鐵崖詩集十集戊集本作"莫"。

【箋注】

〔一〕"麇角"二句:藝文類聚卷九十鳳:"十洲記曰:鳳麟洲在西海之中,四面有弱水繞之,鴻毛不可越也。其上多鳳麟,數萬各爲羣。上仙之家,以鳳喙麟角合煎作膠,名爲'集弦膠',亦名'連金泥',能屬連刀劍弓弩弦。"

歸客誤二首

其一
夜聞歸客騎,玉轡鳴囘睫。唤婦開西窗,秋風響桐葉。

其二
江頭初一潮,還從午時起〔一〕。奈何蕩子心,相期不如水?

【箋注】

〔一〕"江頭"二句:意爲江潮起伏漲落遵時守信。明徐光啟撰農政全書卷十一論潮:"諺云:'初一月半午時潮。'"又,宋王逵蠡海集地理類:"潮之説多矣。蓋潮本屬陰,陰極則動。月亦陰也,與之同類。月行過於子午極處,則潮起,初一、二日,卯時月在卯,自卯順數,一時一位。當時至午位,故午時潮。"

自君之出矣二首〔一〕

其一
自君之出矣，燕去復燕歸。思君如荔①帶，日日抱君衣②。

其二
自君之出矣，草青復草黃。思君如魚鑰〔二〕，夜夜守君③房。

【校】

① 荔：明鈔楊維禎詩集本作"練"。

② 日日抱君衣：原本又有注曰"日日，一本作夜夜"。衣，明鈔楊維禎詩集本作
　 "回"。

③ 夜夜守君：原本作"日日守君"，鐵崖詩集十集戊集本、列朝詩集本作"日日
　 守空"，據明鈔楊維禎詩集本改。

【箋注】

〔一〕自君之出矣：清吳景旭歷代詩話卷三十三漢魏六朝無絶："徐幹室思詩，
　　 其末句云：'自君之出矣，明鏡闇不治。思君如流水，何有窮已時？'宋武帝
　　 擬之曰：'自君之出矣，金翠暗無精。思君如日月，迴環晝夜生。'其時諸賢
　　 共賦，遂以'自君之出矣'爲題。"

〔二〕魚鑰：魚形門鎖。宋朱勝非紺珠集卷十引丁用晦芝田録："魚鑰。鑰必以
　　 魚者，取其不瞑目守夜之義。"

吳子夜四時歌〔一〕 傚劉琨體作〔二〕

其一①
麯塵波欲動〔三〕，紅心草已生〔四〕。朝來夾城道，流車如水行〔五〕。

其二
睡起珊瑚枕，微風度屧廊〔六〕。夫容最高葉，翻水洗鴛鴦。

其三
秋風吹羅帷，玉郎思寄衣。多情雙絡緯〔七〕，啼近妾寒機。

其四

樺烟噓席暖[八]，不知寒漏長。朝來玉壺冰，爲君添衣裳。

【校】

① 明鈔楊維禎詩集本載第一首，題作子夜吳歌。

【箋注】

〔一〕子夜四時歌：參見鐵崖先生古樂府卷三花游曲注。

〔二〕劉琨：晉書有傳。梁鍾嶸詩品卷中：“晉太尉劉琨、晉中郎盧諶，其源出於王粲。善爲悽戾之詞，自有清拔之氣。琨既體良才，又罹厄運，故善叙喪亂，多感恨之詞。”

〔三〕麴塵波：宋胡仔苕溪漁隱叢話後集卷十二劉夢得：“復齋漫録云：‘余讀唐楊巨源詩“江邊楊柳麴塵絲”之句，皆不知所本。其後讀夢得楊柳枝詞云：“鳳闕輕遮翡翠幃，龍池遥望麴塵絲。御溝春水相輝映，狂殺長安年少兒。”乃知巨源取此。今巨源集作“綠烟絲”，非也。’苕溪漁隱曰：唐毛文錫詞云：‘鴛鴦對浴銀塘暖，水面蒲稍短，垂楊低拂麴塵波。’汪彦章詩云：‘垂垂梅子雨，細細麴塵波。’然則‘麴塵’亦可于水言之也。”

〔四〕紅心草：太平廣記卷二百八十二夢七邢鳳：“王生者，元和初夕夢游吳。侍吳王久之，聞宫中出輦，吹簫擊鼓，言葬西施。王悲悼不止，立詔門客作挽歌詞。生應教爲詞曰：‘西望吳王闕，雲書鳳字牌。連江起珠帳，擇土葬金釵。滿地紅心草，三層碧玉階。春風無處所，悽恨不勝懷。’詞進，王甚佳之。及寤，能記其事。王生本太原人也。（出異聞録）”

〔五〕流車如水行：後漢書皇后紀上明德馬皇后：“前過濯龍門上，見外家問起居者，車如流水，馬如游龍。”

〔六〕屧廊：宋范成大吳郡志卷八古迹：“響屧廊，在靈巖山寺。相傳吳王令西施輩步屧，廊虚而響，故名。”

〔七〕絡緯：蟋蟀别名。參見吳陸璣撰、明毛晉廣要陸氏詩疏廣要卷下之下蟋蟀在堂。

〔八〕樺烟：明周嘉胄香乘卷十香蠟燭：“樺桃皮可爲燭而香，唐人所謂‘朝天樺燭香’是也。”

屈婦辭①

瓜田不納履,北郭招讒②污。覆釜③重開日,宮中殺破胡〔一〕。
　　黃溍評云:“用事如放麑篇〔二〕。”

【校】

① 鐵雅先生復古詩集卷二、明鈔楊維楨詩集、鐵崖詩集十集戊集載此詩,據以校勘。樓氏鐵崖樂府注本題下注曰:“又名北郭詞。”鐵雅先生復古詩集本、鐵崖詩集十集戊集本、明鈔楊維楨詩集本題作北郭辭。

② 招讒:鐵雅先生復古詩集本、鐵崖詩集十集戊集本、明鈔楊維楨詩集本作“讒招”。

③ 釜:鐵雅先生復古詩集本、鐵崖詩集十集戊集本、明鈔楊維楨詩集本作“鼎”。

【箋注】

〔一〕“瓜田”四句:劉向古列女傳卷六齊威虞姬:“虞姬者,名娟之,齊威王之姬也。威王即位九年不治,委政大臣。佞臣周破胡專權擅勢,嫉賢妒能,即墨大夫賢而日毀之,阿大夫不肖反日譽之。虞姬謂王曰:‘破胡,讒諛之臣也,不可不退。齊有北郭先生者,賢明有道,可置左右。’破胡聞之,乃惡虞姬曰:‘其幼弱在於閭巷之時,嘗與北郭先生通。’王疑之,乃閉虞姬於九層之臺……虞姬對曰:‘……妾聞玉石墜泥不爲污,柳下覆寒女不爲亂,積之於大雅,故不見疑也。經瓜田不躡履,過李園不整冠,妾不避此,罪一也……妾既當死,不復重陳,然願戒大王:群臣爲邪,破胡最甚,王不執政,國殆危矣。’於是王大寤,出虞姬,顯之於朝市。封即墨大夫以萬户,烹阿大夫與周破胡。”覆釜,猶覆盆,喻沉冤。李白贈宣城趙太守悦:“願借羲皇景,爲人照覆盆。”

〔二〕放麑:即放麑詞,載本卷。

新來子

君王有隱疾,掩鼻即生嗔〔一〕。何處新來子,樊姬不妒人〔二〕。

【箋注】

〔一〕“君王”二句：參鐵崖先生古樂府卷二馮家女注。

〔二〕樊姬：楚莊王夫人。劉向古列女傳卷二楚莊樊姬：“姬曰：‘王之所謂賢者，何也？’曰：‘虞丘子也。’姬掩口而笑。王曰：‘姬之所笑何也？’曰：‘虞丘子賢則賢矣，未忠也。’王曰：‘何謂也？’對曰：‘妾執巾櫛十一年，遣人之鄭、衛，求賢人（文淵閣四庫全書本作“美人”）進於王。今賢於妾者二人，同列者七人。妾豈不欲擅王之愛寵乎？妾聞堂上兼女，所以觀人能也。妾不能以私蔽公，欲王多見，知人能也。’”

同宮子〔一〕

同宮一相見，不用畫蛾眉。井上芙蓉怨，江蓮共一時。

【箋注】

〔一〕同宮子：楚辭補注卷十四哀時命：“璋珪雜於甑窐兮，隴廉與孟娵同宮。”注：“隴廉，醜婦也。孟娵，好女也。言世人不識善惡，乃以甑窐之土雜厠圭玉，又使醜婦與好女同室也。以言君闇惑，不別賢愚也。”

陽臺曲〔一〕

月落望夫山〔二〕，高臺十二鬟〔三〕。楚宮多妬女，雲雨夢中還。

【箋注】

〔一〕陽臺：又稱高陽臺，位於雲夢澤高唐觀，即楚懷王夢中與巫山神女相會處。文選卷十九宋玉高唐賦：“昔者先王嘗游高唐，怠而晝寢，夢見一婦人曰：‘妾巫山之女也，爲高唐之客。聞君游高唐，願薦枕席。’王因幸之。去而辭曰：‘妾在巫山之陽，高丘之阻，旦爲朝雲，莫爲行雨。朝朝暮暮，陽臺之下。’”

〔二〕望夫山：參見鐵崖先生古樂府卷一石婦操注。

〔三〕十二鬟：黄庭堅詩集注卷十六雨中登岳陽樓望君山之二：“滿川風雨獨憑欄，縮結湘娥十二鬟。”注：“按君山狀如十二螺髻。”

蘇臺曲〔一〕

吳王張高宴，臺下閲犀兵〔二〕。高臺三百里，不①見越王城〔三〕。
　　　　黄溍評云：“十字貶意無盡。”

【校】

① 不：原本作“忽”，據鐵雅先生復古詩集本、鐵崖詩集十集戊集本、樓氏鐵崖樂府注本改。

【箋注】

〔一〕蘇臺：即姑蘇臺。參見鐵崖賦稿卷上姑蘇臺賦。
〔二〕犀兵：吳越春秋卷十勾踐伐吳外傳：“夫差衣水犀甲者，十有三萬人。”注：“吳以水犀皮飾甲也。”
〔三〕越王：指勾踐。

邯鄲道

忽見邯鄲道，千秋萬歲哀〔一〕。君王金不惜，應築望鄉臺〔二〕。

【箋注】

〔一〕“忽見”二句：述漢文帝故事。史記張釋之傳：“從行至霸陵，居北臨廁。是時慎夫人從，上指示慎夫人新豐道，曰：‘此走邯鄲道也。’使慎夫人鼓瑟，上自倚瑟而歌，意慘悽悲懷，顧謂群臣曰：‘嗟乎！以北山石爲椁，用紵絮斮陳，蒃漆其間，豈可動哉！’左右皆曰：‘善。’釋之前進曰：‘使其中有可欲者，雖錮南山猶有郤；使其中無可欲者，雖無石椁，又何戚焉！’文帝稱善。”千秋萬歲，指死亡。史記梁孝王世家：“上與燕王燕飲，嘗從容言曰：‘千秋萬歲後傳於王。’”

〔二〕望鄉臺：見本卷前望仙臺注。

昭陽曲^{〔一〕}

美人初^①睡起，内史報蘭湯^{〔二〕}。散盡黄金餅，無尋赤鳳凰^{〔三〕}。
　　　　黄溍評云："譏得是，譏得是，可與秦宫同看^{〔四〕}。"

【校】

① 初：鐵雅先生復古詩集本、鐵崖詩集十集戊集本作"新"。

【箋注】

〔一〕昭陽：西漢成帝時宫殿名，趙飛燕妹趙合德所居。漢書外戚傳："孝成趙
　　皇后，本長安宫人……學歌舞，號曰顔飛燕。成帝嘗微行出，過陽阿主，作
　　樂。上見飛燕而説之，召入宫，大幸。有女弟復召入，俱爲倢伃，貴傾後
　　宫。許后之廢也，上欲立趙倢伃……皇后既立，後寵少衰，而弟絶幸，爲昭
　　儀，居昭陽舍……姊弟顓寵十餘年，卒皆無子。"
〔二〕"美人"二句：趙飛燕外傳："后浴五藴七香湯，踞通香沉水坐，燎降神百藴
　　香。婕妤浴荳蔲湯，傅露華百英粉。帝嘗私語樊嬺曰：'后雖有異香，不若
　　婕妤體自香也。'"
〔三〕赤鳳凰：趙飛燕外傳："后所通宫奴燕赤鳳者，雄捷能超觀閣，兼通昭儀。
　　赤鳳始出少嬪館，后適來幸。時十月五日，宫中故事，上靈安廟。是日吹
　　塤擊鼓，歌連臂踏地，歌赤鳳來曲。后謂昭儀曰：'赤鳳爲誰來？'昭儀曰：
　　'赤鳳自爲姊來，寧爲他人乎？'后怒。"
〔四〕秦宫：即本卷桑陰曲。

團扇歌^{〔一〕}

團扇復團扇，秋風不相見。隱顯各有時，陽阿舞雙燕^{〔二〕}。

【箋注】

〔一〕按：相傳西漢成帝妃子班婕妤失寵後賦有怨詩。樂府詩集卷四十二相和

歌辭十七録有班氏怨歌行(又名團扇歌),乃本詩淵源所自。詩曰:"新裂齊紈素,鮮潔如霜雪,裁爲合歡扇,團團似明月。出入君懷袖,動搖微風發,常恐秋節至,涼飆奪炎熱,棄絹篋笥中,恩情中道絶。"

〔二〕雙燕:指趙飛燕姐妹。漢書外戚傳:"孝成趙皇后,本長安宮人。初生時,父母不舉,三日不死,乃收養之。及壯,屬陽阿主家。學歌舞,號曰飛燕。"顏師古曰:"陽阿,平原之縣也。今俗書'阿'字作'河',又或爲'河陽',皆後人所妄改耳。"參見本卷昭陽曲。

白頭吟〔一〕

長夜白頭吟,新絲理故琴。莫將一日意,誤結百年心。

　　黄溍評云:"丁寧得是。"

【箋注】

〔一〕白頭吟:見本卷買妾言注。

銅雀曲〔一〕

帳中歌吹作,玉座翠簾①曛。西陵迷望眼,日暮起浮雲。

　　黄溍評云:"以雲興無心之物,不必刻苦。"

【校】

① 翠簾:鐵雅先生復古詩集本、鐵崖詩集十集戊集本作"奉晨"。

【箋注】

〔一〕銅雀:臺名,曹操建於東漢末年。太平寰宇記卷五十五河北道四相州安陽縣:"銅雀臺,魏武帝所造。遺令:'令施繐帳,朝晡宮人歌吹,望吾西陵。'謝玄暉詩云'繐帳飄井幹,罇酒若平生。鬱鬱西陵樹,詎聞歌吹聲'云云。"

綠珠辭①

井底生明月〔一〕,樓頭②墜寶星〔二〕。年年金谷草,春入③美人青〔三〕。
　　黄潛評云:"以虞美人影入,用事之妙。"

【校】

① 明鈔楊維禎詩集本題作綠珠詞。
② 頭: 明鈔楊維禎詩集本作"前"。
③ 入: 明鈔楊維禎詩集本作"日"。

【箋注】

〔一〕"井底"句: 太平廣記卷三百九十九綠珠井:"綠珠井在白州 雙角山下。昔
　　梁氏之女有容貌,石季倫爲交趾採訪使,以圓珠三斛買之。梁氏之居,舊
　　井存焉。耆老傳云,汲飲此水者,誕女必多美麗。"
〔二〕"樓頭"句: 綠珠傳:"綠珠者,姓梁,白州 博白縣人也……綠珠生雙角山
　　下,美而艷,粵俗以珠爲上寶,生女爲珠娘,生男爲珠兒,綠珠之字由此而
　　稱。晉石崇爲交趾采訪使,以真珠三斛致之。崇有別廬,在河南 金谷澗,
　　澗中有金水,自太白源來,崇即川阜製園館。綠珠吹笛,又善舞……趙王
　　倫亂常,賊類孫秀使人求綠珠……崇謂綠珠曰:'我今爲爾獲罪。'綠珠泣
　　曰:'願效死於君前。'崇因止之。於是墜樓,而崇棄東市。時人名其樓曰
　　綠珠樓。"
〔三〕美人: 雙關語,既指虞美人草,又借指虞姬。明王肯堂 證治準繩卷八十一
　　外科:"草有名'虞美人'者,虞美人,項王寵姬也,爲項王死,世哀之,爲之
　　歌,對草倚聲悽慟,而草輒摇。"

焦仲卿妻〔一〕

生爲仲卿婦,死與仲卿齊。盧江同樹鳥,不過別枝啼〔二〕。

【箋注】

〔一〕焦仲卿妻: 玉臺新詠卷一古詩爲焦仲卿妻作序:"漢末建安中,盧江府小

吏焦仲卿妻劉氏,爲仲卿母所遣,自誓不嫁。其家逼之,乃没水而死。仲卿聞之,亦自縊於庭樹。時傷之,爲詩云爾。"

〔二〕"廬江"二句: 古詩爲焦仲卿妻作:"兩家求合葬,合葬華山傍。東西植松柏,左右種梧桐。枝枝相覆蓋,葉葉相交通。中有雙飛鳥,自名爲鴛鴦。仰頭相向鳴,夜夜達五更。"

小臨海曲①十首〔一〕

其一

日落洞庭波,吳娃蕩槳過。道人吹鐵笛,風浪夜來多。

其二

道人鐵笛響,半入洞庭山〔二〕。天風將一半,吹度白銀灣。

其三

仙橘大如斗〔三〕,浮之過洞庭。江妃渾未識〔四〕,唤作楚王萍〔五〕。

其四

海客報奇事,青天火甕飛〔六〕。明朝雷澤底〔七〕,新有落星磯〔八〕。

其五

網得珊瑚樹〔九〕,移栽碼磁②盆。夜來風雨橫,龍氣上珠根。

其六

海上雙雷島〔十〕,渾如灩澦堆〔十一〕。乖龍拔山脚〔十二〕,飛渡海門來。

其七

潮來神樹没,潮歸神樹青。雲裏天妃過,龍旗帶雨腥。

其八

客入毛公洞〔十三〕,洞深人不還〔十四〕。明年探禹穴〔十五〕,相見會稽山。

其九

太液象圓海〔十六〕,金蓮夜夜開。水中萬年月,照見昆明灰〔十七〕。

其十

秦峰望東海〔十八〕,雲氣常飄飄。桑田明日事〔十九〕,奚用石爲橋③〔二十〕!

【校】

① 原本於題下有小字注:"一名洞庭曲。"

② 碼磠: 列朝詩集本、樓氏鐵崖樂府注本作"瑪瑙"。

③ 列朝詩集本以下附録有張簡和鐵崖小臨海十首,爲步韻之作。

【箋注】

〔一〕本組詩當作於元至正五、六年間,其時鐵崖寓居湖州長興,授學於蔣氏東湖書院。繫年依據:詩中所述"洞庭波"、"洞庭山"、"雷澤"、"雙雷島"、"毛公洞"等等,皆鐵崖當時游賞且好描述之地。鐵崖好友張雨曾與之唱和小臨海曲十首。參見鐵崖先生詩集庚集贈張貞居詩序。又,明梅鼎祚編古樂苑衍録卷一山水二十四曲,其中有小臨海歌。

〔二〕洞庭山:吴郡圖經續記卷中水:"太湖在吴縣南⋯⋯湖中有山,大小七十二,洞庭其一也。"

〔三〕"仙橘"句:唐牛僧孺玄怪録卷三巴卭人:"有巴卭人,不知姓名,家有橘園。因霜後,諸橘盡收,餘有兩大橘,如三斗盎。巴人異之⋯⋯剖開,每橘有二老叟,鬢眉皤然,肌體紅明,皆相對象戲。"按:洞庭山盛產橘。

〔四〕江妃:宋吴曾能改齋漫録卷五辨誤湘君湘夫人:"樂府叙篇云:'洞庭之山,帝之二女居之。郭璞云:天帝之女,處江爲神,即列仙傳所謂江妃二女也。'"此將湖南之洞庭連類詠入。

〔五〕楚王萍:孔子家語卷二致思:"楚王渡江,江中有物大如斗,圓而赤,直觸王舟。舟人取之,王大怪之,遍問群臣,莫之能識。王使使聘于魯,問於孔子。子曰:'此所謂萍實者也,可剖而食之,吉祥也。唯霸者爲能獲焉⋯⋯吾昔之鄭,過乎陳之野,聞童謡曰:楚王渡江得萍實,大如斗,赤如日,剖而食之甜如蜜。此是楚王之應也。吾是以知之。'"

〔六〕火甕:晉書天文志中:"飛星大如缶若甕,後皎然白,前卑後高,此謂頓頑,其所從者多死亡。飛星大如缶若甕,後然皎白,星滅後,白者曲環如車輪,此謂解銜,其國人相斬爲爵禄。飛星大如缶若甕,其後皎然白,長數丈,星滅後,白者化爲雲流下,名曰大滑,所下有流血積骨。"

〔七〕雷澤:吴郡圖經續記卷中水:"其大雷、小雷山,相去十里,其間謂之雷澤。或謂舜之所漁,非也。"

〔八〕落星磯:即落星山,在南京長江邊,傳大星落於此,故名。又,江西通志卷十二山川南康府:"德星石,舊名落星石,在府城南五里湖中,高五丈許,相傳星隕所化。”

〔九〕“網得”句：南朝宋劉義慶世説新語汰侈劉孝標注引吳萬震南州異物志：
“珊瑚生大秦國，有洲在漲海中……水深二十餘丈，珊瑚生石上……國人
乘大船，載鐵網，先没在水下，一年便生網目中……三年色赤，便以鐵鈔發
其根，繫鐵網於船，絞車舉網，還，裁鑿恣意所作。”

〔十〕雙雷島：指太湖中大雷山、小雷山。

〔十一〕灔澦堆：太平寰宇記卷一百四十八夔州：“灔澦堆，周迴二十丈，在州西
南二百步，蜀江中心，瞿塘峽口。冬水淺，屹然露百餘尺；夏水漲，没數
十丈。其狀如馬，舟人不敢進。”

〔十二〕乖龍：宋黃休復茅亭客話卷五：“世傳乖龍者，苦於行雨，而多方竄匿。”

〔十三〕毛公洞：江南通志卷一百七十四人物志方外一常州府：“唐毛葮，不知
何許人。游宜興張公洞，自洞底東至太湖中洞庭山，得石穴而出。葮言
在洞中東行，聞頂上有風波聲及舟人語。今山上有毛公洞。”

〔十四〕“洞深”句：吳郡圖經續記卷中山：“包山在震澤中，山有林屋洞。昔吳
王嘗使靈威丈人入洞穴，十七日不能窮，得靈寶五符以獻，即此洞也。
水經注云，山有洞室，入地潛行，北通琅耶、東武。俗謂之洞庭。”按：相
傳靈威丈人即毛葮。

〔十五〕禹穴：史記太史公自序：“二十而南游江、淮，上會稽，探禹穴。”集解：
“張晏曰：禹巡狩至會稽而崩，因葬焉。上有孔穴，民間云禹入此穴。”

〔十六〕太液：三輔黃圖卷四池沼：“太液池在長安故城西，建章宮北，未央宮西
南。太液者，言其津潤所及廣也。關輔記云：建章宮北有池，以象北海，
刻石爲鯨魚，長三丈。漢書曰：建章宮北治大池，名曰太液，池中起三
山，以象瀛洲、蓬萊、方丈，刻金石爲魚龍奇禽異獸之屬。”

〔十七〕昆明：三輔黃圖卷四池沼：“漢昆明池，武帝元狩四年穿，在長安西南，
周回四里……武帝初穿池，得黑土，帝問東方朔，東方朔曰：‘西域胡人
知。’乃問胡人，胡人曰：‘劫燒之餘灰也。’”

〔十八〕秦峰：水經注卷四十漸江水：“又有秦望山，在州城正南，爲衆峰之傑，
陟境便見。史記云：秦始皇登之，以望南海。自平地以取山頂七里，懸
磴孤危，徑路險絶。”

〔十九〕桑田：此指麻姑自稱曾見“東海三變爲桑田”。參見鐵崖先生古樂府卷
三夢游滄海歌注。

〔二十〕石爲橋：太平寰宇記卷二十河南道二十登州文登縣：“召石山，在縣東
八十五里。三齊略記云：始皇造石橋，渡海觀日出處。有神人召石下，

城陽一十三山石遣東下，炭炭相隨如行狀，石去不駛，神人鞭之皆見血。今驗召石山之色，其下石色盡赤焉。”

桂水五千里四首〔一〕

其一
桂水五千里，春來波浪深。地消青草瘴〔二〕，花發乳蕉林〔三〕。
其二
桂水五千里，瀟湘雨氣空。衡山七十二〔四〕，望見女英峰〔五〕。
其三
桂水五千里，南風大府開。象王新入貢①，鮫②女送珠來〔六〕。
其四
桂水五千里，上有鸚鵡洲〔七〕。美人生遠思，今夜在南樓〔八〕。

　　吳復曰：“已上凡八十首，爲古樂府小體，間有串史斷於比興者，尤古詩人之難也。國風好色而不淫，小雅怨誹而不亂〔九〕，兼之者，此詩有焉。”

【校】

① 入貢：明鈔楊維禎詩集本、樓氏鐵崖樂府注本作“貢入”。
② 鮫：明鈔楊維禎詩集本作“酋”。

【箋注】

〔一〕桂水：湖廣通志卷十一山川志桂陽州：“桂水出桂陽縣北界山，山壁高聳，三面特峻。石泉縣注瀑布而下，北逕南平縣而東北流，屆鍾亭，右會鍾水，通爲桂水也。故應劭曰：‘桂水出桂陽東北，入湘。’”
〔二〕青草瘴：王維送楊少府貶郴州：“青草瘴時過夏口，白頭浪裏出湓城。”趙殿成注：“廣州記：地多瘴氣，夏爲青草瘴，秋爲黃茅瘴。”
〔三〕乳蕉：又名牛乳蕉。藝文類聚卷八十七果部下芭蕉：“此蕉有三種：一種子大如手拇指，長而銳，有似羊角，名羊角蕉，味最甘好。一種子大如雞卵，有似羊乳，名牛乳蕉，微減羊角。一種大如藕，長六七寸，形正方，少甘，最不好也。”
〔四〕衡山：方輿勝覽卷二十三湖南路潭州：“南嶽，一名衡山，在衡山縣西三十里。晉因山以名郡……長沙志：'軒翔聳拔九千餘丈，尊卑差次七十二峰。巖洞溪澗，泉石之勝，交錯於中。又有數十洞，十五巖，三十八泉，二十五溪，九池，九潭，六源，八橋，九井，三穿，三漏，此最著者。七十二峰，最大者五：祝融、紫蓋、雲密、石廩、天柱，而祝融爲最高。'"

〔五〕女英峰：九疑山有九峰，其六曰女英，相傳舜墓在此峰下。參見方輿勝覽卷二十四湖南路道州。

〔六〕"象王"二句：洞冥記卷二："吠勒國貢文犀四頭，狀如水兕，角表有光，因名明犀。置暗中有光影，亦曰影犀。織以爲簟，如錦綺之文。此國去長安九千里，在日南。人長七尺，被髮至踵，乘犀象之車。乘象入海底取寶，宿於鮫人之舍，得淚珠則鮫所泣之珠也，亦曰泣珠。"

〔七〕鸚鵡洲：太平寰宇記卷一百十二江南西道十鄂州江夏縣："鸚鵡洲，在大江東，縣西南二里。西過此洲，從北頭七十步大江中流，與漢陽縣分界。"

〔八〕今夜在南樓：晉書庾亮傳："亮在武昌，諸佐吏殷浩之徒，乘秋夜往共登南樓，俄而不覺亮至，諸人將起避之。亮徐曰：'諸君少住，老子於此處興復不淺。'便據胡床，與浩等談詠竟坐。其坦率行己，多此類也。"

〔九〕"國風"二句：出史記屈原賈生列傳。

卷十　鐵崖先生古樂府卷十

西湖竹枝歌[一]十二首①

竹枝本是夜郎之音②[二]，依聲製詞，實起於劉朗州[三]，詞若鄙陋，而發情止③義[四]，則有風人騷子之遺意。然則製竹枝者，不猶愈於④今樂府！製湖中曲者多矣，而未有補竹枝之闕。余補十章，更率能言之士繼之。

【校】

① 明鈔楊維禎詩集、元詩體要卷四、列朝詩集甲集前編第七之下皆載此組詩，據以校勘。西湖竹枝歌：明鈔楊維禎詩集本、元詩體要本皆題作西湖竹枝詞。列朝詩集本題下又有小字注曰：“一作小臨海曲。”又，原本與陳善學刊本、列朝詩集本題下小字注爲“九首”，然明鈔楊維禎詩集本、元詩體要本所載皆爲十首，其中前七首見於此本，除去重複，新增三首依次録入，總計爲十二首。

② 此詩序原本無，據明鈔楊維禎詩集本、元詩體要本增補。按：明季陳于京刊西湖竹枝詞卷首、陳善學刊楊鐵崖文集卷七所載西湖竹枝歌九首之前亦有序文，然與此本差異極大，實非撰於鐵崖首倡西湖竹枝詞之際，而是作於數年後西湖竹枝詞結集之時。故另外録入并作校箋，參見注釋及本書佚文編。

③ 止：原本作“正”，據元詩體要本改。

④ 於：元詩體要本作“與”。

【箋注】

[一] 本組詩及其詩序，當撰於元至正二年（一三四二），即鐵崖首倡西湖竹枝詞之際。其時鐵崖服喪期滿，移居杭州不久。繫年依據：鐵崖撰有兩篇西湖竹枝詞序，另一篇撰於至正八年七月，書於崑山顧瑛玉山草堂，當爲西湖竹枝詞結集之時。其文曰：“予閑居西湖者七八年，與茅山外史張貞居、苕溪鄭九成輩爲唱和交。水光山色浸沈胸次，洗一時尊俎粉黛之習，於是乎有竹枝之聲。”（載本書佚文編。）由此上推“七八年”，鐵崖首倡西湖竹枝

之時，即鐵崖移居杭州之初。

〔二〕夜郎：古國名。漢代或借指西南夷諸國。大致位於今湖南、貴州、四川、雲
　　南一帶。

〔三〕劉朗州：劉禹錫曾被貶爲朗州（今湖南常德）司馬，故稱。劉禹錫改編竹
　　枝，詳見其竹枝詞引（載劉賓客文集卷二十七）。

〔四〕發情止義：詩周南關雎序：“故變風發乎情，止乎禮義。發乎情，民之性
　　也；止乎禮義，先王之澤也。”

其一

蘇小門前花滿株〔一〕，蘇公堤上女當壚①〔二〕。南官②北使須到此，
江南西湖天下無。

【校】

① 上女當壚：明鈔楊維禎詩集本作“下水平湖”。
② 官：鐵崖先生詩集乙集本作“宫”。

【箋注】

〔一〕蘇小：即蘇小小。宋吳曾能改齋漫録卷一事始錢塘蘇小小：“劉次莊樂府
　　解題曰：‘錢塘蘇小小歌。蘇小小，非唐人。世見樂天、夢得詩多稱咏，遂
　　謂與之同時耳。’次莊雖知蘇小小非唐人，而無所據，予按郭茂倩所編引廣
　　韻曰：‘蘇小小，錢塘名倡也，蓋南齊時人。’”

〔二〕蘇公堤：北宋蘇軾守杭州時，疏浚西湖，并筑長堤，通南北之路，杭人稱之
　　爲蘇公堤。女當壚：本指卓文君當壚賣酒，此借指杭州賣酒女子。卓文
　　君與司馬相如故事，詳見漢書司馬相如傳。

其二

鹿頭湖船唱赦郎①〔一〕，船頭不宿②野鴛鴦。爲郎歌舞爲郎死，不惜
真③珠成斗量〔二〕。

【校】

① “鹿頭”句：明鈔楊維禎詩集本、元詩體要本作“片言許郎金石剛”。
② 船頭不宿：明鈔楊維禎詩集本、元詩體要本作“阿奴不是”。

③ 惜：列朝詩集本作“怕”。真：明鈔楊維楨詩集本作“珍”。

【箋注】

〔一〕鹿頭：曝書亭集卷六十説舟示戴生鍈：“西湖船製不一，以色名者：有明
玉、鎗金……。以形名者：有龍頭，白樂天詩‘小航船亦畫龍頭’是也；有
鹿頭，楊廉夫詩‘鹿頭湖船唱赦郎’是也。”又，李太白全集卷八秋浦歌之
十四：“赦郎明月夜，歌曲動寒川。”清王琦注：“‘郎’，亦即指冶夫而言，于
用力作勞之時，歌聲遠播，響動寒川，令我聞之不覺愧赦。蓋其所歌之曲，
適有與心相感者故耳。‘赦’字，當屬已而言，舊注謂‘赦郎’爲吴音歌者
助語之詞，或謂是土語呼其所歡之詞，俱屬强解。’”按：王琦所注有誤。
本詩所謂“赦郎”，蓋即“吴音歌者助語之詞”，或指“歡郎”。

〔二〕“不惜”句：用綠珠典。見上卷綠珠辭注。又，劉禹錫泰娘歌：“斗量明珠
鳥傳意，紺幰迎入專城居。”

其三

家住城西①新婦磯〔一〕，勸君不唱縷金②衣〔二〕。琵琶元是韓朋③
木〔三〕，彈得④鴛鴦一處飛。

【校】

① 城西：西湖竹枝詞林有麟萬曆刊本、明鈔楊維楨詩集本、元詩體要本作“西
湖”。鐵崖先生詩集乙集本作“湖西”。

② 君：西湖竹枝詞林有麟萬曆刊本、明鈔楊維楨詩集本、元詩體要本作“郎”。
不：明鈔楊維楨詩集本、元詩體要作“休”。縷金：列朝詩集本、樓氏鐵崖樂
府注本作“金縷”。

③ 元：明鈔楊維楨詩集本作“本”。朋：明鈔楊維楨詩集本、元詩體要本作
“憑”。

④ 得：明鈔楊維楨詩集本、元詩體要本作“作”。

【箋注】

〔一〕新婦磯：明田汝成西湖游覽志卷十北山勝迹：“靈隱寺之西，爲嚴將軍墓。
又西，爲粟山、石人嶺、玉女巖。粟山高六十二丈。石人嶺一名馮公嶺，形
如人狀，雙髻聳然。下有洞府，名玉女巖，一名新婦石。”

〔二〕縷金衣：或作金縷衣。洪遂侍兒小名録秋娘：“唐杜秋娘，金陵女子也。

年十五,爲浙西觀察使李錡妾。嘗爲錡詞云:'勸君莫惜金縷衣,勸君須惜少年時。有花堪折君須折,莫待花殘空折枝。'"(録自説郛卷七十七上)

〔三〕韓朋:即韓憑。參見鐵崖先生古樂府卷二杞梁妻注。

其四

勸郎莫①上南高峰,勸郎莫②上北高峰〔一〕。南高峰雲北高雨,雲雨相催愁③殺儂〔二〕。

【校】

① 西湖竹枝詞林有麟萬曆刊本、明鈔楊維禎詩集、鐵崖先生詩集乙集、元詩選初集辛集載此詩,據以校勘。莫:明鈔楊維禎詩集本作"休"。下同。

② 郎:原本作"我",西湖竹枝詞本、元詩選本作"儂",據鐵崖先生詩集乙集本、明鈔楊維禎詩集本改。元詩選本於"莫"字下注曰:"一作休"。

③ 催愁:明鈔楊維禎詩集本作"隨惱"。

【箋注】

〔一〕南高峰、北高峰:雍正刊西湖志卷三名勝:"雙峰插雲。南高、北高兩峰,相去十餘里,其間層巒疊嶂,蜿蜒盤結,列峙爭雄,而兩峰獨以'高'名,爲會城之巨鎮。山勢既峻,能興雲雨,故其上多奇雲。山峰高出雲表,時露雙尖,望之如插,宋人稱'兩峰插雲'。"

〔二〕雲雨相催:寓巫山雲雨之典。參見鐵崖先生古樂府卷九陽臺曲注。

其五

湖口樓船①湖日陰,湖中斷橋湖水深〔一〕。樓船無柁是②郎意,斷橋有柱是儂③心〔二〕。

【校】

① 樓船:明鈔楊維禎詩集本、元詩體要本作"行雲"。

② 樓船無柁是:明鈔楊維禎詩集本、元詩體要本作"行雲無心似"。

③ 有:西湖竹枝詞林有麟萬曆刊本、鐵崖先生詩集乙集本作"無"。儂:明鈔楊維禎詩集本、元詩體要本作"奴"。

【箋注】

〔一〕斷橋：雍正刊本西湖志卷三名勝："斷橋殘雪。出錢塘門，循湖而行，入白
沙堤，第一橋曰斷橋，界於前、後湖之中。"又，西湖游覽志卷二孤山三堤勝
迹："斷橋本名寶祐橋，自唐時呼爲斷橋。張祜詩'斷橋荒蘚合'是也。豈
以孤山之路至此而斷，故名之歟？"

〔二〕儂：指"我"。陳善學刊本於末句旁附注評語："以俚自致。"

其六①

病春日日可②如何？起向西窗理琵琶。見説枯槽能卜命〔一〕，柳州
衙③口問來婆〔二〕。

【校】

① 元詩體要本無此首。
② 可：鐵崖先生詩集乙集本作"是"。
③ 衙：鐵崖先生詩集乙集本作"關"。

【箋注】

〔一〕枯槽：借指琵琶。

〔二〕來婆：即阿來婆。唐張鷟朝野僉載卷三："崇仁坊阿來婆，彈琵琶卜，朱紫
填門。浮休子張鷟曾往觀之，見一將軍，紫袍玉帶，甚偉。下一疋紬綾，請
一局卜。來婆鳴弦柱，燒香，合眼而唱：'東告東方朔，西告西方朔。南告
南方朔，北告北方朔。上告上方朔，下告下方朔。'將軍頂禮既，告請甚多，
必望細看，以決疑惑。遂即隨意支配。"又，"韋庶人之全盛日，好厭禱，并
將昏鏡以照人，令其速亂，與崇仁坊邪俗師婆阿來專行厭魅，平王誅之。
後往往於殿上掘得巫蠱，皆逆韋之輩爲之也。"

其七①

小小渡船如缺瓜〔一〕，船中少婦竹枝歌。歌聲唱入空侯②調〔二〕，不
遣狂夫橫渡河。

【校】

① 元詩體要本無此首。

② 唱：原本爲墨丁，據西湖竹枝詞林有麟萬曆刊本、陳善學刊本、列朝詩集本補。空侯：西湖竹枝詞林有麟刊本、鐵崖先生詩集乙集本、列朝詩集本、陳善學刊本作"箜篌"。

【箋注】

〔一〕缺瓜：清朱彝尊説舟示戴生鎮："小者謂之'瓜皮船'，廉夫詩'小小渡船如缺瓜'、歐陽彦珍詩'瓜皮船子送琵琶'、張大本詩'瓜皮小船歌竹枝'、周正道詩'瓜皮船小水中央'是也。"

〔二〕空侯：指箜篌引。參見鐵崖先生古樂府卷一公無渡河注。

其八

石新婦下水連空〔一〕，飛來峰前山萬重〔二〕。妾死甘爲石新婦①，望郎忽②似飛來峰。（石新婦，即秦皇纜石是也③。）

【校】

① 武林掌故叢編本西湖竹枝詞、明鈔楊維禎詩集、鐵崖先生詩集乙集、元詩選初集辛集載此詩，據以校勘。"妾死"句：鐵崖先生詩集乙集本、元詩選本作"不辭妾作望夫石"，西湖竹枝集本作"妾死甘爲望夫石"。

② 望郎忽：明鈔楊維禎詩集本作"蕭郎或"。西湖竹枝集本於"望郎忽"下注曰："一作'舊來或'。"

③ 石新婦即秦皇纜石是也：鐵崖先生詩集乙集本作"石新婦即湖上秦皇繫纜石是也"。

【箋注】

〔一〕石新婦：元鄭元祐遂昌山樵雜録："錢唐門西出……西去即保叔塔。山脚下有大石，世傳秦始皇纜船石。喻彌陀勸人修西方淨業，畫丈餘彌陀，遇壩頭行刑日，彌陀張大像頌佛號，其用心勤矣。至鑿纜船石爲大佛頭，耳竅可坐七人，其大可知。東臨湖白雲宗寺，西則水月園。"

〔二〕飛來峰：雍正刊本西湖志卷六山水："飛來峰（一名靈鷲峰）。錢塘縣志：'在靈隱寺前。'咸淳臨安志：'晏元獻輿地志云：晉咸和元年，西天竺僧慧理登兹山，嘆曰："此是中天竺國靈鷲山之小嶺，不知何年飛來？"因挂錫造靈隱寺，號其峰曰飛來。'西湖游覽志：'峰界靈隱、天竺兩山之間，高不逾數十丈，而怪石森立，青蒼玉削，若駭豹蹲獅。'"

其九

望郎一朝又一朝,信郎信似<u>浙江</u>①潮〔一〕。床脚揾龜有時爛②〔二〕,臂上守宮無③日銷〔三〕!

【校】

① 似<u>浙江</u>:<u>明</u>鈔<u>楊維禎詩集</u>本作"是<u>錢塘</u>"。
② "床脚"句:<u>鐵崖先生詩集</u>乙集本、<u>武林掌故叢編</u>本<u>西湖竹枝集</u>有注:"一作'<u>浙江</u>潮,有時失'。"<u>明</u>鈔<u>楊維禎詩集</u>本、<u>元詩體要</u>本則作"<u>錢塘</u>潮信有時失"。
③ 無:<u>鐵崖先生詩集</u>乙集本作"何"。

【箋注】

〔一〕<u>浙江</u>潮:<u>咸淳臨安志</u>卷三十一<u>山川</u>十<u>浙江</u>:"<u>浙河</u>之水,每日晝夜潮再上,常以月十日、二十五日最小,月三日、十七日最大。小則水漸漲,不過數尺;大則濤山浪屋,雷擊電砰,有吞天沃日之勢……以月臨子午,潮必平矣;月至卯酉,汐必盡矣。或遲速消息又小異,而進退盈虛,終不失於時期。"
〔二〕揾龜:<u>史記龜策列傳</u>:"南方老人用龜支牀足,行二十餘歲。老人死,移牀,龜尚生不死。龜能行氣導引。"
〔三〕守宮:<u>明周祈名義考</u>卷十<u>蜥蜴蝘蜓</u>:"<u>説文</u>:'在草曰蜥蜴,在壁曰蝘蜓。'……守宮又名蝎虎,灰色,大如指……<u>顔師古</u>曰:'守宮,術家以器養之,飼以丹砂,滿七斤,擣治萬杵,以點女子臂,終身不滅。有房室之事,則滅矣。'"

其十①

<u>水仙廟</u>下是儂樓〔一〕,樓前有儂蓮葉②舟。行人盡道橫風③急,不載行人西渡頭。

【校】

① 以下三首據<u>明</u>鈔<u>楊維禎詩集</u>録入,校以<u>元詩體要</u>卷四本。
② 樓前、蓮葉:<u>明</u>鈔<u>楊維禎詩集</u>本空闕,據<u>元詩體要</u>本補。
③ 盡道橫風:<u>元詩體要</u>本作"苦道橫波"。

【箋注】

〔一〕水仙廟：宋董嗣杲西湖百詠卷上水仙廟：“在水月園西。廟創梁大同年
　　間，號錢塘湖龍君廟。錢氏繼請額，穹碑尚存。乾道中重建。寶慶間，郡
　　守別建蘇堤上，乃謂舊廟。”

其十一

採蓮能歌歌莫愁〔一〕，因學吹笛唱梁州〔二〕。不識黃雲隴水急①，吹
作大堤楊柳秋〔三〕。

【校】

① 急：元詩體要本作“怨”。

【箋注】

〔一〕莫愁：樂曲名。參見本卷漫成五首之五注。
〔二〕梁州：樂曲名。宋洪邁容齋隨筆卷十四大曲伊涼：“今樂府所傳大曲，皆
　　出於唐，而以州名者五：伊、涼、熙、石、渭也。涼州今轉爲梁州，唐人已多
　　誤用，其實從西涼府來也。”
〔三〕楊柳：此爲雙關語，既指堤上楊柳，又指笛曲折楊柳。參見鐵崖先生古樂
　　府卷二篳篥吟注。

其十二

奴家即在西塍頭〔一〕，不比春風蘇小愁①〔二〕。人道西湖女淫苦，安
得有此青陵丘〔三〕！

【校】

① 比春風蘇小愁：明鈔楊維禎詩集本脱闕，據元詩體要本補。

【箋注】

〔一〕西塍：即西馬塍。在杭州餘杭門外。參見咸淳臨安志卷三十山川九。
〔二〕蘇小：即蘇小小。參見本卷西湖竹枝歌之一注。
〔三〕青陵丘：指韓憑夫婦之青陵臺。參見鐵崖先生古樂府卷二杞梁妻注。

吳下竹枝歌 七首　率郭義仲同賦①〔一〕

其一②

三箸春深草色齊〔二〕，花③間蕩漾勝耶溪〔三〕。采菱三五唱歌去，五馬行春駐大堤〔四〕。

【校】

① 列朝詩集甲集前編第七下、元詩選初集辛集、劉世珩影刊十八卷本玉山草堂雅集卷二載此組詩，據以校勘。題下"率郭義仲同賦"六小字注原本無，據諸校本增補。吳下：玉山草堂雅集本作"吳中"。

② 此詩玉山草堂雅集本列爲第二首。

③ 花：玉山草堂雅集本作"華"。

【箋注】

〔一〕本組詩當撰於元至正七年(一三四七)前後，其時鐵崖寓居姑蘇，授學爲生，不時應邀赴崑山小住。繫年依據：吳下竹枝歌乃鐵崖游寓吳地時與當地友人唱和之作，在至正初年杭州首倡西湖竹枝之後。郭義仲：即崑山郭翼。參見東維子文集卷七郭義仲詩集序。

〔二〕三箸：太平寰宇記卷九十四江南東道六湖州長興縣："箸溪，在縣南五十步。一名顧渚口，一名趙瀆，注於太湖。箸溪者，顧野王輿地志云：夾溪悉生箭箸，南岸曰上箸，北岸曰下箸。二箸皆村名。村人取下箸水釀酒，醇美勝於雲陽，俗稱箸下酒。"

〔三〕耶溪：若耶溪之簡稱。宋施宿等會稽志卷十水："若邪溪在縣南二十五里，溪北流與鏡湖合……後漢劉寵爲會稽太守，去郡，若邪父老人齎百錢相送，爲受一大錢。十道志云，後人因此名劉寵溪。唐徐季海嘗游溪，因歎曰：'曾子不居勝母之間，吾豈游若邪之溪？'遂改爲五雲溪……若邪溪乃西子採蓮、歐冶鑄劍之所。"

〔四〕五馬：借指太守。

其二①

家住越來溪上頭〔一〕，臙脂塘裏木蘭舟〔二〕。木蘭風起飛花急，只逐越來溪上流^②。

【校】

① 此詩劉世珩影刊玉山草堂雅集本列爲第一首。

② "木蘭風起"二句：劉世珩影刊玉山草堂雅集本作"碧桃花瓣隨春去，注目東
江水倒流"。

【箋注】

〔一〕越來溪：宋范成大吴郡志卷八古迹："越來溪在越城東南，與石湖通。溪
流貫行春及越溪二橋，以入横塘，清澈可鑒。越兵自此溪來入吴，故以名。
史記正義：'越自松江北開渠至横山，東北入吴。'即此溪。'來'讀曰
'鳌'，吴音也。"

〔二〕臙脂塘：蓋指香水溪。吴郡志卷八古迹："香水溪在吴故宫中，俗云西施
浴處，人呼爲脂粉塘。吴王宫人濯粧於此，溪上源至今馨香。"木蘭舟：述
異記卷下："木蘭舟，在潯陽江中，多木蘭樹。昔吴王闔閭植木蘭於此，用
構宫殿也。七里洲中，有魯班刻木蘭爲舟，舟至今在洲中。詩家云'木蘭
舟'出於此。"

其三

寶帶橋西江水重^{〔一〕}，寄郎書去未回儂。莫令錯送回文錦^{〔二〕}，不答
鴛鴦字半封。

【箋注】

〔一〕寶帶橋：明王鏊姑蘇志卷十九橋梁上："寶帶橋，去郡城十五里，跨澹臺
湖，南北長三十餘丈。今呼爲小長橋。相傳爲唐王仲舒建，捐帶助費，
故名。"

〔二〕回文錦：參見鐵崖先生古樂府卷九回文字注。

其四

馬上郎君雙結椎^{①〔一〕}，百花洲下買花枝^{〔二〕}。罨眔冠子高一尺^{〔三〕}，
能唱黄鶯舞雁兒^{〔四〕}。

【校】

① 椎：劉世珩影刊玉山草堂雅集本作“槌”。

【箋注】

〔一〕結椎：即椎髻，髮形如椎。漢書李陵傳：“兩人皆胡服椎結。”

〔二〕百花洲：明王鏊姑蘇志卷三十三古迹：“百花洲在西城下，胥、盤二門之間。高啓：‘吳王在時百花開，畫船載樂洲邊來。吳王去後百花落，歌吹無聞洲寂寞。’”

〔三〕罟罟冠子：即罟罟冠，或作固姑冠、顧姑冠等，一種圓形高冠，蒙古貴婦所戴。元熊夢祥析津志輯佚風俗：“罟罟，以大紅羅幔之。胎以竹，涼胎者輕。上等大、次中、次小。用大珠穿結龍鳳樓臺之屬，飾於其前後。復以珠綴長條，襟飾方弦，掩絡其縫。又以小小花朵插帶，又以金纍事件裝嵌，極貴。寶石塔形，在其上。頂有金十字，用安翎筒以帶雞冠尾……莪莪然者名罟罟。”按：元代後期南方婦女亦流行戴此高冠。元張憲撰玉笥集卷三和睦州雜詩十四首之南國香：“南國香，誰家女，容貌如花絶代嫩……宮粧不著嫁衣裳，三尺罟罟包髻子。”

〔四〕黃鶯：即黃鶯兒，北曲名。宋周密武林舊事卷十上官本雜劇段數中有三姝黃鶯兒、賣花黃鶯兒。舞雁兒：樂曲名。宋汪元量湖州歌：“第九筵開盡帝妃，三宮端坐受金巵。須臾殿上都酣醉，拍手高歌舞雁兒。”

其五

白翎鵲操手雙彈〔一〕，舞罷胡笳十八般①〔二〕。銀馬杓中勸郎酒，看郎色②似赤瑛盤。

【校】

① 般：劉世珩影刊玉山草堂雅集本作“盤”。
② 色：劉世珩影刊玉山草堂雅集本作“面”。

【箋注】

〔一〕白翎鵲操：元代教坊大曲，元世祖忽必烈授意製作。參見鐵崖先生古樂府卷七白翎鵲辭。

〔二〕胡笳十八般：即胡笳十八拍，相傳東漢蔡琰創製。蔡琰乃蔡邕女，爲胡騎
　　所掠，因胡人吹蘆葉以爲歌，遂翻爲琴曲。

其六

騎馬當軒鶻嘴①靴，西風馬上鼓琵琶。内家隊裏新通籍〔一〕，不是
南州百姓家。

【校】

① 嘴：劉世珩影刊玉山草堂雅集本作“觜”。

【箋注】

〔一〕内家：指宫女。唐薛能吳姬詩之十：“身是三千第一名，内家叢裏獨
　　分明。”

其七①

小娃十歲唱桑中，盡道吳風似②鄭風〔一〕。不信柳娘身③不嫁〔二〕，
真珠長絡守宫紅〔三〕。

【校】

① 本詩亦曾單列，載鐵崖先生詩集癸集、清初印溪草堂鈔本東維子詩集卷十
　　三，據以校勘。鐵崖先生詩集癸集本題作小娃，印溪草堂鈔本題作絶句
　　小娃。
② 盡道：鐵崖先生詩集癸集本作“直把”。似：鐵崖先生詩集癸集本、印溪草堂
　　鈔本作“作”。
③ 不：鐵崖先生詩集癸集本、印溪草堂鈔本作“未”。身：鐵崖先生詩集癸集
　　本、印溪草堂鈔本作“應”。

【箋注】

〔一〕“小娃”二句：禮記正義卷三十七樂記：“鄭、衛之音，亂世之音也，比於慢
　　矣。桑間、濮上之音，亡國之音也，其政散，其民流，誣上行私而不可止
　　也。”注：“濮水之上，地有桑間者，亡國之音於此之水出也。”桑中：詩經篇
　　名，借指淫蕩没落之歌。參見鐵崖先生古樂府卷九清塘曲。

〔二〕柳娘：蓋指章臺柳氏。參見鐵崖先生古樂府卷九寄春曲。此指守貞
　　女子。

〔三〕守宫紅：參見本卷西湖竹枝歌之九注。

春晴①〔一〕二首

其一

惜春正是上春時，何處春情可賦詩？吴王臺下鬥芳草〔二〕，蘇小門
前歌柳②枝〔三〕。

其二

灼灼桃花朱户底，青青梅子粉墙頭。蹋歌起自③春來日，直至春
歸唱不④休。

【校】

① 列朝詩集甲集前編第七下、清鈔鐵崖楊先生詩集卷上載此組詩，據以校勘。
　晴：列朝詩集本、樓氏鐵崖樂府注本作“情”。鐵崖楊先生詩集本題作春晴
　二絶。

② 柳：鐵崖楊先生詩集本作“竹”。

③ 起自：鐵崖楊先生詩集本作“自是”。

④ 不：鐵崖楊先生詩集本作“未”。

【箋注】

〔一〕本組詩蓋撰於元至正七年（一三四七）前後，其時鐵崖寓居姑蘇，授學爲
　　生。繫年依據：詩中述及吴王臺乃蘇州古迹。

〔二〕吴王臺：即姑蘇臺。宋龔明之中吴紀聞卷一鬥百草：“吴王與西施嘗作鬥
　　百草之戲。故劉禹錫詩云：‘若共吴王鬥百草，不如應是欠西施。’”

〔三〕“蘇小”句：參見本卷西湖竹枝歌之一注。又，明田汝衡西湖游覽志餘卷
　　十一才情雅致：“廉夫嘗以竹枝詞索和于崑山郭羲仲，羲仲以吴中柳枝答
　　之，因賦詩云：‘吴中柳枝傷春瘦，湖中竹枝湘水秋。説與錢唐蘇小小，柳
　　枝愁是竹枝愁？’”

漫興七首〔一〕

　　學杜者,必先得其情性語言而後可。得其情性語言,必自其漫興始〔二〕。錢塘諸子喜誦予唐風,取其去杜不遠也。故今漫興之作,將與學杜者言也。

其一

　　藍畫溪頭翠水家〔三〕,水邊短竹夾桃花。春風嗾人狂無那〔四〕,走覓南隣羯鼓摑。

其二

　　丈人接䍦白氈裁〔五〕,花邊下馬不驚猜。環沈溪頭買酒去〔六〕,高堂寺裏看碑來〔七〕。

其三

　　長城女兒雙結丫〔八〕,陳皇宅前第一家〔九〕。生來不識古井怨,唱得後主後庭花〔十〕。

其四

　　楊花白白縣初迸,梅子青青核未生。大婦當爐冠似瓠〔十一〕,小姑喫酒口如櫻。

其五

　　今朝天氣清明好,江上亂花無數開。野老殷勤送花至,一雙蝴蝶趁人來。

其六

　　南隣酒伴辱相呼,共訪城東舊酒壚。柳下秋千聞絡索,花間喚起勸胡盧〔十二〕。

其七

　　我愛東湖舊廣文〔十三〕,更過水口覓將軍〔十四〕。醉歸嘗騎廣文馬,不怕打鼓嚇黃昏。

　　吳復曰:"漫興者,老杜在浣花溪之所作也〔十五〕。漫興之為言,蓋即眼前之景,以為漫成之詞,于其情性盎然,與物而為春。其言語似村,而未始不俊也。此杜體之最難學也。先生此作,情性語言似矣似矣!"

【箋注】

〔一〕漫興七首,作於元至正五年(一三四五)前後,其時鐵崖受聘於湖州長興東湖書院,授學爲生。繫年依據:詩序謂"錢塘諸子喜誦予唐風",詩中又曰"長城女兒雙結丫"、"陳皇宅前第一家"、"我愛東湖舊廣文"等,長城、陳皇宅、東湖,皆在湖州長興。可見所謂"將與學杜者言",其實針對杭州、長興兩地學子。蓋因鐵崖於至正四年十一月應邀至長興東湖書院以前,在杭州授學;來到長興之後,仍不時往來於錢塘、吳興之間,故此一并述及。

〔二〕按:杜甫有絕句漫興九首。九家集注杜詩卷二十二漫興題下趙氏注:"題名漫興,蓋書眼前之景而漫成耳,別無譏誚。"

〔三〕蘁畫溪:即罨畫溪。樓卜瀍注:"蘁,過合切,諳入聲……罨,音同蘁。"嘉慶長興縣志卷九水:"罨畫溪在縣西八里,花時游人競集。溪半有罨畫亭。唐鄭谷詩云:'顧渚山邊郡,溪將罨畫通。'一名西溪。"又,明楊慎撰丹鉛總録卷十三訂訛類罨畫:"畫家稱罨畫,雜彩色畫也。吳興有罨畫溪,然其字當用'蘁'。'罨'乃魚網,非其訓也。"

〔四〕無那:即無奈。宋邵雍年老逢春十三首之十一:"年老逢春莫惜狂,惜狂無那興難當。"

〔五〕接羅:一種氈帽。晉書山簡傳:"簡每出嬉游,多之池上,置酒輒醉,名之曰高陽池。時有童兒歌曰:'山公出何許?往至高陽池。日夕倒載歸,茗芋無所知。時時能騎馬,倒著白接羅……'"

〔六〕環沈溪:嘉慶長興縣志卷九水:"環沉溪在縣東北二十五里。相傳伍子胥墮環於此。"

〔七〕高堂寺:疑指定惠教寺。嘉慶長興縣志卷十三寺觀:"定惠教寺在縣北二十五里無胥邨。唐貞觀二年建。吳越錢氏改號報國寺,宋治平二年改今額,寶祐三年僧印寶請敕定惠院。明初,并廣惠寺。國朝乾隆二年重建。元楊維禎詩:'……下馬緑楊行略彴,題詩青竹坐招提。老僧不説無胥事,伍子城荒海樹底。'沈貞詩:'浣女溪頭遺古寺,草深三尺露沾鞋。門前怪樹山精立,池上妖蓮玉女歌。古殿佛靈時雨化,長廊僧老夕陽多。伍胥亡楚曾過此,試讀殘碑字已訛。'"按:環沉溪位于縣東北二十五里,距定惠教寺不遠,相傳兩處皆伍子胥駐足之地,且定惠教寺有"殘碑",故疑鐵崖看碑之"高堂寺",實即定惠教寺。

〔八〕長城:湖州長興縣舊名。參見吳興備志卷十四郡縣沿革。

〔九〕陳皇宅:指陳高祖故宅,位于湖州長興縣。參見鐵崖先生古樂府卷四陳帝宅注。

〔十〕後庭花：陳書卷七皇后傳："後主每引賓客對貴妃等游宴，則使諸貴人及
　　女學士與狎客共賦新詩，互相贈答，採其尤豔麗者以爲曲詞，被以新聲，選
　　宮女有容色者以千百數，令習而哥之，分部迭進，持以相樂。其曲有玉樹
　　後庭花、臨春樂等，大指所歸，皆美張貴妃、孔貴嬪之容色也。"

〔十一〕弧：元蘇天爵弧冠贊："稽古之制，冠衣有常。……彼弧之生，在鎮之
　　野。尊加於首，以聳觀者。既質而古，至簡而文。尚懲奢麗，三復
　　斯言。"

〔十二〕喚起、胡盧：皆鳥名。參見鐵崖先生古樂府卷七五禽言。

〔十三〕廣文：唐天寶九年，在國子監增開廣文館，設博士、助教等職。後泛指
　　儒學教官，亦可稱學校。此借指東湖書院。參見鐵崖撰東湖書院修造
　　田記。

〔十四〕水口：鎮名。嘉慶長興縣志卷一建置沿革："水口鎮，在縣北三十里。
　　顧渚山之水從此出，故名。舊屬平望鄉，宋爲吉祥鄉。今仍之。"將軍：
　　當指項羽。嘉慶長興縣志卷九水："霸王潭，在顧渚明月峽。相傳項羽
　　過此，曾飲水潭中。壁口上下有唐、宋人題名。"

〔十五〕浣花溪：位於今四川成都，杜甫草堂所在地。

冶春口號 七首〔一〕　寄崑山袁郭呂三才子①〔二〕

其一

今年臘底無殘雪，却是年前十日春。騎馬行春橋上路，密②梅花
發便撩人。

其二

吳下逢春春思濃，不堪花發館娃宮〔三〕。吳山青青吳水白，愁殺江
南盛小叢〔四〕。

其三〔五〕

見説崑田生玉子，海西還有小崑崙〔六〕。明朝去拔珊瑚樹，龍氣隨
飛過海門。

其四

鮫卵兼斤傳市③上〔七〕，海人一尺立階前〔八〕。婁江馬頭天下少〔九〕，

春水如天即放船。

其五

南朝宮④體袁才子[十]，更説西崑郭孝廉[十一]。自是玉臺新句好[十二]，風流無後⑤數香奩[十三]。

其六

湖上女兒柳葉眉，春來能唱黃鶯兒[十四]。不知卻是青娘子[十五]，飛傍枇杷索荔枝。

其七

西樓美人不受呼，清箏一曲似羅敷[十六]。可無東厩五花馬，去博⑥西樓一斛珠[十七]（一斛珠，妓名也⑦）。

【校】

① 列朝詩集甲集前編第七下、元詩選初集辛集、劉世珩影刊十八卷本玉山草堂雅集卷二載此組詩，據以校勘。題下"寄崑山袁、郭、吕三才子"九字原本無，據列朝詩集本補。袁、郭、吕：玉山草堂雅集本作"郭、袁、吕"。才子：樓氏鐵崖樂府注本作"才士"。

② 密：玉山草堂雅集本作"蜜"。

③ 市：原本作"海"，據玉山草堂雅集本改。

④ 宫：原本作"官"，據諸校本改。

⑤ 後：諸校本皆作"復"。

⑥ 博：玉山草堂雅集本作"换"。

⑦ 一斛珠妓名也：此六小字注原本無，據玉山草堂雅集本、樓氏鐵崖樂府注本增補。

【箋注】

〔一〕冶春口號七首，作於元至正六年（一三四六）十二月十七立春日，其時爲鐵崖移居蘇州之初。按：鐵崖先生古樂府十卷之結集，在至正八年，故本組詩亦當作於至正八年之前。又，本詩既曰"年前十日春"，知立春日爲元旦前十天左右。據歷代頒行曆書摘要（載張培瑜三千五百年曆日天象一書）記録，至正元年十二月"廿一甲子立春"，至正六年十二月"十七庚寅立春"，皆與本詩所謂"年前十日春"較爲吻合。然至正元年歲末，鐵崖寓居杭州，且尚未結識袁華、郭翼、吕誠等人，故此組詩必作於至正六年歲末。

按：玉山草堂雅集卷十載顧盟次韻楊廉夫冶春口號八首，其中七首韻與鐵崖詩一一吻合，唯有第二首押“池”、“知”韻，本組詩中則未見同韻詩。據此可以推知，鐵崖所撰組詩冶春口號，原本當爲八首。

〔二〕袁、郭、吕三才子：指崑山袁華、郭翼、吕誠，皆至正初年從學於鐵崖。袁華，參見鐵崖撰可傳集序。郭翼，參見東維子文集卷七郭羲仲詩集序。吕誠，參見鐵崖文集卷四題吕敬夫詩稿。

〔三〕館娃宫：相傳吳王爲西施而築。宋范成大吳郡志卷八古迹：“館娃宫，吳越春秋、吳地記皆云：‘闔閭城西有山，號硯石山，山在吳縣西三十里，上有館娃宫。’又，方言曰：‘吳有館娃宫，今靈巖寺即其地也。’山有琴臺、西施洞、硯池、甃花池，山前有採香徑，皆宫之故迹。”

〔四〕盛小叢：全唐詩卷八百二盛小叢：“盛小叢，越妓。李訥爲浙東廉使，夜登城樓，聞歌聲激切，召至，乃小叢也。時崔侍御元範在府幕，赴闕。李餞之，命小叢歌餞。在座各賦詩贈之。小叢有詩一首。”又據唐范攄雲谿友議卷上餞歌序，盛小叢爲“梨園供奉南不嫌女甥也，所唱之音乃不嫌之授”。

〔五〕陳善學刊本於第三首題下附評語：“奇爽。”

〔六〕崑崙：水經注校證卷一河水：“去嵩高五萬里，地之中也。其高萬一千里。今按山海經曰：崑崙墟在西北，帝之下都。崑崙之墟，方八百里，高萬仞，上有木禾，面有九井，以玉爲檻；面有九門，門有開明獸守之，百神之所在。郭璞曰：‘此自别有小崑崙也。’”又，明葉子奇草木子卷一管窺篇：“崑崙，天下山之頂也，乃天下山之至高處，山之起勢處。其東面，中原也，所以江、淮、河、濟，水皆東流也。其西面，西域諸國也，自流沙以西，水皆西流也。”

〔七〕鮫：宋羅願爾雅翼卷三十釋魚鮫：“鮫出南海，狀如鼈而無足，圓廣尺餘，尾長尺許，皮有珠文而堅勁，可以飾物，今總謂之沙魚。大而長喙如鋸者，名胡沙；性良而肉美，小而皮麤者，曰白沙。”

〔八〕海人：明葉子奇草木子卷一觀物篇：“嘗聞海賈云：南海時有海人出，形如僧，人頗小。登舟而坐，至，則戒舟人寂然不動，少頃復沈水。否則大風翻舟。”

〔九〕婁江：明王鏊姑蘇志卷十水：“三江：松江、婁江、東江也……史記正義曰：‘三江在蘇州東南三十里。’……吳地記云：‘松江東北行七十里，得三江口，東北入海爲婁江，東南入海爲東江，并松江爲三江。’”

〔十〕宫體：梁書簡文帝紀：“雅好題詩……然傷於輕豔，當時號曰‘宫體’。”袁才子：指袁華。參見鐵崖撰可傳集序。

〔十一〕西崑：指崑山。按元史地理志，崑山自唐以來爲縣，元元貞元年升州。

元仁宗時,徙崑山州治於太倉。元人常稱太倉爲東滄,或稱崑山爲西
崑。按:此句承上句"宫"體,又指宋初西崑體詩。郭孝廉:指郭翼。參
見東維子文集卷七郭義仲詩集序。

〔十二〕玉臺:指玉臺新詠。

〔十三〕香奩:唐詩人韓偓所作艷詩詩集名。按:香奩體詩於元季東南城鎮頗
流行。

〔十四〕黄鶯兒:北曲名。參見本卷吳下竹枝歌之四。

〔十五〕青娘子:明李時珍撰本草綱目卷四十蟲之二青娘子:"時珍曰:'芫花上
而色青,故名芫青,世俗諱之,呼爲青娘子,以配紅娘子也。'集解:(別
録曰)處處有之,形似斑蝥,但色純青緑,背上一道黄文,尖喙。三四月
芫花發時乃生。"

〔十六〕羅敷:古美女名。參見陌上桑。

〔十七〕"可無"二句:元陶宗儀南村輟耕録卷十九妓聰敏:"歌妓順時秀,姓郭
氏,性資聰敏,色藝超絶,教坊之白眉也。翰林學士王公元鼎甚眷之。
偶有疾,思得馬版腸充饌,公殺所騎千金五花馬,取腸以供。至今都下
傳爲佳話。時中書參政阿魯温尤屬意焉,因戲謂曰:'我比元鼎如何?'
對曰:'參政,宰相也;學士,才人也。燮理陰陽,致君澤民,則學士不及
參政。嘲風詠月,惜玉憐香,則參政不如學士。'參政付之一笑而罷。郭
氏亦善於應對者矣。"一斛珠:唐曹鄴梅妃傳:"梅妃姓江氏,莆田人。
父仲遜,世爲醫。妃年九歲,能誦二南,語父曰:'我雖女子,期以此爲
志。'父奇之,名曰采蘋。開元中,高力士使閩、粵,妃笄矣。見其少麗,選
歸侍明皇,大見寵幸……性喜梅,所居闌檻,悉植數株,上榜曰梅亭。梅開
賦賞,至夜分尚顧戀花下,不能去。上以其所好,戲名曰梅妃……會太真
楊氏入侍,寵愛日奪……會嶺表使歸,妃問左右:'何處驛使來? 非梅使
耶?'對曰:'庶邦貢楊妃果實使來。'妃悲咽泣下。上在花萼樓,會夷使至,
命封珍珠一斛,密賜妃。妃不受,以詩付使者曰:'爲我進御前也。'……上
覽詩,悵然不樂。令樂府以新聲度之,號一斛珠。曲名始此也。"

漫成^{〔一〕}五首

其一

四十已過五十來,白日一半夜相催。勸君秉燭須秉燭^{①〔二〕},七十

光陰能幾回？

其二

西鄰②昨夜哭暴卒，東家今日悲免官。今日不知來③日事，人生可放酒杯乾④〔三〕？

其三

徐家園裏野鶯啼，張家樓頭客燕棲〔四〕。千金買宅作郵傳，何處高桓⑤大字題！

其四

鐵笛道人已倦游〔五〕，暮年⑥懶上玉墀頭。只欲浮家苕雪上〔六〕，小娃子夜唱湖州〔七〕。

其五

小娃家住白蘋州〔八〕，只唱舍郎⑦如莫愁〔九〕。風波不到鴛鴦浦，承恩曷用沙棠舟〔十〕。

【校】

① 原本有注：“一本云‘勸君有酒須秉燭’。”
② 鄰：原本作“憐”，據陳善學刊本、詩淵本、樓氏鐵崖樂府注本改。
③ 來：詩淵本作“明”。
④ 原本有注：“一本云‘人生莫放酒杯乾’。”
⑤ 桓：文淵閣四庫全書本作“垣”。
⑥ 暮年：詩淵本作“萬言”。
⑦ 舍郎：原本有注“一本作‘赧郎’”。詩淵本作“赧郎”。

【箋注】

〔一〕詩作於元至正五年（一三四五），或稍後，其時鐵崖寓居湖州長興，授學於東湖書院。繫年依據：詩中曰“四十已過五十來”、“只欲浮家苕雪上，小娃子夜唱湖州”等，知其時鐵崖年未滿五十，且寓居湖州。

〔二〕“勸君”句：宋書樂志三載西門行古詞六解，第四解曰：“人生不滿百，常懷千載憂。晝短而夜長，何不秉燭游！”

〔三〕陳善學刊本於詩末附有注評曰：“口號矣！”

〔四〕張家樓：蓋指張尚書燕子樓。參見本卷燕子辭注。

〔五〕鐵笛道人：鐵崖自稱。

〔六〕苕、霅：指苕谿、霅水。元辛文房唐才子傳卷三張志和：“志和字子同，婺州人……居江湖，性邁不束，自稱‘烟波釣徒’……與陸羽嘗爲顏平原食客。平原初來刺湖州，志和造謁。顏請以舟敝，欲爲更之。曰：‘願爲浮家泛宅，往來苕、霅間足矣。’”吴興備志卷十五巖澤徵：“苕谿，一源自天目，一源自獨松嶺，合浮玉山水至吴興，入于太湖。霅水，亦若水之異名也，水深不可測，俗謂之霅水。”

〔七〕子夜：即子夜四時歌。參見鐵崖先生古樂府卷三花游曲注。

〔八〕白蘋州：又名汀洲。白居易集卷七十一白蘋洲五亭記：“湖州城東南二百步，抵霅溪，溪連汀洲，一名白蘋。梁吴興守柳惲於此賦詩，云‘汀洲採白蘋’，因以爲名也。”

〔九〕莫愁：宋洪邁容齋三筆卷十一兩莫愁：“莫愁者，郢州石城人。今郢有莫愁村。畫工傳其貌，好事者多寫寄四遠。唐書樂志曰：‘莫愁樂者，出於石城樂。石城有女子名莫愁，善歌謠。’古詞曰‘莫愁在何處？莫愁石城西，艇子打兩槳，催送莫愁來’者是也。李義山詩曰……此莫愁者，洛陽人。”

〔十〕沙棠舟：晉王嘉撰拾遺記卷六前漢下：“（漢成）帝嘗以三秋閑日，與飛燕游戲於太液池，以沙棠木爲舟，貴其不沉没也。”

春俠雜詞〔一〕十二①首

其一

金丸脱手彈鸚鵡〔二〕，玉鞭嬉笑擊珊瑚〔三〕。侍兒無賴有如此，知②是霍家馮子都〔四〕。

【校】

① 陳善學刊本卷七、明鈔楊維禎詩集、鐵崖先生詩集十集戊集、列朝詩集甲集前編第七之下、元詩選初集辛集載此組詩，據以校勘。明鈔楊維禎詩集本題作春俠口號，載詩五首，即第一、第二、第四、第五、第十一首。元詩選本題下小字注曰：“一作‘口號’。”十二：原本作“十”，鐵雅先生復古詩集卷四春俠雜詞、元詩選本題下作“八”，據陳善學刊本、鐵崖先生詩集十集戊集本、列朝詩集本改，并增補兩首。

② 知：明鈔楊維禎詩集本作“如”。

【箋注】

〔一〕詩作於元至正五年(一三四五)前後,其時鐵崖寓居杭州、湖州一帶,授學爲生。繫年依據:詩中述及地名,有"錢塘"、"鳳凰城"、"霸王門"等,蓋當時鐵崖游寓杭州、湖州等地。

〔二〕金丸:西京雜記卷四:"(漢武帝時)韓嫣好彈,嘗以金爲丸,所失者日有十餘。長安爲之語曰:'苦饑寒,逐金丸。'京師兒童每聞嫣出彈,輒隨之,望丸之所落,輒拾焉。"參見漢書佞幸傳。

〔三〕擊珊瑚:石崇與王愷鬥富争豪故事。參見鐵崖先生古樂府卷三夢游滄海歌注。

〔四〕馮子都:東漢辛延年羽林郎:"昔有霍家奴,姓馮名子都。依倚將軍勢,調笑酒家胡。"又,漢書霍光傳:"初,光愛幸監奴馮子都,常與計事。"

其二

花①袍白面呼郎神〔一〕,當階奪②花不避人。天馬乘龍金絡腦,賈③家貴壻正嬌春〔二〕。

【校】

① 花:明鈔楊維禎詩集本作"紅"。

② 階:鐵雅先生復古詩集本、明鈔楊維禎詩集本作"街"。奪:明鈔楊維禎詩集本作"看"。

③ 賈:明鈔楊維禎詩集本作"富"。

【箋注】

〔一〕白面:唐杜甫少年行:"馬上誰家白面郎,臨堦下馬坐人牀。不通姓字粗豪甚,指點銀瓶索酒嘗。"

〔二〕賈家貴壻:指西晉權臣賈充女婿韓壽。參見鐵崖先生古樂府卷二君家曲注。

其三①

柘林縱獵金毛鷹〔一〕,花街行春銀面馬〔二〕。夜宿倡樓酒未醒,飄風吹落鴛鴦瓦〔三〕。

【校】

① 按：本詩作者或署作袁桷。清胡文學編甬上耆舊詩卷三載元人袁桷春俠口號，本詩與之雷同，全詩僅一字有異，即“柘林”之“柘”，甬上耆舊詩本作“松”。文津閣四庫全書本元詩體要卷十四亦列入袁桷名下。然列朝詩集、元詩選則皆納入鐵崖名下。

【箋注】

〔一〕柘林：元刊清道光補校本嘉禾志卷二十九題詠三載王安石和華亭十詠柘湖：“柘林著湖山，菱葉蔓湖濱。”又，正德華亭縣志卷九鎮市：“柘林鎮，在十二保，去縣東南七十二里，地連柘山，王介甫詩所謂‘柘林著湖山’，斯名之意也。”

〔二〕花街：未詳。按明王鏊撰姑蘇志卷十七坊巷，姑蘇西南隅有花街巷。

〔三〕飄風：暴風。詩小雅何人斯：“彼何人斯，其爲飄風。”鴛鴦瓦：明周祈名義考卷四鴛鴦瓦：“唐人鴛鴦詩‘耿霧盡迷朱殿瓦’。魏文帝夢殿上雙瓦落地，化爲鴛鴦，以問周宣，對曰：‘後宮當有暴死者。’已而果然。則鴛鴦瓦不惟不吉，特文帝所夢則然耳。安得謂瓦爲鴛鴦乎？”

其四

朱提注酒酒如池〔一〕，大①白淋漓喫不辭〔二〕。上樓更衣玉山倒〔三〕，腰間帶脫金犀毗②〔四〕。

【校】

① 大：原本及陳善學刊本皆作“太”，據列朝詩集本改。
② “腰間”句：明鈔楊維禎詩集本作“腰間□帶脫金犀”。

【箋注】

〔一〕朱提：宋魏仲舉編五百家注昌黎文集卷五寄崔二十六立之：“我有雙飲醆，其銀得朱提。注曰：‘朱提，漢縣名，屬犍爲郡。縣有朱提山，出銀。’”按：此以朱提借指銀質酒器。

〔二〕大白：宋葉廷珪海録碎事卷六宴會門飛觴舉白：“飛觴舉白。大白，杯名，犯令者飲之。”

〔三〕玉山：<u>南朝宋劉義慶</u><u>世説新語</u><u>容止</u>："<u>山公</u>曰：'<u>嵇叔夜</u>之爲人也，巖巖若
　　孤松之獨立；其醉也，傀俄若玉山之將崩。'"

〔四〕犀毗：胡人腰帶之帶鈎，多用黄金製造。參見<u>漢書</u><u>匈奴傳</u><u>顔師古</u>注。

其五

蜀琴初①奏雙鴛鴦〔一〕，嶰②竹和鳴雙鳳凰〔二〕。夜闌酒散③不上馬，
紫荆月墮西家牆。

【校】

① 初：<u>鐵雅先生復古詩集</u>本、<u>明鈔楊維禎詩集</u>本作"聲"。

② 嶰：<u>明鈔楊維禎詩集</u>本作"絲"。

③ 散：<u>鐵雅先生復古詩集</u>本、<u>明鈔楊維禎詩集</u>本作"醒"。

【箋注】

〔一〕蜀琴：<u>文選</u><u>鮑照</u><u>翫月城西門解中</u>："蜀琴抽白雪，郢曲發陽春。"<u>李善</u>注：
　　"<u>相如</u>工琴而處<u>蜀</u>，故曰蜀琴。"

〔二〕嶰竹：<u>説苑</u><u>修文</u>："<u>黄帝</u>詔<u>泠倫</u>作爲音律，<u>泠倫</u>自<u>大夏</u>之西，乃之<u>崑崙</u>之
　　陰，取竹於<u>嶰谷</u>，以生竅厚薄均者，斷兩節間，其長九寸，而吹之。"又：<u>天</u>
　　<u>中記</u>卷四十三謂<u>伶倫</u>作笛，吹之作鳳鳴。

其六

石上葉生青鳳尾〔一〕，階前花開黄鵠嘴〔二〕。美人弄水百花池，水灑
花枝雙蝶起①。

【校】

① 起：<u>鐵崖楊先生詩集</u>本作"飛"。

【箋注】

〔一〕青鳳尾：形容翠竹枝葉。<u>宋</u><u>胡宿</u><u>竹</u>："夭矯翠虬身欲化，婆娑青鳳尾
　　全開。"

〔二〕黄鵠嘴：<u>清</u><u>鄒一桂</u><u>小山畫譜</u>卷上萱："草本，大而重葉者，爲鳳頭萱。葉如
　　帶，闊寸許，環折垂地，檯高二三尺，頂分枝，著花多者至八九朵，蘂長，將

開時如黃鵠嘴。”

其七

宜男草生小院西〔一〕,階前錦石與人①齊〔二〕。錢塘潮生②當午信,
丹雞飛上上頭啼〔三〕。

【校】

① 人:鐵崖楊先生詩集本作“雲”。
② 生:鐵崖楊先生詩集本作“頭”。

【箋注】

〔一〕宜男草:即萱草。參見鐵崖先生古樂府卷六春草軒辭注。
〔二〕錦石:美石。晉羅含湘中記:“衡山有錦石,斐然成文。”
〔三〕丹雞:太平御覽卷六十八潮水:“臨海異物志曰:石雞清響以應潮,慧軀輕
　　　逝以遠縶。”注:“石雞形似家雞,在海中山上。每潮水將至,輒群鳴相應,
　　　若家雞之向晨也。”

其八〔一〕

鳳凰城外橫門道〔二〕,小妓軍裝金錦①襖。春暉無賴苦撩人,自下
雕鞍蹋芳草。

【校】

① 錦:列朝詩集本、鐵崖詩集十集戊集本作“線”。

【箋注】

〔一〕陳善學刊本於本詩題下附評語曰:“每仄韻愈遒。”
〔二〕鳳凰城:杭州別名。杭州城内有鳳凰山,山下有鳳凰門,故名。

其九①

西江嫩②人久不見,手把新題合歡③扇〔一〕。鯉魚④憑送相思書〔二〕,
霸⑤王門前水如箭〔三〕。
　　黃溍評⑥:“太史曰:此詞俠情冶思,見於二十八字中,非貴公子具五

色腸不能也〔四〕。然則讀鐵雅俠詞者,豈可以唐人絶句求之哉!"

【校】

① 鐵雅先生復古詩集卷四春俠雜詞、文津閣四庫全書本元詩體要卷十四收録
此詩,據以校勘。按:本詩作者有兩説,文津閣四庫全書本元詩體要將此詩
列入袁桷名下。

② 西江:元詩體要本作"江西"。嬔:鐵雅先生復古詩集本、元詩體要本
作"美"。

③ 歡:原本作"勸",據陳善學刊本、鐵雅先生復古詩集本、列朝詩集本、鐵崖詩
集十集戊集本改。

④ 鯉魚:原本作"鯉書",據陳善學刊本、元詩體要本、列朝詩集本改。

⑤ 霸:原本作"灞",據樓氏鐵崖樂府注本改。

⑥ 黄溍評語原本無,據鐵雅先生復古詩集本增補。"黄溍評"三字爲校注者
徑添。

【箋注】

〔一〕合歡扇:參見鐵崖先生古樂府卷九團扇歌注。

〔二〕"鯉魚"句:源出古詩飲馬長城窟行。參見鐵崖先生古樂府卷七匹鳥
曲注。

〔三〕霸王門:弘治湖州府志卷三城池:"城門六……北曰奉勝門,俗呼爲霸王
門,止有水門,雪水支流所出。"又,清鄭元慶撰石柱記箋釋卷三山川卞山:
"按異苑云:卞山舊名土山,有項羽廟。號卞山王,故名卞山……郡中亦
有廟,在奉勝門内,俗呼爲霸王門者謂此。廟中有碑,魯公作,碑陰述云,
西楚霸王當秦之末,與叔梁避仇吳中。蓋今之湖州也。雖滅秦而宰制天
下,其魂魄猶樂兹邦,至今廟食不絶。"

〔四〕五色腸:由江淹得五色筆演化。參見南朝梁鍾嶸詩品卷中。

其十

美人遺我崑溪竹〔一〕,未①寫雌雄雙鳳曲。愛惜長竿繫釣緡,釣得
江西②雙比目〔二〕。

吳復曰:"先生此詞,俠才冶思見於二十八字中,非豪貴有五色腸者不
能到也。讀者豈可以三體絶句求之哉!"

【校】

① 未：鐵崖楊先生詩集本作"來"。

② 江西：鐵崖楊先生詩集本、樓氏鐵崖樂府注本作"西江"。

【箋注】

〔一〕崑溪竹：指竹笛。相傳黄帝使伶倫伐竹於崑溪，斬而作笛，吹之作鳳鳴。
參見天中記卷四十三笛。

〔二〕比目：爾雅注疏卷七釋地："東方有比目魚焉，不比不行。其名謂之鰈。
注：'狀似牛脾，鱗細，紫黑色。一眼，兩片相合乃得行。今水中所在有之。
江東又呼爲王餘魚。'"

其十一①

昨日②布衣行九州，今日繡衣拜冕旒。馬前清道一千步，當街不
敢闖③高樓。

　　　　　太史評曰：千古才人不可到④。

【校】

① 此詩原本無，樓氏鐵崖樂府注本據鐵雅先生復古詩集增入。此據陳善學序
刊楊鐵崖先生文集卷七所錄增補，校以明鈔楊維禎詩集、鐵雅先生復古詩集
卷四、清初印溪草堂鈔本東維子詩集卷十三所錄此詩。鐵雅先生復古詩集
本題作春俠雜詞八首，本詩爲第四首；印溪草堂鈔本題作春俠雜詞二首，本
詩爲第二首。

② 昨日：明鈔楊維禎詩集本作"終日"，樓氏鐵崖樂府注本作"昨夜"。

③ 闖：鐵雅先生復古詩集本、印溪草堂鈔本作"闖"，明鈔楊維禎詩集本作"闖"。

④ "太史評曰"二句：原本無，據印溪草堂鈔本增補。按：鐵雅先生復古詩集本
僅"千古才人不可到"一句，且作雙行小字，置於詩末"樓"字下。然此實爲全
詩評語，故從印溪草堂鈔本著錄。太史：指黄溍。

其十二①

關右新來豪傑②客，姓字不通人不識〔一〕。夜半酒醒③呼阿吉（平
聲）〔二〕，碧眼胡兒④吹筚篥〔三〕。

【校】

① 此詩原本無，樓氏鐵崖樂府注本據鐵雅先生復古詩集增入。此據陳善學序刊楊鐵崖先生文集卷七所録增補，校以鐵雅先生復古詩集卷四、清初印溪草堂鈔本東維子詩集卷十三、元詩選初集辛集所録此詩。鐵雅先生復古詩集本題作春俠雜詞八首，本詩爲第六首；印溪草堂鈔本題作春俠雜詞二首，本詩爲第一首。按：文津閣四庫全書本元詩體要卷十四將此詩列入袁桷名下。

② 傑：鐵雅先生復古詩集本、印溪草堂鈔本作“俠”。

③ 夜半酒醒：印溪草堂鈔本作“夜來酒醉”。

④ 碧眼胡兒：文淵閣四庫全書本作“解頤爲我”。元詩選本作“碧眼羌兒”。

【箋注】

〔一〕“姓字”句：杜甫少年行：“馬上誰家白面郎，臨階下馬坐人牀。不通姓氏粗豪甚，指點銀瓶索酒嘗。”

〔二〕阿吉：元代所創燒酒阿剌吉酒之略稱。明李時珍本草綱目卷二十五穀之四附諸酒方：“燒酒（綱目）。釋名：‘火酒（綱目），阿剌吉酒（飲膳正要）。’集解：時珍曰：‘燒酒非古法也，自元時始創其法。’”元黃玠弁山小隱吟録卷二阿剌吉：“阿剌吉，酒之英。清如井泉花，白於寒露漿。一酌曬胡生剌芒，再酌肝腎猶沃湯，三酌顛倒相扶將，身如瓠壺水中央。天地日月爲奔忙，經宿不解大蒼黃。阿剌吉，何可當！”按：本詩注謂阿吉之“吉”讀平聲，乃“以元國語”注音。又據陳高華、史衛民著中國風俗通史元代卷第一章飲食風俗，“阿剌吉”是阿拉伯語的音譯，又作“軋賴機”、“阿爾奇”，原義爲汗、出汗。用作酒名，乃描摹蒸餾器皿壁上所凝水珠。阿剌吉酒之蒸餾技術，由海外傳入於元代。參見日下舊聞考卷八十七“補碧雲寺”一節。

〔三〕碧眼胡：指西域人。唐寒山詩之二四四：“掘得一寶藏，純是水晶珠。大有碧眼胡，密擬買將去。”筆笛：不詳，或即篳篥。

燕子辭　四首①

其一

宜男草生春又歸，美人春病減腰圍。何如使君堂前②燕，將得春雛入幕飛。

其二

燕子將雛春又③深,不堪春④思似秋心。東郊春⑤入車前草〔一〕,蕩子馬蹄何處尋。

其三

燕子來時春雨香,燕子去時秋雨涼。鴛鴦一生不作客,夜夜不離雙井塘〔二〕。

其四

燕子樓頭入⑥妾家〔三〕,燕來燕去入⑦容華〔四〕。秖應韓重相思骨〔五〕,化作湖中并蒂花。

【校】

① 清鈔鐵崖楊先生詩集卷上載此組詩,據以校勘。鐵崖楊先生詩集本題作燕子詞四絕。

② 堂前:鐵崖楊先生詩集本作"臺上"。

③ 又:鐵崖楊先生詩集本作"已"。

④ 春:鐵崖楊先生詩集本作"秋"。

⑤ 春:鐵崖楊先生詩集本作"青"。

⑥ 入:樓氏鐵崖樂府注本、鐵崖楊先生詩集本作"是"。

⑦ 入:元詩選本、鐵崖楊先生詩集本作"惜",似當從。

【箋注】

〔一〕車前草:又名芣苢。毛詩正義周南芣苢:"采采芣苢,薄言采之。"注:"采采,非一辭也。芣苢,馬舄。馬舄,車前也,宜懷妊焉。"

〔二〕雙井塘:黃庭堅撰、任淵注山谷內集詩注卷一贛上食蓮有感:"吾家雙井塘,十里秋風香。安得同袍子,歸製芙蓉裳。"注:"雙井在洪州分寧縣。"按:此非實指。

〔三〕燕子樓:白居易燕子樓三首序:"徐州故張尚書有愛妓曰盼盼,善歌舞,雅多風態……司勳員外郎張仲素繢之訪予,因吟新詩,有燕子樓三首,詞甚婉麗。詰其由,爲盼盼作也……(繢之)云:'尚書既歿,歸葬東洛。而彭城有張氏舊第,第中有小樓,名燕子。盼盼念舊愛而不嫁,居是樓十餘年,幽獨塊然,於今尚在。'"

〔四〕"燕來"句:化用南朝梁簡文帝東飛伯勞歌:"翻階蛺蝶戀花情,容華飛燕相逢迎。"

〔五〕韓重：晉干寶搜神記卷十六："吴王夫差小女，名曰紫玉，年十八，才貌俱
　　　美。童子韓重，年十九，有道術。女悦之，私交信問，許爲之妻。重學於
　　　齊、魯之間，臨去，屬其父母，使求婚。王怒，不與女。玉結氣死，葬閶門之
　　　外。三年重歸……往吊於墓前。玉魂從墓出，見重，流涕謂曰……夫人聞
　　　之，出而抱之，玉如烟然。"

小游仙〔一〕二十首①

其一

元君賜覲素華臺〔二〕，酒飲龍胎五色醅〔三〕。醉啖蟠桃三百顆〔四〕，
手懷遺核大如杯〔五〕。

【校】

① 明鈔楊維禎詩集本題作小游仙詞。又，本組詩二十首，鐵雅先生復古詩集本、
　　明鈔楊維禎詩集本載其中十二首，分別爲第二、五、六、七、八、九、十一、十六、
　　十七、十八、十九、二十首；清鈔不分卷本玉山名勝集小蓬萊載其中四首，分
　　別爲第三、五、十四、十五首，據以校勘。

【箋注】

〔一〕組詩當作於元至正四年（一三四四）前後，其時鐵崖寓居杭州，補官不果，
　　　授學爲生。繫年依據：其一，清鈔不分卷本玉山名勝集小蓬萊載鐵崖游
　　　仙詩四首，其序曰："仲瑛所藏步虛詞四章，青城虞翰林所作，仙風道氣，可
　　　厠之楊、許間，洞玄隱文也。仲瑛藏於玉山小樓，余遂扁之曰小蓬萊，爲書
　　　小游仙四章於後云。"鐵崖曰"書"而不曰"撰書"，且當時所書小游仙四
　　　章，皆在此小游仙二十首之中，故此頗疑鐵崖所書爲其舊作。又，鐵崖應
　　　邀游寓顧瑛玉山草堂，并爲之題寫聯匾，多在至正八年，即玉山草堂始建
　　　并大致落成之年，故小游仙組詩二十首，當作於至正八年以前。其二，小
　　　游仙組詩所涉現實地名，唯有"西湖"，比如第十四首"玉皇敕賜西湖水，
　　　長作西湖月水仙"，第十五首"西湖仙人蓮葉舟"，據此推之，鐵崖當時寓
　　　居杭州。浪游杭州山水之際，遂有此游仙思想。又，明梅鼎祚編古樂苑衍

録卷一著録神仙二十二曲曲名,其中有游仙篇。

〔二〕元君:指金母元君,即西王母。素華臺:大明一統志卷五十一廣信府:"素
　　華臺,在(貴溪縣)龍虎山下。"又,元陳旅安雅堂集卷二張天師素華臺:
　　"素華臺上天垂野,如在閬風臨八荒。白日盡懸文玉樹,碧空還結水
　　晶牆。"

〔三〕龍胎:仙酒名。明徐應秋玉芝堂談薈卷十七龍胎醴:"仙家駐顏脱骨,托
　　宅飛昇,多藉藥餌服食之功,偶舉其名。太真夫人傳:仙丹有名品,一名
　　太和自然龍胎之醴,二名玉脂瓊液之膏,三名飛丹紫華流精,四名朱光碧
　　雲之腴,五名九種紅華神丹,六名太清金液之華,七名九轉霜雪之丹,八名
　　九鼎雲英,九名雲光石流飛丹。"

〔四〕蟠桃:據漢武故事,西王母植有仙桃,東方朔曾偷食。參見鐵崖先生古樂
　　府卷三五湖游注。

〔五〕遺核大如杯:參見鐵崖撰桃核杯歌注,載陳善學序刊楊鐵崖先生文集
　　卷六。

其二

女郎雙雙①白玉床〔一〕,對博宛在橘中央。青城不賭態盈②襪〔二〕,
閑賭蕭家雙③鳳凰〔三〕。

【校】

① 雙雙:鐵雅先生復古詩集本、明鈔楊維楨詩集本作"兩兩"。
② 賭:原本作"取",據鐵雅先生復古詩集本、明鈔楊維楨詩集本改。態盈之
　　"態",鐵雅先生復古詩集本、明鈔楊維楨詩集本作"熊"。
③ 雙:一枝軒叢書本作"金"。

【箋注】

〔一〕白玉床:相傳仙人衛叔卿所用。神仙傳卷二衛叔卿:"衛叔卿者,中山人
　　也,服雲母得仙。漢元鳳二年八月壬辰,武帝閒居殿上,忽有一人乘浮雲
　　駕白鹿集於殿前。帝驚問之爲誰,曰:'我中山衛叔卿也。'……帝即遣梁
　　伯之與(衛叔卿之子)度世往華山覓之……度世既到,見父上有紫雲覆蔭
　　鬱鬱,白玉爲床,有數仙童執幢節立其後。"

〔二〕態盈:西王母之女。唐牛僧孺玄怪録卷三巴邛人:"橘剖開,每橘有二老
　　叟,鬚眉皤然,肌體紅明,皆相對象戲。身長尺餘,談笑自若,剖開後,亦不

驚怖,但相與決賭。決賭訖,一叟曰:'君輸我海上龍王第七女髮髮十兩、智瓊額黄十二枝、紫絹緂一副、絳臺山霞實散二庾、瀛洲玉塵九斛、阿母療髓凝酒四鍾、阿母女態盈娘子躋虚龍綃襪八緉,後日於王先生青城草堂還我耳。'"

〔三〕蕭家:列仙傳卷上蕭史:"蕭史者,秦穆公時人也。善吹簫,能致孔雀白鶴於庭。穆公有女,字弄玉,好之,公遂以女妻焉。日教弄玉作鳳鳴。居數年,吹似鳳聲,鳳凰來止其屋。公爲作鳳臺。夫婦止其上,不下數年。一旦,皆隨鳳凰飛去。"

其三

東華塵又起瀛洲[一],十屋今添第幾籌[二]? 阿母西來騎白鳳,蛾眉相見不勝秋。

【箋注】

〔一〕瀛洲:傳説中東海仙島。又,相傳神仙王方平曰:"海中行,復揚塵也。"詳見續仙傳總真真人(載類説卷三)。

〔二〕"十屋"句:相傳有長壽老仙自稱以籌紀年,籌滿十屋。參見鐵崖先生古樂府卷三夢游滄海歌注。

其四

素華殿上玉垂簾[一],羿家婦來爲可嫌[二]。河上劍翁肝膽露[三],電光一道落妖蟾。

【箋注】

〔一〕素華殿:蓋指素華臺上宮殿。參見本組詩第一首。此指月宮。

〔二〕羿家婦:指后羿妻嫦娥。

〔三〕河上劍翁:指"袁翁"。參見麗則遺音卷三斬蛇劍。

其五

麻姑今夜過青丘[一],玉醴①催斟白玉舟[二]。莫向外人矜指爪[三],酒酣爲我擘箜篌[四]。

【校】

① 醴：鐵雅先生復古詩集本、一枝軒四種本誤作"體"。

【箋注】

〔一〕麻姑：參見鐵崖先生古樂府卷三夢游滄海歌注。題漢東方朔撰海内十洲記："長洲一名青丘，在南海辰巳之地。地方各五千里，去岸二十五萬里。上饒山川及多大樹，樹乃有二千圍者。一洲之上專是林木，故一名青丘。"（載説郛卷六十六下。）

〔二〕玉醴：海内十洲記："（瀛洲）上生神芝仙草，又有玉石，高且千丈，出泉如酒，味甘，名之爲玉醴泉。飲之數升輒醉，令人長生。"（載説郛卷六十六下。）

〔三〕矜指爪：明王鏊姑蘇志卷五十八人物二十三釋老："蔡經，後漢人。居胥門。中散大夫王遠方平既得道……過吳，住經家，以其骨相當仙，語以要言，經遂尸解。去十餘年，忽還家，容色少壯。語家人曰：'七月七日，王君當來，可多作飲食，以供從官。'至日，王君果來……因遣人召麻姑。頃之，麻姑至，乃好女子，年可十八九……麻姑手爪似鳥，經心中念曰：'背大癢時，得此爪以爬背，當佳也。'遠已知之，使人牽經鞭之，但見鞭著經背，亦莫見有人持鞭者……其後數十年，經復還家。今吳縣有蔡仙鄉云。"

〔四〕"酒酣"句：梁吳均續齊諧記："會稽趙文韶爲東宫扶侍，坐青溪中橋，與尚書王叔卿家隔一巷，相去二百步許。秋夜嘉月，悵然思歸，倚門唱西夜烏飛，其聲甚哀怨。忽有青衣婢，年十五六，前曰：'王家娘子白扶侍，聞君歌聲……'文韶不之疑，委曲答之，亟邀相過。須臾女到，年十八九，行步容色可憐，猶將兩婢自隨……顧謂婢子：'還取箜篌，爲扶侍鼓之。'須臾至，女爲酌兩三彈，泠泠更增楚絶。乃令婢子歌繁霜，自解裙帶繫箜篌腰，叩之以倚歌。……竟四更别去，脱金簪以贈文韶，文韶亦答以銀椀、白琉璃匕各一枚。既明，文韶出，偶至清溪廟歇，神坐上見椀，甚疑，而委悉之屏風後，則琉璃匕在焉，箜篌帶縛如故。祠廟中惟女姑神像，青衣婢立在前，細視之，皆夜所見者。於是遂絶。當宋元嘉五年也。"

其六

蓮葉①舟高河漢垂〔一〕，黄姑玉女會佳期〔二〕。玉清久入衛②城洞〔三〕，莫遣成③都賣卜知〔四〕。

【校】

① 葉：原本作“花”，據陳善學刊本、鐵雅先生復古詩集本、明鈔楊維禎詩集本改。

② 衛：原本誤作“衞”，據太平廣記改。

③ 成：原本誤作“城”，據陳善學刊本、明鈔楊維禎詩集本、樓氏鐵崖樂府注本改。

【箋注】

〔一〕蓮葉舟：相傳太乙真人所乘。宋韓駒題李伯時畫太乙真人圖：“太乙真人蓮葉舟，脫巾露髮寒颼颼。”

〔二〕黃姑玉女：宋龔明之中吳紀聞卷四黃姑織女：“崑山縣東三十六里，地名黃姑。古老相傳云：嘗有織女、牽牛星降于此地，織女以金篦劃河，河水湧溢，牽牛因不得渡……按荊楚歲時記：黃姑者，河鼓也。牽牛謂之河鼓，後人訛其聲爲黃姑。”

〔三〕玉清：指織女侍兒梁玉清。太平廣記卷五十九女仙四梁玉清：“東方朔內傳云：秦并六國，太白星竊織女侍兒梁玉清、衛承莊，逃入衛城少仙洞，四十六日不出。天帝怒，命五岳搜捕焉。太白歸位，衛承莊逃焉。梁玉清有子名休，玉清謫於北斗下，常春；其子乃配於河伯，驂乘行雨。子休每至少仙洞，恥其母淫奔之所，輒廻馭，故此地常少雨焉。”

〔四〕成都賣卜：指高士嚴遵。參見鐵崖先生古樂府卷八覽古之十四注。

其七

道人得道輕骨毛①，飛度弱②水能千遭〔一〕。明朝挾至兩浮島〔二〕，臥看滄洲戲六鰲。

【校】

① 骨毛：明鈔楊維禎詩集本作“毛骨”。

② 弱：鐵雅先生復古詩集本、明鈔楊維禎詩集本作“海”。

【箋注】

〔一〕弱水：海內十洲記鳳麟洲：“鳳麟洲在西海之中央，地方一千五百里，洲四面有弱水繞之,鴻毛不浮,不可越也。"

〔二〕兩浮島:蓋指瀛洲、蓬萊。列子湯問篇:"渤海之東不知幾億萬里,有大壑焉,實惟無底之谷……其中有五山焉:一曰岱輿,二曰員嶠,三曰方壺,四曰瀛洲,五曰蓬萊……而五山之根無所連箸,常隨潮波上下往還,不得蹔峙焉。仙聖毒之,訴之於帝。帝恐流於西極,失群仙聖之居,乃命禺彊,使巨鼇十五舉首而戴之。迭爲三番,六萬歲一交焉。五山始峙而不動。而龍伯之國有大人,舉足不盈數步而暨五山之所,一釣而連六鼇,合負而趣歸其國,灼其骨以數焉。"

其八

青丘書隨雷電亡〔一〕,尚作草木蟲魚荒。問渠甲子不能紀〔二〕,但指綠睛雙眼方〔三〕。

【箋注】

〔一〕青丘書:宋曾慥編類説卷十二紀異記上帝取易總:"上元中,台州道士王遠知善易,知人死生禍福,作易總十五卷。一日,雷雨雲霧中,一老人叱遠知曰:'所泄者書何在? 上帝命吾與六丁雷電追取!'惶懼據地,旁有六人青衣,已奉書立矣。老人責曰:'上方禁文,自有飛天,保衛金科,秘藏玄都,汝是何者,輒藏一帙?'遠知對曰:'青丘元老傳授。'"

〔二〕甲子不能紀:指春秋時絳縣一高壽之人。參見鐵崖先生古樂府卷三大人詞注。

〔三〕眼方:長壽之徵。神仙傳卷六王真:"王真字叔堅,上黨人也。少爲群吏,年七十,乃好道。尋見仙經雜言説郊間人者:周宣王時郊間,採薪之人也。採薪而行歌曰:'巾金巾,入天門。呼長精,噏玄泉。鳴天鼓,養泥丸。'時人莫能知。唯柱下史曰:'此是活國中人,其語秘矣,其人乃古之漁父也。何以知之? 八百歲人,目瞳正方。千歲人,目理縱。採薪者乃千歲之人也。'"按:相傳道教天師張道陵爲"綠睛"。

其九

天上莨①常宮又成〔一〕,文章只數老玄卿〔二〕。五雲閣吏亦謫世〔三〕,牛鬼少年專盛名〔四〕。

【校】

① 文淵閣四庫全書本元詩體要卷四、元詩選初集辛集載此詩，據以校勘。莨：元詩體要本、元詩選本作"良"。

【箋注】

〔一〕莨常：又作良常。真誥卷十一稽神樞第一："茅山北垂洞口一山名良常，山本亦句曲相連，都一名耳。始皇三十七年十月癸丑，始皇出游……而還過諸山川，遂登句曲北垂山，埋白璧一雙。於是會群官，饗從駕，始皇歎曰：'巡狩之樂，莫過於山海，自今已往，良爲常也。'爾乃群臣并稱壽，喚曰：'良爲常矣。'又鳴大鼓，擊大鐘，萬聲齊唱，洞駭山澤，讚樂吉兆，大小咸善。乃改句曲北垂曰良常之山也。良常之意，從此而名。"

〔二〕玄卿：即紫陽真人。

〔三〕五雲閣：即五雲書閣。清王文誥輯注蘇軾詩集卷三十八游羅浮山一首示兒子過："汝應奴隸蔡少霞，我亦季孟山玄卿。"蘇軾自注："唐有夢書新宮銘者，云紫陽真人山玄卿撰。又有蔡少霞者，夢人遣書碑，其末題云：'五雲書閣吏蔡少霞書。'"

〔四〕牛鬼少年：指唐李賀。唐杜牧李賀集序："鯨呿鼇擲，牛鬼蛇神，不足爲其虛荒誕幻也。""五雲"二句言群善文之仙均謫世，僅李賀在天上。傳李賀卒前見緋衣人，云"帝成白玉樓，立召君爲記"，遂卒。見唐李商隱李長吉小傳。

其十

別來已及三百秋，游遍乾坤第十洲①〔一〕。不識家人今幾世，明朝騎鶴過山頭〔二〕。

【校】

① 洲：原本作"州"，據陳善學刊本改。

【箋注】

〔一〕十洲：據海內十洲記（題漢東方朔撰），祖洲、瀛洲、生洲在東海，炎洲、長洲在南海，流洲、鳳麟洲、聚窟洲在西海，玄洲、元洲在北海。

〔二〕騎鶴過山頭：指王子喬成仙故事。參見鐵崖先生古樂府卷三夢游滄海
　　歌注。

其十一

日落海門吹鳳匏①，須臾海水沸如炮。船頭處女來相喚②，知是洞
庭千歲蛟〔一〕。

【校】

① 匏：鐵雅先生復古詩集本作“瓠”。
② 相喚：鐵雅先生復古詩集本、明鈔楊維禎詩集本作“聽曲”。

【箋注】

〔一〕“知是”句：唐李肇唐國史補卷下：“李舟好事，嘗得村舍烟竹，截以爲笛，
　　鑑如鐵石，以遺李牟。牟吹笛天下第一，月夜泛江，維舟吹之，寥亮逸發，
　　上徹雲表。俄有客獨立於岸，呼船請載。既至，請笛而吹，甚爲精壯，山河
　　可裂，牟平生未嘗見。及入破，呼吸盤擗，其笛應聲粉碎。客散不知所之。
　　舟著記，疑其蛟龍也。”又，太平廣記卷四百二十五武休潭：“瞿塘之東，下
　　有千歲老蛟，化爲婦人，炫服靚粧，游於水濱。”

其十二

青玉參差嶰管裁〔一〕，琯中吹得鳳凰來。嬴家樓頭縹緲女，底用簫
郎築鳳臺〔二〕。

【箋注】

〔一〕嶰管：參見本卷春俠雜詞之五注。
〔二〕“嬴家樓頭”二句：參見本卷小游仙之二注。

其十三

賣藥相①逢千歲公〔一〕，蓬萊曾約祖龍東〔二〕。空留一兩黃金舄，不
到蓬萊第一宮。

【校】

① 相：鐵崖楊先生詩集本作“曾”。

【箋注】

〔一〕千歲公：即安期先生。

〔二〕祖龍：指秦始皇。按：本詩所述安期先生與秦始皇故事，參見鐵崖先生古樂府卷二大難日注。

其十四

曾與毛劉共學丹[一]，丹成猶未了情①緣。玉皇敕賜西湖水，長作西湖月水②仙。

【校】

① 清鈔不分卷本玉山名勝集小蓬萊亦載本詩，據以校勘。情：玉山名勝集本作“塵”。

② 月水：鐵崖楊先生詩集本、玉山名勝集本作“水月”。

【箋注】

〔一〕毛劉：指毛伯道、劉道恭。真誥卷五甄命授第一：“昔毛伯道、劉道恭、謝稚堅、張兆期，皆後漢時人也。學道在王屋山中，積四十餘年，共合神丹。毛伯道先服之而死，道恭服之又死。謝稚堅、張兆期見之如此，不敢服之，并捐山而歸去。後見伯道、道恭在山上，二人悲愕，遂就請道。與之茯苓持行方，服之，皆數百歲，今猶在山中，游行五嶽。此人知神丹之得道，而不悟試在其中，故但陸仙耳，無復登天冀也。”

其十五

西湖仙①人蓮葉舟[一]，又見石山移海流。老龍卷水青天去，小朵蓮花②共上游。

【校】

① 仙：鐵崖楊先生詩集本作“真”。

② 蓮花：鐵崖楊先生詩集本、玉山名勝集本作“蓮峰”。

【箋注】

〔一〕蓮葉舟：參見本卷小游仙之六注。

其十六

當時笑我去學仙,汝但求金與求①田。不知昨夜城頭鶴,問此②無人識墓阡〔一〕。

【校】

① 與求: 一枝軒叢書本作"并及"。
② 此: 鐵雅先生復古詩集本、明鈔楊維楨詩集本、列朝詩集本作"汝"。

【箋注】

〔一〕"不知昨夜"二句: 丁令威故事。晉陶潛搜神後記卷一:"丁令威,本遼東人,學道于靈虛山。後化鶴歸遼,集城門華表柱。時有少年舉弓欲射之,鶴乃飛,徘徊空中而言曰:'有鳥有鳥丁令威,去家千年今始歸。城郭如故人民非,何不學仙冢纍纍!'遂高上沖天。"

其十七

青旄節衛翠雲屏①〔一〕,按部東行過赤城〔二〕。龍女遺珠雞卵大〔三〕,結爲雙佩②賜方平〔四〕。

【校】

① 屏: 原本及陳善學刊本作"軒",樓氏鐵崖樂府注本、元詩體要本、一枝軒四種本作"軿",據明鈔楊維楨詩集本改。
② 佩: 鐵雅先生復古詩集本、明鈔楊維楨詩集本作"珮"。

【箋注】

〔一〕"青旄"句: 蓋指紫陽真人周義山。相傳周義山早年入蒙山學道,遇真人羨門子,乘白鹿,執羽蓋,佩青毛之節,侍從玉女十餘人。參見真人周君傳(載藝文類聚卷七十八靈異部上仙道)。
〔二〕赤城: 指天台山(今屬浙江)。
〔三〕"龍女"句: 太平廣記卷五十九女仙四江妃:"鄭交甫常游漢江,見二女,皆麗服華裝,佩兩明珠,大如雞卵。交甫見而悦之,不知其神人也,謂其僕曰:'我欲下請其佩。'僕曰:'此間之人皆習於辭,不得恐罹悔焉。'交甫不聽……曰:'橘是橙也,我盛之以笥,令附漢水,將流而下,我遵其旁搴之。

知吾爲不遜也,願請子佩.'二女曰:'橘是橙也,盛之以莒,令附漢水,將流
而下,我遵其旁,捲其芝而茹之.'手解佩以與交甫,交甫受而懷之。既趨
而去,行數十步,視懷空無珠。二女忽不見。"

〔四〕方平: 即王遠。神仙傳卷三王遠:"王遠字方平,東海人也。舉孝廉,除郎
中,稍加至中散大夫。博學五經,尤明天文圖讖、河、洛之要,逆知天下盛
衰之期,九州吉凶,觀諸掌握。後棄官入山修道,道成,漢孝桓帝聞之,連
徵不出。"

其十八

若木西來赤岸東〔一〕,白金城闕碧珠宮。天家令急不敢住,折得五
花歸飯龍〔二〕。

【箋注】

〔一〕若木: 傳說中的神樹。淮南子墜形訓:"若木在建木西,末有十日,其
華照下地。"注:"末,端也。若木端有十日,狀如蓮華。華猶光也,光
照其下也。"赤岸: 傳說中地名。文選枚乘七發:"凌赤岸,篲扶桑,橫
奔似雷行。"

〔二〕五花: 初學記卷三十鱗介部:"括地圖曰: 龍池之山,四方高,中有池,方七
百里,群龍居之。多五花樹,群龍食之。去會稽四萬五千里。"

其十九

東逾弱水赤流深〔一〕,夜得桃都息羽旌〔二〕。地底日迴天上去①,金
雞如鳳自交鳴。

【校】

① 去: 鐵雅先生復古詩集本、明鈔楊維禎詩集本作"出"。

【箋注】

〔一〕"東逾"句: 淮南子墜形訓:"赤水之東,弱水出自窮石,至于合黎,餘波入
于流沙,絕流沙,南至南海。"

〔二〕桃都: 南朝梁宗懍荆楚歲時記:"桃者,五行之精,能制百鬼,謂之仙木。
括地圖曰: 桃都山有大桃樹,盤屈三千里,上有金雞,日照則鳴。下有二

神,一名鬱,一名壘,并執葦索,以伺不祥之鬼,得則殺之。"

其二十

金鵝①蕊生瑤水陰〔一〕,錦駝鳥鳴珠樹林〔二〕。上皇敕賜龍池②酒,
天樂五雲流玉音。

【校】

① 鵝:鐵雅先生復古詩集本、明鈔楊維楨詩集本作"蛾"。
② 池:原本作"色",據明鈔楊維楨詩集本改。

【箋注】

〔一〕金鵝蕊:指桂花。李太白全集卷九贈嵩山焦鍊師:"時餐金鵝蘂,屢讀青
　　苔篇。八極恣游憩,九垓長周旋。"注:"楊升庵曰:'金鵝蘂,桂也。'藝文
　　類聚:'臨海記曰:郡東南有白石山,高三百餘丈,望之如雪。山上有湖,
　　古老相傳云,金鵝所集,八桂所植。'"
〔二〕珠樹:列子湯問:"渤海之東不知幾億萬里,有大壑焉……其中有五山焉:
　　一曰岱輿,二曰員嶠,三曰方壺,四曰瀛洲,五曰蓬萊。其山高下周旋三萬
　　里……其上臺觀皆金玉,其上禽獸皆純縞,珠玕之樹皆叢生,華實皆有滋
　　味,食之皆不老不死,所居之人皆仙聖之種。"

海鄉竹枝歌〔一〕 四首①

其一

潮來潮退白洋沙②,白洋女兒把鋤耙。苦海熬乾是何日,免得儂
來爬雪沙。

其二

門前海坍到竹籬,階頭③腥臊螃子肥〔二〕。啞子④三歲未識父〔三〕,
郎在海東何日歸。

其三

海頭風吹楊白花,海頭女兒楊⑤白歌〔四〕。楊花滿頭作鹽舞,不與
斤兩添銅鉈⑥。

其四

顏面似墨雙脚頹，當官脱袴受黃荆[五]。生女寧當嫁盤瓠[六]，誓莫
近嫁宋⑦家亭[七]。

　　　　海鄉竹枝，非敢以繼風人之鼓吹，于以達亭民之疾苦也。觀民風者或
有取焉⑧。

【校】

① 列朝詩集甲集前編第七下、元詩選初集辛集、劉世珩影刊十八卷本玉山草堂
　雅集卷二載此組詩，據以校勘。玉山草堂雅集本題作海鄉竹枝四首。

② 潮：玉山草堂雅集本作"淖"。沙：玉山草堂雅集本作"家"。

③ 頭：樓氏鐵崖樂府注本作"前"。

④ 啞子：玉山草堂雅集本、樓氏鐵崖樂府注本作"痘牙"。後者又有注曰："痘
　牙，一作'啞子'。"

⑤ 楊：原本作"揚"，據陳善學刊本、列朝詩集本、玉山草堂雅集本、樓氏鐵崖樂
　府注本改。

⑥ 鉈：樓氏鐵崖樂府注本作"鴕"。

⑦ 宋：玉山草堂雅集本、樓氏鐵崖樂府注本作"東"。

⑧ "海鄉竹枝"以下四句凡三十字跋文，原本無，據列朝詩集本、元詩選本增補。
　玉山草堂雅集本則作爲小引，置於詩前；其中"取"字作"采"。

【箋注】

〔一〕詩作於元順帝元統二年(一三三四)至後至元五年(一三三九)七月之間，
　　其時鐵崖在錢清鹽場司令任上。繫年依據：本組詩皆描摹鹽民苦情，鐵
　　崖試圖"于以達亭民之疾苦"，希望"觀民風者"有所採信，能使鹽民有所
　　解困。故當賦於鐵崖任職錢清鹽場司令期間。

〔二〕蟛子：蓋即蟚蜞。似蟹而小。

〔三〕啞子：方言詞，指兒童、小娃。

〔四〕楊白歌：蓋即當時民間流行之情歌楊白花。樂府雜曲歌名。參見鐵崖先
　　生古樂府卷二麗人行注。

〔五〕"顏面"二句：描述元代鹽民飽受欺凌之苦狀。按：鹽民相關苦情，參見東
　　維子文集卷三送陳仲剛龍頭司丞序。

〔六〕盤瓠：相傳爲上古南方少數族人首領，此泛指南蠻之人。魏書卷一百一
　　蠻："蠻之種類，蓋盤瓠之後，其來自久。習俗叛服，前史具之。在江、淮之

間,依託險阻,部落滋蔓,布於數州。東連壽春,西通上洛,北接汝、潁,往往有焉。"

〔七〕宋家亭: 當爲鹽場名。明龔詡上巡撫周文襄公書:"鹽丁竈户類多窮苦,終歲勤動,父母妻子不得煖飽,惟仗餘鹽以活性命。古人有詩曰:'生女嫁盤瓠,誓莫近嫁宋家亭。'則其苦情久矣。"(載龔安節先生遺文。)

卷十一　鐵雅先生復古詩集卷一至三

卷十一　鐵雅先生復古詩集卷一至三

鐵雅先生復古詩集卷之一

古樂府[一]

琴操序①

　　琴操爲退之獨步，子厚不敢②作，遂作鐃歌[二]。古之文人相服而不相忌者如此。後之詩人動以琴操自高，如蠻郎罷③學華語，華不華，蠻不蠻，令人有可鄙者。余與永嘉李季和在吳下論古今人詩[三]，季和酒酣，歌退之羑里操[四]，舉酒屬余曰："楊廉夫崛强，作漢、魏人古樂府，亦能作昌黎伯琴操乎?"余激其挑，亟領曰："請題。"季和遂命④精衛而下凡九題。余明日賦畢。又明日，復補退之履霜、殘形二操[五]。季和讀之，拍几三叫曰："楊廉夫，鐵龍精也⑤。人欲和之，誰敢誰敢!"至正辛巳秋九月會稽楊維禎⑥録以爲序。

【校】

① 鐵雅先生復古詩集六卷，鐵崖弟子松江章琬編刊於元至正二十六年（一三六六）。卷首"鐵雅先生復古詩集"題下署有編撰者姓名，曰："太史紹興楊維禎廉夫著，太史金華黄溍晉卿評，門生雲間章琬孟文注。"全書實載楊維禎詩一百三十五首、友人詩詞九首。其中部分詩歌有章琬所撰解題，以及黄溍評點。今以明成化五年劉炌刊鐵崖先生古樂府十六卷本（與吳復輯編鐵崖先生古樂府十卷合刊）爲底本，校以萬曆四十三年陳善學序刊楊鐵崖先生文集十一卷本（以下簡稱陳善學刊本）、明佚名鈔楊維禎詩集不分卷本（以下簡稱明鈔楊維禎詩集本）、乾隆三十九年聯桂堂刊樓卜瀍輯撰鐵崖逸編注八卷本（以下簡稱樓氏鐵崖逸編注本）、誦芬室刊鐵崖先生詩集十集本，以及汲古閣刊鐵崖先生復古詩集六卷本、文淵閣四庫全書復古詩集六卷本等。按：書中部分詩歌與鐵崖先生古樂府十卷本重複，故予以剔除。又，文淵閣四庫全書本其實鈔自汲古閣刊本，二本皆將詩後太史黄溍評語删去，且文字基本相

同。故以下校勘記中,凡二本一致者,僅列"汲古閣刊本"之名。琴操序:汲古閣刊本題作"琴操",題下小字注"并引"。原本"琴操序"題下有小字注"十一首",今删去。

② 敢:鐵崖先生詩集丁集本作"能"。

③ 罷:鐵崖先生詩集丁集本作"能"。

④ 命:鐵崖先生詩集丁集本作"數"。

⑤ 琴操序又載楊鐵崖先生文集全録卷二之首,然爲殘本,全文截止於此。

⑥ 禎:文淵閣四庫全書本作"楨"。下同。

【箋注】

〔一〕本序文撰於元至正元年辛巳(一三四一)九月,其時鐵崖丁憂服闋不久,游寓姑蘇。

〔二〕"琴操爲退之獨步"三句:韓愈有琴操十首,柳宗元有唐鐃歌鼓吹曲十二篇。

〔三〕李季和:名孝光。參見鐵崖先生古樂府卷六芝秀軒詞注。

〔四〕羑里操:又名拘幽操,相傳周文王囚於羑里而作。韓愈揣摩周文王心思所作拘幽操,載韓昌黎詩繫年集釋卷十一。

〔五〕補退之履霜、殘形二操:參見鐵崖先生古樂府卷一履霜操引言。

漢水操〔一〕

　　琬曰:"即祓禊曲也。王子年拾遺記曰〔二〕:周昭王溺於①漢水,二女延娟、延娛從王〔三〕,夾擁王身,同没焉②。故江漢人至上巳日禊集祠間,以爲風俗。"

湘水離離③,徒以斑我④衣〔四〕。漢水漪漪⑤,可以禊我⑥衣。翩然⑦凌波夾龍飛,隨龍雲雨隨龍歸,彼望疑兮疑是非。

　　太史曰〔五〕:"辭意以英、皇,不得爲娟、娛也。"

【校】

① 溺於:明鈔楊維禎詩集本作"投"。

② 没焉:明鈔楊維禎詩集本作"死"。

③ 湘水離離：鐵崖先生詩集丁集本作"湘水離離兮"。

④ 斑：原本作"班"，據陳善學刊本、汲古閣刊本改。　徒以班我：鐵崖先生詩
　　集丁集本作"徒以斑"。

⑤ 漢水漪漪：鐵崖先生詩集丁集本作"漢水漪漪兮"。

⑥ 我：鐵崖先生詩集丁集本無。

⑦ 翩然：明鈔楊維禎詩集本作"顧我"。

【箋注】

〔一〕本卷所録琴操，蓋皆撰於鐵崖與李孝光唱和之際，即元至正元年（一三四
　　一）九月前後。下不注。

〔二〕王子年：名嘉，前秦人。所撰拾遺記十卷今有傳本。

〔三〕延娟、延娛：周昭王女兒。按：章琬所謂"二女延娟、延娛從王"，有誤。詩
　　末黃溍評語予以糾正，謂本詩并非稱頌周昭王女兒延娟、延娛，而是詠讚
　　舜妃女英、娥皇。

〔四〕"湘水離離"二句：參見鐵崖先生古樂府卷一湘靈操注。

〔五〕太史：指黃溍。下同。

介山操〔一〕

　　　琬曰："即介子推、晉文公焚山事①。琴操有龍蛇歌，以爲介
子推②辭。先生嫌其辭有憾，爲演厥辭，庶介山君子之旨也。"
　　一龍失所，五蛇從之周③天下（叶"户"）。四蛇完④身，一蛇獨虧⑤
股〔二〕。龍上天兮，蛇各有户。一蛇無户，薄以焦火（叶"虎"）〔三〕。吁嗟
乎⑥，四蛇從龍作甘雨，一蛇焦枯，無恨在下土。
　　　太史曰："忠厚雅正。"

【校】

① "即介子推、晉文公焚山事"一句，原本無，據鐵崖先生詩集丁集本補。

② 介子推：汲古閣刊本作"介子"。

③ 周：樓氏鐵崖逸編注本作"走"。

④ 完：鐵崖先生詩集丁集本作"全"。

⑤ 原本及陳善學刊本、汲古閣刊本皆有注:"虧作刲,非。"

⑥ 乎:鐵崖先生詩集丁集本無。

【箋注】

〔一〕介山:史記晉世家:"(晉文公重耳)賞從亡未至隱者介子推。推亦不言禄,禄亦不及……介子推從者憐之,乃懸書宫門曰:'龍欲上天,五蛇爲輔。龍已升雲,四蛇各入其宇,一蛇獨怨,終不見處所。'文公出,見其書,曰:'此介子推也。吾方憂王室,未圖其功。'使人召之,則亡。遂求所在,聞其入緜上山中,於是文公環緜上山中而封之,以爲介推田,號曰介山。"索隱:"龍喻重耳。五蛇即五臣:狐偃、趙衰、魏武子、司空季子及子推也。"

〔二〕虧股:莊子盜跖:"介子推至忠也,自割其股以食文公。"

〔三〕焦火:荆楚歲時記:"琴操曰:晉文公與介子綏俱亡,子綏割股以啖文公。文公復國,子綏獨無所得,子綏作龍蛇之歌而隱。文公求之,不肯出,乃燔左右木,子綏抱木而死。文公哀之,令人五月五日不得舉火。"

崩城操

　　琬曰:"按崔豹云,杞梁妻①,杞殖妻妹朝日之所作也。殖戰死,妻哭而城頹,遂投淄水死。其妹悲之,作歌名杞梁妻〔一〕。僧貫休始以築長城義作辭〔二〕,其辭亦精悍,宋吴邁遠輩不能及也〔三〕。先生用是義補崩城操。"

　　白骨築長城,長城不可穴。十日哭長城,長城爲我裂,白骨班班②食紅血。抱骨著心肚,白骨作人語。(精靈之感,推及是處。)君不見淄之水唈唈,至今下有比骨③魚。

【校】

① 汲古閣刊本於"妻"字下多一"乃"字。

② 班班:陳善學刊本、鐵崖先生詩集丁集本、汲古閣刊本、樓氏鐵崖逸編注本作"斑斑"。

③ 骨:陳善學刊本、樓氏鐵崖逸編注本作"目"。

【箋注】

〔一〕杞梁妻:參見鐵崖先生古樂府卷二杞梁妻、崔豹古今注卷中音樂。
〔二〕"僧貫休"句:唐釋貫休撰禪月集卷一杞梁妻:"秦之無道兮四海枯,築長城兮遮北隅。築人築土一萬里,杞梁貞婦啼嗚嗚。"
〔三〕吳邁遠:南朝宋人。其杞梁妻詩載宋郭茂倩輯樂府詩集卷七十三。

前旌操〔一〕

琬曰:"衛後母子壽。母欲殺前母子伋而立壽,使伋乘舟於河,將沉而殺之。壽知之,與伋同舟,不得沉。又使伋之齊,令盜見載旌者殺之。壽又竊旌前行,盜見殺之。伋載壽尸還,亦死。"
爾乘舟兮,河水濁且深。我同①舟兮,誓與爾同沉。母有命兮,諫不我聽。示旌以②盜兮,我先有③旌。衛有國兮,國在兄,殺兄及我兮,我不如無生。
太史曰:"詩後又有此作,退之所不敢〔二〕。雖退之作,亦無以過。"

【校】

① 同:鐵崖先生詩集丁集本作"登"。
② 以:鐵崖先生詩集丁集本作"誨"。
③ 有:陳善學刊本、鐵崖先生詩集丁集本、汲古閣刊本、樓氏鐵崖逸編注本作"以"。

【箋注】

〔一〕本詩所述故事,詳見詩邶風二子乘舟。
〔二〕退之:唐代文人韓愈字。

桑中操①

琬曰:"此秋胡題也〔一〕。曹魏諸作不關本題,晉傅玄始詠秋婦過剛〔二〕,先生此辭特解玄議。"

秋夫君,娶妻五日即仕陳。五年歸來未②拜親,桑中見美人。我出堂前認夫君,走赴沂水沉我身。秋夫君,令我嗔。婦可不義,親何可不仁!

太史曰:"情似過憤,大義責辭,不爲過直,可悲可痛。"

【校】

① 汲古閣刊本題作桑中婦操。
② 未: 鐵崖先生詩集丁集本作"不"。

【箋注】

〔一〕秋胡題:指秋胡行(又稱陌上桑)一類歌曲,參見鐵崖先生古樂府卷四采桑詞。漢劉向古列女傳卷五魯秋潔婦:"潔婦者,魯秋胡子妻也。既納之五日,去而官于陳,五年乃歸。未至家,見路傍婦人採桑,秋胡子悦之……秋胡子遂去。至家,奉金遺母。使人唤婦,至,乃嚮採桑者也。秋胡子慚,婦曰:'子束髮辭親,往仕五年乃還,當所悦馳驟揚塵疾至。今也乃悦路傍婦人,下子之糧,以金予之,是忘母也,忘母不孝;好色淫洪,是污行也,污行不義。夫事親不孝,則事君不忠;處家不義,則治官不理。孝義并忘,必不遂矣。妾不忍見子改娶矣,妾亦不嫁。'遂去而東走,投河而死。"
〔二〕"晉傅玄"句: 傅玄秋胡行:"彼夫既不淑,此婦亦大剛。"

炭炻操

琬曰:"按風俗通〔一〕,百里奚爲秦相,堂上樂作,所賃澣婦自言知音,因援琴而歌。問之,乃其故妻。遂還爲夫婦。"

百里奚,東避虞,西入秦。母已死,賴婦賢,負土成墳南山邊①。百里奚,作秦相,不再妻②。堂下澣婦歌炭炻〔二〕,春黃黎,搤伏雞③。堂下鼓弦,堂上覆樽,百年夫婦失④復親。秦穆君,賀相臣。夫旌義,婦旌仁。

太史曰:"或以奚爲不孝不義。此辭以義歸奚,以仁歸婦,而後奚之稱賢於孟子者爲無忝矣〔三〕。"

【校】

① “百里奚”六句凡二十二字，原本無，據陳善學刊本增補。

② 妻：陳善學刊本作“娶”。

③ 雞：鐵崖先生詩集丁集本作“雌”。

④ 失：原本作“夫”，據陳善學刊本、鐵崖先生詩集丁集本、汲古閣刊本改。

【箋注】

〔一〕風俗通：即風俗通義，漢應劭撰。按：本詩序所引“百里奚爲秦相”一則，太平御覽、樂府詩集等書引録，謂出自風俗通，然風俗通義通行本中不存。

〔二〕炊扊扅：百里奚妻所歌曲名。共三首，其一云：“百里奚，五羊皮。憶別時，烹伏雌，炊扊扅。今日富貴忘我爲?”見宋郭茂倩樂府詩集卷六十琴曲歌辭琴歌三首。注曰：“門關謂之扊扅。”楊維禎所作即組合三曲而成。

〔三〕奚之稱賢於孟子：相傳百里奚七十歲，養牛爲業。秦繆公授之國政，或有非議，孟子曾爲辯誣。詳見孟子萬章。

殘形操

　　退之作殘形操〔一〕，末語曰：“臣咸①上天〔二〕，識者其誰?”余以其詞尚欠歸宿，不如拘幽、將歸二操語可詠也。遂爲補之曰②：
　　我夢有獸兮，其獸曰貍。貍有怪兮，身首異〔三〕。而告我以凶兮，戒而戒而，我丘有首兮〔四〕，誓死完以歸。
　　李季和書復先生云〔五〕：“夜讀九操辭及補退之辭，皆精悍古雅，使退之土下有聞，亦韙之。鐵雅辭行，退之不得稱千古獨步。非佞非佞!”

【校】

① 臣咸：樓氏鐵崖逸編注本作“巫咸”。

② 鐵崖先生詩集丁集本載此詩序，與此本稍有不同，謂殘形操詩序作者爲章琬。照録如下：“琬曰：退之作殘形操，末語云‘臣咸上天，識者其誰’。先生以其辭尚欠歸宿，不如拘幽二語可詠也。遂爲補之。”

【箋注】

〔一〕退之：韓愈字。韓愈殘形操（曾子夢見一狸不見其首作）：“有獸維狸兮，我夢得之。其身孔明兮，而頭不知。吉凶何爲兮，覺坐而思。巫咸上天兮，識者其誰?”又，五百家注昌黎文集卷一殘形操有孫氏注曰：“殘形操事出琴録，其詳未聞。”

〔二〕臣咸：清顧炎武日知録卷二十五巫咸：“孔安國傳曰：‘巫咸，臣名。’馬融曰：‘巫，男巫也，名咸，殷之巫也。’……古賢之名爲後人所假託者多矣。”

〔三〕身首異：五百家注昌黎文集卷一殘形操有蔡氏注曰：“按大周正樂記，曾子鼓琴，崔子立户外而聽之。曲終，入曰：‘善哉，鼓琴乎。身已成矣，而惜未得其首也。’曾子曰：‘吾晝卧，夢見一狸，但見其身，不見其頭。起而爲之弦歌也。’”

〔四〕丘有首：禮記檀弓上：“古之人有言曰：‘狐死正丘首，仁也。’”

〔五〕李季和：即李孝光。按：李孝光夜讀鐵崖所作琴操，且與之切磋，當在吳下，至正元年秋。參見本卷卷首鐵崖所撰琴操序。

鐵雅先生復古詩集卷之二

古樂府①〔一〕

　　先生自言：“予用三體詠史：用七言絕句體者三百首，古樂府體者二百首，古樂府小絕句體者四十首。絕句人易到，吾門章木能之〔二〕；古樂府不易到，吾門張憲能之〔三〕；至小樂府，二三子不能，惟吾能之，故五峰李著作推爲詠史上手云〔四〕。”至正丙午夏五②上吉，門生章琬謹拜手識〔五〕。

炮烙辭

　　炮烙復炮烙〔六〕，是不還是不。終殺讒人虎〔七〕，不殺羑中囚〔八〕。
　　太史③評云：“此獨夫可取處，古人未言。”

【校】

① 原本“古樂府”題下有小字注“二十二首”。今删去已見於鐵崖先生古樂府十卷者，存三首。
② 夏五：鐵崖先生詩集戊集本作“夏午月”。
③ 太史：指黄溍。原本無，徑爲增補。下同。

【箋注】

〔一〕按：鐵雅先生復古詩集六卷所録鐵崖詩作，皆撰於元至正二十六年丙午（一三六六）以前，因爲詩集於此年結集刊行；其中附有太史黄溍評語之詩作，撰期不得遲於黄氏卒年（一三五七）。
〔二〕章木：桐廬人。至正初年即從學於鐵崖，元末又追隨至松江。參見東維子文集卷二送檢校王君蓋昌還京序注。
〔三〕張憲：參見東維子文集卷二送檢校王君蓋昌還京序注。
〔四〕五峰李著作：指李孝光。參見鐵崖先生古樂府卷六芝秀軒詞注。
〔五〕章琬：松江人。參見鐵崖先生古樂府卷一精衛操注。

〔六〕炮烙：蓋指炮格。史記殷本紀："百姓怨望而諸侯有畔者，於是紂乃重刑辟，有炮格之法。"集解："列女傳曰：'膏銅柱，下加之炭，令有罪者行焉，輒墮炭中，妲己笑，名曰炮格之刑。'"索隱："又云'見蟻布銅斗，足廢而死，於是爲銅格，炊炭其下，使罪人步其上'，與列女傳少異。"

〔七〕虎：指崇侯虎。史記周本紀："崇侯虎譖西伯於殷紂。……帝紂乃囚西伯於羑里。閎夭之徒患之，乃求有莘氏美女……因殷嬖臣費仲而獻之紂，紂大悅……曰：'譖西伯者，崇侯虎也。'"

〔八〕羑中囚：指西伯，即周文王。史記殷本紀："紂囚西伯羑里。西伯之臣閎夭之徒，求美女奇物善馬以獻紂，紂乃赦西伯。西伯出而獻洛西之地，以請除炮格之刑，紂乃許之。"

劍客①辭〔一〕

丈夫萬人敵〔二〕，拙計哂荊軻〔三〕。昨夜西征去，生擒李左車〔四〕。
　　太史評云："此客方是壯夫。"

【校】

① 客：明鈔楊維楨詩集本作"閣"，蓋屬誤寫。

【箋注】

〔一〕游俠二十一曲中有劍客。參見明梅鼎祚編古樂苑衍録卷一。
〔二〕萬人敵：史記項羽本紀："項籍少時，學書不成，去。學劍，又不成。項梁怒之，籍曰：'書足以記名姓而已。劍一人敵，不足學。學萬人敵。'"
〔三〕哂荊軻：用魯句踐事。參見鐵崖先生古樂府卷四要離冢注。
〔四〕李左車：即廣武君，趙之大將，爲韓信生擒。詳見史記淮陰侯列傳。

食桃辭

二桃陷忠勇，晏子設危謀〔一〕。半桃陷姑息，彌子復誰尤〔二〕。

【箋注】

〔一〕“二桃”二句：春秋時，齊景公之臣公孫接、田開疆、古冶子勇而無禮，晏子
　　設計，餽之二桃，遂因爭勝而先後自刎。詳見晏子春秋卷二諫下。

〔二〕彌子：彌子瑕。韓非子 説難：“昔者彌子瑕有寵於衛君……與君游於果
　　園，食桃而甘，不盡，以其半啗君。君曰：‘愛我哉！忘其口味，以啗寡人。’
　　及彌子色衰愛弛，得罪於君，君曰：‘是固嘗矯駕吾車，又嘗啗我以餘桃。’
　　故彌子之行未變於初也，而以前之所以見賢而後獲罪者，愛憎之變也。”

鐵雅先生復古詩集卷之三

古樂府①

　　先生自謂〔一〕:"余二十字香閨詩,乃是古樂府辭,發情止義之化也〔二〕,不可例以艷歌小詞目之〔三〕。具風雅之目者,當自得於玉臺、香奩之外也〔四〕。"

擬雪詞

　　小姑善擬雪,擬雪廣寒高〔五〕。剪落霜②娥髮〔六〕,紛飛玉兔毛③。
　　太史評曰:"此詞掃退謝女'鹽'、'絮'〔七〕,古今詞人所未道也。"

【校】

① 原本"古樂府"題下有小字注"二十四首"。今刪去已見於鐵崖先生古樂府十卷者,存四首。
② 霜:原本作"雙",據明鈔楊維禎詩集本改。
③ 毛:樓氏鐵崖逸編注本作"毫"。

【箋注】

〔一〕按:"先生自謂"云云,乃章琬引述鐵崖語。
〔二〕發情止義:見鐵崖先生古樂府卷十西湖竹枝歌注。
〔三〕按:"余二十字香閨詩"以下四句,乃鐵崖自我開脱語。宋濂亦曾爲鐵崖風流舉動作解釋,其楊君墓志銘曰:"當酒酣耳熱,呼侍兒出,歌白雪之辭,君自倚鳳琶和之,座客或蹁躚起舞,顧盼生姿,儼然有晉人高風。或頗加誚讓,亟罵曰:'昔張籍見韓退之,退之命二姬合彈箏琶以爲樂,爾謂退之非端人耶?'蓋君數奇諧寡,故特託此以依隱玩世耳,豈其本情哉!"其實,作香閨詩,跳天魔舞,皆能迎合當時市鎮奢華風尚,故鐵崖樂此不疲。
〔四〕玉臺:玉臺新詠。香奩:香奩集,唐人韓偓作。
〔五〕廣寒:廣寒宮,月宮。見題唐柳宗元龍城録明皇夢游廣寒宮。

〔六〕霜娥：指孀娥，即嫦娥。明彭大翼山堂肆考卷十二孀娥怨曲：“古樂府有孀娥怨之曲，注云：漢人因中秋無月而作。所謂孀娥者，指月中嫦娥也。”

〔七〕謝女：指謝道韞。謝道韞乃謝安侄女，王凝之妻。“鹽”“絮”，指謝道韞與其兄擬雪語。南朝宋劉義慶世説新語言語：“謝太傅寒雪日内集，與兒女講論文義。俄而雪驟，公欣然曰：‘白雪紛紛何所似？’兄子胡兒曰：‘撒鹽空中差可擬。’兄女曰：‘未若柳絮因風起。’公大笑樂。即公大兄無奕女，左將軍王凝之妻也。”

彈瑟篇

静夜彈湘瑟，扁舟在鶴①灘〔一〕。九峰江上見〔二〕，渾似九疑山〔三〕。

太史評云：“從‘江上青’來〔四〕。”

【校】

① 鶴：鐵崖先生詩集戊集本、樓氏鐵崖逸編注本作“鸛”。

【箋注】

〔一〕鶴灘：疑指唳鶴灘。唳鶴灘位於松江府治西南隅養魚池旁。參見大明一統志卷九松江府。

〔二〕九峰：當指松江九峰。

〔三〕九疑山：參見鐵崖先生古樂府卷一湘靈操注。

〔四〕江上青：唐才子傳卷四錢起：“初從計吏，至京口客舍，月夜閑步，聞户外有行吟聲，哦曰：‘曲終人不見，江上數峰青。’凡再三往來，起遽從之，無所見矣。嘗怪之，及就試粉闈，詩題乃湘靈鼓瑟，起綴就，即以鬼謡十字爲落句。主文李暐深嘉美，擊節吟味久之，曰：‘是必有神助之耳。’遂擢置高第。”

去妾詞

萬里戎裝去①，琵琶上錦韉。傳來②馬上曲，猶唱想夫憐〔一〕。

【校】

① 去：文淵閣四庫全書本作“出”。

② 來：原本誤作“朱”，據樓氏鐵崖逸編注本、文淵閣四庫全書本改。

【箋注】

〔一〕想夫憐：原本小字注於題下：“想夫憐，曲名也。”唐語林卷六補遺：“于司
　　空以樂曲有想夫憐，其名不雅，將改之。客笑曰：‘南朝相府曾有瑞蓮，故
　　歌曰相府蓮，自是後人語訛。’乃不改……樂苑曰：‘想夫憐，羽調曲也。’
　　白居易詩曰：‘玉管朱弦莫急催，客聽歌送十分盃。長愛夫憐第二句，倩君
　　重唱夕陽開。’”

女蔓草

誓作女蔓草，不作天羅①瓜〔一〕。女蔓纏樹死，天羅挂②西家。

【校】

① 羅：鐵崖先生詩集戊集本、樓氏鐵崖逸編注本作“蘿”，下同。

② 原本與汲古閣刊本皆有注：“挂，一作過。”

【箋注】

〔一〕天羅瓜：絲瓜別名。普濟方卷三十八：“（好線苴）一名蠻瓜，一名天羅，又
　　名天絲瓜，其實皆絲瓜也。”

卷十二　鐵雅先生復古詩集卷四

古樂府

宮詞①〔一〕 一十有二首

　　宮詞,詩家之大香奩也,不許村學究語。爲本②朝宮詞者多矣,或拘於用典故,又或拘於用國語,皆損詩體。天曆間,余同年薩天錫善爲宮詞〔二〕,且索余和什。通和二十章,今存十二章。

其一

　　雞人報曉五門開〔三〕,鹵簿千官泊帝③臺。天上駕鵝先有信〔四〕,(每歲此禽先駕往返④。)九重鸞駕上都⑤廻〔五〕。

【校】

① 宮詞之"詞",樓氏鐵崖逸編注本作"辭"。下同。
② 本:鐵崖先生詩集戊集本作"國"。
③ 帝:明鈔楊維禎詩集本作"虎"。
④ 返:陳善學刊本作"之"。
⑤ 都:鐵崖先生詩集戊集本作"京",元詩選本注:"一作京。"

【箋注】

〔一〕此宮詞十二首乃鐵崖早年詩作,撰於元文宗天曆、至順年間,約爲元至順二年(一三三一)以前。按:鐵崖撰此宮詞序,稱宮詞二十首皆爲天曆年間與薩都剌唱和之作。其實并不確切。薩都剌與鐵崖同爲泰定四年進士,次年即天曆元年,此年春,鐵崖由大都南歸返鄉,薩都剌授職爲京口録事司達魯花赤,天曆元年七月到任。(參見至順鎮江志。)故薩都剌與鐵崖唱和宮詞,當在二人逗留京師及南歸之後。又,宮詞組詩之三曰"奎章御筆寫烏絲",實爲至順二年事(參見此詩注釋)。可見鐵崖宮詞二十首,并非皆作於天曆年間。蓋因此宮辭序撰於鐵崖暮年,(約爲至正二十四年,即章琬輯録鐵雅先生復古詩集之時。)年久淡忘,故稱泰定四年之後爲"天曆間"也。

〔二〕薩都刺,字天錫,號直齋。先世爲西域回回族,祖始居雁門,遂爲雁門人。所謂"薩都刺"者,意爲"濟善"。泰定四年進士,官至燕南憲司經歷。其詩風流俊爽,或謂修元朝家範。參見元詩選、西湖竹枝詞所附薩都刺傳,以及張旭光薩都刺生平仕履考辨(載中華文史論叢一九七九年第二輯)。

〔三〕雞人報曉:清朱鶴齡撰李義山詩集注卷一下馬嵬二首之二:"空聞虎旅傳宵柝,無復雞人報曉籌。"注:"周禮:'雞人夜呼旦以班百官。'漢官儀:'宮中不得畜雞,衛士候于朱雀門外,傳雞唱。'"

〔四〕駕鵝:漢書司馬相如傳上:"弋白鵠,連駕鵝。"顏師古注:"駕鵝,野鵝也。"

〔五〕上都:又稱上京。位於今内蒙古自治區錫林郭勒盟。按:據葉子奇草木子載,帝每年四月迤北草青,則駕幸上都,至八月回大都。

其二

開國遺音①樂府傳,白翎飛上十三弦〔一〕。大金優諫關卿在〔二〕,伊尹扶湯進劇編②〔三〕。

【校】

① 開國遺音:鐵崖先生詩集戊集本作"開府遺書"。

② 編:鐵崖先生詩集戊集本作"篇"。

【箋注】

〔一〕白翎:參見鐵崖先生古樂府卷七白翎鵲注。十三弦:指古箏。清閟閣全集卷十一附録楊維禎謝元鎮惠古製箏:"神弦泣斷三千年,秦聲錚錚十三弦。"參見鐵崖先生古樂府卷二周郎玉笙謠注。

〔二〕關卿:或謂即元雜劇作家關漢卿。又,東維子文集卷十一周月湖今樂府序:"士大夫以今樂府鳴者,奇巧莫如關漢卿。"或以爲此"大金優諫關卿"與"士大夫關漢卿"并非同一人。又,元鍾嗣成録鬼簿、太和正音譜皆著録雜劇伊尹扶湯,作者爲鄭德輝,蓋關卿之伊尹扶湯未能傳世。

〔三〕伊尹扶湯:録鬼簿著録鄭德輝雜劇名目,有放太甲伊尹扶湯。一作耕莘野伊尹扶湯。

其三〔一〕

海内車書混一時,奎章御筆寫烏絲。朝來中貴傳宣急,南國宮娥拱鳳池^①〔二〕。

【校】

① 池：原本作“他”，據陳善學刊本、列朝詩集本、樓氏鐵崖逸編注本改。

【箋注】

〔一〕據詩中“奎章御筆寫烏絲”一句，本詩或當撰於元至順二年（一三三一）。元史文宗本紀二：“（天曆二年二月）甲寅，立奎章閣學士院，秩正三品，以翰林學士承旨忽都魯都兒迷失、集賢大學士趙世延并爲大學士，侍御史撒迪、翰林直學士虞集并爲侍書學士，又置承制、供奉各一員。”又，元史文宗本紀四：“（至順）二年春正月己卯，御製奎章閣記。”按：元史所述有誤。據元史卷三十五考證：“‘正月己卯御製奎章閣記’：按昭儉錄及趙汸東山集，皆云帝建奎章閣，命虞集撰記，御書刻石。”本詩亦謂“御筆寫烏絲”，可見文宗只是抄寫虞集所撰奎章閣記，并非撰文。

〔二〕鳳池：歷代詩話卷四十七鳳池：“唐中書省有鳳池，時稱中書舍人爲小鳳，翰林學士爲大鳳，丞相爲老鳳。宋人猶襲其稱。”

其四

薰風殿閣日初長〔一〕，南貢新來荔子香。西邸阿環方病齒〔二〕，金籠分賜雪衣娘〔三〕。

【箋注】

〔一〕薰風：初夏之東南風。呂氏春秋有始：“東南曰薰風。”

〔二〕阿環：指楊貴妃。楊貴妃小名玉環。　病齒：楊貴妃曾病齒，陶宗儀南村輟耕録卷五題跋有馮子振題楊妃病齒圖詩。

〔三〕雪衣娘：楊貴妃所養白鸚鵡。唐鄭處誨明皇雜録佚文：“開元中，嶺南獻白鸚鵡，養之宮中，歲久，頗聰慧，洞曉言詞。上及貴妃皆呼爲雪衣女。性既馴擾，常縱其飲啄飛鳴，然亦不離屏幃間。上令以近代詞臣詩篇授之，數遍便可諷誦。上每與貴妃及諸王博戲，上稍不勝，左右呼雪衣娘，必飛入局中鼓舞，以亂其行列，或啄嬪御及諸王手，使不能爭道。”

其五

宮錦裁衣錫聖恩，朝來金榜揭天門。老娥元是南州①女，私喜南人擢殿②元[一]。

【校】

① 州：陳善學刊本、明鈔楊維禎詩集本作“洲”。

② 殿：鐵崖先生詩集戊集本作“狀”，元詩選本注曰：“一作‘狀’。”

【箋注】

[一]“老娥”二句：元代科舉分左右榜，蒙古、色目爲右榜，漢人、南人爲左榜。其時漢人與南人明争暗鬥激烈，故有此説。

其六

北幸①和林幄殿寬[一]，鉤麗②女侍婕好官[二]。君王自賦③昭君曲[三]，敕賜琵琶馬上彈。

【校】

① 北幸：鐵崖先生詩集戊集本作“北狩”，明鈔楊維禎詩集本作“得幸”。

② 鉤麗：鐵崖先生詩集戊集本作“句驪”。樓氏鐵崖逸編注本注曰：“（鉤）一作高。”

③ 賦：鐵崖先生詩集戊集本作“製”。

【箋注】

[一] 和林：參見鐵崖先生古樂府卷七佛郎國進天馬歌注。幄殿：帝王出行以帳幄爲行宫稱幄殿。宋梅堯臣金明池游：“津樓金間采，幄殿錦文寒。”

[二] 鉤麗：即高麗。元例納高麗女子入後宫。

[三] 昭君曲：即昭君怨，王昭君作，後人仿作甚多。載宋郭茂倩樂府詩集卷五十九琴曲歌詞三。

其七

后土璚仙①屬内家[一]，揚州從此絶名花。君王題品容誰并②，萼③緑宫中萼緑華[二]。

【校】

① 仙：鐵崖先生詩集戊集本作“花”，樓氏鐵崖逸編注本曰：“一作花。”
② 誰并：鐵崖先生詩集戊集本作“難盡”。
③ 萼：陳善學刊本作“蘂”。下同。

【箋注】

〔一〕“后土”句：宋宋敏求春明退朝録卷下：“揚州后土廟有瓊花一株，或云自唐所植，即李衛公所謂玉蘂花也。舊不可移徙，今京師亦有之。”又，宋王鞏聞見雜録：“揚州后土廟有瓊花一株，宋丞相郊構亭花側，榜曰‘無雙’，謂天下無別株也。仁宗慶曆中，嘗分植禁中，明春輒枯。遂復載還廟中，鬱茂如故。”（載説郛卷四十七上。）

〔二〕萼緑華：雲笈七籤卷九十七萼緑華贈羊權詩三首序：“萼緑華者，仙女也。年二十許上下，青衣，顔色絶整。以晉穆帝昇平三年己未十一月十日夜降於羊權家，自云是南山人，不知何山也。自此一月輒六過其家。權字道琳，即晉簡文帝黃門郎羊欣之祖也。”

其八

十二璚樓浸月華〔一〕，桐花移影上窗紗。簷前不①插鹽枝竹〔二〕，臥聽金羊引小車。

　　　　太史曰：“此章反案用事，見閒雅之風。”

【校】

① 簷前不：鐵崖先生詩集戊集本作“簾前莫”，元詩選本注曰：“簷，一作簾。”

【箋注】

〔一〕十二璚樓：史記孝武本紀：“方士有言：黃帝時爲五城十二樓，以候神人於執期，命曰迎年。”注：“應劭曰：‘崑崙縣圃五城十二樓，仙人之所常居也。’”

〔二〕“簷前”二句：晉書后妃傳胡貴嬪：“時帝多内寵，平吴之後，復納孫皓宫人數千，自此掖庭殆將萬人。而并寵者甚衆，帝莫知所適，常乘羊車，恣其所之，至便宴寢。宫人乃取竹葉插户，以鹽汁灑地，而引帝車。”

其九〔一〕

金屋秋深露氣涼,宮監久不到西廂。丁寧莫竊寧哥笛〔二〕,鸚姆^①無情説短長〔三〕。

太史曰:"此章規戒尤妙。"

【校】

① 鸚姆:明鈔楊維禎詩集本作"鸚鵡"。

【箋注】

〔一〕陳善學刊本於題下附評語:"濃情澹語。"

〔二〕寧哥:宋馬永易實賓録卷六寧哥:"唐寧王憲,睿宗長子。睿宗將建東宮,以憲嫡長而玄宗時爲楚王,有大功,故久不定。憲固辭,乃立楚王爲皇太子。玄宗友悌,古無有者,至呼憲爲'寧哥'云。"竊寧王笛事參鐵崖先生古樂府卷二内人吹篴詞注。

〔三〕"鸚姆"句:唐段成式酉陽雜俎前集卷十六羽篇:"玄宗時,有五色鸚鵡能言,上令左右試牽帝衣,鳥輒瞋目叱咤。"

其十

露氣夜生鳷鵲樓〔一〕,井梧葉葉已知秋。君王只禁宮中蠱〔二〕,不禁流紅出御溝〔三〕。

【箋注】

〔一〕鳷鵲樓:即鳷鵲觀,參見鐵崖先生古樂府卷四驪山曲注。

〔二〕宮中蠱:資治通鑑卷二十二漢紀十四武帝征和二年:"是時,方士及諸神巫多聚京師,率皆左道惑衆,變幻無所不爲。女巫往來宮中,教美人度厄,每屋輒埋木人祭祀之。因妬忌恚詈,更相告訐,以爲祝詛上,無道。上怒,所殺後宮延及大臣,死者數百人。上心既以爲疑,嘗晝寢,夢木人數千持杖欲擊上,上驚寤,因是體不平。……於是上以(江)充爲使者,治巫蠱獄。"

〔三〕流紅:宋胡仔苕溪漁隱叢話後集卷十六唐人雜紀上流紅記:"唐僖宗時,有于祐,晚步禁溝,拾一紅葉,上有詩云:'流水何太急,深宮盡日閑。殷勤謝紅葉,好去到人間。'祐題云:'曾聞葉上題紅怨,葉上題詩寄與誰?'置溝上流,宮女韓夫人拾之。祐後爲韓泳門館,因帝放宮女三千人賜各官,泳得韓,同姓,因作伐嫁祐。及成禮,于篋中取紅葉相示,乃曰:'事豈偶然?'一日,泳開宴,曰:'子二人可謝媒。'韓氏曰:'一聯佳句隨流水,十載幽思滿素懷。今日却成鸞鳳友,方知紅葉是良媒。'"按:唐人題紅葉成良緣事尚有唐范攄雲溪友議卷十盧渥事,唐孟棨本事詩顧況事等。

其十一[一]

十三宮女善詞章,長立君王玉几傍。阿婉有才還有①累[二],宮中鸚鵡啄條桑[三]。

太史曰:"此章借用上官昭容事,美中寓刺。"

【校】

① 有:鐵崖先生詩集戊集本作"自"。

【箋注】

〔一〕陳善學刊本於本詩題下附評語:"融二事巧。"
〔二〕阿婉:唐上官昭容,名婉兒。參見青照堂刊楊鐵崖詠史黥面奴注。
〔三〕鸚鵡啄條桑:參見陳善學序刊楊鐵崖先生文集卷三鸚鵡折翼詞注。

其十二

蛾眉矉處不勝秋[一],長帶芙蓉小苑愁[二]。肯爲君王通一笑,羽書烽火誤諸侯[三]。

太史曰:"此章又用妲己事[四],美中有規。"

【箋注】

〔一〕"蛾眉"句:莊子天運:"西施病心,而矉其里。"
〔二〕芙蓉小苑:九家集注杜詩卷三十秋興八首之六:"花萼夾城通御氣,芙蓉小苑入邊愁。"注:"花萼樓、芙蓉園,皆長安宮禁……本游幸之地,今乃有邊愁入于其間。以紀吐蕃之亂嘗陷京師故也。"
〔三〕羽書烽火誤諸侯:參見鐵崖先生古樂府卷九燧燧曲注。
〔四〕又用妲己事:此說有誤。本詩所述并非妲己與商紂王事,乃褒姒與周幽王故事。詳見史記周本紀。

詠女史^① 一十八首

李夫人〔一〕 李延年歌北方有佳人事

　　金屋君王獨有情〔二〕，少翁魂魄夜張^②燈〔三〕。可堪一死禍猶烈，身靈胡塵到李陵〔四〕。

【校】

① 本組詩又載鐵崖先生詩集己集、清初印溪草堂鈔本東維子集卷九、元詩選初
　　集辛集、樓氏鐵崖逸編注卷八，據以校勘。樓氏鐵崖逸編注本題作女史詠。
② 張：鐵崖先生詩集己集本作"將"。

【箋注】

〔一〕李夫人：李延年妹，漢武帝妃，參見鐵崖先生古樂府卷三李夫人注。
〔二〕金屋君王：用漢武帝金屋貯阿嬌事。參見鐵崖先生古樂府卷五貧婦謠注。
〔三〕"少翁"句：漢書外戚列傳："夫人卒……上思念李夫人不已，方士齊人少
　　翁言能致其神。乃夜張燈燭，設帷帳，陳酒肉，而令上居他帳。遙望見好
　　女如李夫人之貌。"
〔四〕"可堪"二句：漢書外戚列傳："其後李延年弟季坐奸亂後宮，廣利降匈奴，
　　家族滅矣。"又，史記李將軍列傳："天漢二年秋，貳師將軍李廣利將三萬騎
　　擊匈奴右賢王於祁連天山，而使陵將其射士步兵五千人，出居延北可千餘
　　里，欲以分匈奴兵……陵食乏而救兵不到，敵急擊，招降陵……漢聞，族陵
　　母妻子。自是之後，李氏名敗。"

鈎弋夫人〔一〕 漢武帝宮人生昭帝者

　　倢伃^①未換母儀尊，聞道君王已^②寡恩。太子宮中無木偶〔二〕，可無
鞠域到堯門〔三〕。

【校】

① 倢儀：鐵崖先生詩集己集本、印溪草堂鈔本作"倢妤"，汲古閣刊本作"倢儀"。

② 道：鐵崖先生詩集己集本、元詩選本作"説"。元詩選本又注曰"一作道"。元詩選本"已"字下注曰："一作日。"

【箋注】

〔一〕鈎弋夫人：史記外戚世家："鈎弋夫人姓趙氏，河間人也。得幸武帝，生子一人，昭帝是也。武帝年七十，乃生昭帝。昭帝立時，年五歲爾……後數日，帝譴責鈎弋夫人。夫人脱簪珥叩頭。帝曰：'引持去，送掖庭獄！'夫人還顧，帝曰：'趣行，女不得活！'夫人死雲陽宫……其後帝閑居，問左右曰：'人言云何？'左右對曰：'人言且立其子，何去其母乎？'帝曰：'然。是非兒曹愚人所知也。往古國家所以亂也，由主少母壯也。女主獨居驕蹇，淫亂自恣，莫能禁也。女不聞吕后邪？'故諸爲武帝生子者，無男女，其母無不譴死。"

〔二〕"太子"句：漢書武五子傳："孝武皇帝六男：衛皇后生戾太子，趙婕妤生孝昭帝……戾太子據，元狩元年立爲皇太子，年七歲矣……武帝末，衛后寵衰，江充用事。充與太子及衛氏有隙，恐上晏駕後爲太子所誅，會巫蠱事起，充因此爲奸。是時，上春秋高，意多所惡，以爲左右皆爲蠱道祝詛，窮治其事……充遂至太子宫掘蠱，得桐木人。"

〔三〕"可無"句：漢書外戚傳："太后遂斷戚夫人手足，去眼熏耳，飲瘖藥，使居鞠域中，名曰'人彘'。"顏師古注："鞠域，如蹋鞠之域，謂窟室也。"又，資治通鑑卷二十二漢紀十四武帝太始三年："是歲，皇子弗陵生。弗陵母曰河間趙倢伃，居鈎弋宫，任身十四月而生。上曰：'聞昔堯十四月而生，今鈎弋亦然。'乃命其所生門曰堯母門。"

伏生女 伏生年九十餘以女口授尚書

老子當時無女雛，秦灰安得見全書〔一〕？中郎有女能傳業〔二〕，傳得胡①箙業不如〔三〕。

【校】

① 胡：文淵閣四庫全書本作“鳴”，當屬避諱而改。

【箋注】

〔一〕“老子”二句：秦灰，秦始皇焚書。書，指尚書。漢書儒林傳：“伏生，濟南人也。故爲秦博士，孝文時，求能治尚書者，天下亡有，聞伏生治之，欲召。時伏生年九十餘，老不能行，於是詔太常，使掌故朝錯往受之。秦時禁書，伏生壁藏之。其後大兵起，流亡。漢定，伏生求其書，亡數十篇，獨得二十九篇，即以教於齊、魯之間。齊學者由此頗能言尚書。”顏師古注：“衛宏定古文尚書序云，伏生老，不能正言，言不可曉也，使其女傳言教錯。”

〔二〕中郎：東漢蔡邕，漢獻帝初平元年拜左中郎將。蔡琰父。

〔三〕胡笳：指胡笳十八拍。東漢末年，蔡琰因董卓之亂而被胡人所掠，在胡中生二子。曹操將蔡琰贖歸，“至洛陽，見胡雛而念其子，作胡笳十八拍。琴家傳之”（宋姜夔絳帖平卷一蔡琰書）。

班婕妤〔一〕　前漢成帝宮人①

長門不用買多才，紈扇炎涼善自裁〔二〕。五鬼一言能寤②主，秋颮③愁殺望思臺〔三〕。

【校】

① 宮人：原本無“人”字，據鐵崖先生詩集己集本補。

② 寤：印溪草堂鈔本作“悟”。

③ 颮：鐵崖先生詩集己集本、印溪草堂鈔本作“風”。

【箋注】

〔一〕班婕妤：漢書外戚傳：“孝成班倢伃，帝初即位選入後宮。始爲少使，蛾而大幸，爲倢伃，居增成舍……其後趙飛燕姊弟亦從自微賤興，踰越禮制，寖盛於前。班倢伃及許皇后皆失寵，稀復進見……趙氏姊弟驕妒，倢伃恐久見危，求共養太后長信宮。上許焉。倢伃退處東宮，作賦自傷悼。”

〔二〕"長門"二句：謂班婕妤善於文辭，無需假手他人。長門，指長門賦。文選卷十六司馬相如長門賦序："孝武皇帝陳皇后時得幸，頗妒。別在長門宫，愁悶悲思。聞蜀郡成都司馬相如天下工爲文，奉黄金百斤爲相如、文君取酒，因于解悲愁之辭。而相如爲文以悟主上，陳皇后復得親幸。"紈扇，指班所作怨歌行，見鐵崖先生古樂府卷四紈扇辭注。

〔三〕"五鬼"二句：元好問白屋："長門誰買千金賦？祖道虚傳五鬼文。"按：據漢書戾太子傳：壺關三老茂上書，"書奏，天子感寤"。"上憐太子無辜，乃作思子宫，爲歸來望思之臺於湖"。

趙昭儀〔一〕 前漢成帝后

通仙門裏春畫長〔二〕，侍兒新擁試蘭湯。君王空散黄金餅，不見宫中赤鳳凰①〔三〕。

【校】

① 印溪草堂鈔本於詩末有小字注曰："燕赤鳳，宫奴也。趙后通之。見韻府'鳳'字下。"

【箋注】

〔一〕趙昭儀：即趙飛燕，參見鐵崖先生古樂府卷九昭陽曲注。
〔二〕通仙門：類説卷一趙后外傳少嬪館："帝爲昭儀作少嬪館，爲露華殿、含風殿、博昌殿、來安殿，又爲温室、凝缸室、浴蘭室。曲房連檻，飾金玉爲壁，連遠條館，號通仙門。"
〔三〕赤鳳凰：參見鐵崖先生古樂府卷九昭陽曲注。

王氏①后〔一〕 前漢元帝后

沙麓②鍾靈六百年〔二〕，存劉一璽忍輕③捐〔三〕？老天有意母天下，黄霧如何塞九天〔四〕。

【校】

① 氏：鐵崖先生詩集己集本、印溪草堂鈔本作“皇”。

② 麓：原本作“禁”，據鐵崖先生詩集己集本、印溪草堂鈔本改。

③ 輕：樓氏鐵崖逸編注本作“棄”。

【箋注】

〔一〕王氏后：即孝元王皇后，成帝母，王莽之姑。

〔二〕“沙麓”句：漢書元后傳：“賀字翁孺，爲武帝繡衣御史，逐捕魏郡群盜堅盧
等黨與，及吏畏懦逗遛當坐者，翁孺皆縱不誅……翁孺以奉使不稱免，嘆
曰：‘吾聞活千人有封子孫，吾所活者萬餘人，後世其興乎！’……魏郡人德
之，元城建公曰：‘昔春秋沙麓崩，晉史卜之，曰：“陰爲陽雄，土火相乘，故
有沙麓崩。後六百四十五年，宜有聖女興。”其齊田乎！今王翁孺徙，正直
其地，日月當之。元城郭東有五鹿之虛，即沙鹿地也。後八十年，當有貴
女興天下云。’翁孺生禁，字稚君。少學法律長安，爲廷尉史。本始三年，
生女政君，即元后也。”

〔三〕“存劉”句：漢書元后傳：“其後，莽遂以符命自立爲真皇帝，先奉諸符瑞以
白太后，太后大驚……以孺子未立，璽臧長樂宮。及莽即位，請璽，太后不
肯授莽……怒罵之曰：‘……我漢家老寡婦，旦暮且死，欲與此璽俱葬，終
不可得！’”

〔四〕“老天”二句：漢書元后傳：“王氏之興自鳳始。又封太后同母弟崇爲安成
侯，食邑萬户。鳳庶弟譚等皆賜爵關内侯，食邑。其夏，黃霧四塞終日。”

賈南風〔一〕 西晉惠帝后

識暗鳴蛙①苦不夫〔二〕，籠箱下取洛城奴〔三〕。宮中得子如銅馬，豈
持琅琊犢換駼②〔四〕。

【校】

① 蛙：原本作“哇”，據鐵崖先生詩集己集本、印溪草堂鈔本、汲古閣刊本、樓氏
鐵崖逸編注本改。

② "豈持"句: 鐵崖先生詩集己集本、印溪草堂鈔本、樓氏鐵崖逸編注本作"豈特琅琊犢换駒",汲古閣刊本作"豈特琅琊犢换駒",文淵閣四庫全書本作"豈特琅琊犢换駼"。

【箋注】

〔一〕賈南風:晉書后妃傳:"惠賈皇后諱南風,平陽人也。"

〔二〕"識暗"句:晉書惠帝紀:"帝又嘗在華林園,聞蝦蟆聲,謂左右曰:'此鳴者爲官乎?私乎?'或對曰:'在官地爲官,在私地爲私。'及天下荒亂,百姓餓死,帝曰:'何不食肉糜?'其蒙蔽皆此類也。"

〔三〕"籠箱"句:晉書后妃傳:"(賈)后遂荒淫放恣,與太醫令程據等亂,彰内外。洛南有盜尉部小吏,端麗美容止,既給厮役,忽有非常衣服,衆咸疑其竊盜,尉嫌而辯之。賈后疏親欲求盜物,往聽對辭。小吏云:'先行逢一老嫗,説家有疾病,師卜云宜得城南少年厭之,欲暫相煩,必有重報。於是隨去,上車下帷,内籠箱中。行可十餘里,過六七門限,開籠箱,忽見樓闕好屋。問此是何處,云是天上。即以香湯見浴,好衣美食將人。見一婦人,年可三十五六,短形青黑色,眉後有疵。見留數夕,共寢歡宴。臨出,贈此衆物。'聽者聞其形狀,知是賈后,慚笑而去。"

〔四〕"宮中"二句:晉書后妃傳:"元夏侯太妃名光姬,沛國譙人也……妃生自華宗,幼而明慧。琅邪武王爲世子覲納焉,生元帝。及恭王薨,元帝嗣立,稱王太妃。永嘉元年,薨于江左,葬琅邪國。初有讖云'銅馬入海建鄴期',太妃小字銅環,而元帝中興於江左焉。"又,宋書符瑞志:"元帝母夏侯妃,與琅邪國小史姓牛私通,而生元帝。"

緑珠〔一〕 石崇以珠三斛買梁氏女

百斛明①珠價莫加,高樓投璧璧無瑕〔二〕。臨春不死燕旨②井〔三〕,又逐降旛③上檻車。

【校】

① 明:樓氏鐵崖逸編注本作"珍"。

② 燕旨:鐵崖先生詩集己集本、樓氏鐵崖逸編注本作"臙脂",印溪草堂鈔本作"胭脂",汲古閣刊本作"燕脂"。

③ 旛: 鐵崖先生詩集己集本作"王"。

【箋注】

〔一〕綠珠: 石崇以真珠三斛所買之妓。參見鐵崖先生古樂府卷九綠珠辭。

〔二〕高樓投璧: 孫秀強求綠珠,綠珠跳樓自盡。參見鐵崖先生古樂府卷九綠珠辭、晉書石崇傳。

〔三〕臨春: 閣名。借指陳後主。陳書張貴妃傳:"至德二年,乃於光照殿前起臨春、結綺、望仙三閣。……後主自居臨春閣,張貴妃居結綺閣,龔、孔二貴嬪居望仙閣,并複道交相往來。"燕旨井: 即臙脂井。參見鐵崖先生古樂府卷一臙脂井注。

馮小憐〔一〕 北齊穆后愛衰侍婢馮小憐①大幸

前山校獵御同車,一笑平陽等戰蝸〔二〕。換②得后衣纔上馬〔三〕,琵琶又屬③代王家〔四〕。

【校】

① 憐: 汲古閣刊本作"奴"。

② 換: 印溪草堂鈔本作"挽"。

③ 又屬: 鐵崖先生詩集己集本作"又入",印溪草堂鈔本作"自屬"。

【箋注】

〔一〕馮小憐: 北史后妃傳下:"馮淑妃名小憐,大穆后從婢也。穆后愛衰,以五月五日進之,號曰'續命'。慧黠能彈琵琶,工歌舞。後主惑之,坐則同席,出則并馬,願得生死一處。"

〔二〕平陽: 今山西臨汾。北史后妃傳下:"周師之取平陽,帝獵於三堆,晉州亟告急,帝將還,淑妃請更殺一圍,帝從其言……及帝至晉州,城已欲沒矣。作地道攻之,城陷十余步,將士乘勢欲入。帝敕且止,召淑妃共觀之。淑妃妝點,不獲時至。周人以木拒塞,城遂不下。"戰蝸: 莊子則陽:"有國於蝸之左角者曰觸氏,有國於蝸之右角者曰蠻氏。時相與爭地而戰,伏尸數萬,逐北,旬有五日而後反。"

〔三〕“換得”句: 北史 后妃傳下:“後聲亂唱賊至,於是復走。内參自晉陽以皇
后衣至,帝爲按鬢,命淑妃著之,然後去。”

〔四〕“琵琶”句: 北史 后妃傳下:“及帝遇害,以淑妃賜代王達,甚嬖之。淑妃彈
琵琶,因弦斷,作詩曰:‘雖蒙今日寵,猶憶昔時憐。欲知心斷絶,應看膠
上弦。’”

獨孤后 隋文帝后

別宅猶容駕短轅〔一〕,獨孤苦以妒虐賢〔二〕。他時崔婦生①家禍〔三〕,
晉邸安壤②寵自專〔四〕。

【校】

① 生: 印溪草堂鈔本作“上”。
② 壤: 鐵崖先生詩集己集本作“娘”,印溪草堂鈔本、樓氏 鐵崖逸編注本
作“孃”。

【箋注】

〔一〕“別宅”句: 晉書 王導傳:“曹氏性妒,導甚憚之,乃密營別館,以處衆妾。
曹氏知,將往焉。導恐妾被辱,遽令命駕,猶恐遲之,以所執麈尾柄驅牛而
進。司徒蔡謨聞之,戲導曰:‘朝廷欲加公九錫。’導弗之覺,但謙退而已。
謨曰:‘不聞餘物,惟有短轅犢車,長柄麈尾。’”

〔二〕“獨孤”句: 隋書 后妃傳:“文獻獨孤皇后,河南 洛陽人……后每與上言及政
事,往往意合,宫中稱爲‘二聖’。后頗仁愛,每聞大理決囚,未嘗不流涕。
然性尤妒忌,後宫莫敢進御。尉遲迥女孫有美色,先在宫中,上于仁壽宫
見而悦之,因此得幸。后伺上聽朝,陰殺之。”

〔三〕“他時”句: 隋書 文四子傳:“秦孝王俊,字阿祇,高祖第三子也……俊頗好
内,妃崔氏性妒,甚不平之,遂於瓜中進毒,俊由是遇疾。征還京師,上以
其奢縱免官。”

〔四〕“晉邸”句: 隋書 后妃傳:“煬帝 蕭皇后,梁明帝 巋之女也……煬帝爲晉王
時,高祖將爲王選妃,於梁遍占諸女,諸女皆不吉。巋迎后於舅氏,令使者
占之,曰‘吉’。於是遂策爲王妃。后性婉順,有智識,好學,解屬文,頗知

占候。<u>高祖</u>大善之,帝甚寵敬焉。”

武后　唐高宗后

忠良斬^①刘若芻蕘,乳虎蒼鷹積滿朝〔一〕。可是<u>唐</u>臣無<u>杜伯</u>〔二〕,危心只忌六宮猫〔三〕。

【校】

① 斬: <u>鐵崖先生詩集己集</u>本作“壯”。

【箋注】

〔一〕乳虎蒼鷹: <u>宋 王邁</u> <u>臞軒集</u>卷四<u>文帝論</u>六:“觀酷吏傳,見(<u>漢</u>)<u>景帝</u>時所用<u>郅都</u>、<u>寧成</u>之徒,行法獨先嚴酷,時以‘蒼鷹’、‘乳虎’目之。”按: 此以“乳虎”、“蒼鷹”喻指<u>武則天</u>所用<u>來俊臣</u>、<u>周興</u>等。詳見<u>舊唐書酷吏傳</u>。

〔二〕<u>杜伯</u>: <u>水經注</u>卷十九<u>渭水</u>:“西北流逕<u>杜伯</u>冢南。<u>杜伯</u>與其友<u>左儒</u>仕<u>宣王</u>,<u>儒</u>無罪見害,<u>杜伯</u>死之,終能報恨于<u>宣王</u>。故<u>成公子安</u>五言詩曰:‘誰謂鬼無知? <u>杜伯</u>射<u>宣王</u>。’”

〔三〕六宮猫: <u>新唐書后妃傳</u>上:“初,<u>蕭良娣</u>有寵,而<u>武才人</u> <u>貞觀</u>末以先帝宮人召爲昭儀,俄與后、良娣爭寵,更相毀短。而昭儀詭險,即誣后與母挾媚道蠱上……而后及良娣俄爲<u>武后</u>所殺……初,詔旨到,后再拜……至良娣,罵曰:‘<u>武氏</u>狐媚,翻覆至此! 我後爲貓,使<u>武氏</u>爲鼠,吾當扼其喉以報。’后聞,詔六宮毋畜貓。<u>武后</u>頻見二人被髮瀝血爲厲,惡之,以巫祝解謝,即徙<u>蓬萊宮</u>,厲復見,故多駐<u>東都</u>。”

楊太真〔一〕　唐玄宗妃

萬花藂^①裏澤初承〔二〕,紫磨金搖不自勝〔三〕。義髻早知無死所〔四〕,不如生不負<u>青陵</u>〔五〕。

【校】

① 藂: <u>印溪草堂</u>鈔本作“叢”。

【箋注】

〔一〕楊太真：據舊唐書玄宗楊貴妃傳，楊貴妃曾“衣道士服，號曰太真”。

〔二〕“萬花”句：舊唐書后妃傳上：“玄宗每年十月幸華清宮，國忠姊妹五家扈從，每家爲一隊，著一色衣，五家合隊，照映如百花之煥發，而遺鈿墜舄，瑟瑟珠翠，璨瓓芳馥於路。”

〔三〕紫磨金：俗稱上品之金。參見水經注卷三十六。

〔四〕“義髻”句：新唐書五行志：“楊貴妃常以假鬢爲首飾，而好服黃裙。近服妖也。時人爲之語曰：‘義髻拋河裏，黃裙逐水流。’”唐李肇唐國史補卷上：“玄宗幸蜀，至馬嵬驛，命高力士縊貴妃于佛堂前梨樹下。”

〔五〕“不如”句：通鑑紀事本末卷三十一楊氏之寵：“唐玄宗天寶三載。初，武惠妃薨，上悼念不已，後宮數千，無當意者。或言壽王妃楊氏之美，絶世無雙。上見而悦之，乃令妃自以其意乞爲女官，號太真。更爲壽王娶左衛郎將韋昭訓女。潛内太真宮中。”青陵：青陵臺。指韓憑妻何氏故事。參見鐵崖先生古樂府卷二杞梁妻注。

王凝妻李氏 唐王凝字叔怙王通弟也

山店孤兒背面啼，玉腕一解軟如泥〔一〕。當時義勇能相敵，木葉山中亦有妻〔二〕。

【箋注】

〔一〕“山店”二句：新五代史卷五十四雜傳：“予嘗得五代時小説一篇，載王凝妻李氏事……凝家青、齊之間，爲虢州司户參軍，以疾卒于官。凝家素貧，一子尚幼。李氏携其子，負其遺骸以歸。東過開封，止旅舍。旅舍主人見其婦人獨携一子而疑之，不許其宿。李氏顧天已暮，不肯去。主人牽其臂而出之，李氏仰天長慟曰：‘我爲婦人，不能守節，而此手爲人執邪，不可以一手并污吾身！’即引斧自斷其臂。路人見者，環聚而嗟之。”

〔二〕木葉山中亦有妻：指遼太祖淳欽皇后述律氏斷腕事。事載遼史本傳。參見青照堂刊楊鐵崖詠史斷腕樓注。

盼盼^{〔一〕} 唐張建封節制武寧,納妓盼盼於燕子樓。公薨,不他^①適。

冢上白楊今十年,樓頭燕子尚留連。銅臺多少丁寧恨,誰向西陵望墓田^{〔二〕}。

【校】

① 鐵崖先生詩集己集本、印溪草堂鈔本題作張建封盼盼。他,原本作“化”,據鐵崖先生詩集己集本、汲古閣刊本、印溪草堂鈔本改。

【箋注】

〔一〕盼盼:或作“盺盺”。事載白居易集卷十五燕子樓三首序。參見鐵崖先生古樂府卷十燕子辭注。

〔二〕“銅臺”二句:即曹操之銅雀臺。參見鐵崖先生古樂府卷九銅雀曲注。

韓蘄王夫人^{〔一〕} 宋韓世忠妻

巫家卜偶不爲嫌,優女占夫事更堅。看取異時真畏友,九重書上議黄天^{〔二〕}。

【箋注】

〔一〕韓蘄王:指韓世忠。宋史有傳。韓世忠於南宋孝宗時進封蘄王,其妻即梁夫人。宋羅大經鶴林玉露丙編卷二蘄王夫人:“韓蘄王之夫人,京口娼也。嘗五更入府,伺候賀朔。忽於廟柱下見一虎蹲卧,鼻息訇訇然,驚駭亟走出,不敢言。已而人至者衆,往復視之,乃一卒也。因蹴之起,問其姓名,爲韓世忠。心異之,密告其母,謂此卒定非凡人。乃邀至其家,具酒食,至夜盡懽,深相結納,資以金帛,約爲夫婦。蘄王後立殊功,爲中興名將,遂封兩國夫人。”

〔二〕“看取”二句:宋史韓世忠傳:“戰將十合,梁夫人親執桴鼓,金兵終不得渡。盡歸所掠假道,不聽;請以名馬獻,又不聽。撻辣在濰州,遣孛堇太一趨淮東以援兀术，世忠與二酋相持黃天蕩者四十八日。”又，鶴林玉露丙編卷二蘄王夫人：“蘄王嘗邀兀术於黃天蕩，幾成擒矣。一夕，鑿河遁去。夫人奏疏言世忠失機縱敵，乞加罪責，舉朝爲之動色。其明智英偉如此。”畏友，互相砥礪、敬重的朋友。宋陸游病起雜言：“起居飲食每自省，常若嚴師畏友在我傍。”

宋度宗女嬪

一曲高歌①玉樹秋〔一〕，小嬪端解替人愁〔二〕。葉妃只解傷春泣〔三〕，之死何如②恤緯憂〔四〕。

【校】

① 高歌：鐵崖先生詩集己集本、印溪草堂鈔本作“歌雲”。

② 何如：鐵崖先生詩集己集本作“如何”，印溪草堂鈔本作“何知”。

【箋注】

〔一〕玉樹：即玉樹後庭花，陳後主令宮女習唱之曲，用以讚譽張貴妃、孔貴嬪容色。詳見陳書後主張貴妃傳。

〔二〕“小嬪”句：續資治通鑑卷一百七十九宋度宗咸淳六年：“時蒙古攻圍襄、樊甚急，似道日坐葛嶺，起樓閣亭榭，作半閒堂，延羽流，塑己像其中，取宮人葉氏及倡尼有美色者爲妾，日肆淫樂。與故博徒縱博，人無敢窺其第者……一日，帝問曰：‘襄陽圍已三年，奈何？’似道對曰：‘北兵已退。陛下何從得此言？’帝曰：‘適有女嬪言之。’似道詰其人，誣以他事，賜死。由是邊事雖日急，無敢言者。”

〔三〕葉妃：蓋指宮人葉氏。參見上注。

〔四〕恤緯：春秋左傳正義昭公二十四年：“鄭伯如晉，子大叔相，見范獻子。獻子曰：‘若王室何？’對曰：‘老夫其國家不能恤，敢及王室？抑人亦有言曰：嫠不恤其緯，而憂宗周之隕，爲將及焉。’”注：“嫠，寡婦也。織者常苦緯少，寡婦所宜憂。”

青峰①廟王氏〔一〕

　　天台王氏,宋末,兵擄至剡之青峰澗②,夜嚙血題③詩,投水而④死。比胡笳則優〔二〕,律之巴陵則劣矣〔三〕。余因過此,見陳長卿詩而⑤美之〔四〕,遂題詩於石壁上。長卿詩云:"寧死標名不願存,潔身如⑥水凛貞魂。青峰嶺上題詩句,猶沁當時指血⑦痕。"鐵史詩曰⑧:

介馬馱馱⑨百里程,青峰後夜血書成。只應劉阮桃花水〔五〕,不似巴陵漢水清。

【校】

① 青峰:汲古閣刊本題下有小字注:"一作青風。"

② 兵擄至剡之青峰澗:鐵崖先生詩集己集本作"兵虜主劫之青峰洞",印溪草堂鈔本作"兵虜至剡之青峰洞"。

③ 夜:原本無,據鐵崖先生詩集己集本、印溪草堂鈔本增補。題:鐵崖先生詩集己集本作"啼"。

④ 而:原本無,據印溪草堂鈔本增補。

⑤ 而:鐵崖先生詩集己集本、印溪草堂鈔本作"因"。

⑥ 如:鐵崖先生詩集己集本、印溪草堂鈔本作"入"。

⑦ 指血:鐵崖先生詩集己集本作"血指"。

⑧ 鐵史詩曰:此四字汲古閣刊本無。

⑨ 馱馱:鐵崖先生詩集己集本、印溪草堂鈔本作"馱來"。

【箋注】

〔一〕青峰廟王氏:明陸容菽園雜記卷十二録此詩,并簡述其事曰:"清風嶺在嵊縣界。宋末,台州王節婦被虜至此,投水死。嶺本名青峰,後人高其節,改今名。事具李孝光所作傳及士大夫紀述。楊廉夫獨立異,爲詩云。"堯山堂外紀卷七十七元亦録此詩,并轉述民間傳言,謂鐵崖此詩過於苛責,導致其幾乎"無子"傳後。按:清風廟位於今浙江嵊州市三界鎮。又,鐵崖友李孝光所撰王貞婦傳曰:"會稽嵊丞徐瑞爲起石屋,樹碑廟中,以旌其鬼焉。"(載明弘治鈔本李五峰集卷首,録自嵊縣志。)李孝光作傳,鐵崖賦詩,蓋一時事,故本詩當作於至正初年以前。王氏:元陶宗儀南村輟耕録卷三貞烈:"(至元十三年)丞相偏師徇台,台之臨海民婦王氏者,美姿容,被掠至師中。千夫長殺其舅姑與夫,而欲私之,婦誓死不可,自念且被污,因陽曰:'能俾我爲舅姑與夫服期月,乃可事君。'千夫見其不難於死,從所請,仍使俘婦雜守之。師還,挈行至嵊,過上清風嶺,婦仰天竊歎曰:'吾知所以死矣。'即囓拇指出血,寫口占詩於崖石上……寫畢,即投崖下以死。死之日,距今且將八九十年,石上血痕起,如始寫時,不爲風雨所剥蝕。……嵊丞徐君端樹石祠,刻碑於死所。浙東元帥白野泰不華公(字兼善,狀元及第)守越日,爲立廟像。鄉之人私表曰'貞婦',著作李五峰先生孝光爲記。郡上其事於朝,請封如民所表。"

〔二〕胡笳:借指蔡文姬。

〔三〕巴陵:指巴陵女子韓希孟。參見陳善學序刊楊鐵崖先生文集卷四宋節婦巴陵女子行注。

〔四〕陳長卿:蓋宋末元初人士。生平不詳。

〔五〕劉、阮:即剡縣人劉晨、阮肇。相傳劉、阮采藥天台山,於桃源遇仙女。參見鐵崖先生古樂府卷三苕山水歌注。

女貞木楊氏〔一〕

余從父①女弟名宜,既笄,許陸氏子。娶,一夕陸②卒。後達官聘之,宜誓不嫁。母偪③之,遂④閉重户自盡。余表其⑤墓曰"女貞"。

守死重關志⑥不暌,九泉不負陸郎妻。至今墳上女貞木,不受商陵怨鳥棲〔二〕。

【校】

① 本詩又載鐵崖先生詩集己集、清初印溪草堂鈔本東維子集卷九、樓氏鐵崖逸編注卷二,據以校勘。從父:鐵崖先生詩集己集本、印溪草堂鈔本、樓氏鐵崖逸編注本作"從大父"。

② 陸:鐵崖先生詩集己集本、印溪草堂鈔本、樓氏鐵崖逸編注本作"陸氏子"。

③ 偪:鐵崖先生詩集己集本、印溪草堂鈔本、樓氏鐵崖逸編注本作"强逼"。

④ 遂：原本無，據印溪草堂鈔本、樓氏鐵崖逸編注本增補。

⑤ 其：原本無，據印溪草堂鈔本增補。

⑥ 關：鐵崖先生詩集己集本作"閨"，樓氏鐵崖逸編注本於"關志"下有小字注：
　　"一作閨事"。

【箋注】

〔一〕女貞：此樹冬夏常青，未嘗凋落，若有節操，故名。參見漢書司馬相如傳
　　"豫章女貞"顏師古注。　楊氏：楊宜，楊維禎堂妹。守節自盡而死，享年
　　四十九。鐵崖曰："吾有女弟宜大家者，行年四十有九。既筓時，受里男子
　　聘。男子歿，誓終死弗嫁，躬紡績以養寡母。"（載史義拾遺卷上趙威
　　后傳。）

〔二〕商陵怨鳥：指商陵穆子之妻。商陵穆子娶妻五年無子，父母欲其改娶。
　　其妻聞之，中夜悲嘯。穆子感之，而作別鵠操。參見鐵崖先生古樂府卷一
　　別鵠操注。

卷十三　鐵雅先生復古詩集卷五

卷十三　鐵雅先生復古詩集卷五

古樂府

香奩集^{①〔一〕} 并序

　　雲間詩社香奩八題^②，無春坊^③才情者多爲題所困，縱有篇什^④，正如三家村婦學宫妝院體^⑤，終帶鄙狀，可醜也。晚得玉樓子八作〔二〕，衆推爲甲^⑥，而長短句、樂府絶無可拈出者。一日^⑦，雲庵老^⑧先生寄示踏莎行八闋〔三〕，讀之驚喜。先生蓋松雪翁門倩^⑨，今年八十有三矣，而堅强清^⑩爽，出語娟麗流便^⑪，此殆雪^⑫月中神仙人也。謹以付翠兒度腔歌之。又評〔四〕，付龍洲生〔五〕，附八詠詩^⑬後繡梓。以見王孫門中舊時月色〔六〕，雖閲^⑭喪亂，固無恙也。至正丙午春三月初吉，錦嚢老人楊維禎^⑮叙。

【校】

① 本組詩又載鐵崖先生詩集癸集、清初印溪草堂鈔本東維子集卷八、鐵崖楊先生詩集卷上、樓氏鐵崖逸編注卷七，又被納入明末諸暨陳于京所刊叢書楊鐵崖先生文集，據以校勘。鐵崖先生詩集癸集本題作香奩八韻，陳于京刊本題作楊鐵崖香奩集，印溪草堂鈔本、樓氏鐵崖逸編注本、鐵崖楊先生詩集本題作香奩八詠。

② 雲間：樓氏鐵崖逸編注本作“吳間”。題：樓氏鐵崖逸編注本、鐵崖先生詩集癸集本作“詠”。

③ 坊：樓氏鐵崖逸編注本作“芳”。

④ 什：樓氏鐵崖逸編注本作“辭”。

⑤ 正如三家村婦學宫妝院體：樓氏鐵崖逸編注本作“鄙婦學妝院體”。

⑥ 晚得玉樓子八作衆推爲甲：鐵崖先生詩集癸集本、樓氏鐵崖逸編注本作“晚得玉樹餘音爲甲”。

⑦ 一日：原本無，據鐵崖先生詩集癸集本、印溪草堂鈔本、樓氏鐵崖逸編注

本補。

⑧　老：印溪草堂鈔本無，鐵崖先生詩集癸集本、樓氏鐵崖逸編注本作“王”。

⑨　倩：鐵崖先生詩集癸集本、樓氏鐵崖逸編注本作“人”，誤。

⑩　清：鐵崖先生詩集癸集本、印溪草堂鈔本作“精”。

⑪　流便：鐵崖先生詩集癸集本、樓氏鐵崖逸編注本無。

⑫　雪：樓氏鐵崖逸編注本作“爲”。

⑬　八詠詩：樓氏鐵崖逸編注本作“八詩”。

⑭　閲：鐵崖先生詩集癸集本、樓氏鐵崖逸編注本作“曰”。

⑮　窠：鐵崖先生詩集癸集本作“窠”，珊瑚網卷十王雲庵書香奩八詠卷作“窩”。汲古閣刊本有小字注曰：“錦窠，一作錦窠。”　楊維禎：原本作“楊禎”，汲古閣刊本作“楊楨”，據鐵崖先生詩集癸集本、印溪草堂鈔本、樓氏鐵崖逸編注本改。

【箋注】

〔一〕香奩集：唐人韓偓所創，以浮艷小詞著稱。按：鐵崖香奩集序撰于元至正二十六年（一三六六）三月一日，其時鐵崖隱居松江。然此序文乃後日補作，與香奩集、續奩集并非同時之作。參見鐵雅先生復古詩集卷六續奩集序。又，本書卷首章琬輯鐵雅先生復古詩集序撰於至正二十四年九月，卷六續奩集跋撰於同年五月，然鐵崖香奩集序作於此後，卷二章琬古樂府識語亦作於至正二十六年五月。蓋章琬撰序時鐵雅先生復古詩集尚未結集，續奩集、香奩集、古樂府等陸續單獨梓行，最終合刊，則當爲至正二十六年五月或稍後。

〔二〕玉樓子：生平不詳，蓋雲間詩社中人。

〔三〕雲庵老先生：即王德璉。王德璉字國器，號雲庵，一作筠庵，吳興（今屬浙江）人。趙孟頫婿，王蒙之父，趙雍姐夫。工於詩詞，趙雍曾與之切磋。然其作品大多散佚。此本所附八詞之外，其詞作偶見於書畫題跋。參見鐵崖先生詩集丙集題王叔明畫渡水僧圖注、珊瑚木雞卷二破窗風雨記題詩、汪氏珊瑚網名畫題跋卷九黃公望溪山雨意，以及延祐六年趙雍自書詩詞一卷（載石渠寶笈續編重華宮藏六）。

〔四〕按：鐵崖評語，原本用小字附録於王德璉所撰詞後，即所謂“鐵雅評曰”。參見後文。

〔五〕龍洲生：鐵崖門人章琬別號。參見鐵崖先生古樂府卷一精衛操。

〔六〕王孫：指趙孟頫。趙爲宋宗室。

香奩八題〔一〕

金盆沐①髮

　　華清春晝賜温泉〔二〕,縮脱青絲撒②一編。翠雨亂跳花底月,黑雲半掩③鏡中天。銅仙盤滿添香④露〔三〕,玉女盆傾拾翠鈿〔四〕。攏得雲鬟高一尺,罟冠新上玉臺前〔五〕。

　　　　踏莎行　　雲庵叟王德璉

　　　　寶鑑凝膏,温泉流膩,璚纖一把青絲墜。冰膚淺漬麝煤春,花香石髓和雲洗。　　玉女峰前,咸池月底,臨風輕把犀梳理。陽臺行雨乍歸來,羅巾猶帶瀟湘水。(鐵雅評曰:"作家語自別,稚筆⑤如何可到?")

【校】

① 沐:鐵崖先生詩集癸集本作"浴"。
② 撒:鐵崖先生詩集癸集本、樓氏鐵崖逸編注本作"散"。
③ 掩:鐵崖先生詩集癸集本、樓氏鐵崖逸編注本作"捲"。
④ 滿:印溪草堂鈔本、樓氏鐵崖逸編注本作"冷"。香:鐵崖先生詩集癸集本、樓氏鐵崖逸編注本作"甘"。
⑤ 稚筆:鐵崖先生詩集癸集本作"稚氣",陳于京刊本作"雅筆"。

【箋注】

〔一〕按:前録鐵崖香奩集序撰於元至正二十六年丙午(一三六六),然此香奩八題則屬鐵崖舊作,與續奩集賦於一時,皆當作於雲間詩社,即元至正九年至十年,鐵崖初次寓居松江授學期間。參見鐵雅先生復古詩集卷六續奩集序。

〔二〕華清:元和郡縣圖志卷一關内道一長安縣:"華清宫,在驪山上。開元十一年,初置温泉宫,天寶六年改爲華清宫。又造長生殿,名爲集靈臺,以祀神。"

〔三〕銅仙盤:即金人捧露盤,漢武帝建。參見李賀金銅仙人辭漢歌。

〔四〕玉女盆：杜詩詳注卷六望岳：“安得仙人九節杖，拄到玉女洗頭盆。”注：“集仙録：‘明星玉女，居華山，服玉漿，白日升天。祠前有五石臼，號“玉女洗頭盆”。其水碧緑澄徹，雨不加溢，旱不減耗。祠有玉女馬一匹。’”

〔五〕罟冠：即顧姑冠，又稱罟罟冠、固姑冠等。元代貴族婦女所戴一種高冠。

月奩勻面〔一〕

一片清光照膽寒〔二〕，玉容滿鏡掩飛鸞。素娥照見黄金闕，絳雪鎔開白玉盤。翠點柳尖春未透，紅生櫻顆落初乾〔三〕。好風與①我披羅幕，一朵芙容正面看。

　　踏莎行　雲庵叟

　　冰鑑懸秋，瓊腮凝素。鉛華夜搗長生兔。（鐵崖評曰：長短句因事善斡連②。）玉容自擬比姮娥，粧成尖恐姮娥妒。　　花影涵空，蟾光籠霧。芙容一朵溥秋露。年年只在廣寒宮，今宵鸞影驚相遇。

【校】

① 與：鐵崖先生詩集癸集本、樓氏鐵崖逸編注本作“爲”。

② “鐵崖評曰：長短句因事善斡連”二句：原本作“用事善斡達”一句，陳于京刊本作“用事善斡連”，據鐵崖先生詩集癸集本改。

【箋注】

〔一〕月奩：圓形鏡匣。用以存放梳妝用品。

〔二〕“一片”句：形容鏡。照膽，用秦鏡典。參見鐵崖先生古樂府卷九玉鏡臺注。

〔三〕“翠點柳尖”二句：分别形容描眉與染唇。

玉頰啼痕

天然玉質洗鉛華，怪底偏將半面遮。紅滴香冰融獺髓〔一〕，彩粘膩雨上梨花〔二〕。收乾通德言難盡〔三〕，點濕明妃畫莫加〔四〕。聚得班班①

在何處,軟綃寄與薄情家。

　　踏莎行　雲庵叟

　　粉凝紅冰,香銷獺髓,鏡鸞影裏人憔悴。梨花帶雨不禁愁,玉纖彈盡相思淚。　　恨鎖春山,嬌橫秋水,臉桃零落臙脂碎。故將羅帕搵啼痕,寄情欲比相思字。(亦善描意。)

【校】

① 班班: 鐵崖先生詩集癸集本、汲古閣刊本、印溪草堂鈔本、樓氏鐵崖逸編注本作"斑斑"。

【箋注】

〔一〕獺髓: 宋蔡卞毛詩名物解卷十釋獸獺: "傳曰: '獺髓滅瘢。'説者以謂獺嗜魚腦,其髓故能滅瘢。"

〔二〕梨花: 指臉。語從白居易長恨歌"玉容寂寞淚闌干,梨花一枝春帶雨"化出。

〔三〕通德: 金樓子: "宮妓樊通德流落人間,頗能道二趙(飛燕姊弟)時事。或問之,通德曰: '方盛時馳騖嗜慾,安知終歸草野?'因視燭影,擁髻而泣。"(載紺珠集卷一)

〔四〕明妃: 指漢王昭君。

黛眉顰色

　　按樂圖開列滿①堂,春愁何獨損清揚。蜀山烟雨雙尖瘦,漢柳風霜兩葉蒼。索畫未成京兆譜〔一〕,欲啼先學壽陽妝〔二〕。蕭郎忽有歸期報,喜得天庭②一點黃〔三〕。

　　踏莎行　雲庵叟

　　淡掃春痕,輕籠芳靨,捧心不效吳宮怨。楚梅酸癒翠尖纖,湘烟碧聚愁蒦蕢(善於形容)。　　紺羽寒凝,月鈎金艷,鶯吭咽處微偷斂。新翻嫵態太嬌嬈,鏡中蛾緑和香點。(因有鳴咽,而有曠色。詞手摘奸處。)

【校】

① 滿: 鐵崖先生詩集癸集作"華",樓氏鐵崖逸編注本作"畫"。

② 喜得天庭：原本作“喜色天長”，印溪草堂鈔本作“喜色天庭”，汲古閣刊本作
　　“喜見天庭”，據鐵崖先生詩集癸集本、樓氏鐵崖逸編注本改。

【箋注】

〔一〕京兆譜：指張京兆眉，即張敞所畫眉樣。事載漢書張敞傳，參見鐵崖先生
　　古樂府卷一眉憮詞。

〔二〕“欲啼”句：後漢書五行志：“桓帝元嘉中，京都婦女作愁眉、啼粧……所謂
　　愁眉者，細而曲折；啼粧者，薄拭目下，若啼處。”又，景定建康志卷二十一
　　城闕志二宋含章殿：“宋孝武帝女壽陽公主，人日臥於含章殿簷下，梅花落
　　公主額上，成五出花，拂之不去。皇后留之，看得幾時。經三日，洗之乃
　　落。它女奇其異，競效之。今梅花粧是也。”

〔三〕“蕭郎”二句：宋李新跨鼇集卷十題望喜驛黃夷仲詩後：“杜宇啼愁連谷
　　暗，嘉陵流恨接天長。路人要見行人喜，看取眉間一點黃。”注：“黃詩云：
　　‘眉間見喜氣，行人有歸期。’”

芳塵春迹

　　是誰步屧印微茫，便似石①家春滿牀〔一〕。軟雪消時痕晃底，好風
生②處步生香〔二〕。綵雲飛上鞦韆③蹬，芳草侵來蹴踘場。愁絕如癡④
成獨立，綵⑤鴛拾得在東墻。

　　　踏莎行　雲庵叟
　　金谷游情，消磨不盡，軟紅香裏雙鴛印。蘭膏步滑翠生痕，金蓮脱落
凌波影。　　蝶徑遺踪，雁沙凝潤，爲誰留下東風恨。玉兒飛化夢中雲，
青蘋流水空仙詠。（鐵雅評曰：“非舊時月色，誰能道此⑥？”）

【校】

① 石：原本作“名”，據鐵崖先生詩集癸集本、樓氏鐵崖逸編注本改。

② 生：鐵崖先生詩集癸集本、印溪草堂鈔本、樓氏鐵崖逸編注本作“起”。

③ 鞦韆：鐵崖先生詩集癸集本作“千秋”。

④ 愁絕如癡：原本爲“愁似”後缺兩字，汲古閣刊本、印溪草堂鈔本作“愁絕似
　　癡”，據鐵崖先生詩集癸集本、樓氏鐵崖逸編注本改補。

⑤ 綵：<u>鐵崖先生詩集</u>癸集本、<u>印溪草堂</u>鈔本、<u>樓氏</u> <u>鐵崖逸編注</u>本作“繡”。

⑥ 此：<u>鐵崖先生詩集</u>癸集本作“得”。

【箋注】

〔一〕“是誰步屧”二句：<u>晉</u> <u>王嘉</u> <u>拾遺記</u>卷九<u>晉時事</u>：“<u>石季倫</u>愛婢名<u>翔風</u>，魏末
於胡中得之。年始十歲，使房内養之。至十五，無有比其容貌，特以姿態
見美。妙别玉聲，巧觀金色……又屑沉水之香，如塵末，布象牀上，使所愛
者踐之，無迹者賜以真珠百琲；有迹者節其飲食，令身輕弱。故閨中相戲
曰：‘爾非細骨輕軀，那得百琲真珠？’”

〔二〕步生香：<u>明</u> <u>楊慎</u> <u>升庵集</u>卷六十九<u>履考</u>：“<u>徐陵</u>詩所謂‘步步生香’，薄
履也。”

雲窗秋夢

骨冷①魂清酒力微，路迷錯莫②是還非。<u>羅浮</u>曉月相將落〔一〕，<u>巫峽</u>
斷雲何處飛〔二〕。金彈撇過③驚忽忽，玉龍嘶了尚依依。不知直到鈞天
所，記得霓裳樂譜歸〔三〕。

　　　踏莎行　雲庵叟

　　烟冷瑶櫳，神游貝闕，芙蓉城裏花如雪。（鐵雅評：便有俊語。）仙郎同
　　躡鳳凰翎，千門萬户皆明月。（自然見夢。）　　海碧山青，天荒地老，滿身
　　風露飄環玦。高樓畫角苦無情，一聲吹散雙飛蜨。（鐵雅評曰：“栩栩蘧
　　蘧，結尤飄灑。”）

【校】

① 冷：<u>樓氏</u> <u>鐵崖逸編注</u>本作“瘦”。

② 錯莫：原本作“錯草”，據<u>鐵崖先生詩集</u>癸集本、<u>印溪草堂</u>鈔本、<u>樓氏</u> <u>鐵崖逸</u>
編注本改。

③ 過：<u>鐵崖先生詩集</u>癸集本、<u>樓氏</u> <u>鐵崖逸編注</u>本作“來”。

【箋注】

〔一〕<u>羅浮</u>曉月：用<u>趙師雄</u>事。參見<u>鐵崖先生古樂府</u>卷三<u>羅浮美人</u>注。

〔二〕“巫峽”句：用巫山雲雨事。參見鐵崖先生古樂府卷九陽臺曲注。隋崔仲
　　方夜過巫山：“荊門秋水急，巫峽斷雲輕。”
〔三〕“記得”句：相傳唐玄宗游月宮，暗記霓裳羽衣曲而歸。參見鐵崖先生古
　　樂府卷二奔月厄歌注。

繡床凝思〔一〕

綵①線添來日正遲〔二〕，香絨倦理一支頤。心游飛絮渾無著，身蛻
枯蟬忽若癡〔三〕。花幀錯描愁伴覺，金針閣住許誰知。絕憐小玉情緣
重〔四〕，到②死春蠶始絕絲〔五〕。
　　　踏莎行　雲庵叟
　　翠藻文鴛，交枝連理，金針停處渾如醉。楊花一點是春心，鵑聲啼到
　　人千里。喚醒離魂，猶疑夢裏，此情恰似東流水。雲窗霧閣没人知，綃痕浥
　　透紅鉛淚。（鐵雅評曰：“用意措辭，高出衆作。”）

【校】

① 綵：樓氏鐵崖逸編注本作“繡”。
② 到：原本作“倒”，據鐵崖先生詩集癸集本、汲古閣刊本、樓氏鐵崖逸編注
　　本改。

【箋注】

〔一〕繡床：刺繡所用支架，用以繃緊織物。
〔二〕“綵線”句：歲時廣記卷三八引唐雜録：“宮中以女功揆日之長短，冬至後
　　日晷漸長，比常日增一線之功。”
〔三〕枯蟬：蟬蛻。見明李時珍本草綱目蟲三。
〔四〕小玉：指霍小玉。霍小玉與隴西書生李益故事，詳見唐蔣防所撰霍小
　　玉傳。
〔五〕“到死”句：唐李商隱無題：“春蠶到死絲方盡，蠟炬成灰淚始乾。”

金錢卜歡

紫姑壇上囑①方兄〔一〕，忽聽呼②盧擲地聲。星斗未分生女會，陰

陽先判雨雲生。青蚨孕子寧無兆[二]，玉蝶化身元有情。寶鏡重圓三五夜，重摩③半月問虧盈。

    踏莎行　雲庵叟

    暗擲龍文，尋盟鸞鏡，龜兒不似青蚨準。（好句。）花房羞化彩蛾飛，銀橋密遞仙娥信。錦屋瓊樓，薄情飄性，碧雲望斷紅輪暝。珠簾立盡海棠陰，待溫遙夜鴛衾冷。（鐵雅評曰："雪月神仙語意。"）

【校】

① 囑：鐵崖先生詩集癸集本、樓氏鐵崖逸編注本作"祝"。

② 呼：印溪草堂鈔本作"梟"。

③ 摩：鐵崖先生詩集癸集本、汲古閣刊本、樓氏鐵崖逸編注本作"磨"。

【箋注】

〔一〕紫姑：荆楚歲時記："其夕（正月十五夜），迎紫姑以卜將來蠶桑，并占衆事。"又，南朝宋劉敬叔撰異苑卷五："世有紫姑神，古來相傳，云是人家妾，爲大婦所嫉，每以穢事相次役。正月十五日，感激而死。故世人以其日作其形，夜於廁間或猪欄邊迎之。"　方兄：晉魯褒錢神論："親愛如兄，字曰孔方。失之則貧弱，得之則富强。"

〔二〕青蚨孕子：出自搜神記卷十三青蚨，參見鐵崖賦稿卷上九府圜法賦。

卷十四　鐵雅先生復古詩集卷六

古樂府

續奩集^①　并序〔一〕

陶元亮賦閑情〔二〕，出瞽御之辭〔三〕，不害其爲處士節也。余賦韓偓續奩^②〔四〕，亦作娟麗語，又何損吾鐵石心^③也哉〔五〕。法雲道人勸魯直勿作艷歌小辭，魯直曰：“空中語耳，不致坐此墮落惡道〔六〕。”余於續奩亦曰“空中語耳”，不料爲萬口播傳。兵火後〔七〕，龍洲生尚能口記〔八〕，又付之市肆，梓而行之。因書此以識吾過。時^④道林法師在座〔九〕，余合十^⑤曰：“若墮惡道，請師懺悔。”桃花夢叟楊禎氏^⑥自序。

【校】

① 鐵崖先生詩集庚集本題作老鐵梅花夢。元詩選本、樓氏鐵崖逸編注本於題下注曰“一作老鐵梅花夢”。

② 續奩：鐵崖先生詩集庚集本作“續香奩”。

③ 鐵石心：汲古閣刊本作“鐵名心腸”，“名”誤。文淵閣四庫全書本作“鐵石心腸”。

④ 時：鐵崖先生詩集庚集本作“許”。

⑤ 十：陳善學刊本、汲古閣刊本、樓氏鐵崖逸編注本作“手”。

⑥ 桃花夢叟：鐵崖先生詩集庚集本作“梅花夢”，樓氏鐵崖逸編注本作“梅花夢叟”。楊禎氏：樓氏鐵崖逸編注本作“楊維禎氏”。

【箋注】

〔一〕續奩集二十詠乃鐵崖舊作，本序文則爲其晚年刊行續奩集時補作，當撰於元至正二十四年（一三六四）前後。繫年依據：本卷卷末有章琬跋文，撰於“至正甲辰夏五月初吉”。至正甲辰即至正二十四年，鐵崖此序當爲同時之作。其時鐵崖隱居松江。

〔二〕陶元亮賦閑情：指陶淵明曾撰閑情賦。

〔三〕蓺御：近侍。詩小雅雨無正："曾我蓺御，憯憯日瘁。"

〔四〕韓偓：字致光，唐京兆萬年人。有香奩集，載全唐詩卷九十三。按：沈括夢溪筆談謂香奩集并非韓偓所作，乃和凝所爲，後人嫁名耳。或者辨沈括推斷有誤。參見宋曾慥編類説卷四十七香奩集。

〔五〕鐵石心：宋張邦基墨莊漫録："人疑宋開府鐵石心腸，及爲梅花賦，清艷殆不類其爲人。"

〔六〕"法雲道人"四句：宋釋惠洪冷齋夜話卷十邪言罪惡之由："法雲秀，關西鐵面，嚴冷，能以理折人。魯直名重天下，詩詞一出，人爭傳之。師嘗謂魯直曰：'詩多作無害，艷歌小詞可罷之。'魯直笑曰：'空中語耳。非殺非偷，終不至坐此墮惡道。'師曰：'若以邪言蕩人淫心，使彼逾禮越禁，爲罪惡之由。吾恐非止墮惡道而已。'魯直頷之，自是不復作詞曲。"魯直，北宋黃庭堅。

〔七〕兵火：指元至正十六年張士誠攻佔吳中、錢塘等地，以及苗軍楊完者肆虐所致戰亂。

〔八〕龍洲生：指章琬。參見鐵崖先生古樂府卷一精衛操。

〔九〕道林法師：指雲間釋訓。參見東維子文集卷十一漚集序。

續奩集二十詠[一]

學琴

阿琰胡笳不足傳，離鸞別鵠意凄然[二]。請郎爲洗箏琶①耳[三]，不惜爲郎彈絶弦。

【校】

① 請郎：明鈔楊維禎詩集本作"（闕一字）河"。箏琶：鐵崖先生詩集庚集本作"琵琶"，明鈔楊維禎詩集本作"箏琶"。

【箋注】

〔一〕續奩集爲鐵崖舊作，與香奩八題爲一時之作，皆當作於戰前雲間詩社，即元至正九、十年間,鐵崖初次寓居松江授學期間。繫年理由:據續奩集序所謂"余於續奩亦曰空中語耳,不料爲萬口播傳。兵火後"等語推之。參見鐵雅先生復古詩集卷五香奩集序。

〔二〕"阿琰"二句:樂府詩集卷五十九蔡琰胡笳十八拍解題:"唐劉商胡笳曲序曰:'蔡文姬善琴,能爲離鸞、別鶴之操。胡虜犯中原,爲胡人所掠,入番爲王后,王甚重之。武帝與邕有舊,敕大將軍贖以歸漢。胡人思慕文姬,乃捲蘆葉爲吹笳,奏哀怨之音。後董生以琴寫胡笳聲爲十八拍,今之胡笳弄是也。'"

〔三〕箏琶耳:嵇康聲無哀樂論:"今平和之人,聽箏笛琵琶,則形躁而志越;聞琴瑟之音,則聽靜而心閑……琵琶箏笛,間促而聲高,變衆而節數,以高聲御數節,故更形躁而志越。猶鈴鐸警耳,鍾鼓駭心。"

學書

歌徹陽春酒半醺〔一〕,玉尖搦筦蘸香①雲。新詞未上鴛鴦扇②,醉墨先污蛺蝶裙。

【校】

① 香:鐵崖先生詩集庚集本作"高"。玉尖搦筦蘸:明鈔楊維禎詩集本作"三吹弱筦蘸"。

② 新詞未上鴛鴦扇:鐵崖先生詩集庚集本作"詞新未上鴛鴦記"。

【箋注】

〔一〕陽春:指陽春白雪。參見宋玉對楚王問。

演歌

鷪鷪舌巧言猶獠,字字使君親①口教。今日金錢初受②賞,倚聲同合鳳凰③巢(笙名)〔一〕。

【校】

① 親：明鈔楊維禎詩集本作“調”。

② 受：鐵崖先生詩集庚集本作“度”。

③ 鳳凰：鐵崖先生詩集庚集本作“鳳笙”。

【箋注】

〔一〕巢：指樂器大笙。參見爾雅。

習舞

十六天①魔教已成〔一〕，背反②蓮掌苦嫌生〔二〕。夜深不管俳場歇③，尚向燈前躡影行。

【校】

① 天：元詩選本作“夭”。

② 反：元詩選本作“翻”。

③ 俳場歇：鐵崖先生詩集庚集本作“排場散”，陳善學刊本、明鈔楊維禎詩集本作“排場歇”。元詩選本有注：“歇，一作散。”

【箋注】

〔一〕十六天魔：明葉子奇草木子卷三下雜制篇：“（蒙元）其俗有十六天魔舞，蓋以朱瓔盛飾美女十六人，爲佛菩薩相而舞。”又，元史順帝本紀六：“（至正十四年）時帝怠於政事，荒於游宴。以宮女三聖奴、妙樂奴、文殊奴等十六人按舞，名爲十六天魔。首垂髮數辮，戴象牙佛冠，身披瓔珞、大紅銷金長短裙、金雜襖、雲肩、合袖天衣、綬帶鞋襪，各執加巴剌般之器。内一人執鈴杵奏樂。又宮女十一人，練槌髻，勒帕，常服，或用唐帽、窄衫……以宦者長安迭不花管領，遇宮中贊佛，則按舞奏樂。宮官受秘密戒者得入，餘不得預。”按：據上引元史順帝本紀，十六天魔舞引入宮中，始於至正十四年。而此舞在江南民間流行，則要早得多。

〔二〕背反蓮掌：明朱橚元宮詞之三：“背番蓮掌舞天魔，二八嬌娃賽月娥。本是河西參佛曲,把來宮苑席前歌。"

上頭[一]

新年攏髻①及笄期,雲綰盤龍一把絲[二]。掩鏡問人人盡道,南梳北裹總②相宜。

【校】

① 攏髻:鐵崖先生詩集庚集本作"攏髻",明鈔楊維禎詩集本作"梳鬟",汲古閣刊本作"攏鬟"。

② 總:鐵崖先生詩集庚集本作"盡"。

【箋注】

〔一〕上頭:宋吳自牧夢粱録卷二清明節:"清明交三月節前兩日,謂之寒食……此日家家以柳條插於門上,名曰'明眼'。凡官民不論大小家子女未冠笄者,以此日上頭。"又,元陶宗儀南村輟耕録卷十四上頭入月:"今世女子之笄曰上頭,而倡家處女初得薦寢於人亦曰上頭。"

〔二〕盤龍:古今注盤髻:"長安婦人所梳,或梳隨馬髻,亦曰墮馬髻。又有盤龍髻。"(載類説卷三十六。)

染甲[一]

夜搗守宮金鳳蕊[二],十尖盡換紅鴉①嘴。閑來一曲鼓瑤琴,數點桃花泛流水[三]。

【校】

① 尖:鐵崖先生詩集庚集本作"指"。元詩選本注:"尖,一作指。"鴉:明鈔楊維禎詩集本作"鸚",樓氏鐵崖逸編注本作"雅"。

【箋注】

〔一〕陳善學刊本於題下附評語:"情韻兩絶。"

〔二〕守宫：即壁虎。古人以朱砂與之搗爛點女子之臂，以防不貞。見晉張華博物志卷四。此言染甲，恐亦取其色紅艷。金鳳：明田汝成西湖游覽志餘卷二十四委巷叢談：“鳳仙花有紅白紫數種，宋時謂之金鳳花，又曰鳳兒花……搗其葉可以染指甲爲紅色……（瞿佑）紅指甲詩云：‘金盆和露搗仙葩，解使纖纖玉有瑕。一點愁凝鸚鵡喙，十分春上牡丹芽。嬌彈粉淚抛紅豆，戲掐花枝鏤絳霞。女伴相逢頻借問，幾回錯認守宫砂。’”

〔三〕“數點”句：清姚之駰元明事類鈔卷三十四花草門染指甲：“花史：李玉映採鳳仙花染指甲，後於月中調弦，或比之落花流水。”

照畫

畫得崔徽卷裏人〔一〕，菱花秋水脱真真〔二〕。只今顔色渾非舊，燒藥幧①頭過一春〔三〕。

【校】

① 幧：鐵崖先生詩集庚集本作“搔”。

【箋注】

〔一〕崔徽：宋曾慥編類説卷二十九麗情集：“蒲女崔徽，同郡裴敬中爲梁使蒲，一見爲動。相從累月，敬中言還，徽不得去，怨抑不能自支。後數月，敬中密友知退至蒲，有丘夏善寫人形，知退爲徽致意於夏，果得絶筆。徽捧書謂知退曰：‘爲妾謝敬中，崔徽一旦不及卷中人，徽且爲郎死矣。’明日發狂，自是稱疾，不復見客而卒。”

〔二〕菱花：指菱花鏡。真真：明陳耀文天中記卷十九賢婦沈真真：“太常博士鄭還古寓東都，與柳將軍同巷。還古將調西都，柳盛張筵以餞，盡出家妓謳歌，薦酒行杯。有第三姬容艷妖絶，鄭竊窺之，有眷眷意。柳謂鄭曰：‘此沈真真本良家子，頗好文辭，請賦詩以定情，候博士拜命，即當送賀。’……還古抵京，旋拜伊闕令，得重疾，馳書告柳。柳即送真真赴京迎鄭，請出相見。真真餙容致拜，還古起前，遽執真真之手，長吁而卒。”

〔三〕幧頭：清沈自南藝林彙考服飾篇卷一冠幘類：“古詩云：‘少年見羅敷，脱巾著幧頭。’儀禮注：‘如今著幓頭，自項中而前交額上，却繞髻也。’”

理繡

揀得金針出象筒，鴛鴦雙刺扇羅中。却嗔昨夜狸奴惡〔一〕，抓亂金①牀五色絨〔二〕。

【校】

① 亂：元詩選本注：“一作破。”金：鐵崖先生詩集庚集本、元詩選本注：“一作花。”

【箋注】

〔一〕狸奴：貓之別稱。

〔二〕金牀：指刺繡所用支架。

出浴〔一〕

初訝洗花難抑按，終疑沃雪不勝任〔二〕。豈知侍女簾帷外，剩取君王數①餅金〔三〕。

【校】

① 數：鐵崖先生詩集庚集本作“幾”。

【箋注】

〔一〕按：本詩實截取唐人韓偓詩而成，個別字詞稍作變化。韓偓玉山樵人香奩集詠浴：“再整魚犀攏翠簪，解衣先覺冷森森。教移蘭燭頻羞影，自試香湯更怕深。初似洗花難抑按，終憂沃雪不勝任。豈知侍女簾幃外，賸取君王幾餅金。”

〔二〕沃雪：拾遺記卷八蜀：“先主甘后，沛人也，生於賤微。里中相者云：‘此女後貴，位極宮掖。’及后長而體貌特異，至十八，玉質柔肌，態媚容冶。先主召入綃帳中，於户外望者，如月下聚雪。”按：此又借“以湯沃雪典”。

〔三〕“豈知”二句：元方回瀛奎律髓匯評卷七風懷類韓偓詠浴方回評注：“趙

后外傳：‘昭儀浴，帝竊觀之，令侍兒勿言，投贈以金。一浴賜百餅。’此詩
當有所諷，謂世之爲君者，亦惑乎此也。”

甘睡

漏减良宵畫①日遲，困人天氣酒中時〔一〕。東家女伴太嬌②劣〔二〕，
偷解裙腰③竟不知。

【校】

① 畫：原本作“晝”，據陳善學刊本、汲古閣刊本、鐵崖先生詩集庚集本、樓氏鐵
崖逸編注本改。
② 嬌：鐵崖先生詩集庚集本作“驕”。
③ 裙腰：鐵崖先生詩集庚集本作“連環”，元詩選本注：“裙腰，一作‘連環’。”

【箋注】

〔一〕困人天氣：宋蘇軾浣溪沙：“困人天氣近清明。”
〔二〕嬌劣：形容年輕率性、活潑調皮。元喬吉散曲花藍鬓：“小鬟新樣鬥奇絶，
學綰同心結。翠織香穿逞嬌劣，巧堆疊。”

相見〔一〕

酥凝背甲玉搓①肩，只訝紅綃覆白蓮。底事②太陰藏火性，狂夫夜
夜爲君然〔二〕。

【校】

① 玉搓：明鈔楊維禎詩集本作“玉凝”。
② 事：鐵崖先生詩集庚集本、汲古閣刊本作“是”。

【箋注】

〔一〕按：此詩變化韓偓詩而成。韓偓玉山樵人香奩集偶見背面是夕兼夢：“酥

凝背甲玉搓肩,輕薄紅綃覆白蓮。此夜分明來入夢,當時惆悵不曾眠。眼波向我無端豔,心火因君特地燃。莫道人生難際會,秦樓鸞鳳有神仙。"

〔二〕"狂夫"句:明彭大翼山堂肆考卷三十九幸祅廟:"蜀志:'昔蜀帝生公主,詔乳母陳氏乳養。陳氏攜幼子與公主居禁中,約十餘年。後以宫禁逐而出者六載,其子以思公主疾亟。陳氏入宫,有憂色,公主詢其故,陰以實對。公主遂托幸祅廟爲名,期與子會。公主入廟,子睡沉,公主遂解幼時所弄玉環,附之子懷而去。子醒見之,怨氣成火而廟焚。'按:祅廟,胡神廟也。"按:此處所謂"火",即韓詩"心火",亦即慾火。

相思〔一〕

深情長是暗相隨,月白風清苦苦①思〔二〕。不似②東姑癡醉酒,幕天席地了無知〔三〕。

【校】

① 月白風清苦苦:明鈔楊維楨詩集本作"月明風清苦又"。
② 似:明鈔楊維楨詩集本作"是"。

【箋注】

〔一〕按:本詩亦爲剪裁唐人韓偓詩而成。韓偓玉山樵人香奩集惆悵:"身情長在暗相隨,生魄隨君君豈知。被頭不暖空沾淚,釵股欲分猶半疑。朗月清風難愜意,詞人絶色多傷離。何如飲酒連千醉,席地幕天無所知。"
〔二〕月白風清:指月夜。宋蘇軾後赤壁賦:"有客無酒,有酒無肴,月白風清,如此良夜何!"
〔三〕幕天席地:晉劉伶酒德頌:"行無轍迹,居無室廬。幕天席地,縱意所如。"

的信〔一〕

平時詭語難爲信,醉後微言却近真。昨夜寄將雙豆蔻〔二〕,始知的的爲東鄰。

【箋注】

〔一〕按：本詩剪裁變化唐人韓偓詩而成。韓偓玉山樵人香奩集無題三首之一：“吉音聞詭計，醉語近天真……手持雙荳蔲，的的爲東鄰。”

〔二〕豆蔲：宋范成大桂海虞衡志志花：“紅荳蔲花。叢生，葉瘦如碧蘆。春末發。初開花，先抽一幹，有大籜包之，籜拆花見。一穗數十蕊，淡紅，鮮妍如桃、杏花色。蕊重則下垂如葡萄，又如火齊纓絡及剪綵鸞枝之狀。此花無實，不與草荳蔲同種。每蕊心有兩瓣相并，詞人託興如‘比目’、‘連理’云。”

私會

月落花陰夜漏長，相逢疑①是夢高唐〔一〕。夜深偷把銀釭照，猶恐憨奴瞰隙光。

【校】

① 疑：明鈔楊維禎詩集本作“長”。

【箋注】

〔一〕高唐：觀名，在雲夢澤。相傳楚王游此，夢與巫山神女相會。詳見宋玉高唐賦序。

成配〔一〕

眉山暗淡向殘燈，一半雲鬟撒①枕稜。四體著人嬌欲泣，自家揉②碎研繚綾。

【校】

① 撒：明鈔楊維禎詩集本作“向”。
② 揉：明鈔楊維禎詩集本作“操”。

【箋注】

〔一〕按：本詩亦襲自唐韓偓詩。韓偓玉山樵人香奩集半睡："眉山暗淡向殘燈，一半雲鬟墜枕稜。四體著人嬌欲泣，自家揉損研繚綾。"清王士禎池北偶談卷十七香奩詩，謂後人誤署此詩作者爲韓偓。其實本卷卷末章琬跋文已有明言，本篇確實來自韓偓詩。

洗兒

曾向金盆弄化生〔一〕，寶珠親見①掌中擎〔二〕。從今不帶宜男草〔三〕，豆蔻含胎恐太并②〔四〕。

【校】

① 見：鐵崖先生詩集庚集本作"向"。
② 太并：明鈔楊維禎詩集本作"大丁"。

【箋注】

〔一〕化生：天中記卷五化生："七夕，俗以臘作嬰兒，浮水中以爲戲，爲婦人女子之祥。謂之化生。本出於西域，謂之'摩睺羅'。俗云'摩喝樂'。"
〔二〕寶珠：指小兒。唐王宏從軍行："兒生三日掌上珠，燕頷猿肱穠李膚。"
〔三〕宜男草：即萱草，又名忘憂草。
〔四〕豆蔻：宋姚寬西溪叢語卷上："閱本草，荳蔻花作穗，嫩葉卷之而生，初如芙蓉穗頭，深紅色，葉漸展，花漸出，而色微淡。亦有黃白色，似山薑花，花生葉間。南人取其未大開者，謂之'含胎花'，言尚小於妊身也。"

秋千〔一〕

齊雲樓外紅絡索〔二〕，是誰飛下雲中仙。剛風吹起望不極，一對①金蓮倒插天。

【校】

① 對：明鈔楊維禎詩集本作"樹"。

【箋注】

〔一〕陳善學刊本於題下附評語："二篇更巧。"按："二篇"蓋指本詩與下篇蹋鞠。宋黃朝英靖康緗素雜記卷八鞦韆："按詞人高無際作秋千賦序云：'秋千，漢武帝後庭之戲也……'又古今藝術曰：'秋千，北方戎戲，以習輕趫。'又，開元遺事云：天寶宮中至寒食節，競豎秋千，令宮嬪輩以爲燕樂，帝呼爲'半仙之戲'，都下士民因而呼之。"

〔二〕齊雲樓：在陝西華縣。舊唐書昭宗紀："帝與學士、親王登齊雲樓，西望長安。"又蘇州亦有齊雲樓，白居易有齊雲樓晚望詩。

蹋鞠〔一〕

月牙束勒紅幘首，月門脫落葵花斗。君看腳底軟金蓮，細①蹴花心壽郎酒。

【校】

① 細：鐵崖先生詩集庚集本作"紅"。

【箋注】

〔一〕蹋鞠：明彭大翼山堂肆考卷九蹋鞠："劉向別録：'寒食蹋鞠，黃帝所造。本兵勢也。'或云起於戰國。"

釣魚

敲針作鈎①投水隅，豈圖口味②膾王餘〔一〕。鯉魚腹裏牽芳餌，萬一行人有素書〔二〕。

【校】

① 鈎：原本作"釣"，據鐵崖先生詩集庚集本改。
② 味：鐵崖先生詩集庚集本作"腹"。

【箋注】

〔一〕膾王餘：晉于寶搜神記卷十三："江東名餘腹者，昔吳王闔閭江行，食膾有餘，因棄中流，悉化爲魚。今魚中有名'吳王膾餘'者，長數寸，大者如筯，猶有膾形。"

〔二〕素書：宋郭茂倩樂府詩集卷三十八飲馬長城窟行（古詞）："客從遠方來，遺我雙鯉魚。呼兒烹鯉魚，中有尺素書。"

走馬

胡伖①牽來獰叱撥〔一〕，輕身飛上電一抹。半兜玉鐙裏湘裙，不許②春泥污羅襪。

　　　　按二十詠中，剪裁香奩者凡四章：浴、思、信、配是也③。先生又有和趙八節使七言八句二十題，尤膾炙於粉黛筵中，惜逸去。先生令琬補逸，琬何敢何敢。至正甲辰夏五月初吉，龍洲生章琬孟文謹拜手跋。

【校】

① 胡伖：鐵崖先生詩集庚集本、元詩選本作"胡女"。文淵閣四庫全書本作"健兒"，蓋因避諱而改。
② 許：鐵崖先生詩集庚集本作"使"。元詩選本注："許，一作使。"
③ 按：鐵崖所撰續奩集二十詠中，剪裁韓偓香奩不僅"浴、思、信、配"四章，實爲五詩，除出浴、相思、的信、成配之外，還有相見。

【箋注】

〔一〕叱撥：明楊慎升庵集卷八十一叱撥："唐詩'紫陌亂嘶紅叱撥'，叱撥，馬名。宋群牧判官王明上群牧故事六卷，中載九龍十驥之名稱，西河、東門之骨法無不具焉。其説馬之毛色九十一種，又云叱撥之別有八……又曰：北方馬以叱撥及青白紫純色綠鬃騮爲上。"